MICHELLE RAVEN

TURT/LE

Gefährlicher Einsatz

Die Romane von Michelle Raven bei LYX:

TURT/LE-Reihe (Romantic Thrill):
1. TURT/LE. Gefährlicher Einsatz

Hunter-Reihe (Romantic Thrill):
1. Vertraute Gefahr
2. Riskante Nähe
3. Gefährliche Vergangenheit
4. Trügerisches Spiel *(erscheint November 2012)*

Dyson-Dilogie (Romantic Thrill):
1. Eine unheilvolle Begegnung *(erscheint März 2013)*

Ghostwalker-Reihe (Romantic Fantasy):
1. Ghostwalker. Die Spur der Katze
2. Ghostwalker. Pfad der Träume
3. Ghostwalker. Auf lautlosen Schwingen
4. Ghostwalker. Fluch der Wahrheit
5. Ghostwalker. Ruf der Erinnerung
6. Ghostwalker. Tag der Rache

Weitere Romane der Autorin sind bei LYX in Vorbereitung.

Michelle Raven

GEFÄHRLICHER EINSATZ

TURT/LE

Roman

LYX
EGMONT

Dieses Buch ist ein fiktives Werk. Namen, Figuren, Unternehmen, Organisationen, Orte, Begebenheiten und Ereignisse werden fiktiv verwendet. Ähnlichkeit mit tatsächlichen Personen, realen Handlungen und Schauplätzen sind rein zufällig und nicht beabsichtigt.

Originalausgabe Juli 2012 bei LYX
verlegt durch EGMONT Verlagsgesellschaften mbH,
Gertrudenstr. 30–36, 50667 Köln

1. Auflage
Lektorat: Katharina Kramp
Satz: Greiner & Reichel, Köln
Druck: GGP Media GmbH, Pößneck
ISBN 978-3-8025-8791-7

www.egmont-lyx.de

Glossar

Black Hawk	Helikopter, der gerne vom Militär benutzt wird, weil er besonders leise und schnell ist.
BDU	Battle Dress Uniform, Kampfanzug, häufig mit Tarnmuster
BUD/S	Basic Underwater Demolition/SEAL-Training, sechsmonatiger Trainingskurs am Naval Special Warfare Training Center in Coronado, Kalifornien
Burka	Kleidungsstück zur vollständigen Verschleierung des Körpers, Verbindung eines Körperschleiers mit einem Gesichtsschleier.
CO	Commanding Officer, Kommandierender Offizier
Ensign	Fähnrich
Humvee/Hummer	Großes Allrad-Geländefahrzeug
Kabuli	Reisgericht in Afghanistan
Kufiya	Kopftuch, das in der arabischen Welt von Männern getragen wird
MRE	Meal Ready to Eat, Verpflegung für Soldaten im Kampfeinsatz
NavSpecWarCom	Naval Special Warfare Command, Coronado, California, Zentrale der SEAL-Einheiten
NGA	National Geospatial-Intelligence Agency

Night Stalkers	Spitzname der Sondereinheit 160th Special Operations Aviation Regiment (Hubschrauberregiment) der US Army
RAWA	Revolutionary Association of the Women of Afghanistan, Organisation für die Rechte von Frauen in Afghanistan
Sandali	Aus einem alten Fass gebauter Kaminofen
SEAL	SEa, Air, Land, Spezialeinheit der US Navy
SWAT	Special Weapons and Tactics, taktische Spezialeinheit der Polizei
Swim-Buddy	Teampartner beim BUD/S
Tango	Buchstabe T im phonetischen Alphabet, wird im militärischen Jargon auch für Target (Ziel) verwendet
UDT	Underwater Demolition Team, Vorläufer der SEALs
XO	Executive Officer, Ausführender Offizier, Zweiter in der Befehlsfolge nach dem CO
Zodiak	Schlauchboot mit Zwillingsmotor

Prolog

Afghanistan, Juli

Die gedämpften Schritte des Verfolgers kamen näher. Wer auch immer hinter ihnen her war, schien in ausgezeichneter Verfassung zu sein. Einige Minuten zuvor hatten sie die beunruhigende Nachricht erhalten, dass ihre Tarnung aufgeflogen war. Es war sicherer gewesen, sofort aufzubrechen – hatte Kyla zumindest gedacht. Durch die von der Regierung in dieser Region auferlegte Ausgangssperre war es sehr gefährlich, nach Einbruch der Dunkelheit auf der Straße zu sein. Sollten sie und ihre Kollegin Jade entdeckt werden, würden sie im Gefängnis landen – oder Schlimmeres. Die meisten der hier lebenden Menschen mochten keine Fremden, erst recht keine westlichen Frauen. Deshalb waren sie nun auf der Flucht, ohne ein Fahrzeug oder eine Idee, wohin sie gehen sollten. Natürlich hatten sie einen Notfallplan, aber zuerst mussten sie ein gutes Stück zwischen sich und ihre Unterkunft legen und den Verfolger loswerden. Leichter gesagt als getan. Tief im Schatten der beiderseits der Straße über ihnen aufragenden Gebäude versuchten sie, ihn abzuschütteln. Sollten sie von dem Verfolger gefangen genommen werden, der sicher zu der von ihnen ausgekundschafteten Terrorgruppe gehörte, waren sie so gut wie tot.

Wer hatte den wahren Grund ihres Hierseins verraten? Eigentlich sollten sie keinen Verdacht erregt haben, nicht umsonst hatten sie monatelang für die Undercover-Mission trainiert. Sie hatten alle zu hart daran gearbeitet, die Einheit auszubilden, es durfte nicht scheitern. Wenn es Jade und ihr jetzt gelang, unentdeckt das Land zu verlassen, würde es noch ein Erfolg werden. Doch gerade das schien ihr Verfolger verhindern zu wollen.

Der Schleier über Kylas Kopf und vor ihrem Gesicht dämpfte die Geräusche um sie herum und verstärkte gleichzeitig ihr eigenes Keuchen. Bevor sie nach Afghanistan gekommen war, war sie in der besten Form ihres Lebens gewesen, doch jetzt, nach mehreren Wochen ohne regelmäßiges Training, protestierten ihre Muskeln gegen die ausdauernde Bewegung. Schweiß lief ihren Rücken hinunter und verschwand im Bund der Tarnhose, die sie unter der Burka trug. Sowie sie aus der Stadt heraus waren und in die unwirtliche Natur eintauchten, konnten sie die Gewänder ausziehen. Doch solange noch die Möglichkeit bestand, dass sie anderen Menschen begegneten oder sogar verhaftet wurden, war es zu gefährlich.

Kyla hatte Berichte über Frauen gehört, die verstümmelt oder umgebracht worden waren, nur weil ein kleines Stückchen Haut zu sehen gewesen war. Theoretisch war das unter dem neuen Regime verboten, aber hier, mitten in einer Krisenzone, herrschte nicht das Gesetz, sondern die Macht der Stärkeren, und das waren eindeutig die Rebellengruppen.

Gerade deshalb waren sie hierhergekommen und nicht in eine der »sicheren« Städte gegangen. Während andernorts die Aufbauarbeiten vorangingen, lag in dieser Gegend immer noch alles in Trümmern. Obwohl die meisten Häuser unbewohnbar waren, lebten hier Menschen. Ganze Familien, Großeltern, Eltern, Onkel, Tanten und Kinder. So viele Kinder. Wie konnten sie es aushalten, so zu leben? Es gab nichts, manchmal noch nicht einmal das Lebensnotwendigste wie Wasser und Grundnahrungsmittel. Natürlich waren auch hier die Hilfsorganisationen gegenwärtig, aber sie hatten es schwer, sich gegen den Druck der Rebellen und das Misstrauen der Leute durchzusetzen. Vor allem kam die Hilfe auch nur zögerlich – wenn überhaupt – bei der Bevölkerung an. Ein Großteil versickerte wie in jeder Krisenzone in anderen Kanälen.

Aber das war nicht Kylas Problem. Sie waren einzig dafür zuständig, Informationen zu sammeln, auszuwerten und weiterzuleiten. Und das hatten sie getan, zumindest bis die Nachricht über ihre Entdeckung sie aus ihrem Versteck gezwungen hatte.

Geduckt liefen sie im Schatten der Ruinen immer weiter, wobei sie sich weitgehend an die Hauptstraße hielten. Nicht auszudenken, wenn sie plötzlich in einer Sackgasse gefangen wären. Jedes Mal wenn sie einem weiteren Schuttberg ausweichen mussten, der vor ihnen auftauchte, verloren sie ein wenig von ihrem Vorsprung. Es war klar, dass sie ihrem Verfolger nicht davonlaufen konnten, sie würden kämpfen müssen.

Genervt schob Kyla den Schleier von ihrem Kopf, um wenigstens etwas von ihrer Umgebung erkennen zu können. Nachdem die dämpfende Schicht verschwunden war, hörte sie die Schritte hinter ihnen viel lauter. Ihre Finger schlossen sich fester um die Pistole. Wie leicht wäre es, sich einfach umzudrehen und zu schießen, doch das würde sie nur im äußersten Notfall tun, da sie keinen Schalldämpfer dabeihatte. Dunkel ragte ein halb eingestürztes Gebäude vor ihnen auf. Der Eingang war ein gähnendes Loch, die herausgebrochenen Lehmziegel waren zur Seite geschoben worden. Perfekt.

Mit knappen Handzeichen signalisierte sie ihrer Partnerin Jade, was sie vorhatte, dann tauchten sie nacheinander lautlos in die Dunkelheit des zerstörten Hauses. So leise wie möglich suchten sie sich ihren Weg durch die Ruine, während sie gleichzeitig auf die Schritte ihres Verfolgers lauschten. Es war unwahrscheinlich, dass er nicht erkannte, wohin sie geflohen waren, deshalb atmete sie nur tief durch, als sie hinter sich das verräterische Schaben von Schuhsohlen auf losen Steinen hörte.

Es sollte nicht schwierig sein, ihn auszuschalten, dafür waren sie ausgebildet worden. Trotzdem zog sie es vor, ihre Arbeit zu machen, ohne dass überhaupt jemand ihre Anwesenheit bemerkte.

Lautlos schlüpften sie durch einen intakten Türrahmen, in dem die Tür fehlte, und stellten sich zu beiden Seiten mit dem Rücken gegen die Wand auf. Die Schritte ihres Verfolgers klangen jetzt zögernder, er schien sich nicht sicher zu sein, wo sie waren. Sie könnten versuchen, ungesehen an ihm vorbeizukommen, und sich wieder auf den Weg machen, doch es war besser, wenn sie sicherstellten, dass er ihnen nicht folgen konnte.

Kyla gab ihrer Partnerin ein Zeichen, bevor sie gegen einen Stein trat, der polternd über den Boden rollte. Draußen entstand ein kleiner Moment der Stille, dann setzten die Schritte wieder ein, leiser als zuvor. Als der Lauf einer mit Schalldämpfer ausgestatteten Waffe in der Türfüllung erschien, trat sie zu. Wie geplant flog die Pistole durch das Zimmer und landete in der hintersten Ecke des Raums, während der Mann mit einem unterdrückten Schmerzenslaut zu ihr herumfuhr. Deutlich konnte sie seine Wut spüren und erwartete in Verteidigungshaltung seinen Angriff, der jedoch nie kam. Er hatte vergessen, seinen Rücken zu decken, was Jade sofort ausnutzte. Lautlos brach er wenige Sekunden später zusammen. Gemeinsam schleppten sie ihn in eine Ecke des Zimmers und durchsuchten ihn nach nützlichen Dingen. Eilig steckte Kyla einige Geldscheine ein und wischte sich dann angewidert die Finger an ihrer Burka ab. Ihr Verfolger war nicht gerade von der sauberen Sorte. Bis auf die Pistole und das Geld hatte er nichts bei sich, was sie auf ihrer Flucht gebrauchen konnten.

Nachdem sie sichergestellt hatten, dass sich niemand anders in der Nähe befand, verließen sie die Ruine. Im Schatten der Gebäude waren sie in der Dunkelheit nur zu erkennen, wenn ein Mondstrahl sie traf. Sofern es hier früher Straßenlampen gegeben hatte, existierten sie schon lange nicht mehr. Allerdings bezweifelte Kyla, dass sich die arme Stadt im Osten Afghanistans jemals diesen Luxus hatte leisten können. Solange es ihre Flucht begünstigte, hatte sie nichts dagegen. Die profillosen Sohlen ihrer Schuhe hinterließen keine erkennbaren Spuren im Sand, der schon lange den aufgerissenen Straßenbelag bedeckte. Sollte jemand versuchen, ihrer Fährte zu folgen, würde er scheitern. Ein Hochgefühl löste langsam die Angst ab, die sich nach dem Erhalt der Nachricht in Kyla ausgebreitet hatte. Nur noch wenige hundert Meter, und sie konnten in eine Nebenstraße eintauchen, die sie gleich zu Beginn ihrer Mission als mögliche Fluchtroute ausgekundschaftet hatten. Von dort aus würde es ihnen sicher gelingen, zu dem alten Wagen zu gelangen, den sie außerhalb der Stadt versteckt hatten. Und spätestens morgen Abend saßen sie dann bereits in einem Flugzeug, das sie zurück in die Vereinigten Staaten bringen würde.

Der Schlag kam völlig unerwartet. Eben noch war Kyla in Gedanken bereits zu Hause, im nächsten Moment traf sie etwas im Rücken, und sie wurde unversehens wieder in die gefährliche Realität versetzt. Einen kurzen Augenblick lang fühlte sie gar nichts, dann setzte der Schmerz ein. Wie ein reißendes Tier wühlte er in ihrem Körper, setzte ihn in Flammen. Ein lautes Keuchen entfuhr ihr. Sofort war ihre Partnerin bei ihr und zog sie mit sich in den tieferen Schatten eines Hauses. Erneut wurden Schritte hinter ihnen lauter, anscheinend war ihr Verfolger nicht allein gewesen.

»Was ist passiert?« Jades Stimme war ein fast tonloses Flüstern, das nur bis zu ihrem Ohr drang.

»Schmerzen.«

»Wo?«

»Unter … der rechten Schulter.« Inzwischen brannte nicht nur die Wunde. Sie konnte gerade noch ein Stöhnen unterdrücken, als sanfte Finger nach der Verletzung tasteten. Ein leiser Fluch erklang hinter ihr.

»Eine Schusswunde, die Kugel ist glatt durchgegangen. Kannst du laufen?«

»Keine andere Wahl.« Die Zähne fest zusammengebissen bewegte Kyla ihre Arme. Sie konnte laufen, aber es würde höllisch wehtun. Und sie würde nicht lange durchhalten. Vermutlich nicht einmal die wenigen hundert Meter bis zu der Nebenstraße, die ihre Flucht ermöglichen sollte. Aber das konnte sie ihrer Partnerin nicht sagen, denn es war klar, dass Jade sonst bei ihr bleiben würde. Langsam setzte Kyla sich in Bewegung, versuchte, einen Laufrhythmus zu finden, der weniger schmerzte, doch es gelang ihr nicht. Jeder Schritt war die reinste Qual. Schließlich gab sie auf.

»Lauf weiter, bring dich und die Informationen in Sicherheit. Ich werde mich hier verstecken.«

»Auf keinen …«

»Wir dürfen nicht beide in deren Hände fallen, einer von uns muss Bericht erstatten.«

Auch wenn sie ihre Partnerin nicht allein lassen wollte, erkannte Jade wohl, dass sie recht hatte. »Ich werde Hilfe holen.«

»Ich komme zurecht. Sorg dafür, dass unsere Arbeit hier nicht umsonst war.«

»Das werde ich. Nachdem ich den elenden Kerl von dir weggelockt habe.« Ein letzter Händedruck, dann verschwand Jade in der Dunkelheit.

1

San Diego, Kalifornien, ein Tag später

Die Pfütze vor ihr hatte ungefähr die Ausmaße des Freibads von San Diego. Rose Gomez verzog das Gesicht. Sofern sie nicht ihr Schwimmabzeichen nachholen wollte, musste sie einen Umweg über mindestens drei Häuserblocks nehmen. Gut, das war vermutlich übertrieben, aber von dort, wo sie stand, sah es so aus. Sie hatte abgewartet, bis das Sommergewitter weitergezogen war, bevor sie aus ihrem Büro in der Universität aufbrach. Da ihr Haus nicht weit entfernt lag, ging sie meistens zu Fuß, außer wenn sie Besorgungen machen musste oder bei extrem schlechtem Wetter. Was in Südkalifornien nicht besonders häufig vorkam. Darum hatte das Gewitter sie kalt erwischt, sie hatte weder einen Schirm noch eine Jacke dabei, und ihr weißes T-Shirt hätte in nassem Zustand nicht mehr allzu viel verhüllt. Also war sie länger im Büro geblieben und hatte auf eine Regenpause gewartet, was nicht schwierig gewesen war, schließlich hatte sie immer genug Arbeit auf ihrem Schreibtisch liegen.

Kopfschüttelnd blickte sie sich um. Da kein Floß aus heiterem Himmel auftauchen würde, sollte sie sich langsam auf den Weg machen, denn die Pfütze würde vermutlich auch morgen noch an genau dieser Stelle sein. Sie rückte ihre Tasche zurecht und marschierte los. Tief in ihre Gedanken versunken bemerkte sie nicht, dass sich von hinten ein Auto näherte. Den Kopf gesenkt, den Riemen ihrer Tasche fest im Griff, dachte sie nur daran, so schnell wie möglich nach Hause zu kommen. Ein gewaltiger

Schwall schmutziges Wasser ergoss sich über sie. Erschrocken schnappte Rose nach Luft, als die kalte Brühe ihre nackte Haut traf und in Sekundenschnelle durch T-Shirt und Rock sickerte. Unwillkürlich sprang sie zurück, aber es war schon zu spät. Zitternd und tropfend stand sie auf dem Bürgersteig und sah dem Jeep nach, der sich rasch entfernte. Sie öffnete den Mund, um ihm einige nicht ganz jugendfreie Flüche hinterherzuschicken, als unvermittelt die Bremslichter aufleuchteten und der Wagen mit quietschenden Bremsen anhielt. Anscheinend hatte der Fahrer doch noch gemerkt, was er angerichtet hatte.

Rose blickte an sich herunter und verzog den Mund. Sie war völlig nass, bräunliche Flecken zierten ihre Kleidung, und zu allem Überfluss hatten sich einige Haarsträhnen aus ihrem Zopf gelöst und ringelten sich um ihr Gesicht. Wahrscheinlich sah sie aus wie das Monster aus dem See. Rose hob das Kinn. Das war alles nur die Schuld dieses Idioten. Deshalb war eine Entschuldigung sehr angebracht. Die Hände in die Hüften gestemmt beobachtete sie, wie der Jeep am Straßenrand anhielt und der Fahrer – der offenbar durchaus schlau war – auf der Beifahrerseite ausstieg, um sich die nassen Füße zu ersparen. Ungeduldig blickte Rose ihm entgegen. Natürlich war es einer von diesen großen Typen, die mehr Muskeln als Verstand besaßen, wer sollte auch sonst eine so riesige Pfütze übersehen und achtlos hindurchfahren. Als er näher kam, sah Rose in sein Gesicht und erstarrte.

Verdammt, genau das hatte ihm noch gefehlt. Wie spät war es eigentlich? Mit müden Augen blinzelte Roderic Basilone, von allen nur Rock genannt, gegen die Sonne. Er war seit über sechsunddreißig Stunden auf den Beinen. Früher war das kein Problem gewesen, aber inzwischen machte sich sein fortgeschrittenes Alter doch bemerkbar. Normalerweise war fünfundvierzig nicht wirklich alt, aber in seinem Beruf als Navy SEAL hatte er allmählich die Schallmauer erreicht. Er konnte zwar immer noch mit den anderen mithalten, und seine Erfahrung übertraf die der jüngeren Kollegen bei Weitem, aber er erholte sich nicht mehr so schnell von den Strapazen in Einsatz und Training. Heute fühlte er sich besonders alt und verbraucht. Gerade als sie von einer vierundzwanzigstündigen Trainingsoperation auf die SEAL-Basis in Coronado zurückgekehrt waren, hatten sie die Nachricht erhalten, dass zwei der TURT/LE-Agentinnen in Afghanistan auf einer Erkundungsmission verschollen und höchstwahrscheinlich von Extremisten gefangen genommen oder getötet worden waren.

TURT/LE stand für *Terrorism Undercover Reconnaissance Team/Ladies Elite* und war ein relativ neues Projekt der US-Regierung zur Terrorismusbekämpfung. Eigentlich hieß es nur TURT, da es sowohl Männer als auch Frauen in diesem Team gab, doch es hatte sich sehr schnell die Untergruppe *Ladies Elite* gebildet, in der die besten Frauen aus allen Zweigen des Militärs, von FBI, NSA, CIA und weiteren Regierungsdiensten zusammengefasst waren. Auf den Missionen sendeten die Teams zu bestimmten Zeitpunkten Signale, die zeigten, dass sie noch im Spiel waren. Die beiden jetzt verschwundenen TURT/LEs hatten drei Termine verstreichen lassen, ohne das vereinbarte Zeichen zu geben. Es konnte passieren, dass jemand für einige Zeit verhindert war, aber dreimal hintereinander war bisher noch nie vorgekommen. Ein Kontaktmann war aus Kabul ausgesandt worden, um den letzten bekannten Aufenthaltsort der Agentinnen zu überprüfen, aber bisher hatte auch er sich noch nicht wieder gemeldet. Ein weiteres schlechtes Zeichen.

Mit langen Schritten strebte Rock auf die Person zu, die er in seiner Unaufmerksamkeit von oben bis unten nass gespritzt hatte. Es war eindeutig eine Frau, denn mit dem durchsichtigen weißen T-Shirt hätte sie ohne Weiteres an einem Miss-Wet-T-Shirt-Wettbewerb teilnehmen können. Sofort meldete sich sein schlechtes Gewissen. Erst ertränkte er sie fast, und dann beglotzte er auch noch ihre unübersehbaren Rundungen. Abrupt hob er den Blick zu ihrem Gesicht. Schmutzige Streifen zierten die braune Haut, ein verwelktes Blütenblatt klebte an ihrer Wange. Schwarze Korkenzieherlocken hingen wirr in ihre Augen. Dunkle Augen, die ihm entgegenblickten, als wäre er der Teufel persönlich. Stocksteif stand sie da, sie schien völlig erstarrt zu sein. Sorge breitete sich in ihm aus.

»Es tut mir leid, Ma'am, ich habe Sie überhaupt nicht gesehen. Geht es Ihnen gut?«

Keine Reaktion. Beunruhigt trat er näher an sie heran. Sie zitterte, ihre Hände waren zu Fäusten geballt. Rock hob eine Hand, um ihre Schulter zu berühren. »Ma'am, hören Sie mich? Sie …« Plötzlich kehrte Leben in die Frau zurück, und sie trat hastig einen Schritt zurück. Scheinbar hatte sie wirklich Angst vor ihm. Rock blieb stehen und hob beruhigend die Hände. »Alles okay, ich tue …« Er brach ab, als er sie erkannte. Fassungslos öffnete er seinen Mund, aber kein Ton drang heraus. Schließlich räusperte er sich und löste sich damit aus seiner Starre. »Rose?«

Ihre Augen trafen seine, der Schmerz darin war offensichtlich. Sie verschränkte die Arme vor der Brust. »Hallo Roderic.«

Rock zuckte zusammen, als sie seinen vollen Namen benutzte. Sie hatte ihn schon immer so genannt, auch damals, als ihr Mann Ramon Gomez – von allen im Team nur Ghost genannt – mit ihm in SEAL Team 11 gedient hatte. Sie waren keine engen Freunde gewesen, da Ghost seine Freizeit meist mit seiner Frau verbracht hatte, aber sie hatten sich gemocht, respektiert und wären füreinander gestorben. Rock verzog den Mund. Ghost *war* getötet worden, als er ihnen bei einer Geiselbefreiung in Costa Rica den Rücken freigehalten hatte. Seit Ghosts Beerdigung hatte er

Rose nur noch ein paarmal gesehen und in den letzten Jahren überhaupt nicht mehr. Darum war er umso überraschter, dass sie jetzt plötzlich vor ihm stand. Nass, kalt und unglücklich. Verdammt, was stand er hier noch herum und starrte sie an, anstatt irgendetwas zu tun, um ihr die Situation angenehmer zu machen. Schließlich war es sein Organisationstalent, für das er als Senior Chief des Teams bekannt war. Er sorgte dafür, dass alles reibungslos lief und alles Benötigte vorhanden war, und er hatte auch die zweifelhafte Ehre, zwischen Offizieren und Nichtoffizieren zu vermitteln.

»Es tut mir leid, ich war in Gedanken und habe dich überhaupt nicht gesehen. Ich hole dir ein Handtuch aus dem Wagen.«

Damit strebte er mit langen Schritten auf seinen Jeep zu und ließ Rose keine Möglichkeit, seine Hilfe abzulehnen. Mit zusammengezogenen Augenbrauen starrte sie ihm hinterher. Es war ein Schock gewesen, ihn wiederzusehen, nachdem sie es geschafft hatte, sechs Jahre lang allen aus dem Weg zu gehen, die sie an Ramon erinnert und den Schmerz wieder heraufbeschworen hätten. Es hatte ihr gutgetan, sich auf ihr eigenes Leben zu konzentrieren und alles andere hinter sich zu lassen. Bis vor wenigen Minuten hatte sie sogar gedacht, die Wunde wäre inzwischen verheilt. Aber ein Blick in Roderics düsteres Gesicht, seine stahlgrauen Augen unter den kräftigen Augenbrauen, hatte gereicht, alle Narben wieder aufzureißen und sie sieben Jahre in der Zeit zurückzukatapultieren, zu der Wut und dem Schmerz über Ramons unnützen Tod.

Als sie ihn damals heiratete, hatte sie gewusst, worauf sie sich einließ, aber immer gehofft, dass ihm nichts passieren und er stets zu ihr zurückkehren würde. Aber das war nicht geschehen. Stattdessen hatte sie ihn auf dem Arlington National Cemetery nahe der Hauptstadt Washington mit militärischen Ehren beisetzen lassen. Das war sie ihm schuldig gewesen. Er hatte dafür gelebt, einen Unterschied zu machen, sein Land und seine Landsleute zu beschützen – und er war dafür gestorben.

Sie schüttelte die schmerzlichen Erinnerungen ab und beobachtete, wie Roderic wieder auf sie zukam. In einer Hand hielt er ein kleines Handtuch, in der anderen eine Lederjacke, die eindeutig schon bessere Zeiten gesehen hatte.

»Das Handtuch ist nicht ganz frisch, aber ein anderes habe ich nicht dabei. Vielleicht reicht es, um deine Kleidung ein wenig zu trocknen.« Widerwillig nahm Rose das Handtuch und beäugte es skeptisch. »Ich habe nur meine Haare damit abgetrocknet, nicht dass du denkst …«

Doch, sie hatte es gedacht, aber das würde sie nicht zugeben. Energisch rieb sie über ihre nassen Arme und Beine, bevor sie ihre triefende Kleidung damit auswrang. Sie war zwar immer noch nass, aber wenigstens tropfte sie nicht mehr. Ohne aufzusehen gab sie Roderic das Handtuch zurück. »Danke.«

»Bitte.«

Rose blickte erschrocken auf, als seine Stimme plötzlich neben ihr erklang. Während sie sich abgetrocknet hatte, war er näher gekommen, bis er so dicht vor ihr stand, dass sie den Kopf in den Nacken legen musste, um ihm überhaupt ins Gesicht sehen zu können. Kein Wunder, sie war unter ein Meter sechzig, und er war sicher fast dreißig Zentimeter größer. In seiner Gegenwart kam sie sich vor wie ein Kind. Sie schob ihr Kinn vor, um sich ihre Nervosität nicht anmerken zu lassen. Ihre Tasche fest im Griff, verschränkte sie die Arme wieder über der Brust. Es war einfach ungerecht, dass er so selbstsicher, gleichmütig und vor allem trocken herummarschieren konnte, während sie das genaue Gegenteil war. Normalerweise hatte sie immer alles unter Kontrolle und war ruhig und ausgeglichen, aber heute fühlte sie sich unsicher. Sie warf einen bösen Blick auf den Jeep. Ohne dieses Malheur mit der Pfütze wäre sie nach Hause gegangen, hätte etwas Leckeres gekocht und sich einen ruhigen Abend gegönnt. Jetzt war das alles verdorben. Und schuld war nur dieser riesige, finstere SEAL. Was tat er da eigentlich hinter ihr?

Rock legte seine alte, abgewetzte Lederjacke über ihre schmalen Schultern und spürte, wie Rose zusammenzuckte. Verdammt, er war noch nie besonders geschickt im Umgang mit Frauen gewesen, aber bei ihr fühlte er sich doppelt unsicher. Sie war nicht nur eine winzige Person, sondern auch noch die Witwe eines ehemaligen Kameraden. Also ließ er seine Jacke rasch los und trat wieder vor sie. Als er sah, wie sie das Leder skeptisch beäugte, fühlte er sich genötigt, sich zu rechtfertigen. »Sie ist nicht mehr besonders schön und riecht vermutlich auch nicht so gut, aber ich dachte, es ist besser, wenn du etwas hast, das dich warm hält, bis du zu Hause ankommst.« Und allen den Blick auf ihre Rundungen versperrte, ihn eingeschlossen.

Rose sah ihn überrascht an. »Danke, das ist nett. Ich hatte nur Bedenken, dass ich sie mit dem Wasser verderbe.«

»Das macht nichts, sie hat schon viel Schlimmeres ausgehalten.«

Rose nickte. »Wenn du mir deine Adresse gibst, schicke ich sie dir gleich zurück. Oder ich kann sie auch an die Basis senden.« Sie runzelte die Stirn. »Außer du bist gar nicht mehr dort.«

»Einmal ein SEAL, immer ein SEAL.« Er brach ab und fühlte, wie ihm das Blut in die Ohren stieg. Er räusperte sich. »Ich fahre dich sowieso nach Hause, da kann ich die Jacke gleich wieder mitnehmen.«

»Das musst …«

Rock unterbrach sie. »Ich bringe dich nach Hause.« Damit nahm er ihren Arm, vielmehr den leeren Ärmel seiner Jacke, die ihr fast bis zu den Knien hing, und führte sie eilig zum Jeep.

Sowie er bemerkte, dass sie ihm freiwillig folgte, ließ er sie los. Er öffnete die Tür. »Ich hoffe, du nimmst es mir nicht übel, wenn ich zuerst einsteige.«

»Warum sollten wir beide nasse Füße bekommen?«

Einen Fuß bereits im Wagen, die Hände auf die Tür gestützt, blickte Rock sie zerknirscht an. »Es tut mir wirklich leid. Ich habe nicht aufgepasst.«

»Wenn du mir versprichst, das nächste Mal einen großen Bogen um jede Pfütze zu machen, verzeihe ich dir.«

Die Falten neben seinen Augen vertieften sich. »Jawohl, Ma'am.«

Damit schwang er sich behände in den Jeep. Rose wartete, bis er auf der Fahrerseite saß, dann stieg sie ebenfalls ein und zog die Tür hinter sich zu. Unruhig rutschte sie auf dem Sitz hin und her, während sie versuchte, ihn mit ihrer nassen Kleidung so wenig wie möglich zu berühren.

»Lehn dich ruhig zurück, die Polster haben schon ganz anderes überstanden.«

2

Rose beschloss, seinen Rat anzunehmen. Sie konnte sich gut vorstellen, dass Rock nach getaner Arbeit auch nicht immer so sauber war wie jetzt gerade. Verstohlen betrachtete sie ihn aus den Augenwinkeln. Er war älter geworden, seit sie ihn das letzte Mal gesehen hatte. Sie konnte sich nicht mehr erinnern, wie alt er damals gewesen war, aber sicher hatte er die vierzig inzwischen schon überschritten. Die Linien um Mund und Augen hatten sich vertieft, auch auf der Stirn waren einige Falten dazugekommen. In den Haaren zeigten sich bereits erste graue Fäden. Sein Körper dagegen schien immer noch genauso kraftvoll und gewaltig zu sein wie früher. Es war erstaunlich, wie unterschiedlich die SEALs eines Teams sein konnten. Während Roderic groß und breit war, hatte Ramon eher die Figur eines Marathonläufers gehabt. Mit ein Meter achtundsiebzig einer der kleinsten im Team, hatte seine Ausdauer die aller anderen übertroffen. Für sie war er jedenfalls gerade richtig gewesen.

»Wo wohnst du?«

Rose schreckte aus ihren Gedanken auf. Warum verglich sie die beiden Männer miteinander? Das unerwartete Wiedersehen hatte sie stärker aus der Fassung gebracht, als gedacht. Sie nannte ihm die Anschrift des kleinen Hauses, das sie sich nach ihrer Rückkehr aus Berkeley in San Diego gekauft hatte.

»Das ist ja gleich um die Ecke.«

»Deshalb bin ich ja auch zu Fuß gegangen.«

»Was machst du zurzeit?« Auf Rose' verwirrten Blick hin präzisierte er. »Beruflich, meine ich.«

»Ich lehre an der Universität. Hauptsächlich über die Rolle der Frau in fremden Kulturen.«

Rock sah sie erstaunt an. »Ich dachte, du wärst Lehrerin an einer Highschool gewesen.«

»Ich brauchte eine Veränderung. Also habe ich an der Universität von Kalifornien studiert, promoviert und in diesem Jahr die Stelle hier bekommen.« Ihr Gesichtsausdruck machte deutlich, dass sie nicht weiter darüber sprechen wollte, warum sie ihr Leben so drastisch verändert hatte. Er wusste es auch so: Ghost.

»Das klingt sehr interessant.«

»Ich vermittle gerne Wissen, und das Thema des Selbstverständnisses von Frauen in verschiedenen Kulturkreisen fasziniert mich schon lange.«

Bevor er weiterfragen konnte, deutete sie auf ein kleines Haus, das inmitten eines Meeres von Blumen, Büschen und Bäumen stand.

»Hier ist es.«

Rock hielt am Bordstein und stieg aus. Bevor er das Auto umrunden konnte, um Rose die Tür zu öffnen, stand sie bereits auf dem Bürgersteig.

»Danke, dass du mich nach Hause gebracht hast. Es war nett, dich wiederzusehen.«

Ja, ungefähr so nett, wie einen Ziegelstein auf den Kopf zu bekommen. Es war klar, dass sie sich immer noch nicht ganz von dem Schock erholt hatte. Unter ihrer von Natur aus braunen Haut schimmerte Blässe hindurch, ihr Gesichtsausdruck wirkte verkniffen. Vermutlich sollte er sofort weiterfahren und sie allein lassen, aber irgendwie konnte er sich nicht dazu durchringen. Daher hielt er die Jacke am Kragen fest, als sie hinausschlüpfen wollte.

»Zieh dich lieber im Haus um, ich kann solange warten.«

Unsicher blickte Rose ihn mit ihren dunklen Augen an, dann

nickte sie abrupt. Wahrscheinlich hatte sie sich daran erinnert, dass ihre Kleidung so gut wie durchsichtig war. Falls es ihr überhaupt aufgefallen war. Eilig ging sie in ihren hochhackigen Pumps vor ihm den Weg zum Haus hinauf. Er bemühte sich, nicht auf ihre schlanken Beine zu starren, auf die er durch den kurzen Rock einen äußerst guten Blick hatte. Bei jeder anderen Frau hätte er sicher den Anblick genossen, aber bei Rose sollte er nur daran denken, dass sie die Witwe seines Teamkollegen war. Deshalb schaute er sich aufmerksam im liebevoll gestalteten Garten um. Rose verbrachte anscheinend eine Menge Zeit hier draußen, oder sie hatte einen großartigen Gärtner engagiert. Verlegen dachte er an das einfache, hauptsächlich aus Sand bestehende Grundstück vor seiner Hütte direkt am Meer. Aber etwas anderes war bei seinem Job einfach nicht realisierbar. Wenn er manchmal Wochen oder sogar Monate am Stück nicht im Land war, hielt sich keine Blume.

»Ein schöner Garten.«

Rose drehte sich an der Tür zu ihm um und ließ den Blick über ihr Reich schweifen. Ein zufriedenes Lächeln überflog ihr Gesicht. »Es steckt viel Liebe darin.«

Da Rock gerade seine Sprache verloren hatte, nickte er nur.

»Möchtest du noch mit hereinkommen? Es dauert sicher nicht lange.«

Wieder nickte Rock. Vermutlich sollte er sich von ihr fernhalten und so schnell wie möglich verschwinden, aber irgendetwas zwang ihn, sich davon zu überzeugen, dass es ihr gut ging. Dass Ghosts Tod sie nicht völlig zerstört hatte. Neugierig betrat er nach ihr das Haus. Alles war hell und gemütlich und strahlte Frische aus. Vasen mit Schnittblumen und große Pflanzenkübel verwandelten das Haus fast in einen zweiten Garten.

»Es ist schön hier.«

Immer noch mit einem kleinen Lächeln auf den Lippen wandte Rose sich zu ihm um. »Danke. Setz dich doch ins Wohnzimmer, ich bin gleich wieder da.«

Sie deutete nach rechts, lächelte noch einmal flüchtig und verschwand dann den Flur hinunter. Rock blickte ihr einen Moment hinterher, bevor er ihrem Vorschlag folgte.

Rose schloss die Schlafzimmertür leise hinter sich und lehnte sich dann dagegen. Verdammt noch mal, warum hatte er wieder in ihrem Leben auftauchen müssen? Sie hatte sich so gut gemacht, nur noch hin und wieder an Ramon gedacht und sich nur selten leer und einsam gefühlt. Die meiste Zeit hatte sie gute Erinnerungen hervorgeholt: Wie er sie angelächelt hatte, wenn er sie mit einem Blumenstrauß überraschte, wie sich sein Körper an ihrem angefühlt hatte, wenn sie zusammen eingeschlafen waren oder wie glücklich er gewesen war, als sie sich entschieden hatten, ein Kind zu bekommen. Rose schloss die Augen, um die Tränen zurückzuhalten, die überzuquellen drohten. Gerade erst gestern hatte sie gedacht, sie hätte es überstanden und könnte vielleicht sogar wieder Interesse an einem anderen Mann entwickeln. Aber das war wohl ein Irrtum gewesen, wenn sie schon durch das Wiedersehen mit Roderic so aus der Fassung gebracht wurde. Dabei hatte er sich bemüht, sie nicht zu fragen, wie es ihr ging, und auch Ramon nicht erwähnt. Doch das brauchte er gar nicht, es genügte seine bloße Anwesenheit, um alles wieder in ihr aufbrechen zu lassen. All die Wunden und Narben, die der Verlust ihres Mannes in ihr hinterlassen hatte.

Langsam öffnete Rose die Augen. Je schneller sie aus ihrer nassen Kleidung herauskam, desto eher würde er wieder verschwinden und sie mit ihrem Kummer allein lassen. Sie zog seine Jacke aus und hängte sie über den Kleiderhaken an der Tür. Ihre Finger strichen über das glatte Leder, das durch jahrelangen Gebrauch weich und geschmeidig geworden war. Ramon hatte eine ähnliche Jacke besessen. Fast gegen ihren Willen hob sie sie vor ihr Gesicht und atmete tief ein. Der gleiche Geruch aus Leder, Mann, Salzwasser und Motorenöl haftete daran. Es war fast, als wäre Ramon für einen kurzen Moment zurückgekehrt und mit ihr im Raum. Mit einem unterdrückten Aufschrei ließ Rose die Jacke los und schlug sich die zitternden Hände vor den Mund. Sie war immer stolz darauf gewesen, wie pragmatisch sie alles angegangen war, seit sie von Ramons Tod erfahren hatte. Natürlich hatte sie ihn vermisst, geweint, mit ihrem Schicksal gehadert, aber sie hatte sich nie etwas vorgemacht oder eingebildet, auch wenn es vielleicht leichter zu ertragen gewesen wäre. Und sie würde sicher jetzt, sieben Jahre später, nicht damit anfangen.

Abrupt wandte sie sich ab und ging zu ihrem Kleiderschrank. Fast gewaltsam riss sie sich das T-Shirt vom Leib. Sie verzog das Gesicht, als sie die Dreckspuren darauf genauer betrachtete. Selbst an ihrem Körper haftete er noch. Aber die Dusche musste warten, bis sie Roderic wieder losgeworden war. Im angeschlossenen Badezimmer entfernte sie eilig den gröbsten Schmutz mit einem Waschlappen von ihrem Gesicht, ihren Armen und Beinen, bevor sie in ihre älteste, bequemste Jeans schlüpfte. Ihr Wohlfühl-T-Shirt war nicht mehr schön, dafür half es, sie zu beruhigen, als sie, die Lederjacke sorgfältig über den Arm gelegt, ins Wohnzimmer zurückkehrte. Ihre Haare hatte sie wieder ordentlich im Nacken zusammengebunden, die Füße steckten in alten Turnschuhen. Alles in allem ähnelte sie kein bisschen der Frau, die vor wenigen Minuten das Haus betreten hatte.

Sie entdeckte Roderic vor dem kleinen Kamin. Leicht gebückt betrachtete er die Reihe von gerahmten Fotos, die auf dem Sims standen. Rose wusste genau, welches Bild ihn so interessierte, obwohl er ihr den Rücken zuwandte und seine Breite fast den gesamten Kamin verdeckte. Es war ein Foto von SEAL Team 11, aufgenommen nur wenige Wochen vor der Mission, die

Ramon den Tod gebracht hatte. Gut gelaunt hatten sie für den Fotografen posiert und nie daran gedacht, wie schnell dieses Team zerbrechen könnte. Als sie sich räusperte, wirbelte Roderic herum. Einen Augenblick lang huschte ein undefinierbarer Ausdruck über sein Gesicht, dann war es wieder ausdruckslos. Er trat auf sie zu und nahm ihr die Lederjacke ab.

»Wenn du mir deine Kleidung mitgibst, wasche ich sie und bringe sie dir morgen zurück.«

Die Vorstellung, wie dieser gewaltige SEAL ihre Kleidung wusch, rief ein kleines Lächeln hervor. »Nein, danke für das Angebot, aber es ist einfacher, wenn ich die Sachen in die Waschmaschine stecke.«

Sie sagte nicht, dass sie ihn dann auch nicht wiedersehen musste, aber er schien es trotzdem zu verstehen. Er nickte und ging mit großen Schritten zur Haustür. Auf der kleinen Veranda drehte er sich noch einmal um. Seine grauen Augen trafen ihre. »Es tut mir leid.«

Damit wandte er sich endgültig ab. Er sah nicht die Tränen, die in ihren Augen standen, als sie ihm nachblickte. Sie hatte verstanden, dass er nicht die heutigen Ereignisse meinte, sondern sich dafür entschuldigte, ihre Wunden wieder aufgerissen zu haben.

3

Mit einem Stöhnen versuchte Jade, sich aufzusetzen, doch es gelang ihr nicht. Hitze hatte sich unter der Burka gesammelt und ließ die Kleidung feucht an ihrem Körper kleben. Ein hämmernder Schmerz tobte in ihrem Schädel und verursachte eine Übelkeit, die sie zu ignorieren versuchte. Mühsam entspannte sie ihre Muskeln und atmete flach durch. Es roch muffig, nach Erde und Schweiß. Angewidert verzog sie das Gesicht. Eindeutig Zeit für eine Dusche. Sie versuchte, durch das kleine vergitterte Viereck zu spähen, das in den Schleier eingenäht war, doch sie konnte nichts erkennen. Er musste verrutscht sein, als sie … Einen Moment lang blieb ihr Herz stehen, bevor es wild zu galoppieren begann.

Eine Bewegung ließ sie erstarren, während sich gleichzeitig ihr Magen hob. Sie war in einem Fahrzeug! Jetzt spürte sie auch die Fesseln, die um ihre Handgelenke geschlungen waren. Nur nicht der aufkommenden Panik nachgeben, sie musste klar denken! Wie war sie in diese Lage geraten? Sie erinnerte sich, dass sie geflohen waren. Den überwältigten Verfolger hatten sie in einem zerstörten Haus zurückgelassen. Doch dann … Kyla!

Mit einem Ruck schnellte Jade in die Höhe, sank aber gleich wieder zurück, als der Kopfschmerz sie überwältigte. Tausend Hämmer dröhnten in ihrem Schädel, während gleichzeitig spitze Nadeln in ihre Schläfen stachen. Benommen versuchte sie, die Übelkeit zurückzudrängen. Gott, was war passiert? Jade hob ihre zusammengeschnürten Hände und begann, ihre Schläfen zu massieren. Irgendjemand hatte Kyla angeschossen! Der Gedanke daran, dass ihre Partnerin sich allein und verletzt mitten in der Stadt versteckte, war schmerzhaft. Vielleicht hätten sie noch eine Chance gehabt, zu entkommen, wenn sie zusammengeblieben wären. Stattdessen war sie geflüchtet, um von Kyla abzulenken, und anscheinend niedergeschlagen worden, wie der Schmerz in ihrem Schädel nahelegte.

Sie konnte nur hoffen, dass es wenigstens Kyla gelungen war, sich in Sicherheit zu bringen. Nein, sie musste daran glauben, dass es ihrer Freundin gut ging, Selbstvorwürfe würden sie nur schwächen. Und sie hatte das Gefühl, dass sie all ihre Kraft noch brauchen würde, wenn sie entkommen wollte. Mit Mühe schaffte sie es, sämtliche Gedanken bis auf einen einzigen zu verbannen: sich zu befreien. Sie atmete ein paar Mal tief durch, dann begann sie, nach einem Weg zu suchen, die Fesseln zu lösen. Bald schon hatte sie die Hitze, die Schmerzen und den üblen Geruch vergessen und konzentrierte sich nur noch auf ihre Aufgabe.

Mit einem letzten Ruck gaben die Fesseln lange Zeit später nach. Schweiß lief über ihr Gesicht und brannte in Jades Augen. Ihre heftigen Atemstöße klangen laut in ihren Ohren. Der gegen Mund und Nase gepresste Stoff verhinderte das Eindringen von dringend benötigtem Sauerstoff. Verzweifelt rang sie um Atem. Wenn sie nicht bald aus diesem verfluchten Ungetüm herauskam, würde sie ersticken! Jades Finger krallten sich in den Schleier, rissen an ihm, bis er ihr Gesicht freigab und sie wieder Luft bekam. Die Panik und das wattige Gefühl in ihrem Kopf ließen nur langsam nach. Ihr hämmerndes Herz übertönte jedes andere Geräusch. Jade zwang sich, still liegen zu bleiben und ruhig durchzuatmen, während sie gleichzeitig lauschte. Falls jemand ihren Kampf gegen die Fesseln bemerkt hatte, rührte er sich jedenfalls nicht. Die Sonne brannte weiterhin heiß auf sie nieder, zusammen mit dem lauten Röhren des Auspuffs ein Zeichen dafür, dass sie sich in einem Pick-up-ähnlichen Fahrzeug befand. Vielleicht war es auch einer der offenen Lastwagen, die sie oft in der Gegend gesehen hatte.

Sie konnte ihre Uhr nicht erkennen, aber sie schätzte, dass es erst Mittag war. Am Besten wäre es natürlich gewesen, im Schutz der Dunkelheit einen Fluchtversuch zu wagen, doch so lange konnte sie nicht warten. Ein Grund war Kyla, der andere, dass ihre Entführer jederzeit an ihrem Ziel ankommen könnten und sie dann keine Chance mehr zur Flucht bekommen würde. Inzwischen befanden sie sich in den Bergen, was sie unschwer am Schaukeln des Wagens und der Tatsache, dass sie immer weiter nach unten rutschte, erkennen konnte. Ihre Füße stießen bereits an einen harten Gegenstand, wahrscheinlich die hintere Ladeklappe des Wagens. Sie musste es einfach wagen, es gab keine andere Möglichkeit. Die über die Rebellengruppe gesammelten Informationen waren zu wichtig, um sie mit ins Grab zu nehmen. Genau das konnte ihr natürlich immer noch passieren, wenn sie erwischt wurde, aber sie zog es vor, bei einem Fluchtversuch zu sterben, anstatt langsam in einem der berüchtigten »Gefängnisse« zu verrotten. Mühsam beruhigte Jade ihren in die Höhe schnellenden Puls. Sie konnte nur gewinnen, wenn sie schnell und durchdacht handelte. Alles andere würde unweigerlich zu ihrem Tod führen.

Ihre Finger ertasteten das raue Gewebe einer Plane, die über sie gebreitet war. Der durchdringende Gestank ließ Übelkeit in ihr aufsteigen. Fast wünschte sie sich den zumindest halbwegs sauberen Stoff ihrer Burka zurück, doch sie konnte sich nicht dazu bringen, den Schleier wieder über ihr Gesicht zu ziehen. Behutsam schob sie ihn ganz von ihrem Kopf. Ihr erster Impuls war, das verfluchte Ding wegzuwerfen, aber sie war darauf angewiesen, wie eine normale afghanische Frau auszusehen, sollte ihr die Flucht gelingen. Also schob sie den Schleier unter der Burka in den Bund ihrer Hose, damit er sie nicht beim Laufen behinderte. Es würde schwer genug werden, nicht über das bodenlange Gewand zu stolpern.

Vorsichtig hob sie die Plane an, bis sie einen Blick auf ihre Umgebung werfen konnte. Direkt neben ihrem Kopf befand sich etwas, das wie ein Benzinkanister aussah, daneben Holzkisten, aufgerollte Stricke und Schaufeln. Die Ecken der Plane waren irgendwo festgezurrt, sodass sie nicht vom Fahrtwind weggeweht werden konnte. Es würde mühsam werden, sich darunter herauszuwinden, aber es war machbar. Doch wie sollte sie sich von ihren Fußfesseln befreien, ohne dass jemand es bemerkte? Jade drehte sich auf dem rauen Metallboden seitwärts und zog dann langsam die Beine an. Bemüht, die Plane möglichst nicht zu berühren, machte sie sich daran, den Strick zu lösen, der viel zu fest um ihre Knöchel geschlungen war. Nach einigen Minuten gelang es ihr, und sie spürte, wie das Blut in ihre Füße zurückkehrte. Die Zähne gegen den stechenden Schmerz zusammengepresst, wartete sie auf die geeignete Gelegenheit zu fliehen.

Langsam, immer dicht an der Ladefläche, damit der Fahrer sie nicht im Rückspiegel entdeckte, schlängelte Jade sich unter der Plane heraus. Ein weiteres tiefes Schlagloch hob sie in die Höhe und schleuderte sie wieder zu Boden. Wie Spiderman mit allen vieren auf das heiße Metall gepresst, versuchte sie die Balance zu halten. Langsam kroch sie auf die Fahrerkabine zu. Der einzige Ort, an dem der Fahrer sie nicht entdecken würde, war ein etwa zwanzig Zentimeter breiter Streifen Metall an der Rückseite der Kabine. Dort konnte sie sich aufrichten und endlich einen Blick auf das Gelände werfen.

Obwohl sie geahnt hatte, was sie erwarten würde, grub sich die Verzweiflung beim Anblick der baumlosen Berghänge tiefer in ihr Herz. Selbst im Dunkeln wäre es schwierig gewesen, hier unbemerkt zu flüchten, bei Tageslicht war es nahezu unmöglich. Doch sie hatte keine Wahl. Je weiter sie in die Berge hineinfuhren, desto geringer waren ihre Überlebenschancen. Schon jetzt lag ihre Zunge wie ein trockenes Stück Holz in ihrem Mund, sie brauchte dringend etwas zu trinken. Es sah nicht so aus, als würden die beiden Entführer sich viel daraus machen, ob sie tot oder lebendig ankam – wo auch immer sie hinfuhren.

Ebenso langsam robbte Jade zurück zum Ende des Wagens. Angespannt wartete sie auf die Gelegenheit, über die metallene Klappe zu springen und in die raue Bergwelt zu flüchten. Die Enden der Burka stopfte sie in ihren Hosenbund, damit das lange Gewand sie nicht beim Laufen behinderte. Als der kleine Lastwagen schließlich abbremste und holpernd um eine enge Kurve bog, hechtete sie geduckt über die Klappe. Hart schlug sie auf dem festgefahrenen Boden auf und rollte sofort weiter in die niedrigen Büsche, die am Straßenrand wuchsen. Sie wartete nicht ab, ob die Entführer ihr Entkommen bemerkt hatten, sondern rannte gebückt los. Die dornigen Büsche rissen an ihrer Kleidung, so als versuchten sie, ihre Flucht zu verhindern. Verdammt, selbst das Land war gegen sie!

Die Hände über die Burka gepresst, um dem Wind weniger Angriffsfläche zu bieten, stolperte und rutschte sie den steinigen Abhang hinunter. Je steiler der Hang wurde, desto weniger Sträucher wuchsen dort. Einerseits erleichterte das ihr Fortkommen, andererseits konnte sie sich auch nirgends verstecken. Jade wagte einen kurzen Blick über die Schulter. Was sie sah, ließ sie abrupt stehen bleiben. Der Wagen hatte gefährlich dicht am Hang gestoppt, die beiden Männer waren herausgesprungen und gestikulierten wild. Ihre Waffen waren deutlich sichtbar, aber bisher schossen sie nicht. Ein gutes Zeichen. Jade beschloss, die Verwirrung ihrer Entführer zu nutzen und rannte weiter. Viel mehr konnte sie auch nicht tun, schließlich hatte sie keine Möglichkeit, sich zu verteidigen. Von oben erklangen Rufe, doch sie drehte sich nicht mehr um. Sie benötigte ihre gesamte Konzentration, um in dem schwierigen Terrain nicht ins Straucheln zu geraten. Der laute Knall eines Schusses hallte als Echo von den Bergwänden wider. Obwohl sie damit gerechnet hatte, zuckte Jade erschrocken zusammen und erstarrte, bevor sie sich zu Boden warf. Viel zu spät, natürlich. Wenn die Waffe auf sie gerichtet gewesen wäre, hätte sie nichts mehr machen können.

Hastig rappelte sie sich wieder auf und lief weiter. Es erklangen keine weiteren Schüsse, dafür rutschten kleine Gerölllawinen auf sie zu. Die Entführer verfolgten sie! Jade versuchte, noch schneller zu laufen, doch die Männer kamen immer näher. Verzweifelt sah sie sich um. Weit und breit war nichts zu entdecken, das ihr einen Vorteil verschaffen würde. Kein Versteck, kein Fluchtweg, keine Waffe. Sie konnte es mit Nahkampf versuchen, doch solange ihre Verfolger Gewehre bei sich hatten, die sie sicher auch benutzen würden, war das aussichtslos. Trotzdem dachte sie nicht daran, aufzugeben. Es konnten immerhin irgendwelche Spezialeinsatzkräfte in der Nähe sein, die sie retten würden. Sie verschluckte sich fast am Schnauben. Ja, sicher. Erst jetzt wurde Jade bewusst, wie allein sie war. Ihr Blick glitt über die steinigen Bergrücken, die vom aufgewirbelten Sand mit einem Schleier bedeckte Sonne, die wenigen grüngrauen Sträucher und bodenbedeckenden Pflanzen, die sich an den Berghang krallten. Hier würde sie also sterben.

Ein Lächeln huschte über Rose' Gesicht, als die Stimme ihrer Freundin Cassandra durch die Leitung drang. Sie hatte es sich gerade mit einem Buch in ihrem Lesesessel bequem gemacht, als das Telefon klingelte. Cass arbeitete offiziell für eine internationale Hilfsorganisation in Afghanistan, inoffiziell hatte sie Kontakte zur RAWA, der Revolutionären Vereinigung der Frauen Afghanistans, die sich für Demokratie und Menschenrechte, vor allem aber für die Rechte der Frauen einsetzte. Obwohl sie beide gegen ein militärisches Eingreifen der USA in Afghanistan gewesen waren, hatten sie gehofft, dass mit einer neuen Regierung endlich auch die Frauen wieder mehr Chancen in diesem Land haben würden. Dies war, bedingt durch die in weiten Teilen herrschenden rebellischen Warlords, bisher nur sehr begrenzt geschehen. Also kämpfte die RAWA weiter, teils offen, größtenteils weiterhin im Untergrund, aber immer unter Lebensgefahr.

Den internationalen Hilfsorganisationen ging es nicht viel besser – die Mitarbeiter lebten in ständiger Bedrohung durch militante Kräfte. Sollten jemals die falschen Leute herausfinden, dass Cassandra mit der RAWA in Verbindung stand und deren Gedankengut verbreitete, wäre sie in höchster Gefahr. Deshalb atmete Rose nun erleichtert auf, wie jedes Mal, wenn ihre Freundin sich meldete.

»Hi, wie geht es dir? Wo bist du gerade?« Wenn Cass telefonieren konnte, war sie vermutlich in Sicherheit.

»Derzeit in Pakistan, ich bin gerade hier angekommen. Das nicht zwingend notwendige Personal wurde in Sicherheit gebracht.« Die Erschöpfung war ihrer Stimme ebenso anzuhören wie ihre Sorge.

»Was ist passiert? Hier in den Nachrichten haben sie nichts von einer Verschlechterung der Lage erwähnt.«

»Sie versuchen, die Sache unter Verschluss zu halten. Soviel ich gehört habe, sind zwei Mitarbeiterinnen einer Hilfsorganisation verschwunden.«

»Oh Gott, wurden sie entführt?«

»Das wurde nicht bestätigt, ich hatte das Gefühl, niemand weiß, was mit ihnen geschehen ist.«

»Ich hoffe, sie werden unverletzt gefunden.« Für ihre Familien und Freunde musste es die Hölle sein, nicht zu wissen, wie es ihnen ging und ob sie sie jemals lebendig wiedersehen würden. Rose hatte dieses Gefühl jedes Mal gehabt, wenn Ramon auf einer Mission gewesen war und sie nicht wusste, wo er gerade war und ob es ihm gut ging.

»Rose?«

Abrupt schreckte Rose aus ihren Gedanken auf. »Ja?«

»Entschuldige, ich hätte dir das nicht erzählen sollen, es reicht, wenn meine Stimmung im Keller ist. Wie geht es dir, arbeitest du immer noch an deinem Projekt?«

»Ja, es nimmt langsam Gestalt an. Noch ein paar Monate, dann habe ich es geschafft.«

»Toll! Und wie geht es dir nun?«

»Habe ich doch eben …«

»Persönlich, Rose. Bist du mal wieder unter Leute gegangen? Oder hast du vielleicht sogar einen Mann getroffen?«

Warum tauchte bei dieser Frage Roderics zerfurchtes Gesicht vor ihrem inneren Auge auf? Ja, sie hatte ihn getroffen, aber nicht so, wie Cass sich das vorstellte. »Nein. Dafür hatte ich keine Zeit.«

»Das ist eine Ausrede. Auch du musst essen oder hin und wieder einen Abend freinehmen, also könntest du andere Menschen treffen, wenn du nur wolltest.«

»Du hast recht, ich will nicht.«

»Rose …«

»Soll ich dir erzählen, wen ich heute getroffen habe? Einen ehemaligen Teamgefährten meines Mannes. Glaubst du, ich habe nur eine Sekunde lang etwas anderes gesehen als das, was ich verloren habe?« Rose versuchte, das Zittern in ihrer Stimme zu unterdrücken, aber es gelang ihr nicht ganz.

Einen Moment lang herrschte Schweigen, dann seufzte Cass. »Es tut mir leid, ich hätte dich nicht bedrängen sollen. Ich weiß, wie viel dir Ramon immer noch bedeutet. Trotzdem tut es mir weh, dich allein zu sehen. Du hättest einem Mann so viel zu geben.«

Rose' Lachen klang selbst in ihren Ohren hohl. Aber immer noch besser, als die Tränen zuzulassen, die in ihren Augen brannten. »Du tust so, als hätte ich kein Leben mehr.«

»Hast du denn eines? Abgesehen von deiner Arbeit, meine ich?« Cass seufzte. »Wie viele Freunde hast du? Und ich rede jetzt nicht von Männerbekanntschaften.«

»Dich …« Rose' Stimme verklang.

»Ich fühle mich geehrt, aber wir sind noch nicht mal auf demselben Kontinent.«

»Mit meinen Kollegen an der Universität komme ich gut zurecht.«

»Das heißt, du siehst sie bei der Arbeit, begrüßt sie, ihr redet über das Wetter oder über ein Projekt, und das war es dann, oder?«

Sie hatte es ziemlich genau getroffen. Rose lehnte den Kopf an die Nackenstütze und schloss die Augen. Solange sie denken konnte, war sie sich selbst genug gewesen. Ihre Eltern hatten versucht, für sie und ihre vier Geschwister genug Zeit zu haben, aber da sie beide arbeiten mussten, um die große Familie durchzubringen, hatte sie schnell gelernt, nicht zu viele Ansprüche zu stellen. Der Kontakt zu ihren Eltern und Schwestern war weiterhin herzlich, aber sie wollte die anderen nicht noch länger mit ihren Problemen belasten. Auch Ramons Familie hatte versucht, sie zu unterstützen, aber ihr eigener Verlust war zu groß gewesen. Jedes Mal wenn sie sich sahen, wurden sie alle wieder daran erinnert, dass Ramon in ihrer Mitte fehlte.

Kennengelernt hatte sie Ramon in der Schule, an der sie damals arbeitete. Eines Tages hatte er seinen jüngsten Bruder abgeholt, war über eine Hecke gesprungen, um den Weg abzukürzen, und dabei fast auf ihr gelandet. Es war Liebe auf den ersten Blick gewesen. Sie hatten sich in die Augen gesehen und *gewusst*, dass sie zusammengehörten. Einige Monate später waren sie verheiratet gewesen, eine Entscheidung, die Rose nie bereut hatte. Auch wenn sie wegen seines Jobs als SEAL ständig Angst um ihn gehabt hatte, waren diese Jahre mit ihm die glücklichsten ihres Lebens gewesen. Sie konnte sich nicht vorstellen, dass ein anderer Mann jemals Ramons Platz einnehmen würde.

Abrupt setzte Rose sich auf. Ihre Freundin hatte nur alle paar Monate die Gelegenheit zu einem ausführlichen Telefongespräch, und sie saß hier und suhlte sich in Selbstmitleid, anstatt herauszufinden, was Cassandra in letzter Zeit erlebt hatte. Normalerweise hatte sie sich besser im Griff. Es musste an dem Zusammentreffen mit Roderic liegen, anders konnte sie es sich nicht erklären.

»Wie sieht es bei dir aus, hast du jemanden kennengelernt?«

»Jede Menge Leute. Aber wenn du einen bestimmten Mann meinst … ja, ich denke, ich habe einen geeigneten Kandidaten entdeckt. Mehr kann ich dir aber nicht darüber erzählen, er gehört einer Spezialeinheit an.«

»Amerikaner?«

»Nein.«

Es war klar, dass Cass nicht mehr darüber sagen würde. Und Rose würde auch nicht darauf hinweisen, wie gefährlich es war, einen Soldaten zu lieben. Wobei es wahrscheinlich nicht Liebe war, die ihre Freundin dort suchte, wie sie in ihrer Zeit in Afghanistan erfahren hatte. Bei ihrem Engagement für die Hilfsorganisation war eine normale Beziehung auch gar nicht aufrechtzuerhalten, und Cass ersparte sich mit der praktischen Herangehensweise viel Kummer. Stattdessen erzählte sie von ihren Hilfsprojekten, ließ aber ihre Arbeit für die RAWA aus. Zumindest würde ein möglicher Lauscher keine Hinweise darüber erhalten, denn sie benutzten einen Code, der nur Eingeweihten bekannt war. Aber sie würden über das Telefon sowieso nie Namen oder Verstecke preisgeben, egal wie sicher die Leitung war.

Eine Viertelstunde später legte Rose den Hörer auf, gleichzeitig erfreut über die erfolgreiche Arbeit der Frauenbewegung und frustriert darüber, dass Frauen selbst unter der neuen Regierung für ihre Rechte kämpfen mussten. Natürlich war es jetzt besser als vorher, aber auch nur dort, wohin der Arm des Gesetzes reichte. Rose legte das Buch zur Seite und stand auf. Unruhig ging sie zum Fenster und blickte hinaus in die Dunkelheit. Cassandras Bericht über die entführten Frauen ging ihr nicht aus dem Sinn. Würde diese Spirale der Gewalt denn nie aufhören? Was passierte, wenn die Hilfsorganisationen irgendwann ihre Mitarbeiter ganz abzogen, weil sie es nicht mehr riskieren konnten, sie in die Krisengebiete zu schicken? Ganz auf sich allein gestellt, würden noch viel mehr Menschen verhungern oder Krankheiten zum Opfer fallen, als es jetzt schon der Fall war.

4

Nach einer größtenteils schlaflos verbrachten Nacht stieg Rock am nächsten Morgen noch vor Sonnenaufgang die Stufen zu der als Lagezentrum für TURT-Operationen umfunktionierten Baracke hinauf. Normalerweise schlief er wie ein Stein, vor allem nach einem derartigen Arbeitsmarathon, aber diesmal hatte sich der Schlaf nicht eingestellt. Mit unter dem Kopf verschränkten Händen hatte er blicklos an die Decke gestarrt und gegrübelt. Er hatte die verschiedenen Szenarios durchgespielt, was den beiden Agentinnen zugestoßen sein könnte. Keine der Antworten gefiel ihm.

Noch weniger aber ließ ihn der Gedanke an Rose zur Ruhe kommen. Obwohl sie versucht hatte, es vor ihm zu verbergen, hatte er gesehen, wie tief sie immer noch durch Ghosts Tod verletzt war. Auch nach sieben Jahren stand in ihren Augen der gleiche schreckliche Kummer wie damals bei der Beerdigung. Als wäre es gestern gewesen. Verdammt, es *war* erst gestern gewesen. Weder er noch die anderen Mitglieder von SEAL Team 11 hatten jemals vergessen, wie es gewesen war, einen der ihren sterben zu sehen. Meist schafften sie es, die Erinnerung daran zu unterdrücken, doch sie war immer im Hinterkopf vorhanden, bereit, jederzeit hervorzubrechen.

Der damalige kommandierende Offizier des Teams, Captain Clint Hunter, hatte kurz nach dem Vorfall im Regenwald von Costa Rica den Dienst quittiert und war auf die Ranch seiner Eltern in Montana zurückgekehrt. Obwohl außer demjenigen, der den Abzug gedrückt hatte, niemand die Schuld an Ghosts

Tod trug, hatten sie sich alle verantwortlich gefühlt. Clint aber besonders, weil er den Befehl zum Eingreifen gegeben hatte. Immerhin hatten sie bei der Mission einer sehr wichtigen Waffenexpertin aus Washington das Leben gerettet. Unglaublich, dass Karen Lombard inzwischen seit mehreren Jahren Clints Lebensgefährtin war. Allgemein hatte sich im Team in letzter Zeit einiges geändert. Auch Clints Nachfolger, Matt Colter, damals in Costa Rica noch zweiter Mann, hatte letztes Jahr das Team verlassen. Allerdings war er in Coronado geblieben und fungierte nun als Kommandeur und Ausbilder der Westküsten-TURTs und war gleichzeitig die Schnittstelle zwischen den Agenten und den SEALs.

Verschiedene Gruppen der Antiterroreinheit waren im ganzen Land stationiert, meist auf SEAL- oder anderen Militärstützpunkten. Im Gegensatz zu den militärischen Eingreiftruppen bestand ihre Aufgabe darin, Informationen zu sammeln und auszuwerten, die Überwachung von verdächtigen Objekten oder Personen und die Infiltrierung von Terrorgruppen. Die spätere Verhaftung oder Eliminierung würden dann andere vornehmen. Das machte den Job trotzdem nicht weniger gefährlich, besonders wenn man bedachte, dass die TURTs in die unruhigsten Regionen der Erde geschickt wurden – und sie kein Team als Rückendeckung hatten. Meist waren sie ganz auf sich gestellt oder hatten höchstens einen Partner, weil sonst die Gefahr einer Entdeckung viel zu groß war. Eine Person fiel einfach weniger auf als eine ganze Gruppe. Zudem dauerten die Missionen teilweise Monate, wenn nicht sogar Jahre.

Normalerweise ging Rock immer sofort zur Baracke von Team 11, aber heute wollte er sich erst nach dem aktuellen Stand erkundigen. Es war ratsam, über eine Situation informiert zu sein, die jederzeit zu einem Einsatz des Teams führen konnte. Mit einiger Anstrengung schaffte Rock es, seinen Gesichtsausdruck zu glätten, bevor er die Tür des Lagezentrums öffnete. Nur wer ihn gut kannte, würde jetzt noch vermuten, dass er sich Sorgen machte.

Trotz der frühen Stunde wimmelte es in dem kleinen Gebäude schon vor Menschen. Es roch nach Kaffee und Schweiß, Aftershave und Parfüm. Eine ungewöhnliche Mischung auf einer SEAL-Basis, aber langsam gewöhnte er sich daran, dass inzwischen auch Frauen Zugang hatten. Zumindest hier in dieser Baracke, die restlichen SEAL-Behausungen waren weiterhin tabu. Beziehungen zwischen SEALs und TURT/LEs wurden nicht gerne gesehen, waren aber nicht offiziell verboten, da es sich um zwei getrennte Organisationen handelte. Trotzdem herrschte eine deutlich andere Stimmung in den Räumen, in denen sowohl Männer als auch Frauen Zutritt hatten. Die jungen SEAL-Anwärter hatten es besonders schwer, sich auf ihr Training zu konzentrieren, wenn gleichzeitig Frauen im Hindernisparcours unterwegs waren.

Rock drängte sich zu Matt durch, der am anderen Ende des Raumes in ein Gespräch mit Daniel Hawk vertieft war. Hawk, ein ehemaliger NSA-Agent, war im letzten Herbst zu TURT gestoßen und seitdem das zivile Gegenstück zu Matt. Während der Captain sich um alles kümmerte, was Training, Ausrüstung und Unterstützung der Navy anging, bekam Hawk seine Befehle direkt vom Verteidigungsministerium. Er war dafür zuständig, den einzelnen Agenten ihre Missionen zuzuweisen, Informationen zu beschaffen und dafür zu sorgen, dass alle US-Dienste mitarbeiteten. Gemeinsam versuchten sie, die verschiedenen Interessen unter einen Hut zu bringen und gleichzeitig die Antiterroreinheit aufzubauen. Und bisher war ihnen das auch fast reibungslos gelungen. Die beiden Männer ähnelten sich nicht nur in Körpergröße und Statur, sondern auch in ihrer lockeren, unkomplizierten Art. Heute jedoch war selbst ihnen der Stress anzumerken, die finsteren Mienen sprachen Bände.

»Nein, das kommt nicht infrage, sie sind noch nicht so weit.« Matt gelang es, seine Stimme leise zu halten.

»Du gehst von deinen hohen SEAL-Standards aus, aber diese Agenten sind fähige Leute. Sie kommen von der CIA, dem FBI und diversen anderen Einheiten, sie sind gut ausgebildet.«

»Ja, das mag sein, aber nicht für die Aufgabe, die vor ihnen liegen würde. Und wir wissen nicht, was genau geschehen ist oder wo die beiden Agentinnen sind. Wie willst du sie retten lassen, wenn du weder ihren Aufenthaltsort noch den Status kennst?«

»Dann schick ein SEAL-Team!« Hawks kurze blonde Haare standen in Stacheln vom Kopf ab.

»Das würde ich, wenn ich den Befehl vom Pentagon bekäme und wüsste, wo wir suchen sollen. Ein Team ist zu auffällig, wenn es eine Suchaktion startet. SEALs gehen schnell rein und auch wieder raus, möglichst unbemerkt. Das wäre in Afghanistan aber nur bedingt möglich ohne ein klares Ziel.« Matts Stimme wurde sanfter. »Glaubst du nicht, ich würde liebend gerne sofort jemanden reinschicken? Aber das wäre Irrsinn. Wir müssen jetzt einen klaren Kopf behalten und erst einmal genauere Informationen abwarten. Ich möchte Jade und Kyla genau wie du lebend wiedersehen.«

Rock betrachtete Hawks versteinerte Miene genauer. Normalerweise völlig gelassen, schien ihm diese Situation gehörig an die Nieren zu gehen. Mit einem lauten Räuspern machte sich Rock schließlich bemerkbar. »Irgendetwas Neues, während ich weg war?«

Matt drehte sich zu ihm um, seine vor Müdigkeit rotgeränderten Augen blickten grimmig. »Nein. Unser Kontakt sagt, sie sind einfach verschwunden. In ihrem Unterschlupf gab es keinen Hinweis darauf, wo sie jetzt sein könnten. Der Kontaktmann wird das Haus noch eine Weile im Auge behalten, aber er glaubt nicht, dass sie noch einmal wiederkommen. Die Satellitenbilder zeigen auch nichts, es war zu dunkel dort. Hätten wir es vorher gewusst, wären Wärmebildaufnahmen gemacht worden. So können wir nur hoffen, dass sie einfach noch keine Möglichkeit gefunden haben, uns zu kontaktieren.«

Mit einem unterdrückten Laut wandte Hawk sich ab und durchquerte mit langen Schritten die Baracke. Schweigend blickten Matt und Rock ihm hinterher.

Rock sprach zuerst. »Soll ich das Team in Bereitschaft halten?«

»Ja. Es ist zwar schon ein Team in der Region, das reagiert, sobald wir ein Ziel haben, aber es kann nie schaden, auf alles vorbereitet zu sein. Ich werde auch noch mit Lieutenant Commander Devlin reden.«

Rock unterdrückte einen Fluch. Warum vergaß er immer wieder, dass Matt nicht mehr CO von SEAL Team 11 war? Natürlich war es die Aufgabe des Commanders, sein Team in Bereitschaft zu versetzen. Und es war nicht etwa so, dass er Devlin nicht zutraute, das Team zu führen, es war einfach Gewohnheit, zuerst mit Matt zu sprechen. Es wurde Zeit, das zu ändern. Devil war ein guter Mann, und sie konnten froh sein, dass sie ihn als Kommandierenden bekommen hatten und nicht einen von diesen Aufschneidern, die glaubten, beweisen zu müssen, dass sie besser waren als alle anderen im Team.

An seiner Qualifikation bestand jedenfalls kein Zweifel, mit seinem früheren Team hatte er erfolgreich etliche internationale Missionen durchgeführt. Sicher war es einfacher, Matt zu mögen, der trotz seiner lockeren Art jederzeit den Respekt seines Teams besessen hatte. Chase Devlin war ein anderer Typ, ruhiger, zurückhaltender, es würde einige Zeit dauern, bis jeder Einzelne im Team mit ihm warm wurde. Auch der Commander selbst schien sich noch ein wenig vom Team fernzuhalten. Es fehlte dieses automatische, unerschütterbare Vertrauen, das sowohl mit Clint als auch mit Matt bestanden hatte. Aber sie hatten auch Jahre gehabt, um es aufzubauen.

Rock seufzte unterdrückt. Es wurde Zeit, dass er ein Gespräch mit Devlin führte und versuchte, ihn besser kennenzulernen und ihn vor allem mehr ins Team zu integrieren. Denn das war eine der unausgesprochenen Aufgaben eines Senior Chiefs. Natürlich konnte er auch warten, bis T. C. Jordan als XO sich rührte, aber da der ebenfalls ein eher ruhiger Typ war, würde das wohl ewig dauern. Und dafür reichte die Zeit nicht. Er wollte die Sache geregelt haben, bevor er die SEALs verließ. Der Gedanke an seinen Abschied, der in nicht mehr allzu weiter Ferne lag, verursachte jedes Mal ein scharfes Ziehen in seiner Magengrube. Rock würde nicht so weit gehen, zu sagen, dass die Teams sein Leben waren, aber doch ein sehr großer Teil davon. Sie zu verlassen, würde der schwerste Schritt in seinem Leben sein, aber er hatte keine andere Wahl. Irgendwann würde sein Körper ihn im Stich lassen, und er hatte nicht vor, die anderen dadurch zu gefährden, dass sie ihn auf Missionen nur noch mitschleppten.

»Woran denkst du?«

Rock schnitt eine Grimasse. Er hatte vergessen, dass Matt noch neben ihm stand. Sein früherer CO war einige Jahre jünger als er, hatte sich aber trotzdem dafür entschieden, den aktiven Dienst aufzugeben. Das lag allerdings eher an seiner Liebe zu Shannon Hunter als daran, dass er körperlich nicht mehr mithalten konnte. Wenn überhaupt möglich, schien er noch fitter als früher zu sein.

»Die Sache mit den Frauen macht mich nervös.« Untertreibung des Jahres. Allein die Vorstellung, was ihnen zugestoßen sein könnte, lag wie ein tonnenschweres Gewicht in seinem Magen. Aber er war sich sicher, dass es allen anderen hier genauso ging, deshalb wechselte er das Thema. »Ich habe gestern Rose getroffen.« Im wahrsten Sinne des Wortes. Erneut sah er sie von oben bis unten nass gespritzt vor sich. Die Art, wie das feuchte T-Shirt an ihren Rundungen geklebt hatte …

»Rose? Redest du von Rose Gomez?« Erstaunen zeichnete sich auf Matts Gesicht ab.

»Ja. Sie ist wieder in San Diego. Davor hat sie einige Jahre in Berkeley studiert.«

»Tatsächlich? Ich freue mich, dass sie Ghosts Tod überwunden und in ihr Leben zurückgefunden hat.« Rock bezweifelte das, korrigierte Matt aber nicht. »Ist sie wieder liiert?«

»Ich habe sie nicht danach gefragt. Wir haben nur kurz miteinander gesprochen, während ich sie nach Hause gefahren habe.«

Matts Augenbrauen schossen in die Höhe. »Und?«

»Nichts ›und‹. Ich habe nur gewartet, bis sie sich umgezogen hatte und bin wieder gefahren.« Jeder andere wäre vor Rocks finsterer Miene zurückgewichen, doch Matt schien sich nicht daran zu stören. Im Gegenteil, ein Grinsen bog seine Mundwinkel nach oben. »Sie war völlig durchnässt. Ich habe ihr meine Jacke gegeben.«

»Deine heilige Jacke?«

Rock wusste, dass Matt ihn nur aufzog, trotzdem konnte er nicht verhindern, dass er explodierte. »Was auch immer du denkst, lass es! Rose ist eine anständige Frau, die schon zu viel leiden musste. Es ist nicht richtig, wenn du dich über sie lustig machst.«

»Whoa! Du weißt genau, wie sehr ich Rose und auch Ghost mochte, also komm mir nicht mit so was. Ich habe dich nur ein wenig aufgezogen, kein Grund, sauer zu werden.«

Rock fühlte Hitze seinen Nacken hinaufkriechen. Warum hatte er so empfindlich reagiert? Er hätte einfach nur seinen Mund halten sollen, anstatt zu versuchen, sich zu rechtfertigen. »Als ich vor Rose stand, musste ich die ganze Zeit daran denken wie Ghost …« Er atmete tief durch. »Es war fast schwerer, ihr in die Augen zu blicken, als Ghost durch den Regenwald zum Hubschrauber zu tragen. Ich konnte die ganze Zeit nur daran denken, dass ich irgendetwas hätte tun müssen, um ihn vor der Kugel zu schützen.«

»Du hättest nichts tun können, es war einfach Pech, dass er genau an der falschen Stelle saß.«

Die Mission war beinahe erfolgreich beendet gewesen, als plötzlich Bewaffnete aufgetaucht waren. Das Team hatte sich sofort zu Boden geworfen und war dadurch dem Kugelhagel entkommen. Nur Matt hatte einen Steinsplitter von der Hauswand abbekommen und seitdem eine Narbe im Gesicht. Doch Ghost war von einer Kugel unterhalb der Schutzweste getroffen worden und auf dem Weg durch den Dschungel verblutet. Noch heute brach Rock der Schweiß aus, wenn er an diese Nacht dachte. Natürlich hatte er schon vorher Verletzte und Tote gesehen, aber es war etwas ganz anderes, wenn es ein Teammitglied war. Jemand, mit dem man jeden Tag zusammenarbeitete und der einem schon etliche Male den Rücken gedeckt hatte. »Ich weiß.«

Eine Weile starrten sie beide vor sich hin, jeder in seine Gedanken vertieft, bevor Matt sich räusperte. »Wo arbeitet Rose?«

»Sie lehrt an der Universität, irgendetwas über die Rolle der Frau in fremden Kulturen. In ihrem Regal habe ich ein Buch gesehen, das sie anscheinend geschrieben hat: ›Die Frau in der islamischen Welt‹.«

»Klingt interessant. Meinst du, sie würde hier mal vorbeikommen?«

»Nein, ganz sicher nicht. Ich glaube, sie wird sich vom Stützpunkt so fern halten wie es nur irgend geht.« Mehr zu sich selbst fügte er hinzu: »Und von uns auch.«

Matt wollte antworten, wurde aber von jemandem am anderen Ende des Raumes gerufen. »Ich muss los, wir sprechen später weiter.«

»Ich bin beim Team, sag Bescheid, wenn ihr mich hier braucht.«

»Okay.«

Damit wandte Matt sich ab und eilte durch die Baracke, während Rock sich auf den Weg zur Tür machte. Er hatte das unangenehme Gefühl, dass der heutige Tag noch viel schlimmer werden würde.

5

Lieutenant Commander Devlin absolvierte am Strand auf einem der dort liegenden Holzmasten Liegestütze, als Rock ihn fand. Wassertropfen glitzerten auf seinem bis auf Shorts nackten Körper. Wahrscheinlich war er direkt aus dem Meer gekommen. Unsicher, ob er seinen Vorgesetzten stören sollte, blieb Rock ein Stück entfernt stehen.

»Was gibt's, Senior Chief?«

So viel zu seiner Anschleichtechnik. Manchmal war es direkt unheimlich, wie viel Devil mitbekam. Das hatte auch der neue Seaman Qi'Cheng gemerkt, als er vor ein paar Monaten geglaubt hatte, einen unerlaubten Kampf in seiner Freizeit mit einem anderen Mitglied der SEAL-Teams verheimlichen zu können. Devlin war aufgetaucht und hatte der Sache ein schnelles Ende bereitet, indem er beide Kontrahenten ihre überschüssigen Kräfte am Hinderniskurs hatte austoben lassen. Mehrere Tage lang. Danach hatten die beiden keinerlei Lust mehr verspürt, jemals wieder die Hand gegeneinander zu erheben. Rock hätte den Kampf auch aufgelöst, allerdings hatte er erst davon erfahren, als Devlin bereits vor Ort war. Kein Wunder, dass sich das Gerücht hielt, der Spitzname Devil käme von seiner beängstigenden Fähigkeit, alles zu sehen und zu wissen, selbst wenn er sich ganz woanders aufhielt. Es gab sogar SEALs, die sich von ihm fernhielten, weil sie glaubten, dass er paranormale Kräfte hätte. Das war natürlich Unsinn, verschaffte dem CO aber zusätzlichen Respekt.

»Hast du deine Zunge verschluckt?«

»Äh, nein.«

Devlin hatte keine Liegestütze ausgesetzt. Wie eine Maschine hob und senkte sich sein Körper ohne sichtbare Anstrengung.

Langsam ging Rock auf ihn zu und stützte seinen Fuß auf einen der Balken. »Ich habe eben mit Captain Colter gesprochen, es könnte sein, dass das Team angefordert wird. Er wird sich nachher deswegen bei dir melden.«

»Ich habe schon darauf gewartet.«

Rock rollte unbehaglich die Schultern. Er hatte das dumpfe Gefühl, dass Devlin genau wusste, dass sich das Team immer noch nicht ganz daran gewöhnt hatte, mit ihren Fragen und Problemen zu ihm zu kommen, und deshalb noch häufig Matt konsultierte. Ihn eingeschlossen. Sie hatten die Situation zu lange schleifen lassen. Vielleicht lag es auch daran, dass sie noch nie zusammen auf einer richtigen Mission gewesen waren und deshalb noch nicht hundertprozentig wussten, ob sie sich im Ernstfall aufeinander verlassen konnten. Intellektuell waren sie sich dessen sicher, aber emotional dauerte es länger, bis sich echtes Vertrauen aufbaute. Rock setzte sich auf den Holzmast und stützte die Ellbogen auf die Knie. Es fiel ihm schwer, über so etwas zu reden, deshalb begann er mit Allgemeinem.

»Sie haben die beiden Agentinnen bisher noch nicht entdeckt. Der Kontakt in Afghanistan ist noch auf der Suche nach einer Spur.«

»Er wird sie nicht finden.«

Nicht? »Woher …?«

Devlin unterbrach ihn. »Entweder sind sie so tief untergetaucht, dass sie sich nicht melden können, oder sie wurden gefangen genommen. In beiden Fällen wird der Kontakt keine Spuren finden. Wenn sie Hinweise hinterlassen hätten, würden auch ihre Feinde sie in kürzester Zeit ausfindig machen. Soweit ich weiß, wurden für diese Mission sehr fähige Agentinnen ausgewählt, die auch vorher schon Erfahrung in der Undercoverarbeit sammeln konnten. Selbst wenn sie schnell verschwinden mussten, werden sie dafür gesorgt haben, dass niemand nachvollziehen kann, wer sie sind und was sie dort getan haben.«

Rock wusste, dass Devlin recht hatte, aber die Vorstellung, vielleicht nie zu erfahren, was mit den beiden TURT/LE-Agentinnen geschehen war, gefiel ihm überhaupt nicht. »Wir werden weitersuchen.«

»Natürlich.« Damit schien für Devlin das Thema erledigt zu sein. Er richtete sich auf und lockerte seine Armmuskulatur. »Drehen wir eine Runde?« Er deutete auf den menschenleeren Strand.

Rock nickte. Ein wenig Bewegung würde ihm sicher guttun. Wenn er Glück hatte, konnte er vielleicht sogar für einen Moment alles andere vergessen. Rasch zog er sein T-Shirt über den Kopf und schlüpfte aus seinen Stiefeln. Die Hose behielt er an, da er nichts darunter trug. Er hatte bereits am Anfang seiner Zeit bei den SEALs gelernt, dass es besser war, dem Sand keine Gelegenheit zu geben, sich irgendwo anzusammeln. Devlin wartete geduldig und lief dann langsam neben ihm her, während Rock sich aufwärmte. Dass der CO so genau wusste, dass seine Muskeln im Alter länger brauchten, um die Steifheit zu verlieren, machte es auch nicht leichter, es zu ertragen. Wo war die Zeit geblieben? Gerade erst war er als Achtzehnjähriger zur Navy gegangen, um irgendwann einmal ein SEAL zu werden, und schon war er am Ende seiner Karriere. Und er hatte es nicht einmal geschafft, zwischenzeitlich eine Frau zu finden, die es länger bei ihm aushielt. Wenn er die Teams verließ, würde er ganz von vorn anfangen müssen. Ungeduldig schüttelte Rock den Gedanken ab. Noch war er hier, und es gab viel Wichtigeres zu tun, als über die Zukunft zu grübeln.

»Worüber wolltest du mit mir reden?«

»Wie bitte?«

Devlin blickte ihn von der Seite her an. »Du bist sicher nicht zum Strand gekommen, um mir beim Training zuzuschauen oder um dich über die TURT/LEs zu unterhalten. Also, was ist es?«

Innerlich seufzend akzeptierte Rock, dass er es nicht weiter hinauszögern konnte. »Es geht um das Team.«

»Ja?«

»Ich habe das Gefühl, dass es noch nicht völlig zusammengewachsen ist.«

»Das ist normal, meine beiden Vorgänger waren jahrelang im Team, sind mit ihm aufgestiegen. Ich bin ein Fremder, der diese Lücke füllen soll.«

»Ja. Aber das Team ist dir auch nicht wirklich entgegengekommen. Ich werde mit den Männern reden.«

»Lass es. Sie können nicht dazu gezwungen werden, das Vertrauen muss von allein kommen. Und das wird es.«

Was konnte er dazu noch sagen? Wenn Devil so sicher war, dann hatte auch er keinen Grund, daran zu zweifeln. Trotzdem würde er in den nächsten Tagen verstärkt darauf achten, was die anderen Teammitglieder über ihren Anführer zu sagen hatten. Vielleicht würde er so die Ursache für die Distanz entdecken.

Rocks Muskulatur hatte sich inzwischen erwärmt, seine Schritte wurden länger und federnder. Ja, so sollte es sein. Ruhe erfasste seinen Körper und drang auch in seine Gedanken ein. Für einen kurzen Moment schaffte er es sogar, sein Treffen mit Rose und die Trauer in ihren Augen zu vergessen.

Zurück in der kleinen Hütte, die das SEAL-Team als Lagezentrum nutzte, setzte Rock sich an den Computer und wählte sich ins Internet ein. Er wollte sehen, was dort über die Gegend stand, in der die beiden Agentinnen verschwunden waren. Natürlich waren vor der Mission sämtliche wichtigen Informationen zusammengetragen worden, aber er hatte bisher noch keinen Blick darauf werfen können. Außerdem wollte er sich selbst ein Bild von der Situation machen, ohne die Bewertung der Analysten. Mit der Planung der Missionen hatte er nichts zu tun, Team 11 wurde nur zum physischen und psychischen Training hinzugezogen, außerdem gab es einige Lehrfächer, die SEALs und TURTs gemeinsam besuchten. Er kannte die beiden Agentinnen nicht besonders gut, aber das, was er gesehen hatte, gefiel ihm. Kyla und Jade waren völlig unterschiedliche Typen, sowohl äußerlich als auch in ihrer Persönlichkeit.

Jade war die ruhigere der beiden. Ihre Gedanken versteckte sie meist hinter ihren strahlend blauen Augen und einem geheimnisvollen Lächeln. Groß und schlank wirkte sie fast zerbrechlich – zumindest, bis man sie im Training gesehen hatte. Alles was sie machte, tat sie mit einer Leidenschaft, Hingabe und Ausdauer, die vorbildlich war. Sie konzentrierte sich völlig auf ihre Aufgabe und vergaß dabei alles andere um sich herum. Sehr zum Missfallen ihrer vielen Verehrer, die sie einfach ignorierte. Selbst ihre schwarzen Haare trug sie kurz und ohne jeden Schnörkel. Er hatte sie noch nie geschminkt gesehen. Soweit er das beurteilen konnte, trug sie nie etwas anderes als Sonnencreme, und das auch nur, weil ihre helle Haut sonst sofort verbrannt wäre.

Im Gegensatz dazu war Kyla jederzeit zu Scherzen aufgelegt und hatte mit ihrem offenen Wesen bereits viele Freunde gewonnen. Bestimmt zwanzig Zentimeter kleiner als Jade wirkte sie viel kompakter, ihr gebräunter Körper gestählt vom harten Training. In der Freizeit trug sie ihre langen blonden Haare offen, die grünen Augen betonte sie geschickt mit Make-up. Sie kannte ihre Wirkung auf Männer genau und scheute auch nicht davor zurück, sie gezielt einzusetzen. Wie Jade war auch sie von ihrem neuen Job begeistert und hatte sich mit Feuereifer in die Ausbildung gestürzt. Sie hatte sich zum Ziel gesetzt, als eine der

Ersten an einer echten Mission teilzunehmen – und sie hatte es erreicht. Ob sie jetzt immer noch so glücklich darüber war? Vermutlich, denn sie ließ sich selten von irgendetwas stoppen. Sie hatte gewusst, worauf sie sich einließ, als sie sich für das TURT/LE-Programm anmeldete, und sie war dazu bereit gewesen.

Rock rieb über seinen verspannten Nacken. Wahrscheinlich war er altmodisch, aber er sah es nicht gerne, wenn Frauen sich in Gefahr begaben. Auch wenn sie noch so fähig und gut ausgebildet waren, er würde immer das Bedürfnis haben, sie zu schützen. Deshalb war er froh, dass in den SEAL-Teams nur Männer zugelassen waren. Natürlich würde er alles für die Sicherheit seiner Kollegen tun, aber er hatte nicht das Gefühl, sie ständig beschützen zu müssen. Da er aber wusste, dass solche Gedanken bei der Ladies Elite nicht gern gesehen waren, behielt er sie für sich. Schließlich wollte er weiterhin in Ruhe seine Arbeit erledigen können, und er wusste, wie hartnäckig die LE sein konnte, wenn die Agentinnen den Verdacht hatten, anders behandelt zu werden als ihre männlichen Kollegen.

Rocks Blick klärte sich. Auf dem Bildschirm war die Startseite der University of California zu sehen. Wie war er dort hingekommen? Eigentlich hatte er doch über Afghanistan recherchieren wollen … Aber wo er schon mal hier war, konnte er auch gleich einen Blick auf Rose' Lehrstuhl werfen. Er klickte auf den Link zur Personensuchmaschine und gab ihren Namen ein: Gomez, Rose.

Es wurde Zeit, sich wieder auf seine Aufgabe zu konzentrieren. Wahrscheinlich sollte er nach Beendigung dieser Situation ein paar Tage Urlaub nehmen und sich einen ruhigen Platz suchen, wo er in aller Ruhe nachdenken konnte, wie es für ihn beruflich weiterging. Immerhin hatten sich im Laufe seiner Karriere etliche Urlaubstage angesammelt, die nur verfallen würden, wenn er die Navy verließ.

Er ignorierte das flaue Gefühl in seinem Magen und betrachtete stattdessen die Seite, die sich geöffnet hatte. Rose lächelte ihm von einem offiziellen Porträt entgegen. In einem beigefarbenen Blazer, geschminkt und die Haare ordentlich aufgesteckt, war sie kaum mit der Frau vereinbar, die er gestern getroffen hatte. Weder mit dem nassen Etwas noch mit der jungen Frau in Jeans, die ihn so offensichtlich aus dem Haus haben wollte.

Rock beugte sich vor und schaute genauer hin. Trotz ihres Lächelns konnte er auch hier die sie umgebende Traurigkeit erkennen. Oder vielleicht sah er sie auch nur, weil er es wollte. Er fuhr mit der Hand über sein Gesicht. Woher kam dieser idiotische Gedanke? Wenn er es gekonnt hätte, dann hätte er Ghost wieder lebendig gemacht, nur damit Rose glücklich war. Und dann wäre er selbst auch gar nicht erst Gefahr gelaufen, mehr in ihr zu sehen als die Frau eines Kollegen. Rock lehnte sich abrupt im Stuhl zurück, dessen Rückenlehne protestierend quietschte. Nein, Rose interessierte ihn überhaupt nicht, zumindest nicht auf diese Weise. Sie tat ihm leid, und er fühlte sich schuldig, das war alles.

»Heiße Braut.«

Rock fuhr so schnell herum, dass der Stuhl gegen den Schreibtisch krachte und der Monitor gefährlich wankte. Chief Emilio Sanchez, seit wenigen Monaten Scharfschütze von Team 11, beugte sich über seine Schulter und konnte gerade noch zurückspringen.

»Wie bitte?«

Snake, wie er von allen nur genannt wurde, deutete auf das Foto. »Die Frau sieht heiß aus. Mit der würde ich gerne mal …«

Weiter kam er nicht, denn Rock war aufgesprungen und hatte ihn am Kragen gepackt, sodass er keine Luft mehr bekam. Sein Gesicht dicht an Snakes geschoben, senkte Rock die Stimme. »Rose ist die Witwe eines ehemaligen Teammitglieds. Niemand wird hier so über sie reden wie du eben, habe ich mich klar ausgedrückt?« Abrupt stieß er Sanchez von sich.

Dieser rieb sich den Hals, während er Rock misstrauisch ansah. »Verdammt, ist ja gut. Woher sollte ich denn das wissen?«

Rock ließ sich wieder auf dem Stuhl nieder und wandte sich dem Computer zu. »Merk es dir.«

Nachdem Sanchez eilig die Hütte verlassen hatte, rief Rock die Internetseite der Bibliothek von San Diego auf und bestellte Rose' Buch.

6

Sie war nicht gestorben, allerdings wäre das vielleicht die bessere Alternative gewesen. Die Männer hatten Jade nicht erschossen, dafür aber gepackt und sie unsanft zurück zum Wagen gezerrt, während sie jeden Trick angewandt hatte, den sie kannte. Es hatte nichts geholfen. Im Gegenteil, sie waren vorgewarnt und weniger leichtsinnig. Erneut waren ihre Hände und Füße mit Stricken zusammengebunden, doch diesmal hatten sie sie zusätzlich in eine Kiste gesperrt. Vergeblich zerrte Jade an den Fesseln, sie gaben keinen Zentimeter nach. Schwer atmend lag sie einen Moment da. Die Holzwände schienen immer näher zu rücken. Obwohl sie schon immer unter leichter Platzangst gelitten hatte, konnte sie sich normalerweise gut kontrollieren. Hier jedoch war sie nicht nur gefesselt in einer engen Kiste gefangen, sie wurde auch noch irgendwo hingefahren, wo es ihr garantiert noch viel schlechter ergehen würde als bisher.

Die Burka klebte an ihrem schweißnassen Körper, wickelte sich wie eine Schlange immer enger um sie, bis sie meinte, daran ersticken zu müssen. Ihre Arme schmerzten, wo sich die Finger ihrer Entführer grob in ihre Muskeln gegraben hatten. Durch einen Spalt im Holz konnte sie erkennen, dass es Abend geworden war. Sie hatten sich inzwischen schon fast vierundzwanzig Stunden nicht mehr beim Oberkommando gemeldet, sicher würde bereits nach ihr und Kyla gesucht werden. Allerdings war es unwahrscheinlich, dass sie gefunden würden. Sie hatten bei ihrer Flucht keine Spuren hinterlassen, und die Entführer hatten sicher auch nicht gerade einen Wegweiser aufgestellt. Es konnte natürlich auch sein, dass die Regierung die Agentinnen als Verlust abschrieb und einfach jemand anderen schickte, der ihre Aufgabe übernahm. Nein, das würde Hawk nicht zulassen. Für einen kurzen Moment sah sie sein Gesicht so deutlich vor sich, als stünde er direkt vor ihr. Eine seltsame Ruhe überkam sie. Was immer auch geschehen mochte, sie war nicht allein.

Der Gedanke, dass Kyla auch von den Rebellen verschleppt oder vielleicht sogar getötet worden war, belastete sie. Wenn sie wenigstens gewusst hätte, ob ihre Partnerin noch lebte und es ihr gelungen war zu fliehen, hätte sie ihrem eigenen Schicksal etwas gelassener entgegensehen können. Ihre Angst steigerte sich mit jeder Sekunde, und allein die Vorstellung, was ihre Entführer mit ihr vorhaben mochten, drohte, ihre mühsam aufrechterhaltene Fassung zu zerstören. Aber sie war lange genug in diesem Job, um zu wissen, dass sie nicht zusammenbrechen durfte, egal was auch passierte. Beim FBI hatte sie bereits viel darüber gelernt, aber das Training mit den SEALs hatte sie in die tiefsten Abgründe ihrer Seele geführt. Und sie war gestärkt daraus hervorgegangen.

Sie waren für Situationen wie diese trainiert worden, doch nichts hätte sie auf die Wirklichkeit vorbereiten können. Der Geruch ihrer Angst, das wilde Hämmern ihres Herzens, die Panik, die sich jedes Mal ins Unendliche steigerte, wenn der Wagen schaukelnd die Fahrt verlangsamte. Sie wusste nicht, ob sie aushalten würde, was ihre Entführer für sie geplant hatten, aber sie würde bis zum Ende kämpfen. Ihre Eltern hatten schon immer gesagt, sie wäre dickköpfiger, als gut für sie war, nun würde sich bald herausstellen, ob es sie retten oder ihr einen qualvollen Tod bescheren würde.

Gott, ihre Familie! Hoffentlich sagte ihnen niemand, dass sie verschwunden war, sonst würden sie sich nur noch mehr sorgen als sowieso schon. Für ihre Eltern war sie immer noch für das

FBI tätig, auf einer längeren – natürlich harmlosen – Auslandsmission. Ihr Tod würde die ganze Welt der beiden zum Einsturz bringen. Neben ihrem Bruder war sie das Wichtigste in Hearn und Gloria Phillips Leben, jemand, für den sie alles tun würden, um ihn vor Unheil zu schützen. Doch diesmal waren sie nicht hier, und Jade war froh darüber. Ihre Eltern sollten sie so in Erinnerung behalten, wie sie sie das letzte Mal gesehen hatten. Tränen stiegen in ihre Augen und schmerzten in ihrer Kehle.

Durst. Kylas Gedanken zogen sich wie Kaugummi. Ihr ganzer Körper glühte vor Hitze, Schweiß trat aus ihren Poren und rollte über ihr Gesicht. Als sie einen Tropfen wegwischen wollte, stellte sie fest, dass sie ihre Arme nicht bewegen konnte. War sie gefesselt? Der Adrenalinstoß klärte ihr Gehirn für einen Moment. Lange genug, um den Kopf zu heben und festzustellen, dass sie sich frei bewegen konnte. Oder besser gekonnt hätte, denn ihr fehlte die Kraft dazu. Mit einem dumpfen Geräusch sank sie zurück. Dunkelheit hüllte sie ein und senkte sich drückend auf sie herab. Was war geschehen? Sie erinnerte sich daran, dass sie sich verletzt in einen Hauseingang geflüchtet hatte, während Jade weitergelaufen war, um die Verfolger von ihr abzulenken. Nach ein paar Stunden war sie in den Keller gestiegen, der sich seitlich am Haus unter einer Metallplatte befand. Der Raum war eng und feucht, aber es war das beste Versteck, das sie in ihrem Zustand finden konnte.

Sie musste etwas tun, um Jade zu finden oder zumindest ihre Situation an das Oberkommando zu melden. Sowie sie festgestellt hatte, ob es draußen dunkel war, würde sie … Kyla versuchte, sich aufzurichten. Mit einem Schmerzenslaut sank sie zurück, als die Bewegung an ihrer Wunde zerrte.

»Ruhig liegen bleiben.«

Die Stimme dicht an ihrem Ohr erschreckte sie fast zu Tode.

Mit einem Ruck setzte sie sich auf, konnte aber ein Stöhnen nicht unterdrücken. Ihr wurde schwarz vor Augen, in ihrem Kopf begann es, sich zu drehen.

»Was haben Sie an ›liegen bleiben‹ nicht verstanden?«

Es war eindeutig ein Mann, der sie nicht allzu sanft wieder zu Boden drückte. Kyla versuchte, sich gegen ihn zu wehren, doch noch immer schienen ihre Glieder aus Gummi zu bestehen. Jedes Kind hätte sie überwältigen können.

»Sie sind doch Amerikanerin?«

Kyla schwieg. In der Stimme des Mannes klang kein Akzent mit, aber das Englisch war zu rein und dialektfrei, um einem Amerikaner oder Briten zu gehören. Also vermutlich ein Einheimischer, der sie hier gefunden hatte und festhielt. Gehörte er den Rebellen an und war hier, um sie zu bewachen oder sie womöglich zum Anführer zu bringen? Diese Möglichkeit ließ ihr Innerstes erstarren.

Als hätte er es gespürt, antwortete er ihr. »Wenn Sie ruhig bleiben, geschieht Ihnen nichts.«

Oh Gott, er *war* einer der Feinde! Die Stimme war tief und fast tonlos und trug damit nicht weiter als bis zu ihren Ohren. Kyla zuckte zusammen, als eine Hand über ihre Schulter strich. Ihr Körper spannte sich unwillkürlich an und bereitete sich auf einen Fluchtversuch vor. Sie musste diesem Kerl irgendwie entkommen!

»Ich überprüfe nur den Verband, entspannen Sie sich.«

Das war wohl ein Witz! Wie sollte sie sich entspannen, wenn sie hier in einem Kellerverlies mit einem Mann saß, den sie nicht kannte, den sie nicht sah und dessen Stimme ihr Schauder über den Rücken sandte? Seine Finger strichen über ihre Haut, tasteten über die Wunde und verschwanden wieder. Was …? Kyla berührte ihr Bein. Sie war nackt! Wo war die Burka geblieben und die Tarnhose, die sie darunter getragen hatte? Langsam hob sie die Hand zu ihrem Bauch. Das T-Shirt war auch verschwunden. Sie hatte nichts darunter getragen. Was hatte der Mann mit ihr getan, während sie bewusstlos gewesen war? Übelkeit stieg in ihr auf, als sie sich vorstellte, dass er sie ausgezogen und berührt hatte. Kyla benetzte ihre Lippen. Was sollte sie tun? Egal was er ihr angetan hatte, sie konnte nichts mehr daran ändern. Sie musste nach vorn schauen und versuchen, aus der Gefangenschaft zu entkommen.

»Wo … ist meine … Kleidung?«

Das Sprechen fiel ihr erstaunlich schwer. Die Zunge klebte am Gaumen, ihr Hals war wie ausgedörrt. Ein plätscherndes Geräusch ließ sie zur anderen Seite herumfahren. War noch jemand im Raum? Die Stimme des Mannes war zuvor aus der anderen Richtung gekommen. Etwas berührte ihren Handrücken.

»Wasser.«

Wie hatte er seinen Standort wechseln können, ohne dass sie es bemerkt hatte? Es musste an der Verletzung liegen, normalerweise war ihr Gespür unfehlbar. Automatisch griff sie nach der Plastikflasche, die er ihr reichte, und setzte sie an ihre Lippen. Bevor sie trank, kam sie wieder zur Besinnung. Abrupt ließ sie die Flasche sinken. Das Getränk konnte vergiftet oder mit einem Betäubungsmittel versehen sein. Es war viel zu gefährlich, es zu trinken. Andererseits hatte sie viel Blut verloren und brauchte dringend Flüssigkeit. Auch um das Fieber zu senken, das von ihrem Körper Besitz ergriffen hatte. Vorsichtig hob sie die Flasche und roch daran. Völlig geruchlos. Sie presste die Öffnung der Flasche an ihre geschlossenen Lippen und ließ einige Tropfen darauf fließen. Wasser. Zwar warm, aber dennoch herrlich. Sollte es vergiftet sein, war es nicht zu bemerken.

»Trink.«

Diesmal klang die Stimme ungeduldiger. Kyla gestattete sich ein grimmiges Lächeln. Gut, sie wollte unbequem sein, sie hatte ihn nicht gebeten, sie zu überfallen und auszuziehen. Mit beiden Händen hielt sie die Flasche an ihren Mund und trank gierig. Kleine Rinnsale liefen an ihrem Kinn entlang und tropften auf ihre Brust. Schließlich setzte sie widerstrebend ab. Es war besser, etwas von dem Wasser für später aufzuheben. Wenn sie floh, würde sie es brauchen. Erneut strichen raue Finger über ihre Hand, dann nahm er ihr die Flasche aus der Hand. Sie stieß einen protestierenden Laut aus.

»Später.«

Er wollte ihr also nur kleine Portionen zubilligen, um sie an der Flucht zu hindern. Sicher würde er sich wundern, wenn sie sich dadurch nicht aufhalten ließ. Doch solange sie noch das Gefühl hatte, in Treibsand gefangen zu sein, war ein Entkommen aussichtslos. Zuerst musste sie wieder zu Kräften kommen. Wenn er dann einen kleinen Moment unachtsam war, würde sie … Bevor sie ihren Gedanken zu Ende bringen konnte, war sie wieder eingeschlafen.

Der Mann beugte sich zu ihr herunter und prüfte ihre Atmung. Zufrieden lehnte er sich zurück, als er erkannte, dass sie schlief. Ruhig nahm er erneut den Lappen auf, den er zur Seite gelegt hatte, und fuhr damit fort, ihren fiebergeschwächten Körper abzukühlen. Sanft glitt der wassergetränkte Stoff über ihre Schultern, ihre Brust, ihren Bauch und setzte seine Reise dann an ihren Oberschenkeln fort. Ihr stiller Widerstand hatte ihn überrascht und vor allem neugierig gemacht. Aber das zählte jetzt nicht, er musste dafür sorgen, dass das Fieber endlich sank. Sie würde alle Kraft brauchen, um das zu überstehen, was vor ihr lag.

Der Hieb mit dem Gewehrkolben kam völlig unerwartet. Schmerz breitete sich in ihrem Rücken aus und durchströmte sämtliche Gliedmaßen. Jade krümmte sich auf dem kalten, feuchten Boden der Zelle zusammen, in die sie eben grob gestoßen worden war. Es war ihr egal, ob es so aussah, als hätte sie aufgegeben. Selbst wenn sie es gewollt hätte – sie konnte nach unzähligen Stunden in der engen Kiste nicht aufstehen. Ihre Entführer riefen ihr noch ein paar wüste Beleidigungen zu, dann schlug die Zellentür mit einem lauten Knall zu. Ein Schlüssel drehte sich im Schloss, durch die dicke Eisentür hörte sie nur noch gedämpft, wie sich die Schritte der Männer entfernten. Jade biss auf ihre Lippe, um ein Stöhnen zu unterdrücken, als sie sich nach einer Weile langsam aufrichtete. Vermutlich sollte sie es genießen, endlich allein zu sein, doch sie wusste, dass der Aufschub nur wenige Stunden dauern würde.

Auf dem Weg vom Wagen bis zu dem in der Dunkelheit nur als riesiger grauer Klotz erkennbaren Gebäude hatten ihre Entführer darüber gestritten, ob sie den *Sarkardeh*, ihren Anführer, wecken sollten, um die Ankunft der Geisel anzukündigen. Anscheinend waren sie übereingekommen, dass er es ihnen sicher übel nehmen würde, wenn sie ihn aus seinem wohlverdienten Schlaf rissen. Wofür sie unendlich dankbar war. Sie war in keiner Verfassung, ihrem Feind gegenüberzutreten, vor allem aber wurden ihre Chancen, gerettet zu werden, mit jeder Minute, die sie durchhielt, höher. Während sie in der Kiste gewesen war, hatte sie beschlossen, davon auszugehen, dass ihre Regierung jemanden schicken würde, der sie hier herausholte. Egal was passierte, solange sie diesen Glauben nicht verlor, würde sie alles ertragen können.

Zitternd legte sie die Arme um ihren Oberkörper. Hier in den Bergen wurde es nachts extrem kalt, selbst die Burka schützte sie nicht. Auch wenn sie lieber damit bis zum Morgen gewartet hätte, richtete sie sich auf, bis sie schwankend stand. Einen schmerzhaften Schritt nach dem anderen ging sie in eine Richtung, bis sie die Wand berührte. Rauer Beton rieb über ihre Handfläche, während sie an der Mauer entlang bis zur Ecke der Zelle weiterging. Die nächste Wand, die nächste Ecke, bis sie den Raum umrundet hatte. Danach kam der Boden an die Reihe. Nichts. Es gab weder Möbel noch eine Decke, noch etwas, wo sie ihrem Bedürfnis nachgehen konnte. Die Zelle war – bis auf sie selbst – leer. Ein Schauder lief über Jades Rücken. Es war kein gutes Zeichen, wenn einem Gefangenen nicht das Geringste zugestanden wurde. Sie hatte nicht wirklich erwartet, hier auf die Genfer Konventionen zu stoßen, aber wenigstens auf … irgendetwas.

Die Tür war aus Metall, mit einem kleinen vergitterten Fenster in Kopfhöhe. Etwas tiefer befand sich ein kreisrundes Loch ungefähr in der Größe ihrer Faust, doch wofür es dienen sollte, konnte sie sich nicht vorstellen. Die Scharniere der Tür waren mit Metall umhüllt, das sie ohne Werkzeuge nicht würde entfernen können. Bereits in der Kiste hatte sie bemerkt, dass ihre Kleidung bis auf die Burka entfernt worden war. Und damit auch das Messer und alles andere, was als Sicherheit in den geheimen Taschen verborgen gewesen war. Falsche Ausweispapiere, Geld, Werkzeuge – alles weg. Am Schlimmsten war allerdings die Vorstellung, dass diese Männer sie ausgezogen hatten. Ein Schauder lief über ihren Rücken, der nichts mit der Kälte zu tun hatte. Jade ballte die Hände zu Fäusten und zwang sich, nicht mehr daran zu denken. Es war wichtiger, dass sie einen Fluchtweg fand.

Sie ging geradeaus, bis sie die der Tür gegenüberliegende Wand erreichte. Mit den Handflächen fuhr sie über den rauen Beton. Nichts. Das konnte nicht sein, sie fühlte einen kalten Luftzug, der über ihr Gesicht strich, irgendwo musste eine Öffnung sein. Auf den Zehenspitzen schob sie sich höher, bis ihre Finger ein kleines Rechteck fanden, das mit Eisenstangen gesichert war. Blind schätzte sie die Größe des Fensters. Vielleicht würde sie hindurchpassen, aber nur, wenn sie vorher das Gitter entfernte. Und dazu fehlte ihr – immer noch – das Werkzeug. Jade zog sich ein Stück an den Stäben hoch, um hinausschauen zu können. Es schien sich um einen Innenhof zu handeln, um den die flachen Gebäude quadratisch angeordnet waren. In der schräg gegenüberliegenden Ecke ragte ein Turm auf, den sie in der Dunkelheit gerade noch ausmachen konnte. Ihre Arme zitterten von der Anstrengung und den überstandenen Strapazen, doch sie weigerte sich, das bisschen Freiheit so schnell wieder aufzugeben.

Jade reckte sich noch ein Stück und blickte in den Himmel. Irgendwo dort draußen waren die Soldaten, die sie befreien und wieder nach Hause bringen würden. Vielleicht war einer der Sterne dort oben ein Satellit, der ihren Rettern den Weg zeigen würde. Jetzt bereute sie, dass sie aus Sicherheitsgründen auf die winzigen Sender in ihrer Kleidung verzichtet hatten, aus Angst, dass sie entdeckt wurden und die Mission gefährdeten. Hätte sie einen getragen, wäre sie innerhalb weniger Sekunden geortet und einige Stunden später befreit worden. Aber es brachte nichts, darüber nachzugrübeln, sie musste sich dringend ausruhen, um für den nächsten Tag gewappnet zu sein. Im letzten Moment schluckte Jade ein hysterisches Auflachen herunter. Als wenn sie sich jemals darauf vorbereiten könnte, was morgen sicher auf sie zukam!

Jades Hände krampften sich um die Gitterstäbe, während sie ihr Gesicht so weit hindurchsteckte, wie es ging. Sie wollte die Nachtluft riechen, ungefiltert, ohne den Gestank der Zelle. Ein gleißender Lichtstrahl erschien aus dem Nichts und brannte sich in ihre Augen. Mit einem mühsam unterdrückten Aufschrei ließ Jade sich fallen. Ihre Beinmuskeln waren darauf nicht vorbereitet, und sie landete hart auf dem Boden. Den Rücken gegen die Wand gedrückt, presste sie die Hände vor die Augen, doch sie konnte immer noch helle Punkte sehen, umgeben von tiefster Schwärze. Nur langsam gewöhnten sich ihre Augen an das Licht, das nun das Innere ihrer Zelle erhellte. Vorsichtig blickte Jade sich um. Waren das Blutflecken, die den Boden und Teile der Wand bedeckten? Jade biss hart auf ihre Fingerknöchel, um zu verhindern, dass sie einen Laut von sich gab. Sie schloss die Augen und damit alles andere um sich herum aus.

7

»Jo, Senior Chief!«

Rock ließ den Eimer sinken, dessen Inhalt er sich über dem Kopf ausgeleert hatte, um sich ein wenig von der Sommersonne abzukühlen, und schüttelte das Wasser aus den Haaren. Mit einem Handtuch rubbelte er sein Gesicht trocken, dann schlang er es sich um den Hals und trat zu Matt, der an einen Pfosten gelehnt das Ende der Übung beobachtet hatte.

»Wie viele Tote?«

»Keine, aber I-Mac hätte jetzt ein Bein weniger.« Der Computerexperte war in eine vom Feind präparierte Mine getreten, die er aufgrund der hohen Rauchentwicklung nicht gesehen hatte. Das war die Gefahr, wenn sie versuchten, die Entführer auszuräuchern – sie sahen selbst nicht viel mehr als ihre Gegner, auch wenn sie darauf vorbereitet waren.

Matt verzog den Mund, hielt sich aber zurück. Er hatte die Leitung des Teams an Devlin abgegeben und damit jedes Recht aufgegeben, zu kritisieren. Seine Meinung und sein Rat waren immer noch hoch geschätzt, aber je mehr er sich einmischte, desto länger würde das Zusammenwachsen des Teams mit dem neuen CO dauern.

»Bist du nur zum Vergnügen hier, oder …?«

Matt richtete sich auf und verzog den Mund. »Ich wünschte, es wäre so. Wir sind dabei, sämtliche Informationen zu sichten, die wir über Geheimdienste, die National Geospatial-Intelligence Agency und so weiter bekommen haben. Das Problem ist, dass es alles aus amerikanischer Sicht geschrieben ist. Was uns fehlt, ist ein Bericht aus erster Hand. Von jemandem, der dort war und uns sagen kann, worauf wir achten müssen. Jemandem, der Kontakte zur Bevölkerung hat und weiß, wie die Leute denken und handeln. Jemanden, der es schafft, ihr Vertrauen zu gewinnen, und weiß, wie er mit ihnen reden kann.«

Eine Vorahnung stieg in Rock auf. »Und an wen dachtest du?«

»Geheimdienst und Militär scheiden schon mal aus, ein Externer wäre am besten. Ich habe mich daran erinnert, dass du gesagt hast, Rose wäre Expertin im Bereich Islam.«

Exakt wie er es sich gedacht hatte. »Hast du auch gehört, wie ich sagte, sie will mit uns nichts mehr zu tun haben?«

»Wie könnte ich das vergessen?« Ernst blickte Matt ihn an. »Ich würde sie auch lieber heraushalten, aber sie scheint tatsächlich vor einiger Zeit in genau der Region gewesen zu sein, wo jetzt die Agentinnen verschwunden sind. Natürlich könnte ich auch versuchen, einen anderen Experten zu finden, aber das würde Zeit beanspruchen, die wir nicht haben.«

Rock wusste, dass Matt recht hatte, deshalb gab er nach. »Ich habe mir vorhin ihr Buch in der Bibliothek besorgt und denke, dass sie uns sehr helfen könnte.«

»Du hast also auch darüber nachgedacht.«

Rock zuckte unbehaglich mit den Schultern. »Ja. Auch wenn ich nicht glaube, dass sie kommen wird.«

Matt rieb über seine Narbe. »Ich werde versuchen, sie zu überzeugen. Allerdings hatte ich seit Jahren keinen Kontakt mehr zu ihr. Sie wird sich sicher nicht freuen, von mir zu hören. Wenn sie es nicht machen will, können wir immer noch einen anderen Experten engagieren. Wir müssen den Gegner kennen, um ihn besiegen zu können.«

Rock nahm sein T-Shirt von der Bank und folgte Matt zu den Gebäuden. »Das Buch liegt auf meinem Schreibtisch, falls du hineinschauen willst. Ich dusche inzwischen.«

Zehn Minuten später trocknete Rock sich gerade ab, als Matt den Duschraum betrat.

»Rose ist ein harter Brocken.«

»Das habe ich dir doch gesagt. Nach allem was sie durchgemacht hat, kann ich es ihr nicht verübeln.«

»Tue ich auch nicht, aber als ich mit ihr redete, wurde mir klar, dass sie uns tatsächlich helfen kann. Sie weiß, wovon sie spricht, und sie hat Erfahrung im Unterrichten, da könnte sie auch gleich noch allen anderen etwas beibringen.« Matt verschränkte die Arme vor der Brust. »Hol du sie ins Boot.«

»Ich?« Rock ließ das Handtuch sinken und starrte seinen ehemaligen Captain an. »Ich bin nicht gerade jemand, den sie mag. Wenn es dir nicht gelungen ist, sie zu überzeugen, wie sollte ich das dann machen?«

»Benutze deinen Charme.«

»Haha.«

»Im Ernst, Rock. Wir brauchen Rose, und ich habe das Gefühl, dass du der Einzige bist, der sie dazu bringen kann, uns eine Chance zu geben.« Matt hielt ihm einen Umschlag hin. »Zeig ihr diese, wenn es sein muss. Aber keine Details.«

Rock warf einen Blick auf die Fotos von Kyla und Jade und schloss die Lasche wieder.

»Appelliere an ihr Verantwortungsbewusstsein, mach ihr ein schlechtes Gewissen – was auch immer nötig ist.« Matt erkannte wohl an Rocks Miene, wie wenig ihm das gefiel. »Ich würde auch gerne darauf verzichten, aber es ist wichtig.«

»Ich weiß.« Rock ließ sich langsam auf die Bank vor seinem Spind sinken, die Bilder noch in der Hand. Für einen Moment schloss er die Augen, dann richtete er sich auf. »Ich werde sie nachher in der Uni besuchen.«

»Gut.« Matt ließ ihn mit seinen Zweifeln allein.

Die Skrupel begleiteten ihn auch noch, als er bereits durch

die ruhigen Flure der Universität ging. Glücklicherweise waren Semesterferien, sodass er sich nicht auch noch durch Trauben von Studenten kämpfen musste, um zu Rose zu gelangen. Obwohl er es am liebsten ewig aufgeschoben hätte, wollte er es doch so schnell wie möglich hinter sich bringen, wenn es sich schon nicht vermeiden ließ. Wie sollte er sie zu etwas überreden, von dem er selbst nicht überzeugt war? Natürlich wäre es eine Bereicherung, einen Experten zu haben, der die Teams beriet, doch musste es unbedingt Rose Gomez sein? Rein fachlich gab es überhaupt keine Frage, dass Rose die richtige Person war. Menschlich jedoch … Die Vorstellung, sie dazu zu zwingen, ihren Verlust wieder und wieder zu durchleben, war alles andere als angenehm. Ganz zu schweigen davon, wie er sich fühlen würde, wenn er sie jeden Tag sah, ihr nahe war und immer wieder daran erinnert wurde, wie er Ghosts Leichnam zum Hubschrauber getragen hatte. Und sie gleichzeitig zu begehren. Denn das tat er. *Verdammt*!

Rose schreckte von ihrem Manuskript hoch, als jemand an ihre Tür hämmerte, als wollte er sie niederreißen. Durch das Milchglasfenster konnte sie schemenhaft eine riesige Gestalt erkennen. Hatte Hulk heute etwa Ausgang? Der kurze Anflug von Humor verschwand sofort wieder, als ihr klar wurde, dass außer ihr vermutlich niemand mehr im Gebäude war. Die meisten Professoren arbeiteten in den Ferien lieber zu Hause, und die Sekretärinnen gingen gern früher. Wäre sie nicht auf ihre hier gelagerten Unterlagen und vor allem die gut ausgestattete Bibliothek angewiesen, hätte sie das vielleicht auch in Betracht gezogen. Andererseits fühlte sie sich in ihrem kleinen Büro sehr wohl – sofern niemand ihre Tür einriss. Furcht ließ ihren Nacken prickeln, doch Rose schüttelte sie energisch ab. Es war ziemlich unwahrscheinlich, dass ein Verbrecher vor ihrer Tür stand und höflich anklopfte, bevor er sie überfiel. Gut, über das »höflich« konnte man debattieren …

»Herein!«

Die Tür öffnete sich so schnell, dass Rose keine Gelegenheit hatte, sich auf den Anblick ihres unerwarteten Gastes vorzubereiten. Roderic war der letzte Mensch, den sie jemals in diesem Raum zu sehen erwartet hätte. Während sie seine mehr als finstere Erscheinung anstarrte, setzte sie sich automatisch aufrechter hin. Sie mochte es nicht, wenn jemand so über ihr aufragte, besonders nicht hier, in ihrem Territorium. Mit Hulk hatte sie jedenfalls gar nicht so unrecht gehabt. Ein wenig grüne Farbe …

»Hallo Rose.«

Roderics tief rumpelnde Stimme brachte sie ruckartig zurück. Bei ihrem letzten Treffen war sie außer Balance gewesen, nur ein Schatten der Frau, deren Gelassenheit und Stärke sie sich nach Ramons Tod erst langsam wieder erkämpfen musste. Diesmal würde sie sich nicht unterkriegen lassen, erst recht nicht hier in ihrem Reich. Sie stand auf und widerstand dem Drang, ihre Arme über der Brust zu verschränken oder ihm einen Stuhl anzubieten.

»Roderic.« Erneut trug er ein schwarzes T-Shirt, das sich über seinem mächtigen Brustkorb spannte, dazu Jeans und knöchelhohe Stiefel. Als sie bemerkte, wohin ihr Blick gewandert war, riss sie die Augen wieder hoch, und ihre Blicke trafen sich. Seine Augenbrauen waren zusammengezogen, der Mund wirkte verkniffen. Irgendeine Laus musste ihm heute über die Leber gelaufen sein, aber sie hatte kein Interesse daran, zu erfahren, wo sein Problem lag. Er sollte einfach nur wieder verschwinden, möglichst ohne noch einmal sämtliche Narben in ihr aufzureißen. Sie wollte nicht fragen, weshalb er gekommen war, aber als er immer noch keinen weiteren Ton herausgebracht hatte und sie stattdessen auf eine höchst beunruhigende Weise anstarrte, hielt sie es nicht mehr aus. »Was führt dich hierher?« Gut – höflich, aber in keiner Weise ermutigend, sich länger als irgend nötig aufzuhalten.

Anstelle einer Antwort ließ er seinen Blick durch ihr Büro wandern, bis er an dem großen Panoramafenster hängen blieb, von dem aus man auf einen Teil des Grünbereichs rund um die Universität blickte. Ein sehnsüchtiger Ausdruck huschte über sein Gesicht. Sie verstand, dass er lieber dort draußen gewesen wäre als hier in ihrem Raum, aber warum ging er dann nicht einfach und ließ sie endlich zu ihrer Arbeit zurückkehren?

»Ich bin gekommen, um dich etwas zu fragen.«

Mit einem Mal verstand sie. »Matt hat dich geschickt.« Das unglückliche Kräuseln seiner Lippe war Antwort genug. »Nein, danke.«

»Rose …«

»Nein, Roderic, ich habe kein Interesse. Sag das deinem Vorgesetzten.«

»Matt ist nicht mehr mein Captain.«

»Nun, dann sag es wem auch immer. Ich habe zu tun, wenn du mich jetzt entschuldigen würdest …«

»Wenn du nur einen Moment zuhören könntest …«

»Nichts, was du sagst, könnte meine Meinung ändern. Matt hat mir bereits ein Angebot gemacht, und ich habe abgelehnt. Ich hätte nicht gedacht, dass er es nötig hat, trotz meiner deutlichen Ablehnung jemand anderen zu schicken, der es noch einmal versucht.« Sie bedachte ihn mit einem kühlen Blick, der ihre Enttäuschung zeigen sollte. »Und gerade von dir hatte ich erwartet, dass du weißt, warum ich nichts mehr mit den SEALs zu tun haben will. Besonders nachdem ich es dir gerade erst vor zwei Tagen gesagt habe.«

»Wenn es nicht wirklich wichtig wäre, würden wir dich nicht darum bitten.«

»Willst du damit sagen, dass meine Arbeit hier weniger wert ist als die bei euch?«

»Nein, natürlich nicht.« Der ungeduldige Ton in seiner Stimme war nicht zu überhören. Gut, vielleicht sah er endlich ein, dass er seine Zeit verschwendete. Und ihre. »Aber wir brauchen dringend einen Experten mit deiner fachlichen Kompetenz. Deine Arbeit könnte über Leben und Tod entscheiden.«

»Geht es nicht immer darum?« Gott, wann war sie zu dieser resignierten Person geworden? Sie war damals so stolz auf Ramon gewesen, weil er sich für das einsetzte, an das er glaubte. Und jetzt?

»Dein Land braucht dich. *Wir* brauchen dich.«

»Das Land hat schon alles bekommen, was ich hatte, mehr habe ich nicht zu geben.«

»Ich verstehe, wie du dich fühlst …«

»Gar nichts verstehst du! Woher willst du wissen, wie es ist, den Menschen zu verlieren, den man am meisten liebt? Zu wissen, dass er allein gestorben ist, ohne seine Frau an seiner Seite? Ohne dass ich ihm noch einmal sagen konnte, was er mir bedeutet?« Rose stoppte, als ihre Stimme versagte und Tränen in ihre Augen schossen. Abrupt wandte sie sich ab und ging zum Fenster. Die Stirn an die Scheibe gelegt, starrte sie blicklos hinaus. Sie spürte, wie Rock hinter sie trat, doch sie drehte sich nicht um. Er sollte sich zum Teufel scheren! Seit sie ihn auf der Straße getroffen hatte, war nichts mehr so wie vorher. Ihr mühsam aufgebautes Leben brach langsam um sie herum zusammen, und sie konnte nichts tun, um das aufzuhalten.

Rock legte zögernd eine Hand auf Rose' Schulter. Matt hätte jetzt sicher gewusst, was er sagen konnte, doch er selbst dachte nur: *Verschwinde, so schnell du kannst.* Dummerweise erlaubte ihm sein Gewissen nicht, sie in dieser Verfassung allein zu lassen.

Und auch die Teams konnte er nicht enttäuschen. Sie brauchten Rose, und er war derjenige, der sie davon überzeugen musste. Als er ihr Zittern spürte, trat er instinktiv einen Schritt näher. »Zwei Agentinnen sind verschwunden, und wir versuchen mit allen Mitteln, sie zu finden.«

Ein letzter Schauder lief durch Rose' Körper, dann wandte sie sich langsam um. Als sie sah, wie dicht er hinter ihr stand, weiteten sich ihre Augen. Rock trat zurück, um ihr ein wenig mehr Platz zu geben. Es war klar, dass sie zuhörte, deshalb redete er schnell weiter. »Um weitere Informationen über den möglichen Aufenthaltsort der Agentinnen zu bekommen und jede Fehlerquelle bei weiteren Missionen auszuschließen, brauchen wir dringend die Hilfe eines Experten.«

»Über islamische Kultur.«

»Ja.«

»Wo genau sind die Frauen verschollen? Und seit wann gibt es überhaupt Frauen bei den SEALs?«

»Sie sind keine SEALs, eher so etwas wie …«

»Agentinnen, das sagtest du. CIA?«

»Nein.«

Als er nichts weiter dazu sagte, hob sie ihre Augenbrauen. »Das ist alles? Mehr willst du mir nicht sagen, aber du erwartest, dass ich alles stehen und liegen lasse und euch helfe?«

»Ja.«

»Dann ist meine Antwort Nein. Es tut mir leid um die Agentinnen, aber ich wüsste sowieso nicht, wie ich ihnen von hier aus helfen sollte.«

Sie zuckte zusammen, als Roderic in seine Gesäßtasche griff. Er zog eines der Fotos aus dem Umschlag und hielt es Rose hin. Verwirrt blickte sie darauf. »Das ist Kyla, sie ist in Afghanistan verschwunden.« Er nahm das zweite Foto heraus. »Ihre Partnerin Jade. Wir wissen nicht, ob sie noch leben, aber wenn, dann brauchen sie dringend unsere Hilfe. Natürlich können wir sie auch ohne dich finden und befreien, aber mit dir sind unsere Chancen vielleicht ein wenig höher, sie noch rechtzeitig aufzuspüren und solche Zwischenfälle in Zukunft zu vermeiden.«

Rose wurde bleich. »Das ist unfair.«

»Ja, ich weiß. Und es tut mir leid, dass wir dich da mit hineinziehen müssen, aber manchmal heiligt der Zweck die Mittel.« Mit angehaltenem Atem wartete Rock auf ihre Entscheidung. Er hatte alle Asse ausgespielt, die er noch im Ärmel gehabt hatte. Wenn sie erneut ablehnte, würde er es akzeptieren müssen.

Rose atmete tief durch, bevor sie ihm direkt in die Augen blickte. »Okay, aber ich mache es nur so lange, bis ihr euch jemand anderen gesucht habt oder die Agentinnen gefunden werden. Je nachdem, was eher passiert.«

»Danke.« Rock wollte noch mehr sagen, ließ es dann aber sein, weil es nur lächerlich geklungen hätte. Er wusste genau, was es Rose kosten würde, ihr Versprechen zu halten. »Es wird dich jemand wegen eines genauen Terminplans anrufen.« Auf ihr Nicken hin wandte er sich zur Tür. »Eines noch.« Er wartete, bis Rose aufblickte, bevor er weitersprach. »Ramon war nicht allein, als er starb. Sein Team war bei ihm. Und seine Gedanken galten dir, er wusste, wie sehr du ihn liebst. Er hat es immer gewusst.« Damit verließ er den Raum und schloss leise die Tür hinter sich.

8

In Kylas Versteck wurde es immer kühler, vermutlich weil es langsam Nacht wurde. Vielleicht kam es ihr auch nur so vor, weil ihr Fieber gesunken war. Jedenfalls hoffte sie das. Sie konnte es sich nicht leisten, noch einen Tag hier zu verbringen. Sofern Jade ihren Verfolgern entkommen war, hatte sie sicher bereits die Kavallerie angefordert, um sie zu suchen. Sie musste einfach daran glauben, dass ihre Partnerin in Sicherheit war. Und falls es nicht so war, musste sie erst recht sofort aufbrechen, um Jade zu helfen und die Information weiterzugeben.

Seit Stunden hatte sie nichts mehr von ihrem Aufpasser gehört. Vielleicht war er gegangen, während sie schlief, aber sie würde sich nicht darauf verlassen. Vorsichtig tastete sie nach ihrer Kleidung. Mit den Fingern glitt sie über den rauen Boden und berührte schließlich Stoff. Sie strich darüber und erstarrte, als sie erkannte, dass sich ein lebendiger Körper darin befand. Gerade wollte sie ihre Hand wegziehen, als ein leises Stöhnen erklang und sich etwas unter ihren Fingerspitzen bewegte. Es dauerte einen Moment, bis sie begriff, was sie da berührte.

Oh Gott! Wie erstarrt lag Kyla da, lauschte und erwartete jederzeit einen Angriff. Doch es kam keiner. Ein tiefer Atemzug überzeugte sie davon, dass ihr Bewacher wirklich schlief. Erst jetzt zog sie ihren Arm zurück und bezwang den Drang, aufzuspringen und loszulaufen. Zuerst musste sie ihre Burka finden, dann würde sie langsam und organisiert die Flucht antreten. Ihr ganzer Körper zitterte vor Anstrengung, als sie sich vorsichtig aufrichtete. Das Fieber und der Blutverlust hatten sie eindeutig geschwächt, es kam ihr vor, als hätte sie zentnerschwere Gewichte an Armen und Beinen, ihr Kopf schien zu schwer für ihren Hals. Eine erneute Suche förderte ein ordentlich gefaltetes Bündel feuchten Stoffs zu Tage. Die Burka! Anscheinend hatte sie die ganze Zeit unter ihrem Kopf gelegen. Sie konnte nur hoffen, dass die Feuchtigkeit vom Schweiß kam und kein Blut war. Egal, sie würde sich sowieso nur nachts fortbewegen und sich tagsüber irgendwo ein Versteck suchen.

Das Zittern ihrer Arme erschwerte es ihr, das Gewand anzuziehen, doch schließlich fand sie die richtige Stelle und schlüpfte hinein. Vermutlich musste sie dem Mann sogar dankbar sein, dass er sie ausgezogen hatte, als das Fieber in ihr tobte und die Hitze unerträglich wurde. Kyla unterdrückte ein Schnauben. Nein, er hatte es sicher nicht aus so hehren Motiven getan, wohl eher, um sie zu demütigen. Aber das war ihm nicht gelungen, sie würde es nicht zulassen. Noch einmal fuhr sie über den Boden, um ihre anderen Kleidungsstücke zu finden, doch da war nichts. Zum Glück würde niemand wissen, dass sie unter der Burka nur ihren kleinen Slip trug. Sie faltete den Schleier zusammen und schob ihn unter den Bund, um ihn nicht zu verlieren, während sie aus dem Keller kletterte.

Das dumpfe Pochen in ihrer Schulter war einem scharfen Schmerz gewichen, doch darauf konnte sie keine Rücksicht nehmen. Mit zusammengebissenen Zähnen schlich sie barfuß auf der Suche nach dem Aufgang durch den kleinen Raum. Sie war eine schmale Treppe hinuntergestiegen, eigentlich eher einige vorstehende Steinblöcke in der Wand, so viel wusste sie noch. Systematisch tastete sie nach den Vorsprüngen, während sie gleichzeitig horchte, ob der Fremde sich rührte. Vermutlich sollte sie ihn bewusstlos schlagen, aber womit? Sie hatte nicht einmal mehr ihre Schuhe, geschweige denn ihre Waffe. Natürlich beherrschte sie seit dem Training mit den SEALs auch waffenlose Kampftechniken, aber im Dunkeln und in ihrem geschwächten Zustand war ihr das zu riskant. Sie musste darauf hoffen, dass er nicht aufwachte, bevor sie die verbeulte Metallplatte, die den Eingang des Kellers verdeckte, aufgeschoben hatte und in der Dunkelheit verschwunden war. Wieder blieb sie stehen und lauschte, doch niemand hielt sie auf.

Als sie kurz darauf die Treppe fand, unterdrückte sie gerade noch ihr erleichtertes Aufatmen. Jeder noch so kleine Laut konnte ihren Bewacher alarmieren und ihre Flucht scheitern lassen. Rasch fuhr sie mit ihren Händen über die Steine, um sicherzustellen, dass nichts darauf lag, das herunterfallen konnte, bevor sie die Burka lüftete und auf die erste Stufe trat. Das leise raschelnde Gewand zwang sie, ruhig und langsam hinaufzuklettern, obwohl sie am liebsten so schnell wie möglich die letzte Barriere zur Freiheit überwunden hätte. Ihre Fingerspitzen berührten glattes Metall. Versuchsweise drückte sie dagegen. Knarrend öffnete es sich einen Spaltbreit. Obwohl ihre Schulter dagegen protestierte, schob Kyla die Klappe eilig weiter auf. Sie würde nur wenige Sekunden Zeit haben, bevor der Fremde vom Lärm aufwachte und sie aufhielt. Gerade als sie die letzte Stufe erreichte, schlang sich eine Hand um ihren Knöchel.

Trotz des Schrecks gelang es ihr, einen Schrei zu unterdrücken. Es würde ihr nicht helfen, wenn jemand außerhalb des Kellers auf sie aufmerksam wurde – im Gegenteil. Wahrscheinlich würde man sie sofort in ein Gefängnis sperren, aus dem sie garantiert nicht entkommen konnte. Stumm wehrte sie sich gegen den Griff und trat mit ihrem freien Fuß nach dem Mann. Ein leises Grunzen zeigte ihr, dass sie getroffen hatte, doch sein Griff lockerte sich nicht. Erneut holte sie aus, doch diesmal war er schneller: Die zweite Hand schlang sich um ihr Knie. Kyla verlor das Gleichgewicht, stürzte von der Treppe und riss ihren Bewacher mit sich zu Boden. Über ihr schlug die Klappe laut scheppernd zu. Obwohl sie relativ weich landete, schoss Schmerz durch ihre Wunde und ließ sie aufstöhnen. Eine Hand legte sich auf ihren Mund und drückte ihr die Luft ab. Verzweifelt kämpfte Kyla darum, freizukommen. Ihre Hände krallten sich in den Arm ihres Gegners, zerrten mit aller Kraft daran, doch ohne Erfolg. Also nutzte sie ihre einzige Möglichkeit: Sie biss zu.

Die Befriedigung, als sie seinen leisen Fluch hörte – und es musste eine Verwünschung sein, auch wenn er sie in einer ihr fremden Sprache ausstieß – dauerte nur kurz. Mit einem Ruck rollte er sich unter ihr heraus und schob sich über sie. Stumm kämpfte sie darum, die Oberhand wiederzugewinnen, doch es war unmöglich. Der Mann schien genau zu wissen, wo sie als Nächstes angreifen würde, und wehrte jeden Versuch mühelos ab. Seine Bewegungen verrieten eine Geschmeidigkeit, die zu den harten Muskeln passte, die sie unter seiner Kleidung spüren konnte. Dies war kein einfacher Wachmann, sondern jemand, der genau wusste, was er tat. Hoffnungslosigkeit senkte sich über sie, doch sie weigerte sich, aufzugeben. Es musste ihr gelingen zu fliehen, sonst war nicht nur ihr Leben verwirkt, sondern eventuell auch Jades. Und das Hunderter unschuldiger Menschen, wenn die Informationen stimmten, die sie vor Kurzem erhalten hatten. Momentan konnte sie jedoch nichts tun, ihr Gegner war einfach zu stark. Vielleicht hätte sie ihn unverletzt besiegen können, aber das Fieber und der Blutverlust hatten sie zu sehr geschwächt. Kyla entspannte ihre Muskeln und ließ ihre Hände sinken. Sofort wurde die Berührung des Mannes sanfter, auch wenn er sie nicht ganz losließ.

»Was sollte das werden, wolltest du dich umbringen?« Rau und tonlos drang seine leise Stimme an ihr Ohr.

»*Ich* habe mich nicht von der Treppe heruntergezogen!«

»Nein, aber dafür hast du einen Lärm veranstaltet, der Tote

wecken könnte! Sollte jemand oben auf der Straße gewesen sein, werden wir gleich Besuch bekommen.«

»Und weshalb sollte Sie das stören?« Stille antwortete ihr. Sie zuckte zusammen, als eine Hand unter ihre Burka schlüpfte und an ihrem Bein nach oben fuhr. »Hey!«

»Bleib endlich still liegen, ich überprüfe nur, ob du wieder blutest. Die Kugel ist glatt durchgegangen, deshalb hast du sogar zwei Wunden: hinten die Einschuss-, vorne die Austrittswunde.«

Jeden Muskel im Körper angespannt, duldete Kyla die Invasion mit zusammengebissenen Zähnen. Sie durfte ihre Kraft nicht unnötig vergeuden. So zuckte sie nur zusammen, als raue Fingerspitzen flüchtig ihre Brust streiften, bevor sie den Verband berührten. Der leichte Druck sandte einen heißen Schmerz durch ihren Körper, der ihr fast das Bewusstsein raubte.

»Alles in Ordnung, die Nähte haben deine Dummheit überstanden.«

»Das beruhigt mich ungemein!« Die gezischte Antwort schien ihn zu amüsieren. Die Erschütterung seines Körpers war Indiz genug, selbst wenn sie ihn nicht sehen konnte. Als ihr bewusst wurde, dass seine Hand noch immer auf ihrer Schulter lag, rückte sie eilig von ihm ab. Sie atmete auf, als er ihr nicht folgte und seine Hand verschwand. »Sie haben die Wunden genäht?«

»Sollte ich dich verbluten lassen?«

»Wäre das nicht einfacher gewesen?«

»Vermutlich.«

»Warum haben Sie es dann getan?«

Ein typisch männlich-genervter Seufzer wehte zu ihr herüber. »Du wärst also lieber gestorben?«

»Nicht unbedingt.«

»Warum nervst du mich dann?«

Sie hatte keine Ahnung. Irgendetwas drängte sie dazu, mit ihm zu reden, ihm klarzumachen, dass sie eine Person war, kein gesichtsloser Feind, den man nach Belieben ausschalten konnte. Wahrscheinlich wandte sie automatisch das an, was sie während ihrer Zeit als Mitglied des SWAT-Teams der Polizei gelernt hatte. Bei Verhandlungen mit Geiselnehmern immer klarmachen, dass es Menschen sind, die er in seiner Gewalt hat. Da sie niemanden hatte, der für sie verhandeln würde, musste sie das wohl selbst tun. »Wenn Sie mich gehen lassen, nerve ich Sie bestimmt nicht mehr.«

»Eine echte Versuchung, aber das kann ich nicht zulassen.«

»Können oder wollen Sie nicht?«

Eine Hand schlang sich um ihren Arm und drückte warnend zu. »Übertreib es nicht.«

Okay, so einfach würde er sie wohl nicht gehen lassen. Sie würde also noch etwas abwarten und dann … Sie erstarrte, als die Metallplatte über ihnen schepperte. Am Luftzug spürte sie, wie ihr Bewacher aufsprang, während gleichzeitig ein Klicken ertönte, als er seine Waffe entsicherte.

»Bleib in Deckung.«

Wo sollte sie hier Deckung hernehmen? Soweit sie das von ihrem früheren Rundgang in Erinnerung hatte, gab es nichts, hinter dem sie sich auch nur im Entferntesten verstecken konnte. Also kroch sie in die Ecke, die am weitesten vom Eingang entfernt war, und schlang die Arme um ihre Knie. Ihr Kopf verlangte von ihr, dass sie kämpfen sollte, egal wer da über dem Keller stand, doch ihr Gefühl sagte, dass sie ihren Bewacher in dem engen Raum nur behindern würde, wenn sie versuchte, ihren Unterschlupf ohne Waffen zu verteidigen. Seltsam, sie vertraute diesem Fremden, ohne zu zögern, ihr Leben an. Dabei würde er sie vermutlich morgen oder übermorgen zu seinen Kumpanen bringen, wo sie ganz sicher leiden würde. Doch hier und jetzt … vertraute sie ihm. War es das Aufblitzen von Humor gewesen oder die sanfte Art, mit der er sich um ihre Wunde gekümmert hatte? Energisch schüttelte Kyla den Kopf. Im Moment interessierte sie nur, dass sie überlebte, über alles andere würde sie – hoffentlich – später noch in Ruhe nachdenken können.

Kyla hielt den Atem an, als die Metallplatte knarrend geöffnet wurde. Ein Moment der Stille, dann die gedämpfte Stimme ihres Wächters. Sie konnte seine Worte nicht ausmachen, obwohl sie sowohl Paschtu als auch Dari leidlich beherrschte. Entweder sprach er eine der unzähligen anderen in Afghanistan üblichen Sprachen oder etwas ganz anderes. Schließlich knarrte die Platte erneut, bevor wieder Stille herrschte. Kyla setzte sich gerader auf. War ihr Bewacher gegangen? Nein, das hätte sie sicher gehört. Gerade wollte sie aufstehen, als sich eine Hand um ihren Arm schloss. Im letzten Moment konnte sie einen Schrei unterdrücken.

»Schsch. Nur ein Hund.«

Es erstaunte sie selbst, aber sie freute sich, die Stimme ihres Feindes zu hören. »Seit wann können Hunde Metallplatten bewegen?«

Seine Finger strichen kurz über ihren Arm, dann ließ er sie los. »Das war ich.«

»Warum?«

»Um zu sehen, wer den Lärm verursacht hat.«

»Sehr sinnvoll. Was hätten Sie gemacht, wenn jemand mit einer Waffe vor Ihnen gestanden hätte?«

»Ihm ausgeredet, mich zu erschießen.«

»Und wenn er erst geschossen und dann Fragen gestellt hätte?«

»Dann hätte ich ein Problem gehabt.« Eine kurze Pause, dann spürte sie seinen Atem an ihrer Wange. »Ich könnte fast glauben, dass du dich um mich sorgst.«

Kylas Schnauben klang beinahe echt. »Ja, weil Sie und Ihre Waffe das Einzige sind, was zwischen mir und dem … dort draußen steht. Wo ist überhaupt meine Pistole?«

»Damit du mich erschießen kannst?«

»Zum Beispiel.«

»An einem sicheren Ort.«

Kyla nahm sich vor, bei der nächsten Gelegenheit danach zu suchen. Vermutlich hatte er sie irgendwo an seinem Körper versteckt. »Mit wem haben Sie dann eben geredet?«

»Mit niemandem.«

»Ich habe aber gehört …«

Ein tiefer Seufzer antwortete ihr. »Mit dem Hund. Okay?«

Kyla wusste nicht, ob sie ihm glauben sollte, aber die Möglichkeit, dass ihr Bewacher tatsächlich mit Hunden redete, gefiel ihr deutlich besser als die Vorstellung, dass er mit jemandem dort draußen verabredet hatte, was mit ihr geschehen sollte. Ein kalter Schauder jagte durch ihren Körper. »Was passiert jetzt?«

»Wir warten bis morgen Abend, dann bringe ich dich hier raus.«

»Warum nicht sofort? Es ist dunkel und …«

»Bist du sicher, dass du schon für das bereit bist, was dich erwartet?«

»Da ich nicht weiß, was das sein wird, kann ich es nicht entscheiden.«

»Eben, deshalb tue ich es für dich. Es ist besser, wenn du noch ein wenig Kraft zurückgewinnst.«

Für was? Damit sie die Folter durchstand? Wäre es für ihre Gegner nicht leichter, sie zu brechen, wenn sie schwach und verwundet war? Aber sie konnte sich nicht durchringen, ihm diese Fragen zu stellen. Sie wusste nicht, für wen er arbeitete, und er würde es ihr sicher nicht sagen. Oder? »Wohin bringen Sie mich?«

Keine Antwort. Nur sein leichtes Atmen dicht neben ihr.

»Für wen arbeiten Sie?«

Erneut nur Stille. Unter ihrem Rücken bröckelte Lehm von der Wand, an die sie gelehnt war.

»Haben Sie einen Namen?«

»Allah sei gnädig!«

Endlich eine Reaktion. »Was haben sich Ihre Eltern nur dabei gedacht, Sie so zu nennen?«

Seine Schulter streifte ihre. Auch diesmal spürte sie wieder die Erschütterungen, als er lautlos lachte. »Warum schläfst du nicht ein wenig? Dein Körper braucht Ruhe.«

»Wenn ich tot bin, werde ich genug Ruhe haben, oder?«

Sein tiefer Seufzer blies eine Haarsträhne in ihr Gesicht. »Gibst du nie auf?«

»Nein.«

»Gut, dann schlage ich vor, wir essen etwas, die Nacht wird noch lang.« Bis zu diesem Moment hatte Kyla noch gar nicht gemerkt, wie hungrig sie war. Doch allein die Andeutung von Essen ließ ihren Magen erwartungsvoll knurren. »Ich nehme das als Zustimmung.«

»Ich hoffe, Sie haben auch was dabei und es nicht nur erwähnt, um mich zu quäl…« Bevor sie den Satz zu Ende führen konnte, schob er ihr etwas in den Mund. Nach ein paar vorsichtigen Bissen erkannte sie Pökelfleisch und entschied, dass es zwar nicht besonders schmeckte, ihr das gerade aber völlig egal war. Hingebungsvoll kaute sie darauf herum bis sie es schlucken konnte. »Das …« Ein weiterer Bissen landete in ihrem Mund.

»Jetzt weiß ich endlich, wie ich dich zum Schweigen bringen kann.« Sie versuchte zu sprechen, verschluckte sich und begann zu husten. »Etwas Wasser vielleicht?« Er hielt Kyla eine Flasche hin, die sie ihm sofort aus der Hand riss, sowie ihre Finger sie ertastet hatten.

Sie war ihm dankbar, dass er darauf verzichtete, ihr auf den Rücken zu klopfen, ihre Schulter schmerzte bereits aufgrund der

Erschütterungen des Hustenanfalls. Schließlich hatte sie sich so weit beruhigt, dass sie trinken konnte. »Das war unfair.«

»Ich habe überhaupt nichts gemacht.«

»Doch …« Ein Gähnen riss sie aus ihrer Anschuldigung. Warum war sie auf einmal so müde? Das Wasser! Sie stellte es so rasch zur Seite, dass es umkippte. Doch das war ihr egal. Sie stürzte sich bereits auf ihren Bewacher. Nach seinem überraschten Aufstöhnen zu urteilen, hatte er damit wohl nicht gerechnet. Trotzdem hatte er sie innerhalb von Sekunden niedergerungen.

»Was sollte das?«

»Sie haben mich schon … wieder … betäubt!« Das Sprechen fiel ihr zunehmend schwerer.

»Ich helfe dir nur dabei, dich auszuruhen.« Seine Stimme schien von weit her zu kommen. »Leg dich hin …« Sanfte Hände drückten sie zu Boden, ihr Kopf traf auf etwas Weicheres als den rauen Steinboden. Sein Oberschenkel. Sofort versuchte sie abzurücken, doch er hielt sie mühelos fest. »Entspann dich. Wenn du wieder aufwachst, wirst du dich besser fühlen.« Sie fühlte, wie er sich zu ihr herunterbeugte, doch sie konnte nicht ausweichen. »Und wenn du nächstes Mal versuchst zu fliehen, solltest du aufpassen, wo du hinfasst.«

Verdammt, er hatte es also doch bemerkt. Kylas Augen fielen zu, ihre Gedanken verschwanden im Nichts.

9

Rose' Hände zitterten immer noch, als sie ihre Haustür aufschloss. Es waren inzwischen zwei Stunden vergangen, aber sie konnte Roderics letzte Worte einfach nicht vergessen. Ramon hatte sie geliebt, natürlich wusste sie das. Doch zu hören, wie er gestorben war, umgeben von seinen Teamgefährten, und dass er dabei an sie gedacht hatte, traf sie im Innersten. Clint Hunter hatte ihr auf der Beerdigung ebenfalls erzählt, dass Ramons letzte Worte ihr gegolten hatten, doch sie hatte damals angenommen, dass er ihr nur etwas Nettes sagen wollte. Hätte sie es ihm geglaubt, wäre sie wahrscheinlich bereits dort zusammengebrochen. Es erstaunte sie, dass etwas, das vor sieben Jahren geschehen war, immer noch so wehtun konnte.

Vielleicht hätte sie den Verlust schneller akzeptiert, wenn sie ein Kind gehabt hätte, jemanden, der Ramons Platz in ihrem Herzen, in ihrem Leben, gefüllt hätte. Doch da war niemand gewesen, der sie aus ihrer Trauer hätte reißen können, niemand, der ihrem Leben wieder einen Sinn gab. Sie hatte nur ihre Arbeit, aber selbst die füllte sie nicht vollständig aus.

Die Frage war, warum sie sich das alles erst jetzt eingestand. Seit sie Roderic getroffen hatte, war ihr vieles bewusst geworden. Sie brauchte einen anderen Menschen an ihrer Seite, um wirklich glücklich zu sein. Ja, sie konnte auch ohne einen Mann leben, aber sie wollte es nicht. Sie wollte ihr schönes Haus mit jemandem teilen, wollte nicht länger allein sein und alles mit sich selbst abmachen. Aber wie sollte sie einen neuen Partner finden? Sie war nicht mehr ganz jung, und sämtliche interessanten, soliden Männer hatten bereits eine Familie gegründet. Roderics Bild blitzte vor ihren Augen auf, doch sie verwarf diesen Gedanken sofort wieder. Ja, er war noch ungebunden – zumindest soweit sie das wusste –, aber sie würde sich nie wieder auf jemanden mit einem gefährlichen Beruf einlassen, so viel war sicher. Außerdem würde sie in seiner Gegenwart immer an Ramon erinnert werden, was ihm gegenüber nicht fair gewesen wäre.

Oh Gott, worüber dachte sie hier überhaupt nach? Roderic hatte überhaupt kein Interesse an einer Beziehung mit ihr! Sicher hätte sie es gefühlt, wenn nur ein winziger Funke von Anziehung vorhanden gewesen wäre. Außerdem konnte sie ihm nicht verzeihen, dass er sie mit so unfairen Mitteln dazu gebracht hatte, dem Jobangebot zuzustimmen. Der Gedanke, morgen die SEAL-Basis betreten zu müssen, verursachte ihr Übelkeit. Die Hand auf den Magen gepresst, warf sie ihre Aktentasche aufs Sofa und sank in das weiche Polster. Roderic hatte zumindest keine Zeit verloren, bereits wenige Minuten nachdem er gegangen war, hatte jemand angerufen, der mit ihr die Termine absprechen sollte. Nachdem geklärt war, dass sie während der Semesterferien an der Universität kommen und gehen konnte wie sie wollte, hatte man sie gleich für den nächsten Morgen einbestellt. Zuerst wurde ihre Hilfe bei der Suche nach den Agentinnen gebraucht, danach sollte sie die SEALs unterrichten. Was genau sie den Soldaten allerdings beibringen sollte, wusste sie nicht. Aber das würde sich im Laufe der nächsten Wochen zeigen – wenn sie überhaupt so lange blieb.

So hatte sie alles zusammengesucht, was sie normalerweise im Studium lehrte, und hoffte, dass sie damit für ihre Aufgabe gut gerüstet war. Außerdem musste sie sich eingestehen, dass sie auch einen kleinen Funken Aufregung vor dieser neuen Herausforderung verspürte. Sie unterrichtete für ihr Leben gern, und die SEALs unterschieden sich sicher kaum von ihren Studenten. Gut, vermutlich waren sie viel besser gebaut, aber das war kein Nachteil. Rose presste die Hand vor den Mund, um das alberne Kichern zu unterdrücken, das in ihr aufstieg. Tränen traten in ihre Augen. Seit gestern war sie völlig durcheinander, tiefe Trauer und hormonbedingte Gelüste stritten miteinander um die Vorherrschaft. Doch sie wollte ihr Leben weder von dem einen noch von dem anderen bestimmen lassen. Irgendwo musste es einen rationalen, vernünftigen Mittelweg geben – sie musste ihn nur noch entdecken. Bis es so weit war, würde sie einfach so weitermachen wie bisher, ein Tag, eine Minute, eine Sekunde nach der anderen.

Da Kochen ihre Kräfte im Moment überstieg, wärmte sie sich in der Mikrowelle den Rest des Essens vom Vortag auf und setzte sich damit an den Computer. Es konnte nicht schaden, wenn sie noch einmal ihre verlinkten Internetseiten über Afghanistan nach aktuellen Informationen durchsuchte. Das tat sie zwar üblicherweise einmal in der Woche, aber sie wollte nichts übersehen. Die Gesichter der beiden Agentinnen gingen ihr nicht mehr aus dem Kopf. So jung, so anders als die afghanischen Frauen – sollten sie gefangen genommen worden sein, hatten sie keine Chance. Verdammt! Roderic hätte nie zu ihr kommen und ihr diese Bürde auferlegen dürfen. Denn obwohl es unsinnig war, fühlte sie sich irgendwie verantwortlich für die Rettung der beiden.

Rose schob den Teller zur Seite und öffnete ihr E-Mail-Programm. Sie musste unbedingt mit Cass reden. Natürlich nicht über den Fall, das war ihr dringend angeraten worden, aber was hätte sie da auch erzählen sollen, sie wusste schließlich so gut wie nichts darüber. Nein, solange ihre Freundin sich an einem Ort befand, an dem sie auch telefonieren oder E-Mails empfangen konnte, musste sie das ausnutzen. Sie brauchte dringend den

Rat einer Frau, die wusste, wie sie mit Männern und Gefühlen umzugehen hatte. Die nächsten Minuten schilderte sie Cassandra deshalb ihre Gedanken und ihre Unsicherheit und bat sie um ihren Rat. Erst als sie die E-Mail bereits abgeschickt hatte, fiel ihr ein, dass es in Pakistan mitten in der Nacht war. So gern sie auch sofort eine Antwort erhalten hätte, sie würde sich wohl gedulden müssen. Aber ein paar Stunden würden nichts ausmachen, wenn sie die sieben Jahre betrachtete, die sie in diesem Zustand verbracht hatte.

Rock verschränkte seine Arme über dem Lenkrad und blickte zum Haus hinüber. Ein Lichtschimmer drang einladend durch die großen Fenster. Fast als wollte er ihn auffordern, anzuklopfen und einzutreten. Stöhnend rieb Rock über seine Nasenwurzel. Warum fuhr er einen Umweg, nur damit er bei Rose vorbeikam? Der Tag war lang und anstrengend gewesen, eigentlich wollte er jetzt nur noch nach Hause, etwas Kaltes trinken und die Beine hochlegen. Immerhin konnte jederzeit der Marschbefehl nach Afghanistan eintreffen, und dann würde er sich tagelang nicht mehr ausruhen können. Stattdessen stand er hier mit laufendem Motor und starrte ins Licht.

Dabei hätte er gar nicht gewusst, was er Rose sagen sollte. Obwohl er gewiss kein Konversationswunder war, hatte er normalerweise keine Probleme damit, sich auszudrücken. Doch bei Rose stand immer die Erinnerung an Ghost zwischen ihnen, und seit Neuestem auch dieser seltsame Moment der Anziehung, als er sie nur als Frau und nicht als Ghosts Witwe gesehen hatte. Und das ängstigte ihn mehr als alles andere. Rock verzog den Mund. Als SEAL sollte er sich eigentlich besser im Griff haben. Wenn er sich schon vor einer Frau fürchtete … Mit einem Ruck setzte er sich wieder zurück, schob den Hebel auf Fahren und gab Gas.

Wenige Minuten später betrat er sein dunkles Haus und schaltete das Licht ein. Eine nackte Glühbirne beleuchtete die kahlen Wände des kleinen Flurs. Die anderen Zimmer sahen auch nicht viel besser aus, er hatte zwar Möbel hineingestellt, aber zu mehr hatte es nicht gereicht. Das war eine Sache, die er immer wieder hinausschob, mit der Ausrede, dass er sicher viel Zeit dafür hatte, wenn er nicht mehr in den Teams war. Vermutlich stimmte das sogar, aber der Gedanke war so erschreckend, dass er ihn schnell wieder begrub.

Er warf seinen Rucksack in eine Ecke und zog die Schuhe aus. Einen Moment rieb er seine vom anstrengenden Training schmerzende Achillessehne. Devil schien fest davon auszugehen, dass sie demnächst nach Afghanistan abberufen werden würden, um die TURT/LE-Agentinnen zu retten. Was Rock wesentlich lieber gewesen wäre, als immer nur darüber nachzudenken, während sie gezwungenermaßen Däumchen drehten.

Er wollte seine Karriere gerne mit einer erfolgreichen Mission beenden, anstatt sie hier in Kalifornien langsam ausklingen zu lassen. Aber derzeit sah es noch so aus, als würde das SEAL-Team vor Ort den Zugriff vornehmen – sofern sie endlich herausfanden, wo die beiden Frauen waren. Wenn sie sich nur versteckten, sollten sie eigentlich inzwischen einen Weg gefunden haben, irgendjemanden zu kontaktieren. Da das nicht geschehen war, mussten sie davon ausgehen, dass man die Agentinnen entweder entführt oder getötet hatte. Jeder einzelne der SEALs fühlte sich dafür verantwortlich, schließlich hatten sie die TURTs trainiert und auf die Mission vorbereitet. Dementsprechend schlecht war auch die Stimmung auf dem Stützpunkt.

Rock zog die Kühlschranktür auf und sah hinein. Gähnende Leere, wie so oft. Die eisige Luft strich wohltuend über seinen erhitzten Körper. Er nahm sich eine Bierflasche, drehte den Verschluss auf und setzte sie an die Lippen. Im Eisfach entdeckte er schließlich eine gefrorene Pizza. Der Tag war gerettet. Während sie im Backofen auftaute, setzte er sich auf die hintere Veranda und blickte zum Meer hinaus.

Es war ein Glücksfall gewesen, dass er das Haus vor ein paar Jahren gefunden hatte. Er hasste es, eingesperrt zu sein, er brauchte die Weite der Landschaft und das Gefühl, allein zu sein. Seine Füße auf der Reling abgestützt, genoss er die Ruhe. Genauso war er aufgewachsen, dicht am Wasser mit viel Natur um sich herum – wenn auch auf der anderen Seite des Landes. San Diego war nicht Indian River, Maine, lag aber immerhin direkt am Pazifik.

Rock spürte, wie die Anspannung von ihm abfiel, während er dem Rauschen der Wellen lauschte. Den Kopf in den Nacken gelegt, starrte er in die Dunkelheit, bis das Klingeln des Backofens ihn daran erinnerte, wie hungrig er war.

Jade schlug die Augen auf, als ein Geräusch ertönte. Die Nacht hatte sie an der Wand hockend verbracht, die Burka um sich geschlungen, obwohl sie die Kälte nicht abhalten konnte. Zitternd richtete sie sich nun auf und versuchte, im halbdunklen Raum zu erkennen, woher das Quietschen kam. Wahrscheinlich von der Tür, dem einzigen metallenen Gegenstand in ihrer Zelle. Ihre Hoffnung, dass in der Nacht jemand kommen und sie retten würde, war vergebens gewesen. Also musste sie versuchen, diesen Tag zu überstehen, egal was ihre Entführer mit ihr vorhatten. Die Hände zu Fäusten geballt, beobachtete sie, wie die runde Klappe in der Tür geöffnet und etwas hindurchgeschoben wurde. Was es war, erkannte sie erst, als der harte Wasserstrahl sie bereits traf. Sie versuchte zu fliehen, doch der Strahl folgte ihr, hinterließ Prellungen und Abschürfungen, wo er auf nackte Haut traf. Heftig zitternd gelang es Jade schließlich, sich an die Wand direkt neben der Tür zu pressen. Das eiskalte Wasser hatte die Burka durchdrungen, die nun nass und schwer an ihrem Körper klebte.

Die Zähne fest aufeinandergepresst, um sie am Klappern zu hindern, wartete Jade darauf, dass jemand die Zelle betrat. Vielleicht gelang es ihr, den Wächter zu überwältigen und zu fliehen, aber wahrscheinlicher war, dass sie keine Chance dazu haben würde. Der Wasserstrahl versiegte nach einigen Minuten und ließ ihre Zelle nass, aber etwas sauberer zurück. Als der Schlauch langsam zurückgezogen wurde, konnte sie einen kurzen Blick auf den langen Gang mit weiteren Türen erhaschen. Anscheinend war sie nicht die einzige Gefangene hier, aber das beruhigte sie nicht wirklich. Wieder wurde etwas vor das Loch geschoben, und Jade hielt unwillkürlich den Atem an. Ihre Finger gruben sich in den rauen Putz der Wand.

Ein leises, platschendes Geräusch ertönte, gefolgt von einem weiteren. Die Augen weit aufgerissen starrte Jade auf die beiden sich windenden Schlangen, die keinen Meter von ihren nackten Füßen entfernt auf den Boden gefallen waren. Giftschlangen, wenn die Informationen, die sie sich vor ihrer Mission eingeprägt hatte, stimmten. Panisch blickte sie in der kahlen Zelle umher, aber es gab nichts, mit dem sie die Viecher hätte töten können. Langsam, Zentimeter für Zentimeter glitt sie an der Wand entlang, um der Reichweite ihrer Giftzähne zu entkommen.

Die Schlangen hoben die flachen Köpfe und prüften mit ihren Zungen den Geruch. Ohne große Hast schlängelten sie direkt auf Jade zu. Oh Gott! Sie versuchte, sich daran zu erinnern, was ihnen im Training in der Wüste zum Thema Verhalten bei einem Schlangenangriff gesagt worden war, aber es fiel ihr schwer, sich darauf zu konzentrieren. Immer im Auge behalten und sich langsam zurückziehen, das war es. Ersteres war kein Problem, selbst wenn sie wollte, hätte sie ihren Blick nicht von den sich windenden Körpern abwenden können, Letzteres allerdings war aussichtslos. Hinter ihr befand sich die Wand, es gab keine Fluchtmöglichkeit. Bei nur einer Schlange hätte sie versuchen können, sie hinter dem Kopf zu packen und aus dem Fenster zu schleudern, doch mit einem zweiten Reptil in unmittelbarer Nähe würde sie mit hoher Wahrscheinlichkeit gebissen werden, bevor sie sie überhaupt zu fassen bekam. Das Einzige, was sie tun konnte …

Bevor sie den Gedanken zu Ende brachte, riss sie sich bereits die Burka über den Kopf und warf sie auf die Schlangen. Zitternd blickte Jade auf den stillen Stoff und fragte sich, ob sie sich die Tiere nur eingebildet hatte, doch dann begann er, sich zu bewegen. Sie musste etwas tun, damit sie sich nicht wieder daraus befreiten! Rasch beugte sie sich hinunter, schnappte sich die Kanten der Burka und zog sie zusammen. Je kleiner das Bündel wurde, desto heftiger attackierten die Schlangen den Stoff. Jade drehte die Öffnung so eng zusammen, dass die Tiere sich kaum noch bewegen, geschweige denn beißen konnten. Sie hielt den Behelfssack so weit von ihrem Körper entfernt wie möglich und blieb unschlüssig stehen. Was sollte sie nun mit den Viechern machen? Die runde Klappe in der Tür war geschlossen, genauso wie das vergitterte Sichtfenster. Blieb nur noch das kleine Loch oben in der Wand, das als Fenster diente. Wie schon in der Nacht stellte sie sich auf Zehenspitzen davor und versuchte hinauszublicken. Es war zu hoch, und diesmal waren ihre Hände nicht frei, um sich an den Gitterstäben hochzuziehen.

Das zappelnde Bündel dicht vor ihrem Gesicht machte ihr klar, dass sie es riskieren musste. Irgendwann würde eine der Schlangen einen Weg aus den Falten finden, und sie wollte sich dann ungern noch im selben Raum befinden. Da sie nicht gehen konnte, würden die Schlangen verschwinden müssen. Jade reckte sich, so weit sie konnte, und schob die Burka durch die Gitterstäbe. Ein Schauder lief über ihren Rücken, als ihre Hand durch den Stoff einen der festen Leiber berührte. Sie konnte nur hoffen, dass die Schlangen auf der anderen Seite der Mauer herausfielen, wenn sie den Stoff öffnete. Ihre Finger in das Gewebe gekrallt, gab sie der sich windenden Masse einen Stoß. Mit angehaltenem Atem wartete sie auf ein Geräusch von der anderen Seite, doch es war nichts zu hören. Nachdem sie die Burka ausgeschüttelt hatte, um sicherzustellen, dass sich keine Schlange in den Falten verkrochen hatte, zog sie sie vorsichtig zurück. Jade stützte sich an der Wand ab und atmete tief durch.

Das Quietschen der Tür ließ sie, die Burka vor ihren nackten Körper gepresst, herumwirbeln. Ihre Rückseite berührte bereits die raue Wand, doch wenn sie gekonnt hätte, wäre sie noch weiter zurückgewichen, als zwei Männer die Zelle betraten. Ein Moment panischer Angst schoss durch ihren Körper, doch sie zwang sich, ihr nicht nachzugeben. Sie straffte die Schultern und hob das Kinn, während sie versuchte, mit dem nassen Stoff der Burka alle wichtigen Körperteile zu verdecken. Ihre Augen hielt sie gesenkt, wie es der Landessitte entsprach, um keinen Anlass für eine Bestrafung zu geben. Als wenn die beiden einen Grund gebraucht hätten – sie konnten mit ihr machen, was sie wollten! Für diese Männer war sie eine Kriegsbeute und noch dazu eine westliche Frau, ein Feind. Unter ihren Wimpern heraus beobachtete sie, wie die Wächter dicht vor ihr stehen blieben. Mit ihren wild wuchernden Bärten und Haaren waren sie eindeutig als Rebellen erkennbar, sie unterschieden sich deutlich von den Stadtbewohnern, denen sie bisher in den Straßen begegnet war. Der Gestank nach Schweiß und ungewaschener Kleidung löste in ihr einen heftigen Würgereiz aus.

»Bia.« *Komm.*

Jade kroch noch dichter an die Wand und schüttelte den Kopf. Ihre Knöchel traten weiß hervor, so fest hielt sie die Burka umklammert. Einer der Männer nahm grob ihren Arm, während der andere am Stoff zog. Doch Jade weigerte sich, ihn aufzugeben. Er war das Einzige, was noch ihr gehörte, was sie aus der Welt außerhalb dieser Zelle mitgebracht hatte. Der Wächter verlor die Geduld und schlug ihr mit dem Handrücken brutal ins Gesicht. Schmerz durchzuckte ihre Wange, ihr Hinterkopf kollidierte mit der Wand. Halb besinnungslos sackte sie in sich zusammen, ihr Griff um die Burka löste sich. Die Männer rissen sie ihr aus der Hand, dann wurde sie unter den Armen gepackt und aus der Zelle geschleift. Rauer Beton schürfte ihre Füße auf, bis es ihr gelang mitzulaufen, wo immer sie auch hingebracht wurde. Wider Erwarten fand sie sich nicht vor dem Kommandanten wieder, sondern vor einer weiteren Eisentür.

Grelles Sonnenlicht blendete sie, als sie in den Hof hinausgestoßen wurde, der auf allen Seiten von ähnlichen grauen Gebäuden umgeben war, in dem auch ihre Zelle lag. Jade stolperte und wurde von den Wächtern wieder hochgezogen. Spitze, heiße Kiesel stachen in ihre empfindlichen Fußsohlen, machten den kurzen Weg zur Mitte des Innenhofs zur Qual. Als Jade sah, wohin sie geführt wurde, blieb sie abrupt stehen. Zumindest versuchte sie das, aber die Männer trugen sie einfach den Rest des Weges zum Holzgestell. Erneut schüttelte ein Schauder ihren Körper. Während der eine Wächter sie festhielt, ließ der andere Metallringe um ihre Handgelenke schnappen, die ihre Arme weit ausgestreckt am Holz fixierten. Ihre Füße fanden auf einem kleinen Brett Platz, bevor auch sie festgebunden wurden. Das raue Holz rieb gegen ihren Rücken, als sie versuchte, sich zu bewegen. Ihr ohnehin schon trockener Mund verlor jede Feuchtigkeit, als ihr klar wurde, dass jeder im Komplex sie sehen konnte. Nackt, hilflos. *Gott!*

Jade schloss die Augen und bemühte sich, nicht daran zu denken, dass jederzeit jemand über sie herfallen konnte. Jetzt wäre ein verdammt guter Zeitpunkt für das Rettungsteam. *Bitte, kommt schnell!* Doch es kam niemand. Ihre Augen flogen wieder auf, als ein scharfer Schmerz durch ihren Oberarm fuhr. Befriedigt steckte der Wächter sein Messer wieder ein, während der andere die Holzkonstruktion drehte, bis die Sonne direkt auf sie traf. Sofort drang Hitze auf sie ein, brannten die Strahlen auf ihre empfindliche Haut. Unter der Burka hatte sie in den vergangenen Monaten keine Sonnencreme gebraucht, und nun war sie der Sonne ungeschützt ausgesetzt. Es war klar, dass sie innerhalb kürzester Zeit einen furchtbaren Sonnenbrand davontragen würde. Beinahe als könnten sie ihre Gedanken erraten, grinsten die beiden Männer sie an, bevor sie sie allein im Hof zurückließen. Jade biss auf ihre Lippe, um sich daran zu hindern, sie zurückzurufen. Sie würde es durchstehen. Egal was passierte, sie würde dieser Hölle entkommen.

10

Feuchte Kälte hüllte sie ein und brachte sie zum Zittern. Kyla richtete sich abrupt auf und zuckte zusammen, als der Schmerz durch ihre Schulter fuhr. Gleichzeitig kam die Erinnerung zurück. Auch wenn die Dunkelheit es nahelegte, sie war nicht wirklich in der Hölle – aber beinahe. Eine Hand legte sich über ihren Mund und schnürte ihr die Luft ab. Kyla kämpfte dagegen an, erreichte aber nur, dass sie an einen harten Körper gezogen wurde und sich gar nicht mehr rühren konnte.

»Ruhig, da ist jemand über uns.« Heißer Atem streifte ihr Gesicht.

Sie erkannte die leise Stimme und gab den Kampf auf. Stocksteif saß sie in der Umklammerung ihres Wächters und wartete darauf, dass die Schritte und Stimmen über ihnen sich entfernten. Einige Minuten später sackte sie erleichtert zusammen. Sie waren auch diesmal nicht entdeckt worden. Aber wie lange würden sie hier in Sicherheit sein? Und wie kam sie überhaupt darauf, dass sie hier sicher war, wo doch einer ihrer Gegner sie gefangen hielt? Sie spürte seinen harten Körper in ihrem Rücken und seine rauen Hände an ihren Armen. Ruckartig richtete Kyla sich auf, als sie sich daran erinnerte, dass er sie wieder betäubt hatte. Kyla stieß ihren Ellbogen in seine Rippen und befreite sich aus seinem Griff. Sein gedämpftes Stöhnen gab ihr nur eine kurzzeitige Befriedigung.

»Machen Sie das nie wieder!«

»Du brauchtest deinen Schlaf, genauso wie ich.«

Dass er so genau wusste, was sie meinte, stimmte sie auch

nicht glücklicher. »Wo sind meine restliche Kleidung und meine Schuhe?«

»Hier bei mir.«

»Geben Sie sie mir.«

»Nein.«

»Nein?«

»Es ist viel zu unbequem beim Schlafen. Und in der Dunkelheit kann dich niemand sehen, entspann dich.«

»Und warum sind Sie dann angezogen?«

Stille antwortete ihr, dann ein Seufzen. »Weil es nicht gut wäre, wenn ich mit heruntergelassenen Hosen erwischt würde.«

»Ach, und warum ist das bei mir etwas anderes?«

»Du bist meine Gefangene.« Das brachte Kyla wirksam zum Schweigen. »Es würde jeder verstehen, dass ich dich … unterwerfe und mit dir tue, was ich will.«

»Und warum tun Sie es nicht?« Kyla zuckte zusammen, als sie erkannte, dass er die Frage als Aufforderung verstehen könnte. »Ich meine, warum verarzten Sie meine Wunde und geben mir etwas zu essen und behandeln mich, als wäre ich ein Mensch?«

»Das willst du nicht wissen.«

Doch, wollte sie, aber sie traute sich nicht nachzuhaken. Sie war sich nicht sicher, ob ihr seine Antwort gefallen würde. Bisher ging es ihr ganz gut, er hatte sie nicht verletzt und sich ihr auch nicht aufgedrängt. Es hätte auch ganz anders ausgehen können, das war ihr bewusst. Hoffentlich hatte Jade genauso viel Glück gehabt wie sie. Oder noch besser: Jade war bereits in Sicherheit und würde ihr Hilfe schicken. Allerdings konnte Kyla sich nicht darauf verlassen, daher sollte sie zusehen, dass sie bald hier herauskam und sich einen Weg aus dem Land suchen konnte.

»Wie spät ist es?«

»Noch zu früh, um das Versteck zu verlassen.«

Erneut hatte ihr Wächter ihre Gedanken erraten. Entweder

war er ziemlich gut in dem, was er tat, oder sie war als Agentin eine totale Niete. Kyla verzog den Mund. Bisher hatte sie sich wirklich noch nicht mit Ruhm bekleckert. Erst ließ sie sich anschießen und dann auch noch gefangen nehmen. Ihr Fluchtversuch war gescheitert, und sie hatte keine Möglichkeit, mit dem Oberkommando Kontakt aufzunehmen. Immerhin hatte sie erfahren, wofür sie hergekommen war. Doch was nützte es, wenn sie die Informationen an niemanden weitergeben konnte?

»Könnte ich Sie überreden …?«

»Nein.«

»Sie wissen doch gar nicht, was ich sagen wollte!«

Seine Kleidung raschelte, als er sein Gewicht verlagerte. »Du wolltest versuchen, mich zu kaufen.«

»Würde mir das denn gelingen?«

»Nein.«

»Jeder hat irgendeinen Preis.«

»Meiner ist zu hoch für dich.«

Verdammt, warum hatte sie den Einzigen erwischt, der nicht bestechlich war? Die meisten Menschen waren hier so arm, dass sie ihr für eine großzügige Belohnung geholfen hätten. Nur Mr Macho war immun dagegen. Was höchst ärgerlich war, ihr aber auch imponierte. Ein Mann mit Prinzipien – in einer anderen Lage hätte sie das sicher anziehend gefunden. So hatte er ihr jedoch mit wenigen Worten jede Hoffnung genommen, unbeschadet aus dieser Situation herauszukommen. Trotzdem weigerte sie sich, aufzugeben. Wenn sie erst einmal aus diesem Kellerloch heraus waren, würde sie sicher eine Möglichkeit finden, ihren Bewacher auszutricksen und zu entkommen. Seltsamerweise widerstrebte ihr der Gedanke, ihn vielleicht verletzen zu müssen, um ihre Freiheit zu erlangen. Wahrscheinlich hätte er diese Bedenken nicht, wenn ihre Situation vertauscht wäre.

Jade wusste nicht, wie lange sie schon allein im Innenhof stand. Obwohl es ihr wie eine Ewigkeit vorkam, konnte es nicht allzu lange gewesen sein, denn die Sonne schien immer noch direkt auf sie nieder. Jade hielt ihre Augen fest geschlossen. Sie wollte nicht sehen, wie sie von den Wachen angestarrt wurde, außerdem würde die grelle Sonne ihren Augen schaden. So merkte sie auch erst, dass sie nicht mehr allein war, als ein Schatten über sie fiel. Erschreckt riss sie die Augen auf und blinzelte ein paarmal, um sich an das helle Licht zu gewöhnen. Langsam wanderte ihr Blick an dem Mann hinauf, der vor sie getreten war. Blank geputzte Stiefel, eine helle, eng anliegende Hose, eine militärisch aussehende Jacke, darüber ein glatt rasiertes Kinn, ein gepflegter Schnurrbart, eine lange Nase und dunkle Augen unter breiten Brauen. Die Haare waren kurz geschnitten und von einer Kappe halb verdeckt. Sie musste nicht sehen, wie ehrerbietig ihn die Wächter behandelten, um zu wissen, dass dies der Kommandant war, der letztendlich über ihr Schicksal entscheiden würde.

»Bindet sie los.«

Seine Stimme war leise und sanft, trotzdem sprangen die Männer sofort herbei und befreiten sie. Die Schultergelenke protestierten schmerzhaft, als ihre Arme herabfielen. Jade biss sich auf die Lippe, um jeden Laut zu verhindern. Für einen Moment wurde ihr schwarz vor Augen, doch es gelang ihr, sich an dem Holzgestell festzuhalten. Eine Hand in einem schwarzen Lederhandschuh griff nach ihrem Ellbogen und zog sie in die Höhe. Gänsehaut überlief Jade, als das Leder sie berührte. Sie wusste, dass ihre Reaktion deutlich zu sehen war, doch sie konnte nichts dagegen tun.

»Helft ihr.«

Die Hand verschwand und wurde durch andere, grobere ersetzt. Ihre verbrannte Haut begann dort zu schmerzen, wo sie festgehalten wurde. Wieder malträtierten die Steine ihre Fußsohlen, als sie zu einem der Gebäude geführt wurde. Sie konnte nicht sagen, ob man sie zu ihrer Zelle zurückbrachte, aber sie war froh, in den Schatten zu kommen. Schauer schüttelten ihren Körper, als sie die kühle Luft an ihrer heißen Haut spürte. Helle Punkte tanzten vor ihren Augen, eine Folge des grellen Lichts, dem sie draußen ausgesetzt gewesen war. Im Halbdunkel des langen Flurs, durch den sie geführt wurde, konnte sie nicht viel erkennen. Der Kommandant ging vor ihr, die Absätze seiner Stiefel hallten auf dem Steinboden wider. Die beiden Wächter führten sie mit festem Griff hinter ihm her, ihre Schritte leiser und unregelmäßiger. Ihre nackten Füße berührten kaum den Boden, sie trugen sie einfach hinter ihrem Kommandanten her.

Schließlich hielten sie vor einer mit Ornamenten geschmückten Holztür, die nicht in das triste Grau des Gebäudes zu passen schien. Die Tür wurde von innen aufgerissen, ein junger Mann in zu großer Uniform salutierte und ließ sie eintreten. Jade wurde zu einem Stuhl geführt, während der Kommandant in einem gepolsterten Ledersessel hinter seinem gewaltigen Schreibtisch Platz nahm. Nachdem er die Wachen weggeschickt hatte, betrachtete er Jade schweigend über seine zusammengelegten Fingerspitzen hinweg. Sie bemühte sich, unter seinem Blick nicht auf dem Stuhl herumzurutschen. Stocksteif saß sie da, die Hände um die Armlehnen gekrallt, um zu verhindern, dass sie sich bedeckte. Sie durfte keine Schwäche zeigen.

»Mein Name ist Jeduhin Mogadir.«

Jade konnte ein leichtes Zucken ihrer Augenlider nicht verhindern.

»Ah, ich sehe, Sie haben von mir gehört.«

Das hatte sie tatsächlich. Und nichts Gutes. Mogadir war dafür berüchtigt, seine Rebellengruppe mit harter Hand anzuführen. Jeder fürchtete ihn, sogar seine eigenen Männer. Der Grund, warum nicht viel über ihn herauszubekommen war, lag in der Art, wie er Verrat bestrafte. Kinder wurden abgeschlachtet, Frauen geschändet und dann getötet, sollten sie noch leben, und Männer wurden aufgeschlitzt und die Haut wurde ihnen abgezogen, bevor sie auf der Straße ausgestellt wurden – als mahnendes Beispiel an alle. Seine Feinde wurden entweder grausam zugerichtet gefunden oder verschwanden für immer. Dies war sein Stammesgebiet, sein Königreich. Er herrschte hier uneingeschränkt, und es war weder der neuen Regierung noch den alliierten ausländischen Truppen gelungen, ihn zu finden und sein Netzwerk zu vernichten. Er war der Grund, warum sie mit Kyla nach Afghanistan gekommen war. Jade hatte nur nicht erwartet, ihm jemals persönlich gegenüberzusitzen. Es war erstaunlich, wie harmlos er aussah, eher wie ein Firmenchef, mit einem Computer auf seinem eleganten Schreibtisch.

»Dann sind Sie eindeutig im Vorteil, denn ich kenne Ihren Namen nicht. Sagen Sie ihn mir.« Bisher hatte er Dari gesprochen, doch jetzt wechselte er ins Englische. »Ihr Name. Sie verstehen mich doch, oder?« Es war keine Überraschung, dass er ihre Sprache konnte, auch wenn sein Akzent unmissverständlich darin mitschwang. Mogadir war dafür bekannt, nichts dem Zufall zu überlassen und immer genau über seine Feinde Bescheid zu wissen.

»Ich … ich bin Ann Jenkins. Lassen Sie mich bitte gehen, ich bin Mitarbeiterin einer internationalen Hilfsorganisation. Ich wollte doch nur helfen.«

»Es laufen erstaunlich viele Helfer durch unsere Straßen.«

»Das Land braucht diese Hilfe dringend.« Ihre ruhige Feststellung traf scheinbar einen wunden Punkt.

»Wir sind gut allein zurechtgekommen – bis *Ihre* Landsleute eingefallen sind und alles zerstört haben. Wer hat denn unsere Städte zerbombt, unsere Frauen und Kinder getötet?« Zum ersten Mal lag so etwas wie Gefühl in seiner Stimme. »Ist es nicht reichlich verlogen, ein Land erst zu zerstören und dann wiederzukommen und so zu tun, als würde man helfen wollen?«

Irgendwie konnte Jade seinen Standpunkt sogar verstehen, und das machte ihr Angst. »Ich kann nur für mich sprechen, aber ich bin allein deswegen hierhergekommen, um zu helfen.« Dabei zu helfen, Mogadirs Netzwerk zu vernichten, aber das sagte sie natürlich nicht.

»Und Ihre Freundin?«

Eiseskälte breitete sich in ihrem Körper aus. »Welche?«

Mogadir beugte sich vor, seine dunklen Augen bohrten sich in ihre. »Die, mit der Sie die Unterkunft teilen.« Sein Finger tappte auf die Schreibunterlage. »Die mit Ihnen geflohen ist.«

Woher wusste er von Kyla? War sie auch gefangen genommen worden? Saß sie womöglich in einer der Zellen und wartete auf ihre Rettung? Oh Gott, wenn sie beide gefangen waren, würde niemand die gesammelten Informationen übermitteln und ein Rettungsteam rufen. Niemand würde wissen, wer sie entführt hatte.

»Sie ist ebenfalls eine Mitarbeiterin der Hilfsorganisation.«

»Wovor sind Sie geflohen?«

»Wir wurden verfolgt …«

»Sie haben Ihre Unterkunft nach der Ausgangssperre verlassen. Sie wollten doch sicher keinen Abendspaziergang machen.«

»Wir hatten einen Hilferuf erhalten.«

»Von wem?«

»Eine Frau sollte ihr erstes Kind bekommen, und es gab Komplikationen.«

Die Rückenlehne quietschte, als er sich zurücklehnte. »Keine afghanische Frau würde sich von Amerikanern helfen lassen.«

»Manche schon.« Ihr ruhiger Widerspruch schien ihn zu irritieren. Wahrscheinlich war er es nicht gewöhnt, dass eine Frau – dazu noch eine nackte – so mit ihm sprach.

»Meine Informanten sagen, dass Sie eine amerikanische Spionin sind.«

Jade versuchte, keine Reaktion zu zeigen. »Sie irren sich.«

»Ach ja? Warum hatten Sie dann eine Waffe bei sich?«

»Zum Schutz.«

»Vor wem?«

»Entführern, zum Beispiel.«

»Es scheint nicht geholfen zu haben.«

»Ich bin davon ausgegangen, dass das afghanische Volk es zu schätzen weiß, wenn man versucht zu helfen, und sich an die internationalen Abkommen hält. Außer Ihren Männern hat das bisher auch jeder getan.«

Ein fast amüsiertes Lächeln huschte über sein Gesicht. »Lassen Sie sich davon nicht täuschen. An der Oberfläche mögen sie freundlich und dankbar aussehen, aber darunter brodelt es gewaltig. Der Westen hat ihnen alles genommen, was sie noch hatten. Ihr Hab und Gut, ihre Ehre, ihre Familie.«

»Nur nicht ihre Freiheit.«

»Sie wissen überhaupt nicht, was das ist. Es ist leicht, von Freiheit zu reden, wenn man in einem reichen, mächtigen Land sitzt und es an nichts fehlt. Hier heißt Freiheit Armut, Gesetzlosigkeit, Anarchie. Aber darüber hat Ihr Präsident natürlich nicht nachgedacht, als er beschloss, Afghanistan zu ›befreien‹. Natürlich konnte er es nicht vorausahnen, während er auf seiner Luxus-Ranch in Texas darüber nachdachte, wie er die Angriffe auf sein Land rächen könnte. Er hat einen Schuldigen gesucht, und als er einen gefunden hatte, beschloss er, ihn zu vernichten, egal, was das für Millionen von Unschuldigen bedeuten würde.«

Insgeheim musste Jade eingestehen, dass er damit nicht ganz unrecht hatte. Bin Laden hatte Tausende auf dem Gewissen und es verdient, gejagt zu werden. Ob aber die Afghanen es verdienten, seinetwegen so zu leiden, war eine andere Frage. Das wollte sie jedoch auch nicht mit Mogadir diskutieren.

»Mein Land ist sicher bereit, für meine Freilassung zu zahlen.«

»Als Spionin sollten Sie eigentlich wissen, dass die USA keine Lösegelder zahlen.« Er betrachtete sie einen Moment prüfend und nickte dann. »Ah, ich verstehe. Sie wollten sich dumm stellen.«

»Die Hilfsorganisation kauft mich aber ganz sicher frei, wenn Sie sie kontaktieren.«

»Hier sind Sie mir mehr wert. Sollte ich irgendwann erfahren haben, was ich wissen möchte, werde ich noch einmal darüber nachdenken.«

Mogadir hatte ganz sicher nicht vor, sie freizulassen, egal was er behauptete. Selbst wenn er es gewollt hätte, er konnte es sich nicht leisten, dass seine Gegner davon erfuhren. Wahrscheinlich würde er sie töten lassen, ohne auch nur darüber nachzudenken. Obwohl im Raum drückende Hitze herrschte, fror Jade. Ihre Leute würden versuchen, sie zu retten, aber wie hoch war die Wahrscheinlichkeit, dass sie rechtzeitig gefunden wurde? Das Gebiet war zu groß, zu wild und bergig, um ihren Aufenthaltsort schnell genug ausfindig zu machen. Eine einzige Chance blieb, wenn Kyla die Flucht gelungen war und die Informationen zu Mogadirs Rebellentruppe dabei helfen würden, sie zu finden. Wenn man einigen Leuten genug Geld oder sogar Asyl in den USA anbot, waren sie vielleicht bereit, ihren Kommandanten zu verraten. Dieser große Komplex war sicher nicht entstanden, ohne dass viele Leute davon erfahren hatten.

»Sagen Sie mir, was ich wissen will, und diese ganze unangenehme Situation hat ein Ende.« Er deutete auf ihren nackten Körper. »Sie können sich viel Leid ersparen, wenn Sie kooperieren.«

»Ich habe Ihnen alles gesagt.«

Sein Gesicht blieb ausdruckslos. »Nun, dann lasse ich Sie in Ihre Zelle zurückbringen. Sollten Sie Ihre Meinung irgendwann ändern, fragen Sie nach mir.« Damit drückte er auf einen Knopf und lehnte sich in seinem Stuhl zurück. Wenige Sekunden später ging die Tür auf, und die Wächter kamen herein. Abwartend blieben sie neben Jade stehen. Mogadir machte mit seiner Hand ein scheuchendes Zeichen. »Bringt sie zurück.« Er hatte wieder in seinen heimischen Dialekt gewechselt.

Wieder hakten die Männer Jade unter. Ihr fester Griff schmerzte auf ihren verbrannten Armen. Während sie den langen Gang entlanggeführt wurde, dachte Jade über ihre Begegnung mit Mogadir nach. Er war anders gewesen, als sie nach all den Berichten erwartet hatte. Höflicher, ruhiger, aber auch jünger. Da sie ihn auf etwa fünfundvierzig Jahre schätzte, musste er erst Anfang zwanzig gewesen sein, als er die Führung der Rebellengruppe übernommen hatte. Wenn sie ihn irgendwo auf der Straße getroffen hätte, wäre sie niemals darauf gekommen, dass er ein gefürchteter Warlord war. Doch wahrscheinlich war er genau deswegen so gefährlich – man unterschätzte ihn zu leicht.

Vor einer Metalltür hielten die beiden Männer an, schlossen sie auf und stießen Jade so heftig hinein, dass sie das Gleichgewicht verlor und auf den harten Steinboden stürzte. Schmerz schoss durch ihre Handgelenke und Kniescheiben und zuckte ihre Arme hinauf. Ihre Schultergelenke, die nach der vorherigen Misshandlung auf dem Holzgestell noch schmerzten, schrien protestierend auf. Die Zähne zusammengebissen senkte Jade den Kopf und wartete, bis der Schmerz nachließ. Tief atmete sie durch, bevor sie sich langsam aufrichtete. Sie war wieder in ihrer Zelle mit dem feuchten Boden, den rauen Wänden und dem kleinen, vergitterten Fenster zum Hof. Ihre Burka lag noch am Boden, wo sie sie fallen gelassen hatte. Die Sonne hatte den kleinen Raum inzwischen ein wenig aufgeheizt, trotzdem fror sie. Die verbrannten Hautstellen strahlten Hitze aus, während ihre weiße Rückseite kalt war. Gänsehaut bildete sich auf ihrem Körper und machte die ganze Situation noch viel unangenehmer. Es hatte ihr niemand eine Creme angeboten, sodass sie nichts gegen den Sonnenbrand tun konnte. Er würde von selbst heilen müssen.

Jade hob die nasse Burka auf, wrang sie aus und streifte sie über ihren Kopf. Erleichtert atmete sie auf, als der feuchte Stoff ihre heiße Haut kühlte. Die Linderung würde nicht lange anhalten, doch für den Moment war es alles, was sie hatte.

11

Nach einer unruhigen Nacht erwachte Rose am nächsten Morgen wie gerädert. Ein Blick in den Spiegel bestätigte ihr, dass sie genauso aussah, wie sie sich fühlte: schrecklich. Augenränder stachen dunkel hervor, und die Fältchen um die Augen wirkten tiefer als sonst. Ihre zu allen Seiten abstehenden Locken würde sie nie bändigen können. Ganz toll. So würde sie sicher einen absolut kühlen, professionellen Eindruck machen. Mit einem tiefen Seufzer wandte sie sich ab. Sie hatte Wichtigeres zu tun, ihr Aussehen war völlig uninteressant. Niemand würde darauf achten, wie sie aussah, sondern nur auf das, was sie sagte. Schließlich ging es darum, zwei Menschenleben zu retten und andere davor zu bewahren, jemals in eine ähnliche Lage zu geraten. Wenn sie mit ihrem Wissen dazu beitragen konnte und vielleicht sogar noch erreichte, dass die SEALs und Agenten Afghanistans Menschen mit etwas anderen Augen sahen als bisher, dann lohnte es sich auch, den Ort zu betreten, den sie eigentlich für den Rest ihres Lebens hatte meiden wollen.

Die Bluse klebte unangenehm an ihrem Rücken, als sie eine Stunde später die letzten Meter vom Besucherparkplatz der SEAL-Basis in Coronado zum Wachtposten zurücklegte. Jeder Schritt schien schwerer zu sein als der vorherige, bis sie schließlich stehen blieb. Sie konnte das nicht tun. Ihr Herz schien angeschwollen zu sein und den ganzen Brustkorb auszufüllen, ein einziger, gewaltiger Schmerz. Durch ihre wie zugeschnürte Kehle gelang es ihr nicht einzuatmen. Heiße und kalte Schauer liefen über ihren Rücken, Feuchtigkeit sammelte sich in ihrem

Nacken. Rose beugte sich vor, um Luft in ihre Lunge zu bekommen, als neben ihr ein Schatten auftauchte. Erschrocken stolperte sie zurück. Über dem Rauschen in ihren Ohren hatte sie das Auto nicht gehört, das sich von hinten näherte. Punkte tanzten vor ihren Augen, ließen ihre Sicht verschwimmen. Ein Arm schob sich um ihre Taille und stützte sie, bis sie sich gegen den Wagen lehnen konnte. Rose zuckte zusammen, als eine Hand ihre Wange berührte.

»Alles in Ordnung?«

Obwohl sie die Stimme nur gedämpft wahrnahm, erkannte Rose sie sofort: Roderic. Anscheinend hatte er ein Talent dafür, sie immer in einem Moment der Schwäche zu erwischen – oder ihn selbst zu produzieren. Wenn sie ehrlich war, trug er diesmal keine Schuld, aber sie war nicht in der Stimmung, ihn freizusprechen. Schließlich war er es gewesen, der sie gezwungen hatte, heute hierherzukommen, egal ob auf Befehl oder aus eigenem Antrieb.

Ein Finger legte sich unter ihr Kinn und hob es an, bis sie ihm in die Augen sehen musste. »Rose, atme!«

Sein Gesicht war ihrem ganz nahe, so als würde er jeden Moment damit beginnen, sie zu beatmen. Gott, nur das nicht! Schmerz schoss durch ihren Körper, als sie vorsichtig Luft holte. Schweiß trat auf ihre Stirn, während sie sich zwang weiterzuatmen – ein … aus … ein … Roderics Augen verließen ihre nicht für eine Sekunde, die Besorgnis darin war nicht zu übersehen. Und noch etwas anderes, war es Wut? Auf sie oder auf jemand anderen? Noch immer berührte er ihr Gesicht, während er gemeinsam mit ihr atmete.

Nach einer Weile wurden ihre Atemzüge ruhiger, leichter, das Dröhnen in ihren Ohren verringerte sich zu einem schwachen Rauschen. Der Druck auf ihrem Brustkorb ließ nach, verschwand jedoch nicht ganz. Roderic strich eine Haarsträhne aus ihrer Stirn, eine unerwartet liebevolle Geste, die ein Flattern in ihrem ohnehin schon revoltierenden Magen verursachte.

»Besser?« Das tiefe Rumpeln seiner Stimme vibrierte in ihrem Körper. Da sie ihrer Stimme nicht traute, nickte sie nur. »Öffnen Sie die Schranke, Seaman Jamison. Mrs Gomez wird für die nächste Zeit hier unterrichten.«

Erst jetzt wurde Rose bewusst, dass der Soldat aus dem Wachthaus herausgekommen war und ihren Zusammenbruch beobachtet hatte. Röte schoss in ihre Wangen, während sie sich hastig aufrichtete und zur Seite trat. Eigentlich hätte sie erleichtert sein müssen, als Roderic sie losließ und sich umwandte, doch da war nur ein seltsames Gefühl des Verlustes. Es war lange her, dass ein Mann sie so berührt hatte … Ärgerlich richtete Rose sich auf. Sie war hier, um zu arbeiten, nur deswegen.

»Hat sie …?«

»Ihr Besucherausweis wird heute Nachmittag fertig sein.« Er nahm Rose' Arm und geleitete sie zur Beifahrerseite. »Steig ein, ich besorge dir etwas Kaltes zu trinken.«

»Das ist nicht …« Rose verstummte, als sie seinen wissenden Blick sah. Sie kletterte in den Jeep und starrte durch die Windschutzscheibe, während er um den Wagen herumging und einstieg. »Danke.«

»Kein Problem. Rose, ich weiß, wie schwer …«

»Wenn du nicht willst, dass ich sofort umdrehe und nie wiederkomme, wirst du kein Wort darüber verlieren, solange ich hier bin. *Kein Wort.*« Sie spürte seinen Blick auf sich, doch sie wandte sich nicht zu ihm um.

»In Ordnung.«

Klang in seiner Stimme Erleichterung mit oder war es Akzeptanz? Solange er sich an sein Versprechen hielt und nie wieder auf Ramon zu sprechen kam, war es ihr egal. Es war schwer genug, hier zu sein, wo er gearbeitet und gelebt hatte, seine früheren Kollegen zu treffen und zu wissen, dass sie alle noch lebten, während er … Rose schluckte hart, dann atmete sie tief durch und setzte sich aufrechter hin. Sie würde diesen Tag durchstehen und ihr Selbstmitleid endgültig begraben. Auch andere hatten einen geliebten Menschen verloren und lebten weiter – führten nicht nur ein pseudonormales Dasein, sondern ein echtes, in allen Facetten gelebtes Leben. Es war normal, Schmerz zu spüren, aber es musste auch möglich sein, wieder Glück zu empfinden. Freude … und auch Liebe.

Rose beobachtete Roderic, während er den Jeep mit sparsamen Bewegungen durch die Straßen der Naval Base steuerte. Sein Mund war eine schmale Linie, und er kniff die Augen gegen die Sonne zusammen. Er hatte ein interessantes Gesicht, das zeigte, wie intensiv er lebte. Was hatte er alles erlebt? Rose hätte ihn gerne danach gefragt, aber da sie ihn gebeten – vielmehr gezwungen – hatte, nicht über ihr Leben zu sprechen, schien es nicht richtig, ihn über seines auszuhorchen.

So verbrachte sie die restliche Fahrt damit, die Gebäude, Übungsplätze und die SEALs zu betrachten, während sie langsam an ihnen vorbeirollte. Ein seltsamer Geruch wehte zu ihnen herüber. Feuer! »Brennt es hier irgendwo?«

Roderic atmete tief ein, dann grinste er. »Sieht so aus, als hätten sie heute Morgen schon eine Übung gehabt.«

»Was haben sie denn geübt? Grillen?«

Amüsiert blickte er zu ihr hinüber. »Nein, sie haben wahrscheinlich eine unserer Attrappen gestürmt.« Als er ihren entsetzten Blick sah, wurde er ernst. »Keine Angst, es gibt kein Feuer, das waren nur Rauchbomben.«

Ob sie die Vorstellung wesentlich angenehmer fand, konnte sie nicht sagen, aber da sie in diesem Moment vor einem eingeschossigen, länglichen Gebäude ankamen, wurde sie einer Antwort enthoben. Roderic lenkte den Jeep mit Schwung in eine

Lücke auf dem kleinen Parkplatz, schaltete den Motor aus und drehte sich zu ihr um.

»Das hier ist das Lagezentrum für die Agenten. Es ist zwar nicht sonderlich schön, aber es reicht, bis der Bau am anderen Ende des Geländes fertig ist.« Sein Blick glitt über ihr immer noch blasses Gesicht. »Bist du bereit?«

»Muss ich wohl, oder?« Bei ihren Worten verzog sich sein Mund, aber schließlich nickte er nur. Rose hob ihre Aktentasche vom Boden auf und öffnete die Tür. »Bringen wir es hinter uns.«

Rock sagte nichts, sondern ging um den Wagen herum und hielt ihr die Hand hin, um ihr beim Aussteigen zu helfen. Da ihr langer, enger Rock und die hochhackigen Schuhe nicht wirklich jeepgeeignet waren, nahm sie seine Hilfe dankbar an. Was hatte sie sich eigentlich dabei gedacht, sich für ihren Job hier schick zu machen? Alle anderen liefen sowieso in Uniform, Jeans oder Kampfanzügen herum, da würde sie nur noch mehr auffallen. Ja, als würde eine winzige Frau mit Rundungen unter all den durchtrainierten Männern nicht sowieso herausstechen!

Jetzt erst bemerkte sie, dass Roderic ihre Hand immer noch festhielt. Oder anders gesagt: Sie klammerte sich an ihn, als wäre er ihr einziger Halt. Rasch zog sie sie zurück. »Entschuldige.«

»Kein Problem. Gehen wir hinein, Matt und Hawk sind schon da.«

»Hawk?«

»Daniel Hawk, er ist zusammen mit Matt für die Agenten zuständig.«

Überrascht sah Rose ihn an. »Ist Matt nicht mehr bei den SEALs?«

Roderic, der hinter ihr die Stufen hinaufstieg, beugte sich vor und öffnete die Tür. »Kommt darauf an, wie man es sieht. Er ist nicht mehr der CO von Team 11, aber er ist noch Captain in der Navy und arbeitet hier auf dem Stützpunkt als eine Art Bindeglied zwischen den TURT/LEs und den SEALs.«

»Ich hätte nie gedacht, dass er den aktiven Dienst so jung aufgeben würde.«

Roderic hob eine Schulter. »Was die Liebe so alles bewirkt ...«

Bevor sie ihn fragen konnte, was er damit meinte, kam Matt mit einem breiten Lächeln auf sie zu. Auch er sah älter aus als vor sechs Jahren, aber kein bisschen weniger kraftvoll. Obwohl er kein aktiver SEAL mehr war, hatte er offensichtlich seine Übungen fortgesetzt. Ein kurzer Schmerz durchzuckte sie, als sie die lange Narbe sah, die sich über seine Wange zog. Die Wunde hatte er sich bei dem Einsatz zugezogen, bei dem Ramon ums Leben gekommen war. Eine ständige Erinnerung daran – sicher auch für Matt. Während sie in seine leuchtenden blaugrauen Augen blickte, gestand sie sich erstaunt ein, dass sie ihn vermisst hatte. Sie wollte ihm die Hand reichen, doch er zog sie in seine Arme und drückte sie fest an sich. Einen Moment lang standen sie so da, dann löste er sich mit einem Seufzer wieder von ihr.

»Es tut gut, dich zu sehen, Rose.«

Ihr fehlten die Worte, deshalb lächelte sie ihn nur wackelig an, während sie seine Hand drückte. Ein dicker Kloß saß in ihrer Kehle, in ihren Augen standen Tränen. Aber sie war sicher, dass sie sich bald daran gewöhnen würde, zumindest für kurze Zeit wieder ein Teil dieser Gemeinschaft zu sein.

Matt räusperte sich, während er sich suchend umblickte. Schließlich winkte er einen großen Mann mit kurzen blonden Haaren heran, der sie aus einiger Entfernung beobachtet hatte. »Rose, das ist Daniel Hawk, er ist für die Agenten und die Mission zuständig. Hawk, Rose Gomez lehrt an der Universität und wird uns mit Hinweisen zu Land und Leuten in Afghanistan behilflich sein.«

Während Rose seine Hand schüttelte, musterte sie Hawk

verstohlen. Lustigerweise passte sein Name tatsächlich zu ihm: Seine Nase war groß und gebogen, und in seinen Augen blitzte Intelligenz. Obwohl er Zivilist war, trug er die blonden Haare militärisch kurz, ganz im Gegensatz zu Matt, dessen schulterlange hellbraune Haare wie früher im Nacken zu einem Zopf gebunden waren. Lachfältchen um Augen und Mund deuteten darauf hin, dass Hawk normalerweise gut gelaunt war, doch im Moment wirkte er angespannt und erschöpft. Die Situation schien ihm schwer zu schaffen zu machen, was sie gut nachvollziehen konnte. Seine Bräune wirkte fahl, die Augen schienen in tiefen Höhlen zu liegen.

»Danke, dass Sie bereit sind, uns zu helfen.«

»Das …« Rose hatte sagen wollen, dass sie ja wohl kaum eine andere Wahl gehabt hätte, doch sie brachte es nicht über sich, als sie die mühsam unterdrückte Verzweiflung in seinen Augen sah. »… mache ich gerne. Ich hoffe, dass Sie die Agentinnen schnell und vor allem unverletzt finden werden.«

»Wir auch.«

Matt schaltete sich ein. »Bevor wir anfangen, sollten wir Rose erst einmal vereidigen lassen.« Entschuldigend blickte er sie an. »Es handelt sich um eine geheime Organisation, deren Existenz und Missionen nicht an die Öffentlichkeit dringen sollten.«

»Ich verstehe.«

Matt nickte. »Wenn du einen kleinen Moment wartest, fahre ich dich gleich …«

»Ich kann Rose zum Hauptkommando bringen, wenn ich zur Team-Baracke fahre.« Roderics tiefe Stimme erklang unerwartet dicht hinter ihrem Rücken. Sie hatte überhaupt nicht bemerkt, dass er dort stand.

»Danke. Gibst du bitte Bescheid, dass jemand sie hierher zurückbringt?«

»Kein Problem. Rose?« Jedes Mal, wenn er in diesem Tonfall

ihren Namen sagte, vibrierte etwas in ihrem Innern, ließ ihr seine Nähe noch bewusster werden. Als er ihren Arm sanft umfasste und sie zur Tür geleitete, wurde ihr klar, dass es nicht nur die Erinnerungen an Ramon waren, die sie in nächster Zeit um den Schlaf bringen würden.

12

Kyla erwachte unsanft, als etwas Hartes direkt auf ihrem Bauch landete.

»Zieh dich an.«

Die gedämpfte Stimme ihres Bewachers kam aus Richtung der Treppe, doch auch auf diese Entfernung konnte sie die Entschlossenheit darin hören. Hart schlug ihr Herz gegen ihre Rippen, als sie sich aufsetzte. Sie wollte nach ihrem T-Shirt und ihrer Hose fragen, doch sie verkniff es sich. Noch einmal wollte sie ihn nicht anbetteln. Mit der Hand tastete sie nach dem Gegenstand, der sie getroffen hatte. Es waren ihre Schuhe. Sie zuckte erschrocken zusammen, als raue Finger ihren Knöchel streiften. Ihr Wächter hätte ein SEAL sein können, so leise bewegte er sich. Für einen kurzen Moment gestattete sie sich die Vorstellung, er wäre tatsächlich Mitglied einer Spezialeinheit und hier mit ihr zusammen, um sie in Sicherheit zu bringen. Dann kehrte die bittere Realität zurück. Dieser Mann würde sie ganz sicher nicht retten, sondern brav zu seinem Vorgesetzten bringen – wer auch immer das war – und sie ihrem Schicksal überlassen. Aber warum hatte er sich dann hier tagelang mit ihr versteckt? Warum hatte er sie gepflegt und ihr etwas zu essen gegeben? Weshalb hatte er ihr nichts getan?

Genau das machte die Situation für sie noch viel schlimmer. Wenn sie in den Händen eines misshandelnden Monsters gewesen wäre, hätte sie damit besser umgehen können als mit jemandem, der gut zu ihr war. Sie schaffte es einfach nicht, die Hoffnung zu unterdrücken, die jedes Mal in ihr aufkeimte, wenn sie mit ihrem Bewacher redete. So wie auch jetzt, als er einen Fuß nach dem anderen hochhob und ihr die Schuhe anzog. Er befestigte den Riemen und hielt weiterhin den Knöchel umfasst.

»Gut so?«

Sie nickte stumm, weil sie in diesem Moment zu keinen Worten mehr fähig war, doch er schien sie auch so zu verstehen. Sachte setzte er ihren Fuß auf den Boden, seine Finger glitten dabei flüchtig an ihrer Wade hinauf. Sicher keine Absicht, nur eine zufällige Berührung. Kyla presste fest die Augenlider zusammen. Auf keinen Fall würde sie dem Stockholm-Syndrom erliegen und sich ihrem Wächter und seinen Zielen annähern. Sie verachtete ihn, sie hasste ihn sogar. Ganz sicher, anders konnte es gar nicht sein, schließlich hatte er sie gefangen genommen, ihr seinen Willen aufgezwungen und sie sogar betäubt. Und er hatte ihre Wunde gepflegt, ihr zu essen gegeben und dafür gesorgt, dass niemand sie entdeckte. Kyla stöhnte leise auf. In ihrem Kopf drehte sich alles, sie konnte keinen klaren Gedanken mehr fassen. Gut oder böse oder irgendwo dazwischen, sie war ihm auf jeden Fall ausgeliefert – zumindest bis sie fliehen konnte.

Leicht schwankend stand sie auf, ihre Verletzung und die Tage ohne Bewegung und ausreichend Nahrung hatten sie geschwächt. Eine Hand schob sich unter ihren Ellbogen, ein Arm schlang sich um ihre Taille und stützte sie, bis sie ohne Hilfe stehen konnte. Einen winzigen Moment lang lehnte sie sich an ihn, dann richtete sie sich auf und trat zur Seite. Die stützenden Arme verschwanden, und sie spürte, wie er sich von ihr wegbewegte. Sofort vermisste sie die Stärke und Geborgenheit, die er ihr vermittelt hatte. Kyla biss hart auf ihre Lippe. Verdammt, sie musste unbedingt hier weg!

»Wo gehen wir hin?« Ihre Kehle war so trocken, dass sie kaum die Worte herausbrachte. Sie nahm eine Bewegung neben sich wahr, erschrak aber trotzdem, als sich eine Hand auf ihren Mund legte.

»Kein Wort mehr.« Als Kyla wie erstarrt stehen blieb, verstärkte er den Druck. »Hast du das verstanden?«

Widerwillig nickte sie. Die Hand verschwand und ließ sie nach Luft schnappend zurück. Er hatte ihr nicht wehgetan, aber sie hatte die gebändigte Kraft gespürt, die von ihm ausging. Es wäre für ihn ein Leichtes, sie zu betäuben oder sogar zu töten, wenn sie seine Pläne durchkreuzte. Also hielt sie sich besser an seine Anweisungen und wartete auf einen weniger wachsamen Moment für ihre Flucht. Stoff glitt über ihren Kopf und legte sich vor ihr Gesicht. Im ersten Augenblick dachte sie, er würde ihr einen Sack über den Kopf stülpen, dann erfühlten ihre Finger den Schleier ihrer Burka. Wie sie es hasste, dahinter eingesperrt zu sein!

»Komm.« Er umfasste ihr Handgelenk und zog sie zur Treppe. Von der langen Burka behindert, stolperte Kyla hinter ihm her. Auf den Stufen blieb sie dicht hinter ihm und beobachtete angespannt, wie er die metallene Klappe langsam anhob und ihre Umgebung prüfte. Anscheinend sah er niemanden, denn er kletterte rasch hinauf und hielt ihr dann die Hand hin, um ihr beim Ausstieg zu helfen. Oder wohl eher, um sicherzustellen, dass sie keinen Fluchtversuch unternahm. Nach mehreren Tagen in der Dunkelheit hatte Kyla Mühe, ihre Augen an die relative Helligkeit draußen zu gewöhnen. Zwar war es bereits kurz vor Sonnenuntergang, doch immer noch hell genug, um ihre Umgebung zu erkennen. Seit sie zusammen mit Jade durch diese Straße geflohen war, schien eine Ewigkeit vergangen zu sein. Tagsüber wirkte sie weit weniger bedrohlich, dafür aber umso verfallener. Nirgends war eine Menschenseele zu sehen, wahrscheinlich waren bereits alle wegen der Ausgangssperre in den Schutz ihrer Häuser zurückgekehrt.

Langsam wandte sie sich um und blickte ihren Begleiter an.

Er war wesentlich größer als sie, lang und schlank, wie viele afghanische Männer. Sein Gesicht hatte er abgewandt, während er die Umgebung beobachtete. Wieder einmal verfluchte Kyla die Burka dafür, dass sie durch die kleine vergitterte Augenaussparung nur Umrisse und keine Details erkennen konnte. Als er sich zu ihr umwandte, sah sie dunkle Augen unter schwarzen Brauen und einen dichten Vollbart. Um seine dunklen Haare war in landestypischer Weise eine Kufiya geschlungen. Das Tuch verdeckte auch Hals und Mund.

Er betrachtete sie aufmerksam, zog ihre Burka zurecht, sodass sie von Kopf bis Fuß verhüllt war, und schob dann seine Hand unter ihren Schleier. Erschrocken zuckte Kyla zurück, doch er folgte ihr einfach. Seine Finger strichen über ihren Nacken, schlossen sich um ihre Haare und stopften sie unter die Burka. Erleichtert atmete Kyla auf. Ihr Bewacher hatte keinen Annäherungsversuch gestartet, sondern lediglich sichergestellt, dass niemand ihre langen blonden Haare bemerkte. Einen Augenblick lang trafen seine Augen ihre hinter dem Netzgitter, dann ließ er sie los und trat zurück.

»Sprich mit niemandem. Sollten wir jemandem begegnen, werde ich reden. Du bist meine Frau Shahla, also benimm dich so, wie es Ehefrauen hier üblicherweise tun.« Er senkte seine Stimme. »Versuch nicht zu fliehen, es wäre dein Tod.«

Kyla ignorierte die Drohung. Wenn sie bei ihm blieb, würde ihr höchstwahrscheinlich auch der Tod drohen, also würde sie trotzdem einen Fluchtversuch wagen, wenn sich eine Gelegenheit dazu bot. Interessanter fand sie seine Namenswahl. Shahla bedeutete »schöne Augen«.

»Wie soll ich dich nennen?«

»Hamid.«

Ein typisch afghanischer Name, aber sicher nicht sein richtiger. Irgendetwas an ihrem Wächter stimmte nicht. Er sah aus wie ein Afghane, sprach wie einer, benahm sich wie einer, aber ihr Instinkt sagte ihr, dass es nur eine Tarnung war. Aber wozu? Wer war er und wie hatte er sie überhaupt gefunden? Und vor allem: Was hatte er mit ihr vor? Es würde nichts bringen, ihn danach zu fragen, so viel stand fest.

Als Hamid sich in Bewegung setzte, folgte sie ihm mit zwei Schrittlängen Abstand, den Kopf gesenkt, Hände und Füße in den Falten der Burka verborgen. Sie hielten sich nah an den verfallenen Gebäuden, um bei Bedarf darin Schutz suchen zu können. Ihr Herzschlag dröhnte dumpf in Jades Ohren und verhinderte, dass sie irgendetwas anderes hörte. Sie kam sich hilfloser vor als nackt im Kellerversteck, was ihre Wut noch steigerte. Am liebsten hätte sie ihrem *Mann* etwas über den Schädel gezogen, in Ermangelung eines Gegners, an dem sie ihren Zorn hätte auslassen können. Andererseits war Hamid auch ein Feind. Durch das Netzgitter hielt sie Ausschau nach einem brauchbaren Schlagobjekt. So brauchte sie einen Augenblick, um zu reagieren, als sie Hamids leisen Fluch hörte. Jedenfalls nahm sie an, dass es einer war, denn auch dieses Wort hatte sie im Persisch-Intensivkurs nie gelernt.

Bevor sie erkennen konnte, worum es ging, hatte er sie in einen Hauseingang gezerrt und zwischen der Wand und seinem harten Körper eingezwängt. Sein Geruch nach Hitze und Schweiß mischte sich mit ihrem und nahm ihr die Luft. Ihre verletzte Schulter pochte dumpf nach der ruckartigen Bewegung und verstärkte die Benommenheit. Schwach drückte sie mit den Händen gegen seinen Rücken, doch er bewegte sich nicht. Punkte flimmerten vor ihren Augen, ihre Sicht verschwamm. Der Druck auf ihre Lunge verstärkte sich, Panik kam in ihr auf. Erneut versuchte sie, Hamid von sich zu schieben, doch ohne Erfolg. Es schien, als wäre er mit dem Boden verwachsen und bemerkte ihre Befreiungsversuche überhaupt nicht. Ihre Beine gaben nach.

Erst als sie in sich zusammensackte und an der Wand nach unten rutschte, bemerkte er, dass etwas nicht stimmte. In Erwartung eines Fluchtversuchs wirbelte er herum, doch Shahla griff ihn nicht an, sondern fiel lautlos zu Boden. Zwar konnte das ein Trick sein, aber er bezweifelte es. So echt konnten es nur die wenigsten aussehen lassen. Er griff nach ihrem Arm und prüfte ihren Puls am Handgelenk. Normal, wenn auch ein wenig unregelmäßig. Ein vages Gefühl der Erleichterung überkam ihn. Für einen Moment hatte er befürchtet, ihre Wunde wäre doch schwerwiegender gewesen und er hätte sie durch seine amateurhafte Behandlung umgebracht. Doch was fehlte ihr?

Nachdem er sich überzeugt hatte, dass die Soldaten in eine andere Straße eingebogen waren, hob er vorsichtig den Schleier der Burka an. Ihr rotes Gesicht war schweißnass, unter ihren Augen waren dunkle Ringe, die Wangen wirkten eingefallen. Es war deutlich zu sehen, dass sie dringend Ruhe und anständiges Essen brauchte. Atmete sie überhaupt? Ein Strahl der Furcht lief über sein Rückgrat. Hamid hielt den Handrücken vor ihre Nase und ihren Mund – kein Hauch regte sich.

Hastig beugte er sich über sie, überprüfte, ob ihre Atemwege frei waren, und begann dann, sie zu beatmen. Die Hand auf ihren Brustkorb gelegt, blies er Sauerstoff in sie, hielt inne, atmete, blies erneut, so lange, bis sie sich leise stöhnend regte. Er ignorierte die Erleichterung, die er verspürte, hockte sich neben sie und hob ihren Kopf auf seinen Oberschenkel. Mit dem Saum des Schleiers wischte er den Schweiß aus ihrem Gesicht, bevor er die Wasserflasche aus seiner Tasche nahm und an ihre Lippen hielt.

»Trink.«

Shahla schlug die Augen auf und blickte ihn verwirrt an. Im Dämmerlicht des ehemaligen Hausflurs konnte er erkennen, wie sie zu verstehen versuchte, was passiert war. Er tropfte ein wenig Wasser auf ihre Lippen, das sie automatisch mit der Zunge auffing. Ihre Finger umklammerten sein Handgelenk, damit mehr Wasser aus der Flasche herauskam, und sie trank gierig. Schließlich ließ sie ihren Kopf wieder zurücksinken und atmete tief durch. »Was …?«

Hamid legte einen Finger auf ihre Lippen. »Du hast nicht mehr geatmet. Wie geht es dir jetzt?«

»Besser.« Sie versuchte sich aufzusetzen und verzog schmerzlich das Gesicht.

»Was tut dir weh?«

»Die Schulter.«

Wie schon zuvor im Keller schob er seine Hand unter ihre Burka und prüfte, ob die Wunde wieder blutete. Feuchtigkeit überzog ihren Körper, aber er vermutete, dass es sich um Schweiß handelte. Seine Finger zeigten jedenfalls keine Spuren von Blut. »Die Naht ist nicht aufgegangen.«

Im Haus war es dunkler geworden, die Nacht hatte eingesetzt. Hamid unterdrückte den irritierenden Impuls, Shahla in ein Hotel zu bringen und ihr eine ruhige Nacht in einem bequemen Bett zu gönnen. Sie mussten endlich aus dieser Gegend verschwinden, es war nicht sicher hier. Mogadirs Schergen suchten garantiert weiter nach der Amerikanerin, der Rebellenführer gab nicht so leicht auf. Hamid konnte nicht zulassen, dass jemand anders Shahla fand, er musste sie selbst abliefern, wenn er sein Ziel erreichen wollte. Mitleid für seine Gefangene konnte er sich nicht leisten, es konnte ihrer beider Tod bedeuten. Allerdings durfte er sie in diesem Zustand auch nicht ihren Feinden überlassen, denn sie würde keinen Tag in der Gefangenschaft überstehen. Er erhob sich. »Wir müssen weiter.«

Abgrundtiefe Erschöpfung zeichnete sich für einen Sekundenbruchteil auf ihren Zügen ab, bevor sie sich wieder im Griff hatte. Das Kinn vorgereckt, den Kopf hoch erhoben, nickte sie. »Ich bin bereit.«

Er half ihr auf die Füße und zog ihren Schleier wieder herunter. Sofort atmete sie wieder schneller. »Alles in Ordnung?«

»Ja. Ich … hasse dieses … Teil.«

»Du hast es dir selbst so ausgesucht.« Hamid spürte, wie sich ihr ganzer Körper versteifte.

»Wie meinst du das?«

»So wie ich es gesagt habe. Komm jetzt.«

Er nahm ihre Hand und führte sie aus dem schützenden Hauseingang. Da er wusste, wie wenig sie im Dunkeln durch den Schleier sehen konnte, hielt er sie einfach weiterhin fest. So lotste er sie über die schuttübersäte Straße, vorbei an der Stelle, wo die andere Amerikanerin gefangen genommen worden war, bis sie in eine der Nebenstraßen abbogen und im Häusergewirr untertauchten.

13

»Afghanistan war einmal ein fortschrittliches Land, in dem Mädchen zur Schule gingen und studierten und Frauen als Wissenschaftler, Techniker oder Ärzte arbeiteten. Die USA ist zumindest teilweise schuld daran, dass es lange Jahre nicht mehr so war.«

Damit hatte Rose die ungeteilte Aufmerksamkeit der versammelten SEALs und TURT/LEs, so viel war sicher. Rock verschränkte die Arme vor der Brust und lehnte sich an die Wand zurück. Zuvor hatten sie stundenlang im Lagezentrum gesessen und Rose zu der Situation in Afghanistan und vor allem der Region im Osten des Landes befragt, die sie durch ihre Arbeit für eine Hilfsorganisation kannte. Dabei hatte Rose von ihrer Freundin Cassandra berichtet, die immer noch für eine internationale Hilfsorganisation in Jalalabad arbeitete und mit der afghanischen Frauenorganisation RAWA in Kontakt stand. Rock strich über seine Stirn. Es schien so, als hätten die Hilfsorganisationen ihr Personal aus der Gegend abgezogen, nachdem zwei Mitarbeiterinnen verschwunden waren. Rose hatte den Verdacht, dass es sich dabei um Kyla und Jade handelte. Sie wurde gebeten, über ihre Freundin die Kontakte zur RAWA zu nutzen und nach den verschwundenen Agentinnen zu forschen.

Viel war Rose sonst nicht erklärt worden, nur das Nötigste zu den Zielen von TURT/LE und der generellen Mission der beiden Agentinnen. Den Rest konnte sie sich vermutlich denken, schließlich hatte sie lange genug mit Ramon zusammengelebt, um wenigstens die Grundlagen von verdeckten Operationen mitzubekommen. Sie fragte auch nicht danach, sondern gab sich mit dem zufrieden, was man ihr mitteilte – es war klar, dass sie am liebsten woanders gewesen wäre.

Rock verzog den Mund. So schnell würde er nicht vergessen, wie sie vor dem Tor fast zusammengebrochen war. Verdammt, er hatte gewusst, wie viel es Rose kosten würde, warum hatte er trotzdem mitgeholfen, sie zu rekrutieren? Weil er die Agentinnen unbedingt retten wollte? Sicher, keine Frage. Aber war nicht auch ein kleiner Teil von ihm froh gewesen über die Möglichkeit, Rose wiederzusehen? Rock kniff die Augen zusammen und massierte seinen Nasenrücken. Derlei Betrachtungen konnte er immer noch anstellen, wenn die beiden Agentinnen gefunden und in Sicherheit gebracht worden waren.

Sein Blick wanderte über die versammelten Männer und Frauen, die interessiert zuhörten, als Rose über die Hintergründe sprach, die zu dem Militärputsch im Jahr 1978, nach dem die Kommunisten die Macht übernahmen, und der daraus folgenden russischen Besatzung geführt hatten. Immer erbitterter waren die Kämpfe der religiösen Führer und der Traditionalisten gegen ihre eigene Regierung und die fremden Eindringlinge geworden, bis es den Mudschaheddin, die zuvor in Pakistan Asyl gefunden hatten, schließlich Anfang der Neunzigerjahre gelang, die Macht zu übernehmen. Es folgte ein mehrere Jahre dauernder Bürgerkrieg zwischen den verschiedenen Mudschaheddin-Gruppen. Zurück blieben eine Million Tote und über sechs Millionen Flüchtlinge, von denen viele in pakistanischen Flüchtlingslagern Aufnahme fanden.

»1995 begannen von Pakistan aus die radikal-islamistischen Taliban das Land zu erobern und etablierten ein streng islamisches Regime. Die Scharia galt wieder: Musik, Sport, Bilder und Fernsehen wurden verboten, fast sämtliche Schulen und Universitäten geschlossen. Männer mussten Bärte tragen, und Frauen durften nur mit männlicher Begleitung und in Burkas gehüllt das Haus verlassen. Mädchen wurden vom Unterricht ausgeschlossen, Frauen durften nicht mehr arbeiten oder studieren. Zuwiderhandlungen wurden – und werden teilweise noch heute – hart bestraft.« Rose' Blick wanderte zu den Frauen im Raum. »Die Taliban gingen aus den Medresen, den Koranschulen für Jungen, hervor. Der Name Taliban bedeutet genau das: Koranschüler.« Ihr Lächeln war bitter. »Das klingt so harmlos, aber wir alle wissen, dass sie das nicht sind. 1994 kam mit Mullah Omar ein Taliban an die Macht, der seine Beziehungen nach Pakistan nutzte und sich dort mit Waffen versorgte.« Sie machte eine Pause und sah Rock direkt an. Er spürte, wie sein Herz schneller zu schlagen begann. »Und genau da kommen wir ins Spiel.«

Wir? Verwirrt runzelte Rock die Stirn, als er versuchte, sich daran zu erinnern, worüber Rose gerade gesprochen hatte. Während er in ihren Augen versunken war, hatte sie über Waffen und das Elend in Afghanistan geredet. Rock spürte, wie die Röte an seinem Nacken höher kroch.

»Die USA lieferten Waffen an die Taliban, ursprünglich zum Kampf gegen die Kommunisten und die russische Besatzung, doch als die Russen gingen, blieben die Waffen. Und auch danach waren die Beziehungen zwischen den USA und Afghanistan noch freundschaftlich, schließlich wollten wir weiterhin Zugang zu den Erdgas- und Petroleumreserven behalten.« Sie lächelte, als sie sah, wie ihre Zuhörer nervös auf den Stühlen herumrutschten, weil sie unterschwellig Kritik an der Regierung übte. »Das aber nur als kurzer Diskurs. Jetzt komme ich zu unserem eigentlichen Thema: Afghanistan heute. Wie sieht das Leben dort aus, womit hat man als westlicher Ausländer, besonders als Amerikaner, zu rechnen, wie sollte man sich verhalten.«

Die nächsten zwei Stunden berichtete sie von den unhaltbaren Lebensverhältnissen großer Teile der Bevölkerung, von den Warlords, die im großen Stil Opium anbauten, mit Waffen handelten und ihre Gegner ohne Skrupel beseitigten, von den Frauenrechten, die unter der neuen Regierung nur langsam wieder etabliert wurden. SEALs und TURT/LEs hörten gebannt zu, stellten Fragen oder gaben ihre eigenen Erfahrungen im Einsatz zum Besten. Rock lehnte sich zufrieden zurück. Es sah so aus, als wäre Rose nach anfänglichem Zögern nun voll in ihrem Element. Mit lebhaften Gesten unterstrich sie ihre Worte, ihre Augen leuchteten, und die Farbe war in ihre Wangen zurückgekehrt. Sie wirkte ... lebendig. Und verdammt begehrenswert, wie anscheinend auch einige der anderen Männer im Raum bemerkt hatten.

Mit dem Versprechen, am nächsten Tag wiederzukommen, beendete sie schließlich ihren Vortrag. Als die Zuhörer ihre Begeisterung mit lautem Klopfen auf den Tischen kundtaten, huschte ein breites Lächeln über ihr Gesicht. Rock wartete, bis alle anderen den Raum verlassen hatten, dann trat er neben Rose, die gerade ihre Papiere zusammenpackte. »Du warst sehr gut.«

Ihr Kopf ruckte hoch. »Ich wusste nicht, dass noch jemand im Raum ist.«

»Entschuldige, ich wollte dich nicht erschrecken.« Er kam einen Schritt näher und reichte ihr einen Zettel, der zu Boden gefallen war.

»Danke.« Ihr Lächeln blitzte auf und verschwand sofort wieder.

»Geht es dir gut?«

»Natürlich, warum sollte ...?«

»Rose.«

Sie seufzte. »Es geht mir tatsächlich gut, viel besser, als ich es erwartet hatte.« Ernst blickte sie Rock an. »Es war toll, so begeisterte Zuhörer zu haben, das Engagement und die Hingabe zu sehen, mit der sie ihren Beruf ausüben. Ich glaube, ich habe heute sehr bemerkenswerte Menschen kennengelernt.«

Rock spürte, wie etwas in seinem Innern nachgab. »Das sind sie, genauso wie du. Ich bin froh, dass du dich bereit erklärt hast, uns zu helfen.«

»Du wirst es nicht glauben – ich bin es auch.« Sie schüttelte den Kopf. »Dabei hasse ich alles, was mit dem Militär zusammenhängt. Seit Monaten zwinge ich mich, die Nachrichten anzuschauen, auch wenn dort ständig Bilder aus dem Irak und Afghanistan zu sehen sind. Ich bin gegen den Krieg. Ich bin dagegen, anderen Völkern unseren Willen aufzudrängen und nur das gelten zu lassen, was unseren gesellschaftlichen Normen entspricht. Und dafür schicken wir Soldaten in fremde Länder, die unsere Ideologie mit Waffengewalt durchsetzen sollen. Überall sieht man nur Bilder von Gewalt und Elend, die auch durch unsere Leute verursacht werden. Dabei vergisst man leicht, dass Soldaten auch Menschen sind, mit all ihren Stärken und Schwächen. So wie Ramon es war.«

Rose' Augen weiteten sich, als Rock auf sie zuging und dicht vor ihr stehen blieb. Er konnte ihren schnellen Atem an seinem Hals spüren. Es wirkte fast, als hätte sie Angst vor ihm, aber er musste sie einfach berühren. Seit er sie morgens vor der Basis festgehalten hatte, sehnte er sich danach, es wieder zu tun. Erneut ihre weiche Haut zu spüren. Langsam hob Rock die Hände und umfasste vorsichtig ihr Gesicht. Sein Daumen fuhr ihren Wangenknochen nach, vom Mundwinkel bis zum Ohr. Ja, sie war tatsächlich so zart wie in seiner Erinnerung.

Rock beugte sich vor und küsste ihre Schläfe. »Ramon konnte sich glücklich schätzen, dich zur Frau zu haben.« Erst jetzt merkte er, dass sie am ganzen Körper zitterte. Rasch ließ er sie los und trat einen Schritt zurück. Verdammt, er hatte sie nicht erschrecken wollen. »Ich warte beim Jeep auf dich.«

»Das …«

»Ich fahre dich zu deinem Wagen.« Bevor sie ihm widersprechen konnte, machte er auf dem Absatz kehrt und verließ den Raum.

Ungeduldig wartete Rock im Jeep. Gerade als er kurz davor war, ins Gebäude zurückzukehren, um Rose zu holen, kam sie heraus. Einen winzigen Moment zögerte sie auf der untersten Treppenstufe, dann reckte sie die Schultern und ging mit raschen Schritten auf ihn zu. Rock runzelte die Stirn. Er bereute nicht, sie berührt zu haben, das konnte er einfach nicht. Aber es machte ihn nervös, dass er mit über vierzig Jahren nicht in der Lage gewesen war, seine Impulse zu steuern. Besonders, da er wusste, wie schwer es für Rose war, hier zu sein. Sein Überfall hatte es ihr sicher nicht leichter gemacht. So blieb er sitzen, während Rose sich allein in den Jeep schwang, und als ihr Knie sein Bein streifte, ignorierte er es, genauso wie den Duft ihres Parfüms, der in seiner Nase kitzelte. Die Hände um das Lenkrad gekrampft, wartete er, bis sie sich angeschnallt hatte, bevor er Gas gab. Die schweigsame Fahrt durch die Naval Base war ihm noch nie so lang vorgekommen wie an diesem Nachmittag.

Rock atmete erleichtert aus, als sie den öffentlichen Parkplatz erreichten, und sah aus den Augenwinkeln, dass Rose das Gleiche tat. Verdammt, er sollte Ghosts Witwe wirklich besser behandeln, aber vermutlich war es am besten, wenn er ihr aus dem Weg ging. Das würde schwierig sein, solange sie auf der Basis unterrichtete, aber wenn jemand anders dabei war, würde er sich zurückhalten können. Wenn sie allerdings allein waren … Rock fluchte unterdrückt. Zum Glück ahnte Rose nicht, worüber er nachdachte, sonst wäre sie sicher aus dem Jeep gesprungen und geflüchtet. Er hielt neben ihrem Wagen an, ließ den Motor aber laufen. Wenn er sich weiterhin am Lenkrad festhielt, würde er sicher das Verlangen unterdrücken können, seine Hand auf ihre zu legen. Rock zuckte wie unter einem Stromschlag zusammen, als sie mit den Fingerspitzen seinen Arm berührte.

»Danke fürs Mitnehmen. Sehen wir uns morgen?«

Es dauerte kurz, bis er seine zusammengepressten Zähne wieder auseinanderbekam. »Ja. Mit deinem Ausweis kannst du direkt vor dem Lagezentrum parken.«

»Das ist gut.« Sie lächelte zögernd. »Ramon hatte recht, du bist tatsächlich immer im richtigen Moment zur Stelle.«

Damit wandte sie sich zu ihrem Wagen um und verpasste den schmerzerfüllten Ausdruck, der über sein Gesicht huschte. Als Ghost damals im Dschungel die Kugel traf, war er zwar auch da gewesen, doch er hatte den Tod seines Freundes nicht verhindern können. Er war also nicht immer im richtigen Moment zur Stelle. Tief einatmend gewann Rock die Kontrolle wieder. Er wusste, dass sein Gesicht kein einziges Gefühl zeigte, als Rose an ihm vorbeifuhr und schließlich aus seinem Blickfeld verschwand. Er hatte vor langer Zeit gelernt, all seine Gedanken in seinem Innern zu verschließen. Nachdem er noch ein paar Minuten gewartet hatte, machte er sich auf den Heimweg.

Rose war gerade zu Hause angekommen, hatte sich umgezogen und war bereit, für den Rest des Abends die SEALs und TURT/LEs zu vergessen, als das Telefon klingelte. Automatisch zuckte sie zusammen. In der ersten Zeit nach Ramons Tod war ihr das häufig passiert. Clint hatte sie damals mitten in der Nacht angerufen. Noch bevor er einen Ton herausbringen konnte, hatte sie gewusst, was passiert war. Sie hatte gefühlt, dass ihr Mann tot war.

Mühsam riss sie sich wieder zusammen. »Ja?«

»Ich bin's, Cass.«

Rose atmete tief durch. »Was ist los? Geht es dir gut?«

»Ja, hier ist alles in Ordnung.«

Rose' Anspannung löste sich etwas. »Gott sei Dank. Was verschafft mir die Ehre?«

»Ich bin in der amerikanischen Botschaft in Peshawar, um eine sichere Verbindung zu dir zu bekommen. Meine Freunde haben von einer westlichen Frau gehört, die von den Rebellen vor zwei Tagen in die Berge entführt wurde. Niemand traut sich, offen darüber zu reden, aus Angst vor der Rache des Warlords. Sie wurde nachts auf der Straße niedergeschlagen und in einem Kleinlaster abtransportiert. Ich habe bereits einen Freund in der Gegend kontaktiert, der uns vielleicht weiterhelfen kann, allerdings ist er gerade im Einsatz, und ich weiß nicht genau, wann er wiederkommt. Sowie ich mehr darüber weiß, melde ich mich bei dir.«

»Hast du auch etwas über die zweite Frau gehört?«

»Nein, kein Wort. Sie ist wie vom Erdboden verschluckt. Wir werden weiter versuchen, sie zu finden.«

»Danke Cass. Bleibst du noch länger in der Botschaft?«

»Ein paar Stunden, denke ich.«

»Dann gib mir die Telefonnummer, falls wir noch Fragen an dich haben. Ich werde meinen … Freunden Bescheid sagen.«

»Alles klar.« Cass diktierte Rose eine endlos lange Nummer.

Nachdem sie sich voneinander verabschiedet hatten, presste Rose den Hörer an ihre Brust und atmete tief durch. Aufregung breitete sich in ihr aus. Endlich eine Spur, wenn auch keine wirklich konkrete, aber immerhin ein Anfang, wenn es sich bei der westlichen Frau tatsächlich um eine der Agentinnen handelte. Rasch wählte sie Roderics Nummer und hielt den Atem an. Nachdem auch beim zwanzigsten Klingeln niemand abgenommen hatte, beendete sie die Verbindung und legte das Telefon zur Seite. Rock war zur gleichen Zeit aufgebrochen wie sie, vielleicht kaufte er noch ein und war deshalb noch nicht zu Hause. Eilig suchte sie Ramons altes Adressbuch heraus, griff sich ihren Rucksack und lief zum Auto.

14

Erschöpft setzte Kyla automatisch einen Fuß vor den anderen, den Kopf gesenkt, die Hände gegen die nächtliche Kälte in den Falten der Burka vergraben. Unter ihren Sandalen aufwirbelnder Sand legte sich um sie, drang in jede Öffnung. Sie hatte sogar freiwillig den Schleier wieder heruntergezogen, um den allgegenwärtigen Körnern zu entkommen. Trotzdem knirschte es zwischen ihren Zähnen und kitzelte in ihrer Nase. Hamid schien das alles nicht zu stören, wie ein Roboter lief er vor ihr her, gleichmäßig, unaufhaltsam und vor allem, ohne je zu stoppen. Sie hatten die Stadt nicht mit einem Auto verlassen, wie sie es erwartet hatte, sondern zu Fuß. Was auch immer ihren Wächter veranlasst hatte, einen großen Bogen um seinen Wagen zu machen, war ihr entgangen, denn er hatte ihr nur knapp mitgeteilt, dass es nicht sicher gewesen wäre, mit dem Auto zu fahren.

Kyla blickte sich um. Die Nacht war pechschwarz, außer dem Funkeln der Sterne war nichts zu erkennen. Der unbefestigte Weg schien ins Nirgendwo zu führen, weitab von jeder Zivilisation. Die wenigen Lichter der Stadt hatten sie schon lange hinter sich gelassen. Wenn sie doch wenigstens ihren Wagen hätte suchen können, doch wenn ihre Tarnung aufgeflogen war, dann wussten ihre Feinde auch über das Auto Bescheid und warteten vielleicht dort auf sie.

Kyla stöhnte auf, als Hamid plötzlich stehen blieb und sie in seinen unnachgiebigen Körper lief. Bevor sie reagieren konnte, hatte er sie bereits in den flachen Graben geschoben und sich über sie geworfen. Mühsam unterdrückte sie einen Aufschrei, als der Schmerz in ihrer Schulter unerträglich wurde. Hamids Gewicht drückte sie auf die harte Erde und nahm ihr die Luft. Nicht schon wieder! Mit einem Ruck schob sie den Schleier hoch und rang nach Atem.

»Lieg still!«

Seine Worte waren über dem Rauschen in ihren Ohren kaum zu verstehen. Kyla versteifte sich. Mit ihrem Gehör war alles in Ordnung, das waren Fahrzeuge! Sie duckte sich tiefer in die flache Mulde und zog den Schleier wieder über das Gesicht, damit ihre helle Haut verdeckt war. Hamid schob sich weiter über sie, mit seiner schwarzen Kleidung war er in der Dunkelheit sicher nicht zu entdecken. Dröhnend fuhr die Fahrzeugkolonne an ihnen vorbei und ließ die Erde erzittern. Kyla versuchte, etwas zu erkennen, aber sie schaffte es nicht, an ihrem Wächter vorbeizuschauen. Das waren keine klapprigen Lastwagen, sondern große, gut geölte und gewartete Fahrzeuge, so viel konnte sie hören. Wer würde nachts so auffällig durch die Gegend fahren? Doch sicher nicht die Rebellen. Regierungstruppen vielleicht oder die ISAF. Die Deutschen hatten auch irgendwo in der Gegend einen Stützpunkt. Ein Funkgerät begann zu knacken, dann ertönte deutlich eine Stimme.

»Einheit Bravo Charly Alpha, Code Gelb.«

US-Streitkräfte! Mit einem Ruck hob Kyla den Kopf und traf dabei Hamids Kinn. Sie spürte, wie er zurückzuckte, und öffnete den Mund. Doch bevor sie um Hilfe schreien konnte, legte sich seine Hand hart über ihre Lippen. Ihre restlichen Kraftreserven mobilisierend kämpfte Kyla darum, aus Hamids Griff zu entkommen. Wenn sie es schaffte, die Soldaten auf sich aufmerksam zu machen, war sie gerettet! Sie biss, trat und schlug wild auf ihn ein, doch am Ende erwies er sich als zu stark für sie. Kyla rang nach Luft, doch das war gar nicht so einfach, während Hamids

Gewicht sie zu Boden drückte. Ihre Hände fest im Griff, das Bein über ihre geworfen, damit sie ihn nicht an einer empfindlichen Stelle treffen konnte, machte er keinerlei Anstalten, sie loszulassen. Seine Finger gruben sich schmerzhaft in ihr Gesicht. Panik stieg in ihr auf. Er würde doch wohl nicht …?

Die Wagen entfernten sich, das Motorengeräusch wurde leiser, bis es schließlich ganz verstummte. Enttäuschung machte sich in ihr breit, dicht gefolgt von Verzweiflung und … Furcht. Angespannt wartete sie auf Hamids Reaktion. Bisher hatte er sie recht gut behandelt, selbst als sie versucht hatte, aus dem Keller zu fliehen. Doch diesmal konnte sie den Ärger in seinem steifen Körper spüren, in seinem harten Griff, der sich auch dann nicht lockerte, als die Kolonne schon längst in der Dunkelheit verschwunden war. Schließlich, nach Minuten endlosen Wartens, löste er seine Hand von ihrem Mund und schob sich von ihr herunter. Ihr Handgelenk hielt er weiterhin fest.

Als er sprach, war seine Stimme heiser vor unterdrücktem Zorn. »Was sollte das?« Kyla biss sich auf die Lippe und schwieg. Mit einem Ruck zog er den Schleier über ihren Kopf und umfasste ihr Kinn. »Antworte!«

Schmerz schoss durch ihren Kiefer. »Das waren Amerikaner, sie hätten mich mitgenommen!«

»Oder erschossen! Weißt du, wie oft schon jemand auf sie zugelaufen kam, mit einer Bombe am Körper? Sie hätten dich ohne zu zögern erschossen. War es das, was du wolltest?«

Kyla schluckte schwer. »Nein.« Sie senkte den Kopf und atmete tief durch. »Ich wollte nur nach Hause.«

Hamid schwieg so lange, dass sie schon glaubte, er würde nicht mehr antworten. Schließlich wehte sein Atem über ihr Gesicht. »Ich weiß.« Seine Stimme war leise, trotzdem glaubte sie, ein Gefühl darin mitschwingen zu hören. Zorn oder … Sehnsucht? Nein, das wollte sie nur hören, weil es ihr Hoffnung gegeben hätte, dass er sie irgendwann freiließ. Mit einem Ruck ließ er sie los und erhob sich. »Komm, wir müssen weiter.«

Die Zähne gegen den reißenden Schmerz in ihrer Schulter zusammengebissen, kam Kyla mühsam auf die Füße. Erneut schlossen sich Hamids Finger um ihre Hand.

»Fertig?«

»Ja.«

Falls er den gepressten Klang ihrer Stimme hörte, ignorierte er ihn. Als hätte es den Zwischenfall nie gegeben, zog er sie weiter den Weg entlang.

Bleierne Müdigkeit ließ jeden Schritt zur Qual werden. Kylas Schulter schmerzte höllisch, jede Bewegung zerrte an ihrer Wunde. Dagegen waren ihre von Sand und Steinen aufgescheuerten Füße nebensächlich, ein Ärgernis, nicht mehr. Hamids Griff hatte sich während der ganzen Zeit nicht gelockert. Er hatte sich nicht nach ihrem Befinden erkundigt, und sie würde sich eher die Zunge abbeißen, als ihn darauf aufmerksam zu machen. Wahrscheinlich war er immer noch wütend auf sie wegen ihres misslungenen Fluchtversuchs. Das war dumm von ihr gewesen, denn wenn sie wirklich mitten in der Dunkelheit auf den Weg gesprungen wäre und versucht hätte, die Wagen anzuhalten, hätte man sie höchstwahrscheinlich getötet. Es sagte einiges über ihren Zustand aus, wenn sie sich nicht mehr an die einfachsten Regeln ihres Jobs erinnerte.

Kyla ballte die Hand zur Faust. Mit jeder Minute wurde es kälter, wenn sie nicht bald einen Unterschlupf aufsuchten, würde sie erfrieren. Was würde sie dafür geben, ihr T-Shirt und die Hose anzuhaben, auch wenn sie mit Blut beschmiert waren. Alles war besser als dünnes Nylon auf nackter Haut. Ein weiterer Schauder schüttelte ihren Körper und riss an ihrer Wunde. Mit zusammengepressten Zähnen unterdrückte sie ein Stöhnen. Der

Stoff der Burka, den sie etwas hochgerafft hatte, rutschte ihr aus ihren Fingern, legte sich über ihre Füße und brachte sie zum Stolpern. Nur Hamids fester Griff um ihr Handgelenk bewahrte sie vor einem Sturz. Widerwillig blieb er stehen, während sie sich aufrichtete und den Stoff erneut anhob. Ihre Augen hatten sich ein wenig an die Dunkelheit gewöhnt, sodass sie nun zumindest die Umrisse seiner hochgewachsenen Gestalt erkennen konnte. Er hatte das Tuch über die untere Hälfte seines Gesichts gelegt, nur Nase und Augen waren zu sehen. Das Mondlicht spiegelte sich darin, als er nun auf sie herunterblickte.

»Alles in Ordnung?«

»J… ja.« *Sehr überzeugend, Kyla!*

Der Ansicht war Hamid anscheinend auch, denn er schob ihren Schleier zurück und hob ihr Gesicht an. Hitze strahlte von seinem Körper ab, lockend, einladend. Mit dem letzten Rest an Selbstbeherrschung gelang es Kyla, sich nicht in den Schutz seiner Arme zu begeben, um seine Wärme in sich aufzunehmen. Ein unkontrollierbares Zittern lief durch ihren Körper, ihre Zähne schlugen aufeinander.

»Du frierst.« *Was du nicht sagst, Sherlock!* Kyla presste die Kiefer zusammen, bis ihre Wangenmuskeln sich verkrampften. Abrupt beugte er sich vor und betrachtete ihr Gesicht. Was immer er dort entdeckte, veranlasste ihn dazu, den Schleier von ihrer Schulter zu schieben. »Und du blutest. Warum hast du mir nichts gesagt?«

»Was hätte das gebracht? Wir sind hier mitten in der Einöde, und solange du mir nicht mein Zeug wiedergeben willst, werde ich wohl frieren müssen. Und ich habe nicht bemerkt, dass ich wieder blute.« Sie wollte ihre Schulter berühren, doch er hielt sie davon ab. Kyla zuckte zusammen, als Hamid den Ausschnitt der Burka zur Seite schob und seine Hand hineinglitt.

»Halt still.« Sanft strichen seine Fingerspitzen über den Verband an ihrer Schulter. Als er die Hand zurückzog, war sie dunkel von Blut. Ein Muskel zuckte in seinem Kiefer. »Die Naht muss sich geöffnet haben.« Er wischte die Finger an seiner Hose ab und griff in die alte Ledertasche, die er bei sich hatte. Ein dunkles Stück Stoff kam zum Vorschein.

»Mein T-Shirt!«

»Nicht ganz. Ich habe es als Verbandsmaterial benutzt, genau wie deine Hose.«

Kyla blieb stumm, während er ein Stück ihres Shirts über der Wunde befestigte. Seine Nähe irritierte sie. Sie sollte ihn abstoßend finden, ihn sogar hassen, aber es gelang ihr nicht. Sicher, er machte sie wütend, und sie hasste es, ihm hilflos ausgeliefert zu sein. Das Gefühl seiner Hände auf ihrem Körper aber war nicht unangenehm, sondern … normal. Als hätte sie sich in der Zeit ihrer Gefangenschaft an ihn gewöhnt.

»Das müsste reichen, bis wir ankommen.«

»Wo ankommen?«

»Komm jetzt, wir müssen weiter, bevor du noch verblutest.«

Kyla grub die Hacken in den Sand. »Wohin?«

Seine Hand legte sich wieder um ihr Handgelenk. »Nicht weit von hier ist ein kleines Dorf, dort werden wir übernachten.«

Kyla konnte sich nichts Schöneres vorstellen, als endlich in die Wärme eines Hauses zu kommen. Trotzdem schüttelte sie den Kopf. »Das ist zu gefährlich.«

Hamid hob die Augenbrauen. »Für wen?«

Verwirrt rieb Kyla über ihre Stirn. Ein Dorf bedeutete Menschen, die sie um Hilfe bitten könnte. Gegen ein bisschen Geld … vorsichtig fühlte sie nach den in die Burka eingenähten Geldscheinen. Verdammt! Hamid musste das Versteck gefunden haben, während sie bewusstlos gewesen war. Niemand würde ihr helfen, wenn sie nichts anzubieten hatte. Und das war ihm völlig klar, sonst würde er sie gar nicht erst in das Dorf bringen.

Frustriert stieß Kyla den angehaltenen Atem aus. Sie konnte sich nicht einmal als Amerikanerin zu erkennen geben, weil sie nicht wusste, wie die Bewohner reagieren würden.

»Wie weit ist es noch?«

»Eine halbe Stunde ungefähr. Kannst du noch gehen?«

»Natürlich!« Kyla war sich nicht sicher, aber sie glaubte, ein leises Lachen zu hören.

Sie hielt durch, weil sie sich bei jedem Schritt vorstellte, wie sie Hamid leiden lassen würde, wenn sie sich endlich befreit hatte. Tagelang würde sie ihn fast nackt in einem Keller einsperren, ihm Betäubungsmittel einflößen … Kyla blieb abrupt stehen, als sie ein schwaches Licht flackern sah.

»Wir sind gleich da, komm weiter.«

»Warte, ich muss erst …« Sie verstummte, als Hamid ihr zuvorkam und den Schleier sanft über ihr Gesicht zog. Er überprüfte gewissenhaft, ob nichts zu sehen war, das ihre Identität verraten würde.

»Bereit?«

Kyla atmete noch einmal tief durch, dann nickte sie. »Ja.«

»Bleib hinter mir und sag kein Wort.« Damit wandte er sich um und ging auf das Licht zu.

15

Erst jetzt, wo Hamid sie nicht mehr festhielt, merkte Kyla, wie sehr sie auf seine Nähe und Unterstützung angewiesen war. Eilig stolperte sie hinter ihm her, um ihn in der Dunkelheit nicht aus den Augen zu verlieren. Jeder Schritt schien schwerer als der vorherige, sodass sie erleichtert war, als er vor der Tür einer Lehmhütte hielt, hinter deren Fenster Lichtschein lockte. Ohne sich umzudrehen, griff er nach ihrer Hand und drückte sie kurz, bevor er klopfte. Mit angehaltenem Atem lauschte Kyla auf Geräusche aus dem Innern des Hauses. Erschrocken zuckte sie zurück, als die Tür ohne Vorwarnung aufgerissen wurde und der Lauf eines Gewehrs auf Hamids Brust zeigte.

»Was wollt ihr?« Die Frage klang täuschend sanft.

Der Mann war kleiner als Hamid, etwa so groß wie Kyla selbst, und er schien zu wissen, wie man mit einer Waffe umging. Sie konnte ihm nicht verdenken, dass er vorsichtig war, wenn plötzlich mitten in der Nacht Fremde vor der Tür standen. Besonders in dieser Gegend, in diesem unruhigen Land.

»Wir suchen einen Platz, wo wir die Nacht verbringen können. Ein Wagen hat uns mitgenommen, aber er hatte eine Panne einige Kilometer von hier. Wir waren auf dem Weg zum Arzt, meine Frau ist schwach und krank, sie braucht dringend ein paar Stunden Ruhe, bevor sie weitergehen kann.«

»Wer ist das, Rajid?« Die leise Stimme erklang hinter dem Hausbesitzer. Eine Frau stellte sich neben ihn.

»Fremde, unterwegs zum Arzt.«

»Dann sollten wir sie nicht länger in der Kälte stehen lassen.«

Sie schob die Tür weiter auf. »Seid willkommen. Möchtet ihr einen Tee?«

Bevor Kyla ›Ja‹ rufen konnte, drückte Hamid warnend ihre Hand. »Danke, das ist nicht nötig.«

»Aber ich bestehe darauf, ihr braucht etwas Warmes.«

»Wir möchten euch nicht zur Last fallen.«

Die Frau winkte sie herein. »Kommt. Legt ab und setzt euch, der Tee ist gleich fertig.«

»Vielen Dank.«

Am Ellbogen führte Hamid Kyla in das kleine aus Lehm gebaute Haus. In der Mitte des Raumes stand ein Sandali, ein aus einem alten Fass gebauter Kaminofen, der wohlige Wärme verströmte. An den Wänden flackerten zwei Kerzen, die den Raum in schummeriges Licht tauchten. Dünne Matratzen, Decken und bunte Kissen lagen auf dem Boden rund um den Ofen. Auf einer schlief eine uralte Frau. Ihr Gesicht war verwittert, der zahnlose Mund zu einem rasselnden Schnarchen geöffnet. Ein kleiner Junge setzte sich auf und rieb sich verschlafen die Augen, als sie näher kamen. Unter einer Decke war ein weiterer Körper auszumachen, doch er rührte sich nicht.

Kyla war dankbar für Hamids stützenden Arm. In ihrem Kopf drehte sich alles, sie war zu keinem klaren Gedanken mehr fähig. So überließ sie es ihrem »Ehemann«, für alles zu sorgen, und konzentrierte sich darauf, auf den Beinen zu bleiben.

»Unsere älteste Tochter ist mit ihrem Ehemann gerade in der Stadt, ihr könnt ihr Bett benutzen.« Sie deutete auf einen mit einer Decke abgeteilten Bereich des Raumes.

»Wir wissen eure Gastfreundschaft zu schätzen.«

Die Frau lächelte Hamid mit den Augen an. »Wir freuen uns über euren Besuch. Dies ist mein Mann Rajid, unser Sohn Morad, unsere Mutter Abine.« Ihr Tuch hielt sie beim Sprechen vor den Mund. »Ich bin Habiba. Setzt euch.«

Erleichtert wollte Kyla auf eines der Kissen sinken, doch Hamid hielt sie davon ab. »Wir sind ziemlich schmutzig, es wäre schön, wenn wir uns erst noch etwas frisch machen könnten.«

»Aber natürlich. Hinter dem Haus, ich zeige euch den Weg.«

Habiba griff sich eine der Kerzen und trat aus dem Haus in die Dunkelheit. Die Kälte schien ihr nichts auszumachen, als sie rasch den ausgetretenen Pfad zu einer kleinen Hütte hinunterlief. Dort angekommen öffnete sie die Tür und stellte die Kerze auf ein Holzbrett. »Wenn ihr fertig seid, schließt wieder ab und kommt zum Haus. Der Tee wird dann fertig sein.«

»Danke.«

Kyla lehnte sich an die Wand, während Hamid die Tür hinter ihnen zuzog. Sie standen in einem kleinen Verschlag, der nicht viel mehr enthielt als ein Loch im Boden, eine Schüssel und einen Eimer mit Wasser.

»Zieh dich aus.«

»Wie bitte?« Kyla fehlte die Energie, die Frage entrüstet klingen zu lassen.

»Ich muss deine Wunde versorgen.« Da sie sich nicht rührte, griff er kurzerhand selbst nach den Spitzen ihres Schleiers und zog ihn über ihren Kopf.

Abwehrend hob Kyla die Hand – viel zu spät. Verlegen strich sie die Haare zurück, die an ihrer Stirn klebten. Trotz der Kälte war sie in Schweiß gebadet. Ob es an den Schmerzen lag oder das Fieber zurückgekehrt war, konnte sie nicht beurteilen. Der Raum verschwamm im schwankenden Licht der Laterne. Kyla schloss die Augen. Aber auch hinter den geschlossenen Lidern tanzten Lichtpunkte, ließen in ihr ein Gefühl des Schwindels aufkommen. Zitternd stützte sie sich an der groben Holzplatte ab, auf der die Waschschüssel stand.

»Halt noch einen Moment durch, dann kannst du dich im Bett ausruhen.«

Ein Bett, sie wusste kaum noch, wie sich so etwas anfühlte. Mit großer Anstrengung hob sie ihre Lider und fand Hamids besorgten Blick auf sich gerichtet. Er hatte schöne Augen, dunkel und ausdrucksvoll, von dichten Wimpern umsäumt. Kyla wollte den Kopf schütteln, als sie erkannte, in welch schlimmem Zustand sie war, wenn sie über derart unwichtige Dinge nachdachte, doch selbst dazu fehlte ihr die Kraft.

»Setz dich.«

Eine sanfte Hand schob sie zu einem schmalen Holzpodest, das sich an der Wand befand, und drückte sie darauf nieder. Kyla wollte protestieren, bekam aber den Mund nicht auf. Panik riss sie für einen kurzen Moment aus ihrer Trägheit, doch Hamids beruhigendes Murmeln verfehlte seine Wirkung nicht. Kalte Luft drang an ihren Körper, als er die Burka über ihren Kopf zog. Kyla sog scharf den Atem ein und schlang die Arme um sich. Hamid legte den Stoff wieder um sie und ließ nur ihre verletzte Schulter frei. Kyla blickte nach unten und erschrak, als sie die blutgetränkten Reste ihres als Verband missbrauchten T-Shirts sah, die Hamid gerade entfernte, indem er Wasser auf den Stoff träufelte und ihn dann vorsichtig löste. Die Wunde war geschwollen und blauschwarz verfärbt, Blut sickerte heraus. Kyla kniff die Augen zusammen und schluckte hart. Übelkeit stieg in ihr auf und wühlte in ihrem leeren Magen.

»Ich kann nicht viel machen. Die Naht hat sich an einer Seite gelöst, und da du wach bist, kann ich sie nicht wieder schließen. Ich werde einen Pressverband anlegen. Versuch, dich die nächste Zeit so wenig wie möglich zu bewegen.«

Eine Hand um die Kante des Holzpodests gekrampft kämpfte Kyla gegen die Ohnmacht, als Hamid ihre Haut um die Wunde herum mit eiskaltem Wasser abwusch, bevor er die Stoffstreifen fest um ihre Schulter schlang, um einen Ballen ihres T-Shirts dort zu verankern. Ein Stöhnen entschlüpfte ihr. Sie rutschte nach hinten und wäre vom Podest gefallen, wenn Hamid sie nicht aufgefangen hätte. Halb besinnungslos genoss sie für einen Moment seine starken Arme und die Wärme, die sein Körper abstrahlte. Ihre Augen öffneten sich langsam, als er sich von ihr entfernte.

Hamid betrachtete besorgt ihr blasses, eingesunkenes Gesicht und die dunklen Ringe unter ihren Augen. Shahla hatte zu viel Blut verloren. Sie brauchte dringend Nahrung und vor allem einen Arzt. Er hatte so viel getan, wie er unter diesen Umständen konnte, aber es war nicht genug. Er hielt ihr die Wasserflasche an die Lippen und wartete, bis sie ein paar Schlucke getrunken hatte, bevor er sie senkte. Eine Ecke der Burka tauchte er in das Wasser, das er in die Schüssel gefüllt hatte, und begann, ihr Gesicht zu säubern. Er umfasste ihren Kopf mit einer Hand und wischte sanft mit dem nassen Stoff über den Schmutz, der sich in den vergangenen Tagen dort angesammelt hatte. Für ihre verklebten Haare konnte er nicht viel tun, sie würde damit leben müssen. Schließlich zog er die Burka wieder über ihren Kopf und ließ sie an ihrem Körper nach unten gleiten.

»Wenn du noch … etwas erledigen willst, mach es jetzt, ich warte solange draußen.« Er zögerte. »Oder brauchst du Hilfe?«

Der Gedanke allein reichte, um ihn nervös zu machen. Eilig zog er sich zurück, als Shahla ein halbes Kopfschütteln zustande brachte. Draußen erleichterte er sich, lehnte sich dann gegen die Wand des Häuschens und blickte hinauf in den tiefschwarzen Himmel. Hier gab es nur Sterne und die schmale Sichel des Mondes als Lichtquellen, die Lichter der Zivilisation waren weit entfernt. Er spürte die Kälte kaum, die unter seine Kleidung drang und seinen Atem in Dampfwolken verwandelte. Glücklicherweise waren sie mit typisch afghanischer Gastfreundschaft aufgenommen worden, es hätte auch ganz anders ausgehen können. In diesen unruhigen Zeiten wurde häufig jeder unbekannte Besucher abgewiesen, besonders wenn er einer anderen Volksgruppe angehörte. Habiba und Rajid waren an ihren leicht mongolischen Zügen als Hazaras zu erkennen. Unter den Taliban am meisten gejagt, hätten sie allen Grund, Fremden gegenüber misstrauisch zu sein. Hamid richtete sich abrupt auf. Shahla hätte schon längst fertig sein müssen. Leise klopfte er an die Tür. Keine Antwort.

»Shahla!«

Nichts. Schließlich öffnete Hamid die Tür einen Spaltbreit und blickte hindurch. Shahla saß zusammengesunken auf dem Holzpodest, ihr Kopf lehnte an der Wand, ihre Augen waren geschlossen. Verdammt, er hätte sie nicht allein lassen dürfen! Rasch trat er ein und überprüfte ihren Puls. Langsam und gleichmäßig, genau wie ihr Atem. Erleichtert schloss er für einen Moment die Augen. Seine Pläne sahen nicht vor, dass sie starb. Hamid schob ihre Haare sorgfältig in den Kragen der Burka, damit keine goldene Strähne herausschaute. Shahlas Augenlider flatterten und hoben sich. Ihre Augen weiteten sich, als sie ihn erkannte. Automatisch zuckte sie zurück.

»Ganz ruhig, ich helfe dir nur.« Vorsichtig stülpte er den Schleier über ihren Kopf und zog die Enden nach unten. Er rückte ihn zurecht und begutachtete noch einmal sein Werk. Als er keinen Fehler entdecken konnte, nahm er die Kerze und hielt sie ihr hin. Verwirrt sah sie ihn an. »Nimm sie.« Shahla tat, was er sagte, auch wenn er erkennen konnte, dass sie nicht verstand, worum es ging. Wortlos schob er seine Arme um ihren Rücken und unter ihre Beine und hob sie hoch. Die Flamme schwankte wild, als Shahla versuchte, das Gleichgewicht zu wahren, ohne sich an ihm festzuhalten, da ihr verletzter Arm nutzlos am Körper lag. »Halt still, ich habe dich.«

Eilig machte er sich auf den Weg zum Haus. Er konnte deutlich ihr Zittern spüren, als sie erneut der eisigen Nachtluft ausgesetzt war. Rajid erwartete sie schon. Er ließ sie herein, nahm Shahla die Kerze ab und schloss die Tür schnell wieder hinter ihnen.

»Habiba hat sich Sorgen gemacht. Geht es deiner Frau schlechter?«

Hamid ließ Shahla vorsichtig auf eines der Sitzkissen gleiten, bevor er sich ihrem Gastgeber zuwandte. »Sie ist sehr erschöpft, sie wird bald schlafen.«

Rajid nickte und setzte sich auf ein weiteres Kissen. »Es ist weit bis zur Stadt.«

»Wir werden morgen sicher einen anderen Wagen treffen, der uns mitnehmen kann.«

»Hier kommt selten jemand vorbei. Höchstens Rebellen oder amerikanische Soldaten.«

Es war klar, dass Rajid ihn testen wollte. »Wir sind einfache Leute und interessieren uns nicht für Politik.«

Der Gastgeber zog eine Augenbraue hoch, sagte aber nichts, denn in diesem Augenblick erschien seine Frau mit einer dampfenden Schale Kabuli. Sie reichte Hamid den Reis zusammen mit etwas Käse und Fladenbrot und ging zurück zur Küchenecke, um den Tee zu holen.

»Esst. Trinkt.«

Dankend nahm Hamid das heiße Getränk entgegen und half Shahla dabei, es an ihren Mund zu führen. Den Schleier ein wenig angehoben, brauchte sie mehrere Anläufe, um trinken zu können. Hamid achtete darauf, dass nicht zu viel von ihr zu sehen war. Der Tee belebte Shahla genug, sodass sie das Essen eigenständig zu sich nehmen konnte. Dabei lehnte sie sich schwer gegen ihn, da sie sich kaum noch aufrecht halten konnte. Nach ein paar Minuten schob er die Schüssel beiseite.

»Vielen Dank für das Essen und den Tee. Meine Frau muss sich dringend ausruhen.«

Habiba führte sie zu der Matratze, auf der sonst ihre Tochter mit ihrem Ehemann schlief und schlug die Decke auf. »Sagt mir, wenn ihr noch etwas braucht.« Damit nahm sie das Geschirr und ließ sie allein.

Wenig später schlüpfte Hamid neben Shahla unter die dünne Decke und zog sie dicht an sich. Noch immer schüttelte gelegentliches Zittern ihren Körper, er konnte nur hoffen, dass seine Körperwärme ausreichte. Als Rajid das Licht löschte, schlug Hamid Shahlas Schleier zurück, damit sie genug Luft bekam. Sollte jemand um die Schutzwand aus Stoff herumblicken, würde er es merken und sie wieder bedecken. Hamid schloss die Augen und glitt in einen leichten Schlaf.

16

Nachdem Rock zu Hause angekommen war, hatte er keine Zeit verloren. Er war aus seiner Kleidung geschlüpft und ins Meer geflüchtet, ohne zuerst ins Haus zu gehen. Mehr als alles andere brauchte er im Moment eine Abkühlung, etwas, das ihm half, seine Gedanken zu ordnen. Er schwamm lange und hart und kehrte schließlich erschöpft zum Strand zurück. Eine Weile lag er einfach nur da, starrte in den blauen Himmel und ließ sich vom Rauschen der Wellen beruhigen. Als er sowohl Ghost als auch Rose in die hinterste Ecke seines Gedächtnisses verbannt hatte, hechtete er zurück ins Meer und spülte sich den Sand vom Körper. Körperlich und geistig erfrischt trat er an den Strand und erstarrte. Auch mehrmaliges Blinzeln half nicht, es war keine optische Täuschung: Rose Gomez stand tatsächlich auf seiner Terrasse. Sie hatte sich umgezogen und trug nun ein kurzes Sommerkleid, das nur von zwei dünnen Trägern gehalten wurde. Er könnte sie zur Seite schieben und … Erregung raste durch seinen Körper und löschte den Gedanken aus, ins Meer zurückzutauchen.

Rose hob die Hand, um Roderic auf sich aufmerksam zu machen, ließ sie jedoch wieder sinken, als sie erkannte, dass er keine Badehose trug. Vermutlich hätte sie sich umdrehen und zu ihrem Auto zurückkehren sollen, aber sie stand einfach nur wie angewurzelt da. Ihre Finger krallten sich in die Holzreling, die seine Veranda einfasste, ihr Mund stand offen, während sie beobachtete, wie er auf sie zukam. Roderics Körper war wunderschön, es wäre eine Schande gewesen, ihn nicht anzusehen, wenn sie die Gelegenheit dazu hatte. Breit und kompakt, mit Muskelbergen und einem gerippten Bauch, für den er einen Waffenschein benötigte. Genauso wie für einige andere Teile seiner Anatomie. Rasch hob Rose ihren Blick wieder und erkannte, dass nicht nur das Wasser schuld an seinem … spektakulären Zustand war, sondern auch die Tatsache, dass er sie entdeckt hatte. Wieder wollte Rose flüchten, doch es gelang ihr nicht, sich zu bewegen.

Mit roten Wangen beobachtete sie, wie er immer näher kam. Er hielt ihren Blick fest und versuchte nicht einmal, sich zu bedecken. Wahrscheinlich fand er nichts dabei, nackt herumzulaufen, aber für sie war es eine Offenbarung. Erneut glitt ihr Blick nach unten. Auf diese Entfernung war er noch spektakulärer als von Weitem. Als sie diesmal wieder nach oben schaute, sah sie das Feuer in seinen Augen. Ihr Herz begann zu hüpfen, der Fluchtinstinkt wurde stärker. Doch bevor sie sich umdrehen konnte, hatte er sie erreicht. Seine nackten Füße überwanden lautlos die wenigen Stufen zur Veranda, dann stand er vor ihr. So dicht, dass sie seine Wärme spüren konnte. Sie trat einen Schritt zurück, doch er rückte gleich nach. *Gott, bitte mach, dass ich nicht nach unten sehe!* Rose schloss die Augen, riss sie aber gleich wieder auf, als er ihren Arm berührte.

»Was machst du hier?«

Eine gute Frage. Sie hatte es vergessen. In ihrem Gehirn gab es nur einen Gedanken: Wow! Was nicht besonders viel war für jemanden, der sich rühmte, ein Kopfmensch zu sein. In diesem speziellen Fall hatte ihr Körper die Kontrolle übernommen und weigerte sich nun, sie wieder aufzugeben. Zumindest nicht, solange dieses Prachtexemplar noch splitternackt vor ihr stand. Am besten sagte sie irgendetwas, um den Bann zu brechen, der sie gefangen hielt. »Schwimmst du immer nackt?«

Ein seltenes Lächeln hob Rocks Mundwinkel, während er gleichzeitig eine Augenbraue in die Höhe zog. »Und ich dachte schon, du hättest es gar nicht bemerkt, weil du noch hier stehst.«

»Mit meinen Augen ist alles okay. Nur wollen meine Beine anscheinend nicht mehr.«

Roderic ließ seinen Blick langsam an ihrem Körper entlanggleiten, bis er schließlich an ihren nackten Beinen hängen blieb. »Sieht aus, als wäre alles in Ordnung. Probier es mal.« Er grinste.

Vorsichtig trat Rose einen weiteren Schritt zurück und stieß mit dem Rücken gegen die Hauswand.

»Siehst du, es geht doch.« Roderic war ihr gefolgt und stand immer noch viel zu dicht vor ihr. Er stützte seine Hände zu beiden Seiten ihres Kopfes ab und lehnte sich weiter vor. Seine große Gestalt hüllte sie vollständig ein, erzeugte gleichzeitig ein Prickeln und ein Gefühl der Geborgenheit. Wobei Letzteres viel gefährlicher war. Also konzentrierte sie sich auf die unerwartete erotische Spannung, die sie seit sieben langen Jahren nicht mehr empfunden hatte. Sie spürte, wie ihre zusammengezogenen Brustspitzen im engen Kleid deutlich sichtbar hervorstanden. Anstatt sich zu bedecken, krallten sich ihre Finger in das Holz der Wand. Roderic schien ihr Verlangen zu spüren, denn seine Augen verdunkelten sich, und er kam noch näher. Diesmal gab es keinen Zweifel, dass es seine Erektion war, die ihren Bauch streifte. Sein Kopf senkte sich, bis ihre Münder auf einer Höhe waren. »Letzte Gelegenheit, auszusteigen.« Bevor sie sich sein Angebot ernsthaft überlegen konnte, strichen seine Lippen bereits über ihre.

Der Schock, ihn so dicht an sich zu spüren, das Salz auf seiner Haut zu schmecken, ließ ihr Herz aussetzen. Feuchte Flecken bildeten sich überall dort auf ihrem Kleid, wo er sie berührte, doch das war ihr egal. Wohlige Schauer rieselten über ihren Rücken, als Roderic den Kuss vertiefte. Vermutlich sollte sie sich nicht küssen lassen, doch sie schien sich nicht bewegen zu können. Noch immer stand sie an die Wand gepresst da, die Hände in das Holz gegraben. Aus den Augenwinkeln sah sie seine Arme zittern, mit denen er sich über ihr abstützte. Rose spürte die Hitze, die von seinem Körper ausging, roch die erregende Mischung aus Meer und Mann. Sanft knabberte er an ihren Lippen, forderte eine Reaktion. Selbst wenn sie gewollt hätte, sie konnte diesem geballten Angriff auf ihre Sinne nicht standhalten. Zu lange hatte sie sich danach gesehnt, endlich wieder berührt und geküsst zu werden. Ihr Mund verschmolz mit seinem, ihre Zungen berührten sich. Ein Hitzestoß fuhr durch ihren Körper, und wenn sie nicht an der Hauswand gelehnt hätte, wäre sie zu Boden gesunken. Die weichen Knie zusammengepresst, hielt sie sich mühsam aufrecht.

Rose zuckte zusammen, als Roderic ihr Gesicht berührte. Eine Hand wühlte sich in ihre aus dem Zopf entkommenen Haare, die andere legte sich um ihre Wange. Raue Fingerspitzen folgten einer unsichtbaren Spur über ihren Wangenknochen, streiften das Kinn und glitten dann an ihrem Hals hinunter. Zitternd genoss Rose die federleichten Berührungen, ihr Puls raste, als Roderic mit seinem Daumen darüberfuhr.

»Berühr mich.«

Roderics raue Stimme vibrierte in ihrem Brustkorb. Seine Aufforderung war umso erregender, weil er tropfnass und nackt vor ihr stand und sie wusste, wie sehr er ihren Kuss genoss. Ein Indiz dafür drückte direkt in ihren Bauch. Mühsam löste sie ihre Hände von der Wand. Wo sollte sie ihn anfassen? Es war einfach so … viel von ihm da, sie wusste gar nicht, wo sie anfangen sollte. Also beschloss sie, oben zu starten und sich dann langsam nach unten vorzuarbeiten. Bevor sie den Mut verlor, berührte Rose seine Schulter, ließ ihre Finger über seine glatte, feuchte Haut gleiten, umfasste seinen Nacken und zog ihn dichter zu sich heran. Die angespannten Muskeln zeigten ihr, wie sehr er sich zurückhielt. Ein Schauer der Erregung lief durch ihren Körper, ließ sie mutiger werden. Der Kuss wurde leidenschaftlicher, ihre Zungen wanden sich umeinander. Roderics Hand strich über ihre Schulter und zog den Träger ihres Kleids mit sich. Sie stöhnte unterdrückt.

Anscheinend hatte Roderic es gehört, denn er beendete den Kuss und rückte ein wenig von ihr ab. Seine dunklen Augen loderten, als er auf sie hinunterblickte. Heftig atmend sahen sie sich einen Moment lang stumm an, dann öffnete er den Mund. Zu ihrer beider Überraschung legte Rose ihre Finger über seine Lippen und brachte ihn so wirkungsvoll zum Schweigen. Sanft fuhr sie den Umriss nach, bevor sie sich vorbeugte und ihre Finger durch ihren Mund ersetzte. Die Hand um seinen Nacken gelegt, zog sie ihn zu sich herunter. Gehorsam beugte Roderic sich tiefer, während seine Hand über ihren Arm wanderte. Der dünne Stoff rieb über ihre empfindliche Haut, und Rose wünschte sich fast, sie wäre ebenso nackt wie Roderic. Aber vermutlich wäre sie dann schon in Flammen aufgegangen.

Sie konnte von seinem heißen Mund einfach nicht genug bekommen, immer wieder tauchte ihre Zunge darin ein und erkundete die feuchte Höhle. Ihre Hand bewegte sich abwärts, strich über die Muskeln seines Brustkorbs, bis sie auf seinem wild schlagenden Herz zum Liegen kam. Seine harte Brustwarze drückte mit jedem raschen Atemzug gegen ihre Handfläche und machte ihr ihre vor Sehnsucht schmerzenden Brüste bewusst. Das raue Gewebe des Kleids erhöhte das Gefühl um ein Vielfaches und brachte sie fast um den Verstand.

Hitze breitete sich in ihrem Körper aus und sammelte sich in ihrem Unterleib. Gierig glitt ihre Hand von seinem Nacken über seinen Rücken. Seine Muskeln zuckten unter ihrer Berührung, ein fast schnurrender Laut drang aus seiner Kehle. Rose versuchte, das Lachen zu unterdrücken, das in ihr aufsprudelte. Sie hätte Roderic nie für eine überdimensionierte Katze gehalten, es passte so gar nicht zu seinem Äußeren. Als sie die Augen öffnete, stellte sie fest, dass er sie beobachtete. Wahrscheinlich hatte er die Erschütterungen ihres Lachens gespürt.

Rose blickte ihn direkt an, als sie weiterhin über seinen Rücken strich, während ihre Fingerspitzen seine Brustwarze berührten. Seine Augen weiteten sich, bevor er sie zusammenkniff. Sein Körper versteifte sich, der Atem wich aus seiner Lunge. Rose genoss das Wissen, dass Roderic so heftig auf sie reagierte. Sie hätte nicht erwartet, dass er sie überhaupt anziehend fand – zumindest nicht, bis sie ihn aus dem Wasser hatte kommen sehen und seine Erregung unübersehbar gewesen war. Erschrocken zuckte sie zusammen, als er sie an sich zog und seine Arme um sie schlang.

Ihre Wange landete an seiner Brust, seine Brusthaare kitzelten ihre Lippen. Sein gegen ihr Ohr hämmernder Herzschlag ließ ihr bewusst werden, wie nah sie ihm war. Seine feuchte Haut roch nach Meer und schmeckte nach Salz, wie sie feststellte, als sie sie mit der Zunge berührte. Bedächtig leckte sie darüber, nahm seinen Geschmack und Geruch gierig in sich auf. Erneut strichen seine rauen Fingerspitzen über ihr Schlüsselbein und weiter an ihrer Schulter entlang, bevor sie an ihrem Arm nach unten glitten. Plötzlich spürte sie einen Luftzug, wo vorher ihr Kleid gewesen war, dann drängte sich auch schon sein feuchter Brustkorb an sie. Haare rieben über ihre empfindlichen Brustwarzen, heiße Haut presste sich an ihre. *Oh Gott!* Das Kleid lag um ihre Hüfte, nur durch die Träger gehalten, die an ihren Armbeugen hingen. Der Wind strich über ihre erhitzte Haut und spielte in ihren Haaren. Sie fühlte sich frei und ungebunden, so als könnte sie jeden Moment davonfliegen, wenn Roderic sie nicht in seinen Armen halten würde.

Langsam wanderten seine Hände an ihren Rippen hinauf, bis seine Daumen direkt unter ihren Brüsten lagen. Nur noch ein winziges Stückchen höher und er würde … Rose atmete schaudernd aus, als raue Finger über ihre Brustwarzen strichen, sie sanft umrundeten, um sie dann wieder zu verlassen. Mehr! Verlangend drückte Rose sich dichter an ihn, spürte seine Erektion, die ihren nun nackten Bauch berührte. Erneut beugte Roderic sich zu ihr hinunter, um ihren Mund in Besitz zu nehmen. Seine Hände schlossen sich um ihre Brüste, streichelten sie, zupften an ihnen, bevor sie sich wieder zurückzogen. Zur Strafe biss Rose ihn sanft in die Unterlippe und freute sich über seine unverstellte Reaktion: Begierde. Beinahe verzweifelt presste er sich an sie. Mit der Wand in ihrem Rücken gab es keine Möglichkeit, auszuweichen. Aber das hatte sie auch gar nicht vor. Sie genoss die wilde Leidenschaft, die er in ihr auslöste, und wollte so viel davon mitnehmen, wie sie konnte. Schließlich war dies nur ein einmaliges Zwischenspiel, denn sie würde sich sicher nicht noch einmal ernsthaft mit einem SEAL einlassen.

Rock spürte, wie sie erstarrte, und zwang seinen Körper, sich von ihr fortzubewegen. Schwer atmend blieb er dicht vor ihr stehen, während alles in ihm danach schrie, dort weiterzumachen, wo er aufgehört hatte. Sie zu berühren und sich dann in ihr zu vergraben. In Rose Gomez, Ghosts Witwe. Verdammt! Rock trat noch einen Schritt zurück und fuhr mit den Händen über sein Gesicht. Was hatte er sich nur dabei gedacht? Ja, sie hätte ihn jederzeit aufhalten können; ja, sie war erregt gewesen; ja, sie hatte mitgemacht, und sie war alt genug, für sich zu entscheiden, was sie wollte. Trotzdem hätte er nicht derart über sie herfallen dürfen.

»Entsch…«

Rose hob die Hand. »Sag es nicht!«

Mit knappen Bewegungen schob sie die Träger ihres Kleides wieder über ihre Schultern, bevor er überhaupt Zeit hatte, ihren Anblick in sich aufzunehmen. Wohlgeformte Hügel mit dunklen Spitzen verschwanden wieder hinter Stoff und ließen ihn beinahe enttäuscht aufseufzen. Aber nur fast. Rocks Kopf ruckte nach oben, als er erkannte, dass er sie angestarrt hatte. Seine Augen trafen auf ihre, in denen deutlich die Verwirrung stand. Er konnte sich vorstellen, dass sie sich gerade fragte, was sie überhaupt hier machte, auf seiner Veranda, halb nackt und in leidenschaftlicher Umarmung mit einem beinahe fremden Mann, der auch noch ein Teamgefährte ihres Mannes gewesen war. Nein, es hätte ihn nicht gewundert, wenn sie schreiend davongerannt wäre, vor allem nachdem er sie mit seiner Erektion fast aufgespießt hatte. Aber sie stand noch da, den Kopf schräg gelegt, während sie ihn nachdenklich betrachtete. Was sah sie in ihm außer einem ungehobelten Kerl, der die erstbeste Gelegenheit genutzt hatte, sie zu begrapschen?

Seine Muskeln verkrampften sich, als er die Hände zu Fäusten ballte, um ihr nicht die Haarsträhne aus der Stirn zu streichen, die dorthin gefallen war. Normalerweise hatte er sich besser unter Kontrolle, aber Rose weckte Gefühle und ein Verlangen in ihm, das er bisher nicht gekannt hatte. Intensiv, quälend, unaufhaltsam. An ihrem Gesichtsausdruck konnte er erkennen, dass es ihm nicht gelungen war, den Aufruhr in sich zu verbergen. Verdammt, wäre er auf einer Mission, hätte er jetzt schon tot sein können. Wo war seine Fähigkeit geblieben, seine Gedanken zu verstecken?

»Ich wollte nicht so über dich herfallen.«

Bei ihren Worten blieb sein Mund offen stehen. *Sie* war über *ihn* hergefallen? Scheinbar hatte sie nicht richtig aufgepasst, sonst wäre sie nie auf diese Idee gekommen. »Das ist schon in Ordnung, ich stehe gern zur Verfügung.« Rock war erleichtert, als Rose leise lachte.

Ihr Blick wanderte tiefer. »Ja, das habe ich gemerkt.«

Einen kurzen Moment dachte er darüber nach, sich zu bedecken, aber jetzt brachte es auch nichts mehr, Rose hatte bereits alles von ihm gesehen. *Und sie ist nicht weggelaufen.* Im Gegenteil, sie hatte ihn geküsst und berührt, als wäre er der erste Mann, der ihr seit Langem begegnet war. Sein Herz setzte aus, als er erkannte, dass es genau so war. Rose hatte Ghost geliebt – und sie liebte ihn immer noch. Da sie nicht der Mensch war, der eine Affäre einging, ohne Gefühle zu investieren, hatte sie vermutlich seit sieben Jahren keine Beziehung mehr gehabt. Kein Wunder, dass sie so ausgehungert nach Nähe war. Da er sich nicht entscheiden konnte, ob er enttäuscht sein sollte, dass Rose sich wegen eines rein körperlichen Bedürfnisses von ihm hatte küssen lassen, oder ob er sich geehrt fühlen sollte, weil sie ihn dazu auserwählt hatte, der erste Mann nach Ghost zu sein, der sie berühren durfte, beschloss er, einfach so zu tun, als wäre nichts Besonderes geschehen. Als hätte sie mit ihrer Hingabe seine Welt nicht auf den Kopf gestellt.

»Geh schon hinein, während ich mein Zeug hole.«

»Ich …« Rose leckte über ihre Lippen, dann nickte sie. »In Ordnung.«

Rock schloss die Tür auf und hielt sie ihr auf. »Falls du Durst hast, es müsste noch was im Kühlschrank sein.«

»Danke.«

Rock beobachtete, wie Rose sein Haus betrat und sich neugierig umblickte, dann zwang er sich dazu, zu seinem Jeep zu gehen. Seine Kleidung lag noch genauso da, wie er sie hingeworfen hatte, aber er war nicht mehr derselbe. Er war ins Meer geflüchtet, um den Erinnerungen an Ghost und seinem verbotenen Verlangen für Rose zu entkommen, doch jetzt hatte er ein viel größeres Problem. Er hatte Rose berührt, er wusste, wie sie schmeckte, wie sie sich anfühlte, wie sie roch und welche

Geräusche sie von sich gab, wenn sie erregt war. Wie sollte er das jemals wieder vergessen und zu einer unpersönlichen Beziehung zurückfinden? Vermutlich war das gar nicht möglich, aber er musste es zumindest versuchen, um sich selbst, aber vor allem auch Rose die Situation zu erleichtern. Sicher fragte sie sich schon, was in sie gefahren war, dass sie ihn überhaupt so nah an sich herangelassen hatte. Rock ignorierte den Stich, den er bei diesem Gedanken empfand, und begann sich anzuziehen. Rasch schlüpfte er in seine Cargoshorts, zog sein altes T-Shirt an und kehrte barfuß zum Haus zurück.

17

An der Tür hielt er noch einmal inne und atmete tief durch. Sicher würde er es durchstehen, Rose in seinem Haus zu sehen, ohne sofort über sie herzufallen. Schließlich wurde er nicht umsonst Rock genannt. Wie ein Fels würde alles an ihm abprallen … Aber wo zum Teufel war sie? Die Fliegentür quietschte protestierend, als er sie aufriss. Auf der Schwelle blieb er stehen und blickte sich im Raum um. Rose war verschwunden. Hatte sie es sich anders überlegt und war geflohen? Nein, ihr Auto stand noch neben seinem, und er bezweifelte, dass sie zu Fuß gegangen war. Sie saß weder auf dem alten, aber bequemen Sofa noch auf einem der Barhocker an der Theke, die das Wohnzimmer von der Kochecke trennte. Nachdem er überall sonst nachgesehen hatte, ging er zögernd auf das Schlafzimmer zu. Er konnte nicht verhindern, dass sein Herz beim Gedanken schneller schlug, sie dort zu finden.

Rose nackt in seinem Bett, ihre dunkle Haut in erregendem Kontrast zu den weißen Laken, die schwarzen Locken ungebändigt. Ihre dunklen Augen und ihr strahlendes Lächeln locken ihn, zu ihr zu kommen und sich neben sie zu legen. Sanfte Hände berühren ihn, streichen über seinen nackten Körper, bis …

Rock zuckte zusammen, als sich die Tür öffnete und Rose in ihn hineinlief. Aus Reflex hielt er sie fest, bis sie wieder einen festen Stand gewonnen hatte. Seine Arme schlossen sich um sie, ihre Körper verschmolzen miteinander.

»Danke, du kannst mich jetzt wieder loslassen.«

Rose trat sofort einen Schritt zurück, als er seinen Griff lockerte, und machte ihm damit bewusst, dass sie keineswegs nackt und willig aus seinem Bett gekommen war. Verdammt, er hatte sich doch von ihr fernhalten wollen! Hastig durchquerte er den Raum und stellte sich hinter die Theke. Sein Mund war wie ausgetrocknet, er brauchte jetzt dringend etwas zu trinken.

»Entschuldige, ich wollte mich nur ein wenig frisch machen.« Offenbar war sie in dem kleinen Bad gewesen, das man nur von seinem Schlafzimmer aus erreichen konnte.

Sie hatte ihre Haare wieder ordentlich hochgesteckt und wirkte wesentlich gefasster. Nur die feuchten Flecke, die sein Körper auf ihrem Kleid hinterlassen hatte, erinnerten an den Kuss. Mit Mühe riss Rock seinen Blick davon los und wandte ihr den Rücken zu.

»Kein Problem. Was möchtest du trinken?« Gut, seine Stimme klang kühl und professionell, genau so, wie es sein sollte.

»Hast du Eistee?«

Rock zog die Packung aus dem Kühlschrank und blieb einen Moment in der offenen Tür stehen. Es ging doch nichts über eisige Luft, wenn man versuchte, seine Erregung zu bekämpfen. Schließlich klappte er die Tür zu, holte die Gläser aus dem Schrank und goss den Tee ein. Als er sich wieder umdrehte, stellte er fest, dass Rose immer noch wie angewurzelt neben der Schlafzimmertür stand. »Setz dich doch.«

»Ich möchte nicht stören.«

»Rose, du bist doch sicher aus einem bestimmten Grund hierhergekommen und nicht nur, um mit mir … zu plaudern. Also, setz dich und sag mir, worum es geht.« Stolz darauf, wie sachlich er klang, nahm Rock die beiden Gläser, stellte sie auf den Couchtisch und setzte sich in seinen Sessel.

Zögernd überbrückte Rose die Entfernung und ließ sich auf der Kante des Sofas nieder. »Ja, ich wollte mit dir über die beiden Agentinnen reden.« Sie zuckte zusammen, als Rock sich über den Tisch lehnte, und entspannte sich wieder, als sie sah, dass er ihr nur das Glas zuschob. »Danke.«

Rock trank einen großen Schluck, dann lehnte er die Ellbogen auf seine Knie und blickte sie erwartungsvoll an. »Was ist mit den beiden?« Rose runzelte die Stirn, als versuchte sie zu entscheiden, ob sie das Richtige tat. »Komm schon, Rose, du bist zu mir gekommen, also muss es etwas Wichtiges sein.«

»Ich kann auch völlig falschliegen, weil ich von euch keinerlei Informationen über die Art oder den Ort der Mission bekommen habe …«, sie ignorierte Rocks hochgezogene Augenbraue und fuhr fort. »… aber ausgehend von der Gegend, um die sich eure Fragen gedreht haben, glaube ich das nicht.«

»Geht das noch etwas unklarer?«

»Du meinst, so wie eure Aussagen heute Vormittag?«

»Rose, du weißt, wie wichtig es ist, die Agentinnen zu finden. Wenn du also etwas weißt, dann spuck es aus.«

»Deshalb bin ich zu dir gekommen. Du sollst entscheiden ob das, was ich erfahren habe, relevant ist oder nicht.« Nach Rocks Nicken fuhr sie fort. »Ich habe gerade einen Anruf von Cassandra bekommen. Über ihre RAWA-Kontakte hat sie erfahren, dass eine westliche Frau von Rebellen in die Berge entführt worden sein soll. Sie wurde vor zwei Tagen nachts auf der Straße niedergeschlagen und in einem Kleinlaster abtransportiert. Könnte das eine der Agentinnen gewesen sein?«

Tiefes Schweigen breitete sich im Raum aus, das Summen des Kühlschranks klang laut in der plötzlichen Stille. Gespannt hielt Rose den Blick auf Roderic gerichtet. Sie war sich ziemlich sicher, dass es sich bei der Frau tatsächlich um eine der Agentinnen handelte. Wahrscheinlich sollte sie sich schämen, dass sie für ein paar Minuten durch Roderics Berührungen und Küsse abgelenkt worden war und vergessen hatte, warum sie hier war, aber seltsamerweise tat sie es nicht. Egal, was noch passierte, diese schöne Erfahrung konnte ihr niemand mehr nehmen. War er tatsächlich so heiß und leidenschaftlich gewesen? Wenn sie seine steinerne Miene betrachtete, konnte sie sich das kaum noch vorstellen.

»Nun?«

Roderic trank sein Glas aus und stellte es zur Seite, bevor er sich erhob. »Ist deine Freundin noch erreichbar?«

»Sie ist noch für ein paar Stunden in Peshawar in der Botschaft.«

»Dann würde ich vorschlagen, dass ich Matt und Hawk alarmiere und wir uns dann wieder im Lagezentrum treffen. Hast du alles bei dir, was du brauchst?«

»Ja, aber …« Rose verstummte. »Ich habe also recht?«

»Es könnte zumindest sein, dass es eine unserer Agentinnen ist.« Roderics Tonfall zeigte, dass er genauso wenig an einen Zufall glaubte wie sie. Vermutlich hielt er immer noch viel vor ihr zurück, aber das war zu erwarten gewesen. Auch Ramon hatte ihr selten etwas von seiner Arbeit erzählt …

Rose erstarrte. Nein, sie würde die beiden Männer nicht miteinander vergleichen. »Wozu wurde ich eigentlich vereidigt, wenn ich sowieso nichts erfahre, das von irgendeinem Wert wäre?«

»Damit du das, was du vielleicht aufschnappst, garantiert nicht weitererzählst.«

Roderics herablassende Art ging ihr langsam auf die Nerven. »Sehr geschickt, eine Expertin zu engagieren, die euch helfen soll, jemanden zu finden, der ihr aber nichts erzählt, was sie eigentlich wissen müsste, um euch überhaupt helfen zu können.«

»Merk dir den Satz für später. Du weißt, dass es nicht meine Entscheidung ist, was dir gesagt wird oder nicht. Um genau zu sein, bin ich nur da, weil Matt denkt, dass …«

Wäre sie nicht wütend auf ihn gewesen, hätte sie über seinen Gesichtsausdruck lachen müssen. »Was?«

»Nichts.«

Rose trat dicht vor ihn und zwang ihn, ihr in die Augen zu sehen. »Sag es mir. Warum denkt Matt, deine Anwesenheit wäre wichtig?«

Roderic verzog den Mund. »Er hat die merkwürdige Vorstellung, dass du … auf mich eher hören würdest.«

Rose stemmte die Fäuste in die Hüften. »Wie kommt er denn auf die Idee?«

»Ich habe keine Ahnung. Ich habe ihm von Anfang an gesagt, dass eher das Gegenteil der Fall ist.«

Ihre Augenbrauen schossen in die Höhe. »Und wie kommst *du* auf *diese* Idee?« Aufgebracht stach sie mit ihrem Finger auf seinen Brustkorb ein. »Ich habe nur zugestimmt, bei dieser Sache mitzumachen, weil es um das Leben der Agentinnen geht. Es war völlig egal, wer mich gefragt hat, es hätte auch Pinocchio sein können! Habe ich mich klar ausgedrückt?«

Rose wurde bewusst, dass Roderic ihre Hand in seiner gefangen hielt, vermutlich um sie davon abzuhalten, weiter auf ihn einzustechen. Sie versuchte, sich zu befreien, doch er ließ sie nicht los. Im Gegenteil, er zog sie näher heran und beugte sich zu ihr herunter.

Ein Lächeln spielte um seine Mundwinkel. »Klar und deutlich.« Er küsste ihre Nasenspitze und trat dann einen Schritt zurück. »Können wir gehen?«

Dieser Mann hatte eindeutig eine Art, mit ihr umzugehen, die sie völlig aus der Bahn warf. Mal heiß, mal kalt, mal schroff, dann wieder zärtlich – und alles immer genau dann, wenn sie es nicht erwartete.

»Rose?« Sie zuckte zusammen, als er ihre Schulter berührte. »Alles in Ordnung?«

Rose atmete tief durch, dann nickte sie. »Ja. Allerdings kann ich so nicht auf die Basis.«

»Wie – so?«

Sie deutete auf ihr Kleid. »Ich dachte eigentlich, dass ich den Rest des Tages zu Hause verbringen würde, deshalb hatte ich mich umgezogen.«

»Also mir gefällt es.« Diesmal leuchtete ihr wieder die Hitze aus seinen Augen entgegen.

Rose bemühte sich darum, keine Reaktion zu zeigen, doch sie spürte Röte in ihre Wangen kriechen. »Es ist nass!«

»Ich weiß.«

Rose blickte an sich hinunter und bemerkte, dass ihre Brustwarzen unter dem feuchten Stoff deutlich sichtbar waren. Die Hände an den Seiten zu Fäusten geballt, zwang sie sich, seinem Blick zu begegnen. »Ich fahre nach Hause und ziehe mich um.«

Anscheinend sah Roderic ein, dass sie sich davon nicht abhalten lassen würde, denn er nickte nur. »In Ordnung. Ich informiere inzwischen die anderen und hole dich dann ab.«

»Ich kann allein fahren!«

»Ich sagte, ich hole dich ab. Warte auf mich.« Roderic folgte ihr zum Auto und hielt ihr die Tür auf. »Fahr vorsichtig.«

Zu Hause angekommen, lief Rose rasch ins Schlafzimmer, um sich umzuziehen. Warum hatte sie vorhin nicht daran gedacht, sich etwas Geeigneteres anzuziehen? Damit hätte sie sich einen Weg gespart. Andererseits wäre ihr dann vielleicht die Erfahrung entgangen, von Roderic geküsst zu werden. Ein widerwilliges Lächeln zupfte an ihren Mundwinkeln. Er war tatsächlich kein Mann vieler Worte. Aber genau das schätzte sie an ihm: Er redete nicht drum herum oder hielt sich mit überflüssigen Floskeln auf, sondern kam gleich zum Kern der Sache.

Und wenn sie noch weiter herumtrödelte, würde er sie in

Unterwäsche erwischen. Eine ganz andere Art der Aufregung überkam sie bei diesem Gedanken, die sie schnell unterdrückte. Sie konnte und wollte sich im Moment nicht mit ihrem Gefühlschaos beschäftigen. Rasch entledigte sie sich ihres Kleids und schlüpfte in Jeans und einen Rollkragenpullover. Nachdem sie sich frisch gemacht und ihre Haare gebändigt hatte, lief sie unruhig in der Küche auf und ab, bis es klingelte. Rose ging zur Tür und riss sie auf. Roderics große Gestalt blockierte die Treppe und ließ sie automatisch zurückweichen.

»Können wir?« Sein Gesicht lag im Schatten, ließ ihn noch düsterer wirken als sonst. Der Klang seiner Stimme beruhigte sie nur wenig.

Rose schnappte sich ihre Jacke von der Garderobe, griff nach ihrem Rucksack und ihrem Schlüssel, bevor sie sich ihm wieder zuwandte. »Alles bereit.«

Sie folgte ihm zu seinem Jeep, nickte dankend, als er ihr die Tür aufhielt, und schob sich in den Sitz. Roderic ging um den Wagen herum und schwang sich hinter das Lenkrad. Auf diesem engen Raum wirkte die Situation viel intimer. Ein Sonnenstrahl beleuchtete seinen Kopf. Rose lächelte, als sie seine zu allen Seiten abstehenden feuchten Haare bemerkte. Anscheinend hatte er sich unter die Dusche gestellt und sich noch nicht einmal die Zeit genommen, die Haare danach zu kämmen. Roderic startete den Motor und warf ihr einen fragenden Blick zu, als er ihr Lächeln bemerkte.

»Ich habe nur deine Frisur bewundert.«

Er fuhr mit seiner Hand durch die Haare und verzog den Mund. »So schlimm? Vielleicht hätte ich mir doch die Zeit nehmen sollen …«

»Aber nein, mir gefällt es.« Rose biss auf ihre Zunge und schloss für einen Moment die Augen. Das hatte sie nicht sagen wollen. Hatte sie nicht entschieden, die Beziehung zu Roderic auf einem strikt beruflichen Level zu halten? Wie sollte das funktionieren, wenn sie immer wieder Signale gab, die er als Interesse an ihm deuten könnte? Sie riss die Augen auf, als sie seine Hand an ihrem Kopf fühlte.

Er schob eine Haarsträhne hinter ihr Ohr und strich mit dem Daumen über ihre Wange. Seine Augen glitzerten. »Ich mag es, wenn deine Haare sich aus der Spange lösen und sich um dein Gesicht ringeln.«

Rose verzog den Mund, um ihm nicht zu zeigen, wie sehr seine Berührung und seine Worte sie bewegten. »Ich weiß nicht, ob das wirklich ein Kompliment ist.«

»Es ist eines.« Roderic zog seine Hand zurück und ließ den Jeep anrollen. »Bist du angeschnallt?«

Der abrupte Themenwechsel verwirrte Rose, aber sie war auch froh, seinen Händen und forschenden Augen entkommen zu sein. »Ja.«

Ohne ein weiteres Wort fuhren sie in Richtung der Naval Base. Immer wieder warf Rose ihm verstohlene Blicke zu, doch als er sich nur auf das Fahren zu konzentrieren schien, löste sich ihre Verkrampfung langsam. Roderic hatte eindeutig den Vorteil, dass er darauf trainiert war, sich ausschließlich auf eine bevorstehende Mission zu konzentrieren. Ihr schossen tausend Gedanken durch den Kopf, die sie nicht unterdrücken konnte, sosehr sie es auch versuchte. Als sie durch das Tor der Basis fuhren, atmete sie tief durch. Sie würde ab sofort nur noch an die beiden Agentinnen und ihre Rettung denken. Zumindest so lange, bis sie wieder zu Hause war.

18

Rock parkte vor der Baracke und kam um den Jeep herum, um ihr die Tür zu öffnen. Obwohl es bereits später Nachmittag war, herrschte noch immer ein geschäftiges Durcheinander im Lagezentrum. Computer waren an, Drucker und Faxe spuckten Papier aus, Telefone klingelten.

»Was ist denn hier los?«

»So sieht es normalerweise kurz vor einem Einsatz aus.«

Rose wich das Blut aus dem Gesicht. »Muss dein Team auf eine Mission?«

Rock legte seine Hand auf ihren Arm. »Nein, ich wäre informiert worden, wenn es so wäre. Aber vielleicht haben die TURTs einen neuen Auftrag.« Er drückte noch einmal beruhigend, dann ließ er sie los. »Warte hier einen Augenblick, ich frage nach, was los ist.«

Während Rock mit Matt und Hawk sprach, glitt sein Blick zu Rose zurück. Sein Magen zog sich zusammen, als er sah, wie sie die Finger in ihre Ärmel krallte. Dadurch bekam er von Hawks Bericht nur die Hälfte mit, wie er erschrocken feststellte. Mühsam riss er sich zusammen.

»... keine Nachricht über eine Lösegeldforderung. Weder an die Regierung noch an die Hilfsorganisation, bei der sie zur Tarnung angestellt waren. Das kann eigentlich nur bedeuten, dass sie entweder schon tot sind oder ihrem Entführer bewusst ist, wer sie sind.«

»Cassandra Tilden sprach aber nur von *einer* westlichen Frau, soweit ich das verstanden habe.«

»Wenn eine von ihnen entkommen sein sollte, wäre sie inzwischen bei der Botschaft oder einer der Einheiten aufgetaucht.« Matt sprach das aus, was sie alle befürchteten: dass eine oder beide Agentinnen bereits tot waren. »Ein SEAL-Team von der Ostküste befindet sich in Ostafghanistan und ist bereit für eine Befreiungsaktion. Sie warten nur auf den Einsatzbefehl.«

»Können wir diese Tilden irgendwie erreichen?«

»Rose hat die Telefonnummer.« Rock gab Rose ein Zeichen und beobachtete, wie sie das Kinn hob, die Schultern streckte und rasch zu ihnen kam. Sein Herzschlag beschleunigte sich mit jedem Schritt, der sie näher brachte. Er hob bereits eine Hand, um die widerspenstige Locke hinter ihr Ohr zu schieben, als ihn ein Ellbogen in die Rippen traf.

Matts Mundwinkel zuckte. »Zunge rein, wir haben zu arbeiten.«

Rocks Hand ballte sich zur Faust, doch er schaffte es, weder Rose zu berühren noch Matt niederzuschlagen. Sein früherer CO hatte natürlich recht, sie mussten sich auf ihre Aufgabe konzentrieren und durften sich nicht ablenken lassen, auch wenn es ihm noch so schwer fiel.

Hawk kam sofort zur Sache. »Wir müssen dringend mit Ihrer Freundin reden.« Seine kurzen blonden Haare standen zu allen Seiten ab, und ein Dreitagebart zierte sein Gesicht. Seine sonst gebräunte Haut wirkte fahl. Vermutlich war er nicht mehr nach Hause zurückgekehrt, seit er die Meldung bekommen hatte, dass seine Agentinnen verschollen waren.

»Sie ist noch in der Botschaft und wartet auf unseren Anruf. Hier ist die Nummer.« Sie hielt Hawk einen Zettel hin.

»Was genau hat sie zu Ihnen gesagt?«

»Durch die RAWA hat sie erfahren, dass eine westliche Frau nachts auf der Straße niedergeschlagen und in einem Kleinlaster abtransportiert wurde. Sie soll von den Rebellen in die Berge gebracht worden sein. Genau wollte es niemand sagen, denn sie fürchten sich vor der Rache des Warlords.«

»Mogadir?«

Rose strich die Haarsträhne aus ihrer Stirn. »Sie hat keinen Namen genannt, aber soweit ich weiß, ist Mogadir dort der Rebellenführer, oder?«

Hawk blickte Matt an, dann nickte er und nahm den Zettel entgegen. Ohne ein weiteres Wort ging er zu einem der Telefone und begann zu wählen. Über kleine Kopfhörer konnten Matt und Rock das Gespräch mithören. Als Rock sah, dass für Rose keiner übrig war, setzte er seinen wieder ab, trennte die Bügel und hielt ihr einen hin. Es war sinnvoll, sie als Expertin der Gegend mit einzubeziehen. Dass sie so dicht neben ihm stand, dass er einen Hauch ihres Parfums riechen konnte, war nur ein angenehmer Nebeneffekt.

Nach einer kurzen Vorstellung aller Gesprächsteilnehmer berichtete Cassandra, was sie erfahren hatte, erklärte, warum es so schwierig war, mehr aus den Leuten herauszubekommen, und versprach, es trotzdem weiterzuversuchen. Das Netzwerk der RAWA brauchte eine gewisse Zeit, um alle Mitglieder zu erreichen und Informationen aus den entlegeneren Gegenden zu erhalten, deshalb konnten sie in den nächsten Tagen vielleicht noch genauere Angaben zum Aufenthaltsort der westlichen Frau erhalten.

»Hat jemand gesehen, wie die Frau aussah, die entführt wurde?«

»Nein, sie trug eine Burka.«

»Woher wollen sie dann wissen, dass es eine westliche Frau war?« Hawks Frage klang gereizt.

Cassandra ließ sich davon nicht aus der Ruhe bringen. »Verschleierte Frauen haben ein ganz feines Gespür dafür, was sich unter einer Burka verbirgt. Sei es eine Bewegung, die Haltung oder das Aufblitzen eines Knöchels, sie merken es sofort, wenn es keine von ihnen ist. Da sowohl Zeit als auch Ort hinkommen, gehe ich davon aus, dass die entführte Frau eine Ihrer Agentinnen ist.«

Hawk brummte nichtssagend. »Niemand hat die zweite Frau gesehen?«

»Nein, bisher habe ich noch nichts gehört. Wenn sie auch entführt wurde, dann nicht im gleichen Wagen und nicht zur gleichen Zeit.« Ein Moment der Stille entstand. »Es tut mir leid, dass ich nicht mehr tun kann.«

Hawk riss sich sichtbar zusammen. »Sie haben uns schon sehr geholfen, Miss Tilden. Wir werden Ihre Informationen auswerten und hoffentlich auf eine Spur unserer Agentinnen stoßen. Vielen Dank.«

Nachdem sie das Gespräch mit Cassandra beendet hatten, die in ein sicheres Haus der RAWA zurückkehren würde, standen sie alle eine Weile stumm da, jeder in seine eigenen Gedanken versunken.

Rock rieb über seinen verspannten Nacken. »Wissen wir, wo Mogadirs Versteck liegt?«

»Nur, dass es in den Bergen im Osten des Landes liegt, zwischen Jalalabad und der pakistanischen Grenze.« Der Ärger darüber war Hawk deutlich anzusehen.

»Luftbilder aus der Gegend?«

»Bereits bei der NGA angefordert.«

Rose blickte Rock fragend an. »NGA, was ist das?«

»Über die National Geospatial-Intelligence Agency bekommen wir geografische und geologische Informationen der USA und anderer Länder. Satellitenbilder, aber auch Nahaufnahmen, die vor Ort gemacht wurden, dazu Auswertungen und Berichte der Agenten.« Er wandte sich wieder an Matt. »Das Team von der Ostküste steht bereit?«

»Ja. Sowie wir die genauen Koordinaten haben, schlagen sie zu.« Matt strich über die Narbe auf seiner Wange. »Ich habe Devil trotzdem angewiesen, Team 11 in Bereitschaft zu halten. Könnte sein, dass wir eure Hilfe brauchen.«

»Jederzeit.« Aus den Augenwinkeln sah er, wie Rose bei seiner Antwort zusammenzuckte. Schuldgefühl mischte sich mit der angespannten Erregung, die ihn jedes Mal erfasste, wenn eine neue Mission anstand. Er war sich sicher, dass sie es in seinen Augen erkennen konnte, als ihre Blicke sich trafen. Doch sie sagte nichts, sondern wandte sich ab und ging langsam zur Tür der Baracke. Dort blieb sie stehen und blickte hinaus. Rock ballte eine Hand zur Faust und drehte ihr den Rücken zu. Wenn er sie nicht mehr sah, würde er vielleicht auch nicht mehr an sie denken müssen.

»Was läuft da zwischen euch?« Matts Stimme riss ihn unsanft aus seinen Gedanken.

Rock stellte sich nicht unwissend, er wusste, dass das bei Matt zwecklos wäre. »Nichts.«

»Für ›nichts‹ geht ihr aber reichlich vorsichtig miteinander um.« Matt blickte ihn forschend an. »Wenn ich Shannon wäre, würde ich es so umschreiben: Sowie ihr im gleichen Raum seid, lädt sich die Luft um euch herum elektrisch auf.«

»Du solltest nicht so viele Liebesromane lesen.«

Matt grinste selbstzufrieden. »Ich muss doch wissen, was sie über uns schreibt, ihr solltet mir also dankbar sein, dass ich das auf mich nehme.« Rock schnaubte nur. Matt wurde ernst. »Also, was hat Rose?«

»Kannst du dir das nicht denken? Sie trauert immer noch um Ghost, und es hilft ihr nicht gerade, dass sie hier mit uns zusammen sein muss.« Rock rieb über seine Bartstoppeln.

»Ich hatte den Eindruck, ihr würdet euch ganz gut verstehen.«

»Seit wann verstehe ich etwas von Frauen?« Er hob die Hand,

als Matt ihn unterbrechen wollte. »Ja, ich weiß, was du meintest. Du irrst dich, jedes Mal wenn wir aufeinandertreffen, schaffe ich es, sie an die Vergangenheit zu erinnern und sie zu verletzen. Ich glaube nicht, dass man von einer guten Beziehung zwischen uns sprechen kann.«

Matt nickte nachdenklich. »Ich möchte trotzdem, dass du weiter in ihrer Nähe bleibst, geht das?«

Rock richtete sich zu seiner vollen Größe auf und sah Matt direkt in die Augen. »Keine Sorge. Ich werde wohl noch mit einer einzelnen winzigen Frau fertigwerden.« Als Matt sich umdrehte, ließ er die Schultern sinken. *Oder vielleicht auch nicht.*

19

Die Hände auf die Ohren gepresst kauerte Jade in der Ecke ihrer Zelle. Der Nachtwind trug Kälte und die gequälten Schreie einer Frau durch das vergitterte Fenster. Zitternd hüllte sie sich tiefer in die immer noch feuchte Burka. Seit Stunden ging das nun schon so: Die Frau schrie, zwischendurch lachten Männer, dann herrschte Stille, bevor die Schreie wieder anfingen. Inzwischen war Jade fast so weit, Gott zu bitten, die arme Frau zu erlösen. Würde auch sie auf diese Art und Weise gefoltert werden? Sie hatte zwar ein Training durchlaufen, das sie auf solche Situationen vorbereiten sollte, aber sie wusste nicht, ob sie stark genug war, Schmerzen auszuhalten, ohne zusammenzubrechen. Selbst der stärkste Mensch hatte irgendwo einen Punkt, an dem er zerbrach, und sie fürchtete sich davor herauszufinden, wo ihrer lag.

Jade nahm die Hände herunter, als die Frau für einen Moment verstummte. Solange sie nicht wusste, ob Kyla die Informationen in Sicherheit gebracht hatte, würde sie überleben *müssen*, denn wenn ihre Partnerin nicht durchgekommen war, lag es an ihr, dafür zu sorgen, dass Mogadirs Pläne nie Wirklichkeit wurden. Aber ihr lief die Zeit davon. Wenn sie nicht innerhalb der nächsten sechsunddreißig Stunden gefunden wurde oder sich selbst befreien konnte, wäre es zu spät, um ihn aufzuhalten.

Jade schreckte hoch, als ihre Tür entriegelt und aufgerissen wurde. Zwei Wächter kamen herein, griffen unter ihre Arme und zogen sie hinaus. Auf dem Gang sah sie weitere Gefangene, die genauso wie sie fortgezerrt wurden. Was geschah hier? Würde man alle Gefangenen auf einmal töten? Sie hatte den Eindruck gehabt, Mogadir wollte noch Antworten von ihr, sie konnte sich nicht vorstellen, dass er die Gelegenheit einfach so aufgab. Aber natürlich konnte sie sich täuschen, es wäre nicht das erste Mal. Jades Füße schmerzten, als sie über den rauen Boden schleiften, genauso wie ihre verbrannte Haut dort, wo die Männer sie berührten. Frauen weinten, die Wächter lachten und riefen sich etwas zu. Aufregung und Furcht summten durch den Komplex und ließen Jades Nacken prickeln. Etwas Schreckliches würde geschehen, sie konnte es spüren.

Sie wurden auf den Hof geführt, einige waren so geschwächt, dass sie getragen werden mussten. Stimmen mischten sich zu einem großen Durcheinander, das erst verstummte, als der Lichtstrahl vom Wachturm aufflammte und über die Menge glitt. Auf dem Holzpfahl in der Mitte blieb er stehen. Jade spürte, wie sie trotz der kalten Nachtluft zu schwitzen begann. Sie erinnerte sich nur zu gut, wie es war, dort zu stehen und den Blicken aller ausgeliefert zu sein. Sollte die Aktion noch einmal wiederholt werden? Ein Schauder glitt über ihren Rücken. Gemurmel erhob sich, einige Meter neben ihr schob sich eine Gruppe rücksichtslos durch die Menge. In ihrer Mitte befand sich eine nackte Frau, deren Haut mit Prellungen und Schnitten übersät war. Blanke Panik stand in ihren Augen, ihre Angst war so groß, dass sie nicht mehr schreien konnte, obwohl ihr Mund weit aufgerissen war. Ihr Blick traf Jade wie ein Stromschlag, der Kontakt dauerte nur einen winzigen Augenblick, doch er reichte, um ihr einen Eindruck zu vermitteln, was ihr noch bevorstand.

Dann war die Gruppe an ihr vorbei, und die Männer beeilten sich, die Gefangene an den Pfahl zu fesseln. Völlige Stille hatte sich unter den im Hof Versammelten ausgebreitet. Selbst das Klatschen der Ohrfeige, die einer der Wächter der Frau gab, weil sie sich gegen ihn wehrte, war zu hören. Jade blickte auf, als eine Stimme über den Platz schallte. Sie verstand nicht jedes Wort, aber genug, um zu ahnen, was gleich passieren würde. Das vom Kommandanten gefällte Urteil würde am heutigen Abend vollstreckt werden: Tod durch Steinigung. Was die Frau getan haben sollte, um gesteinigt zu werden, wusste Jade nicht, aber sie konnte sich nicht vorstellen, dass irgendjemand ein solches Schicksal verdiente. Ein langer, klagender Laut hallte über den Hof. Jades Nackenhaare stellten sich auf, Gänsehaut überzog ihren Körper, als sie den letzten Ruf der Verurteilten hörte. Drei der Wächter nahmen Aufstellung vor dem Holzpfahl, faustgroße Steine in der Hand, während andere den Platz hinter dem Pfahl räumten.

Jade versuchte sich umzudrehen, doch ihre Bewacher ließen das nicht zu. Grob hielten sie ihre Arme umklammert und zwangen sie, die Hinrichtung zu beobachten. Auf ein Kommando hin wurden die Steine auf die Frau geschleudert, während Mogadir vom Fenster seines Büros lächelnd dabei zuschaute. Jade schloss die Augen, aber sie wusste, dass sie dieses Bild für den Rest ihres Lebens nicht vergessen würde.

»Rose?« Eine Hand berührte ihre Wange für den Bruchteil einer Sekunde, bevor sie wieder verschwand. »Wach auf.«

Benommen setzte sie sich auf und blickte desorientiert um sich. Sie musste auf der Couch in der Einsatzzentrale eingenickt sein. Vielleicht sollte sie nach Hause fahren, aber sie war seltsam unwillig, den Stützpunkt zu verlassen, wenn jederzeit die Möglichkeit bestand, dass ein Team zur Rettung der Agentinnen ausgesandt wurde. Rose strich sich eine Haarsträhne aus der Stirn und zwinkerte, bis sie Roderic deutlich sehen konnte. Verlegen räusperte sie sich. »Ich muss eingeschlafen sein.« Sie stand leicht schwankend auf. Bemüht, nicht zurückzuzucken, akzeptierte sie Roderics stützenden Arm. »Was ist passiert?«

Deutlich konnte sie die mühsam gezügelte Aufregung in seinen Augen sehen. »Clint hat angerufen. Der NGA-Agent hat die Satellitenbilder ausgewertet und mithilfe einiger Vor-Ort-Berichte und der Informationen deiner Freundin den wahrscheinlichen Aufenthaltsort unserer Agentin aufgespürt. Das SEAL-Team wird heute Nacht einen Aufklärungseinsatz starten und die Gegend auskundschaften.«

Sie sah auf die Uhr und rechnete in afghanische Zeit um. »Ist es dazu nicht schon zu spät?«

»Nein, früh morgens sind Wachen meist weniger aufmerksam. Solange es dunkel ist, kann das Team angreifen.«

»Das ist gut. Was geschieht dann?«

»Wenn die Agentin in dem Gebäudekomplex ist, wird das Team sie finden und befreien.«

»Das klingt so einfach …«

»Ist es aber nicht. Das Terrain ist denkbar ungünstig, bergig und schwer zugänglich. Das Gebäude ist sicher gut bewacht, und wir wissen auch nicht, in welchem Zustand wir die Agentin antreffen werden, ob sie überhaupt transportfähig ist.«

»Wir?«

»Was?«

»Du sagtest ›wir‹, ist dein Team angefordert worden?«

Roderic verzog den Mund. »Nein, noch nicht. Mit ›wir‹ meinte ich die SEALs.«

Rose versuchte, sich ihre Erleichterung nicht anmerken zu lassen, dass er hier in Sicherheit bleiben würde. Sie verzog den Mund. Was dachte sie sich eigentlich? Roderic war mit Leib und Seele ein SEAL, natürlich würde er irgendwann wieder zu einer Mission aufbrechen. Genau wie Ramon damals. Und auch wenn sie sich von nun an von Roderic fernhielt, wusste sie, dass sie sich trotzdem um ihn sorgen würde. So nickte sie nur, zum Zeichen, dass sie verstanden hatte.

»Was ist meine Aufgabe?«

»Wir möchten noch einmal alle Informationen durchgehen,

die wir zur Region und den Verhältnissen dort haben. Zusammen mit der NGA bereiten wir das Team so gut wie möglich darauf vor, was sie erwartet. Vieles wissen sie schon, weil sie bereits seit Wochen in der Gegend sind, aber vielleicht hast du noch etwas beizutragen.«

Rose richtete sich gerader auf. Erst jetzt merkte sie, dass Roderic die ganze Zeit ihren Arm umfasst hielt und sie mit dem Daumen mit kreisenden Bewegungen durch den Ärmel hindurch streichelte. Auch er schien verdutzt zu sein, als er sah, wo seine Hand sich befand. Abrupt zog er sie zurück und vergrub sie in seiner Hosentasche. Rose beschloss, den Vorfall zu ignorieren, auch wenn ihr Arm als Reaktion auf seine Berührung noch immer kribbelte. »In Ordnung.«

Roderic geleitete sie in eine andere Ecke der Baracke, wo bereits Hawk, Matt sowie einige andere SEALs und Navy-Offiziere versammelt waren. Ein eingeschalteter Fernseher gab den Blick auf ein Einsatzbüro frei. Ihr Herz setzte für einen kurzen Moment aus, als sie Clint Hunter erkannte, der neben den anderen Männern hinter einem mit Papieren und Karten übersäten Tisch saß. Als er sie entdeckte, lächelte er. Seit wann lächelte Clint? Während seiner Zeit als Ramons CO hatte sie so etwas nie gesehen.

»Hallo Rose, es ist schön, dich zu sehen. Auch wenn ich mir dafür einen weniger ernsten Grund gewünscht hätte.« Es tat erstaunlich gut, seine raue Stimme zu hören.

»Hallo Clint. Es ist lange her.« Sie hätte sich gerne noch länger mit ihm unterhalten, aber das würde warten müssen. »Ich hoffe, ich kann euch helfen.«

Ein hochdekorierter Uniformträger wandte sich an sie. »Danke, dass Sie sich bereit erklärt haben, so kurzfristig auszuhelfen, Mrs Gomez. Ich bin Admiral Tanner, wir haben uns vor einigen Jahren in Washington getroffen.«

Auf der Beerdigung ihres Mannes. »Ich erinnere mich.«

Tanner räusperte sich und stellte dann rasch die anderen Männer vor, die sich aus Angehörigen des Militärs, der CIA und einem hochrangigen Beamten der Regierung, der für das TURT-Programm zuständig war, zusammensetzten. Zum Schluss kam er zu einem schlanken, dunkelhaarigen Mann, der sie ernst musterte. »Und dies ist Joe Spade von der NGA, er hat die Satellitenbilder und Informationen des Zielgebietes ausgewertet.«

Spade nickte ihr zu, dann beugte er sich wieder über die Karten. Rose schätzte ihn einige Jahre jünger als sie selbst, aber alt genug, um in seinem Bereich Erfahrung gesammelt zu haben. Ihr Herz zog sich zusammen, als sie merkte, dass er sie an Ramon erinnerte, nicht vom Aussehen her, aber er hatte die gleiche stille, unauffällige Art, die über seine wahren Fähigkeiten hinwegtäuschte.

In den folgenden Stunden lernte Rose mehr über die Planung eines Militäreinsatzes, als sie je hatte wissen wollen. Jedes kleinste Detail wurde wieder und wieder durchleuchtet, bis hundertprozentig feststand, dass der Plan, für den sich alle entschieden hatten, bei minimierter Gefahr die größtmögliche Wirkung erzielen würde. Rose hätte sich bei der Diskussion über mögliche Gefahrenquellen am liebsten die Ohren zugehalten. Gleichzeitig war sie aber auch seltsam fasziniert von dieser für sie fremden Welt. Auch wenn sie ungefähr über die Arbeit ihres Mannes Bescheid gewusst hatte, wurde ihr erst jetzt bewusst, wie außergewöhnlich sie wirklich gewesen war. Und welches Opfer jeder einging, der an solch einer Mission teilnahm. Obwohl sachlich darüber geredet wurde, konnte sie trotzdem die unterschwellige Anspannung der SEALs spüren. Sie lebten für ihren Beruf, für die Zeit, in der sie ihr Können anwenden konnten. Ebenso ging es vermutlich den Agenten, auch wenn ihre Jobbeschreibung etwas anders aussah.

Rose kontaktierte Cassandra, die aber keine weiteren Informationen liefern konnte. Nach einer letzten Besprechung wurde die Verbindung nach Virginia beendet. Clint würde die Befehle an das SEAL-Team weiterleiten, das daraufhin von einem Chinook-Hubschrauber der Army Special Air Wings im Zielgebiet abgesetzt werden würde. Wenn alles gut ging, konnte die Agentin bereits in wenigen Stunden in Sicherheit sein. Sofern sie sich überhaupt in dem Gebäudekomplex befand, den die SEALs durchsuchen würden. Vielleicht waren die Arbeit und das Risiko auch völlig umsonst. Sie konnten nur hoffen, dass der Plan zum Erfolg führen würde.

20

»Ausweichmanöver, sofort!«

Kugeln schlugen in die Hülle des Hubschraubers ein, während der Pilot mit waghalsigen Manövern versuchte, den Geschossen auszuweichen. Lieutenant Commander Redfield, CO von SEAL Team 8, klammerte sich an den Griffen fest, als der Chinook-Helikopter in die Höhe schoss und dann ebenso schnell wieder absackte. In den geschwärzten Gesichtern seines SEAL-Teams sah er Unbehagen und grimmige Entschlossenheit.

»Achtung, Mörser von fünf Uhr!«

Der Hubschrauber schwenkte scharf nach links, außer Reichweite der Granate. Red beugte sich vor und blickte nach draußen. Schwarze Nacht, lediglich erhellt durch das Feuer der Waffen.

»Gegenfeuer!«

Der Chinook besaß einige Abwehrgeschütze, aber er war kein Kampfhubschrauber. Er diente vielmehr dazu, Truppen leise und unbemerkt irgendwo abzusetzen und später wieder einzusammeln.

Bull, der Waffenexperte des Teams, schüttelte den Kopf. »Das war's dann wohl.«

Red schob das Mikrofon vor seinen Mund. »Abbruch der Mission. Ich wiederhole, Abbruch.«

Der Pilot signalisierte, dass er verstanden hatte, und schwenkte ab. Zurück zur Basis. Verdammt! Nur noch ein paar Minuten, und sie wären in der Nähe von Mogadirs Versteck gewesen. So dicht dran … Natürlich hätten sie versuchen können, trotzdem zu landen, aber die Gefahr war zu groß, dass sie bereits angekündigt waren. Es war besser, zurückzufliegen, sich zu sammeln, einen anderen Plan zu entwickeln und dann einen neuen Versuch zu starten. Ein fauchendes Geräusch drang durch seine Gedanken.

»Festhalten!«

Die Stimme des Piloten ging in einem lauten Krachen unter. Menschen, Ladung und Metallsplitter flogen durcheinander, als der Chinook von der Wucht der Granate aus der Bahn geworfen auf den Boden zuraste. Red hatte sich gerade noch an der Metallstrebe einer der Sitzbänke festhalten können, an der er sich nun nach oben zog. Blut lief in seine Augen und ließ seine Sicht verschwimmen. Ungehalten wischte er mit seinem Ärmel darüber. Immerhin hatte er seinen Kopfhörer nicht verloren. »Bericht.«

»Treffer am Heckrotor, wir können den Vogel nicht mehr in der Luft halten. Werden Notlandung versuchen.«

Verdammt. Genau das, was sie jetzt noch brauchten, eine Landung im Feindgebiet, in unbekanntem Terrain, mit einer beschädigten Maschine.

»Okay.« Red versuchte, zuversichtlicher zu klingen, als er sich fühlte. Immerhin waren sie mit den besten Piloten des Army Special Air Wings unterwegs, wenn also jemand eine Notlandung schaffte, dann die Night Stalkers. Sein Blick glitt über die Mannschaft. Acht SEALs und fünf Night Stalker, die versuchten, sich aus dem Durcheinander zu befreien, in das der Sturzflug sie geschleudert hatte. Prellungen, Blut, Knochenbrüche. Reds Blick fiel auf einen der Night Stalker, der immer noch zusammengekrümmt an der hinteren Kabinenwand lag. Sein Hals war seltsam verdreht. Tot. Für einen kurzen Moment schloss er die Augen, bevor er sich daran machte, seinem Team per Handzeichen Instruktionen zu geben. Natürlich wusste jeder, was er im Falle eines Absturzes tun musste, aber es war sein Job, dafür zu sorgen, dass sie sich jetzt daran erinnerten. Sie waren Profis und darauf trainiert, für ihr Überleben zu kämpfen. Doch hier konnten sie nichts tun, sie waren dem Geschick eines anderen ausgeliefert.

Der Heckrotor stotterte und fiel dann ganz aus. Ruckartig schwenkte der Chinook nach rechts und links, kaum noch steuerbar. Rauch drang ins Innere der Kabine. Hoffentlich konnten sie landen, bevor die Maschine explodierte oder sie erstickten.

»Festhalten, da vorne ist ein Felsvorsprung, auf dem ich lande.« Die Stimme des Piloten klang gepresst.

Red konnte es ihm nicht verdenken. Aus genau diesem Grund war er zu den SEALs gegangen und kein Flyboy geworden. »Wir sind bereit.«

So gut wie möglich gegen einen Absturz gesichert warteten sie auf die Landung. Mit einem harten Ruck setzten die Kufen auf den Felsen auf. Der Motor wurde leiser und verstummte schließlich ganz.

»Hooyah!« Bulls leiser Fluch brachte die anderen zum Lachen.

Erleichtert atmete Red auf. Ein halbes Gebirge polterte von seiner Brust … er hielt inne und lauschte. Das Krachen kam von draußen. »Raus, sofort!« Mit zwei Schritten war er bei der Tür und zog sie auf. Eisige Luft wehte ihm entgegen, durchdrungen von Knirschen und Knacken. Steine polterten in die Tiefe. »Beeilt euch, der Vorsprung bricht ab!«

Die Verletzten stützend traten sie zur Tür. Ein lautes Bersten ertönte, dann gab der Fels nach. Der Chinook kippte zur Seite und rollte inmitten des Gerölls den Abhang hinunter.

Kyla schlug die Augen auf. Reglos lag sie da und versuchte herauszufinden, was sie geweckt hatte. Es fiel ihr schwer, sich zu konzentrieren, ihr Gehirn funktionierte noch nicht so, wie es sollte. Ob Hamid sie wieder betäubt hatte? *Hamid!* Sein Atem strich über ihren Nacken, und machte ihr bewusst, wie nah er bei ihr lag. Sein Körper war an ihren gepresst, sein Arm um sie geschlungen. Obwohl sie am liebsten sofort von ihm abgerückt wäre, blieb sie ruhig liegen und lauschte. Jetzt hörte sie es, ein leises Brummen, das sich langsam an Intensität steigerte. Ein Wagen! Eine Hand presste sich auf ihren Mund, verhinderte jeden Laut. Die Dunkelheit in dem kleinen Haus war absolut. Kyla fuhr den Arm nach und erkannte, dass er zu Hamid gehörte. Erleichtert sank sie in sich zusammen, für ihn ein Zeichen, sie loszulassen. Vorsichtig drehte sie sich um und zuckte erschreckt zurück, als Hamid sein Gesicht nahe an ihres heranschob. Seine Lippen berührten ihr Ohr.

»Komm mit.« Seine Stimme war fast nicht zu verstehen.

Lautlos schlug er die Decke zurück, schob seinen Arm unter ihren und half ihr beim Aufstehen. Schwankend stand sie einen Moment da, dann ergriff er ihre Hand und zog sie hinter sich her. Kyla bemühte sich, nirgends anzustoßen oder auf jemanden zu treten, aber in der Enge der Hütte war das fast unmöglich. Das Feuer im Sandali war heruntergebrannt und strahlte nur noch eine leichte Wärme ab. Fröstelnd schlang Kyla die Burka enger um sich. Sie wollte hier nicht fort, aus der Wärme und Geborgenheit der Schlafstatt, aber sie blieb stumm. Das Motorengeräusch war lauter geworden, es schien direkt auf sie zuzukommen. In dem winzigen Nebenraum, der als Kochnische und Schrank diente, zog Hamid den Schleier über ihren Kopf, bevor er den Fensterladen vor der Öffnung zur Seite schob.

»Klettere durch.«

Wortlos setzte Kyla sich auf die Kante und schwang ihre Beine hinaus. Eine Hand hielt sie auf die Wunde gepresst, während sie mit der anderen die Burka raffte. Ihre Füße trafen auf etwas Hartes, das unerwartet nachgab, als sie ihr Gewicht verlagerte. Sie konnte gerade noch einen Schrei unterdrücken, während sie bereits nach vorn fiel. Hart schlug sie mit den Knien auf … und sah Sterne. Nicht nur am wolkenlosen Himmel, den sie nur verschwommen durch das Netzgitter erkennen konnte, sondern vor ihren Augen, als der Schmerz in ihre Schulterwunde schoss.

»Schnell, komm jetzt.«

Wieder war Hamids Hand unter ihrem Arm und zerrte sie weiter. Mühsam verkniff Kyla sich jede Bemerkung. Jetzt war nicht der Zeitpunkt, ihm zu sagen, was sie von seiner Behandlung hielt. Sie mussten weg, bevor der Wagen hier ankam. Scheinwerfer tauchten auf und glitten über die Stelle, wo sie gerade noch gestanden hatten. Diesmal folgte sie Hamid freiwillig, während er sie hinter dem Haus, außer Sichtweite des nächtlichen Besuchers weiterführte. Hätte sie nicht seine Hand gespürt, sie hätte nicht bemerkt, dass jemand vor ihr war. Hamid war in seiner dunklen Kleidung nicht nur unsichtbar, er bewegte sich auch völlig lautlos. Fast wie die SEALs, mit denen sie trainiert hatte. Er schien ein ähnliches Training absolviert zu haben – nur leider für die falsche Seite.

Kyla wandte sich in dem Versuch um, die Insassen des Wagens zu erkennen, doch hinter ihr herrschte völlige Dunkelheit. Die Scheinwerfer waren jetzt aus, und die schmale Sichel des Mondes reichte nicht aus, um mehr als einen groben Umriss des Hauses zu sehen. Sie blieb abrupt stehen, als ein lautes Klopfen erklang. Hamid versuchte, sie weiterzuziehen, doch sie grub die Fersen in den Sand.

»Was ist?« Obwohl er flüsterte, konnte sie seine Ungeduld spüren.

»Wir können die Familie nicht einfach so alleinlassen. Was ist, wenn diese Leute ihnen etwas antun?«

»Es würde ihnen nicht helfen, wenn wir dort entdeckt werden.«

»Wir könnten sie beschützen.«

»Für wie lange? Wir müssen weiter.«

Kylas Stimme wackelte bedenklich, aber es war ihr egal. »Sie haben uns mitten in der Nacht aufgenommen, obwohl wir Fremde waren.«

»Ist dir die Idee gekommen, dass sie uns verraten haben könnten und wer immer eben gekommen ist, uns sucht?«

Nein, die Idee war ihr nicht gekommen. »Das glaube ich nicht. Sie waren die ganze Zeit in der Hütte.«

»Woher weißt du das? Du hast geschlafen, sowie du dich hingelegt hattest.«

»Du weißt es.«

Einen Moment Stille, dann hörte sie einen leisen Seufzer. »Ja.«

Sie hatte recht gehabt! »Dann müssen wir ihnen helfen.«

»Vielleicht brauchen sie gar keine Hilfe.«

»Du willst also einfach gehen und sie ihrem Schicksal überlassen?«

Ein Lichtstrahl fiel aus der Hütte, als die Tür geöffnet wurde. Stimmen erklangen, aber sie waren zu weit weg, um sie zu verstehen. Kyla ballte ihre Hände zu Fäusten. Sie wusste selbst, dass es zu gefährlich war, zum Haus zurückzugehen, um Rajid und Habiba zu beschützen. Trotzdem konnte sie nicht einfach weggehen und sie ihrem Schicksal überlassen.

»Wir müssen hier weg.«

»Nein …«

Hamid griff nach ihrem Handgelenk und zog sie weiter. Geschwächt vom Blutverlust blieb ihr nichts anderes übrig, als ihm zu folgen. In einem Dickicht von Sträuchern hielt er schließlich an. Kyla hockte sich widerwillig neben ihn, ihr Atem ging rau. Rasch hob sie den Schleier an, damit sie Luft bekam. Kälte drang an ihren erhitzten Körper und machte ihr bewusst, wie lange es noch dauern würde, bis die Sonne die kühle Nachtluft erwärmte. Die Arme fest um ihre Knie geschlungen versuchte sie, das Zittern zu unterdrücken und so viel Wärme wie möglich zu speichern. Erschrocken zuckte sie zusammen, als sich ohne Vorwarnung etwas um ihren Rücken legte. Sie griff danach ... und fand eine Decke. Kyla blickte dorthin, wo Hamid neben ihr kauerte.

»Wo hast du die Decke her?«

»Mitgenommen.«

»Du hast sie gestohlen?« Er antwortete nicht. »Du hast doch gesehen, dass die Familie kaum etwas zum Leben hat.«

»Wolltest du lieber frieren?«

»Ich ... nein.«

»Dann sei still.«

Kyla zog die Decke enger um sich. Wenn sie nicht so überhastet aufgebrochen wären und sie keine Gefangene gewesen wäre, hätte sie Rajid und Habiba etwas Geld als Dank für ihre Gastfreundschaft dalassen können. So konnte sie nur Hamids Beispiel folgen und versuchen, nicht zu viel Zeit und Kraft für unnütze Gedanken zu verschwenden. Sie musste ihre Nachricht überbringen, egal, was sie dafür tun musste. Stehlen oder sogar töten, sie hatte keine andere Wahl. Erneut kroch ein Schauder über ihren Rücken, diesmal nicht wegen der Kälte. Bei ihren Einsätzen im SWAT-Team hatte sie stets das beruhigende Gefühl gehabt, ohne jeden Zweifel auf der Seite der Guten zu stehen. Es gab eine klare Trennlinie: Der Geiselnehmer war der Böse, und sie mussten ihn dazu bringen, aufzugeben. Entweder durch Verhandlungen oder zur Not mit Gewalt.

Hier war es anders. Natürlich stand sie nach ihrer Überzeugung auf der Seite der Guten, sie wollte dazu beitragen, die Welt sicherer zu machen und Terroristen die Lebensgrundlage zu nehmen. Aber sie musste dafür lügen und betrügen und nun auch noch stehlen. Natürlich war eine Decke nicht viel, wenn es darum ging, ein größeres Übel zu verhindern, trotzdem kam sie sich schäbig dabei vor. In der TURT/LE-Ausbildung waren sie davor gewarnt worden, Mitleid zu empfinden oder ein Gewissen zu entwickeln, es schwächte sie und machte sie verwundbar.

Kyla vergrub die Nase in der Decke. Diesen kleinen Moment konnte sie sich gönnen – wenn sie weitergingen, würde sie sich nur noch darauf konzentrieren, ihre Mission zu vollenden.

»Denk nicht mehr darüber nach.«

Kyla legte die Wange auf ihre Knie und schwieg. Hamid zog ihr den Zipfel der Decke aus der Hand und kroch zu ihr unter die Decke. Den Protest herunterschluckend wandte Kyla sich ab. Ein Seufzen ertönte.

»Sie werden dafür entschädigt.«

Kyla drehte den Kopf so schnell zu ihm herum, dass ihre Nasen beinahe kollidierten. »Von wem?«

»Genau genommen von dir.«

»Ich … ich verstehe nicht.«

»Dein Geld. Ich habe es im Haus versteckt.«

Kyla wusste nicht, ob sie lachen oder weinen sollte. Einerseits hätte sie das Geld gut gebrauchen können, andererseits freute sie sich, dass es bei den richtigen Leuten gelandet war. »Danke.«

Das schien Hamid zu verwirren. Er versteifte sich, dann atmete er tief durch. Er legte seinen Arm um ihren Rücken und zog die Decke noch fester um sie. »Versuch, noch ein wenig zu schlafen.«

21

»Es gibt ein Problem.«

Clint Hunters ruhige Stimme drang in Rose' Bewusstsein, zog sie magisch zu der Gesprächsrunde, die sich erneut vor dem Fernseher gebildet hatte. Vermutlich sollte sie nicht hier sein, aber sie konnte nicht anders. Sie war dabei gewesen, als die Rettungsmission geplant wurde, jetzt wollte sie auch wissen, was dabei herauskam. Im Schatten eines Pfeilers lehnte sie sich an die Wand und forschte in Clints Gesicht. Was für ein Problem konnte es geben? Seine Miene war nicht zu deuten, nichts gab Aufschluss über seine Gefühle. Hawk hatte sich weniger gut unter Kontrolle, er wirkte noch bleicher, seine Hand zitterte, als er damit durch seine Haare fuhr. Wenn ihn nicht irgendjemand bald ins Bett schickte, würde er zusammenbrechen, so viel war offensichtlich. Roderic lehnte genau wie sie an der Wand, die Arme über der Brust verschränkt. Sein Gesichtsausdruck war finster wie immer.

»Wir haben kurz vor dem geplanten Ziel den Kontakt zu unserem Hubschrauber verloren. Ein verschlüsseltes Notsignal wurde empfangen, demnach wurde die Maschine von einer Granate getroffen und musste notlanden. Wegen des zu erwartenden Feindkontakts haben wir unbemannte Aufklärungssonden zu den zuletzt übermittelten Koordinaten geschickt.« Clint blieb weiterhin ruhig und sachlich, doch Rose konnte sehen, wie seine Hand sich um die Lehne seines Stuhls krampfte. »Der Chinook wurde in einer schwer zugänglichen Region entdeckt, er ist anscheinend abgestürzt.« Erneut hielt er inne, ein nicht zu definierender Ausdruck glitt über sein Gesicht. »Es gab keine Lebenszeichen im Wrack.«

Totenstille folgte seinen Worten. Rose blickte Hilfe suchend zu Roderic, doch er nahm sie gar nicht wahr. Ein Muskel zuckte in seiner Wange, seine Hände waren zu Fäusten geballt. Erst jetzt begriff sie. Tot. Sie waren alle tot. Das SEAL-Team und auch die Hubschraubercrew, die zur Rettung der Agentin ausgesandt wurden, waren … tot. Männer wie Clint und Matt und Roderic – und Ramon. Tränen stiegen in ihre Augen und brannten in ihrer Kehle. Oh Gott! Anstatt ein Menschenleben zu retten, hatten sie viele andere in den Tod geschickt. Die Hand vor den Mund gepresst stolperte Rose die wenigen Schritte bis zur Tür. Luft, sie brauchte Luft. Die Stimmen der Männer nahm sie nur als weit entferntes Rauschen wahr, als sie sich auf das Geländer gestützt auf die unterste Treppenstufe sinken ließ. Es war wie damals, eine Rettungsaktion ging schief, und gute Männer starben.

»Wir haben sie umgebracht.« Rose war nicht bewusst, dass sie laut sprach und erschrak, als sie eine Antwort bekam.

»Nein, das haben wir nicht. Sie wussten, was sie taten.«

Rose wirbelte zu Roderic herum. »Du glaubst, sie wollten sterben?«

»Nein, natürlich nicht, genauso wenig wie wir. In unserem Beruf muss man damit rechnen, vielleicht nicht wiederzukehren.«

»Glaubst du, ich weiß das nicht? Wie könnt ihr damit bloß leben? Wie kannst *du* damit leben?«

»Es ist mein Job.«

Rose schlug mit der Faust auf die Stufe. »Ich hasse das! Ich hasse es, hier zu sein und zuschauen zu müssen, wie sich gute Männer umbringen lassen. Und wofür? Fühlt ihr euch dann wie Helden?« Ihre Stimme zitterte.

»Nein. Wir tun unseren Job, weil es das ist, worin wir gut sind. Dafür trainieren wir, dafür leben wir.«

Roderics ruhige Antwort machte Rose bewusst, wie sehr sie die Kontrolle verloren hatte. Mühsam riss sie sich zusammen. Die Lippen fest aufeinandergepresst, damit ihr keine weiteren Bitterkeiten entschlüpften, stemmte sie sich hoch. »Ich denke, ich werde jetzt nach Hause fahren.«

Roderic zog sie wortlos an sich. Seine Umarmung fühlte sich gut an. Warm, fest und so lebendig, dass sie sich am liebsten darin vergraben hätte. Rose legte ihre Wange an seine Brust und lauschte seinem beruhigenden Herzschlag. Langsam, stetig, hypnotisierend. Die Dunkelheit schuf zusätzliche Intimität, ließ in ihr das Gefühl aufkommen, als wäre sie allein mit Roderic, weit weg von allem. Mit einem Seufzer schlang sie ihre Arme um ihn und schloss die Augen. Seine Finger berührten ihre Wange und strichen dann durch ihre Haare. Ohne dass es ihr bewusst wurde, entspannte sich ihr Körper und schob sich näher an seinen.

»Wir brauchen dich drinnen, Rock.«

Matts Stimme kam völlig unerwartet und ließ sie schuldbewusst zusammenzucken. Sie wollte sich von Roderic lösen, doch er hielt sie weiterhin umfangen.

»Ich komme sofort.«

Seine tiefe Stimme vibrierte in seinem Brustkorb, erinnerte sie an das Schnurren einer Katze. Rose widerstand der Versuchung, sich noch enger an ihn zu schmiegen. Stattdessen hob sie den Kopf und traf seinen Blick. »Ich will dich nicht aufhalten.«

»Das tust du nicht.« Er beugte sich zu ihr hinunter und küsste ihren Mundwinkel. »Geht es dir besser?«

Rose brauchte einen Moment, um ihre Sprache wiederzufinden. »Ja, danke.« Sie erkannte ihre eigene Stimme kaum wieder. Rau und atemlos pressten sich die Worte aus ihrer Kehle. Verlegen räusperte sie sich. Schließlich löste sie sich widerstrebend von ihm. »Ich werde mir ein Taxi rufen.«

Die Hand auf ihren Rücken gelegt, begleitete Roderic sie in

das hell erleuchtete Lagezentrum. »Ich würde dich gerne fahren, aber …«

»Ich verstehe, das ist in Ordnung.« Rose drückte noch einmal seine Hand, dann ging sie zielstrebig auf das nächste Telefon zu, während Roderic sich zu Matt und seinen Kollegen gesellte, die immer noch mit Clint ins Gespräch vertieft waren. Während sie den Hörer anhob, hörte sie mit einem Ohr zu.

Matt folgte Rocks Blick. »Geht es ihr gut?«

»Ja. Es war nur ein Schock für sie. Nach Ramon …« Rock ließ den Satz abreißen und zuckte unbehaglich mit den Schultern. »Sie fährt jetzt nach Hause.«

Clint räusperte sich. »Wartet damit lieber, es könnte sein, dass wir sie noch brauchen.«

»Wofür? Sie hat ihren Teil des Jobs getan.«

»Ich habe Team 11 angefordert. Ihr werdet in einer Stunde losfliegen.«

Aufregung über die anstehende Mission mischte sich mit Bedauern, dass er Rose allein lassen musste. Rock warf ihr einen Blick zu. Den Hörer an ihr Ohr gepresst, starrte sie zu ihnen herüber. »Was hat Rose damit zu tun?«

»Ich möchte, dass sie mitkommt.«

»Wie bitte?«

Clint verzog humorlos den Mund. »Glaub mir, mir ist auch nicht wohl dabei, aber wir sind hier alle der Meinung, dass sie uns helfen kann. Während ihr die Agentin aus dem Gefängnis befreit und wir uns um den abgestürzten Hubschrauber kümmern, kann Rose mithilfe ihrer Kontakte und ihrer Kenntnisse der Gegend versuchen, die zweite Agentin aufzuspüren. Natürlich bekommt sie jemanden zugeteilt, der ihr dabei hilft.«

»Rose ist Zivilistin, ihr könnt sie nicht zwingen, in ein Krisengebiet zu reisen und dort ihr Leben zu riskieren!«

»Das ist auch nicht nötig, ich komme freiwillig mit.«

Rock wirbelte zu ihr herum. Wie lange stand sie schon hinter ihm und belauschte das Gespräch? »Das wirst du nicht.«

Rose zog eine Augenbraue hoch. »Wer sagt das?« Ihr warmer Blick nahm ihren Worten die Schärfe. »Ich werde nicht zusehen, wie ihr euch in Gefahr begebt, und zufrieden in meinem Haus sitzen und darauf warten, dass ihr heil zurückkommt. Wenn ich gebraucht werde, bin ich dazu bereit, meinen Teil zu leisten.«

Rock wollte erneut protestieren, unterließ es nach einem Blick auf die anderen Männer aber. Sie würden sein Bedürfnis, Rose vor allen Gefahren zu schützen, nicht verstehen. Matts wissende Miene zeugte vom Gegenteil. Rock presste die Zähne zusammen. Seit wann war er so leicht zu durchschauen?

Clints Stimme unterbrach seine Gedanken. »Danke, Rose. Fahr nach Hause und pack die notwendigsten Dinge, du wirst selber wissen, was du in der Gegend brauchst. In einer Stunde geht euer Flug.«

»Ich werde da sein.«

»Gut, wir sehen uns in Deutschland, bei der Zwischenlandung in Ramstein.«

Matt mischte sich ein. »Du bist dabei?«

Ein Muskel zuckte in Clints Wange. »Es war eines meiner Teams, das dort abgestürzt ist. Erinnerst du dich an Red? Es waren seine Männer.«

»Verdammt. Das tut mir leid, East.« Unwillkürlich benutzte Matt Clints Spitznamen. Sein Freund hatte nach Ghosts Tod die SEALs verlassen und sich auf die Ranch seiner Eltern in Montana zurückgezogen. Erst seine Liebe zu Karen Lombard hatte ihn dazu bewogen, an die Ostküste zu ziehen und auf dem SEAL-Stützpunkt Little Creek als Ausbilder zu arbeiten. Die beste Einheit von Team 8 – und mit Red einen Freund – auf diese Weise zu verlieren, musste ein schwerer Schlag für ihn sein.

»Mir auch.« Clints Augen brannten vor unterdrückter Wut. »Ich werde dafür sorgen, dass die Schuldigen ihre gerechte Strafe erhalten.« Er riss sich sichtbar zusammen und war sofort wieder der kontrollierte Anführer. »Okay, packt eure Sachen, wir treffen uns in einer halben Stunde wieder hier.«

Matt wandte sich zu Devlin um. »Wie schnell kann das Team hier sein?«

»Sie sind bereits benachrichtigt, die Ersten sollten gleich eintreffen.«

»Wann hast du das gemacht?«

»Als Captain Hunter sagte, es gäbe ein Problem.«

Rock schüttelte den Kopf. Devil war wirklich unheimlich. Er freute sich schon darauf, ihn auf einer richtigen Mission zu erleben. Schuldbewusst drehte er sich zu Rose um, doch sie war fort. Wo war sie so schnell hin? Wenn sie auf ein Taxi wartete, würde es viel zu lange dauern. Eilig durchquerte er den Raum und verließ die Baracke. Da er sie nirgends entdecken konnte, lief er zu seinem Jeep. Sicher hatte sie sich bereits auf den Weg zum Tor gemacht, denn nur dort konnte sie abgeholt werden. Kurz vor dem Jeep blieb er abrupt stehen. Rose lehnte an der Beifahrertür und sah ihm ruhig entgegen. Rock zwang sich dazu, zur Fahrertür zu gehen. Der Impuls, sie zu schütteln, war kaum zu unterdrücken, doch er schaffte es. Schweigend glitt er auf den Fahrersitz, wartete, bis Rose ebenfalls eingestiegen war, und startete dann den Motor.

Unsicher blickte Rose ihn nach einiger Zeit von der Seite an. Warum sagte er nichts? In der Dunkelheit konnte sie seinen Gesichtsausdruck nicht deuten. Zuerst hatte sie tatsächlich ein Taxi rufen wollen, war dann aber zu der Erkenntnis gelangt, dass sie diese Zeit allein mit Roderic brauchte. Sie wollte sich von seiner Anwesenheit beruhigen lassen, bevor sie in den von ihr selbst heraufbeschworenen Alptraum eintauchen musste. Was hatte sie sich dabei gedacht?

»Was hast du dir dabei gedacht?« Roderics Frage spiegelte ihre Gedanken auf unheimliche Weise.

Ein Lachen sprudelte in ihr auf. Hoffentlich kam es nur ihr selbst so irre vor. »Ich weiß es nicht.«

Die Augen zu Schlitzen verengt, starrte er sie an. »Findest du das lustig? Glaub mir, diese Sache ist ganz sicher kein Scherz. Es wird gefährlich sein, unangenehm, schmutzig.«

Rose stieß ihren Atem aus. »Das weiß ich. Und nein, ich finde es kein bisschen witzig. Du hast mich nur überrascht.«

»Warum hast du nicht abgelehnt? Wir hätten es alle verstanden.«

Rose strich eine Locke aus ihrer Stirn. »Ich konnte es nicht. Frag mich nicht warum, ich habe keine Ahnung. Ich wollte wirklich ein Taxi rufen und einfach von diesem Ort verschwinden, aber dann hörte ich euer Gespräch. Für mich sind es Fremde, die dort abgestürzt sind, genauso wie die verschwundenen Agentinnen, aber für euch sind es Kollegen, Freunde, Brüder. Ich habe mich gefragt, was ich tun würde, wenn es um Ramon ginge oder eine meiner Schwestern. Würde ich nicht auch wollen, dass alles Menschenmögliche getan wird, um sie zu retten? Natürlich, und ich würde es ziemlich übel nehmen, wenn jemand, der helfen könnte, es nicht tut, weil er zu feige ist. Weil seine Erinnerungen zu schmerzhaft sind. Weil er Angst hat zu versagen.« Ihre Stimme klang belegt, ihre Kehle schmerzte. »Ich möchte nicht so eine Person sein.«

Der Wagen verlangsamte die Fahrt und hielt dann an. Erst jetzt bemerkte Rose, dass sie bereits vor ihrem Haus angekommen waren. Sie griff nach dem Türgriff, doch Roderic zog sie zurück. Seine Hand legte sich um ihren Kopf und zog sie näher zu sich heran, während er sich gleichzeitig vorbeugte. Sein Mund presste sich auf ihren, leidenschaftlich und verheerend. Rose öffnete die Lippen und empfing seine Zunge mit ihrer. Gefühle durchströmten sie, ließen keinen klaren Gedanken zu. Sie wusste nur, dass sie nichts dringender brauchte als diesen Kuss. Alles andere war für diesen Moment vergessen, es gab nur noch Rock und die Sehnsucht, die er in ihr auslöste. Viel zu früh löste er sich wieder von ihr.

Schwer atmend sahen sie sich schweigend an. Schließlich riss Rock sich los und öffnete seine Tür. Sie hatten keine Zeit für so etwas. Auch wenn er noch so gern in Rose versinken würde, sein Team wartete auf ihn. Auf sie beide. Rock schloss für eine Sekunde die Augen. Er verstand ihre Motivation, aber am liebsten hätte er sie gezwungen hierzubleiben, in Sicherheit. Weit weg von Elend und Tod, von der nur allzu reellen Gefahr, die in Afghanistan auf sie lauerte. Außerdem wollte er auch nicht, dass sie eine noch genauere Vorstellung davon bekam, worin Ramons Job bestanden hatte. Würde sie mit der Wirklichkeit umgehen können oder daran zerbrechen? Rock ging hinter ihr her auf die Tür zu. Als sie sich mit hocherhobenem Kopf zu ihm umdrehte, wurde ihm klar, dass sie viel mehr Kraft hatte, als er ihr zugestand.

»Keine Markenkleidung, Parfüm oder ähnliches. Nimm nur das Nötigste, wir reisen mit leichtem Gepäck.«

»Du wirst es nicht glauben, aber ich war schon in Afghanistan. Ich weiß, was ich einpacken kann und was nicht.«

»Entschuldige, ich habe nicht daran gedacht.«

»Das solltest du aber.« Ihre Stimme wurde sanfter. »Du musst dir keine Sorgen um mich machen, ich weiß, was ich tue.«

Rock widerstand dem Wunsch, sie noch einmal zu küssen. »Ich hole dich in ein paar Minuten ab.«

»In Ordnung.« Sie lächelte ihm flüchtig zu, bevor sie die Tür vor seiner Nase schloss.

Zurück im Hauptquartier trafen sie auf kontrolliertes Chaos. Ausrüstung wurde gesammelt und in einen Truck geladen, letzte Befehle erteilt. Während Rose sich einen Platz in einer ruhigen Ecke suchte, gesellte sich Rock zu Matt und Hawk.

»Ich bin bei TURT für die Ausführung zuständig, nicht du, Hawk. Du wirst hier gebraucht, schließlich sind wir für mehr Agenten verantwortlich als nur diese beiden.«

»Das weiß ich. Normalerweise würde ich dir sogar recht geben, aber diesmal muss ich dabei sein. Ich kann nicht hier rumsitzen und tatenlos darauf warten, dass …« Hawk brach ab und atmete tief durch. »Bleib du hier und kümmere dich um alles.«

»Ich habe die Erfahrung für solch einen Einsatz, du nicht. Davon mal ganz abgesehen ist der Marschbefehl schon da, ich könnte also gar nicht hierbleiben, selbst wenn ich wollte.« Matt blickte auf die Uhr. »Wir haben keine Zeit für diese Diskussion. Du weißt, mir bedeuten Kyla und Jade genauso viel wie dir. Ich werde dafür sorgen, dass sie heil wieder zurückkommen, sofern es in unserer Macht liegt.«

»Du verstehst nicht …«

Rock konnte es nicht mehr mit ansehen. »Matt, kann ich dich kurz sprechen?«

»Ja, natürlich.« Erleichtert folgte er Rock, bis sie einige Meter von Hawk entfernt standen. »Worum geht's?«

»Um Hawk.«

Matt strich müde über seine Stirn. »Er wird schon einsehen, dass er keine andere Wahl hat.«

»Das glaube ich nicht.« Rock überhörte Matts Schnauben und fuhr fort. »Ich habe ihn neulich mit Jade am Strand gesehen.«

»Du meinst …« Matt betrachtete Hawk genauer. »Verdammt. Wie lange geht das schon so?«

»Ich habe keine Ahnung, und ich weiß auch nicht, was für eine

Beziehung sie genau haben. Das ist mir auch egal. Ich dachte nur, du solltest es wissen.«

»Das erklärt zumindest, warum Hawk seit der Nachricht, dass die Agentinnen verschollen sind, jede Minute hier war und sich nicht ablösen lässt. Er ist völlig fertig.«

»Wie würdest du dich fühlen, wenn es Shannon wäre?«

Allein der Gedanke ließ Matt schon völlig erstarren. Rock schüttelte den Kopf. Früher war Matt Colter ein Frauenheld gewesen, doch seit er mit Clints Schwester zusammen war, gab er dem Wort monogam eine ganz neue Bedeutung. Er sah andere Frauen noch nicht einmal mehr an, höchstens oberflächlich.

»Verrückt vor Angst. Völlig fertig und auf der Suche nach einer Möglichkeit, ihr zu helfen.«

»Genauso geht es Hawk, schätze ich. Jedenfalls solltest du noch mal mit ihm reden und dir genau anhören, was er zu sagen hat, bevor du eine Entscheidung triffst.«

»Aye, Senior Chief.« Matt salutierte zackig, bevor er sich auf die Suche nach Hawk begab.

Rock seufzte. Er war eindeutig zu alt für diesen Kram. Warum mischte er sich da ein, es ging ihn überhaupt nichts an. Anscheinend wurde er am Ende seiner Karriere langsam weich, wenn er sich um das Liebesleben der Männer kümmerte. Dabei war er nun wirklich der Letzte, der irgendeinen Rat in diesem Bereich erteilen sollte. Was wusste er schon davon? Nie war eine seiner Freundinnen in Gefahr gewesen – glücklicherweise. Abrupt blieb er stehen. Hatte ihn der Gedanke, dass Rose in ein gefährliches Gebiet reisen sollte, nicht gerade erst völlig verrückt gemacht? Und das, obwohl sie von ihm und dem Rest des Teams geschützt werden würde. Wäre sie an Kylas und Jades Stelle, er würde genauso wie Hawk alles dafür tun, um in ihrer Nähe zu sein. Mit neuem Respekt blickte Rock zu Hawk hinüber. Im Grunde hatte er sich sehr gut gehalten und bisher absolut professionelles Verhalten bewiesen. Er beobachtete, wie Hawk eine Hand auf Matts Schulter legte und sich dann rasch abwandte, Erleichterung deutlich sichtbar in seiner Miene. Matt dagegen wirkte zwiespältig.

»Kommt er mit?«

Matt nickte. »Ja. Da sich jemand um die TURTs und die Koordination kümmern muss, werde ich hierbleiben.« Er rieb über sein Kinn. »Ich hatte mich darauf gefreut, wieder mit euch im Einsatz zu sein.«

»Wir uns auch. Andererseits ist es vielleicht auch besser, wenn du während unseres ersten Einsatzes mit Devil weit weg bist.«

Matt verzog das Gesicht. »Darüber hatte ich gar nicht nachgedacht. Shannon wird sich jedenfalls freuen, wenn ich entgegen der Ankündigung heute Nacht doch nach Hause komme.« Ein Grinsen breitete sich langsam in seinem Gesicht aus. »Ja doch, ich denke, ich werde es mir gemütlich machen, während ihr elendig lange im Flugzeug sitzt.«

»Dein Mitgefühl ist unglaublich.«

»Du bist selbst schuld, hättest du deinen Mund gehalten, wäre ich mit von der Partie.« Damit wandte Matt sich ab und eilte davon, um dem Oberkommando den Wechsel in letzter Minute abzuringen.

22

Der Schmerz drang als erstes in sein Bewusstsein. Pochend wütete er in seinem Bein, zog vom Knöchel bis in die Hüfte hoch. Mit zusammengepressten Zähnen rollte Red sich herum. Quälend langsam stützte er sich auf seine Ellbogen und hob den Oberkörper an. Heftig atmend schloss er für einen Moment die Augen, bevor er die Umgebung überprüfte. Rauer Fels unter und neben ihm, vor ihm … nichts. Die Erinnerung überrollte ihn wie eine Lawine: Das Knirschen und Knacken des Felsvorsprungs, das Poltern von Felsbrocken, bevor der Chinook wie in Zeitlupe in den Abgrund stürzte. Er musste im letzten Augenblick herausgeschleudert worden sein, anders war nicht zu erklären, warum er hier oben lag und nicht dort unten bei seinem Team. Trauer und Wut drückten auf seine Brust und verursachten einen Schmerz, der den in seinem Bein bei Weitem übertraf. Gleichzeitig wurde seine Entschlossenheit dadurch verstärkt. Er musste hinunter und versuchen, den anderen zu helfen.

Das Headset lag ein paar Meter neben ihm auf dem Fels. Wenn er es erreichen konnte und es noch funktionierte … Mühsam robbte er sich auf den Armen und dem gesunden Bein vorwärts, bis seine Fingerspitzen das Headset berührten. Er zog es zu sich heran und hob es auf. Bis auf einige Kerben sah es funktionstüchtig aus. Die Reichweite war beschränkt, sodass er damit keine Hilfe holen konnte, aber immerhin könnte er mit seinem Team kommunizieren – sofern noch jemand am Leben war. Er setzte den Kopfhörer auf und zog das Mikrofon vor seinen Mund.

»Team Statusbericht.«

Nur Stille antwortete ihm. »Team, kommen.« Erneut nur Stille. Die Frage war, ob es an seinem Kopfhörer lag oder ob einfach niemand mehr antworten konnte. Er drehte am Mikrofon und stellte fest, dass es immer noch angestellt war. »Falls mich jemand hört, es könnte sein, dass mein Kopfhörer defekt ist.« Er stockte. »Haltet durch, ich komme.« Wie er das mit seiner Verletzung machen sollte, wusste er zwar nicht, aber es würde ihm gelingen … müssen.

Ein genauerer Blick auf sein Bein bestätigte ihm, dass es mehr als ein Kratzer war. Durch seine zerrissene Tarnhose sah er sein geschwollenes und verfärbtes Bein. Das war mindestens eine sehr schwere Prellung, wenn nicht sogar ein Bruch. Der unerträgliche Schmerz deutete auf Letzteres. Übelkeit stieg in ihm auf, die er sofort unterdrückte. Die Zeit drängte. Nicht nur, dass jede Sekunde zählte, sollte noch jemand am Leben sein, auch die Rebellen, die sie abgeschossen hatten, konnten jederzeit hier auftauchen. Sie würden jeden noch lebenden Feind sofort töten und danach die noch brauchbare Technik aus dem Hubschrauber stehlen. Das musste er verhindern und wenn es das Letzte war, was er tat. Sein Team war bis an die Zähne mit den neuesten Waffen ausgestattet gewesen, wenn diese in falsche Hände gerieten … Mit einem heftigen Fluch stemmte Red sich in die Höhe. Obwohl er versuchte, das verletzte Bein nicht zu belasten, war der Schmerz fast unerträglich. Trotz der kalten Nachtluft war er in Schweiß gebadet, mühsam unterdrückte er das Schwindelgefühl, das ihn erfasste.

Schließlich schaffte er es, sich an einer Wurzel so weit hochzuziehen, dass er schwer atmend stand. Ein Blick in die Tiefe ließ ihn heftig schlucken. In Bestform wäre es schon schwierig, dort hinunterzuklettern, aber mit einer schweren Verletzung war es nahezu unmöglich. Gut, dass sein Motto lautete, niemals aufzugeben und immer einen Weg zu finden, das Unmögliche möglich zu machen. In seiner Karriere hatte er das schon öfter bewiesen, und auch diesmal würde er nicht versagen. Das Leben seiner Männer hing davon ab. Rasch überprüfte er, welche Ausrüstung er bei sich hatte, und erkannte befriedigt, dass seine Waffen noch vorhanden waren. Das Maschinengewehr konnte er als Krücke benutzen, bis er etwas Geeigneteres fand. Die Pistole steckte er so in seinen Waffengürtel, dass er sie jederzeit erreichen konnte. Ein letztes Mal holte er tief Atem, dann stabilisierte er sein Bein mit zwei Stöcken, und zog den Riemen fest um seinen Oberschenkel. Er schwankte und stützte sich schwer auf seine provisorische Krücke, als der Schmerz ihn traf.

Nachdem er wieder mehr als einen roten Schleier von der Umgebung wahrnahm, humpelte er los. Nur wenige Schritte brachten ihn bereits zum Rand des abgebrochenen Plateaus, auf dem der Hubschrauber gelandet war. Den Rest des Weges würde er die steile Flanke des Berges hinunterklettern müssen, die glücklicherweise mit Bäumen und Büschen bewachsen war, an denen er sich entlanghangeln konnte. Anschleichen funktionierte so natürlich nicht, er konnte nur hoffen, dass die Rebellen noch nicht in der Nähe waren.

Der schmerzhafte Stich ließ Jade aus einem unruhigen Schlaf hochschrecken. Die Hand über ihren pochenden Arm gepresst, rappelte sie sich hastig auf. Helligkeit sickerte durch das kleine Fenster, der Tag war angebrochen. Während sie mit den Augen die Zelle nach möglichen Angreifern absuchte, versuchte sie, jeden Gedanken an die nächtliche Steinigung zu vermeiden. Für einen kurzen Moment kniff sie die Lider fest zusammen, doch es half nichts, das Grauen war tief in ihre Netzhaut eingebrannt. Sie konnte ihm nicht entkommen, genauso wenig wie Mogadirs Gefängnis. Der in ihrem Arm pochende Schmerz ließ sie alles andere für den Augenblick vergessen. Hatte man ihr eine Spritze gegeben? Irgendein Betäubungsmittel oder Wahrheitsserum? Jade schwankte und lehnte sich an die kalte Wand. Sie musste klar denken. Wenn jemand in ihre Zelle gekommen wäre, hätte sie ihn gehört. Also konnte es nur ein Betäubungspfeil gewesen sein oder … ihre Augen flogen zum Boden. Hastig suchte sie nach sich windenden Körpern, geteilten Zungen und Dreiecksköpfen. Nichts.

Erleichtert aufatmend sackte sie in sich zusammen. Keine Schlangen, die sich um sie wanden, deren Gift sie innerhalb weniger Stunden töten würde. Der Schmerz im Bein kam völlig unerwartet. Jade konnte ihren keuchenden Aufschrei nicht unterdrücken. Sie riss die Burka hoch, um zu erkennen, was diesen stechenden Schmerz ausgelöst hatte. Es war nichts zu sehen außer einer rasch anwachsenden Schwellung. Irgendetwas musste hier sein, ganz in ihrer Nähe. Etwas Lautloses, Unsichtbares. Angst verdrängte für einen Moment die Schmerzen und verlieh ihr die Kraft, sich von der Wand zu lösen und sich genauer umzusehen. Zuerst sah sie nichts, doch dann entdeckte sie die kleinen, kaum sichtbaren Schatten, die sich über den Boden bewegten. Skorpione! Dutzende sandfarbene Skorpione. Ein Schauder lief über ihren Rücken, als sie bemerkte, dass sie auch an der Burka hinaufkletterten. Und darunter, über ihre Beine, ein leichtes Prickeln, das jederzeit zu einem rasenden Schmerz werden konnte.

Jade schüttelte die Burka aus und strich über ihren Körper in dem Versuch, die Viecher loszuwerden. Im Gegensatz zu den Schlangen waren ihre Stiche nicht tödlich, aber trotzdem schmerzhaft genug, um ihnen möglichst aus dem Weg zu gehen. Der Trick mit der Burka würde diesmal nicht funktionieren, es waren zu viele, als dass sie alle einfangen könnte. Stehen zu bleiben und sich stechen zu lassen, war auch keine Option, sie musste sich etwas anderes einfallen lassen. Das Fenster! Wenn es ihr gelang, sich an den Stäben festzuhalten und die Beine anzuheben, würden die Skorpione vielleicht nicht so leicht an sie herankommen. Noch bevor sie den Gedanken zu Ende geführt hatte, lief sie bereits los. Die Enden der Burka gerafft, sprang sie über einige Skorpione hinweg, kam ins Straucheln, richtete sich wieder auf und lief weiter. Sie hatte es fast geschafft, als sie neben einem Tier auftrat, das daraufhin sein Hinterteil aufstellte und direkt unterhalb ihres Knöchels einstach.

Ihr Bein knickte ein, als Schmerz durch ihren Fuß schoss und die Wade hinaufzog. Keuchend humpelte sie die letzten Meter bis zur Fensteröffnung. Sie musste es schaffen, noch ein paar Stiche, und sie würde sich vor Schmerzen nicht mehr rühren können. Trotz der Qualen in ihrem Arm gelang es ihr, sich an den Gitterstäben ein Stück hochzuziehen, sodass sie den Boden nicht mehr berührte. Konnten Skorpione Wände hochklettern? Sie wusste es nicht. Ihre einzige Hoffnung war, dass jemand sie aus dieser Lage befreite, bevor die Kraft sie verließ oder sie vom Schmerz übermannt wurde. Es war grausam, sie erst einen Ausweg finden zu lassen und dann einfach abzuwarten, bis ihre Stärke schwand. Genau das, was ihre Wärter für sie geplant hatten, so viel war sicher. Jade biss die Zähne zusammen und legte jeden Rest Energie, der noch in ihr war, in den Klammergriff. Viel war es nicht nach Tagen ohne Nahrung. Nur ein wenig Wasser hatte sie aus der Burka gepresst und getrunken, viel zu wenig, um ihrem ausgedörrten Körper zu geben, was er brauchte.

Jade wusste nicht, wie lange sie so dort hing, halb bewusstlos vor Schmerz und Hunger, aber nicht bereit, aufzugeben. Ein vertrautes Quietschen ertönte, trotzdem traf der Wasserstrahl sie wie ein Schock. Mit ungeheurem Druck hämmerte das Wasser auf ihren Rücken ein, glitt mal tiefer und mal höher, bis jeder Zentimeter nass und mit Prellungen übersät war. Ihre rutschigen

Finger glitten von den Metallstäben ab, und sie fiel zu Boden. Dort kauerte sie sich zu einem schützenden Ball zusammen und wartete auf ein Ende der Tortur. Immerhin waren durch die Wassermassen die Skorpione anscheinend hinausgespült worden, sie konnte keinen einzigen entdecken. Nicht, dass sie das jetzt noch interessiert hätte. Sie wollte nur weg. Raus aus dieser Zelle, aus dem Gefängnis, aus dem ganzen verdammten Land. Doch sie wusste, dieser Wunsch würde nicht in Erfüllung gehen, denn noch hatte Mogadir nicht das bekommen, was er von ihr wollte.

Sie widersetzte sich nicht, als sie von den Männern davongeschleift, erneut in das Büro des Kommandanten gebracht und an den Stuhl gefesselt wurde. Die triefend nasse Burka verdeckte die schmerzhaften Skorpionbisse und Prellungen, aber nicht die Hoffnungslosigkeit in ihren Augen.

Mehr als einmal wäre Red beinahe gestürzt, doch er schaffte es immer in der letzten Sekunde sich auf den Beinen zu halten. Vielmehr auf einem Bein, das andere war taub – wenn es nicht gerade höllisch schmerzte. Er ignorierte die Zweige, die ihn streiften, Gesicht und Hände zerkratzten oder Löcher in seine Kleidung rissen. Immerhin hielten sie ihn bei Bewusstsein, wenn sein Körper abschalten wollte. Eine Schneise in der Vegetation zeigte ihm, wo der Chinook den Fels hinuntergerollt war. Auch einzelne Metallstücke und Ausrüstungsgegenstände fand er in den Büschen, doch keine Spur von seinen Männern. Sollten sie den ganzen Hang im Hubschrauber hinuntergerutscht sein, standen ihre Chancen mehr als schlecht. Mit jedem Meter, den er zurücklegte, nahm der Druck in seiner Brust zu. In regelmäßigen Abständen sprach er in sein Mikrofon, erhielt aber nie eine Antwort.

Nach einer Ewigkeit erreichte er den Talboden und damit

auch das Gebiet, in dem die Überreste des Helikopters lagen. Seine Kehle zog sich zusammen, als er die zerbeulte Hülle des Chinook entdeckte. Ein riesiger Felsblock, umgeben von hohen Bäumen, schien den Fall gestoppt zu haben. Einmal tief durchatmend legte er die restliche Strecke auf Krücken zurück, die aus im Wald gesammelten Ästen bestanden. Ein Blick durch das zerstörte Cockpitfenster zeigte ihm, dass für die Piloten jede Hilfe zu spät kam. Trauer durchzuckte ihn. Zwar hatte er die beiden Night Stalker nicht besonders gut gekannt, aber ihr Tod war ein fürchterlicher Verlust für ihre Einheit und ihre Familien. Der Kopilot hatte ihm vor dem Flug noch Fotos seiner Freundin gezeigt, die er nach seiner Rückkehr aus Afghanistan heiraten wollte. Stattdessen würde sie an seiner Beerdigung teilnehmen. Erneut durchzuckte Red hilflose Wut. Sollte jetzt einer der Rebellen auftauchen, würde er ihn mit Vergnügen töten.

Mühsam unterdrückte er diese Gefühle und humpelte um den Hubschrauber herum. Abrupt blieb er stehen. Einer der Männer war anscheinend beim Aufprall herausgeschleudert worden und lag nun direkt vor ihm. Zögernd bückte er sich und drehte ihn herum. Reds Verletzung war vergessen, als er sich neben seinen Teamgefährten hockte und die Halsschlagader fühlte, obwohl er schon jetzt sehen konnte, dass Iceman nicht mehr zu retten war. Tot. Nie wieder würde er den Kühlschrank der Teambaracke mit Eis vollstopfen oder genüsslich schleckend vor dem Computer sitzen. Er schloss Icemans Augen und erhob sich wieder. Eine leichte Rauchfahne stieg vom hinteren Teil des Chinook auf und verlor sich in der hereinbrechenden Dämmerung. Er musste sich beeilen, es blieb nicht mehr viel Zeit, bis die Rebellen den Unglücksort erreichten oder der Helikopter explodierte. Zwar sah es derzeit nicht so aus, aber es brauchte nur einen Funken, um den Treibstoff zu entzünden.

Der Hubschrauber lag mit der offenen Luke nach oben, sodass er sich hinaufziehen musste, um ins Innere zu gelangen. Seine Krücken ließ er draußen liegen, sie würden ihm in dem Durcheinander im Innern der Maschine nicht helfen. Sein Bein protestierte heftig gegen diese Behandlung, aber er ignorierte die Schmerzen. Vorsichtig, um nicht gegen eines der scharfkantigen Metallteile zu stoßen, ließ er sich hinabgleiten, bis sein Fuß eine der Bänke streifte. Er stützte sich an der Wand ab, während er in die Hocke ging und dabei sein verletztes Bein so wenig wie möglich belastete. Nur langsam gewöhnten sich seine Augen an die Dunkelheit im Innern des Hubschraubers. Ausrüstung, Inventar und Körper lagen wild durcheinander, bedeckt von Dreck, abgerissener Vegetation und Blut. So viel Blut. Vorsichtig beugte er sich vor und tastete nach dem ihm nächsten Mann.

»Face?«

Keine Antwort. Er hatte auch keine erwartet, das Genick war eindeutig gebrochen. Ein leises Stöhnen ließ ihn vor Schreck beinahe von der Bank gleiten. Face konnte es nicht sein, aber mindestens einer der anderen Männer war noch am Leben. Mit neuer Energie setzte er seine Suche fort.

»Gib mir ein Zeichen, dann hole ich dich raus.«

Mit angehaltenem Atem wartete er auf eine Antwort. Erneut ein Stöhnen, dann ein atemloses Wort. »Red?«

»Ja. Wo bist du?«

»Vordere … Sek…tion. Hinter … Piloten.«

»Okay, ich bin gleich bei dir.« Red balancierte so gut es ging auf der Kante der Bank entlang in Richtung der Pilotenkanzel. Im Dämmerlicht konnte er die schwache Bewegung einer Hand sehen. »Ich hab dich. Statusbericht?« Natürlich erwartete er keinen vernünftigen Bericht, er wollte den Verletzten nur beschäftigen.

»L…lebe noch.«

Ein Lachen kratzte rau in seiner Kehle, als Red sich über

seinen Teamgefährten beugte. »Das sehe ich, Tex. Was machst du nur für einen Mist?«

»Wieso, du … hast dich ja aus dem … Staub gemacht da oben.«

»Konnte ja nicht ahnen, dass ihr so langsam seid.« Red überprüfte Tex nach Verletzungen, während er mit ihm scherzte, um ihn weiter abzulenken. »Okay, sag mir, was dir wehtut.«

»Alles?«

»Sehr hilfreich, Tex. Geht's auch genauer?«

»Schulter tut höllisch weh.«

Red schob einige Metallplatten zur Seite und erkannte, warum sein Teamgefährte Schmerzen in der Schulter hatte: Ein Metallstück hatte sich hineingebohrt und war nun tief im Fleisch eingebettet. Er konnte versuchen, es herauszuziehen, befürchtete aber, dass Tex verbluten würde, wenn eine wichtige Ader verletzt war. »Okay. Was noch?«

»Ich kann die Beine kaum bewegen.«

»Schmerzen?«

»Ja.«

»Gut, dann hast du dir wenigstens nicht das Rückgrat verletzt.«

»Sehr beruhigend.«

»Finde ich auch. Okay, ich versuche mal, den ganzen Schutt von dir zu entfernen, sag Bescheid, wenn es zu schlimm wird.«

Rasch hob Red einige Bretter und Platten von Tex und stockte dann. Sein Kollege konnte die Beine nicht bewegen, weil einer der Night Stalker quer darüber lag. Red überprüfte die Lebenszeichen und hob ihn dann vorsichtig von Tex herunter, als er keine fand.

»Ist er …?«

»Ja.«

»Wo sind die anderen, warten sie draußen?«

»Nein.«

»Sind sie tot?«

»Bisher habe ich nur Iceman und Face gefunden. Wenn ich dich hier raushabe, suche ich weiter.« Diesmal schwieg Tex. In seinen Augen konnte Red den gleichen Schmerz entdecken, der auch in ihm tobte. Ihr Team würde nie wieder das gleiche sein wie vor der Mission. Sie hatten nicht nur Kameraden verloren, sondern auch gute Freunde. Wenn sie selbst überlebten, bisher waren sie noch nicht außer Gefahr. »Okay, kannst du deine Beine jetzt bewegen?«

»Ja.« Mit einem unterdrückten Stöhnen richtete Tex sich auf, eine Hand an seine Schulter gepresst, aus der immer noch das Metallstück ragte, Blut lief durch seine Finger. Sein Blick fiel auf Reds Bein. »Wow, hast du dein Bein schon gesehen?«

Red blickte extra nicht nach unten. Bei der letzten Überprüfung war die Verfärbung noch weiter vorangeschritten, und es hatte sich eine seltsame Beule gebildet, die durch die zerrissene Hose zu sehen war. »Danke, dass du mich daran erinnerst.« Red hielt ihm seine Hand hin und zog ihn auf die Füße. »Kannst du stehen?«

»J…ja. Geht schon.« Sein Gesicht war bleich, und er schwankte.

Rasch band Red ihm einen Streifen Stoff um die Schulter, damit die Blutung gestillt wurde. Mehr konnte er im Moment nicht tun. »Ich bringe dich hier raus.«

»Nein. Erst sehen wir nach den anderen.«

Red nickte und wandte sich wieder dem Durcheinander zu. Gemeinsam schoben sie einige Kisten zur Seite und fanden eine weitere Leiche. Snoopy. Grimmig suchten sie weiter, bis Tex laut einatmete.

»Hier ist noch einer.« Er deutete auf eine Hand, die aus den Trümmern ragte.

Rasch gruben sie nach dem Körper, es war aber keiner zu entdecken. Der Arm musste beim Absturz unterhalb des Ellbogens abgetrennt worden sein. Das Entsetzen stand ihnen ins Gesicht geschrieben, aber sie legten ihn zur Seite und arbeiteten weiter. Die Zeit lief ihnen davon, wie die ersten in die Luke einfallenden Sonnenstrahlen bewiesen. Sie entdeckten die Leichen ihrer Teamgefährten Nachos und Gillette und einen der Night Stalker. Red erinnerte sich daran, ihn bereits vor dem Absturz gesehen zu haben, sein Genick war beim ersten Absacken durch den Treffer der Granate gebrochen. Noch eiliger als zuvor gruben sie durch die Trümmer auf der Suche nach Bull und einem weiteren Night Stalker, die sie noch nicht gefunden hatten. Gerade als sie aufgeben wollten, stieß Tex auf einen Körper, der unter einer der Bänke begraben lag. Ohne viel Hoffnung fühlte er nach dem Puls und zuckte fast erschrocken zurück.

»Er lebt!«

Gemeinsam bogen sie die Bank zur Seite, damit sie an den Verletzten herankamen. Red blickte in das kalkweiße Gesicht des Night Stalkers und fragte sich, wie lange er noch leben würde.

»Sein Arm!«

Auf Tex' Ausruf hin sah er hinunter und erkannte, warum der Mann so bleich war: Er hatte durch den abgetrennten Unterarm jede Menge Blut verloren. Nur das Gewicht der Bank hatte anscheinend bisher verhindert, dass er verblutete. »Hast du etwas zum Abbinden?« Hastig band er den Riemen, den Tex ihm reichte, um den Oberarm des Verletzten und zog ihn fest an. »Okay, raus hier.«

»Aber Bull …«

»Er ist nicht hier. Wahrscheinlich ist er irgendwo herausgeschleudert worden. Wir suchen ihn später.« Red prüfte erneut seine Ausrüstung. »Sammele alles ein, was du an Waffen, Wasser, Nahrung und medizinischer Ausrüstung finden kannst.«

Er griff den Night Stalker unter die Arme und zog ihn aus den

Trümmern. Sein Bein schmerzte höllisch, aber darauf konnte er jetzt keine Rücksicht nehmen. Glücklicherweise war der Mann bewusstlos, sie hatten keine Zeit, sonderlich sanft mit ihm umzugehen. Es würde so schon kompliziert genug werden, ihn mit seinem verletzten Bein und Tex' Schulterwunde durch die Luke nach oben zu bringen. Aber sie mussten es schaffen, es war keine Option, ihn hier zurückzulassen und entweder verbluten zu lassen oder der Gnade der Rebellen auszuliefern.

»Sieh nach, ob vorne ein brauchbares Funkgerät liegt.«

»Schon dabei.« Tex' Stimme klang gepresst, als er sich ins Cockpit beugte. Nach einigen Sekunden tauchte er wieder auf. »Nichts zu machen, das ist so zusammengequetscht, dass wir ohne Schneidbrenner nie reinkommen würden.«

»Okay. Am besten klettere ich zuerst hoch und ziehe euch dann rauf.«

»Bist du sicher?«

Red zog eine Augenbraue hoch. »Wer ist hier der CO?«

Tex verzichtete auf eine Antwort. Er übernahm den Night Stalker und sah zu, wie Red mühsam auf die Kante der Bank stieg und sich nach einem tiefen Atemzug nur mithilfe der Arme an der Luke hochzog. Doch mitten in der Bewegung stockte er plötzlich. Tex hielt den Atem an. Wenn Red ohnmächtig wurde und herunterfiel, würde er arge Schwierigkeiten haben, ihn wieder hinaufzubekommen.

»Red, alles in Ordnung?«

Anstelle einer Antwort wurde Red von Händen gepackt und verschwand aus der Luke. Tex hatte seine Pistole bereits im Anschlag, bevor er bewusst darüber nachdachte. Der Erste, der sich zeigte, war so gut wie tot.

23

Kyla erwachte, weil sie nicht mehr fror. Einen Moment lang horchte sie auf Bewegungen in ihrer Umgebung, bevor sie langsam den Kopf hob. Sie war allein. Zumindest kam es ihr in der gedämpften Welt des Schleiers so vor. Zentimeter für Zentimeter schob sie ihn hoch, bis er nur noch ihre hellen Haare bedeckte. Ein warmer Windstoß liebkoste ihr Gesicht und ließ die sie umgebenden Büsche leise rascheln. Am liebsten hätte Kyla einfach nur dagesessen und die Wärme in sich aufgenommen, doch dafür fehlte ihr die Zeit. Sie musste herausfinden, wo Hamid abgeblieben war. Hatte er sie hier zurückgelassen, um sie loszuwerden? Für einen winzigen Augenblick durchzuckte sie ein schmerzhafter Stich, bevor sie sich wieder unter Kontrolle hatte. Was war nur mit ihr los? Es wäre gut, wenn Hamid sie freigelassen hätte und seiner Wege gegangen wäre. Allerdings war es mehr als unwahrscheinlich, dass er tatsächlich fort war. Vermutlich hielt er sich ganz in der Nähe auf und konnte jederzeit zurückkehren. Wenn das geschah, musste sie vorbereitet sein.

Fast als Antwort auf ihren letzten Gedanken hörte sie ein leises Knacken im Gestrüpp. Etwas – oder jemand – bewegte sich direkt auf sie zu. Rasch tastete Kyla den Boden in ihrer Nähe nach etwas ab, mit dem sie sich zur Wehr setzen konnte. Außer ein paar größeren Steinen fand sie nichts, das nicht mit dem Boden verwachsen war. Mit Mühe stemmte sie einen der Steine in die Höhe, verkroch sich tiefer im Buschwerk und wartete darauf, wer auftauchte. Sie gestattete sich ein kleines Aufatmen, als Hamids schlanke Gestalt sichtbar wurde. Das Tuch hatte er wieder über Mund und Nase gelegt, sodass nur seine Augen zu sehen waren. Wie sie ihn trotzdem erkannte, war ihr ein Rätsel, über das sie im Moment nicht nachdenken wollte. Denn auch wenn sie insgeheim froh war, ihn wiederzusehen, durfte sie ihr Ziel, ihm zu entkommen, nicht aus den Augen verlieren.

Sein Blick traf ihren, und sie hatte das Gefühl, als fände eine unausgesprochene Kommunikation zwischen ihren Körpern statt. Eisern kämpfte sie dagegen an, versuchte, das seltsame Gefühl der Nähe zu verdrängen. Kyla erhob sich, den Stein in ihren Händen. Seine Augen verengten sich, als er ihre steife Haltung und die Behelfswaffe bemerkte. Automatisch ging sein Griff zur Pistole, doch dann entspannte er sich wieder und hielt die Hände gut sichtbar an seinen Seiten.

»Mach es. Dann bist du frei.«

Seine inzwischen so vertraute Stimme sandte einen Schauder durch ihren Körper. Er war der Feind, daran musste sie denken! Sie straffte die Schultern und hob die Hand mit dem Stein. Sie musste es tun, wenn sie frei sein wollte, es gab keine andere Möglichkeit. Und er wusste es, wie seine Worte belegten. In seinen Augen und seiner Haltung war keinerlei Furcht zu entdecken. Wachsamkeit und Akzeptanz ihrer Situation, aber keine Angst. Selbst Wut oder Verärgerung schien er nicht zu verspüren. Aber was dann? Fand er die Bedrohung durch einen Stein so lächerlich?

Vermutlich sollte dieser Gedanke sie wütend machen, aber alles was sie fühlte, war totale Erschöpfung. Ihre Armmuskeln begannen zu zittern, kurz darauf ihr gesamter Körper. Sie schwankte, hielt aber ihren Blick weiterhin fest auf Hamid gerichtet. Sie musste ihn niederschlagen und fliehen, es war ihre einzige Chance. Wenn es nur um sie gegangen wäre, hätte sie sich lieber wieder hingesetzt und aufgegeben, aber es stand viel mehr auf dem Spiel. Zu viel. Das Leben unzähliger Unschuldiger wäre verwirkt, wenn es ihr nicht gelang, zu entkommen und die Informationen an das Oberkommando weiterzugeben.

Kyla spannte ihre Muskeln an. Einzig ihre Entschlossenheit hielt sie noch aufrecht. Hamid beobachtete sie ruhig und machte keine Anstalten, sie abzuwehren. Was hatte er vor? Wollte er vielleicht, dass sie ihn überwältigte und floh? Nein, dann hätte er sie einfach so gehen lassen können, ohne eine Verletzung zu riskieren. Schweiß tropfte in ihre Augen und ließ die Burka unangenehm an ihrem Körper kleben. Langsam bewegte sie sich auf Hamid zu, jederzeit darauf gefasst, dass er sie angriff. Doch er stand einfach nur da, die Arme locker an den Seiten, die Handflächen offen und unbedrohlich. Noch ein Schritt, erneut wich er nicht zurück. Ohne Vorwarnung sprang sie schließlich vorwärts … und verlor das Gleichgewicht, als Hamid im letzten Moment zur Seite trat. Mit einem unterdrückten Schrei stürzte sie zu Boden. Benommen blieb sie kurz liegen, bevor es ihr gelang, den Kopf zu heben. In schwarzen Stoff gehüllte Beine ragten vor ihr auf. Gleich würde er sie niederschlagen, so wie sie es mit ihm geplant hatte. Kyla zuckte zurück, als Hamid sich neben sie hockte.

»Ganz ruhig.« Seine Hand strich über ihre Schulter. »Hast du dich verletzt?«

Ungläubig starrte Kyla ihn an. Er tat einfach so, als wäre überhaupt nichts passiert, als hätte sie nicht versucht, ihn auszuschalten. Warum umsorgte er sie, wenn es doch offensichtlich war, dass sie auf verschiedenen Seiten standen? »Warum bist du nicht wütend?«

»Was sollte das bringen?«

Seine Gegenfrage verwirrte sie. »Nun, es ist menschlich.«

»Wäre es dir lieber, ich würde dich anschreien? Soll ich dich schlagen?«

Kyla konnte das Zusammenzucken nicht verhindern. »Nicht unbedingt.«

»Dann vergessen wir es doch am besten und überprüfen lieber, ob die Wunde wieder aufgerissen ist, als du Batman gespielt hast.« Diesmal klang eindeutig ein Lachen in seiner Stimme mit.

Kyla spürte das Blut in ihre Wangen schießen. »Wer bist du?«

»Hamid, dein Ehemann. Schon vergessen?«

Rasch wandte Kyla ihr Gesicht ab, um den schmerzlichen Ausdruck zu verbergen, der sich dort sicher abzeichnete. Tat er das alles, um sie zu verwirren? War das eine neue Methode, ihr Informationen zu entlocken, zu tun, als wäre er ein Freund, als wäre alles nur ein Spiel? Es konnte durchaus möglich sein. Doch wie wehrte man sich dagegen? Sie war stark genug, sämtliche Arten der Folter über eine gewisse Zeit durchzustehen, doch konnte sie dem menschlichen Bedürfnis nach Nähe und Geborgenheit widerstehen?

»Wenn es dir gut genug geht, warten wir hier, bis es dunkel ist.«

Kyla zuckte zusammen, als seine Stimme dicht an ihrem Ohr erklang. »Und dann?«

»Dann gehen wir weiter.«

Am liebsten hätte sie ihn angeschrien, ihm die Selbstgefälligkeit ausgetrieben, doch das würde sie nur schwächen und ihr kein bisschen weiterhelfen. Wenn er nur ein wenig in seiner Entschlossenheit, sie zu seinem Boss zu bringen, geschwankt hätte, wäre sie vielleicht das Risiko eingegangen, ihn davon zu überzeugen, dass sie wichtige Informationen hatte, mit deren Hilfe sie unzählige Leben retten konnten, wenn diese rechtzeitig bei ihren Vorgesetzten ankamen. Wenn er bisher nicht mit sich hatte reden lassen, würde es jetzt auch nichts bringen, nachdem sie ihn beinahe niedergeschlagen hatte. Kyla lehnte die Stirn gegen ihre Knie und schloss die Augen.

Er würde ihn umbringen, so viel war sicher. Red warf Bull einen vernichtenden Blick zu, während er sein schmerzendes Bein rieb. »Verdammt noch mal, was hast du dir dabei gedacht? Ich hätte dich erschießen können.«

»Mit welcher Hand?« Bull ließ sich von der Wut seines COs nicht aus der Ruhe bringen. »Ich freue mich übrigens auch, dich zu sehen.«

Red strich mit einer zittrigen Hand über seine Haare und atmete tief durch. Schweigend betrachtete er seinen Teamgefährten. Eine Hälfte seines Gesichts war aufgeschürft, das Auge zugeschwollen. Sein Tarnanzug war an der gleichen Seite zerfetzt und wurde nur noch von einigen Fäden zusammengehalten. Die Haut darunter sah blutig und zerkratzt aus. »Schwerwiegendere Verletzungen?«

»Nah, ich bin unverwüstlich.«

»Dann bist du wohl der Einzige.«

Sofort drang Trauer und Schuld in Bulls Augen. »Ich habe Iceman gesehen. Sind die anderen …?«

Statt einer Antwort beugte Red sich zur Luke hin. »Alles in Ordnung, Tex.«

Von unten drang ein gedämpfter Fluch herauf. »Verdammt, Red, beinahe hätte ich dich erschossen! Was ist da oben los?«

Red wandte sich an Bull. »Könntest du Tex helfen? Er ist verletzt, genauso wie einer der Night Stalker. Alle anderen …« Er brach ab und schluckte hart.

Bull schloss für einen Moment die Augen, bevor er nickte. »Wir sollten uns beeilen, als ich den Berg runterkam, habe ich ein paar Kilometer entfernt Rauch gesehen. Ich schätze, die Rebellen werden bald hier sein.« Damit schob er sich an Red vorbei zur Luke. »Mach Platz da unten, Bohnenstange, ich komme.«

Trotz der Situation musste Red grinsen. Tex war keinesfalls eine Bohnenstange, allerdings wirkte gegen Bull jeder schlank.

Sein Spitzname rührte von einem Kampf, den er einmal gegen einen Stier geführt – und gewonnen – hatte. Ganz zu schweigen von seiner Präzision, mit der er mit nahezu jeder Waffe immer ins Schwarze traf. Seine Männer liebten es einfach, sich gegenseitig aufzuziehen … Erneut wurde ihm die Tragweite der Situation bewusst. Nicht nur, dass sie über die Hälfte des Teams und dazu noch vier Night Stalker verloren hatten, die TURT/LE-Agentin war immer noch in Mogadirs Festung gefangen. Oder vielleicht schon tot. Hoffentlich gab es ein Ersatzteam, das den Einsatz übernehmen konnte. Red schüttelte den Kopf. Er wusste, dass kein anderes Team in der Nähe war, es musste erst eines eingeflogen oder die Rettungsaktion den normalen Streitkräften überlassen werden. Red verzog den Mund. Beides keine guten Aussichten.

»Red, bist du bereit?«

Aus seinen Gedanken gerissen, blickte Red zur Luke, durch die gerade der Kopf des Night Stalkers erschien. Rasch griff er um den Brustkorb des Mannes und zog ihn über den Rand. Er legte ihn neben der Luke ab und beugte sich hinunter zu den anderen. Bull schwang sich Tex gerade über die Schulter.

»Hey, ich bin kein Kartoffelsack!«

»Wäre es dir lieber, wenn Red dich an deinen Armen hochzieht?« Tex' Schweigen war Antwort genug. »Dachte ich es mir doch. Jetzt halt still und sei keine Memme.«

Es war klar, dass Tex noch mehr dazu zu sagen hatte, aber der Schmerz in seiner Schulter schien ihn kurzzeitig abzulenken. Vorsichtig nahm Red ihn entgegen, als Bull mit ihm durch die Luke kletterte. Zufrieden, dass Tex ein wenig Farbe bekam, nachdem er ihn auf der Außenwand des Hubschraubers abgesetzt hatte, kletterte Bull noch einmal hinunter und reichte die Ausrüstung herauf, die Tex vorher zusammengesucht hatte.

»Soll ich …?«

»Nein, komm rauf. Die Rebellen können jeden Moment hier sein, und es bringt nichts, wenn wir uns von ihnen erwischen lassen. Wenn sie keine … Leichen finden, werden sie die Umgebung absuchen. Mit den Verletzungen können wir nicht schnell genug verschwinden. Versuch, unsere Spuren zu verwischen, dann machen wir hier draußen das Gleiche und verschwinden im Wald. Das Oberkommando wird sicher bald jemanden schicken, der uns rausholt.« Es war allen klar, dass erst jemand zu ihrer Rettung kommen würde, wenn das Gebiet gesichert war. Und das konnte dauern. »Tex, kommst du allein runter?«

»Klar, meine Beine funktionieren noch.«

»Gut. Sieh nach, wo wir unten Spuren hinterlassen haben, und versuch, sie so gut es geht zu verwischen.«

»Was ist mit Iceman?«

»Lass ihn so liegen.«

Es machte ihn wütend, dass er seine Teammitglieder nicht mitnehmen konnte, SEALs ließen niemals jemanden zurück. Aber in einer Situation wie dieser zählten die Lebenden mehr als die Toten. Die Leichen würden auf jeden Fall geborgen werden, nur nicht gerade jetzt. Red wandte sich zu dem Night Stalker um, der immer noch nicht aus seiner Bewusstlosigkeit erwacht war. Kein gutes Zeichen. Flache Atemzüge hoben die Brust und zeigten an, dass zumindest noch ein wenig Leben in ihm steckte. Red holte ein Tuch aus seiner Westentasche und band es um den immer noch blutenden Armstumpf. Sie mussten die Blutung dringend stillen, sonst hatte der arme Kerl keine Chance. Obwohl … er wusste nicht, wie es bei den Night Stalkern war, aber viele SEALs würden lieber sterben als wegen einer Verstümmelung den Job aufgeben zu müssen. Red presste die Zähne zusammen. Pech gehabt. Sie würden alles tun, um ihn am Leben zu halten, bis Hilfe kam.

Red suchte in der vor ihm liegenden Ausrüstung, bis er Doc

Gillettes kleine Sanitätstasche fand. Der Teamarzt hatte immer einige Ampullen Morphium dabei, die würden sie sicher noch brauchen können. Da der Night Stalker noch nicht bei Bewusstsein war, konnte er mit der Spritze warten. So nahm er nur eine der blutstillenden Binden heraus und wickelte sie um den Stumpf, bevor er den Riemen noch einmal fester zog. Er brauchte keine Angst zu haben, dass dem Patienten der Arm durch mangelnde Durchblutung abstarb, schließlich waren unter dem Riemen nur noch wenige Zentimeter Arm vorhanden, daher konnte er so fest schnüren wie es ging.

Als Bull sich durch die Öffnung schob, blickte er auf. »Alles klar?«

»Ja. Ich habe noch das Geld eingesammelt, damit es nicht in falsche Hände fällt.« Jeder Soldat hatte Dollars bei sich, um sich im Notfall Hilfe erkaufen zu können. Es war nicht viel, aber sie konnten es vielleicht trotzdem gebrauchen.

»Gut. Reich mir den Night Stalker, wenn ich unten bin.« Mühsam kletterte Red die glatte Außenwand des Chinook hinunter. Sein Bein musste dringend behandelt werden, sonst würde er es bald gar nicht mehr benutzen können. »Okay, los.«

Langsam ließ Bull den Verletzten die Wand hinuntergleiten, bis Red ihn in Empfang nahm. Tex tauchte neben ihm auf und half ihm, den Night Stalker aufrecht zu halten, während sie darauf warteten, dass sich Bull zu ihnen gesellte.

»Was machst du da oben noch so lange?«

»Ich entferne das Blut von der Luke, damit nicht jeder sofort sieht, dass hier jemand rausgekommen ist.« Bull warf den Lappen, vielmehr ein Stück seines T-Shirts, nach unten, bevor er selbst hinunterkletterte. Wortlos nahm er den Night Stalker wieder entgegen und schwang ihn über seine Schulter. »Verschwinden wir besser hier.«

Red verkniff sich die Bemerkung, dass er das schon die ganze

Zeit gesagt hatte, und blickte Tex an. »Schaffst du es, unsere Spur zu verwischen? Dann nehme ich die Ausrüstung.«

Tex wischte sich mit dem gesunden Arm den Schweiß von der Stirn. »Geht vor, ich folge euch.«

»Bull, hast du dein Headset noch?«

»Nein.«

Red suchte eines aus der eingesammelten Ausrüstung heraus und warf es ihm zu. »Probier das hier. Tex, wie sieht es bei dir aus?«

»Hab meins noch, weiß aber nicht, ob es funktioniert.«

Während seine Teamgefährten ihre Kopfhörer und Mikrofone testeten, zog er sich sein eigenes über den Kopf. »Hast du mich vorhin gehört?«

»Nein.«

»Verdammt. Okay, dann ist entweder mein Mikrofon kaputt oder dein Kopfhörer.«

Nach einem kurzen Test atmete Red erleichtert auf. Sämtliche Geräte funktionierten und würden ihnen die Kommunikation erleichtern, sobald die Rebellen auftauchten. Außerdem waren sie so in der Lage, Funknachrichten zu empfangen, wenn ein Rettungsteam in Reichweite war. Wahrscheinlich hatten die Hülle des Hubschraubers und die Trümmer, unter denen Tex gelegen hatte, die Funksignale gestört.

Nachdem er die Gewehre verteilt und seine provisorischen Krücken wieder unter die Arme geklemmt hatte, blickte Red sein Rest-Team an. »Verschwinden wir von hier, ich habe das Gefühl, die Feinde sind schon verdammt dicht dran.«

Ohne ein weiteres Wort tauchten sie im Wald unter, Tex ein paar Schritte hinter ihnen. Sie konnten nur hoffen, dass die Rebellen nicht auf Idee kamen, nach Überlebenden zu suchen, denn sie hatten trotz aller Bemühungen sicherlich Spuren hinterlassen, die ein guter Spurenleser finden würde.

»Ihre Freundin ist wesentlich kooperativer.«

Jade hielt Mogadirs durchdringendem Blick mit Mühe stand. »Ich glaube nicht, dass sie hier ist.«

»Sie sollten sich nicht zu sicher fühlen, meine Macht reicht weit.« Er zog eine Schublade auf und nahm etwas heraus. Gemächlich kam er um den Schreibtisch herum und baute sich vor ihr auf. Seine Hand hielt er direkt vor ihr Gesicht. Unwillkürlich zuckte sie zurück, als er sie öffnete und eine Strähne langen blonden Haares herabbaumelte. Das Blut wich aus ihrem Gesicht, lähmendes Entsetzen erfasste sie. Oh Gott, sie hatten Kyla tatsächlich gefangen! »Ich sehe, Sie erkennen den Wahrheitsgehalt meiner Aussage.«

»Was haben Sie mit ihr gemacht?« Die Frage war heraus, bevor sie sich stoppen konnte. Es war klar, dass sie ihm damit weitere Munition lieferte, aber sie konnte es nicht mehr ändern.

»Leider ist ihr Aufenthalt hier nicht ganz so komfortabel wie Ihrer. Wir mussten sie etwas härter rannehmen, um zu erfahren, was wir wissen wollten.« Er spielte mit der Haarsträhne. »Noch kann sie lebend in ihre Welt zurückkehren – es hängt ganz von Ihnen ab.«

»Ich habe doch schon gesagt, dass ich nur hier bin, um der Bevölkerung zu helfen. Wie könnte ich Ihnen irgendetwas erzählen, was Sie nicht schon wissen?«

Mogadir beugte sich dichter zu ihr hinab, sein Atem strich über ihr Gesicht. »Ich lasse mich von niemandem zum Narren halten, schon gar nicht von einer Frau.« Er griff nach ihrem Arm und schob den Ärmel der Burka hoch. »Sie haben schon Bekanntschaft mit unseren kleinen Freunden gemacht, wie ich sehe. Hat Ihnen der Schmerz gefallen?« Ein Lächeln hob seine Mundwinkel. »Er wird bald ihr bester Freund sein.« Sanft legte er seine Hand über den geschwollenen Einstich.

Jade biss die Zähne zusammen, um durch keine Reaktion zu

zeigen, wie sehr bereits die leichte Berührung wehtat. Ähnlich schmerzhaft wie die Verbrennung, die sie sich vor einigen Jahren zugezogen hatte, der geringste Kontakt war die Hölle gewesen. Schweiß brach auf ihrer Stirn aus, deutlich sichtbar für Mogadir. Zufrieden grinste er sie an, drückte einmal fest zu und ließ sie dann los. Jade schmeckte Blut, so fest biss sie in ihre Lippe, um den Aufschrei zurückzuhalten. Schwarze Punkte flimmerten vor ihren Augen, ihr Magen hob sich. Mit letzter Kraft gelang es Jade, das trockene Würgen zu unterdrücken.

Als sie wieder aufblickte, sah sie gerade noch, wie Mogadir jemandem hinter ihr ein Zeichen gab. Grobe Hände drückten ihren Rücken gegen die Lehne des Stuhls, ein metallisches Schaben ertönte. Aus ihren Augenwinkeln nahm sie ein Blitzen wahr. Gott, nein! Der kalte Stahl einer Klinge drückte gegen ihre Kehle und hinderte sie am Schlucken. Jade versuchte, sich weiter nach hinten zu beugen, um den Druck zu mindern, doch die Stuhllehne hinderte sie daran.

»Wissen Sie, wie viele unnütze Teile der menschliche Körper hat? Wozu braucht man Ohren, eine Nase oder auch Finger? Zehen sowieso nicht, Brüste sind überflüssig, genauso wie Schamlippen.« Wieder zeigte er sein seltsam freundliches Lächeln, das die ganze Situation noch unerträglicher machte. »Wo sollen wir bei Ihnen beginnen?«

Jade blieb stumm. Sie hätte ihren Mund nicht aufbekommen, selbst wenn sie es gewollt hätte.

»Sie könnten sich und vor allem Ihrer Freundin viel ersparen, wenn Sie mir einfach sagen, was ich wissen will.« Als sie nicht antwortete, gab er seinem Mann ein Zeichen. »Fangen wir klein an und steigern uns dann langsam. Versuch, nicht zu viel Dreck zu machen.« Er beugte sich zu Jade vor. »Sie können ihn jederzeit stoppen, Sie müssen nur ein Wort sagen.« Damit drehte er sich um und verließ den Raum.

Sie musste entkommen, irgendwie! Vergeblich testete Jade die Fesseln, doch sie waren zu fest, um sie unbeobachtet abstreifen zu können. Eine Hand grub sich in ihre Haare und riss ihren Kopf nach hinten. Über ihr schwebte das Gesicht eines der Wächter. Er hielt die Klinge vor ihr Gesicht und näherte sie langsam ihren Augen. Jade versuchte zurückzuweichen, doch es war aussichtslos: Sie war ihm ausgeliefert. Er konnte mit ihr tun, was er wollte, ohne irgendwelche Konsequenzen, solange er sie am Leben ließ, damit Mogadir sie weiterbefragen konnte. Was hatten diese Kerle Kyla angetan? War sie wirklich hier oder war auch das nur ein Teil der Taktik gewesen? Beides war möglich, und die Ungewissheit nagte an Jade, genau wie Mogadir es beabsichtigt hatte. Schweiß rann über ihre Wange und tropfte auf die Burka. Der nasse Stoff klebte unangenehm an ihrem Körper, rieb über ihre sonnenverbrannte Haut und die geschwollenen Skorpionstiche. Doch das alles war nebensächlich, ihre gesamte Aufmerksamkeit war auf die blitzende Klinge gerichtet, die immer noch auf ihr Auge zeigte.

So gern sie die Augen auch schließen wollte, sie konnte es nicht. Wie hypnotisiert starrte sie das Messer an, während die Angst in ihr immer höher stieg. Mit einer raschen Bewegung setzte er dicht unter ihrem Auge an und führte die Klinge nach unten. Der Schmerz trieb Tränen in ihre Augen, genauso wie die Erleichterung, dass er – bisher – nur ihre Haut geschnitten hatte. Das würde verheilen, während der Verlust ihrer Sehkraft ihrem bisherigen Leben ein Ende bereiten würde. Wenn sie überhaupt lebend hier herauskam. Bisher sah es nicht so aus. Inzwischen sollte schon längst ein Rettungsteam ausgesandt worden sein – sofern Mogadirs Versteck gefunden worden war. Jeder weitere Gedanke entfloh ihr, als ihr Kopf erneut hart nach hinten gerissen wurde.

24

Bull als Krankenschwester, unter anderen Bedingungen hätte Red das sicher lustig gefunden, doch momentan war ihm jeder Humor vergangen. Zwei neue Stöcke lagen als Schienen neben seinem Bein, das Bull gerade bearbeitete. »Was, zum Teufel, machst du da eigentlich? Du solltest einfach einen Verband drumwickeln und die Schienen anbringen.«

Bull sah nicht auf. »Ich habe, anscheinend im Gegensatz zu dir, bei den Sanitätskursen aufgepasst. Wenn ich den ganzen Dreck in der Wunde lasse, könntest du das Bein verlieren. Außerdem habe ich das Gefühl, dass der Knochen nicht nur gebrochen ist, sondern die beiden Enden nicht mehr aufeinanderliegen.« Mit einer Fingerspitze berührte er die Beule, die einige Zentimeter über seinem Knie saß.

Red biss die Zähne zusammen, um nicht laut aufzuschreien, als glühendheißer Schmerz durch sein Bein schoss. Es dauerte einige Zeit, bis er wieder reden konnte. »Das heißt?«

»Ich werde versuchen, den Knochen wieder halbwegs an seinen Platz zu rücken.«

»Nur über meine Leiche!«

»Wenn es das ist, was du willst …«

»Kannst du dir vorstellen, dass schon die kleinste Bewegung höllisch wehtut?«

»Ja.«

»Und?«

Eine Spur von Mitgefühl lag in Bulls Augen. »Da wirst du durchmüssen.« Er beobachtete, wie Reds Hand instinktiv zu seiner Waffe zuckte. »Ich gebe dir eine Morphiumspritze, dann merkst du nichts.«

»Nein. Wir brauchen sie noch für den Night Stalker.« Nachdem sie im Wald einen Platz gefunden hatten, der ihnen halbwegs sicher erschien und weit genug vom Wrack entfernt war, hatten sie ihm einen richtigen Druckverband angelegt und den Arm erneut abgebunden, um den Blutfluss zu stoppen. Mehr konnten sie nicht tun und würden abwarten müssen, ob es reichte, um ihn lange genug am Leben zu halten, bis Hilfe eintraf. Die Lippen zusammengepresst ertrug Red die Behandlung. »Tex hast du auch mit dem Metallteil verbunden, warum kannst du das nicht mit meinem Knochen?«

Bull schnaubte genervt. »Hör endlich auf zu jammern. Ich werde dich so behandeln, wie ich es für richtig halte. Entweder hältst du jetzt still oder ich schlage dich k. o.«

»Dir ist aber schon klar, dass ich mich rächen werde?«

Ein Grinsen durchbrach Bulls finstere Miene. »Ich gehe davon aus.«

Red verzichtete auf eine Antwort, legte sich zurück und hob die Arme über das Gesicht. Kein Grund, zuzusehen, wie Bull ihn verstümmelte. »Tex hält Wache?«

»Ja, er gibt uns Bescheid, wenn jemand kommt.«

»Gut.«

»Okay, bist du fertig?«

»Und wenn ich Nein sage?«

»Zu spät.« Ohne weitere Vorwarnung schob Bull den Knochen an seinen Platz.

Glutroter Schmerz schoss durch Reds Bein, durch seinen ganzen Körper, bis die Bewusstlosigkeit ihn umfing.

Ein Klicken drang langsam in sein Bewusstsein und löste einen Reflex in ihm aus. Er versuchte, sich zur Seite zu rollen, um aufzustehen, wurde jedoch von einer Hand aufgehalten, die sich fest um seinen Oberarm schloss. Bull lehnte über ihm, eindeutig im Kampfmodus, und gab ihm ein Zeichen, still zu sein. Red nickte kurz und richtete sich vorsichtig auf. Erneut drang der Klicklaut durch seinen Kopfhörer. *Tex*.

Red drehte das Mikrofon, um es zu aktivieren, und sprach leise, fast tonlos, hinein. »Bericht.«

»Tangos, Dutzende davon. Auf direktem Weg zum Chinook.« Die Rebellen waren also wie erwartet angerückt.

»Beobachte weiter und melde dich, wenn sie in unsere Richtung kommen.« Ein Klicken bestätigte ihm, dass Tex verstanden hatte.

Red rieb über sein Gesicht und betrachtete sein Bein. Es schien noch dran zu sein, auch wenn es sich derzeit wie ein Fremdkörper anfühlte. Bull hatte aus einem Stück Stoff eine Bandage gefertigt, die die Schienen am Bein befestigte und es stabilisierte. »Ich bin in Ordnung. Sieh noch mal nach dem Night Stalker.«

Bull blickte ihn scharf an, nickte dann aber nur und wandte sich ab. Vermutlich hatte er verstanden, dass Red für einen Moment allein sein musste, um den Schmerz zu überwinden und die Belastbarkeit des geschienten Beins zu testen. Schwer auf die provisorischen Krücken gestützt, die Bull ihm gebracht hatte, gelang es ihm, aufzustehen. Sein ganzer Körper war schweißbedeckt, als er schließlich aufrecht stand. Und dabei hatte er sein verletztes Bein noch nicht einmal belastet. Sollten die Rebellen auf die Idee kommen, in den Wäldern nach möglichen Überlebenden zu suchen, hatten sie ein großes Problem. Der Night Stalker war völlig außer Gefecht gesetzt, Tex und er selbst nur eingeschränkt belastbar. Nur Bull war voll funktionsfähig. Keine besonders guten Aussichten, wenn Tex recht hatte und sich gerade Dutzende Feinde näherten.

Das Oberkommando würde keinen zweiten Hubschrauber

in die Gegend schicken, solange sie nicht die Situation am Boden abschätzen und sicher sein konnten, dass er nicht ebenfalls abgeschossen wurde. Das hieß, sie würden entweder Bomber schicken, die die Stellung der Rebellen auslöschten, oder einen Bodentrupp, der in gewisser Entfernung abgesetzt wurde. Beide Szenarien würden Zeit kosten, die er und der Rest seines Teams nicht hatten. Sie mussten sich darauf einrichten, auch in ihrem geschwächten Zustand einen Tag oder vielleicht auch länger allein zurechtzukommen.

Bull tauchte wieder neben ihm auf. »Soll ich sie ausschalten?«

»Das sind zu viele. Wenn jemand aus ihrer Gruppe fehlt, werden sie sofort wissen, dass nicht die gesamte Besatzung beim Absturz umgekommen ist, und dann fangen sie an, nach uns zu suchen. In unserer Verfassung stehen die Chancen nicht gut.« Red rieb seine Stirn. »Wir warten und beobachten.«

Tex meldete sich über das Headset. »Sie sind jetzt beim Chinook angekommen. Soll ich …«

»Beobachte weiter, Tex.« Reds Hand krampfte sich um den Krückstock. »Bull, stell fest, ob es irgendeine Möglichkeit gibt, die Rebellen unauffällig verschwinden zu lassen. Wenn nicht, finde heraus, was sie vorhaben.«

»Alles klar.« Lautlos verschwand er zwischen den Bäumen.

Mühsam humpelte Red zu dem Night Stalker, der immer noch reglos auf dem Boden lag. Sein Gesicht war bleich, der Puls flach und unregelmäßig. Sie hatten ihm bereits Wasser und Zuckerlösung eingeflößt, um den Blutverlust zumindest etwas auszugleichen, aber ohne Transfusion würde das nicht lange ausreichen. Red überprüfte noch einmal den Verband, bevor er sich unruhig umsah. Sein Gefühl sagte ihm, dass sie schnellstens von hier verschwinden sollten, und bisher hatte es ihn noch nie getrogen. Er wollte gerade den Befehl zum Rückzug geben, als Tex' Stimme durch den Kopfhörer drang.

»Verdammt. Tangos schwärmen aus. Folgen unseren Spuren.«

»Rückzug, sofort.« Zwei bestätigende Klicks folgten.

Red überprüfte sein Gewehr, bevor er es sich über die Schulter schlang, sodass er trotz Krücke gut an den Abzug kam. Bull trat, nachdem er sich durch ein Klicken angekündigt hatte, aus den Bäumen hervor, hob den Night Stalker auf und schwang ihn sich über die Schulter. Tex folgte ihm, griff sich den Sack, in dem sie die Ausrüstung gesammelt hatten, und band ihn um die gesunde Schulter. Damit hatten sie nur drei Gewehre zur Verteidigung. Es wurde eindeutig Zeit zu verschwinden.

Rock ließ sich vorsichtig neben Rose in den Sitz gleiten, um sie nicht zu wecken. Während des Fluges hatte das Team den Einsatz geplant, Rettungspläne entworfen und wieder verworfen und Rücksprache mit Clint gehalten, der bereits in Deutschland gelandet war. Normalerweise geschah dies im Lagezentrum, bevor sie losflogen, doch in besonders eiligen Fällen wurden die letzten Details auch im Flugzeug auf dem Weg in das Einsatzgebiet besprochen. Rose hatte sich im hinteren Teil der Maschine einen Platz gesucht, um ihre Ruhe zu haben und ihnen nicht im Weg zu sein. Vermutlich wollte sie lieber nicht so genau wissen, wie die Mission ablaufen würde, ihr Gesichtsausdruck in der Baracke hatte dies deutlich gezeigt. Ihm war es recht, denn so gab es keinerlei Ablenkung, er konnte sich ganz auf seinen Job konzentrieren.

Während die anderen Teammitglieder ihre Plätze aufsuchten, ließ Rock seinen Blick über Rose wandern. Wach versprühte sie eine Energie und Kraft, die darüber hinwegtäuschte, wie klein und zerbrechlich sie eigentlich war. Im Schlaf jedoch zeigten sich die Erschöpfung und Aufregung der letzten Tage. Ihre leicht geöffneten Lippen ließen ihn wünschen, er könnte sich einfach vorbeugen und sie küssen. All den Ärger, die Trauer und die Angst einfach in einem Kuss begraben, zumindest für ein paar Minuten. Seine Hand krampfte sich um die Armstütze des Sitzes, um der Versuchung zu widerstehen.

Erneut warf er ihr einen raschen Blick zu und versank in ihren Augen. Eine Weile sahen sie sich stumm an, dann räusperte Rock sich. »Wir landen in wenigen Minuten in Ramstein.«

Vom langen Sitzen steif geworden, richtete Rose sich langsam auf und bog ihren Rücken durch. Rock wusste, dass er sie nicht anstarren sollte, aber er konnte sich nicht abwenden. Ihre Brüste pressten sich gegen den weichen Stoff ihres Pullovers und ließen ihn wünschen, sie wären wieder auf seiner Terrasse. Rose in dem dünnen Kleid, dann nackt, ihre harten Brustwarzen an seinen Handflächen. Verdammt! Rock schloss die Augen und atmete tief durch. Er musste es vergessen, zumindest so lange bis sie sicher zurück in San Diego waren. Als sie seine Wange berührte, flogen seine Lider auf.

»Vielleicht hättest du auch ein wenig schlafen sollen, du siehst müde aus.« Ihre raue Stimme drang an seine Ohren. »Danke.«

Erstaunt blickte er sie an. »Wofür?«

»Dass du mir zutraust, meine Aufgabe in Afghanistan zu erfüllen.«

»Wenn ich nicht dieser Meinung wäre, hätte ich dich nicht mitkommen lassen.«

Rose zog eine Braue hoch. »Du hättest in dieser Angelegenheit wohl kaum etwas zu sagen gehabt.«

»Es gibt Mittel und Wege …«

»Du hältst dich für sehr mächtig, Roderic Basilone.«

Rock zuckte zusammen, als sie seinen Namen aussprach. »Sonst wäre ich nicht SEAL geworden.« Er nahm ihre Hände in seine. »Tu mir bitte den Gefallen und nenn mich ›Rock‹. Mal ganz davon abgesehen, dass mein Name eine Zumutung ist, sind wir jetzt auf einer Mission und meine Kollegen …«

»Ich verstehe. Rock.« Sie testete den Namen und verzog den Mund. »Ich weiß nicht, ob ich mich daran gewöhnen kann. Das hört sich so … hart an.«

»Ich bin hart.«

Sie lachte ihm ins Gesicht. »Aber nur äußerlich.« Errötend legte sie die Hand vor den Mund. »Ich meinte …«

Es war völlig klar, woran sie gedacht hatte. Die Antwort darauf drückte fordernd gegen seinen Reißverschluss. Rock verlagerte sein Gewicht, um den Druck zu mindern. Flugzeugsitze waren bei seiner Größe und Breite sowieso schon unbequem, doch eine Erektion war das Letzte, was er jetzt gebrauchen konnte.

»Werden wir Clint in Ramstein treffen?« Rose' Frage war eine willkommene Ablenkung.

»Ja. Er wartet dort mit einem kleinen Team auf uns. Er hätte bereits vorfliegen können, aber es ist sicherer, wenn wir in einem Transportkonvoi fahren. Die Straße vom Kabuler Flughafen wird gern für Hinterhalte benutzt.«

»Ich weiß.«

Natürlich wusste sie das, sie war schließlich schon einige Male im Land gewesen. Warum vergaß er das immer wieder? Konnte er sich nicht vorstellen, dass sie ein Leben nach ihrer Ehe mit Ghost geführt hatte? Oder wollte er es nicht? Er sprach weiter, um den Gedanken im Keim zu ersticken. »Clint ist als Ausbilder zu den Ostküsten-SEALs gegangen, nachdem er Karen Lombard gerettet hatte.«

»Als Ramon …«

»Nein, vier Jahre später.«

»Was ist passiert?«

»Karen hat ihn auf der Ranch aufgesucht, nachdem sie herausgefunden hatte, dass eine amerikanische Terrororganisation sie töten wollte. Die Entführung damals war übrigens auch deren Werk. Die Terroristen sind ihr nach Montana gefolgt und hätten sie und Clint beinahe umgebracht. Glücklicherweise konnte Clint sich befreien und die Mörder mit Matts Hilfe … unschädlich machen.« Kein Grund darauf hinzuweisen, dass er einen von ihnen getötet hatte. »Jedenfalls ist Karen danach an die Ostküste zurückgekehrt, und Clint ist ihr gefolgt. Seitdem leben sie zusammen.«

»Das freut mich.«

Rock räusperte sich, bevor er fortfuhr. »Es war eines von Clints Teams, das mit dem Hubschrauber abgestürzt ist, er ist ihr kommandierender Offizier in Little Creek. Du weißt, dass er dazu neigt, sich Vorwürfe zu machen, wenn jemand unter seinem Kommando zu Schaden kommt.«

»Ich erinnere mich noch gut daran.« Sie schüttelte den Kopf. »Er hat sich damals die Schuld an Ramons Tod gegeben.«

»Er tut es noch heute.«

»So ein Idiot.«

Rock lachte. »Das solltest du ihm sagen.«

»Ich habe es damals getan und würde es jederzeit wieder tun. Allerdings glaube ich nicht, dass er derzeit in der Verfassung ist zuzuhören.«

Augenblicklich wurde Rock ernst. »Nein, ganz sicher nicht.«

»Warum ist Matt nicht dabei? Er kennt Clint am besten.«

»Hawk ist auf dieser Mission für TURT an Bord, Matt hält zu Hause den Laden zusammen.«

»Nicht, dass ich Hawks Fähigkeiten anzweifeln will, aber er kam mir sehr erschöpft vor.«

»Das ist er sicherlich, aber er wird seinen Job erledigen.«

»So gut wie Matt?«

»Ja. Er weiß, wie viel davon abhängt, auch für ihn.«

»Beruflich?«

»Nein.«

Noch deutlicher hätte Rod… *Rock* nicht sagen können, dass das Thema damit für ihn erledigt war. Rose wollte auch nicht wirklich über Daniel Hawk reden, sie hatte nur ein unverfängliches Thema gesucht, um sich von der bevorstehenden Aufgabe einerseits und Rocks Nähe andererseits abzulenken. Es hatte nicht funktioniert. Unauffällig wischte sie ihre feuchten Handflächen an der Hose ab und blickte aus dem Fenster. Felder und Siedlungen wechselten sich mit Waldflächen ab. Das Zeichen zum Anschnallen leuchtete auf, während das Flugzeug spürbar langsamer wurde. Die Landschaft unter ihnen wurde immer größer, bald waren einzelne Häuser zu erkennen, Straßen schlängelten sich durch die Landschaft.

»Wir sind gleich da.«

Rock beugte sich vor und sah ebenfalls aus dem Fenster. »Fünf Minuten etwa.«

»Warst du schon hier?«

»Einige Male in den letzten Jahren. Ramstein wird meistens als Zwischenstopp auf dem Weg in die Krisengebiete im Osten benutzt.«

»Ich bin bisher nur mit kommerziellen Maschinen geflogen. Sind alle Militärmaschinen so luxuriös wie diese?«

»Nein, das wirst du gleich bemerken, wenn wir Richtung Afghanistan aufbrechen. Oft fliegen wir mit einfachen Truppentransportern, die alles andere als gemütlich sind. Aber man gewöhnt sich dran.«

Rose sah ihn an, und ihr wurde wieder bewusst, auf was sie sich da einließen. Was, wenn Rock bei dieser Mission ums Leben kam? Die Vorstellung, ihn wie Ramon in einem Sarg zu sehen, war zu schmerzhaft. Noch einmal würde sie das nicht durchstehen können. Vielleicht war es feige von ihr, sich deshalb nicht mehr richtig auf das Leben und die Liebe einzulassen, aber anders konnte sie damit nicht umgehen. Es würde sie zerstören.

Rock war ein Freund, ein guter Bekannter, nichts weiter. Wenn diese Mission überstanden war, würden sie wieder getrennte Wege gehen, als wäre nichts vorgefallen. Rose versuchte sich einzureden, dass sie genau das wollte, aber es gelang ihr nicht ganz. Sie würde noch daran arbeiten müssen, so viel war sicher.

25

Die nächsten Minuten schwiegen sie, jeder in seine Gedanken versunken. Rose bemühte sich, nur aus dem Fenster zu blicken und Rocks Nähe zu verdrängen, so gut sie konnte. Es würde ihr sicher gelingen, ihm in den nächsten Tagen aus dem Weg zu gehen, sie hatten schließlich verschiedene Aufgaben. Sie sollte mit Cass' Hilfe versuchen, die immer noch vermisste Agentin ausfindig zu machen oder zumindest etwas über ihr Schicksal zu erfahren. Die Frau konnte sich nicht in Luft aufgelöst haben, irgendwer musste etwas beobachtet haben. Wenn jemand gesehen hatte, wie eine westliche Frau mitten in der Nacht entführt wurde, dann musste er eigentlich auch wissen, was mit der anderen passiert war. Außer die beiden hatten sich getrennt.

»Haben die Agentinnen die Weisung, sich zu trennen, wenn etwas Unvorhergesehenes geschieht?«

Wenn Rock von ihrer Frage überrascht war, zeigte er es nicht. »Nein, es bleibt ihnen selbst überlassen, die geeignetste Maßnahme zu ergreifen. Wieso?«

»Ich habe mich gefragt, ob sie sich vielleicht getrennt haben und deshalb nur von einer entführten westlichen Frau die Rede war.«

»Das kann durchaus sein. Wenn sie irgendetwas entdeckt hatten, das so brisant war, dass eine sofortige Flucht nötig wurde ...« Falten erschienen auf seiner Stirn. »Normalerweise würden sie aber zusammenbleiben, um sich gegenseitig Deckung zu geben. Vielleicht war eine von ihnen verletzt und konnte nicht mehr folgen.«

»Cassandra hat nichts davon gesagt, dass die Frau verletzt war, bevor sie überwältigt wurde. Und da keine zweite Frau bei ihr war, hat die andere Agentin entweder einen anderen Weg genommen oder sie ist irgendwo zwischen der Wohnung und dem Ort der Entführung verletzt oder getötet worden.«

»Ein Kontaktmann hat bereits nach ihnen gesucht – unauffällig natürlich –, aber nichts entdeckt. Weder in der Wohnung noch in der Umgebung irgendein Hinweis auf ihren Verbleib.«

»Hoffen wir, dass die Frauen in der Gegend etwas gesehen oder gehört haben. Ich kann nicht versprechen, dass sie mit mir reden werden, aber ich werde es versuchen.« Rose strich eine Haarsträhne aus ihrer Stirn. »Cass kommt auch zurück nach Afghanistan und hilft mir bei der Suche. Wenn die RAWA eure Agentin nicht finden kann, dann kann es niemand.«

»Versprich mir, vorsichtig zu sein.«

Rocks eindringliche Bitte ließ sie lächeln. »Das bin ich immer. Mit der Burka dürfte mir nichts passieren.«

Rock verzog den Mund. »Das dachten die beiden Agentinnen auch.«

»Sie hatten hier eine Aufgabe, die gefährlich war, ich suche nur zwei Mitarbeiterinnen einer Hilfsorganisation. Glaub mir, ich weiß, was ich tue.«

Rose erschrak, als die Maschine unerwartet auf der Rollbahn aufsetzte, sie hatte überhaupt nicht bemerkt, dass sie bereits landeten. Die SEALs waren aufgestanden und dabei, ihre Sachen zusammenzupacken, noch bevor die Maschine vollständig abgebremst hatte. Da die Durchsage fehlte, dass sie sitzen bleiben sollten, bis das Flugzeug auf seiner Parkposition stand, war es wohl erlaubt. Rose vergewisserte sich, dass nichts unter ihren Sitz gerollt war, schlüpfte in ihre Schuhe und hob ihren Rucksack auf. Rock blockierte mit seinem Körper den Gang und nahm ihre Hand in seine.

»Alles klar?«

Erneut diese Sanftheit, die es ihr so schwer machte, ihm zu widerstehen. »Ja.« Ihre Stimme klang selbst in ihren Ohren rau und unsicher. Sie räusperte sich und drückte seine Hand. »Du glaubst es sicher nicht, aber ich freue mich sogar darüber, wieder in Afghanistan zu sein. Ich habe hier sehr viele liebenswerte, mutige und engagierte Menschen kennengelernt.«

Rocks Blick war unergründlich, aber die Wärme in seinen Augen nicht misszudeuten. »Reservier mir auf dem Rückflug einen Platz neben dir, ja?«

Am Fuß der Treppe warteten bereits Transporter auf sie. Hitze schlug ihnen entgegen, als sie nacheinander auf den in der Nachmittagssonne flimmernden Asphalt traten. Ein langer Schatten löste sich aus einem der Fahrzeuge und kam rasch auf sie zu. Rock grinste, als er Clint erkannte. Es tat gut, seinen ehemaligen CO wiederzusehen. Clint schüttelte einige Hände, klopfte auf Schultern seiner früheren Teammitglieder und begrüßte die neu hinzugekommenen SEALs, bevor er schließlich bei Rose ankam.

Zögernd trat er auf sie zu und ergriff ihre Hand. »Hallo Rose. Danke, dass du gekommen bist.«

»Clint. Es ist schön, dich zu sehen.« Rose stellte sich auf die Zehenspitzen und küsste ihn auf die Wange.

Rock wollte sich abwenden, konnte es aber nicht. Fasziniert beobachtete er, wie Clint die Augen schloss und eine Welle des Schmerzes über sein Gesicht lief. Druck baute sich in seinem Brustkorb auf, als er erkannte, wie tief sein ehemaliger CO unter dem Verlust seiner Männer litt. Er sah schnell weg, als Clint die Augen wieder öffnete. Sekunden später war die Maske wieder an ihrem Platz, und Clint löste sich von Rose.

»Rock, ich hätte nicht gedacht, dich noch einmal in Aktion zu erleben.«

Rock bemühte sich um einen finsteren Gesichtsausdruck. »Willst du damit sagen, dass ich alt bin?«

Ein kurzes Grinsen blitzte auf. »Erfahren.«

»Das will ich dir auch geraten haben … Daddy.«

Rose wandte sich bei seinen Worten wieder zu ihnen um. Tränen glitzerten noch in ihren Wimpern. »Was hast du gesagt?«

Clint holte ein flaches, rechteckiges Medaillon unter seinem T-Shirt hervor. Geschickt öffnete er es und zeigte ein Foto von Karen und seiner kleinen Tochter Maya. »So sind sie immer bei mir, egal wo ich bin.«

Rose beugte sich vor und betrachtete das Bild eingehend. »Sie sind sehr hübsch.«

»Der Meinung bin ich auch. Danke.« Clint ließ das Medaillon wieder zuschnappen und schob es unter sein T-Shirt zurück. »Okay, Abmarsch, der Transporter wartet schon auf uns.«

Wenige Minuten später waren sie bereits in der Luft, auf dem Weg nach Afghanistan. Während der Startvorbereitungen hatte Clint die anderen Männer vorgestellt, die ihn begleiteten. Neben einigen Navy- und Army-Offizieren, die das Unglück mit ihm gemeinsam untersuchen würden, war auch Joe Spade anwesend, nach dessen Plänen Mogadirs Lager ausfindig gemacht werden konnte. Er wirkte genauso ruhig, kühl und kompetent wie bei der Video-Besprechung. Nur die zerzausten braunen Haare deuteten darauf hin, dass er die ganze Nacht wach gewesen war. Klare, tiefblaue Augen betrachteten sie abwartend. Rose erwiderte seinen Händedruck, erneut von der Ähnlichkeit mit Ramon gefangen.

»Joe wird uns nicht nur bei der Informations- und Kartenauswertung helfen, sondern auch Rose bei ihren Erkundungsgängen behilflich sein.«

»Aber …« Weiter kam Rose nicht.

»Er ist dafür ausgebildet. Ohne männlichen Schutz kannst du nicht auf die Straße gehen, Rose, es wäre zu gefährlich. Das Team wird keine Zeit dafür haben, mal ganz davon abgesehen, dass die meisten mit ihrem Äußeren einfach zu sehr auffallen würden.«

Zu groß, zu breit, zu asiatisch, zu schwarz, zu rot – Rose verstand, was er meinte. Trotzdem wollte sie nicht so schnell klein beigeben. »Das ist doch Zeitverschwendung, ich war hier schon öfter und komme zurecht.«

»Aber du warst noch nie ganz allein, ihr wart immer zu mehreren oder mit einem männlichen Begleiter, habe ich recht?«

»Ja.«

Clint nickte und ging zu einem anderen Thema über. »Heute werden wir auf einem amerikanischen Stützpunkt in der Nähe Kabuls übernachten. Morgen wechseln wir zu einem Lager der deutschen KSK – Kommando Spezialkräfte –, das näher an unserem Zielgebiet liegt. Dort sind wir auch weniger angriffsgefährdet. Offiziell sind wir dort zum Training mit den deutschen Elitesoldaten.«

Clint blickte sie der Reihe nach an. »Wir haben drei Aufgaben: Sichern und Bergen der Besatzung und des Hubschraubers, Befreiung der entführten Agentin aus dem Lager Mogadirs und Suche und Befreiung oder Bergung der weiterhin vermissten Agentin. Wir werden nicht eher gehen, bis wir alle drei erfüllt haben. Alles klar?«

»Hooyah!«

Schweiß brannte in ihren Wunden, lief über ihr Gesicht und tropfte auf die Holzplanken unter ihr. Jade presste die Hände zusammen, um sich davon abzuhalten, die Tropfen von ihrer Haut zu wischen. Vermutlich war schon Schmutz in die Schnitte gelangt, aber sie musste zumindest versuchen, eine Entzündung zu verhindern. Fieber oder eine Blutvergiftung konnte sie sich nicht leisten, sonst war sie zu geschwächt, um die Folter zu überstehen oder würde im Fieberwahn etwas sagen, das Mogadir nicht erfahren durfte. Nachdem sie die Tortur mit dem Messer über sich hatte ergehen lassen, ohne etwas zu sagen, hatte der Warlord befohlen, sie in einen der Folterräume zu bringen – um seinen Boden nicht weiter zu verschmutzen. Die Wächter hatten sie gepackt und nackt aus dem Zimmer gezerrt, die Burka war zerfetzt zurückgeblieben. Nur undeutlich hatte sie erkannt, wohin man sie brachte, eines ihrer Augen war zugeschwollen.

Jade fuhr mit der Zunge über ihre Zähne. Ihr Mund war völlig ausgetrocknet, sie hatte Probleme, durch ihre geschwollene Kehle zu schlucken. Die Wächter hatten sich einen Spaß daraus gemacht, sie so lange zu würgen, bis sie halb besinnungslos an ihren Fesseln gehangen hatte. Im letzten Moment hatten sie sich dann zurückgezogen und gewartet, bis sie wieder normal atmete, bevor sie erneut anfingen. Ihre Handgelenke schmerzten, wo die Eisenmanschetten an Haut und Knochen gerieben hatten. Ihre Schultergelenke waren beinahe ausgekugelt worden, so hoch hatte man ihre Arme gebunden. Wo sie die Wand berührt hatte, war die Haut ihres Rückens aufgescheuert. Mogadir war nicht glücklich darüber gewesen, dass sie während der ganzen Tortur kein Wort gesagt hatte. Die Wächter hatte das angefeuert, sich noch mehr anzustrengen. Jade erschauerte, als sie sich daran erinnerte, was sie ihr angetan hatten. Ihr gesundes Auge zusammengepresst, versuchte sie, die Gedanken daran zu verbannen. Sie konnte es sich nicht leisten, dieser Schwäche nachzugeben.

Am liebsten hätte sie sich zu einer kleinen Kugel zusammengerollt und alles um sich herum ausgeschlossen, doch das ging nicht. Die Kiste, in der sie lag, war gerade so hoch, dass ihre Nasenspitze die Bretter berührte. Ihr Kopf und ihre Füße berührten ebenfalls Holz, genau wie ihre Arme. Sie war eingesperrt und hatte kaum genügend Raum zum Atmen. Erneut wollte die Panik in ihr hochkommen, doch sie kämpfte sie nieder. Sie musste ruhig bleiben, wenn sie überleben wollte. Hektische Bewegungen und heftiges Atmen würden den knappen Sauerstoff nur noch weiter dezimieren. Auch wenn es ihr schwerfiel, ihre Klaustrophobie zu unterdrücken, sie hatte keine andere Wahl. Ein heftiges Schaudern überlief sie. Gott, sie wollte raus! Sie hob ihr Gesicht zu dem quartergroßen Astloch, das sie vor einiger Zeit entdeckt hatte, und schnappte gierig nach Luft.

Gerade hatte sie ihre Panik halbwegs wieder im Griff, als Wasser über sie hereinbrach. Eiskalt und hart schoss es durch das Loch und lief ihr in Mund, Nase und Augen. Mit einem unterdrückten Schrei versuchte Jade, sich von dem Strahl abzuwenden, doch sie konnte sich nicht bewegen. Den Kopf angewinkelt, um wenigstens nicht direkt im Gesicht getroffen zu werden, wartete sie darauf, dass das Wasser verschwand. Aber das tat es nicht. Unablässig rauschte es in ihr enges Gefängnis, verteilte sich auf dem Boden der Kiste und stieg immer höher. Zuerst an ihrem Rücken hoch, dann an den Seiten hinauf und bis zum Ansatz ihrer Brüste. Zitternd suchte sie nach einer Möglichkeit, dem kalten Tod zu entkommen, doch es war zwecklos. Das Wasser stieg immer höher, an ihrem Hals, in ihre Ohren, bis alles ein dumpfes Rauschen war, nur durchbrochen vom wilden Hämmern ihres Herzens. Jade presste ihr Gesicht dicht an den Deckel der Kiste, um den letzten Rest Sauerstoff zu erreichen. Je höher der Wasserpegel stieg, desto mehr Luft entwich, schon jetzt merkte sie, wie der Kohlendioxidwert einen kritischen Level erreichte. Sie würde ersticken.

Brauchte Mogadir sie nicht mehr, hatte Kyla ihm verraten, was er wissen wollte? Jade schloss ihr gesundes Auge und unterdrückte ein Schluchzen. Ihr Brustkorb drohte zu platzen. Trauer und Angst verdichteten sich in ihr, bis sie meinte, schreien zu müssen. Sie wollte nicht sterben! Ihr Körper war eiskalt, kaum noch zu einer Bewegung fähig. Hypothermie setzte ein, ihre Gedanken verschwammen. Jade versuchte, dagegen anzukämpfen, aber sie war zu schwach. Das Wasser erreichte ihren Mund, Sekunden später ihre Nase, ihre Augen. Die ganze Welt verschwamm in einem Strudel aus Eiswasser.

Langsam erwachte Jade aus der Bewusstlosigkeit. Blicklos starrte sie an die Decke, während sie versuchte, ihre Gedanken zu sortieren. Sie war nicht tot, noch nicht zumindest. Blinzelnd vertrieb sie die Unschärfe aus ihrem Auge. Wo war sie? In der Kiste zumindest nicht mehr, genauso wenig wie im Folterraum. Ein Luftzug ließ sie erschaudern. Die Burka hatte sie anscheinend nicht zurückbekommen. Mühsam richtete Jade sich auf, das Gesicht qualvoll verzogen. Es gab keinen Zentimeter an ihrem Körper, der nicht schmerzte. Der raue Steinboden rieb über ihre aufgescheuerte und zerschnittene Haut, die Wunden brannten. Ihre Kopfhaut kribbelte und spannte über den offenen Striemen. Jade umschlang ihre Beine mit den Armen und lehnte das Kinn auf die Knie. Sie musste versuchen, ihre Körperwärme zu halten, damit sie in der Nacht nicht erfror.

Noch lag die Hitze des Tages wie eine wärmende Decke über ihr, doch in einigen Stunden würde die Kälte jeden Rest davon vertrieben haben. Seit Tagen ohne Nahrung hatte ihr Körper keine Energie, sich warm zu halten. Oder sich gegen ihre Peiniger zu wehren. Sie musste dringend entkommen, doch wie sollte sie das anstellen? Die Zelle war ohne Werkzeug ausbruchsicher, und die Wächter waren nie allein und immer bewaffnet, wenn sie sie holten. Jade zuckte zusammen, als laute Musik durch die Zelle schallte. Arabische Melodien, die schon nach wenigen Sekunden ihre Nerven zum Zerreißen spannten. Leise im Hintergrund spielend, hatte sie sich während ihrer Zeit in Afghanistan daran gewöhnt, doch in dieser Lautstärke und Situation war sie alles andere als willkommen. Jade presste ihre Hände auf die Ohren, doch die Musik hallte von den Wänden wider, füllte den kleinen Raum und durchdrang sie.

Nach ein paar Minuten hatte sie sich so weit an den Lärm gewöhnt, dass sie ihn in einen kleinen Teil ihres Gehirns verbannen konnte. Das Denken fiel ihr schwer, sie konnte ihre eigenen Gedanken kaum hören. Nachdem die körperliche Folter bei ihr nicht gewirkt hatte, schien Mogadir nun auf die psychologische zu setzen. Jade biss ihre Zähne zusammen und richtete sich auf. Sie würde sich nicht kleinkriegen lassen – von niemandem. Für einen Moment stoppte die Musik, dann dröhnten Bässe durch die Zelle. Ein Rapper stotterte amerikanische Texte, kurz danach wechselte es zu durchdringendem Gejaule von E-Gitarren. Gott! Niemals würde sie diesen Krach ignorieren können, er war einfach zu disharmonisch. Die Hände auf die Ohren gepresst hoffte sie, dass es ihr irgendwie gelingen würde zu schlafen.

26

Seit Stunden lieferten sich Red und seine Männer mit den Rebellen ein Katz-und-Maus-Spiel, blieben immer einen knappen Schritt vor ihnen. Ein oder zwei Mal war es verdammt eng gewesen. Sie hatten sich gerade noch im Unterholz verstecken können, während ihr Feind nur Zentimeter entfernt an ihnen vorbeiging. Gegen Mittag hatten sie begonnen, einzelne Gegner auszuschalten, wenn diese zu nahe kamen und dumm genug waren, keine Rückendeckung dabeizuhaben. Das Problem war: Die Zahl der Rebellen verringerte sich scheinbar nicht. Immer neue schlossen sich der Suche nach ihnen an. Sie bemühten sich, keine Spuren zu hinterlassen, aber das war ein aussichtsloser Kampf. Ihr Team war zu klein und in zu schlechter Verfassung, um mehr als eine oberflächliche Verschleierung zuzulassen. Red wischte sich den Schweiß von der Stirn und blickte Bull entgegen, der von einem Erkundungsgang zurückkam. Der zuckende Muskel in seiner Wange verhieß nichts Gutes.

»Die Schweine treiben uns in offenes Gebiet. Da draußen gibt es nur niedrige Büsche und Sand.«

»Optionen?«

»Kämpfen oder Flüchten.« Bulls Augenbrauen schoben sich zusammen. »Wir könnten einigen Schaden unter den T's anrichten, aber es sind zu viele, als dass wir im Kampf gegen sie gewinnen könnten, unsere Munition hält nicht ewig.« Red nickte. »Zur Flucht – ich würde dazu raten, wenn ich wüsste, wohin wir flüchten könnten. Im offenen Gebiet wären wir Zielscheiben. Ich denke, wir sollten versuchen, die Rebellen zu umgehen, und langsam zum Chinook zurückkehren. Irgendwann müssen unsere Truppen ja kommen, in Anbetracht eurer schweren Verletzungen wäre es sinnvoll, euch so schnell wie möglich auszufliegen.«

»Tex?«

»Ich bin derselben Meinung. Ich kann durchaus noch einige Zeit durchhalten, aber unser Freund von den Night Stalkern sicher nicht.« Er blickte dorthin, wo Bull ihn vor seiner Erkundung hingelegt hatte. »Wenn er überhaupt durchkommt.«

Die Befürchtung hatte Red auch, aber er weigerte sich, darüber nachzudenken. Sie würden für ihn tun, was sie konnten – alles Weitere lag nicht in ihrer Hand. »Okay. Wir werden sie umgehen. Und zwar ohne sie zu eliminieren, das würde sie nur auf unsere Spur führen. Wir brauchen eine Ablenkung, etwas, das sie verwirrt und ihnen suggeriert, dass wir in der anderen Richtung unterwegs sind.«

Tex drückte ihm den Sack mit der Ausrüstung in die Hand. »Das mache ich.«

»Bist du sicher …?«

Tex unterbrach ihn. »Bull muss den Night Stalker tragen, du kannst nicht laufen, also bleibe nur ich.« Er grinste. »Außerdem will ich auch endlich mal ein bisschen Spaß haben. Ich werde sie so von der Spur abbringen, dass sie ihren eigenen Arsch nicht wiederfinden.«

Das klang nach dem großmäuligen Texaner von vor dem Absturz, Red hatte ihn schon vermisst. »Lass dich nicht erwischen. Ich habe nicht vor, noch jemanden aus meinem Team zu verlieren.«

»Keine Angst, die werden mich nicht zu Gesicht bekommen.«

Red warf ihm einen Gürtel mit Ersatzmunition zu. »Solange du in die andere Richtung gehst, beseitige so viele, wie es geht. Danach absolute Waffenruhe.«

»Verstanden.«

»Lass dein Mikro an, damit wir hören, was bei dir los ist.«

»Wenn wir einen guten Platz haben, geben wir dir die GPS-Koordinaten durch.« Red blickte zu Bull. »Alles bereit?« Bull nickte und hob den Night Stalker auf. »Okay, dann los.« Red drückte Tex' Arm. »Keine Heldentaten. Wenn es nicht mehr geht, kommst du sofort zurück.«

»Aye.« Tex verschwand zwischen den Bäumen, während sie sich tiefer im Unterholz versteckten.

Schon bald darauf brachen die Rebellen ein Stück entfernt durch den Wald, in ihrer Hast, ihre vermeintliche Beute zu erwischen, noch lauter und unvorsichtiger als zuvor. Von Tex hörten sie über das Mikro nichts außer gelegentlichem Atmen. Während er die Feinde weglockte, zählte er leise mit.

»Was tut er da?«

Reds Mundwinkel hob sich. »Er sagt uns, um wie viele Tangos wir uns nicht mehr kümmern müssen. Komm jetzt weiter.«

Hoffentlich fanden sie schnell einen geeigneten Unterschlupf, denn auch wenn es derzeit nicht so wirkte, würde Tex die Rebellen nicht ewig an der Nase herumführen können. Seine Verletzung würde ihn bald zwingen umzukehren, und bis dahin sollten sie einen ruhigen Platz gefunden haben, an dem sie für die nächsten Stunden sicher waren. Das Waldstück war nicht besonders groß, es lag in einer Senke, die die Flanke des Gebirges umrundete und in der sich genug Wasser für Nadelhölzer und struppiges Buschwerk sammelte. Weiter oben wurde die Vegetation spärlicher, es wuchsen nur noch einige Sträucher und Trockengräser, während südlich des Waldes öde Wüste lag. Sie konnten versuchen, in die Ausläufer des Hindukusch zu fliehen, doch zum einen würden sie mit den Verletzungen nicht weit kommen, und zum anderen kannten sich die Rebellen dort wesentlich besser aus als sie selbst.

Zwar hatten sie ein paar Notrationen dabei, aber die würden nicht lange reichen. Die Aktion hatte nur wenige Stunden dauern sollen, gerade so lange, um die Wachen auszuschalten, das Lager zu stürmen, die Agentin zu befreien und wieder zu verschwinden. Niemand hatte ahnen können, dass sie abstürzen und hier stranden würden. Sie waren durch ihr Training auf vieles vorbereitet, aber Teammitglieder zu verlieren, vor allem so viele auf einmal, ließ sich nicht üben. Red presste die Zähne zusammen. Sie mussten weitermachen, bis sie irgendwo in Sicherheit waren. Erst dann konnten sie die Trauer und Wut herauslassen, die in ihnen brodelte.

Ein Stöhnen holte ihn abrupt aus seinen Gedanken zurück. Er stoppte, um zu lauschen. Da war es wieder. War das Tex? Nein, es kam nicht durch den Kopfhörer. Vor ihm ließ Bull den Night Stalker vorsichtig von der Schulter gleiten. Red humpelte auf ihn zu und hockte sich neben ihn.

Der Verletzte hatte die Augen geöffnet, die Verwirrung und Angst war offensichtlich. »Was …?«

Bull hielt ihm rasch den Mund zu. Er beugte sich dicht hinunter, sodass er direkt in sein Ohr sprechen konnte. »Feindkontakt.«

Der Blick des Night Stalkers wanderte zu Red, dann zu den umliegenden Wäldern. Es war klar, dass er viele Fragen hatte, aber die konnten sie ihm jetzt nicht beantworten. Eher zufällig fiel der Blick des Mannes dabei auf seinen Arm, und die Verwirrung verwandelte sich in Entsetzen. Glücklicherweise hatte Bull das vorausgesehen und seine Hand auf dem Mund des Mannes gelassen, während er ihn mit der anderen am Boden hielt.

»Hmhmhmmmm.«

»Halt still, sonst muss ich dich aus dem Verkehr ziehen.«

Es dauerte eine Weile, bis die Bedeutung zu dem Night Stalker durchdrang, doch es gelang ihm, sich zu beruhigen. Zumindest so weit, dass er den Mund hielt und nicht mehr um sich schlug. Red atmete erleichtert auf. Sie mussten weiter, bevor die Rebellen merkten, dass sie der falschen Fährte gefolgt waren.

Red beugte sich vor. »Wir suchen uns einen Unterschlupf, aber bis dahin wird Bull dich tragen, und du darfst dich nicht rühren. Verstanden?« Der Night Stalker nickte. »Ich gebe dir Morphium gegen die Schmerzen, etwas anderes haben wir leider nicht.« Er holte die vorbereitete Spritze aus der Sanitätstasche und injizierte ihm das Morphium. »Okay, weiter.«

Bull hob den Verletzten hoch und legte ihn sich über die Schulter – sanfter diesmal, denn ab sofort würde er jede Berührung spüren. Red beobachtete, wie das Gesicht des Mannes noch blasser wurde. Sie hatten heute wirklich kein Glück, es wäre besser gewesen, wenn er weiter bewusstlos geblieben wäre, so hatte er nicht nur Schmerzen, sondern würde sie vermutlich auch bei ihrer Flucht behindern. Das Morphium würde erst in ein paar Minuten seine Wirkung richtig entfalten, bis dahin würde der Schmerz vermutlich unerträglich sein. Red strich über seine Stirn, während er den Night Stalker betrachtete.

»Name?«

»D…Dean.«

»Okay, es tut mir leid, Dean.« Damit schlug er leicht gegen die Schläfe des Verletzten und beobachtete, wie Dean wieder in tiefer Bewusstlosigkeit versank. Red konnte nur hoffen, dass er später wieder aufwachen würde.

»Danke.«

Red nickte Bull zu und gab ihm das Zeichen zum Aufbruch.

Kyla schob den Zweig zur Seite, der ihr die Sicht versperrte, und atmete tief durch. Die Dämmerung hatte sich über das Land gesenkt, der Mond verbarg sich kaum sichtbar hinter einem dünnen Wolkenschleier. Es gab keinen Grund, noch länger hier auszuharren. Ihre Gastgeber der vergangenen Nacht hatten sie anscheinend nicht verraten: Bis auf den frühmorgendlichen Besuch war niemand aufgetaucht. Sie zog sich den Schleier über das Gesicht und folgte Hamid, der ihnen einen Weg durch das Gestrüpp bahnte. Wenn sie nur wüsste, was er mit ihr vorhatte! Als einer von Mogadirs Männern hätte er sie schon längst dort abliefern müssen, anstatt sie ungesehen aus der Stadt herauszubringen, sie zu verarzten und zu ernähren. Kyla blieb ruckartig stehen. Vielleicht gehörte er einem verfeindeten Clan an und brachte sie dorthin, damit ein Lösegeld gefordert werden konnte. Diese Möglichkeit erschien ihr wesentlich logischer, wenn auch nicht weniger hoffnungslos für sie. Allerdings erklärte das nicht, warum er ihr Angebot, ihn auszuzahlen, nicht angenommen hatte. Es mochte die Angst vor seinem Anführer gewesen sein, aber sie konnte sich nicht vorstellen, dass Hamid sich vor irgendjemandem fürchtete. Dann schon eher aus Loyalität oder Sturheit.

Sie betrachtete seinen Rücken abschätzend. Ja, das musste es sein. Hamid war kein Mann, der sich von einem einmal gefassten Plan wieder abbringen ließ. Und wenn er jemandem sein Wort gegeben hätte, würde er es um jeden Preis halten. Langsam setzte Kyla sich wieder in Bewegung, die Burka eng an den Körper gepresst, damit sie nicht ständig in den Zweigen hängen blieb. Verdammt, sie musste hier raus, bevor sie die ganze Situation so sehr verwirrte, dass sie nicht mehr wusste, was sie tun sollte! Statt dem Impuls zu fliehen nachzugeben, biss sie die Zähne zusammen und stapfte weiter hinter Hamid her. Allein würde sie sich hier draußen unweigerlich verirren. Es würde nur ihre Kräfte auslaugen, sie aber nicht weiterbringen.

Hamid wusste das, sonst hätte er sie weiterhin festgehalten, so wie er das in der letzten Nacht getan hatte. Ihre Zähne knirschten, so fest presste sie sie aufeinander.

»Konntest du dich ein wenig ausruhen?«

Hamids leise Frage ließ sie zusammenzucken. Nach ihrem

Zusammenbruch hatte er ihr seine Tasche unter den Kopf geschoben und ihr geraten, noch ein wenig zu schlafen. Zu ihrem eigenen Erstaunen waren ihr tatsächlich kurz danach die Augen zugefallen, und sie hatte tief und fest geschlafen. Die Ruhe hatte ihr neue Kraft gegeben. »Ja.«

»Gut.« In seiner dunklen Kleidung war er durch ihren Schleier kaum auszumachen, als er sich zu ihr umdrehte. »Du wirst die Energie benötigen.«

»Wofür?« Kyla presste die Lippen zusammen. Es war sinnlos, ihn zu fragen, er würde sowieso nicht antworten – wie so oft.

»Der Weg führt in die Berge. Es wird anstrengend und kalt. Ich weiß nicht, ob du mit deiner Verletzung dazu in der Lage bist …«

Kyla fühlte den Ärger wie Magma in sich aufsteigen. Er war schuld an dieser ganzen Misere, nicht sie! »Ich bin kein kleines, schwaches Frauchen, das sofort zusammenbrechen wird!«

Belustigung schwang in seiner Stimme mit. »Das habe ich auch nicht gesagt. Du bist verletzt, hattest Fieber, und der lange Marsch gestern hat dich angestrengt, es ist ganz natürlich, dass du nicht sofort wieder bei Kräften bist.« Er schlug den Schleier zurück. »Atme tief und gleichmäßig, versuch dich zu schonen. Wenn die Schmerzen in der Schulter zu stark werden, sag Bescheid, dann gebe ich dir etwas dagegen.«

»Warum hast du mir das Mittel nicht früher gegeben?«

»Mein Vorrat ist begrenzt.« Eine kleine Pause entstand. »Außerdem wusste ich nicht, ob du es nicht irgendwann dringender brauchen würdest.«

Kyla schwieg. Sprach er von ihrer Verletzung oder von dem, was später mit ihr passieren würde? Beides war möglich, doch sie wollte es nicht genauer wissen.

»Komm jetzt, wir haben nicht viel Zeit.« Seine Finger schlossen sich warm um ihr Handgelenk und zogen sanft daran.

»Haben wir noch einen Termin?«

Wieder eine Pause. »So könnte man es nennen.«

Bevor sie ihn weiter befragen konnte, setzte er sich wieder in Bewegung und zog sie mit sich. Der unruhige Gang zerrte an ihrer Schulterwunde und ließ sie mehr als einmal stolpern. Schließlich blieb sie abrupt stehen. Hamid zog sie nicht wie fast befürchtet einfach weiter, sondern drehte sich zu ihr um.

»Ich kann so nicht gehen, meine Schulter …«

»Bleib dicht bei mir, ich möchte dich in dieser Gegend nicht verlieren.«

Kyla verzog den Mund. »Keine Sorge, du hast das Wasser, ich werde an dir kleben.«

Ein leises Brummen ertönte aus seiner Richtung. »Eine interessante Vorstellung. Komm jetzt, wir müssen weiter.« Damit ließ er sie stehen.

Bereits nach wenigen Schritten war er im Dunkel der Nacht verschwunden, gut getarnt durch die schwarze Kleidung und das nur seine Augenpartie enthüllende schwarze Tuch. Eilig raffte Kyla den Saum der Burka und lief hinter ihm her.

»Hier.«

Das leise Wort verhinderte gerade noch, dass sie direkt in ihn hineinlief. Sie musste sich darauf konzentrieren, in seiner Nähe zu bleiben, ohne ihm dabei zu nahe zu kommen. All ihre Sinne nur auf ihn ausgerichtet, gelang es ihr nach einiger Zeit, einen gleichmäßigen Rhythmus zu finden und den Abstand zu halten. Die Luft hatte sich bereits merklich abgekühlt, ihre Finger und Zehen waren eiskalt. Hamid folgte einem für sie unsichtbaren Pfad, der immer tiefer in die Wildnis hineinführte. Je höher sie stiegen, desto spärlicher wurden die Büsche. Außerdem schien die Luft dünner zu werden. Kyla versuchte, ihr Keuchen zu unterdrücken, doch das war unmöglich, ihr fehlte die Kraft dazu. Vielleicht übertönte sie Hamids eigene Geräusche, aber sie war sich fast sicher, dass sie ihn auch bei totaler Stille nicht gehört hätte. Oder nur das, was er sie hören lassen wollte. Hin und wieder warnte er sie vor Stolperfallen auf dem Weg oder kündigte einen Richtungswechsel an. Ruhig und gelassen – wie die SEALs, mit denen sie trainiert hatte.

27

Tex war bei seiner Zählung im zweistelligen Bereich angekommen, als Red entschied, dass sie sich weit genug von den Rebellen entfernt hatten.

Er schaltete sein Mikrofon an. »Tex, Abbruch.« Ein Klicken bestätigte, dass Tex ihn gehört hatte und umkehren würde. Red seufzte unterdrückt. Bedauern, dass der Rest des Teams nicht dabei war, und ein kleiner Anflug von Neid, dass sowohl Bull als auch Tex mehr tun konnten, als nur durch die Gegend zu humpeln, kam in ihm auf. Das Gefühl, versagt zu haben, drückte auf seine Brust und störte seine Konzentration. Sofort schob er den Gedanken beiseite. Er war noch auf den Beinen und würde seine Männer in Sicherheit bringen.

Red trat dichter an Bull heran und prüfte die Atmung des Night Stalkers. Noch war er nicht wieder aufgewacht, aber es konnte jeden Moment so weit sein. Es wurde Zeit, einen sicheren Ort zu finden. Bisher gab es nur umgestürzte Bäume und dichtes Gestrüpp, und beides bot nicht genügend Schutz. Früher oder später würden die Rebellen sie dort entdecken und töten oder gefangen nehmen. Also waren sie weiter in Richtung Berge gegangen und warteten jetzt darauf, dass sich ihnen eine Möglichkeit bot.

Das geschah schneller als erwartet. Bull legte Dean auf den Boden, um sich zu strecken und seine steifen Schultermuskeln zu bewegen. Er verschwand hinter einigen Bäumen, um sich dort schnell zu erleichtern. Während Red sich über den Night Stalker beugte, um ihm noch etwas Flüssigkeit einzuflößen, hörte er einen dumpfen Laut. Abrupt richtete er sich auf, die Waffe im Anschlag, während er die Gegend beobachtete und auf weitere Geräusche lauschte. Ein Rascheln ertönte, gefolgt von einem unterdrückten Fluch.

Red aktivierte das Mikrofon. »Bull, Bericht.«

»Ich bin in ein verdammtes Loch getreten, verdammte Has…« Er brach ab und stieß einen leisen Pfiff aus. »Ich glaube, ich habe unser Versteck gefunden.« Seine Stimme klang dumpf. »Hey, das ist ein richtiger Tunnel! Wo der wohl hinführt …«

»Komm raus, ich will mir das erst ansehen.«

»Alles klar.« Eine Weile herrschte Stille, dann trat Bull zwischen den Bäumen hervor.

»Was ist passiert?«

Bull verzog das Gesicht. »Ich bin durch ein Loch in eine Art versteckten Gang gefallen, der unterirdisch weiterführt. Gut ausgebaut, aber anscheinend schon länger nicht mehr benutzt. Der Eingang war zumindest extrem zugewachsen.«

»Gut, versuchen wir es.« Red hob den Sack auf und folgte Bull, der Dean diesmal auf den Armen trug, anstatt ihn über die Schulter zu werfen.

Beinahe hätte er den Eingang übersehen, der einzige Hinweis war der aufgewühlte Boden und ein paar abgebrochene Zweige, wo Bull hindurchgestürzt war. Red schob sich an Bull vorbei und stieg langsam in die Tiefe. Es roch nach feuchter Erde und Moder und noch etwas anderem, das er nicht definieren konnte. Das Tageslicht wurde nach wenigen Metern von undurchdringlicher Dunkelheit verschluckt. Red holte eine kleine Stabtaschenlampe aus seiner Schutzweste und schaltete sie ein. Ein schmaler, aber heller Strahl glitt über wurzeldurchdrungene Wände aus Erde und Gestein, die in regelmäßigen Abständen von dicken Holzbalken gestützt wurden. Dieser Tunnel war von Menschen angelegt worden. Das ganze Gebiet war ein riesiger

Drogenumschlagplatz, es konnte sich also um einen der alten Schmuggelwege handeln. Oder vielleicht führte der Gang zu einem Versteck, in dem die Drogen gelagert wurden.

Da die Büsche vor dem Eingang vor Bulls Sturz unberührt gewesen waren, konnten sie davon ausgehen, dass dieser Weg derzeit nicht mehr genutzt wurde. Einen besseren und vor allem sichereren Platz würden sie nicht finden.

Kalte Luft strich über Reds schweißbedecktes Gesicht und kroch unter seine Kleidung. Spätestens wenn die Nacht anbrach, würde es extrem kalt werden. Da sie kein Feuer anzünden konnten, würden sie bald auskühlen, besonders Dean, der so viel Blut verloren hatte. Es gab in ihrer Ausrüstung keine Decken oder Ersatzkleidung, sie hatten nur das, was sie am Leib trugen. Langärmelige Tarnkleidung, schusssichere Westen, lange Hosen, Kampfstiefel. Da sie vorgehabt hatten, immer in Bewegung zu bleiben, fehlten Thermounterwäsche und wärmere Kleidung. Normalerweise kein Problem, sie hatten in ihrer Ausbildung gelernt, Kälte auszuhalten. Stundenlang waren sie von den Ausbildern immer wieder in die Wellen des Pazifik geschickt worden und mussten dort frierend ausharren, bis sie erlöst wurden. Aber das war in Kalifornien gewesen, nicht in den Bergen Afghanistans, wo es selbst im Sommer nachts empfindlich kühl wurde. Unter normalen Bedingungen war das kein Problem, doch mit ihren Verletzungen mussten sie jedes bisschen Wärme konservieren.

Bull bettete den Night Stalker vorsichtig auf den Boden und richtete sich wieder auf. »Geben wir Tex jetzt die Koordinaten durch?«

»Noch nicht, ich möchte erst sicherstellen, dass wir hier wirklich allein sind.«

Bull rieb sich die Hände. »Ich könnte den Gang erforschen und auf dem Rückweg ein paar meiner Lieblinge anbringen.«

Er hatte immer einige Sensoren dabei, die sie warnen würden, wenn jemand zu nahe kam.

»So hatte ich mir das vorgestellt. Achte auf Fußspuren und ähnliche Hinweise, ob jemand vor uns hier war.«

Bulls Augenbraue hob sich. »Ich mache das nicht zum ersten Mal, Red.«

»Gut, dann wirst du dich wohl auch nicht verirren oder in einem deiner Warnsysteme verfangen.«

Rasch steckte sich Bull ein paar weitere Sensoren in die Taschen, die er an den Höhlenwänden befestigen würde, und verschwand in der Dunkelheit.

»Nicht zu weit, es ist wahrscheinlicher, dass die Feinde von der anderen Seite kommen.«

»Alles klar.« Bulls Stimme drang gedämpft durch den Kopfhörer, unterlegt mit leichtem Rauschen. Vermutlich störte das Gestein die Verbindung, sie mussten darauf achten, dass sie nie abriss.

Red hockte sich neben Dean und überprüfte den Verband. Er holte eine Wasserflasche heraus und hielt sie dem Verletzten an den Mund. Als dieser die Augen aufschlug und mit der noch vorhandenen Hand nach der Flasche griff, atmete Red erleichtert auf. Sein Schlag hatte anscheinend keinen bleibenden Schaden angerichtet.

»Wie geht es dir? Brauchst du mehr Morphium?«

»N…nein. Wo …?«

»In einem unterirdischen Gang. Bull prüft gerade, ob wir hier sicher sind, bis die Rettungsmannschaften kommen.«

Dean ließ den Kopf zurücksinken und schloss die Augen. »Wann kommt Hilfe?«

Red hätte ihm gerne etwas anderes gesagt, aber er würde den Mann nicht anlügen. »Keine Ahnung. Vermutlich müssen wir hier noch eine Weile ausharren.«

»Wo sind die anderen?«

»Tex und Bull sind unterwegs, alle anderen sind tot.«

»Wieso?«

Besorgt runzelte Red die Stirn. »Erinnerst du dich an den Absturz? Sie sind dabei gestorben.«

»Nein, ich …« Ein Husten schüttelte den Night Stalker. »… meinte, wieso sind wir nicht tot?«

Unbehaglich verlagerte Red sein Gewicht. »Glück, vermutlich.«

Dean lachte bitter auf. »Ich weiß nicht, ob ich das so nennen würde.« Er deutete auf den Armstumpf. »Was soll ich denn damit noch anfangen? Ich wollte mich zum Piloten ausbilden lassen und jetzt? Ich kriege meine Entlassungsurkunde und kann wieder nach Hause zurückkehren.«

Red bemühte sich, seinen Zorn zu unterdrücken. »Hör mir gut zu. Deine Kameraden sind tot, genauso wie die meisten meiner Männer, und ich glaube, jeder von ihnen wäre froh gewesen, noch eine Chance zu haben, anstatt in dem Hubschrauber zu liegen und darauf zu warten, im Leichensack nach Hause transportiert zu werden. Ganz zu schweigen von ihren Familien. Also spar dir das Selbstmitleid und versuch, etwas zu unserem Überleben beizutragen.«

»Yes, Sir!«

Red seufzte müde, als er die Antwort hörte. »Das war kein Befehl, sondern ein Rat. Du bist nicht der Einzige, der verletzt wurde und nicht weiß, ob er im aktiven Dienst bleiben kann.« Ein Klicken ertönte in seinem Kopfhörer.

»Hier Bull. Alles klar, komme jetzt zurück.«

»Okay.« Red stand auf und ging zum Eingang der Höhle. »Tex?« Ein Klicken ertönte. »Die Koordinaten sind …« Er konsultierte sein GPS-Gerät und nannte ihm den genauen Standort der Höhle.

Ein weiteres bestätigendes Klicken, dann ein tonloses »zehn Minuten.«

»Roger.«

Während sie auf Tex und Bull warteten, versuchte Red, den Night Stalker abzulenken. Es war nicht einfach, erst bei der Frage nach seinem Namen antwortete er in einem ganzen Satz.

»Nein, Dean ist nicht mein richtiger Name. Ich heiße James Finnegan. Den Spitznamen haben sie mir in der Army verpasst, weil einige Witzbolde fanden, ich sehe aus wie der Schauspieler. Ich war gerade dabei, mir einen besseren Namen zu erarbeiten …« Er brach ab und drehte den Kopf zur Seite.

»Welchen?«

Dean schwieg zuerst, antwortete dann aber doch. »Ich weiß nicht, irgendetwas, das besser zu einem Flieger passt.« Er verzog das Gesicht. »Wer will schon nach einem toten Schönling benannt sein, der nicht mal richtig Auto fahren konnte.«

Reds Grinsen war echt. »Vor allem war er ein echter Hänfling, keinerlei Muskelmasse.«

»Beim Fliegen stört die auch eher.«

»Auch wieder wahr. Trotzdem, so ein paar …« Red brach ab, als er ein Rascheln hörte.

Er gab Dean ein Zeichen, sich ruhig zu verhalten und stand mühsam auf. Bull war noch nicht zu sehen, und das Geräusch schien aus dem Bereich des Höhleneingangs zu kommen. Hatten die Rebellen ihre Spur gefunden? Red schob sich an der Wand entlang vorwärts, das Gewehr im Anschlag. Aus den Augenwinkeln sah er, wie Dean eine Pistole aus dem Ausrüstungssack zog. Durch die Büsche spähte er hinaus und entdeckte ein Beinpaar, das er kannte. Erleichtert ließ er das Maschinengewehr sinken und signalisierte dem Night Stalker, dass keine Gefahr drohte. Er klickte ins Mikrofon und schob dann seine Hand durch den Busch. Tex' Zusammenzucken verschaffte ihm einige Befriedigung. Der Höhleneingang war so gut getarnt, dass nicht mal ein SEAL ihn auf Anhieb entdeckte.

»Tex, versuch, unsere Spuren noch ein wenig zu beseitigen, bevor du runterkommst.«

»Kein Problem, da ist kaum was, das man sehen könnte.« Tex streckte den Kopf hinein. »Nächstes Mal sag einfach irgendwas. Plötzlich eine Hand aus einem Busch auftauchen zu sehen, hat mich Jahre meines Lebens gekostet.«

Hart setzten die Reifen auf der Landebahn auf, das Flugzeug schlingerte, als sofort darauf die Bremsen mit voller Kraft wirkten. Rose wurde im Sitz nach vorn geschleudert, nur der Gurt und Rocks Arm, mit dem er sie sofort zurückdrückte, hinderten sie daran, mit dem Gesicht die Rückenlehne des Vordersitzes zu touchieren.

»Entschuldige, ich hätte dich warnen sollen, dass die Landebahn hier ziemlich kurz ist.« Rocks Stimme ging fast im Lärm von Motor und Bremsen unter.

Rose lächelte ihm angespannt zu. »Ich wusste das, ich habe nur nicht daran gedacht.« Sie blickte auf seine Hand hinunter, die immer noch auf ihrem Arm lag. »Ich denke, du kannst mich jetzt loslassen, wir stehen schon fast. Danke.« Das Licht war zu dunkel, um es mit Sicherheit zu sagen, doch sie hätte schwören können, dass er errötete. Hastig zog er seine Hand zurück und hinterließ in ihr ein seltsames Gefühl der Leere.

»Senior Chief?«

Rose zuckte beim Klang von Lieutenant Commander Devlins Stimme zusammen, der plötzlich neben ihren Sitzen stand.

Rock sprang von seinem Sitz auf, griff sich sein Gepäck und trat auf den Gang. »Bin bereit.«

»Gut. Wir werden die Lage erkunden, bevor wir die Fahrt zum Lager antreten. Ich möchte nicht in einen Hinterhalt geraten.«

»Aye.« Eilig versammelte Rock ein kleines Team um sich und glitt aus dem Flugzeug in die Dunkelheit.

Rose hatte ihn bereits nach wenigen Sekunden aus den Augen verloren und lehnte sich mit einem stummen Seufzer zurück. Es war klar, dass Rock sich hundertprozentig auf seinen Job konzentrieren musste, aber ein kurzer Abschied wäre doch nett gewesen. So schien es ihr, als hätte er sie ohne Mühe von einem Moment zum anderen aus dem Gedächtnis getilgt. *Dummkopf!* Was erwartete sie von ihm? Sie waren noch nicht einmal richtig befreundet, und sie wusste, dass er sie bestimmt nicht vergessen hatte, auch wenn es derzeit so aussah.

»Er wird sofort zurück sein.«

Rose blickte zu Devlin auf, der immer noch neben ihrem Sitz stand. »Ich weiß. Rechnen Sie mit Ärger?«

Der Commander hob eine Schulter. »Hier ist nichts sicher, außer dass jeden Augenblick etwas passieren kann. Die ganze Region ist ein Pulverfass, das nur darauf wartet, in die Luft zu fliegen.«

»Möglichst ohne uns.«

»Dafür wird mein Team sorgen.« Sie hörte keine Arroganz in seinem Tonfall, es war eine schlichte Feststellung. »Kommen Sie, wenn wir das ›Okay‹ bekommen, muss es schnell gehen. Haben Sie Ihr Gepäck?«

Rose stand auf und zog den Rucksack unter ihrem Sitz hervor. »Ja.«

»Gut.« Devlin griff sich Rocks Gepäck und ging ihr voran auf die Tür zu. »Bleiben Sie dicht hinter mir, wenn wir das Flugzeug verlassen.«

»Okay.«

Nervosität breitete sich in ihr aus. Sobald sie das Flugzeug verließen, waren sie jedem Angriff ungeschützt ausgesetzt. Natürlich war das Gefühl von Sicherheit, nur weil etwas Metall sie umgab, trügerisch. Eine wohlgezielte Rakete reichte, und sie würden alle hier sterben. Rose schluckte hart. Okay, anderes Thema, oder sie würde sich in einen bibbernden Pudding verwandeln. Wie hatte sie ein halbes Jahr in diesem Land leben können, ohne diese totale Panik zu verspüren? Sie war allein gewesen, während sie jetzt nicht nur um ihr eigenes Leben fürchten musste, sondern auch um das von Rock und Clint und all den anderen SEALs und Mitgliedern des Rettungsteams. Die Wahrscheinlichkeit, dass einer oder auch alle hier sterben könnten, war relativ hoch, wenn man die Brisanz ihrer Aufträge betrachtete.

Eine Hand legte sich auf ihre Schulter. Rose drehte sich um und fand Clint hinter sich. Er blickte sie mitfühlend an. »Es ist alles in Ordnung.«

»Ich weiß. Es ist nur … ich hasse dieses Warten.«

»Nur ein paar Minuten, dann geht es weiter. Im Camp werden wir für diese Nacht relativ sicher sein, und später bei den Deutschen wird es auch ruhiger sein als in Kabul.«

»Wissen sie, warum wir hier sind?«

»Der Kommandant des Stützpunkts, ja. Für alle anderen sind wir nur zu einer Übung da.«

»Werden die sich nicht wundern, wenn ihr gar nicht mit ihnen trainiert?«

»Oh, das werden wir – wenn die Zeit bleibt.«

»Ich habe viel Gutes von der KSK gehört und hatte auch schon mit ihnen zu tun, als ich hier war.«

»Es wird interessant sein zu testen, wie weit sie sind. Die SEALs gibt es schon seit den Sechzigerjahren, ich erwarte nicht, dass die KSK nach wenigen Jahren genauso weit ist. Aber es wurden bereits Operationen mit unseren Soldaten zusammen geplant und ausgeführt, die erfolgreich waren.«

»Sie werden aber an der Befreiung der Agentin nicht teilnehmen, oder?«

»Nein. Wir haben genug unserer eigenen Leute im Einsatz. Auch für die Bergung brauchen wir vermutlich keine Hilfe, aber genau kann ich das erst beurteilen, wenn ich die Absturzstelle selbst gesehen habe.«

Rose kannte Clint gut genug, um sich nicht von seinem ruhigen Tonfall täuschen zu lassen. Wut stand deutlich sichtbar in seinen Augen und zeigte sich in seinen angespannten Gesichtszügen. »Wenn ich irgendwie helfen kann …«

Clints Mundwinkel hob sich, Zuneigung und Dankbarkeit lösten den Zorn kurzzeitig ab. »Wenn du die zweite Agentin finden kannst, hast du mehr getan, als wir jemals wieder gutmachen können.«

»Ich kann nichts versprechen, aber ich werde alles tun, jede Quelle anzapfen, die ich finden kann. Irgendjemand muss etwas mitbekommen haben, auch wenn viele dazu neigen, aus Angst wegzusehen oder zu schweigen.«

»Joe Spade wird dir dabei helfen.«

Rose schaute nach, ob Spade in der Nähe war, um sicherzustellen, dass er ihr Gespräch nicht mitbekam. Als sie ihn nicht entdeckte, atmete sie tief durch. »Ich bin für jede Hilfe dankbar, aber wie soll er mir helfen können? Er ist Kartograf bei der NGA, oder?«

»Er hat Geografie studiert und wertet für die NGA Karten aus, ja. Daneben ist er Spezialist für den Mittleren Osten und hat sämtliche Krisengebiete auch selbst erkundet. Wenn es darum geht, Detailinformationen zu bekommen, ist er der Mann. Er ist nicht so harmlos, wie er aussieht.«

»Wie Ramon.«

Clint schwieg überrascht. Schmerz verdunkelte seine sherryfarbenen Augen. »Wie Ramon.« Er räusperte sich. »Joe ist ein Profi, auf den ich mich hundertprozentig verlassen kann. Dir wird nichts geschehen.«

Rose lächelte. »Das würde ich begrüßen. Mein Manuskript und meine Studenten warten in San Diego auf mich.«

Clint legte seine Hände auf ihre Schultern und drückte sie. »Bei Ramon habe ich versagt. Ich würde eher sterben als zuzulassen, dass dir etwas passiert.«

»Clint …« Bevor Rose wusste, wie sie auf seine Worte reagieren sollte, dröhnte Rocks Stimme durch das Flugzeug.

»Alles klar, bewegt euch!«

Rasch verließen sie die Maschine und liefen über das Rollfeld zu den abseits geparkten gepanzerten Fahrzeugen. In der Dunkelheit erschienen die Humvees nur als schwarze Schemen, die immer größer wurden, je näher sie kamen. Die SEALs sicherten die Gruppe zu allen Seiten mit Maschinengewehren ab, doch einem Luftangriff oder einer Bodenrakete waren sie schutzlos ausgeliefert. Rose atmete erleichtert auf, als sie ins Innere des Fahrzeugs stieg. Zusammengepfercht mit Gepäck und bis an die Zähne bewaffneten SEALs würde die Fahrt über Afghanistans Straßen sicher nicht bequem werden, aber das machte ihr nichts aus. Sie war froh, die Männer in der Nähe zu haben.

Der Konvoi aus drei Mannschaftswagen verließ den Flughafen und rollte schwankend über Rinnen ausgewaschener Erde, bevor er die Asphaltstraße erreichte, die an Kabul vorbei zum US- und NATO-Stützpunkt Camp Phoenix führte. Je schneller sie dort ankamen, desto besser. Militärfahrzeuge und besonders Konvois waren ein beliebtes Anschlagsziel der Rebellen. Die Anspannung unter den Männern war fast greifbar. Rose konnte sie fühlen, auch wenn sie versuchten, ihre Nervosität hinter Sticheleien und derben Scherzen zu verbergen. Die Entschuldigungen, wenn sie sich daran erinnerten, dass eine Frau anwesend war, brachten Rose zum Lachen. Es gab nichts, was sie in ihrer Zeit als Lehrerin oder bei früheren Treffen mit den SEALs noch nicht gehört hatte. Aber das würde sie niemandem sagen. Es war viel interessanter zu hören, wie sich die Männer herauszureden versuchten.

Das Team war aufgeteilt worden: Clint saß mit Devlin, Hawk, Joe Spade, dem XO »Cat« Jordan und »Doc« Marten, dem Medizinoffizier, im ersten Wagen, während sich der Rest des Teams auf die beiden anderen Wagen verteilte. Obwohl Rock gerne gehört hätte, was die anderen vorn besprachen, hatte er sich für den zweiten Wagen entschieden, um bei Rose sein zu können. Er lehnte sich zurück und beobachtete sie – unauffällig, wie er hoffte. Im Halbdunkel waren ihre Züge nur schwer auszumachen, aber das machte nichts, inzwischen kannte er sie gut genug und konnte die Lücken ohne Probleme füllen. Es reichte, zu wissen, dass sie in seiner Nähe und in Sicherheit war. Oder zumindest so sicher, wie sie es sein konnte, nachts in Afghanistan auf einer Landstraße, die für zahlreiche Überfälle berüchtigt war.

Rock beugte sich vor und blickte durch die schmalen, rechteckigen Panzerglasscheiben, die in die Seitenwand des Humvees eingelassen waren. Tiefschwarze Nacht, nirgends eine beleuchtete Behausung oder gar Straßenlaternen. Die Wagen fuhren ohne Licht, um möglichen Angreifern ein weniger offensichtliches Ziel zu bieten. Mit ihrer dunklen Tarnbemalung waren sie für ihre Feinde nur schemenhaft zu erkennen, Fahrgeschwindigkeit und Entfernung kaum abzuschätzen. Allerdings hatten sich die Rebellen sehr schnell auf diese Taktik eingestellt und waren dazu übergegangen, Wachtposten entlang der Strecke aufzustellen, die vorbeikommende Fahrzeuge samt geschätzter Geschwindigkeit meldeten. Nur wenige trauten sich, ohne vorherige Planung schwer bewaffnete Militärkonvois anzugreifen. Sie konnten nur hoffen, dass die Meldung über ihre bevorstehende Ankunft nicht über irgendwelche Kanäle zu den Rebellen durchgesickert war.

Rock wandte sich wieder um, als er Rose' Blick auf sich spürte.

Sie saß ihm genau gegenüber, ihre Füße berührten sich beinahe in dem schmalen, von Gepäck vollgestellten Gang zwischen ihnen. Sein Herz setzte für einen Augenblick aus, als ein kleines Lächeln ihre Mundwinkel hob. Was war es, das ihn an Rose so berührte? Selbst die kleinste Regung von ihr hallte sofort in ihm wider wie ein Donnerschlag, löste den Wunsch aus, sie in seine Arme zu ziehen und alles um sich herum zu vergessen. Natürlich war es derzeit undenkbar, diesem Gefühl nachzugeben, deshalb beschränkte er sich darauf, sein Bein auszustrecken, bis er ihres berührte. Bei jeder Bewegung des Wagens rieben sie gegeneinander und lösten ein kleines Feuerwerk aus. Rock schloss für einen Moment die Augen. Wenn die Situation nur ein wenig anders gewesen wäre …

»Hey, wach auf!« I-Macs Ellbogen traf ihn schmerzhaft in den Rippen.

Rock schoss seinen besten ›Versuch-das-nochmal-und-du-bist-tot‹-Blick auf den Computerexperten des Teams ab, ließ sein Bein aber, wo es war. »Du glaubst doch nicht, dass ich hier schlafen könnte!«

»Ich weiß, dass du überall schlafen kannst.« I-Mac wandte sich vertraulich an Rose. »Einmal hat er es geschafft, in einem Zodiak bei voller Geschwindigkeit über offenem Meer einzunicken.«

»Ich habe nur die Augen geschlossen, um sie vor dem Salzwasser zu schützen.«

»Hah, selten eine blödere Ausrede gehört! Und was war …«

»Zodiak?« Rose' Frage unterbrach I-Macs Stichelei.

»Ein Zodiak ist ein Schlauchboot mit Zwillingsmotor, schafft locker über fünfzig Meilen die Stunde. Man sollte noch dazu sagen, dass es ein Ribster war, eines der kleineren Boote, die in dieser Geschwindigkeit über jede Welle hüpfen wie ein Gummiball, nur um dann in die Täler zu krachen. Rock war das egal, er hatte sich so in die Seile gewickelt, dass er nicht rausfallen konnte, und hat selig geschlummert.« I-Mac grinste. »Zu dem anderen Mal …«

»Wenn du jetzt nicht freiwillig schweigst, stopfe ich dir …« Er sah Rose entschuldigend an. »… deine Socken in den Mund.«

Gemeinsam mit den anderen brach Rose in Gelächter aus. Rock wusste, dass er sie dümmlich angrinste, aber er schaffte es einfach nicht, seine übliche undurchdringliche Miene aufrechtzuerhalten, als er sie so frei lachen hörte. Seinen Teamkollegen war es auch nicht entgangen und er konnte sich schon mal auf eine neue Salve an spöttischen Bemerkungen gefasst machen. Glücklicherweise kamen sie genau im passenden Moment an der ungepflasterten Einfahrt des US-Stützpunktes an, um dies zu verhindern. Der Humvee holperte in viel zu hohem Tempo den unbefestigten, mit Schlaglöchern übersäten Weg entlang, direkt auf das schwer verbarrikadierte Tor zu.

Angespannt blickte Rock aus dem Fenster. Rund um das Lager schien nichts zu sein, nur dunkle, unermessliche Wüste. Aber das war eine Täuschung, mehrere Siedlungen waren in unmittelbarer Nähe, und im Westen grenzten die Außenbezirke von Kabul an. Kein besonders angenehmer Ort. Wie die länger stationierten Soldaten es hier aushielten, war ihm ein Rätsel. Die karge Gegend, die ständige Anspannung und die körperliche und nervliche Belastung mussten einfach zu psychischen Problemen führen. Der Job als SEAL war einfacher – schnell rein und auch schnell wieder raus. Nun ja, meistens zumindest. Hoffentlich würde diese Mission genauso laufen, er wollte Rose so schnell wie möglich wieder auf sicherem Boden sehen.

Sein Griff um die Haltestangen wurde fester. Es war egal, ob dies hier sein letzter Ausflug in die reale Welt war, bevor er die Teams verließ, nichts war so wichtig wie Rose' gesunde Rückkehr. Der schwache Schein von Lampen drang ins Fahrzeuginnere, warf ein Muster aus Licht und Schatten auf ihre Gesichter.

Mit einem letzten Ruck stoppte der Humvee schließlich innerhalb des Camps. Hundertprozentige Sicherheit gab es auch hier nicht, aber sie waren wesentlich geschützter als auf der Straße. Bedauern durchzuckte Rock, als Rose ihr Bein zurückzog und gebückt aufstand, aber er musste sich ständig daran erinnern, dass seine persönlichen Gefühle für Rose auf dieser Mission nichts zu suchen hatten.

Rose ergriff dankbar I-Macs helfende Hand und sprang vom Wagen herunter. Ihre auf dem langen Flug und der holperigen Fahrt steif gewordenen Knie knirschten protestierend, als sie zur Seite trat, um Rock den Ausstieg zu ermöglichen. Der kurze Moment der Gelöstheit war vorbei, alle SEALs hatten ihr Pokerface aufgesetzt. Sie hätte nie ihre Gedanken oder Gefühle erraten können, selbst wenn sie sie besser gekannt hätte. Den Rucksack über die Schulter geschlungen wartete sie darauf, dass ihr jemand sagte, was sie jetzt tun sollte. Sie war so weit außerhalb ihrer normalen Welt, dass sie sich allein nicht mehr zurechtfand. Nachdem Clint sie mit dem Kommandeur des Stützpunktes bekannt gemacht hatte, wurden ihnen die Unterkünfte für die Nacht zugewiesen. Rose atmete erleichtert auf, als eine junge Soldatin an ihrer Seite auftauchte und sie zur Frauenunterkunft führte. Nach einigen Schritten drehte sie sich noch einmal zu den Männern um, doch Rock blickte ihr nicht nach. Warum war sie darüber enttäuscht?

28

Eine warme Hand fuhr sanft über ihre nackte Schulter. Jade erschauerte. *Hawk*. Der Name lag ihr auf den Lippen. Mit Mühe öffnete sie die Augen. Auch nach mehrmaligem Blinzeln wurde ihre Umgebung nicht schärfer. Verwirrt blickte sie hoch. Das war nicht ihr Schlafzimmer und auch nicht Hawk. Jeder Rest von Wärme verschwand auf einen Schlag und hinterließ eisiges Grauen und tiefe Abscheu. Mogadir zog seine Hand zurück. Ein Lächeln überzog sein Gesicht, als sie dichter an die Wand rückte, von ihm weg.

Er hockte sich vor sie. »Ich hoffe, Sie haben gut geschlafen. Sind Sie bereit für eine neue Runde oder haben Sie es sich überlegt und sagen mir, was ich wissen will?«

Mit Mühe brachte Jade die zusammengepressten Zähne auseinander. »Es gibt nichts zu erzählen.«

Seine Miene verhärtete sich. »Ich verstehe. Sie müssen etwas Wichtiges erfahren haben, wenn Sie bereit sind, dafür so zu leiden. Was war es, das die Frau meines unwürdigen Gefolgsmanns Ihnen verraten hat? Leider waren meine Männer ein wenig zu eifrig bei der Bestrafung, und sie ist gestorben, bevor sie sagen konnte, womit sie ihren Mann und damit auch mich betrogen hat.«

Jade bemühte sich, keine Gefühlsregung auf ihrem Gesicht zu zeigen, obwohl sie sich innerlich vor Schmerz krümmte. Tapfere Nurja. Sie hatte nur mit ihrer Familie in Frieden leben wollen, ohne die ständige Bedrohung durch Rebellen, Terroristen und Selbstmordattentäter. Im Austausch gegen die Informationen war ihr Asyl in den USA versprochen worden. Ein besseres Leben für sie und ihre Familie. Nun war sie tot, ihr Mann vermutlich ebenfalls oder kurz davor. Was war aus den Kindern geworden? Waren sie wie unbedeutende Anhängsel ebenfalls ermordet worden oder hatten sie sich retten können? Mit viel Glück würden Verwandte sie aufnehmen, aber wahrscheinlicher war, dass sie sich selbst durchbringen mussten, um nicht zu verhungern. Nicht, weil die Verwandten herzlos waren, sondern weil sie selbst nicht genug zum Leben hatten, um noch einmal vier hungrige Mäuler mehr zu stopfen.

Heiße Wut brodelte in Jade, als sie langsam den Blick hob und Mogadir direkt in die Augen sah. Gleichgültigkeit und leichtes Amüsement waren darin zu entdecken, außerdem Befriedigung, ihr endlich eine Reaktion entlockt zu haben. Sie hätte ihre Gefühle unterdrücken müssen, doch das war nicht mehr möglich, die Tage in Gefangenschaft hatten ihre Verteidigung geschwächt. Wer wusste schon, wobei der Warlord überall seine dreckigen Finger im Spiel hatte? Was spielte es für eine Rolle, was sie wusste, wenn sie bald tot war? Sie konnte es sowieso nicht mehr weitergeben. Jade richtete sich unbewusst auf. Außer er wusste nicht, dass sie ihre Informationen nicht mehr hatte weitergeben können. Oder Kyla war entkommen, und er musste wissen, was sie ihren Vorgesetzten melden würde, um darauf reagieren zu können. Auf jeden Fall hatte Kyla – sollte sie ebenfalls Gefangene hier sein – auch nichts gesagt, denn sonst würde sich Mogadir nicht länger mit ihr, Jade, aufhalten.

»Glauben Sie mir, wir können noch viel unangenehmer werden, wenn es sein muss. Es wäre besser für Sie, wenn Sie mit mir reden.«

Jade hob ihr Kinn. »Das glaube ich nicht.«

Ein Muskel zuckte in Mogadirs Wange, als er sich erhob. »Dann waren wir wohl bisher noch zu sanft mit Ihnen. Es war sehr nett von Ihren Landsleuten, uns in den Gefängnissen zu zeigen, wie man effektiv foltert.« Er gab seinen Männern ein Zeichen und verließ die Zelle.

Erst jetzt nahm Jade überhaupt die Wächter wahr, die stumm neben der Tür gestanden hatten. Sie bemühte sich, nicht zurückzuweichen, als sie nun langsam auf sie zukamen, die Lust am Quälen deutlich sichtbar in ihren Augen. Im letzten Moment unterdrückte sie einen Aufschrei, als sie grob an den Armen hochgezerrt wurde. Jade ahnte, was nun kommen würde, und zog sich ganz tief in sich selbst zurück.

Rose schwang die Beine von der Liege und stand auf. Leise, um die unruhig schlafenden Soldatinnen nicht zu stören, schlich sie aus der Unterkunft und trat in die dunkle Nacht. Tief atmete sie die staubige, kalte Luft ein, die der Wind durch das Lager fegte. Tagsüber waren Trockenheit und Hitze so extrem, dass man kaum atmen konnte, aber nachts ging es. Rose nickte dem wachhabenden Soldaten zu und entfernte sich langsam von der Baracke. Jeder Schritt wirbelte Staub auf, der sich um die Hosenbeine legte und in ihre Schuhe kroch. Ab morgen würde sie außerhalb des Stützpunkts eine Burka anziehen müssen, nicht gerade eines ihrer bevorzugten Kleidungsstücke. Es war unbequem, im Sommer tagsüber viel zu heiß und allgemein diskriminierend. Während ihres Aufenthalts hatte sie sich irgendwann daran gewöhnt, immer von Kopf bis Fuß bedeckt zu sein, aber akzeptiert hatte sie es nie. Immerhin kannte sie die sozialen und kulturellen Hintergründe, so konnte sie die Haltung der Frauen besser verstehen.

Rose verzog den Mund. Sie hatte anfangs erst lernen müssen, ohne westliche Wertung die unterschiedlichen Kulturen zu studieren und sie so anzunehmen, wie sie waren, ohne sie verändern zu wollen. Das war ihrer Meinung nach einer der Fehler der amerikanischen Vorgehensweise: Der hehre Anspruch, der ganzen Welt Freiheit zu bringen, war letztlich nichts anderes als ein Export der amerikanischen Lebens- und Sichtweise. Es war kein Wunder, dass dies zu Konflikten besonders mit der arabischen Welt führte. Natürlich wollte auch sie keine Frauen mehr unterdrückt, freie Wahlen behindert oder Kinder ausgebeutet sehen, aber dies konnte nur durch Veränderungen im Innern der Gesellschaft geschehen. Freiwillig, ohne Gewalt. Die Kriege führten meist nur dazu, dass es den Menschen noch viel schlechter ging und die Situation im Land instabiler wurde.

»Was machst du hier draußen?«

Rose zuckte zusammen, als Rocks Stimme direkt hinter ihr erklang. Rasch drehte sie sich um, die Hand an ihre Brust gepresst. »Gott, hast du mich erschreckt! Was schleichst du dich denn so heran?«

Er hob eine Augenbraue. »Ich bin ganz normal gegangen, schon allein um nicht von irgendeinem Wachtposten erschossen zu werden. Wo warst du?«

Verwirrt blickte sie ihn an. »Wie, wo war ich? Hier, du hast mich doch gefunden.«

»Ich meinte, in Gedanken. Du hast ausgesehen, als wärst du Lichtjahre entfernt.«

»Ach so. Nein, ich war genau hier, in Afghanistan. Hast du nicht schlafen können?«

Rock zuckte mit den Schultern. »Ich brauche nicht viel Schlaf. Außerdem habe ich dich gehört und wollte sehen, wo das Problem liegt.«

»Das hast du nicht!« Rasch dämpfte Rose ihre Stimme. »Ich war so leise, dass nicht mal die anderen Frauen in der Unterkunft etwas bemerkt haben.«

Rock lehnte sich gegen die Umzäunung eines Stromgenerators und strich mit der Hand über sein stoppeliges Kinn. »Vielleicht nicht direkt gehört, eher … gespürt, dass du unruhig warst.«

Rose sah einen langen Moment zu ihm auf, die Arme über der Brust verschränkt. Ein Zittern überlief sie. Rocks Worte hatten sie überrascht. Sie konnte sich nicht entscheiden, ob sie sich vor ihren Gefühlen fürchten oder sie begrüßen sollte. Es wärmte sie, dass er scheinbar so auf sie eingestellt war, dass er jede Regung mitbekam, sogar wenn er sich in einem ganz anderen Gebäude aufhielt. Das war ihr erst einmal in ihrem Leben passiert – mit Ramon. Obwohl sie Tausende von Kilometern entfernt gewesen war, hatte sie es gespürt, als er in Costa Rica gestorben war. Als hätte jemand in ihrem Innern die Flamme gelöscht und sie im Dunkeln zurückgelassen. Sie konnte so etwas nicht noch einmal mitmachen, es würde sie vernichten! Warme Hände legten sich auf ihre Schultern und drehten sie herum.

Rocks Stimme war tief und sanft, beruhigend. »Ich wollte dich nicht erschrecken. Es geht alles viel zu schnell, das ist mir klar. Solange wir hier sind, möchte ich dir die Sache einfach erleichtern und für dich da sein, wenn du mich brauchst. Schließlich habe ich dich dazu überredet, uns zu helfen, und dich damit überhaupt erst in diese Situation gebracht. Wenn ich …« Er verstummte, als Rose ihre Hand über seinen Mund legte.

»Ich habe dich verstanden, du brauchst nicht weiterzureden. Und ich denke, wir haben schon geklärt, dass ich für mich allein verantwortlich bin, schließlich habe ich von selbst angeboten mitzukommen. Es macht mir wirklich nichts aus … gut, das stimmt nicht ganz, aber du brauchst keine Angst zu haben, dass ich zusammenbreche. Ich bin stärker als ich aussehe.«

Rocks Lippen bewegten sich unter ihren Fingern, sandten heiße Funken durch ihren Körper. »Das weiß ich.« Er küsste ihre Hand. »Und ich habe nicht geschlafen.«

»Was?«

»Damals im Zodiak. Ich habe ein kleines … Problem bei hohem Wellengang. Das ist meine Art, wie ich es aushalte.«

Rose unterdrückte ein aufsprudelndes, ungläubiges Lachen. »Du wirst seekrank? Aber du bist ein SEAL …«

Rock blickte sich hastig um. »Pst, wenn die anderen das erfahren, werden sie mich das nie vergessen lassen.« Ein Mundwinkel hob sich. »Ich bin der unfehlbare Senior Chief, ich kann alles, ich weiß alles, und ich tue alles.«

»Ich bin beeindruckt.« Humor brach durch, die dunklen Gedanken waren vergessen.

»Das solltest du auch sein.« Rock trat näher an sie heran und umfasste ihr Gesicht. Lachfältchen umgaben seine Augen, lösten den düsteren SEAL-Ausdruck ab. Das, was er in ihrem Gesicht sah, schien ihm zu gefallen. Er beugte sich weiter vor und streifte mit seinen Lippen ihren Mund. Zart, sanft, weniger eine Berührung als vielmehr ein warmer Hauch.

Rose stand stocksteif da, während die Gefühle in ihr tobten. Ihre zu Fäusten geballten Hände pressten sich gegen ihre Oberschenkel. Sie sehnte sich so sehr nach Rocks Nähe, dass es wehtat. Tief in ihrer Brust, wo er sich klammheimlich eingenistet und ein kleines Stück der Leere vertrieben hatte. Zu gerne hätte sie sich an seinen warmen Körper geschmiegt, alles andere einfach für kurze Zeit vergessen. Doch sie bezweifelte, dass das klug gewesen wäre.

Rock musste ihre Bedenken gespürt haben, denn er richtete sich wieder auf. Kälte ersetzte die angenehme Wärme, die seine Nähe ausgelöst hatte. Rose schüttelte den Kopf. Hatte sie immer noch nicht gelernt, dass man sich nehmen musste, was man haben wollte – bevor es zu spät war? Vieles endete schneller, als man es erwartet hatte, und man blieb zurück, bedauerte die verlorene Zeit. Mit Ramon hatte sie nicht jede Sekunde voll ausgeschöpft, sie hatte gedacht, sie würden noch lange zusammen sein. Noch einmal würde ihr das nicht passieren.

Wütend auf sich selbst trat Rock einen Schritt zurück. Er wusste doch, dass Rose noch nicht so weit war, warum schaffte er es nicht, sie nicht zu berühren? Sie hatte mit ihm gescherzt, war gelöster gewesen, genau das, was er hatte erreichen wollen, als er sich zu ihr gesellt hatte. Nun schien er das genaue Gegenteil bewirkt zu haben. »Es …«

Weiter kam er nicht, denn Rose sprang ihn unvermittelt an. Überrascht zuckte er zurück, doch Rose hatte bereits ihre Arme um seinen Nacken geschlungen und klammerte sich an ihn. Um seinen Hals zu entlasten und gleichzeitig zu verhindern, dass Rose stürzte, presste er sie mit den Armen an seinen Körper. Für einige Sekunden schloss er die Augen, um seine Gefühle wieder in den Griff zu bekommen, als er ihren schlanken, weichen Körper an seinem spürte. Rose' Mund senkte sich heiß auf seinen. Ihre Zunge schob sich zwischen seine Lippen und löste damit ein noch größeres Verlangen aus. Himmel, wusste sie überhaupt, was sie ihm antat? Die gierigen Laute tief in ihrer Kehle trugen auch nicht gerade dazu bei, dass er das Richtige tun konnte. Sie waren auf einem US-Stützpunkt, mitten in der Öffentlichkeit, verdammt noch mal!

Für eine Weile verlor er sich in dem Kuss und vergaß alles um sich herum. Rose' Brüste drängten sich an ihn, durch sein T-Shirt konnte er die harten Brustwarzen spüren. Zu gerne hätte er ihr das Sweatshirt über den Kopf gezogen und sie geschmeckt, doch er hatte gerade noch genug Selbstbeherrschung, es zu lassen. Seine Hand grub sich in ihre Locken, schob sie noch dichter an sich heran. Als er ein leises Geräusch hörte, erstarrte er. Langsam beendete er den Kuss und ließ Rose sanft zu Boden gleiten. Ihr protestierender Laut fuhr ihm heiß durch den Körper. Die Zähne fest zusammengebissen trat er zurück.

Deutlich konnte er die Verwirrung in ihren Augen sehen. »Du solltest jetzt zurückgehen und noch ein wenig schlafen.«

»Warum?«

Ein Lächeln spielte um seine Mundwinkel. »Morgen wird ein schwerer Tag. Du brauchst deinen Schlaf … und ich auch.«

»Oh, natürlich.« Rose strich eine Haarsträhne hinter ihr Ohr und sah bedauernd zu ihm auf. »Vielleicht ein andermal?«

»Ja.« Rock konnte hören, wie rau seine Stimme klang und räusperte sich. »Schlaf schön.«

Ein schwaches Lächeln erschien auf Rose' Gesicht. »Ich weiß nicht, ob ich das jetzt noch kann, aber ich werde es versuchen.« Ihre Finger strichen über seine Wange. »Bis morgen.«

Rock ballte die Hände zu Fäusten, um sich daran zu hindern, sie zurückzuhalten. Er wollte nicht, dass sie ging, aber es war die einzige Lösung. Er beobachtete, wie sie die Tür der Baracke öffnete und darin verschwand, bevor er sich umdrehte. »Du kannst jetzt rauskommen.«

Eine Gestalt löste sich aus den Schatten und kam auf ihn zu. Rock atmete auf, als er Clint erkannte. Bei jedem anderen hätte er befürchten müssen, dass sich die Neuigkeiten im gesamten Team verbreiten würden – sein ehemaliger CO würde schweigen.

»Ich wollte nicht stören.«

»Das war schon gut so, es war sowieso eine schlechte Idee.«

»Da stimme ich zu.« Clint hob die Hand, als Rock zu einer Erwiderung ansetzen wollte. »Wartet damit, bis ihr irgendwo allein seid und euch nicht jederzeit die Bomben um die Ohren fliegen können. Es gilt zwar ein Flugverbot über den Camps, aber …«

Er brauchte nicht weiterzusprechen. Wenn jemand wirklich wollte, wäre es ein Leichtes, in einem der Camps eine Katastrophe anzurichten. »Du hast natürlich recht.«

»Aber?«

Rocks Lächeln war selbstironisch. »Das Denken fällt mir leichter, wenn Rose nicht in der Nähe ist.«

Clint lachte. »Ich hatte das Gefühl, dass sich zwischen euch etwas anbahnt, die Zeichen waren eindeutig.«

Rock verzog den Mund. »Glaubst du, die anderen haben etwas bemerkt?«

»Wenn sie nicht völlig blind und dumm sind – was ich bei SEALs nicht hoffen will – dann ja.«

»Es hat niemand Witze darüber gemacht.«

»Das würden sie auch nicht in Gegenwart der Lady und erst recht nicht, wenn es sich um Ghosts Witwe handelt.«

Rock nickte. »Ich hätte auch nie etwas mit ihr angefangen, es ist nur, sie ist so …« Er brach ab, unfähig, weiterzusprechen.

»Du musst mir nichts erklären. Ich kenne dich lange genug, und es geht mich auch nichts an.« Clint setzte sein Befehlshabergesicht auf. »Mach sie glücklich.«

»Aye, Sir!«

Rocks zackigen Salut beantwortete Clint mit einem Grinsen. »Wenn nur alle so auf mich hören würden.«

»Wie Karen zum Beispiel?« Ein kurzer neidischer Stich durchfuhr Rock, als er das Leuchten in Clints Augen sah.

»Unter anderem. Ich fürchte fast, unsere Tochter wird es sehr schnell von ihr lernen.«

»Ich hoffe, wir werden Maya bald mal zu sehen kriegen.« Er konnte sich immer noch nicht vorstellen, wie der ruhige, verschlossene Captain sich in Gegenwart seiner Tochter benahm. Aber es wäre interessant, das herauszufinden.

»Wir werden sicher dieses Jahr noch auf die Ranch nach Montana fliegen, meine Eltern können nicht genug von der Kleinen bekommen. Ich musste meiner Mutter sogar ausreden, nach Washington zu ziehen, um in unserer Nähe zu sein.« Clint lächelte bei der Erinnerung daran. »Jedenfalls habe ich einen Abstecher nach Coronado fest eingeplant.«

»Gut. Ruf vorher an, falls wir gerade auf einer Mission sind.«

Clint zog eine Augenbraue hoch. »Ich kenne mich durchaus noch mit den Tücken des Berufs aus, vielen Dank.« Als Rock sein Gewicht verlagerte, nickte Clint zufrieden und ließ ihn vom Haken. »Das ist euer erster Einsatz mit Devlin?«

»Ja.«

Clint ließ seinen Blick über das Lager schweifen, dann atmete er tief durch. »Ich wäre gern an seiner Stelle. Eine aktive Mission, etwas bewirken. Stattdessen darf ich zusehen, wie Leichen geborgen werden.« Ein Muskel zuckte in seiner Wange.

»Ist es sicher, dass niemand überlebt hat?«

»Die Drohne hat keine Lebenszeichen aufgefangen. Bisher konnte das Bergungsteam wegen andauerndem Beschuss noch nicht so dicht heranrücken, um es zu bestätigen. Aber es sieht nicht gut aus.« Clint rieb heftig über seinen Mund. »Red, der CO von Team 8, hat noch was gut bei mir, es ist das Mindeste, dass ich dafür sorge, dass seine … Überreste nach Hause transportiert werden.«

29

Wortlos sackte Kyla in sich zusammen. Für einen Moment lag sie auf dem steinigen Boden, starrte in den Himmel und versuchte, genug Kraft aufzubringen, sich zu fragen, was passiert war. Ihr Gehirn schien aus Watte zu bestehen, jeder Gedanke dehnte sich wie ein Kaugummi, bevor er ins Nichts zerfloss. Sie sollte aufstehen und weitergehen, aber sie wusste nicht warum. Obwohl der harte Boden unbequem war, erschien ihr die Aussicht, einfach liegen zu bleiben, wesentlich verlockender. Der kalte Wind strich über die Burka, schlüpfte darunter und brachte sie zum Zittern. Wenn sie nicht langsam aufstand, würde sie erfrieren. Und? Dann wäre die Qual zu Ende, und sie könnte sich ausruhen. Sowie der Gedanke Gestalt annahm, lehnte sich alles in Kyla dagegen auf. Nein! Sie musste weiter, es war wichtig, dass sie so schnell wie möglich … was? Sie hatte etwas Dringendes zu erledigen, aber ihr fiel nicht ein, um was es sich handelte. Vielleicht später, wenn sie sich ein wenig ausgeruht hatte.

Etwas zerrte an ihrem Schleier und störte sie. Kyla wollte es verscheuchen, doch sie konnte ihre Hand nicht heben. Kalte Luft drang an ihr Gesicht und belebte sie ein wenig. Ohne das Sichtgitter konnte sie Sterne am Himmel erkennen. So viele Sterne … Erschöpft schloss sie die Augen und sank sofort in einen leichten Schlummer.

»Shahla!«

Der Name brachte etwas in ihr zum Klingen, aber sie war zu müde, um darüber nachzudenken, was es war.

»Wach auf, du kannst hier nicht liegen bleiben.«

Sie kannte die tiefe, ruhige Stimme und wandte sich ihr unbewusst zu. Etwas Warmes strich über ihre Wange. Automatisch presste sie ihr Gesicht tiefer in die Wärme und seufzte zufrieden auf.

»Du kannst nicht mehr weiter, oder?« Resignation und Akzeptanz schwangen in der Stimme mit.

Endlich jemand, der sie verstand. Kyla gab ein zustimmendes Brummen von sich, das bereits mehr Kraft erforderte, als ihr zur Verfügung stand. Überrascht flogen ihre Augen auf, als sie hochgehoben und an eine harte Brust gepresst wurde. Ihre Wange streifte weichen Stoff, durch den Wärme sickerte. Mit einem weiteren Seufzen lehnte sie ihren Kopf an die Schulter ihres Trägers und lauschte seinem beruhigenden Herzschlag. Der Rhythmus hypnotisierte sie, ließ ihren Geist erneut abdriften. Halb schlafend spürte sie die kraftvollen Schritte, die sie immer höher hinauftrugen, gleichmäßig, ohne zu zögern. Ein Lächeln glitt über Kylas Züge. Irgendetwas war merkwürdig, doch sie war nicht bereit, darüber nachzudenken.

Von einem Moment zum nächsten stoppte der scharfe Wind, die Kälte war noch da, aber nicht mehr so schneidend wie zuvor. Kyla atmete tief durch und begann zu husten. Gott, was war das für ein Gestank? Sie öffnete die Augen, sah aber nichts als tiefe, undurchdringliche Schwärze.

»Kannst du stehen?« Die leise Stimme erschreckte sie. Beinahe hätte sie vergessen, dass sie nicht allein war.

»Vermutlich.« Kyla runzelte die Stirn, als die Brust unter ihrer Wange vibrierte. »Warum?«

»Weil ich meine Hände brauche.«

Das klang logisch. »Wo sind wir? Es ist so still und … drückend.«

»Das liegt daran, dass sich einige Tonnen Fels über uns befinden.«

»Was?« Kylas Kopf ruckte hoch und traf auf etwas Hartes. Ein deutliches Knacken war zu hören. »Autsch!«

»Okay, das reicht. Runter hier, bevor du mich noch k. o. schlägst.« Damit verschwand die Stütze unter ihren Beinen und sie baumelte in der Luft. Kyla konnte einen entsetzten Laut nicht verhindern. »Alles in Ordnung, ich habe dich noch. Spürst du den Boden unter dir?«

Ihre Zehen strichen über kalten Fels und Sand. »J…ja.«

»Dann lasse ich dich jetzt runter. Sag mir, wenn du sicher stehst.«

Kylas Muskeln zitterten vor Anstrengung, aber sie zwang sich, die Knie durchzudrücken. »Du kannst mich loslassen.«

»Sicher?«

Kyla presste ihre Zähne zusammen. »Ja.«

»Setz dich noch nicht hin, ich will erst nachsehen, ob hier irgendwelche Tiere unterwegs sind.«

»Tiere?« Verständnislos starrte sie in die Schwärze und bemühte sich schwankend, das Gleichgewicht nicht zu verlieren, während sie auf eine Antwort wartete.

»Schlangen, Skorpione, Spinnen …«

»Danke, jetzt fühle ich mich viel besser!« Das leise Lachen ihres Trägers machte sie nur wütender. »Wo sind wir denn nun?«

Statt einer Antwort flammte plötzlich ein Licht auf. Der Strahl wanderte über steinerne Wände nach oben. Massiver Fels. Eine Höhle! Das erklärte die Kälte und die Windstille, nicht aber den furchtbaren Gestank. Mit angehaltenem Atem folgte sie dem Lichtstrahl mit den Augen, als er über den mit Sand und Geröll bedeckten Felsboden glitt. Nirgends ein Zeichen von Tieren oder irgendwelchen anderen Dingen, die nicht in eine Höhle gehörten.

»Ah.«

»Was?« Hektisch blickte sie sich um. »Was ist?«

Das Licht leuchtete auf einen dunklen Fleck, der halb von Sand bedeckt war. Sie beugte sich vor, um ihn genauer betrachten zu können. Völlig ratlos blickte sie die dunkle Gestalt ihres Begleiters an. »Was ist das?«

»Der Grund, warum es hier so stinkt.« Mit dem Schuh schob er weiteren Sand über den Haufen. »Hinterlassenschaften.«

»Ich verstehe nicht.«

»Die Bergbauern lassen ihre Ziegenherden oft in Höhlen übernachten. Morgens werden die Tiere wieder hinausgetrieben, aber der Kot bleibt zurück.«

Ziegenscheiße. Kyla verdrehte die Augen. Toll, sie saß in einer kalten, stinkigen Höhle fest und musste jetzt auch noch aufpassen, wo sie sich hinsetzte, wenn sie nicht die nächsten Tage genauso riechen wollte. »Heute sind aber keine Ziegen oder Bauern hier?«

»Siehst du welche?«

Okay, überflüssige Frage. Aber er konnte zumindest aufhören, über sie zu lachen. Sie war müde, ihr war kalt, sie hatte Hunger und konnte nicht mehr klar denken. Ärgerlich verschränkte sie die Arme vor der Brust und schrie unterdrückt auf, als ein scharfer Schmerz durch ihre Schulter fuhr. Verdammt, das tat weh ... Kyla stockte. Die Verfolgung. Ein Schuss. Jade! Langsam drehte sie sich zu ihrem Begleiter um. Hamid. Er hielt sie gefangen und wollte sie irgendwohin bringen, wo sie garantiert nicht sein wollte. Wie hatte sie das vergessen können? Natürlich war sie durch die Verletzung und von dem langen Weg geschwächt, aber das war keine Entschuldigung. Als Agentin musste sie sich jederzeit ihrer Aufgabe bewusst sein, ohne Ausnahme.

»Setz dich dort vor den Felsblock, dann sehe ich mir deine Wunde an.«

»Das ist nicht nötig.« Kylas Stimme klang so kalt und spröde, wie sie sich fühlte.

»Doch, ist es. Setz dich.«

»Nein.«

Ein tiefer Seufzer wehte ihr entgegen. »Ich möchte dich nicht verletzen, aber wenn es sein muss, sorge ich dafür, dass du sitzt. Verstehen wir uns?«

Wortlos sank Kyla zu Boden. Besser, sie sparte ihre Kraft für eine andere Gelegenheit auf, anstatt sie für einen unsinnigen Streit zu verschwenden. Die Kälte des Bodens drang sofort durch den dünnen Stoff der Burka und breitete sich in ihr aus. Die Arme eng um ihren Körper geschlungen, um den letzten Rest Wärme zu konservieren, wartete sie mit vorgeschobenem Kinn auf Hamids Annäherung. Der Lichtstrahl glitt über ihren Körper und richtete sich dann auf ihr Gesicht. Geblendet schloss sie die Augen.

»Kannst du das Ding auch woanders hinhalten?«

Sofort verschwand das Licht. »Entschuldige. Ich wollte nur prüfen, wie du aussiehst.«

Kyla riss die Augen auf und funkelte ihn wütend an. »Wie soll ich wohl aussehen nach Tagen ohne die Möglichkeit, mich ordentlich zu waschen?«

Hamid hockte sich vor sie und berührte den Ausschnitt ihrer Burka. »Es ging mir um die Verletzung und deine Erschöpfung, nicht um Schönheit.«

Die Lippen aufeinandergepresst, weigerte Kyla sich, ihn anzusehen. Er lachte schon wieder über sie. Warum lief sie immer wieder in seine Fallen? Langsam musste ihr doch klar sein, dass er eine boshafte Ader hatte. Kyla schob die Augenbrauen zusammen. Nein, das stimmte nicht. Er war vieles, aber nicht boshaft. Sicher, er ließ sie gern auflaufen, aber sie hatte das Gefühl, dass er Humor besaß … Sie musste unbedingt aufhören, über ihn nachzudenken. Er war ihr Feind, und sie musste ihn bei nächster Gelegenheit loswerden – durch Flucht oder mit Gewalt.

Sie sog vor Schmerz scharf den Atem ein und blickte auf Hamids Finger, die gerade vorsichtig den Stoff von ihrer Schulter lösten. Getrocknetes Blut machte die Reste ihres T-Shirts über den Wunden steif und widerspenstig. Schließlich holte Hamid ein großes Messer aus seiner Tasche und zerschnitt den provisorischen Verband. Kyla atmete auf, als der Druck auf die Nähte nachließ. Sie verzog das Gesicht, als sie die dunkel verfärbte Austrittswunde sah. Wie viel davon Prellung oder Blut war, konnte sie in dem schwachen Licht nicht feststellen. Immerhin schien sie nicht mehr zu bluten, die Naht hatte der Belastung des Marschs standgehalten. Ein leises Plätschern ließ sie aufschauen. Hamid hatte eine Flasche herausgeholt und tränkte nun ein Stück Stoff mit Wasser. Als er ihren gierigen Blick sah, hielt er ihr die Plastikflasche hin.

»Nicht zu viel.«

Kyla musste sich zwingen, sich nicht auf die Flasche zu stürzen und sie in einem Zug zu leeren. Ihr Mund fühlte sich wie ausgedörrt an, als sie langsam einen kleinen Schluck trank. Das tat so gut! Sie konnte sich nicht erinnern, jemals in ihrem Leben solchen Durst gehabt zu haben. Nach ein paar weiteren Schlucken setzte sie die Flasche widerstrebend ab und gab sie Hamid zurück. Mit dem Handrücken wischte sie über ihre rauen, ausgetrockneten Lippen. »Danke.«

Hamid nickte nur und setzte die Untersuchung ihrer Wunde fort.

Obwohl seine Berührungen sanft waren, zuckte Kyla zusammen, als er eine besonders empfindliche Stelle fand. »Wie sieht die Wunde aus?«

»Schmerzhaft.«

»Ach!«

Kyla glaubte, für einen Moment seine Zähne aufblitzen zu sehen. »Die Naht hat gut gehalten, es blutet nicht mehr. Trotzdem solltest du noch vorsichtig sein, damit sie sich nicht wieder öffnet. Ich denke, du wirst es überleben.«

»Das beruhigt mich ungemein.«

Diesmal grinste er sie direkt an. »Mich auch.« Bevor sie darauf reagieren konnte, war er schon aufgestanden und hielt ihr die Decke hin, die er Rajid und Habiba gestohlen hatte. Nein, das stimmte nicht. Er hatte sie bezahlt – mit ihrem Geld! »Versuch zu schlafen, wir müssen morgen früh weiter.«

Schlafen. Warum war sie auf einmal nicht mehr müde? Das Gespräch hatte sie belebt, so viel stand fest. Auch wenn Hamid sie ständig aufzog, er schaffte es immer, dass sie sich nicht ganz so … einsam fühlte. Vorsichtig ließ sie sich zurücksinken. Hamid schob seine Tasche unter ihren Kopf und zog die Decke über sie, bis sie von Kopf bis Fuß darin eingewickelt war.

»Wo schläfst du?«

»Ich halte Wache.«

Die Taschenlampe erlosch und ließ sie in tiefster Dunkelheit zurück. Entgegen ihrer Überzeugung, die Müdigkeit überwunden zu haben, schlief Kyla ein, sobald ihr Kopf das provisorische Kissen berührte.

30

»Wo sind denn alle?« Rose blickte sich um, konnte Rock und sein Team aber nicht entdecken. Sie wandte sich wieder Clint zu. Die Dunkelheit lag noch über dem Lager, erst in einigen Stunden würde die Sonne aufgehen.

»Sie haben heute Nacht den Einsatzbefehl bekommen.«

Rose blickte ihn verwirrt an. »Was soll das heißen?«

»Sie sind bereits im Einsatz.«

Sämtliche Farbe wich aus ihrem Gesicht. »Du meinst, sie befreien schon …« Sie brach ab, als Clint warnend die Hand hob.

»Ja.«

»Ich will keine Details wissen, nur … ich dachte, das sollte erst in der nächsten Nacht stattfinden. Die Männer waren vom Flug müde, und Rock hat mir nichts davon erzählt …« Wieder brach sie ab.

Clint legte seine Hand auf ihre Schulter. »Wahrscheinlich wollte er dich nicht wecken und beunruhigen. Sie werden bald wieder da sein.«

»Wenn alles gut geht.« Rose hörte den bitteren Ton in ihrer Stimme, entschuldigte sich aber nicht dafür.

»Wenn alles gut geht.«

Clints ruhige Bestätigung half auch nicht, ihre Angst zu besänftigen. Im Gegenteil, wenn Clint schon nicht sicher war, ob sie lebend wiederkommen würden … Energisch rief sie sich zur Ordnung. Was hatte sie erwartet? Clint konnte ihr keine hundertprozentige Sicherheit geben, dass das Team unverletzt zurückkehren würde. Sie konnte nur auf die Erfahrung und das

Training der Männer vertrauen. »Und was machen wir solange?«

»Wir fliegen wie geplant zum KSK-Camp, und sie werden dort hinkommen, wenn ihre Mission erfüllt ist.«

»Oh.« Rose hoffte mit jeder Faser ihres Körpers, dass sie die Mission gut überstehen und gesund zurückkehren würden. Mit der Agentin.

»Zusammen mit Hawk und Joe werden wir auf dem Flug euren Einsatz planen. Hast du deine Sachen?«

Rose deutete auf ihren Rucksack. »Alles bereit.«

Eines seiner seltenen Lächeln zog über Clints Gesicht. »Gut.« Er blickte über ihren Kopf hinweg. »Seid ihr fertig?«

Erst jetzt bemerkte Rose, dass Hawk und Joe Spade hinter ihr standen. Sie nickte ihnen zu. »Guten Morgen.«

Während Spade ihr höflich antwortete, wirkte Hawk, als wäre er meilenweit entfernt. Seine Hände waren zu Fäusten geballt, in seinem Kiefer arbeitete es. »Der Hubschrauber ist bereit.«

Rock hatte ihr versichert, dass Hawk wusste, was er tat, doch im Moment bezweifelte sie, dass er seinen Job erledigen konnte, ohne daran zu zerbrechen. Die Lampe am Eingang der Baracke beleuchtete eine Seite seines Gesichts, während die andere im Dunkeln lag. Seine rotgeränderten Augen schienen in tiefen Höhlen zu liegen, die Gesichtshaut war blass und schien sich über die Knochen zu spannen. Tiefe Falten hatten sich in Stirn und Mundwinkel gegraben, seine Lippen waren fest zusammengepresst. Wenn der Mann nicht krank war, musste er eindeutig andere Probleme haben. Rock hatte ihr im Flugzeug nur ausweichend darauf geantwortet, aber wenn sie es richtig verstanden hatte, hing für Hawk viel davon ab, dass diese Mission erfolgreich beendet wurde. Allerdings war dieses Verhalten für den Anführer einer Sondereinheit sehr auffällig, es wunderte sie, dass niemand etwas dagegen unternahm.

Rose sah ihm nach, als er mit großen Schritten auf den Hubschrauberlandeplatz zustrebte. Joe war in ein Gespräch mit Clint vertieft, deshalb folgte sie Hawk langsam. Sie wollte nicht unbedingt mit ihm allein sein, obwohl sie bezweifelte, dass er sie überhaupt wahrnehmen würde. Clints Bergungsteam hatte sich bereits in der Nähe eines zweiten Hubschraubers versammelt. Ihre Mienen waren ausdruckslos, aber es ging trotzdem ein Unbehagen von ihnen aus, das deutlich zu spüren war. Rose gesellte sich zu Hawk, blickte aber zu Clint und Joe zurück. Sie sollten sich wirklich beeilen, sie hatten keine Zeit zu verlieren.

»Ganz meine Meinung.«

Erschrocken wirbelte Rose zu Hawk herum. Hatte sie eben laut gesprochen? »Wie bitte?«

»Die Zeit drängt, je eher wir im Lager ankommen, desto besser.« Zu ihrer Überraschung gelang Hawk ein dünnes Lächeln. »Ich glaube, ich habe mich noch nicht bei Ihnen bedankt, dass Sie uns bei der Suche nach der Agentin helfen. Wir wissen Ihre Hilfe sehr zu schätzen.«

Rose gelang es, ihre Verwunderung so weit zu unterdrücken, dass sie antworten konnte. »Ich helfe gerne. Rock hat mir die Fotos der beiden Agentinnen gezeigt, ich hoffe, wir werden sie finden und gesund nach Hause bringen.«

Ein gequälter Ausdruck glitt über Hawks Gesicht. »Wir müssen sie finden, sonst …« Er brach ab und schluckte mühsam.

In diesem Moment erkannte Rose, was wirklich hinter Hawks offensichtlicher Anspannung lag. Eine der Agentinnen schien ihm viel zu bedeuten. Sie umfasste Hawks Faust. »Sie werden sie zurückbekommen.«

Überrascht starrte er sie an. »Woher …?« Er holte tief Luft und schüttelte den Kopf. »Kaum zu glauben, dass ich NSA-Agent war. Sie sind gut.« Wärme lag in seinen Augen, und ein kleines Lächeln umspielte seine Mundwinkel.

»Danke.«

»Gut, dass die anderen nichts gemerkt haben. Ich bin normalerweise nicht so unprofessionell.«

»Ich möchte Ihre Illusionen nicht zerstören, aber ich bin mir ziemlich sicher, dass Rock davon weiß und damit auch Matt. Ich könnte mir vorstellen, dass er Ihnen deshalb seinen Platz im Team überlassen hat.«

Hawk verzog den Mund. »Ich war nur froh, dass er es sich anders überlegt hat, und habe gar nicht über die Gründe nachgedacht.« Hawk strich über seine sowieso schon zerzausten Haare und brachte sie damit noch mehr durcheinander. »Vermutlich wäre es doch besser gewesen, wenn Matt sich durchgesetzt hätte, ich scheine derzeit Probleme mit dem Denken zu haben.«

»Das ist ganz normal. Immer wenn mein Mann auf einer Mission war und ich tage-, manchmal sogar wochenlang nichts von ihm gehört habe, war ich nur noch ein Nervenbündel, kaum fähig, meine normale Arbeit zu erledigen. Das Wichtige ist, hinterher für sie da zu sein, ihnen Ruhe und Geborgenheit zu geben und sie langsam wieder in die normale Welt eintauchen zu lassen.«

Diesmal lächelte er sie offen an. »Sie sind eine tolle Frau. Ich würde Sie sofort heiraten, wenn ich nicht …«

»Rose ist schon vergeben.«

Clints Stimme ließ Rose erschrocken zusammenzucken. Sie hatte überhaupt nicht mitbekommen, dass er mit Joe beim Hubschrauber eingetroffen war. Dann wurde ihr der Sinn seiner Worte klar. Sie war schon vergeben … Woher wusste er davon? Hatte Rock etwa seinen Mund nicht halten können? Und überhaupt, wer sagte, dass sie vergeben war, nur weil sie Rock ein paarmal geküsst hatte. Wütend drehte sie sich zu Clint um, in der festen Absicht, ihm ihre Meinung zu sagen. Als sie das amüsierte Funkeln in seinen Augen sah, klappte sie ihren Mund wieder zu. Es wäre kindisch gewesen zu protestieren, weil sie derzeit tatsächlich nur Augen für Rock hatte. »Starten wir jetzt endlich?«

Clints Augenbraue hob sich, seine Zähne blitzten auf. »Okay, Abmarsch!« Er gab den Hubschrauberpiloten ein Zeichen, die Maschinen zu starten, umfasste Rose' Arm und geleitete sie zum Helikopter. Er beugte sich dicht zu ihr. »Sei nicht böse, Rock hat mich gebeten, auf dich aufzupassen solange er nicht da ist.«

»Und er hat gesagt, ich wäre schon ›vergeben‹?«

»Nein, das war meine Interpretation. Ich wollte nur verhindern, dass Hawk sich Hoffnungen macht.«

»Das tut er sicher nicht.«

Das Rotorengeräusch verhinderte jedes weitere Gespräch. Rasch nahm Rose ihren Platz ein und wartete angespannt auf den Start. Als sie wenige Minuten später abhoben, atmete sie tief durch.

Die Kälte drang durch seine Kleidung und breitete sich langsam im ganzen Körper aus. Reglos lag Rock auf dem steinigen Boden und beobachtete die bewaffneten Männer, die in regelmäßigen Abständen das Gebäude umrundeten. Es würde nicht schwer sein, sie auszuschalten, allerdings musste alles zeitlich so abgestimmt sein, dass ihr Verschwinden nicht sofort bemerkt wurde. Blieb noch das Problem, an die Wachen im Turm heranzukommen, die einen guten Überblick über den gesamten Komplex hatten. Einige Meter entfernt war Devil wohl zu dem gleichen Schluss gekommen.

»Cat, Turm. Übriges Team bereithalten.«

Klicken antwortete ihm. Durch die Nachtsichtgläser konnte Rock ein- oder zweimal Cats Vorankommen beobachten, für die Wachen war er in der Dunkelheit so gut wie unsichtbar. Als Späher und Kletterspezialist des Teams war die Aufgabe wie für ihn gemacht. Langsam arbeiteten sie sich weiter zur Festung vor, während sie die Umgebung nach weiteren Wachen oder Warnanlagen absuchten. Bisher waren sie nur auf einen Mann getroffen, der sich im Wald mit einer Flasche Wodka und einer Opiumpfeife vergnügte. Sein Fehler, dass er nur darauf achtete, ob einer seiner Kameraden sein Verschwinden bemerkte, und nicht damit rechnete, von hinten angegriffen zu werden. Nachdem sie ihn ausgeschaltet hatten, nahm I-Mac sein Funkgerät an sich und konnte verfolgen, ob die Wachen den Angriff bemerkten.

Rock beobachtete erneut den Wachturm. Der Scheinwerfer leuchtete in den Innenhof der Anlage und würde sie in ihrer Arbeit zunächst nicht behindern. Sie näherten sich von der rückwärtigen Seite, die fast völlig dunkel war. In einem Fenster war ein schwacher Lichtschein zu sehen, der aber ihre Sicht durch die NVGs nicht weiter behinderte. Im Gebäude würden sie die Brillen absetzen, um nicht von einem plötzlichen Lichtstrahl geblendet zu werden, doch hier in der Deckung hatten sie damit einen gewaltigen Vorteil gegenüber den Wachen.

»Erledigt. Licht aus?« Cats Stimme drang deutlich durch den Kopfhörer.

Devil antwortete sofort. »Noch nicht, zu auffällig. Kommst du von dort ins Gebäude?« Ein bestätigendes Klicken. »Warte unten, bis wir in Position sind.« Erneut ein Klicken. »Irgendwer in der Nähe des Haupttors?«

»Negativ.«

»Team. Plan Alpha, ausführen.«

Rock klickte, bevor er sich aufrichtete. Der Wachmann war gerade um die Ecke gebogen und würde die nächsten zwei Minuten außer Sichtweite sein – sofern er seinen Rhythmus beibehielt. Rasch, aber lautlos überbrückte Rock die Entfernung zum Haupttor. Er hatte den Auftrag, das Tor zu sprengen, und zwar möglichst so, dass niemand etwas davon mitbekam. Keine leichte

Aufgabe, vor allem, weil sie anhand der Satellitenbilder nicht genau feststellen konnten, aus welchem Material es bestand. Holz wäre kein Problem, aber massives Eisen konnte sie dazu zwingen, den Plan ein wenig zu ändern. Im Laufen zog Rock den Sprengstoff aus seiner Westentasche. Schemenhaft konnte er seine Teamgefährten sehen, die sich auf beiden Seiten des Tors postierten. Devil, Doc und I-Mac würden mit ihm zusammen das Haupttor nehmen, Snake und Jackie die Hintertür, während Cat vom Turm aus ins Innere der Festung vordrang.

Erleichtert atmete er auf, als er erkannte, dass die Tür zwar stabil war, aber nur aus massivem Holz bestand. Rock verstaute die Nachtsichtgläser in seiner Westentasche, bevor er einen Streifen Sprengstoff abriss und die kaugummiartige Masse ins Schloss drückte.

»In Position.« Unvermittelt stand Rock wieder jene verhängnisvolle Mission vor Augen, die Ghost das Leben gekostet hatte. Auch damals hatte er eine Tür mit Sprengstoff präpariert … Mit einem lautlosen Fluch konzentrierte Rock sich auf seine Aufgabe und schob die Vergangenheit beiseite. Mit einem leisen Plopp sprang das Schloss auf. »Fertig.«

»An alle: los!«

Rock löste sich von der Wand und drückte das schwere Tor auf. Die Waffen in der Hand schlüpften die SEALs hindurch, bevor er es hinter ihnen wieder schloss. Wenn sie Glück hatten, würde das gesprengte Schloss zunächst niemandem auffallen. Je später Alarm geschlagen wurde, desto größer waren ihre Chancen, die Agentin zu finden. Bevor sie losgefahren waren, hatte sich jeder von ihnen die Fotos der TURT/LEs eingeprägt, um sie auch erkennen zu können, falls sie ihre Identität nicht mehr bestätigen konnten. Wie vorher geplant, teilten sie sich auf, je zwei Mann würden die Korridore zur rechten und linken Seite des Tors durchsuchen. Die Schalldämpfer würden ihnen erlauben, ihre Feinde lautlos zu erledigen, sollte es nötig sein, trotzdem blieb ihnen nicht viel Zeit.

Direkt neben dem Eingang befand sich ein kleiner Raum, der offenbar eine Wachstube darstellte. Von den Eindringlingen überrascht, hatten die Wachen keine Gelegenheit mehr, ihre Kameraden zu warnen. Rasch nahm Rock den Schlüsselbund von einem Haken neben der Tür und steckte ihn ein. Sollte dieser nicht die anderen Räume öffnen, würde er sie notfalls aufsprengen, aber mit einem Schlüssel ging es natürlich wesentlich schneller. Er gab Doc ein Zeichen, ihm Deckung zu geben, bevor er wieder in den Gang hinaustrat. Auf der gegenüberliegenden Seite des Gangs bewegten sie sich langsam vorwärts, stets darauf gefasst, auf eine Wache zu treffen. Hinter den ersten Türen befanden sich ein Vorratsraum und eine Abstellkammer, doch die dritte Tür öffnete sich zu einer kleinen, kargen Zelle, in der eine zerlumpte Gestalt auf dem Boden lag. Ein genauerer Blick zeigte, dass es keine der Agentinnen sein konnte. So gern Rock die Frau auch mitgenommen hätte, sie würde sie nur aufhalten. Er zog die Tür hinter sich zu, schloss sie aber nicht wieder ab. Wenn sie später noch Zeit hätten, würden sie versuchen, auch die restlichen Gefangenen in dieser Festung zu befreien.

Eine weitere Zelle, diesmal leer, dafür aber mit Blutflecken auf dem Boden. Rocks Magen krampfte sich zusammen. Es war eindeutig, dass Mogadir seine Gefangenen nicht gut behandelte. Sollten Kyla oder Jade von ihm gefangen genommen worden sein, war es gut möglich, dass sie inzwischen nicht mehr lebten. Gerade als Doc die nächste Tür öffnen wollte, hörten sie Schüsse, gefolgt von Schreien und laut hallenden Schritten.

»Die Katze ist aus dem Sack.« Devil bestätigte per Kopfhörer seine Vermutung, dass sie entdeckt worden waren. Ab sofort war das Überraschungsmoment verloren.

31

Wie aus weiter Ferne nahm Jade die Geräusche außerhalb ihrer Zelle wahr. Sie hatte sich daran gewöhnt, ständig durch die Schreie ihrer Mitgefangenen oder durch neue Foltermethoden der Wärter aus dem Schlaf gerissen zu werden, doch diesmal war es anders. Es gelang ihr nicht ganz, den Gedanken zu fassen, aber sie spürte, dass sie sich besser vorbereiten sollte – auf was auch immer. Ihre Wange rieb über den rauen Steinboden, als sie sich herumrollte. Mühsam gelang es ihr, sich auf Händen und Knien aufzurichten, die Stirn weiterhin auf den Boden gedrückt. Übelkeit wühlte in ihrem Magen, presste ihre Kehle zusammen, bis sie keine Luft mehr bekam. Sie fühlte sich dermaßen schwach, dass sie nicht sicher war, ob sie sich überhaupt aufrichten konnte. Atem drang keuchend durch ihre ausgetrocknete Kehle und schmerzte in ihrer Lunge. Einen Moment lang dachte sie darüber nach, sich einfach wieder zu einem Ball zusammenzurollen und auf den Tod zu warten, doch dann setzte ihr Überlebenswille wieder ein. Sie würde es ihren Entführern nicht so leicht machen. Wenn sie sie loswerden wollten, würden sie sie schon umbringen müssen.

Erneut hörte sie Lärm und hob langsam den Kopf. Das waren Schüsse! Hoffnung schwoll in ihr an und gab ihr die Kraft, schwankend auf die Füße zu kommen. Ihre von der Nachtluft ausgekühlten Gliedmaßen fühlten sich wie abgestorben an, doch wenn es tatsächlich ihre Retter waren, die da draußen kämpften, musste es ihr gelingen, ihnen zu folgen, ohne sie aufzuhalten. Schmerz schoss durch ihre Arme, als sie versuchte, mit langsamen kreisenden Bewegungen die Muskeln zu lockern. Das Gefühl in ihren Füßen setzte wieder ein, und sie biss sich auf die Lippe, um einen Schrei zu unterdrücken. Wie mit tausend Nadelstichen erwachten sie prickelnd zum Leben, ein Krampf zog ihre Wade hinauf. Nur mit Mühe gelang es ihr, auf den Beinen zu bleiben. Heftig atmend stützte sie sich an der Wand ab, um das Gleichgewicht zu halten. Hämmernder Kopfschmerz machte sich bemerkbar, der sich mit jeder Sekunde, die sie auf den Beinen war, noch verstärkte. Sie wollte schreien, bis sie keine Stimme mehr hatte, aber sie wusste, dass es ihr nicht helfen würde, aus dieser Zelle zu entkommen.

Sollten es keine Amerikaner sein, die ihr Gefängnis angriffen, musste sie trotzdem versuchen, den Tumult zur Flucht zu nutzen. Wie sie das machen sollte, solange die Tür abgeschlossen war, wusste sie nicht, aber ihr war klar, dass sie dieser Hölle nur dann entkommen konnte. Einen Schritt nach dem anderen bewegte sie sich an der Wand entlang, bis sie neben der Tür lehnte. Sowie sie Schritte auf dem Gang hörte, würde sie sich bemerkbar machen und hoffen, dass es jemand war, der sie retten würde. Die Möglichkeit, damit erneut die Wärter auf sich aufmerksam zu machen, verursachte ihr Übelkeit, aber sie musste es riskieren. Jade schloss die Augen und sammelte ihre Kraft. Die Angst schob sie in einen tiefen Winkel ihres Bewusstseins zurück, so wie sie es in ihrer Ausbildung gelernt hatte. Ruhe senkte sich langsam über sie herab, ihre Gedanken wurden seltsam klar, ihre Sinne schärften sich.

Das Pochen ihres Herzens gab einen beruhigenden Rhythmus vor, an den sie ihre Atmung anpasste. Die Augen geschlossen atmete sie tief durch. Ein, aus, ein, aus … Ihre Lider hoben sich. Da! Schritte hallten über den Gang, bewegten sich eilig auf ihre Tür zu. Dicht an die Wand gepresst lauschte sie, ob jemand vor ihrer Zelle stehen blieb. Sie hörte ein paar geflüsterte Worte, die aber zu leise waren, um sie zu verstehen. Jade rückte näher an die Tür, bereit, vorzuspringen und denjenigen auf sich aufmerksam zu machen, der davorstand. Das Klirren eines Schlüsselbunds ließ den Atem in ihrer Kehle stocken. Ihre Retter hatten vermutlich keinen Schlüssel. Oder doch? In der Entfernung waren erneut Schüsse zu hören, dann der dumpfe Knall einer Explosion. Es musste einfach ein Befreiungskommando sein! Erleichterung drang durch ihre Anspannung, ließ ihre Knie weich werden, und sie rutschte an der Wand nach unten. Es war vorbei, nur noch wenige Minuten, dann würde sie frei sein, nicht mehr Mogadir und seinen sadistischen Schergen ausgeliefert.

Die Tür öffnete sich mit einem leisen Knarren, ein Schatten fiel in die Zelle und wurde langsam immer größer. Das Böse schien in Wellen von ihm auszugehen. Instinktiv kauerte Jade sich an der Wand zusammen, schlang die Arme um ihre Knie und hielt den Kopf gesenkt.

»Ah, da bist du ja. Ich dachte schon, ich wäre zu spät gekommen.«

Mogadirs Stimme rieb über ihre Nerven wie Sandpapier. Ein Zittern durchlief sie, weniger von der Kälte, als vielmehr durch seine bloße Anwesenheit. Es konnte nur einen Grund geben, warum er hier auftauchte, während Schüsse fielen: Er wollte sie beseitigen. Ihr ganzer Körper versteifte sich, als er näher kam und sich schließlich vor sie hockte. Sie weigerte sich, ihn anzusehen und ihm die Genugtuung zu verschaffen, die Angst in ihren Augen zu sehen. Er umfasste ihr Kinn und riss ihr Gesicht brutal hoch. Wut loderte in ihr auf, Abscheu breitete sich auf ihren Gesichtszügen aus.

Mogadir lachte leise. »Ich muss weg. Schade, wir hätten sicher noch viel Spaß miteinander gehabt.« Damit beugte er sich vor und presste seinen Mund hart auf ihren.

Obwohl alles in ihr sich dagegen auflehnte, zwang sie sich,

den Kuss unbeteiligt über sich ergehen zu lassen. Wenn sie sich zu wehren versuchte, würde er genau das bekommen, was er erreichen wollte. Er küsste sie nicht, weil er sie begehrenswert fand, sondern nur, um sie zu bestrafen, um ihr zu zeigen, dass er die Macht hatte, alles zu tun, was er wollte.

Abrupt brach er den Kuss ab und erhob sich. Einen kurzen Moment blickte er auf sie hinunter, dann drehte er sich zu den Wächtern um. »Tötet sie.« Damit machte er kehrt und verließ die Zelle.

Die Wärter sahen sich gegenseitig an, dann wandten sie ihre Aufmerksamkeit Jade zu. Wenn sie es gekonnt hätte, wäre sie noch weiter in die Wand hineingekrochen, nur um ihren gierigen Blicken zu entgehen. Erregung ging von ihnen aus, nicht nur sexuelle, sondern auch die Lust am Töten. Sie erinnerte sich noch gut an das Verhalten der Männer, als sie gefoltert wurde: Es hatte ihnen Spaß gemacht, ihr Schmerzen zuzufügen. Und auch jetzt hatten sie nicht vor, ihr einen schnellen, leichten Tod zu bereiten. Nein, sie würden sie quälen, bis sie sich wünschte, tot zu sein – und noch darüber hinaus. Jade spannte ihre Muskeln an. Diesmal nicht. Sie würde mit allem kämpfen, was sie hatte, um diesen Sadisten den Spaß zu verderben.

Einer der Folterer griff nach ihrem Arm und zog sie unsanft in die Mitte der Zelle. Schmerz schoss durch ihre über den rauen Steinboden schleifenden Knie. Jade zwang sich, unbeteiligt liegen zu bleiben, als er sich über sie schob. Sie hatte nur eine einzige Chance, ihn zu überwältigen: wenn sie ihn überraschte. Während er sich die Hose aufknöpfte, hob sie ihre Hand, bis sie dicht unter seiner Waffe lag. Da der zweite Wächter auf der anderen Seite stand, konnte er nicht sehen, was sie tat. Mit einem befriedigten Grunzen schob der Mann seine Hose herunter. Jetzt! Jade schlug mit einer Hand in seine Weichteile, während sich die andere um die Pistole schloss. Der Wächter brach schreiend über ihr zusammen, bevor sie sich unter ihm hervorrollen konnte. Der zweite Mann hatte seine Waffe gezogen und hielt sie auf sie gerichtet. Jades Hand krampfte sich um die Pistole. Egal was passierte, sie würde sie nicht wieder hergeben.

Ihre Zeit war soeben abgelaufen. Sie mussten die Agentin möglichst schnell finden, denn es war klar, dass sie für Mogadir keinen Wert mehr haben würde. Er gab Doc ein Zeichen, die nächste Tür aufzuschließen.

Devils Stimme kam über den Kopfhörer. »Cat, Licht aus.«

»Schon dabei.«

Der helle Scheinwerfer erlosch und ließ sie im Dunkeln zurück. Es gab auf den Gängen eine schwache Beleuchtung, die nicht bis in die Zellen reichte. Rock nahm die Taschenlampe aus seiner Weste und leuchtete in die Zelle, deren Tür Doc gerade geöffnet hatte. Der Lichtstrahl glitt über Steinboden, bis er zu einer nackten, übel zugerichteten Gestalt kam, die in einer Ecke lag. Er unterdrückte einen Fluch, während er mit wenigen Schritten den Raum durchquerte. Rasch hockte er sich neben die Frau und drehte sie vorsichtig um. Offene Augen starrten ihm leer entgegen. Obwohl sie offensichtlich tot war, fühlte er nach einem Puls. Noch einmal leuchtete er in ihr Gesicht, dann schloss er ihre Augen und erhob sich schwerfällig. Doc blickte ihm unbehaglich entgegen.

»Tot.« Rocks Stimme klang rau, doch es war ihm egal, ob Doc es merkte.

»Die Agentin?«

Stumm schüttelte Rock den Kopf, während er aus der Zelle trat. »Sie war schwanger.«

Doc blieb ruckartig stehen und blickte zurück. »Vielleicht …«

Rock packte ihn am Arm und zog ihn weiter. »Sie ist schon seit Stunden tot.«

»Diese Schweine!«

Rock konnte ihm nur zustimmen. Solange er lebte, würde er nie den Ausdruck von Verzweiflung auf dem Gesicht der Toten vergessen. Die Hände hatten auf ihrem Bauch gelegen, als wollte sie noch im Tod ihr Baby schützen. Es war ihr nicht gelungen. Das dringende Bedürfnis, irgendetwas kaputt zu schlagen, konnte er ausleben, als unvermittelt ein Wachmann um die Ecke gelaufen kam. Rocks Genickhieb war so heftig, dass sein Gegner, ohne einen Laut von sich zu geben, tot zu Boden fiel.

»Erinnere mich daran, dich niemals zu verärgern.«

Docs trockene Bemerkung holte ihn in die Realität zurück. Wut hatte in einem Einsatz nichts zu suchen, sie machte blind für mögliche Gefahren und ließ ihn unnötige Risiken eingehen. »Werde ich.«

Ein Schuss hallte durch den Korridor, dicht gefolgt von einem zweiten. Da sich der Rest des Teams in anderen Gebäudeteilen aufhielt, mussten ihre Gegner auf etwas anderes schießen. Verdammt, sie durften nicht zu spät kommen! So schnell wie möglich arbeiteten sie sich in die Richtung vor, aus der die Schüsse gekommen waren. Aus einem der kleinen in die Türen eingelassenen Fenster ragten ihnen Hände entgegen, und eine Frauenstimme flehte sie auf Persisch an, ihnen zu helfen. Doc schloss die Tür auf und rannte dann weiter. Rock bemühte sich, nicht auf die Schreie zu achten, die ihnen folgten, sie würden ihn nur ablenken.

»Tut mir leid.« Er murmelte es so leise, dass niemand ihn hören konnte.

Kein Laut drang aus der nächsten Zelle, aber irgendjemand war darin, Rock konnte es deutlich fühlen. Er gab Doc ein Zeichen, die Tür aufzuschließen und ihm danach Deckung zu geben. Die Pistole im Anschlag holte Rock einmal tief Luft und trat dann die Tür auf. Mit einem lauten Krachen schlug sie gegen die

Wand. In Erwartung eines Angriffs sprang er in Deckung, doch nichts passierte. Bis auf schweres Atmen herrschte Totenstille in der Zelle. Ohne Taschenlampe konnten sie nichts sehen, doch wenn er sie anschaltete, würde er dem Gegner seine Position verraten. Andererseits konnte es sein, dass die Schüsse aus einer anderen Zelle gekommen waren und sie hier nur auf weitere Gefangene trafen. Sie mussten etwas sehen, um zu entscheiden, ob sie hier nur ihre Zeit verschwendeten.

»Bleib in Deckung, ich werde nachsehen.« Seine Stimme war bereits mehrere Zentimeter weiter nicht mehr zu hören. Doc antwortete mit einem Klicken.

Mit der Taschenlampe leuchtete er in den Raum und überprüfte die Situation. Mehrere Personen lagen auf dem Boden, der Kleidung nach Wächter. Als niemand schoss oder sich bewegte, betrat Rock vorsichtig die Zelle. Lautlos näherte er sich dem ersten Mann und stieß ihn mit dem Fuß an. Keine Reaktion. Der Lichtstrahl wanderte über den Körper und zeigte einen tiefroten Fleck auf seiner Brust. Eindeutig Blut. Eine rasche Überprüfung zeigte, dass er tot war. Rock schwenkte das Licht auf die zweite Person, die auf dem Bauch in der Mitte der Zelle lag, die Hose halb heruntergeschoben. Eindeutig ein anderer Wärter. Übelkeit stieg in Rock auf, als er erkannte, was der Mann gerade vorgehabt hatte. Helle Frauenbeine ragten zu beiden Seiten unter ihm heraus. Erneut hörte er jemanden atmen.

»Langsam umdrehen.«

Nichts passierte, der Mann rührte sich nicht. Der Lichtstrahl fiel auf den Kopf des Wärters, und Rock erkannte, warum er sich nicht rühren würde: Jemand hatte eine Kugel durch seinen Schädel gejagt, die ein riesiges Loch in seinen Hinterkopf gerissen hatte. Ohne zu zögern, hob er den Toten von der Frau herunter.

»Doc, ich brauche dich hier.«

Für einen Augenblick hatte er sich umgedreht und erstarrte,

als er ein Geräusch hörte. Langsam wandte er sich der Frau zu. In ihrer Hand war eine Pistole.

»N…nicht … be…bewegen.«

Rock legte seine Waffe zur Seite und hob beschwichtigend die Hände. »Es ist alles gut, wir wollen Ihnen helfen.« Die Taschenlampe beleuchtete den Körper der Frau. Er war nackt und mit Prellungen, Schürfwunden und Schnitten übersät. Der Lichtstrahl wanderte höher, sodass er nun auch das Gesicht sehen konnte. Auch hier Prellungen und Schnitte, die die Züge fast verdeckten. Die Haare waren abrasiert worden, schorfige Striemen bedeckten ihren Kopf. Einen Moment lang blickte er in ihre Augen und erkannte sie. »Jade?« Seine Stimme war nur ein Flüstern, so sehr schockierte ihn das, was sie ihr angetan hatten. Nach diesem Moment des Schrecks hatte er sich wieder im Griff. »Jade, ich bin es, Rock, wir sind hier, um dich zu befreien.«

Sie sah ihn mit leerem Blick an und reagierte nicht auf seine Worte. Die Waffe war weiterhin auf seine Brust gerichtet.

Verzweifelt überlegte er, was er sagen konnte, um ihr klarzumachen, dass sie keine Feinde waren. Sie hatten keine Zeit, sich lange aufzuhalten und behutsam vorzugehen, um ihr Trauma nicht zu verstärken. Er spürte, wie Doc hinter ihn trat, wandte seinen Blick aber keine Sekunde von Jade ab. »Hawk schickt mich, ich soll dich hier rausholen und zu ihm bringen.« Bei der Erwähnung von Hawks Namen ging ein Ruck durch ihren Körper. Ein Fortschritt. »Würdest du bitte die Waffe weglegen, damit Doc dich untersuchen kann? Wir müssen hier raus.« Rock hielt den Atem an. Wenn Jade jetzt nicht kooperierte, würde er sie überwältigen müssen, so ungern er ihr auch wehtun wollte.

Langsam, fast mechanisch, ließ sie den Arm sinken. Die Waffe klapperte auf den Steinboden, während Jade die Arme um ihren Körper schlang. Rock trat zur Seite und machte den Weg für Doc frei, der sich neben die Agentin kniete.

»Devil, wir haben sie.«

»Lebt sie?«

»Ja. Doc untersucht sie gerade.« Rock warf einen Blick über die Schulter. Jade hatte sich zu einer Kugel zusammengerollt und wollte niemanden an sich heranlassen. »Sie wird durchkommen.« Vermutlich war das eher sein Wunsch als eine reelle medizinische Prognose, aber er würde alles dafür tun, dass sie wahr wurde.

»Gut. Bleibt bei ihr, wir räumen noch auf und suchen Mogadir.«

Rock klickte bestätigend. Ein erneuter Blick auf Jade erinnerte ihn daran, dass sie dringend Kleidung brauchte. Die Uniformjacken der beiden Toten waren blutgetränkt, aber vielleicht würde eine Hose noch zu gebrauchen sein. Der Wärter an der Tür war kleiner und dünner als der andere, eher von Jades Statur. Rock wollte ihn anfassen, doch der Gestank hielt ihn zurück. Als er gestorben war, hatten sich anscheinend seine Därme entleert. Rock setzte sich auf die Hacken zurück und überlegte, was er tun konnte. Er konnte Jade keine verdreckte Hose anziehen, die mit ihren offenen Wunden in Berührung kam. Kurz entschlossen streifte er seine Weste ab und zog sich das schwarze Sweatshirt über den Kopf.

»Was machst du da?« Doc blickte ihn ungläubig an.

»Ich besorge deiner Patientin was zum Anziehen.«

»Aber …« Rocks Blick brachte ihn zum Schweigen.

Rasch schlüpfte Rock wieder in seine Schutzweste und hockte sich neben Jade. »Hier, zieh das an, dann wird dir warm.«

Als Jade weiter vor sich hin starrte und nicht reagierte, stülpte er das Sweatshirt sanft über ihren Kopf und streifte es über ihren Körper. Er schob erst den einen, dann den anderen Arm hindurch, bis Jade fast im Stoff verschwand. Da er um einiges größer und breiter war als sie, würde ihr das Sweatshirt bis zu den Knien reichen und sie zumindest etwas wärmen. Ein Schauder lief über ihren Körper.

»W…warm.«

»Genau. Jade, hör mir zu. Wir müssen jetzt los. Ich werde dich tragen, aber wenn wir in Kampfhandlungen verwickelt werden, muss ich dich an einem sicheren Ort absetzen, bis die Feinde erledigt sind. Aber ich komme wieder, versprochen.« Jade schüttelte wild den Kopf. Rock legte eine Hand an ihre Wange. »Jade, wir müssen versuchen, Mogadir zu fangen. Es ist wichtig.«

»Nein!«

Doc hielt hinter ihrem Rücken eine Spritze mit Morphium hoch und blickte ihn fragend an. Rock schüttelte den Kopf.

»Jade …«

»M…Mog… er ist … weg.«

Rock wurde ganz still. »Woher weißt du das?«

»War hier … sagte, er muss weg. Seine Männer … hier … gelassen, um m…mich zu töten.«

»Weißt du, wo er jetzt sein kann?«

»Nein, aber er … k…klang sicher, dass er ent…entkommen würde.«

Rock schaltete sein Mikrofon ein. »Devil, Jade sagt, Mogadir war hier, wäre dann aber abgehauen.« Er wandte sich an Jade. »Wann war das ungefähr?«

»Weiß … nicht.«

»Kurz bevor du die Männer erschossen hast?«

Jade schloss die Augen und nickte matt.

»Dev, etwa fünf Minuten Vorsprung. Er könnte überall sein.« Verdammt, sie waren so nah dran gewesen!

»Cat, wie sieht es am Hintereingang aus?«

»Alles ruhig.«

»Vorne auch. Entweder versteckt er sich irgendwo, oder er hat einen anderen Weg nach draußen.« Devil zögerte nur kurz.

»Rock, bringt sie in Sicherheit. Wir machen einen letzten Rundgang, und wenn wir ihn nicht finden, überlassen wir das dem Reinigungsteam.«

Marines würden die Jagd nach den letzten Rebellen übernehmen, sobald sie die Nachricht bekamen, dass die SEALs ihre Mission erfüllt hatten. Doc zog eine Isolierdecke aus hauchdünnem Aluminium aus seiner Tasche und wickelte sie um Jades Körper. Zusammen mit dem Sweatshirt sollte sie das warm genug halten, bis sie im Hubschrauber waren. Behutsam hob Rock sie hoch.

»Okay, los geht's.«

Auf ihrem Weg durch die Festung begegneten sie keinen Gegnern mehr, sodass sie schon kurz darauf in die kalte Morgenluft hinaustraten. Die Dämmerung setzte gerade ein, sie würden sich beeilen müssen, wenn sie noch einen Rest an Deckung nutzen wollten. Es war zwar unwahrscheinlich, aber nicht unmöglich, dass sich einige der Rebellen draußen in den Wäldern versteckt hielten und sie anzugreifen versuchten.

»Wir sind hier fertig. Alle raus.« Devils Befehl wurde mit Klicken beantwortet.

32

Der Kopfhörer gab ein lang gezogenes Fiepen von sich, das Red aus einem unruhigen Schlaf riss. Die Schmerzen in seinem Bein erwachten pochend zum Leben, während er mühsam aufstand. Bull und Tex waren ebenfalls von dem Warnton alarmiert, den eines von Bulls Spielzeugen im Gang aussandte. Irgendjemand kam auf sie zu.

»Bull, finde heraus, wie viele das sind.« Ein bestätigendes Klicken ertönte, bevor Bull im Dunkel des Tunnels verschwand. »Tex, sieh nach, wie es draußen aussieht.«

Erneut ein Klicken, dann war er mit Dean allein. Red legte die Hand um den Kopf der Taschenlampe, bevor er sie anschaltete. Bull hatte die Warnsysteme weit genug entfernt platziert, sodass er es wagen konnte, für einen kurzen Moment das Licht anzumachen. Der dünne Strahl beleuchtete den Night Stalker nur unzureichend, aber es würde so gehen müssen. Red hockte sich neben Dean und legte seine Hand auf dessen Brust. Noch atmete er. Im Laufe der Nacht hatten sie abwechselnd seinen Zustand kontrolliert, ihm Wasser eingeflößt und Morphium gegen die Schmerzen gegeben. Mehr konnten sie nicht tun. Deans Stirn war heiß, seine Atmung flach und angestrengt. Vermutlich eine Infektion der Wunde, kein Wunder unter diesen Bedingungen. Es hatte lange gedauert, bis der Night Stalker endlich eingeschlafen war, umso mehr ärgerte es Red, ihn jetzt wecken zu müssen.

Sanft legte er die Hand über Deans Mund, damit er sie nicht verriet. Red beugte sich vor, bis er direkt in sein Ohr sprechen konnte. »Aufwachen. Wir bekommen Besuch.« Der Night Stalker stöhnte leise. »Dean, bist du wach?« Als Red das Nicken spürte, entfernte er seine Hand. »Der Alarm ist losgegangen, es könnte sein, dass wir hier weg müssen. Stell dich am Eingang direkt an die Wand.«

»Ich kann auch schießen.«

»Das ist gut. Wir hoffen trotzdem, dass wir die Sache ohne Waffen klären können.«

»Okay.«

»Erschieß Tex nicht, wenn er wieder reinkommt.« Red hörte ein leises Lachen über den Kopfhörer. Tex schien davor keine Angst zu haben. Red wartete, bis der Night Stalker den Eingang des Tunnels erreicht hatte, bevor er das Licht löschte. Während er seine Augen an die Dunkelheit gewöhnte, wandte Red sich an Tex. »Siehst du etwas?«

»Alles ruhig hier draußen.«

Also war es vermutlich keine Falle. Aber wie hoch war die Wahrscheinlichkeit, dass monate- oder sogar jahrelang niemand diesen Gang benutzte, aber gerade in der einen Nacht, in der sie sich darin versteckten? Red verzog das Gesicht. So wie es mit ihrem Glück derzeit aussah, war es durchaus möglich. Er fühlte mehr als dass er sah, wie Bull lautlos zurückkam.

»Einer, bewaffnet.« Bulls Stimme drang kaum hörbar durch den Kopfhörer.

»Okay. Lebend, wenn möglich.«

Bestätigendes Klicken, danach herrschte Stille. Sie hatten zu beiden Seiten des Gangs Stellung bezogen und warteten darauf, dass der Eindringling auftauchte. Laute Schritte und schweres Atmen kündigten ihn schon an, bevor ein Lichtschein über die Wände wanderte. Eindeutig niemand, der erwartete, sie hier vorzufinden. Sein Pech. Das Licht schaukelte wild hin und her, als der Läufer schließlich in Sicht war. Red zog sich tiefer in den Schatten zurück.

»Halt!« Bulls persischer Befehl dröhnte durch den Tunnel. Damit hatte er den Mann eindeutig schockiert, denn die Lampe fiel zu Boden, während er abrupt zum Stehen kam. »Waffe fallen lassen!«

Ob es an Bulls einschüchternder Art oder an der Gewehrmündung lag, die er ihm in die Rippen geschoben hatte, ließ sich nicht feststellen, aber der Mann gehorchte. Seine Pistole landete mit einem Klappern auf dem Boden. Red schaltete die Taschenlampe wieder an und leuchtete dem Gefangenen ins Gesicht. Er schien einige Jahre älter zu sein als er selbst, von dem Lauf durch den Gang schmutzig und verschwitzt. Red senkte den Lichtstrahl und überprüfte, ob der Mann weitere Waffen bei sich hatte. Eine zweite Pistole kam zum Vorschein und etwas Munition.

»Mantel ausziehen.« Nach kurzem Zögern schlüpfte der Mann aus seinem Mantel und ließ ihn zu Boden fallen. Darunter kam uniformartige Kleidung zum Vorschein. Ein sehr gut gekleideter Rebell. Red hob den Mantel auf, überprüfte ihn und gab ihn dann an Dean weiter, der inzwischen näher gekommen war. »Zieh ihn an.«

Der Night Stalker war schlau genug, nicht zu protestieren.

Red wandte sich wieder dem Rebell zu. »Name?« Der Mann schwieg, einen fast überheblichen Ausdruck im Gesicht. »Wir werden ihn auch so erfahren. Was tust du hier?« Als der Rebell wieder nicht antwortete, gab er Bull ein Zeichen.

Stöhnend stolperte der Gefangene einen Schritt nach vorn, bevor er sich wieder fing. Er richtete sich auf und blickte Red hasserfüllt an, schwieg aber weiterhin.

»Was tust du hier?«

»Wonach sieht es aus? Ich benutze den Gang.«

»Wo kommst du her?« Reds Stimme hatte einen schneidenden Ton angenommen, wer ihn gut kannte, wusste, dass man ihn jetzt nicht provozieren sollte.

»Von da hinten.«

Diesmal war Bull weniger sanft. Der Rebell brauchte einen Moment, bis er sich wieder aufrichten konnte. Durch zusammengebissene Zähne antwortete er schließlich. »Findet es selbst heraus.«

»Okay, wie du willst. Bull.« Red sah reglos zu, wie der Mann zusammenbrach. »Wir haben keine Zeit für so etwas, es könnten jeden Moment weitere Rebellen durch den Gang kommen.« Er rieb über seine Augen. »Bull, fesseln und knebeln. Und pass auf, dass er uns nicht entkommt. Es wird sich später jemand mit ihm befassen. Irgendwann wird er reden.« Langsam trat er zum Höhleneingang und blickte in die beginnende Dämmerung. »Tex, wie sieht es aus?«

»Weiterhin alles ruhig.«

»Gut. Komm wieder rein, wir ruhen uns so lange aus, wie wir können.« Red wandte sich an Dean, der schwer an der Wand lehnte. »Leg dich wieder hin, du wirst deine Kraft noch brauchen.«

»Nicht bewegen.«

Kyla erwachte orientierungslos aus einem unruhigen Schlaf. Sie wollte sich aufsetzen, erinnerte sich dann aber an den Befehl, der sie geweckt hatte. Ihre Augen versuchten vergeblich, die Dunkelheit zu durchdringen. Es war so dunkel wie in einem Grab. Ein unwillkürliches Zittern lief durch ihren Körper bei dieser Vorstellung.

»*Nicht* bewegen!« Wieder die drängende Stimme dicht neben ihr.

»W...was ist passiert?«

»Noch nichts. Du hast einen kleinen Besucher auf der Brust, den ich gerade entfernen möchte.«

»Was?«

Ein Seufzen ertönte. »Ich muss jetzt aber nicht alles zweimal sagen, oder?«

Wut schoss durch ihren Körper, erwärmte ihn von Kopf bis Fuß. »Was genau meinst du mit ›kleiner Besucher‹?«

»Eine Wolfsspinne.«

Kyla konnte einen Schauder nur mühsam unterdrücken. »Giftig?«

Ein Schnauben antwortete ihr. »Würde ich sonst so einen Aufstand machen? Und nun halt endlich still.«

»Was willst du tun?«

»Ich erschieße dich.«

»Was?« Mit einem Ruck schoss Kyla in die Höhe, die Spinne für einen Moment vergessen. Sie spürte, wie etwas sie streifte, dann einen Luftzug und ein Stampfen.

»Perfekt, ich wusste, ich kann mich auf dich verlassen.« Erneut schwang ein Lachen in der Stimme mit.

Sie wurde beinahe von einer Spinne getötet, und Hamid *lachte*? Irgendetwas musste bei ihm nicht ganz richtig sein. Die Hände zu Fäusten geballt stand sie zitternd in der kühlen Luft. Ein Gedanke schoss durch ihren Kopf. Nein, das konnte nicht sein.

Ihre Wut mühsam unterdrückt, wandte sie sich zu Hamid um. »Da war gar nichts, habe ich recht? Das hast du nur gesagt, um mich wach zu kriegen!« Schweigen antwortete ihr. »Wie kannst du so etwas tun?«

»Es wirkt.« Damit schien für ihn die Sache erledigt zu sein. Er bückte sich, hob seine Tasche auf und klopfte den Sand ab. »Gehen wir.«

»Moment! Wollen wir nicht erst etwas essen und trinken?«

Hamid stoppte kurz vor dem Ausgang und drehte sich zu ihr um. »Auch meine Vorräte sind irgendwann erschöpft. Wir müssen ohne auskommen, bis wir am Ziel sind.«

Kyla wusste es besser, als noch einmal nach dem Zielort zu fragen. »Wie lange wird das sein?«

»Ein paar Stunden.«

Also wollte er ihr auch das nicht sagen. Keine große Überraschung. Wütend blickte Kyla hinter ihm her, als er die Höhle verließ. Er ging einfach davon, als hätte er keinen Zweifel daran, dass sie ihm folgen würde. Einen kurzen Moment lang dachte Kyla ernsthaft darüber nach, in der Höhle zu bleiben, doch ihr war klar, dass sie dann sterben würde. Sie hatte kein Wasser und keine Nahrung, um hier zu überleben, bis jemand vorbeikam und sie rettete. Mal ganz davon abgesehen, dass Hamid zurückkehren und sie zwingen würde weiterzulaufen. Noch einmal sah sie sich in der Höhle um, bevor sie einen Schritt in Richtung Ausgang machte. Ihr Fuß stieß gegen einen Felsblock, und sie verlor das Gleichgewicht. Mit den Armen rudernd versuchte sie vergeblich, den Sturz aufzuhalten. Schmerz schoss durch ihre Schulter, als sie hart auf den Boden schlug.

»Au, verdammt!« Mühsam richtete sie sich wieder auf, eine Hand auf die verletzte Schulter gepresst. Hamid würde sie umbringen, wenn sie sich die Naht wieder aufgerissen hatte. Kyla stockte, alles um sie herum vergessen. Er würde sie weder töten, noch bei einer Rebellengruppe abliefern. Woher diese plötzliche Gewissheit kam, konnte sie nicht sagen, es war so. Einen Moment lang saß sie einfach nur da und genoss das Gefühl, sich endlich wieder einer Sache sicher zu sein, bevor sie aufzustehen versuchte.

Kyla verzog das Gesicht, als sie dicht neben ihrer Hand einen dunklen Fleck bemerkte. Glück gehabt, ein paar Zentimeter weiter, und sie hätte mitten in die … Exkremente gefasst. Vorsichtig bewegte sie ihre Hand zur Seite und begann, sich hochzustemmen, während sie nach weiteren Hinterlassenschaften Ausschau hielt. Moment mal, das war kein Ziegenschiss, sondern die Überreste einer mindestens handtellergroßen Spinne! Hamid hatte die Wahrheit gesagt und sich nicht gegen ihre Anschuldigung, dass er log, gewehrt. Ein zögerndes Lächeln umspielte Kylas Lippen, als sie sich aufrichtete. So ein Mistkerl. Rasch zog sie den Schleier über ihr Gesicht und folgte Hamid.

33

Behutsam hob Rock Jade in den wartenden Hubschrauber. Er war so nah zur Festung beordert worden, wie es die Sicherheit gerade noch erlaubte. Trotzdem hatte Jade auf dem langen Weg das Bewusstsein verloren. Wahrscheinlich war das besser für sie, seine Berührung musste ihr höllisch wehtun, besonders weil er im Laufschritt unterwegs war. Der Rest des Teams hatte sich um ihn herum postiert, um ihn und die Agentin zu schützen. Devil nahm ihm Jade vorsichtig ab und legte sie auf eine auf dem Boden des Hubschraubers ausgebreitete Decke. Wieder schlich sich die frühere Mission in Rocks Gedanken, konnte er deutlich sehen, wie er Ghosts leblosen Körper in den Black Hawk gehoben hatte. Grimmig schüttelte er das Gefühl des Verlustes ab. Diesmal hatten sie nicht versagt, Jade war befreit worden und würde gesund werden. Natürlich war es bitter, dass Mogadir entwischt war, doch damit würden sie leben können. Immerhin hatten sie eines seiner Schlupflöcher zerstört und würden seine Gefangenen befreien. Irgendjemand anders würde ihn erwischen.

Rock kletterte in den Hubschrauber und setzte sich in eine Ecke, um Doc freien Zugang zu der Patientin zu ermöglichen. Nachdem Cat als Letzter an Bord war, gab Devil den Piloten das Zeichen zum Abflug. Jeder der Männer war still und in sich gekehrt, keiner wagte es, mehr als einen flüchtigen Blick in Jades Richtung zu werfen. Natürlich waren sie nicht gerade erfreut, wenn einer von ihnen verletzt wurde, aber es war etwas anderes, eine Frau zu sehen, die mehrere Tage in einem Gefängnis gewesen und offensichtlich gefoltert worden war. Rock hatte schon zu oft Opfer solcher Gewalt gesehen, um nicht zu wissen, was Frauen alles angetan werden konnte. Den Kopf an die Wand zurückgelehnt, schloss er die Augen. Sollte Rose jemals in die Hände eines solchen Monsters geraten … Übelkeit stieg in ihm auf. Nein, das würde er nicht zulassen. Und wenn er sie in die Unterkunft sperren musste, damit er wusste, dass sie in Sicherheit war.

Ein Stöhnen ließ ihn aufblicken. Jade war wieder aufgewacht und bewegte sich unruhig. Obwohl sich die SEALs so weit zurückgezogen hatten, wie es nur ging, war sie trotzdem in dem engen Hubschrauber von großen, kräftigen Männern umzingelt. Kein Wunder, dass sie verwirrt und ängstlich reagierte. Doc redete beruhigend auf sie ein, doch sie schien ihn nicht wahrzunehmen. Ihr Blick irrte umher, suchte nach einem Ausweg aus der Falle, in der sie sich zu befinden glaubte. Devil tauschte schließlich mit Doc, der nur zu gern seinen Platz abgab. Obwohl er lauschte, konnte Rock nicht verstehen, was der CO zu ihr sagte. Anscheinend wirkte es, denn sie beruhigte sich sichtlich und schien ihm zuzuhören. Nach einigen Minuten schloss sie die Augen und schlief wieder ein. Doc kehrte an ihre Seite zurück und überprüfte ihren Puls, während Devil sich neben Rock setzte.

»Was hast du zu ihr gesagt?«

»Das Übliche.«

Was sollte das heißen? Gab es ein Handbuch ›Gespräche mit gerade befreiten Geiseln‹? »Das wäre?«

»Dass sie in Sicherheit ist, dass wir zu den Guten gehören …«

»Das hat Doc sicher auch schon gesagt.«

Devil zog ein Tuch hervor und begann, sich die schwarze Farbe aus dem Gesicht zu wischen. »Mir hat sie geglaubt.« Er hielt inne und warf Jade einen Blick zu. »Sie ist eine starke Frau.«

»Ich weiß.«
»Und es hat ihr geholfen, zu wissen, dass Hawk auf sie wartet.«
Überrascht sah Rock ihn an. »Woher weißt du ...?«
»Ich habe Augen im Kopf und Ohren noch dazu. Du hast nicht umsonst in der Zelle zu ihr gesagt, dass Hawk dich schickt.«
Natürlich, die Mikrofone waren die ganze Zeit an gewesen. Diesmal also keine Zauberei von Devils Seite. »Ich weiß nicht, was da vorgeht, und es ist auch nicht meine Sache.«
»Genauso sehe ich das auch.« Wieder glitten Devils Augen zu Jade. »Sie wird jede Hilfe brauchen, die sie bekommen kann.«
»Hawk wird sich um sie kümmern.«
Devil nickte und hielt ihm auch ein Tuch hin. »Wisch dir lieber die Farbe aus dem Gesicht, sonst jagst du Rose noch einen Schrecken ein.«
Wütend biss Rock die Zähne zusammen. Es war eine Sache, wenn Devil wusste, was im Leben der anderen vor sich ging, aber aus seinem sollte er sich gefälligst heraushalten. Erst Clint und nun auch noch sein CO. Warum klebte er sich nicht gleich einen Zettel an die Stirn: ›Rock liebt Rose‹. Rock erstarrte. Nein. Er konnte sich gar nicht in Rose verliebt haben, er kannte sie doch kaum. Außerdem war sie Ghosts Witwe und damit tabu für ihn. Nun ja, nicht direkt, schließlich hatten sie sich schon geküsst und ... Rock schloss die Augen und ließ den Kopf gegen die Wand zurückfallen. *Shit. Shit. Shit.*
»Stimmt etwas nicht?« Devils Stimme riss ihn aus seinen Gedanken.
»Nein, alles ... in Ordnung.« Sofern man diesen Gefühlsalptraum so bezeichnen konnte.
»Ah, deshalb versuchst du, mit deinem Kopf ein Loch in die Hülle zu schlagen.«
»Ich wollte nur testen, wie stabil sie ist.«
Lachfältchen bildeten sich in Devils Augenwinkeln. »Natür-

lich.« Devil schien erst noch etwas sagen zu wollen, schwieg dann aber.

Eine Weile saßen sie stumm nebeneinander, bevor der CO das Wort wieder ergriff. »Das Team hat gute Arbeit geleistet.«

»Das denke ich auch. Ich werde es an die Männer weitergeben.«

»Nicht nötig, das mache ich selbst.«

Der neue CO war kein Mann vieler Worte, nach dem Kommunikationswunder Matt eine echte Herausforderung für das Team. Sie mussten sich so schnell wie möglich an die neue Situation anpassen, um Missverständnissen oder Unstimmigkeiten vorzubeugen. Devils Führungsstil ähnelte dem von Clint Hunter, still, sachlich und kompetent, aber es fehlten die legendären Wortgefechte, die sich Clint und Matt in schöner Regelmäßigkeit geliefert hatten. Natürlich nicht über Themen, die das Team betrafen, sondern auf rein privater, freundschaftlicher Basis. Devil war so ein Gespräch wie eben nur sehr selten zu entlocken, eigentlich war es sogar das erste Mal, dass Rock das erlebt hatte. »Glaubst du, Mogadir war noch irgendwo in der Nähe?«

»Nein.«

»Warum bist du so sicher?«

»Wir hätten ihn gefunden. Die Spur war kalt.«

Woher nahm Devil die Sicherheit? »Vielleicht finden die Marines etwas heraus.« Gleichzeitig blickten sie sich an. »Okay, vergiss, dass ich das gesagt habe.« Marines waren für einige Aufgaben einfach nicht geeignet. Oder zumindest nicht so gut wie SEALs. »Vielleicht kann Clint noch mal einen Blick in die Festung werfen, wenn er nachher sowieso in der Gegend ist.«

»Ich hatte vor, mit ihm zurückzukommen.«

Rock sah ihn scharf an. »Ohne das Team?«

»Der Platz im Hubschrauber ist begrenzt. Es geht nicht um einen Kampfeinsatz …«

»Ich denke, das sollten wir in Ruhe besprechen, wenn wir auf dem Stützpunkt sind.« Rocks Stimme war eisig.

»In Ordnung. Obwohl ich durchaus selbst entscheiden kann, was ich für richtig halte, Senior Chief.«

»Ich bin schon einige Jahre länger bei den SEALs und vor allem in Team 11. Ich weiß, wie die Männer denken, und es ist keine Frage, dass sie ihrem CO folgen wollen, wenn er sich in eine potenziell gefährliche Situation begibt.«

»Zur Kenntnis genommen.« Devil blickte ihn nachdenklich an. »Wir reden später darüber.«

Rocks Antwort wurde vom Aufheulen der Rotoren verschluckt, als der Pilot den Landeanflug begann. Wahrscheinlich war das auch besser, er hatte sowieso schon genug gesagt. Es war nicht sinnvoll, einen neuen CO schon bei der ersten gemeinsamen Mission zu kritisieren. Vor allem nicht, wenn die anderen Teammitglieder neben ihnen saßen und zwar nichts hörten, aber durchaus mitbekamen, dass etwas passierte. Nur eines war sicher: Devil würde nicht allein zur Festung fliegen, dafür würde Rock sorgen.

Mit einem harten Ruck setzten die Kufen auf, die Rotorengeräusche wurden leiser. Bevor sie still standen, wurde bereits die Tür aufgerissen, und Clint blickte herein. »Alles klar hier drin?«

Cat, der den Ausstieg blockierte, sprang aus dem Hubschrauber. »Ja, wie wir schon per Funk gemeldet haben.«

Clints Mundwinkel hob sich. »Ich weiß ja, dass ihr zu Untertreibungen neigt, deshalb wollte ich es lieber selbst sehen, bevor ich losfliege.«

»Mit dem Team ist alles okay, keine ernsthaften Verletzungen.« Cat senkte die Stimme. »Die Agentin allerdings …« Er brach ab und hob eine Schulter.

»Welche ist es?« Für den Fall, dass sie abgehört wurden, hatten sie keine Namen durchgegeben.

»Jade.«

Clint strich über seine Haare, während er beobachtete, wie eine Trage in den Hubschrauber geschoben wurde.

Rock gesellte sich zu ihm. »Wo ist Hawk?«

»Bereits auf dem Weg … ah, da ist er.«

Rücksichtslos schob Hawk sich durch die um den Hubschrauber versammelten SEALs, bevor er abrupt stehen blieb, als er sah, wie die Trage herausgehoben wurde. Sein Gesicht wurde noch eine Spur bleicher, seine Lippen bewegten sich.

Rock wollte nicht zusehen, aber er konnte sich auch nicht abwenden. Schließlich gab er sich einen Ruck. »Okay, Männer, Abmarsch. Clint, wo ist das Lagezentrum?«

»Ich führe euch hin.« Als Clint Jade sah, presste er die Lippen zusammen. »Oh, verdammt.«

»Wir sollten ihnen ein wenig Raum geben.«

Clint nickte. »Du hast recht. Team 11, kurze Lagebesprechung.«

Rock warf einen letzten Blick zurück, während er Clint und Devil folgte. Hawk hatte sich über Jade gebeugt, eine Hand an ihrer Wange, mit der anderen hielt er ihre Hand, während sie in die Krankenstation getragen wurde. Rocks Kehle wurde eng, als er den Ausdruck purer Verzweiflung und Wut in Hawks Gesicht sah. Es war offensichtlich, dass er sehr viel für Jade empfand. Unbehaglich wandte Rock sich ab, nur um sich Rose' wütendem Blick gegenüberzusehen. Mit langen Schritten, die ihre Locken dazu brachten, sich aus dem Zopf zu lösen, eilte sie auf die SEALs zu.

»Oh oh, irgendjemand wird Ärger bekommen.« Ein Lachen schwang in Snakes Stimme mit.

Rock ignorierte die belustigten Seitenblicke und gemurmelten Bemerkungen, während er sich überlegte, wie er ihr entkommen konnte. Es gab keinen Zweifel, dass sie zu ihm wollte, denn sie hielt direkt auf ihn zu und beachtete die anderen Männer gar nicht. Womit hatte er das verdient? Er war dreckig, hungrig, von der Mission aufgeputscht und von der Erkenntnis, dass er sich in Rose verliebt hatte, irritiert. Natürlich wollte er Rose wiedersehen, aber nicht gerade jetzt und auch nicht unbedingt, solange der Rest des Teams in der Nähe war. Hilfesuchend blickte er Clint an.

»Du hast zwei Minuten.«

Das war es nun gerade nicht, was er hören wollte. Andererseits war er ein SEAL und Rose nur eine kleine, schmächtige Person, wie viel konnte sie schon ausrichten? Sehr viel, wie er gleich darauf feststellte.

Mit funkelnden Augen blieb sie vor ihm stehen, die Arme vor der Brust verschränkt. »Ich freue mich, dass du gesund wieder da bist, Roderic Basilone.«

Das hörte sich nicht gut an. »Ja, ich mich auch.«

»Habt ihr die Agentin gefunden und befreit?«

»Ja.«

»Geht es ihr gut?«

»Den Umständen entsprechend.«

Es schien so, als wäre Rose mit ihrer Geduld am Ende. Sie trat näher zu ihm, die Hände an ihren Seiten zu Fäusten geballt. »Warum hast du mir nicht Bescheid gesagt? Glaubst du nicht, ich hätte mich vielleicht gern von dir verabschiedet?«

»Hör zu, Rose …«

»Nein, du hörst jetzt zu. Ich habe damals Ramon vor seinem Einsatz nicht mehr gesehen, weil er gleich von der Basis aus losgeflogen ist. Weißt du, was ich dafür gegeben hätte, wenn ich ihn noch einmal gesehen und seine Stimme gehört hätte, wenn ich ihn noch einmal hätte umarmen dürfen?« Tränen schimmerten in ihren Augen. »Und was machst du? Verschwindest einfach …« Sie brach ab und presste die Hand vor den Mund.

»Rose …«

»Nein! Ich habe ein Recht, wütend auf dich zu sein. Erst küsst du mich und dann … dann lässt du dich umbringen.«

»Rose …«

Ein erstickter Laut drang aus ihrer Kehle. »Du hättest tot sein können!«

Rock nahm ihre Hände und zog sie an sich. »Es tut mir leid, ich hätte dir Bescheid sagen sollen. Ich wollte dich nicht beunruhigen, deshalb habe ich dich schlafen lassen.« Er schlang seine Arme um sie und streichelte ihren Rücken. »Entschuldige.« Er hauchte einen Kuss auf ihre wirren Haare. »Es ist alles in Ordnung, das ganze Team ist gesund wieder zurück.«

Ein Zittern lief durch Rose' Körper, das ihm deutlich machte, wie groß ihre Angst wirklich gewesen war. Er sollte ihr so etwas nicht zumuten, sie hatte es nicht verdient, noch einmal dasselbe durchzumachen wie vor sieben Jahren. Behutsam löste er sich von ihr und trat einen Schritt zurück. »Die anderen …«

Rose gelang ein wackeliges Lächeln. »Mir ist derzeit ziemlich egal, was sie von mir denken.«

Rock strich eine Haarsträhne aus ihrer Stirn, bevor er sich zurückhalten konnte. »Ich wollte eigentlich sagen, dass sie auf mich warten, wir haben eine Einsatzbesprechung.«

»Oh.« Die Farbe kehrte in ihr Gesicht zurück. »Ich hätte dich nicht aufhalten dürfen.«

»Du darfst alles, Rose.«

Ihr Lächeln vertiefte sich. »Ist das wahr?« Rasch trat sie vor, stellte sich auf die Zehenspitzen und küsste ihn auf den Mund. »Wir sehen uns später.« Damit drehte sie sich um und lief in Richtung der Zeltunterkünfte.

Rock blickte ihr kopfschüttelnd hinterher. Anstatt sie auf Abstand zu halten, wie er das vorgehabt hatte, war ihm das Gegenteil gelungen. Wie kam es, dass er sämtliche guten Vorsätze vergaß, wenn sie in seiner Nähe war? Einen Moment lang stand er in seine Gedanken vertieft da, bevor er sich an die Teambesprechung erinnerte. Ein Blick auf die Uhr bestätigte ihm, dass die zwei Minuten längst überschritten waren. Mit einem Fluch lief er auf das Lagezentrum zu, in dem die anderen verschwunden waren.

34

»Wie geht es ihr?«

»Den Umständen entsprechend. Sie ist völlig ausgetrocknet und hat länger keine Nahrung bekommen. Wir müssen sie erst langsam wieder darauf einstellen.«

»Die Wunden?«

»Wir haben sie gesäubert und teilweise genäht. Allerdings sind einige zu lange unbehandelt geblieben und werden Narben hinterlassen.«

Jade versuchte, die Stimmen auszublenden, doch sie drangen trotzdem zu ihr durch und hinderten sie daran, in den tiefen Schlaf zurückzusinken, den sie sich mehr als alles andere wünschte. Sie wollte nicht hören, wie es ihr ging, das fühlte sie selbst in jeder Faser ihres Körpers. Die Schmerzen hielten sich durch Betäubungsmittel in Grenzen, aber sie spürte deutlich, was ihr in der Gefangenschaft genommen worden war.

»Was wurde ihr angetan?« Wieder Hawks Stimme, zwar leise, aber eindeutig wütend.

»Das kann ich Ihnen nicht sagen. Ich habe nur eine oberflächliche Untersuchung durchgeführt, außerdem unterliegt das der Schweigepflicht.« Die zweite Stimme klang ruhig und sachlich, mit einem Akzent, den sie nicht einordnen konnte.

Nicht, dass es sie interessierte, wer er war. Vermutlich irgendein Arzt. Der Gedanke, dass jemand sie berührt, irgendwelche Nadeln und Instrumente in sie gesteckt hatte, ließ sie schaudern. Sie presste ihre Augen zusammen, um sie nur nicht öffnen zu müssen. Ihre Hände krampften sich in das Bettlaken, ein leises

Stöhnen entschlüpfte ihren Lippen. Gott, sie wollte weg, einfach nur weg. Sie hasste diesen Geruch nach Desinfektionsmitteln und Krankheit. Sogar das Blut des erschossenen Mannes meinte sie noch riechen zu können. Jade zuckte zusammen, als jemand über ihre Hand strich.

»Es ist alles in Ordnung. Du bist in Sicherheit.« *Hawk*.

Nichts war in Ordnung, und Sicherheit war relativ. Aber das würde Hawk nicht verstehen, niemand würde das. Jade benetzte ihre Lippen. »Kyla?« Es klang mehr wie ein raues Krächzen.

Tiefes Schweigen folgte ihrer Frage, zog sich immer mehr in die Länge, bis sie es nicht mehr aushielt und die Augen öffnete. Hawks Gesicht schwebte über ihr. Er sah schlimm aus, blass, mit dunklen Ringen unter den Augen und tiefen Furchen im Gesicht.

»Was ist mit Kyla?« Diesmal klang ihre Stimme kräftiger.

»Wir haben sie noch nicht gefunden.«

Nein! Das konnte nicht sein, Kyla musste entkommen sein und das Ergebnis ihrer Arbeit weitergegeben haben. »Habt ihr in der Straße gesucht? Sie ist angeschossen worden, und wir haben uns getrennt, weil sie nicht weiterlaufen konnte.« Jade brach ab und versuchte, genug Kraft aufzubringen, um weiterzusprechen. Hawk gab ihr ein Glas mit Wasser, das sie gierig trank. »Ich wollte den Verfolger von Kyla weglocken. Und da sie mich geschnappt haben, dachte ich, sie wäre entkommen.«

»Sie hat sich nicht bei uns gemeldet, und unser Informant konnte sie nirgends finden.«

»Vielleicht hat sie sich irgendwo versteckt und …« Nein, Kyla konnte nicht tot sein. Sie war immer so stark und einfallsreich, es musste ihr gelungen sein zu fliehen. Aber warum hatte sie sich dann nicht gemeldet? Kyla musste doch klar sein, dass die Möglichkeit bestand, dass Jade gefangen genommen worden war und nur sie noch die gesammelten Informationen an die Behörden weitergeben konnte. Das hätte sie auch getan, wenn es möglich gewesen wäre. Also musste ihr etwas passiert sein. »Mogadir hat gesagt, er hätte Kyla gefangen, und sie würde reden. Er hat mir sogar eine blonde Haarsträhne gezeigt.«

»Hast du sie dort gesehen?«

»Nein. Ich habe mir schließlich eingeredet, dass Mogadir das nur gesagt hat, um mich fertigzumachen.«

»Das könnte gut sein. Die SEALs haben sie in der Festung nicht gefunden, und da die Informationen darauf hindeuteten, dass nur eine von euch dorthin verschleppt worden war, gehen wir davon aus, dass sie woanders sein muss.«

»Ihr müsst sie finden!«

»Das haben wir vor. Wir haben eine Expertin dabei, die sich hier auskennt und Kontakte hat. Sie wird uns bei der Suche helfen.«

»Gut. Ich kann euch auf einem Stadtplan zeigen, wo wir uns getrennt haben.« Es war zwar dunkel gewesen, aber ungefähr würde sie die Stelle wiederfinden. »Oder ich führe euch hin.«

Hawk beugte sich so dicht vor, dass seine Nasenspitze fast ihre berührte. »Du wirst so schnell es geht ausgeflogen und in ein Krankenhaus gebracht.«

»Aber …«

»Jade, du kannst uns nicht helfen, wenn du dabei zusammenbrichst. Ich würde dich nach Ramstein begleiten, aber ich muss hierbleiben, bis wir Kyla gefunden haben.«

»Das weiß ich.« Es war auch besser so. Sie wusste nicht, ob sie seine Nähe ertragen konnte. Erleichtert atmete sie auf, als er sich wieder zurücklehnte.

»Gut. Kannst du mir sagen, was passiert ist? Warum habt ihr nicht Bescheid gesagt, bevor ihr verschwunden seid?«

Jade blickte sich vorsichtig um. Ein Vorhang war auf einer Seite vor ihr Bett gezogen, die andere gab den Blick auf einen langen Raum frei, in dem noch weitere Betten standen. Keines von ihnen war belegt. »Wo sind wir überhaupt?«

»Die deutsche KSK war netterweise bereit, uns zu beherbergen. Dies ist ihre Krankenstation.«

»Ist noch jemand hier?«

Hawk trat ein paar Schritte zurück und blickte am Vorhang vorbei. »Nein, wir sind allein.«

»Gut.« Jade holte tief Luft und versuchte, die Geschehnisse der letzten Tage in ihrem Kopf zu sortieren. »Welcher Tag ist heute?«

Hawk blickte sie erst verwirrt an, verstand dann aber, was sie wissen wollte. »Der 19.«

Sie war fast vier Tage in Gefangenschaft gewesen. Es war ihr viel länger vorgekommen. Irgendwann waren die Grenzen zwischen Tag und Nacht verschwommen, und es war einfach nur eine endlose Qual gewesen. Jade zwang sich, nicht daran zu denken. Sie war hier, sie war frei, alles andere war zweitrangig.

»Wir bekamen am 15. abends eine Nachricht, dass unsere Tarnung aufgedeckt wurde und wir in höchster Gefahr wären. Sie war anonym, aber das ist keine Seltenheit. Viele Afghanen trauen sich nicht, öffentlich mit Amerikanern oder allgemein westlichen Menschen in Verbindung zu treten. Schon gar nicht, wenn sie gegen einen der Warlords aussagen wollen.« Jade beugte sich vor und trank noch einen Schluck. Erschöpft ließ sie sich wieder auf die Liege zurücksinken. »Da wir gerade eine entscheidende Information bekommen hatten, nahmen wir die Warnung sehr ernst. Wir entschieden uns, trotz der Ausgangssperre aus der Stadt zu verschwinden.«

»Aber die Nachricht war eine Falle.«

»Ich weiß es nicht, es könnte durchaus sein, dass sie echt war, nur leider zu spät kam. Bereits außerhalb unserer Unterkunft haben wir Verfolger hinter uns gehört. Einen haben wir ausgeschaltet, aber wie wir schnell gemerkt haben, waren es mehrere.« Jade verfluchte sich dafür, dass sie damals so naiv gewesen war zu glauben, dass nur ein Mann hinter ihnen her war. »Kyla wurde angeschossen, in die Schulter. Sie konnte nicht weiterlaufen und hat sich in einem Haus verkrochen, während ich die Verfolger abgelenkt habe.« Sie verzog das Gesicht. »Hat sehr gut funktioniert, ich habe einen Schlag auf den Kopf bekommen und bin erst in einem Lastwagen wieder aufgewacht. Sie haben mich in die Berge gefahren …« Jade brach ab und verstummte. Mehr konnte sie darüber nicht erzählen. Nicht jetzt – vielleicht auch nie.

Hawk schien das zu spüren. »Was hattet ihr erfahren?«

»Mogadirs Gruppe plant einen Anschlag auf die Wolesi Jirga.«

»Auf das Unterhaus?«

Jade nickte. »Ja. Er will die Parlamentswahlen im September stören, indem er sämtliche Abgeordneten auslöscht. Einige aussichtsreiche Kandidaten sind bereits getötet worden, aber das geht ihm wohl zu langsam. Deshalb will er auf die Auszählung der Stimmen warten und die Abgeordneten dann alle auf einmal ausschalten. Bis zu einer neuen Wahl oder dem Aufrücken von Ersatzkandidaten wird viel Zeit vergehen. Wahrscheinlich erhofft er sich davon, dass er sein Opiumgeschäft weiter ausbauen kann, solange im Land Chaos und Korruption herrschen. Wenn eine feste, frei gewählte Regierung an der Macht ist, könnte seine Freiheit stark eingeschränkt werden. Es haben bereits etliche Politiker angekündigt, etwas gegen den stark expandierenden Drogenanbau im Land zu unternehmen. Auch die Schmuggelrouten besonders im Grenzgebiet zu Pakistan sollen zerstört werden. Dies trifft genau Mogadirs Gebiet. Vielleicht hat er auch einige Kandidaten in der Tasche, denen er damit ins Parlament verhelfen würde.« Es half Jade, sich auf ihren Job zu konzentrieren.

»Ist eure Quelle zuverlässig?«

Trauer und Wut vermischten sich in Jade. »Das war sie.«

»War?«

»Mogadir hat Nurja und ihren Mann töten lassen.« Jade versuchte, trotz des Drucks in ihrer Kehle weiterzusprechen. »Nurjas Mann gehörte zu Mogadirs Rebellengruppe. Er hatte ihr von dem geplanten Anschlag erzählt, und sie hat die Information an uns weitergegeben. Sie wollte einfach nur in Frieden leben und ihre Kinder großziehen, ohne Angst haben zu müssen, dass die Jungen entweder zu Drogenschmugglern oder zu Mördern werden und die Mädchen so unfrei aufwachsen müssen, wie es ihr ergangen war. Eigentlich wollte sie mit den Amerikanern nichts zu tun haben, aber nachdem sie von dem Anschlag erfahren hatte, erkannte sie, dass sie etwas tun musste, um zu verhindern, dass ihr Land noch weiter ins Elend stürzt. Sie ist ein hohes Risiko eingegangen, als sie sich an uns gewandt hat, und nun ist sie tot.«

»Es tut mir leid.«

Jade blickte nicht zu Hawk, aus Angst, ihre Tränen nicht zurückhalten zu können. So nickte sie nur knapp und fuhr dann fort. »Wir hatten ihr versprochen, dass sie ein Visum für die USA bekommen würde.« Nun sah sie doch zu Hawk hoch. »Könntest du herausfinden, was mit ihren Kindern geschehen ist? Die Vorstellung, dass Mogadir ihnen etwas angetan hat oder sie allein in ihrem Haus geblieben sind …«

»Natürlich, ich werde mich darum kümmern.«

»Danke.«

»Ich werde Rose, die Expertin, von der ich dir erzählt hatte, zu dir schicken, dann kannst du ihr von Nurja erzählen. Sie hat Kontakte zur RAWA und kann den Kindern sicher helfen. Außerdem wäre es gut, wenn du ihr genau erzählst, wo du Kyla das letzte Mal gesehen hast. Danach kann sie dann die Suche starten.«

»Ich hoffe, sie passt auf sich auf, Mogadirs Männer sind sicher noch in der Gegend, falls sie Kyla nicht gefunden haben.«

»Sie geht nicht allein.«

»Gut.« Jade warf ihm einen schnellen Blick zu. »Wirst du …?«

»Nein. Wenn ich als großer, blonder Mann dort auftauche, würde mir niemand etwas erzählen.«

»Das stimmt.«

»Ich musste versprechen, hier auf dem Stützpunkt zu bleiben.« Er verzog den Mund. »Sonst hätten sie mich nicht mitkommen lassen. Eigentlich war Matt für diesen Job vorgesehen.«

»Warum bist du dann hier?«

»Was glaubst du?« Er strich durch seine zerzausten Haare. »Ich wollte hier sein, bei dir … und Kyla.« Seine Augen zeigten deutlich, was ihn die Ungewissheit der letzten Tage gekostet hatte. »Du hast mir gefehlt.«

»Daniel …« Tränen ließen ihre Sicht verschwimmen, ein Gewicht drückte auf ihre Brust.

»Sag nichts, wir werden darüber reden, wenn es dir besser geht.«

Sie konnte sich nicht vorstellen, dass es ihr jemals wieder gut gehen würde, aber sie widersprach ihm nicht.

»Ich weiß, es ist viel verlangt …« Hawk brach sichtlich unbehaglich ab.

»Ja?«

»Könntest du uns Mogadir beschreiben? Sein Aussehen, seine Sprache, sein Benehmen, einfach alles, woran du dich erinnern kannst. Wir müssen versuchen, ihn zu schnappen, wenn wir den Anschlag verhindern wollen.« Er blickte sie hoffnungsvoll an. »Oder weißt du, wann genau er stattfinden soll? Und vor allem wie.«

»Nein, das Datum hat Nurja von ihrem Mann leider nicht erfahren, aber ich schätze so gegen Ende August, wenn die

Stimmen ausgezählt sind und das Parlament zur ersten Sitzung antritt. Vielleicht eine Bombe oder Gas …«

»In Ordnung, wir werden alles tun, um das zu verhindern.« Er beugte sich zu Jade hinunter und küsste ihre Schläfe. »Ich schicke jetzt Rose und einen von den SEALs zu dir, okay?«

»Wenn es geht, jemanden, den ich nicht kenne und mit dem ich nie wieder etwas zu tun haben werde, ja?«

Hawk brachte ein Lächeln zustande. »Da habe ich genau den richtigen Kandidaten für dich.«

Rose holte tief Luft, als sie aus der Sanitätsbaracke trat. Der Zustand der Agentin hatte sie erschüttert. Nachdem der Hubschrauber gelandet war, hatte sie nur Augen für Rock gehabt, an nichts anderes denken können als daran, dass er unverletzt zurückgekommen war. Auf Hawks Bitte hin hatte sie Jade ein paar Kleidungsstücke gebracht, die diese dankbar angenommen hatte. Trotz der Erlebnisse in der Gefangenschaft war es Jade gelungen, ihnen eine gute Beschreibung des gesuchten Warlords und der Stelle zu geben, an der sie Kyla zuletzt gesehen hatte. Im Fall der Kinder der Informantin würde sie Cass kontaktieren, damit jemand von der RAWA nach ihnen sah.

Da Clint noch weitere Dinge mit Jade besprechen wollte, war Rose allein hinausgegangen, froh, der bedrückenden Atmosphäre entkommen zu können.

»Sind Sie fertig?«

Erschrocken wirbelte Rose herum. Joe stand in traditioneller afghanischer Kleidung dicht hinter ihr und sah sie erwartungsvoll an. »Warum müssen sich immer alle so heranschleichen? Ich …« Sie brach ab und musterte ihn genauer. »Wie haben Sie das gemacht? Sie sehen aus wie ein Afghane, und ich meine nicht die Kleidung.« Mit der Hand fuhr sie über seine Wange. »Ihr Gesicht …«

Joe lächelte sie an. »Kontaktlinsen, ein bisschen Schminke, ein paar Pads. Bevor wir losfahren, werde ich mir noch einen Bart ankleben, aber damit warte ich immer bis zum letzten Moment, weil der furchtbar juckt.«

Rose lachte. »Probieren Sie mal eine Burka aus, dann wissen Sie, was unbequem heißt.«

»Danke, habe ich schon, ist nichts für mich.«

Abschätzend blickte Rose ihn an. »Sie sind Geograf, wenn ich Clint richtig verstanden habe.«

»Unter anderem. Um es kurz zu sagen: Ich prüfe hin und wieder die Gegebenheiten vor Ort nach und ziehe es vor, dabei nicht entdeckt zu werden.«

»Wie sieht es mit Ihren Sprachkenntnissen aus?«

»Ich komme zurecht.«

»Gut.« Rose schaute sich um. »Wenn wir das Okay von Clint und Hawk bekommen, können wir aufbrechen.«

»Konnte die Agentin genauere Angaben zu dem Ort machen, an dem sie ihre Kollegin das letzte Mal gesehen hat?«

»Ja, so gut es ging.«

»Dann haben wir einen Ansatzpunkt. Von dort aus weiten wir die Suche aus, bis wir sie gefunden haben.«

»Sie klingen so sicher.«

»Wir werden alles tun, um sie zu finden. Auf keinen Fall lassen wir sie hier zurück.«

»Ich glaube, ich mag Ihre Einstellung.«

»Solange es nichts anderes ist …« Rocks grollende Stimme ertönte direkt hinter ihr.

»Müsst ihr euch denn alle ständig an mich heranschleichen? Ihr erschreckt mich noch zu Tode!«

»Wenn du nicht so damit beschäftigt gewesen wärst, mit Joe Black hier zu schäkern, hättest du mich gehört.«

»Ich habe nicht mit ihm *geschäkert*! Und selbst wenn, ich

wüsste nicht, was es dich angeht.« Herausfordernd hob sie eine Augenbraue.

»Weißt du das nicht?«

Rose blickte ihn genauer an. Er lachte über sie! Sie hatte große Lust, ihm in den Magen zu boxen, aber sie wusste, dass sie sich damit nur selbst wehtun würde.

Joe mischte sich in die Unterhaltung ein. »Spade.«

»Was?« Rocks Aufmerksamkeit war weiterhin vollständig auf Rose gerichtet.

»Joe *Spade*, nicht Black.«

»Was auch immer.«

Joe wurde nicht wütend, wie Rose es erwartet hatte, sondern lachte nur. »Okay, ich habe schon verstanden. Rose, Sie finden mich im Lagezentrum.«

Rose hörte nur noch mit halbem Ohr hin. »Ja, gut.« Sowie Joe außer Hörweite war, wandte sie sich Rock zu. »Warum hast du das getan?«

»Vielleicht war ich eifersüchtig.«

»Das, Roderic Basilone, ist das Lächerlichste, was du bisher zu mir gesagt hast. Also, warum?«

»Wieso denkst du, dass ich nicht eifersüchtig sein könnte?«

»Rock!«

Er nahm ihre Hand und küsste ihre Fingerknöchel. »Entschuldige, es kam einfach über mich. Ich habe mich gefreut, dich lachen zu hören.«

Rose zog ihre Finger zurück. »Wie lange hast du da schon gestanden?«

»Nicht lange.«

»Ein Gespräch mit dir ähnelt einer Karussellfahrt, man dreht sich immer im Kreis und kommt wieder am Anfang heraus. Das macht mich wahnsinnig!«

»Endlich lernt mal jemand anders kennen, wogegen ich mich

jahrelang durchsetzen musste.« Clints amüsierte Stimme ertönte hinter ihr.

»Unsinn, gegen Matt bin ich total harmlos.«

»Das stimmt allerdings.«

»Ich will euch ja nicht unterbrechen …« Rose blickte streng von einem zum anderen. »… aber ich habe heute noch etwas zu tun. Falls du also keine weiteren Instruktionen mehr für mich hast, Clint, werde ich mich mit Joe auf den Weg machen.«

Sofort wurde Clint ernst. »Die KSK stellt euch einen gepanzerten Wagen mit Fahrer, der euch in einer ruhigen Straße rauslässt. Er wird außerdem euer Kontakt zu uns sein. Joe hat ein Funkgerät dabei. Geht kein Risiko ein, wenn euch irgendetwas nicht geheuer vorkommt, brecht ihr die Mission ab und wir schicken später ein Team. Verstanden?«

»Klar und deutlich.«

Clint blickte Rose lange an und schien mit sich zu kämpfen, ob er noch etwas sagen sollte. Schließlich drückte er nur kurz ihre Hand und ging mit großen Schritten davon.

»Ich kann mich nur anschließen, sei bitte vorsichtig.«

Rose, die Clint hinterhergesehen hatte, wandte sich wieder zu Rock um. »Natürlich werden wir vorsichtig sein, ich habe nicht vor, so zu enden wie die Agentin.«

»Verdammt, sag so etwas nicht, allein der Gedanke macht mich krank!«

Es lag so viel Gefühl in Rocks Stimme, dass Rose ein Schauder überlief. »Ich kenne mich hier aus, und außerdem habe ich Joe dabei.«

»Mir wäre es lieber, ich wäre an seiner Stelle.«

»Du bist ein wenig zu auffällig für diesen Job.« Sie strich über seine Wange. »Aber ich hätte dich auch gerne bei mir.«

Diesmal war es Rock, der sich herunterbeugte und sie küsste. Lang und ausgiebig, so als würde er fürchten, dass es das letzte

Mal wäre. Schließlich löste er sich von ihr und trat einen Schritt zurück. »Nun fahr los, bevor ich dich irgendwo einsperre, wie ich es eigentlich vorgehabt hatte.«

»Das hattest du nicht vor!«

»Führ mich nicht in Versuchung …«

Rose verstand den Hinweis. Nach einem letzten Blick wandte sie sich um und lief zu ihrem Quartier, um die Burka überzuziehen.

35

Es war ein seltsames Gefühl, nach so langer Zeit wieder in diesem einengenden Kleidungsstück gefangen zu sein. Das Stirnband scheuerte an ihrer Stirn, ihre Wimpern verfingen sich ständig in dem Netzgitter vor ihren Augen. Die Welt um sie herum drang nur noch gedämpft zu ihr durch, die Farben und Konturen verwischten, Gerüche waren nur ein leichter Hauch. Wie gerne hätte Rose den Schleier heruntergerissen, tief eingeatmet und die Gebäude und Menschen genauer betrachtet. Sie seufzte lautlos. Immer ein paar Schritte hinter Joe folgte sie ihm von den Außenbezirken, in denen der KSK-Soldat sie abgesetzt hatte, in das Viertel, in dem die beiden Agentinnen gewohnt hatten. Die Veränderungen an Joe waren wirklich bemerkenswert. Er sah nicht nur aus wie ein Afghane, sondern er bewegte sich auch so. Als wäre er beim Aussteigen aus dem Jeep ein anderer geworden.

»Wir kommen gleich in die Straße. Wo möchtest du anfangen?« Joe sprach sie auf Persisch an. Nicht ganz perfekt, aber doch so gut, dass ihn niemand für einen Amerikaner halten würde. Er kam eindeutig zurecht, keine Frage. Und er war automatisch in die vertraulichere Anrede verfallen.

Rose passte sich der Sprache an. »Am besten in der Wohnung, falls sich Kyla dorthin zurückgeflüchtet hat. Danach suchen wir die Ruine, wo sie sich laut Jade versteckt hat. Wenn wir dort auch keine Spur finden, durchsuchen wir jedes Haus in der Straße und befragen die Anwohner.«

»Alles klar. Falls sich jemand erkundigt, bin ich dein Bruder.«

Rose lächelte hinter dem Schleier. »Neben meinen vier Schwestern wäre es sehr nett gewesen, dich als Bruder zu haben.«

Ein seltsam trauriger Gesichtsausdruck zog über Joes Gesicht, der kurz darauf wieder verschwunden war. »Bist du bereit?«

Rose holte noch einmal so tief Luft, wie es der Schleier zuließ und straffte ihre Schultern. »Ja.«

Joe drückte aufmunternd ihre Finger, bevor er erneut vor ihr herging. Seine Geschwindigkeit hatte er ihren kleineren Schritten angepasst. In der Nähe des Hauses, in dem die Agentinnen gewohnt hatten, blieben sie für eine Weile stehen und beobachteten den Eingang und die Umgebung. Erst als sie nichts Auffälliges entdeckten, betraten sie den dunklen Flur, der eindeutig schon bessere Tage gesehen hatte. Die »Wohnung« bestand aus einem kleinen Raum, in dem Küche, Schlaf- und Wohnzimmer vereinigt waren, sowie einem winzigen Badezimmer. Es war eindeutig schon jemand vor ihnen hier gewesen, Kleidung, Papiere und Einrichtungsgegenstände lagen größtenteils zerstört durcheinander, die Matratzen waren aufgeschlitzt, die Decken zerfetzt. Es war nicht erkennbar, ob jemand etwas gesucht oder nur seine Zerstörungswut ausgelebt hatte. Kyla war auf keinen Fall hierher zurückgekehrt. Im Grunde hätte Rose das auch verwundert, denn es war klar, dass die Verfolger hier als Erstes nach ihr suchen würden.

Joe stand an der Tür, einen wachsamen Ausdruck im Gesicht. »Gehen wir? Mir gefällt das hier nicht.«

»Ich bin fertig.«

»Gut. Bleib dicht bei mir.«

Unbehaglich blickte Rose sich um. Joe schien sie mit seiner Vorsicht anzustecken. Allerdings konnte sie sich nicht vorstellen, dass hier nach vier Tagen noch jemand nach der Agentin Ausschau hielt. Besonders wenn ihre Kollegin bereits in Mogadirs

Gefängnis saß. Außer es stimmte, was der Warlord Jade erzählt hatte, und Kyla befand sich ebenfalls in seiner Gewalt. Clint würde die Festung noch einmal durchsuchen lassen, aber es konnte genauso gut sein, dass sie schon lange nicht mehr dort war. Getötet oder verschleppt, in beiden Fällen würde es schwierig sein, sie jemals zu finden. Energisch riss Rose sich zusammen. Mit ihrem Pessimismus würde sie niemandem helfen. Sie würden alles tun, was sie konnten, und wenn es am Ende nicht reichte, hatten sie es wenigstens versucht.

Die Sonne schien heiß auf sie nieder, als sie das Gebäude verließen. Die Kälte der Nacht war schon lange der Hitze des Tages gewichen. Die heiße Luft staute sich unter der Burka und ließ in Rose schon nach wenigen Schritten das Gefühl aufkommen, sie würde im eigenen Saft gebraten. Ihre Haare klebten unangenehm im Nacken, Schweiß lief zwischen ihren Brüsten hinab. Es gab Dinge, die sie eindeutig nicht vermisst hatte. Neidisch blickte sie Joe an, dem die Wärme nichts auszumachen schien. Ruhig, beinahe gelassen ging er vor ihr her, so als würde er das jeden Tag tun und wäre das Klima gewöhnt. Er spielte seine Rolle perfekt. Clint konnte noch so viel von Geograf reden, das war eindeutig nur ein kleiner Teil von Joe Spade.

Jade hatte die Straße recht genau beschrieben, glücklicherweise war sie auch schon tagsüber hier gewesen und konnte so die Eindrücke von der Flucht übertragen. Rose sah das Haus mit dem herausgeschlagenen Eingang, in dem die Agentinnen den ersten Verfolger niedergeschlagen hatten. Sie waren beinahe am Ziel. Jade schätzte, dass Kyla zwei Häuser weiter von dem Schuss getroffen worden war, dann noch einmal zwei oder drei Häuser, bis sie aufgegeben hatte. Langsam gingen sie an den Gebäuden vorbei, versuchten, irgendwelche Spuren zu entdecken und dabei möglichst nicht aufzufallen. Sehr unwahrscheinlich, denn sie waren Fremde in dieser Gegend, und die Bewohner waren von

Natur aus äußerst misstrauisch. Schließlich waren sie bei einem Haus angelangt, das Jades Beschreibung nahekam.

»Wollen wir es versuchen?«

Rose nickte und folgte Joe ins düstere Innere. Steine und Geröll lagen auf dem Fußboden, sämtliche Türen und Fenster fehlten. Das Haus schien unbewohnt zu sein. Ohne den Wind war die Hitze fast unerträglich drückend, schien ihr die Luft aus den Lungen zu pressen. Nachdem sie sich vergewissert hatte, dass niemand sie sehen konnte, hob Rose den Schleier an, bis Mund und Nase frei waren.

»Geht es?« Besorgnis klang in Joes Stimme mit.

»Ja, kein Problem. Ich muss mich nur erst wieder an dieses Klima gewöhnen.« Sie lehnte sich gegen einen ehemaligen Türpfosten, um das Schwindelgefühl loszuwerden. Wie musste Kyla sich gefühlt haben, als sie hier verletzt und allein ausgeharrt hatte, während sie jederzeit ihre Entdeckung befürchten musste? Falls es überhaupt dieses Haus gewesen war, noch hatten sie außer Jades Beschreibung keinen Anhaltspunkt dafür gefunden. Aber was erwartete sie, deutliche Pfeile zu Kylas Versteck? Ihr war von vornherein klar gewesen, dass diese Mission auch ohne ein Ergebnis enden konnte und die Agentin einfach verschwunden blieb. Rose seufzte. Solange sie hier herumstand, würde sie jedenfalls sicher nichts entdecken. Sie zog eine kleine Taschenlampe aus der Innentasche der Burka und begann, die dunkleren Ecken des Hauses abzusuchen. Sie war nahe davor, aufzugeben, als Joe sie rief.

»Hier ist etwas.«

Rasch lief sie zu ihm und blickte auf die Stelle, die er anleuchtete. Ein dunkler Fleck an den Mauersteinen, nichts, was ihr aufgefallen wäre. »Was ist das?«

»Genau kann ich es nicht sagen, aber ich tippe auf Blut, einige Tage alt.« Er ließ die Lampe sinken. »Stell dich daneben.«

»Wieso?«

»Weil ich sehen will, ob die Größe hinkommt. Kyla ist nur ein paar Zentimeter größer als du. Wenn sie sich hier mit einer Schulterwunde an die Wand gelehnt hat, dann müsste das irgendwo im Bereich deiner Schulter sein.«

Keine besonders beruhigende Vorstellung, doch Rose schwieg und stellte sich neben den Fleck. »Und?«

»Kommt hin.«

»Also war Kyla vermutlich hier. Nur wie sollen wir herausbekommen, wo sie jetzt ist? Sie wird kaum überall Spuren hinterlassen haben.«

»Wir suchen weiter, vielleicht finden wir noch was. Wenn nicht, befragen wir die Nachbarn.«

Mit neuer Energie setzten sie ihre Suche fort, aber außer ein paar weiteren Flecken, die Blut sein konnten, fanden sie nichts, das ihnen weitergeholfen hätte. Schließlich kamen sie wieder beim Eingang an und blickten hinaus in die flimmernde Hitze der Straße.

»Gehen wir noch mal die Nachbarhäuser ab, vielleicht hat sie sich dort verkrochen.« Es schwang nicht viel Hoffnung in Joes Stimme mit, aber es war klar, dass er keine Möglichkeit auslassen würde.

Vorsichtig betraten sie die kleine Seitengasse, die zwischen den beiden Häusern verlief, und sahen auf der Rückseite des Hauses nach. Nichts. Sie waren bereits fast wieder bei der Hauptstraße angekommen, als Joe auf etwas trat, das metallisch klang. Er bückte sich und schob den Sand von etwas, das wie eine Metallplatte aussah.

Aufgeregt beugte Rose sich vor. »Ein Keller!«

»Achtest du darauf, ob uns jemand beobachtet?«

Rose sah rasch um sich. »Niemand zu sehen. Meinst du, sie könnte darin sein?«

Joe hob die Platte an und legte sie so leise wie möglich zur Seite. Kalte, abgestandene Luft drang von unten herauf und ließ ihn zurückweichen.

Rose beugte sich über das Loch. »Kyla?« Ihr leiser Ruf verklang in der Dunkelheit des Kellers. Es kam keine Antwort.

»Was machst du da?« Joe klang irritiert.

»Ich sorge dafür, dass sie uns nicht erschießt, weil sie uns für Feinde hält, wenn wir herunterkommen.«

Joe zog eine Augenbraue hoch, sagte aber nichts zu dieser Logik. »Ich sehe mich unten um, du hältst hier oben Wache.«

»Aber …«

»Möchtest du da unten überrascht werden?«

Nein, das wollte sie nicht. »Schon überredet. Was mache ich, wenn jemand kommt?«

»Du sagst mir Bescheid, und wenn derjenige irgendwie gefährlich aussieht, läufst du weg.«

»Ich werde dich sicher nicht allein hierlassen.«

Joe sah wohl ein, dass sie ihre Meinung nicht ändern würde, denn er stieg wortlos die Steinstufen in den Keller hinab. Das Licht der Taschenlampe beleuchtete nur schwach raue Wände und einen nackten Steinboden. Kyla war nicht dort. Enttäuscht ließ Rose sich auf ihre Hacken zurücksinken. Es wäre zu schön gewesen, wenn sie die Agentin hier gefunden hätten. Lebend, natürlich. Rose konnte sehen, wie Joe sich bückte und etwas vom Boden aufhob.

»Was ist das?«

»Ein Stück Stoff, hart von getrocknetem Blut, schätze ich. Auf dem Boden sind auch dunkle Flecken, die Blut sein könnten.« Joes Stimme klang dumpf in dem Erdloch.

»Also war sie hier?«

»Es könnte sein. Jetzt ist sie es zumindest nicht mehr. Ich komme wieder rauf.«

Rose sah zu, wie er auf die erste Steinstufe trat, den Stoff noch in der Hand. Vielleicht konnten sie ihn untersuchen und anhand der Blutgruppe feststellen, ob es ein Teil von Kylas Kleidung war.

»Sie sind nicht mehr da.« Die Stimme erklang dicht hinter ihr.

Rose wirbelte herum und sah sich einem etwa zehnjährigen Jungen gegenüber. Erleichtert atmete sie tief durch. Ein Kind, keiner von Mogadirs Männern. »Hallo, wie heißt du?«

Der Junge sah sie mit einem misstrauischen Gesichtsausdruck an, die dünnen Arme vor der mageren Brust verschränkt. »Warum wollen Sie das wissen?«

»Ich weiß gern, mit wem ich rede.« Sie spürte, wie Joe von unten an ihrem Bein zog, doch sie ignorierte ihn.

»Wie heißen Sie denn?«

»Nagira. Also?«

Vorsichtig blickte der Junge sich um und entspannte sich etwas, als er niemanden entdeckte. »Kaleb.«

»Ich freue mich, dich kennenzulernen.« Wieder ignorierte sie Joes ungeduldiges Zupfen. »Was hast du damit gemeint: ›Sie sind nicht mehr da‹?«

»Genau das. Sie sind weg.«

»Wer, sie?«

Kaleb bohrte mit seinen Zehen im Sand. »Die ihr sucht.«

»Woher willst du wissen, dass wir jemanden suchen?« Rose bemühte sich, freundlich und harmlos zu klingen. Wenn selbst ein kleiner Junge ihre Suche bemerkt hatte, dann sicher auch einige Erwachsene. Und wenn die Mogadir oder seine Schergen informierten … Es war klar, dass sie dringend hier wegmussten, aber vorher wollte sie hören, was Kaleb zu sagen hatte.

»Ich habe euch beobachtet.« Er deutete hinter sich. »Wir wohnen da drüben.«

Rose' Herz zog sich zusammen. Dort waren nur zerstörte Häuser, in denen niemand mehr leben konnte. Trotzdem hausten hier ganze Familien unter menschenunwürdigen Umständen. »Du und deine Eltern?«

»Meine Mutter und meine sieben Geschwister und ich.« Stolz reckte er die Brust. »Wir haben ein ganzes Haus.«

»Das ist schön.« Sie verlagerte ihr Gewicht, weil ihr Bein vom Hocken langsam einschlief. »Wie viele Personen hast du gesehen?«

»Euch beide.«

»Nein, ich meinte, die, von denen du glaubst, dass wir sie suchen.«

»Ein Mann und eine Frau. Er war einer von uns, die Frau verhüllt.«

»So wie ich?«

Kaleb zuckte mit den Schultern. »Sehen doch alle gleich aus.«

»Wann hast du sie gesehen?«

»Vor zwei Tagen, kurz vor Sonnenuntergang. Meine Mutter hat gerade Essen gemacht, da spiele ich manchmal draußen auf der Straße.«

»Das ist gefährlich.«

Kaleb verzog das Gesicht. »Das sagt Mutter auch immer.«

»Sie hat recht.«

»Ich glaube, das macht mir keinen Spaß mehr, mit dir zu reden.« Damit wandte er sich um.

»Warte, Kaleb. Es tut mir leid, es ist nicht meine Sache, wo du dich herumtreibst. Bitte, sag mir, wo du die beiden gesehen hast.«

»Genau hier, sie sind aus dem Keller gekommen und dann weitergegangen.« Er deutete in Richtung der Straße. »Die Frau war wohl krank.«

»Wie kommst du darauf?«

»Ich bin hinterhergeschlichen. Der Mann hat sie in ein Haus gezogen, und da ist sie umgefallen.«

Gott, hatte er sie umgebracht? Aber warum hätte er sie vorher aus dem Keller holen sollen? Das machte keinen Sinn. »Hast du eine Waffe gesehen?«

Der Junge nickte. »Viele haben hier eine.« Er überlegte. »Dann hat der Mann sie geküsst, und sie ist wieder aufgestanden.«

Nun war Rose völlig verwirrt. Vielleicht hatte Kaleb ein Liebespaar beobachtet, und es handelte sich gar nicht um Kyla. »Wohin sind sie dann gegangen?«

»Weiter die Straße runter. Ich konnte ihnen nicht folgen, weil ich nach Hause musste.«

Obwohl sie enttäuscht war, versuchte Rose, es sich nicht anmerken zu lassen. »Das war richtig so. Danke, dass du mir davon erzählt hast.« Sie hielt ihm eine Afghani-Münze hin, die er rasch in seine Hosentasche schob.

Erst sah es so aus, als würde Kaleb so schnell verschwinden, wie er aufgetaucht war, doch dann drehte er sich noch einmal um. »Wer ist sie? Ich habe noch nie solche hellen Haare gesehen.«

Es war gut, dass der Junge ihren Gesichtsausdruck nicht sehen konnte. Jade brauchte ein paar Sekunden, um sich von ihrem Schock zu erholen. »Jemand, der den Familien hier helfen wollte.«

Kaleb nickte und lief davon.

36

Der Hubschrauber hatte Team 11 diesmal direkt bei der Festung abgesetzt. Da sie mitten in den Bergen lag und es keinen Landeplatz gab, waren sie aus drei Metern Höhe über dem Innenhof abgesprungen. Clint blickte ihnen hinterher, als sie sich geduckt vor dem vom Helikopter aufgewirbelten Sand in das Gebäude zurückzogen. Sie hatten die Aufgabe, sowohl Kyla und Mogadir als auch nach Hinweisen zu dem geplanten Anschlag auf die Wolesi Jirga zu suchen. Die bereits kurz nach der Befreiung der Agentin gelandeten Marines würden sich um den Abtransport der noch lebenden Rebellen kümmern, vielleicht würde einer von ihnen reden, wenn sie hörten, dass Mogadir geflohen war.

Wie gern wäre er jetzt mit seinem früheren Team im Einsatz und hätte keine toten Teamkollegen zu bergen. Aber irgendjemand musste es tun, und als Vorgesetzter des abgestürzten Team 8 sah er es als seine Verpflichtung an, sie nach Hause zu bringen. Er gab dem Piloten ein Zeichen, zu den Koordinaten des abgestürzten Chinook zu fliegen. Die Bodentruppen hatten einzelne Scharmützel mit Rebellen gemeldet, aber nichts, womit sie nicht fertigwerden konnten. Kampfhubschrauber patrouillierten in der Gegend und würden sofort reagieren, sollten sie vom Boden aus beschossen werden. Leider konnten sie erst jetzt eingesetzt werden, nachdem die Agentin in Sicherheit war, vorher wäre es Jades Todesurteil gleichgekommen.

»Wir sind gleich da, Sir.«

Die Stimme des Piloten holte ihn aus seinen Gedanken zurück. Durch das Fenster sah er Wälder und Berge, die eine Landung des Chinook unmöglich gemacht hatten. Die Stelle, wo der Vorsprung abgebrochen war, hob sich hell von dem dunkleren Fels ab. Darunter hatten Hubschrauber und Geröll eine Schneise in die Büsche und Bäume am Fuß des Berges geschnitten. In einer kleinen Lichtung lag das zerbeulte Wrack vor einem gewaltigen Felsblock. Clints Magen zog sich zusammen. Er konnte sich einfach nicht vorstellen, dass jemand diesen Absturz überlebt hatte. Den Blick starr geradeaus gerichtet wartete er, bis die Kufen des Hubschraubers fast den Boden berührten, bevor er dem Bergungsteam, bestehend aus Soldaten, Sanitätern und zwei Ärzten, das Zeichen gab, abzuspringen. Mit der Waffe in der Hand landete er geschmeidig auf dem felsigen Untergrund, während er gleichzeitig die Umgebung im Auge behielt.

Clint signalisierte dem Piloten, dass alles in Ordnung war, und wartete, bis der zweite Hubschrauber den Rest des Bergungstrupps abgeladen hatte, bevor er sich den Männern zuwandte. »Unsere Leute haben rund um das Wrack keine Rebellen gesichtet, trotzdem könnten wir jederzeit in einen Hinterhalt geraten. Haltet also die Augen offen.« Obwohl die Männer Erfahrung in schwierigen Bergungseinsätzen hatten, schadete es nicht, sie noch einmal darauf aufmerksam zu machen, dass dies alles andere als sicheres Gebiet war. »Zuerst suchen wir nach Überlebenden, erst dann bergen wir die Toten.« So schwer es auch sein würde. »Okay, fangen wir an.«

Während einige Soldaten den Waldrand im Auge behielten, begann der Rest des Teams mit seiner schwierigen Aufgabe. Clint kniete neben Iceman nieder, der im Schatten des Hubschraubers lag. Schmerz zog seine Brust zusammen, während er die Hand auf Icemans Schulter legte. »Es tut mir leid.«

»Haben Sie etwas gesagt, Captain?« Die Stimme erklang hinter ihm.

Clint stand langsam auf, ein Eisengewicht schien auf ihm zu

lasten. »Nein.« Er wandte sich dem Arzt zu. »Er ist tot. Wie sieht es im Hubschrauber aus?«

»Die Piloten sind ebenfalls tot. Wir arbeiten uns gerade ins Innere vor.« Er zögerte. »Sollen wir die Toten gleich herausholen, damit wir mehr Platz dort unten haben?«

»Tun Sie das.« Die Leichensäcke lagen bereit.

Clint kletterte auf den Hubschrauber und blickte durch die Luke auf ein Durcheinander aus Helfern mit Mundschutz, zerstörtem Inventar, Dreck und Vegetation ... und Körpern. Der Gestank nahm ihm fast den Atem. Rasch band er sich ein Tuch um Mund und Nase und ließ sich langsam hinab.

»Captain, Sie brauchen nicht ...« Weiter kam der Sanitäter nicht.

»Dies hier sind meine Männer, ich habe sie hierher geschickt, und ich werde sie auch wieder herausholen.«

»Aye, Sir!«

»Lassen Sie das, dafür bin ich nicht in Stimmung. Haben Sie Überlebende gefunden?«

»Bisher leider nur Tote. Die ersten können wir jetzt nach oben schaffen.«

»Gut, tun Sie das.« Gut? Nichts war auch nur annähernd gut.

Clint verlor jegliches Zeitgefühl, während er mit den anderen Helfern die Körper der SEALs und Night Stalker barg und sie nebeneinander in den Leichensäcken im Schatten des abgestürzten Hubschraubers aufbahrte. Nach einer Weile stumpfte jedes Gefühl ab, er konzentrierte sich so auf seine Aufgabe, dass er den Schmerz und die Wut nur als dumpfes Pochen spürte.

Schließlich hatten sie alle Leichen geborgen und konnten den Hubschraubersarg verlassen. Von Bull, Red, Tex und einem der Night Stalker fehlte jede Spur. Vermutlich waren sie bei dem Absturz herausgeschleudert worden. Er würde sie gleich suchen lassen, wenn sich die Männer ein wenig erholt hatten. Tief atmete Clint die saubere Luft ein und spürte, wie die Taubheit ihn verließ. Dafür setzte der Schmerz umso stärker wieder ein. Dicht gefolgt von dem Zorn auf die Rebellen. Und auf sich selbst, weil er ein Team hineingeschickt hatte, obwohl er wusste, wie unsicher diese Region war. Natürlich war genau das der Job eines SEAL, aber das machte es für ihn auch nicht leichter. Die Faust gegen die Hülle des Hubschraubers gestützt, den Kopf gesenkt, bemühte Clint sich, seine Gefühle zurückzudrängen. Dafür war später immer noch Zeit, jetzt musste er funktionieren.

»Sir? Wir haben hier ein Problem.«

Dankbar für die Ablenkung drehte er sich zu dem Arzt um. »Welches?«

»Wir haben einen Arm zu viel.«

Ungläubig starrte Clint ihn an. »Wie bitte?«

»Es war ein Arm – ein halber um genau zu sein – im Hubschrauber, der zu keiner der Leichen gehört.«

Das konnte doch nicht wahr sein. Clint spürte, wie das Blut aus seinem Gesicht wich. Der Arm musste zu einem der fehlenden Männer gehören. »Ein Arm zu viel und vier Männer zu wenig. Nehmen Sie ein paar Ihrer Leute, und suchen Sie den Hang ab, wenn es sein muss, bis oben zur Abbruchstelle. Achten Sie dabei auch auf Spuren wie Blut, Ausrüstungsgegenstände und Ähnliches.« Er blickte den Arzt an. »Wir bleiben über das Headset in Kontakt.«

»Alles klar.«

Clint beobachtete, wie sich der Arzt mit einigen Soldaten und einem Sanitäter auf den Weg machte. Dabei hielten sie sich nahe an der vom Hubschrauber verursachten Schneise. Sollte jemand herausgeschleudert worden sein, würden sie ihn finden. Als sie zwischen den Bäumen verschwunden waren, wandte er sich an den Funker. »Rufen Sie den Hubschrauber, damit er die Toten abholt.«

»Ja, Sir.«

Clint ging langsam vom Wrack bis zu den angrenzenden Bäumen. Der Boden war vom Absturz und ihren Füßen aufgewühlt, doch ein Stück weiter wurde deutlich, was er bisher übersehen hatte. Es führte eine Fährte vom Hubschrauber weg, hinein in den Wald. Clint hockte sich daneben und fuhr mit dem Finger darüber. Auf jeden Fall war sie zu alt, um vom Rettungsteam verursacht worden zu sein. Außerdem hatten ihre Stiefel ein anderes Profil, dieses war glatter und weniger ausgeprägt. Rebellen. Es gab keine andere Möglichkeit. Zum einen hatten die abgestürzten SEALs ebenfalls Kampfstiefel getragen, zum anderen würden sie niemals eine so deutliche Spur hinterlassen. Clint schloss die Augen. Bisher war es ihm nicht bewusst geworden, doch es fehlte einiges an Ausrüstung. Weder im Hubschrauber noch an den Männern selbst waren Maschinengewehre, Pistolen, Kampfmesser oder Munition vorhanden gewesen. Irgendjemand hatte sie nach dem Absturz entfernt.

Die naheliegendste Erklärung war ein Diebstahl durch die Rebellen. Doch hätten sie nicht auch die Schutzwesten und andere Kleidungsstücke mitgenommen? Und wo, zum Teufel, waren die vier fehlenden Männer? Wie wahrscheinlich war es, einen Arm im Hubschrauber zu verlieren und dann noch nach draußen zu stürzen? Möglich war es sicher …

Clint richtete sich auf und ging zurück zu den am Wrack wartenden Männern. »Bleiben Sie hier, und bewachen Sie den Hubschrauber und die Toten.« Er überprüfte seine Waffen und Munition, während er sprach. »Ich werde eine Spur verfolgen.«

»Allein? Das ist keine gute Idee … Sir.«

Clints harter Blick traf den des Sanitäters. »Ich bin durchaus in der Lage, auf mich selbst aufzupassen.« Clint ignorierte den weiteren Protest, schlang sich den Riemen des Maschinengewehrs über die Schulter und verschwand zwischen den Bäumen.

Er folgte der nicht zu übersehenden Fährte, hielt hin und wieder an und überprüfte Zeichen und abgeknickte Zweige. Eindeutig Rebellen, Red und seine Männer hätten nie so leicht zu verfolgende Spuren hinterlassen. Die Frage war, wo die Rebellen hinwollten. Sie schienen keiner festen Route zu folgen, sondern änderten ständig die Richtung, schlugen Haken, liefen manchmal sogar im Kreis. Ein Muster formte sich, das Clint bekannt vorkam. Abrupt blieb er stehen. Adrenalin jagte durch seinen Körper, vertrieb für einen Moment sämtliche anderen Gedanken. Die Rebellen verfolgten jemanden, der ganz genau wusste, wie er sie in die Irre führen konnte. *Red.* Es musste so sein. Doch er würde die Verfolger nicht ewig hinter sich herziehen, sondern irgendwann zurückschlagen. Der Geruch bestätigte das. Er führte ihn direkt zu einer flachen Mulde, über der ein umgestürzter Baumstamm lag. Ein toter Rebell lag darin. Clint fühlte die Körpertemperatur des Leiche. Kalt, vermutlich schon vor mehr als zwölf Stunden gestorben.

Eine Weile folgte Clint diesen Wegweisern, bis er schließlich eine kaum erkennbare Spur entdeckte, die von dem zertrampelten Weg wegführte. Im Grunde war es nur ein halber Fußabdruck, der sich in etwas weicherer Erde gebildet hatte, fast von einem Busch verdeckt. Das Muster zeigte, dass es kein Rebell gewesen war, der nur mal austreten musste, sondern jemand mit Kampfstiefeln. Clint dachte kurz darüber nach, sein Mikrofon zu benutzen, doch das wäre ein zu großes Risiko gewesen. Wenn die Rebellen die Ausrüstung aus dem Hubschrauber mitgenommen hatten, verfügten sie auch über die Headsets und konnten jede Unterhaltung auf dieser Frequenz mithören. Es war sicherer, den Spuren zu folgen und zu hoffen, so auf die Vermissten zu treffen. Wenn sie nicht von den Rebellen erwischt und getötet worden waren. Clint presste die Zähne zusammen. Nein, das würde er erst glauben, wenn er ihre Leichen sah.

Je weiter Clint der Spur folgte, desto sicherer war er, dass er an deren Ende auf einen oder mehrere SEALs treffen würde. Sie war gut getarnt, kaum auszumachen, nur hin und wieder ein tief eingesunkener Schuhabdruck, ein geknickter Zweig oder leicht aufgewühlter Boden. Schließlich endete die Fährte, als hätten sich die Verursacher plötzlich in Luft aufgelöst. Sosehr er die Umgebung auch absuchte, er konnte keine weiteren Spuren entdecken. Clint hockte sich neben einem Busch auf den Boden und untersuchte die Erde. Nichts zu sehen.

»Ich möchte dich ungern beim Gebet stören, aber wir kommen jetzt raus.« Reds Stimme kam leise durch den Kopfhörer und erschreckte ihn fast zu Tode.

Clint konnte gerade noch sein Gleichgewicht halten, als plötzlich ein Kopf direkt vor ihm aus dem Gestrüpp ragte. Hastig stand er auf und entfernte sich ein paar Schritte von dem, was sich jetzt als Eingang eines Tunnels entpuppte. »Verdammt, ihr hättet mich auch früher warnen können.«

»Was, und deinen Gesichtsausdruck verpassen? Nie im Leben.« Red kletterte mühsam hinauf und nickte Clint dankbar zu, als der ihm dabei half. »Ich freue mich, dich zu sehen.«

»Und ich erst, ich dachte, du wärst …«

»Tot?« Ein schiefes Grinsen huschte über Reds Gesicht. »Die Gerüchte waren übertrieben.«

Clint erkannte die Trauer, die Red hinter seinen Sprüchen zu verbergen suchte. »Ich werde dich nicht wieder unterschätzen.«

Red verzog das Gesicht. »Das war einfach nur Glück.« Er blickte zum Eingang der Höhle zurück. »Kommt ihr jetzt raus, oder braucht ihr eine Extraeinladung?«

»Wir warten nur darauf, dass du endlich mit dem Geschwafel aufhörst und aus dem Weg gehst.«

Clint grinste, als er Bulls Stimme hörte. Das tiefe Grollen war Musik in seinen Ohren, nachdem er geglaubt hatte, es nie wieder zu hören.

»Achtung, das Paket.« Ohne Zweifel Tex, der Akzent war unverkennbar.

Clint zog eine Augenbraue hoch, als Red seine Waffe auf den Busch richtete. »Was …?« Er brach ab, als ein an Händen und Füßen gefesselter Mann die Böschung hochgeschoben wurde und auf dem Bauch vor ihnen landete. Ein Knebel dämpfte seinen wütenden Protest. »Wo habt ihr den denn her?«

»Der ist uns heute Nacht zugelaufen. Wollte uns nicht sagen, wer er ist und was er hier zu suchen hat, deshalb haben wir gedacht, wir nehmen ihn mit.«

Clint beugte sich vor, um den Gefangenen genauer zu betrachten. Schmutz und Kratzer bedeckten sein Gesicht, der Knebel tat sein Übriges. Er trug uniformähnliche Kleidung, die ebenfalls ihre besten Zeiten hinter sich hatte. »In Ordnung, wir werden sehen, was er uns zu sagen hat.« Die Augen des Mannes bohrten sich in seine, der Hass darin war unverkennbar. Es schien, als hätte er keine Angst. Sehr interessant. »Oder wir erschießen ihn schon jetzt, dann brauchen wir ihn nicht extra mitzuschleppen.«

Red kratzte sich nachdenklich am Kinn. »Das wäre natürlich auch eine Alternative.«

Bulls Stimme erklang aus der Höhle. »Hört auf zu spielen, und nehmt mir lieber Dean ab.«

Ein Blick auf Reds Bein und Tex' Schulter zeigte Clint, dass das wohl seine Aufgabe war. »Okay, ich nehm ihn.«

»Pass mit dem Arm auf.«

Clint fasste den Verletzten unter die Achseln und zog ihn vorsichtig aus der Höhle. Jetzt wusste er auch, wem der im Hubschrauber gefundene Arm gehörte. Sein Magen krampfte sich zusammen, als er den notdürftig verbundenen Stumpf sah.

Ein Wunder, dass der Night Stalker noch lebte. »Alles klar, ich habe ihn.«

Bull kletterte hinterher, einen Mantel in der Hand, den er Dean umhängte. »Schön, dich zu sehen, Captain.«

»Ebenso. Der Hubschrauber steht bereit, was haltet ihr davon, wenn wir ihn nicht länger warten lassen?«

»Hooyah!«

Clint führte den kleinen Trupp auf dem schnellsten Weg zum Hubschrauber. Während Red und Tex den Gefangenen bewachten, dem sie die Fußfesseln gelöst hatten, damit er selbst laufen konnte, bildete Bull mit dem bewusstlosen Night Stalker die Nachhut. Sie konnten nur hoffen, dass sie nicht von Rebellen angegriffen wurden, denn mit ihren Verletzungen, einem Gefangenen und einem Bewusstlosen würden sie nie schnell genug fliehen können. Clints Bewunderung wuchs mit jedem Meter, den sie zurücklegten. Die Männer waren schwer verletzt seit mehr als zwei Tagen unterwegs und trotzdem noch in der Lage, ihre Aufgabe zu erfüllen.

Nahe am Wrack schaltete er sein Mikrofon wieder ein. »Hunter hier, ich komme auf die Lichtung, und ich bin nicht allein. Nicht schießen.«

Clint war froh über die Vorwarnung, als er die Gewehrmündungen sah, die auf ihn gerichtet waren. »Alles in Ordnung, das sind die vermissten SEALs. Ist das Suchteam schon zurück?«

»Ja.« Der Arzt reagierte als Erster und eilte zu den Verletzten. »Jetzt wissen wir auch, warum wir niemanden finden konnten.« Bull ließ den Night Stalker vorsichtig zu Boden gleiten, damit er versorgt werden konnte. Die Soldaten hatten den Gefangenen bereits umstellt und führten ihn weg.

Clint wandte sich an den Funker. »Ist der Hubschrauber in der Nähe?«

»Er hält sich bereit, Sir.«

»Gut, er soll sofort kommen und die Verletzten ausfliegen.«

»Aye.«

»Melden Sie SEAL Team 11, dass sie noch ein wenig auf ihren Transport warten müssen.«

Der Soldat nickte und eilte davon, um seinen Auftrag auszuführen. Clint konnte den hasserfüllten Blick des Gefangenen immer noch auf sich spüren. Gelassen wandte er sich ab und trat neben den Arzt, der Dean behandelte. »Wie geht es ihm?«

»Ziemlich schlecht, er hat viel Blut verloren. Er muss sofort in ein Krankenhaus.«

»Wir organisieren einen Krankentransport von Kabul nach Ramstein.« Genau genommen stand dieser schon bereit, um Jade auszufliegen. Die Flugärzte würden viel zu tun haben, wenn auch noch die verletzten SEALs dazukamen.

Clint blickte auf, als das Rotorengeräusch den nahenden Hubschrauber ankündigte. Wie zuvor schon schwebte er dicht über dem Boden, während die Sanitäter rasch eine Trage aus dem Innern zogen. Nachdem sie den Night Stalker darauf festgeschnallt hatten, schoben sie ihn in den Helikopter, und der Arzt kletterte mit einem Infusionsbeutel in der Hand hinterher. Der Gefangene wurde von mehreren Soldaten an Bord begleitet und dort angekettet. Tex kletterte nach einem letzten Blick auf das Wrack und die davor liegenden Leichensäcke mühsam in den schwankenden Hubschrauber.

Clint gab Red ein Zeichen einzusteigen, doch er schüttelte nur den Kopf. »Steig ein, Dean muss schnellstmöglich versorgt werden.«

»Ich fliege nicht mit.«

Ungläubig starrte Clint ihn an. »Warum nicht?«

Red deutete auf die Leichensäcke. »Ich bleibe hier bei meinem Team.«

»Du musst in ein Krankenhaus.«

»Ich bin ihr CO. Ich bleibe, bis alle ausgeflogen sind.« Reds Gesichtsausdruck zeigte, dass er fest entschlossen war.

»Red, sei vernünftig, du kannst hier nichts mehr tun. Wenn du dein Bein nicht behandeln lässt, kannst du es verlieren.« Wenn es nicht sowieso schon zu spät war, nachdem er so lange mit einem gebrochenen Knochen herumgelaufen war.

»Die Männer dort sind tot! Was ist da ein Bein?« Die Selbstvorwürfe waren nicht zu überhören.

Bull trat dazwischen. »Ich werde hierbleiben und dafür sorgen, dass sie nach Hause kommen.«

Clint nickte Bull dankbar zu, bevor er sich erneut an Red wandte. »Steig ein, Red, oder ich zwinge dich dazu.« Es war eindeutig ein Befehl, keine Bitte. Wenn Red sich weiter sträubte, würde er ihn niederschlagen und eigenhändig in den verdammten Hubschrauber befördern.

Genau das schien Red an seiner Miene zu erkennen. »Das würdest du, oder?«

»Steig ein.«

Red ignorierte ihn und wandte sich an Bull. »Du passt auf sie auf?«

»Das werde ich. Steig jetzt endlich ein, damit Dean eine faire Chance bekommt.« Bull schob Red sanft in Richtung Helikopter.

Clint sah zu, wie Red langsam zum Hubschrauber humpelte und von den Sanitätern an Bord gezogen wurde. Einer der Soldaten schloss die Tür und trat dann gebückt zurück, während der Helikopter startete.

»Es war die richtige Entscheidung, auch wenn Red es dir im Moment übel nimmt. Er wird es irgendwann verstehen.«

Clint blickte Bull zweifelnd an. »Ich hoffe es.«

37

Von den Rotoren des Hubschraubers aufgewirbelter Sand stach unangenehm in seine Haut. Die Arme schützend vor das Gesicht gehalten, wartete Hawk ungeduldig darauf, dass sich die Tür öffnete und alle von Bord gingen, die nicht mit nach Kabul fliegen würden. Wie er über Funk erfahren hatte, waren einige der abgestürzten SEALs verletzt, aber lebendig aufgefunden worden. Natürlich freute er sich darüber, und er hatte auch vor, jedem Einzelnen von ihnen für ihren Einsatz zur Rettung der Agentinnen zu danken – nachdem Jade endlich im Militärkrankenhaus von Ramstein in Sicherheit war. Er wusste, dass er sich unprofessionell verhielt, aber es war ihm egal. Sicher hätte er gar nicht erst eine Beziehung zu einer der TURT/LEs eingehen dürfen, doch es war nun einmal geschehen, und er konnte seine Gefühle und die daraus resultierende Sorge um Jade einfach nicht unterdrücken. Glücklicherweise hatte er hier Partner, die hoch professionell waren, ihn aber gleichzeitig auch verstanden und gewähren ließen.

Er war es gewohnt, etwas zu *tun*, doch in dieser ganzen Angelegenheit war er von Anfang an zum Nichtstun verdammt gewesen. Es war die reinste Hölle. Jade war von einem brutalen Monster verschleppt und misshandelt worden, und er hatte in San Diego sitzen und warten müssen, bis sie eine Spur von ihr fanden. Auf dem beinahe vierundzwanzigstündigen Flug war er fast verrückt geworden, es hätte nicht viel gefehlt, und er wäre unterwegs abgesprungen. Was natürlich erst recht nichts gebracht hätte. Dann die quälende Ungewissheit, als er hier im Lager ausharren musste, während die SEALs Jade befreiten. Doch nichts war so schlimm wie der Anblick von Jades geschundenem Körper und das Wissen, was sie alles hatte erleiden müssen, weil er sie hierhergeschickt hatte. Die Angst, Wut und Scham in ihren Augen war kaum zu ertragen. Er hätte alles dafür gegeben, um es ungeschehen zu machen. Da das nicht möglich war, würde er dafür sorgen, dass sie die beste Behandlung und Hilfe bekam, die es gab. Er würde sich um sie kümmern und versuchen, ihren Schmerz zu mindern.

Als sich endlich die Tür des Hubschraubers öffnete, hätte er beinahe den ersten Mann herausgerissen, nur damit die Sache etwas schneller ging. Er konnte sich gerade noch beherrschen und trat stattdessen zur Seite, um den Soldaten Platz zu machen. Ein Blick zur Baracke zeigte ihm, dass die deutschen Sanitäter Jade bereits auf einer Trage zum Helikopter trugen, damit die Verletzten so schnell wie möglich in ein Krankenhaus kamen. Noch waren alle am Leben, aber laut letztem Funkspruch war der Night Stalker trotz Infusionen noch nicht wieder aufgewacht. Rasch ging Hawk Jade entgegen, die bleich und mit geschlossenen Augen auf der Trage lag. Sanft ergriff er ihre Hand und beugte sich zu ihr hinunter.

»Jade?«

Es dauerte ein paar Sekunden, bis ihre Augenlider sich hoben und sie ihn anblickte. Vielmehr durch ihn hindurch, es war fast so, als könnte sie ihn gar nicht sehen. Der Arzt hatte ihr ein leichtes Beruhigungsmittel gegeben, dessen Wirkung ihm jetzt viel zu stark vorkam. Aber für Jade war es sicher besser, wenn sie sich ausruhen konnte und nicht allzu viel um sich herum mitbekam. Er beugte sich hinunter, um ihre Stirn zu küssen, als sie plötzlich ein heiseres Stöhnen von sich gab und ihre Hand sich um seine verkrampfte. Alarmiert zuckte er zurück. Ihre Augen waren weit aufgerissen, ihre Lippen bewegten sich lautlos. Hatte sie solche

Angst vor ihm? Schmerz breitete sich in seiner Brust aus, als er sich aufrichtete und zu entscheiden versuchte, was er tun sollte. Wahrscheinlich sollte er ihr etwas mehr Raum geben, damit sie sah, dass keinerlei Gefahr bestand. Er trat einen Schritt zurück, wurde jedoch von ihrer Hand zurückgehalten, die sich um seine Finger klammerte. Ein Wimmern entwich ihrer Kehle.

Hawk beugte sich wieder über sie. »Schsch, es ist alles gut, du bist in Sicherheit.«

Wild schüttelte sie ihren Kopf, ihr ganzer Körper bebte. »Er … er ist es.«

Hatte das Beruhigungsmittel sie verwirrt oder war das eine Nachwirkung des Traumas durch die Gefangenschaft? Sie schien panische Angst zu haben. Hilflos blickte er den Sanitäter an, der die Trage trug, doch auch dieser schüttelte nur den Kopf.

»Lasst ihn … nicht …« Sie brach ab, ihre Zähne klapperten aufeinander. »Er wird … alle töten.«

Eindeutig verwirrt. Sein Herz verkrampfte sich. »Wer, Liebling?«

»M…Mo…gadir.«

Beruhigend streichelte Hawk ihre Hand. »Keine Angst, er ist nicht hier.«

»D…doch, ist er!«

»Jade …«

Ein stechender Schmerz schoss durch seinen Rücken, die Wucht des unerwarteten Schlags ließ ihn taumeln. Jade schrie heiser auf, die Panik in ihren Augen deutlich sichtbar. Hawk warf sich herum und stand einem gefesselten Mann gegenüber, aus dessen Augen ihm mörderischer Hass entgegenschlug. Nein, nicht ihm, sondern Jade. Diese Erkenntnis erfolgte zeitgleich mit einem erneuten Angriff des Gefangenen, diesmal auf Jade gerichtet. Die Soldaten versuchten, ihn festzuhalten, doch trotz seiner gefesselten Hände schafften sie es nicht, ihn zurückzudrängen. Deutlich spürte Hawk Jades abgrundtiefe Angst, als sie sich auf der Trage zusammenkauerte, um dem Mann zu entgehen. Wut schoss durch seinen Körper und ließ ihn keine Sekunde zögern. Mit so viel Kraft, wie er aufbringen konnte, schlug er dem Mann die Faust ins Gesicht. Der Kopf zuckte unter der Wucht des Schlags zurück, ohne einen Laut kippte der Gefangene nach hinten. Hawk wollte ihm nachsetzen, doch die Soldaten hinderten ihn daran.

»Das reicht, der steht so schnell nicht wieder auf.«

Ein Mann in schwarzer Tarnkleidung und einem dicken Beinverband schwang sich aus dem Hubschrauber und humpelte auf ihn zu. »Ich hoffe, Sie haben unseren Gefangenen nicht umgebracht.« Er betrachtete den Bewusstlosen und nickte zufrieden. »Lebt anscheinend noch. Warum hat er Sie angegriffen?«

»Ich habe keine Ahnung. Sind Sie einer der SEALs?«

»Lieutenant Commander Redfield.« Er blickte an Hawk vorbei auf Jade, die ihn mit großen Augen ansah. »Jade Phillips?« Ein kaum sichtbares Nicken war die einzige Antwort. Er beugte sich vor und ergriff ihre Hand. »Es tut mir leid, dass wir es nicht geschafft haben, Sie früher dort herauszuholen.«

Ihre Augen füllten sich mit Tränen. »Es war nicht … Ihre Schuld. Ihre Männer …« Sie brach ab und schluckte hart.

Hawk sah, wie es in Redfields Gesicht arbeitete, für einen kurzen Moment war seine Trauer und Wut deutlich sichtbar, bevor er sich wieder im Griff hatte. Er ließ Jades Hand los und wandte sich erneut an Hawk. »Guter Schlag. Hat er etwas gesagt?«

»Nein. Aber er schien es auf Jade abgesehen zu haben. Wo haben Sie ihn aufgegriffen?«

»In einem Tunnel, ein paar Kilometer vom Hubschrauber entfernt.«

»Mogadir.« Jades Stimme erklang hinter ihm.

»Jade …«

»Verdammt noch mal, Hawk, hör mir zu. Dieser Mann dort ist Mogadir!«

Diesmal hatte sie seine volle Aufmerksamkeit. »Bist du sicher?«

Ein Zittern lief durch ihren Körper. »Ich hatte in den letzten Tagen genug Zeit, mir sein Gesicht einzuprägen.« Der Versuch, ihre Stimme fest klingen zu lassen, scheiterte kläglich. Doch in ihren Augen konnte er die Entschlossenheit sehen, sich nicht noch einmal unterkriegen zu lassen.

Redfield beugte sich hinunter, um den Gefangenen genauer zu betrachten. »Er kam mir im Tunnel schon nicht wie ein einfacher Rebell vor. Sein Glück, dass er seine Identität nicht verraten hat, ich hätte ihn auf der Stelle getötet.« Seine grünen Augen waren dermaßen eisig, dass Hawk unwillkürlich einen Schritt zurücktrat. »Dieses Schwein hat meine Männer auf dem Gewissen, ganz zu schweigen von den unzähligen anderen Menschen, die bereits unter ihm gelitten haben.« Seine Hand glitt zu seiner Waffe. »Ich sollte …«

»Nein.« Diesmal war Jades Stimme fest. »Ich will, dass er für den Rest seines elenden Lebens eingesperrt wird, ein schneller Tod wäre viel zu gnädig für ihn.«

Redfields Mundwinkel hob sich. »Ich könnte es etwas länger gestalten …«

Hawk mischte sich ein. »Wir werden uns um ihn kümmern, steigen Sie wieder in den Hubschrauber, damit Jade – und Ihre Männer – endlich in ein Krankenhaus kommen.«

Noch einmal blickte Redfield mit offensichtlichem Bedauern auf den bewusstlosen Mogadir, dann humpelte er zum Helikopter zurück. Hawk folgte ihm rasch. »Könnten Sie …« Er brach ab und sah sich zu Jade um, bevor er leiser fortfuhr. »Würden Sie auf Jade aufpassen, bis ich hier fertig bin und nachkommen kann?«

»Natürlich.«

»Danke – für alles.«

Redfield nickte ihm zu und schwang sich in den Hubschrauber.

»Unser Auftrag hat sich gerade ein wenig geändert.« Devil hatte sie zu einer kurzen Besprechung im Innenhof der Festung zusammengerufen.

Die Männer nutzten die Gelegenheit, sich ein wenig auszuruhen, etwas zu essen und zu trinken, bevor sie mit ihrer Suche fortfahren würden. Sie alle hatten die Leichen und geschundenen Körper gesehen, die teilweise noch in den Zellen lagen. Die Marines waren um ihre Aufgabe, die Lebenden und die Toten zu bergen, wirklich nicht zu beneiden.

Rock schluckte den Rest seiner MRE – Meal Ready to Eat –, oder auch Pampe in Tütenform, herunter, verzog das Gesicht und trank einen großen Schluck Wasser hinterher, bevor er sich an Devil wandte. »Inwiefern geändert? Haben sie Kyla schon entdeckt?« Warum hatte er das dumme Gefühl, dass sein CO den Hintergrund dieser Frage sofort durchschaute?

»Nein, die letzte Nachricht war, dass Rose und Joe vermutlich ein Versteck von Kyla gefunden haben, das sie aber laut Aussage eines Zeugen – ein kleiner Junge – zusammen mit einem unbekannten Mann verlassen hat.«

Rock runzelte die Stirn. »Was für ein Mann?«

»Der Junge meinte, es war einer von ihnen, also vermutlich ein Afghane oder zumindest jemand, der so aussah.«

»Sie ist also auch entführt worden.«

»Rose war sich da nicht so sicher. Sie suchen weiter nach Spuren, vielleicht werden auch die RAWA-Kontakte fündig.«

Also würde Rose noch länger nahezu ungeschützt in einer gefährlichen Gegend herumlaufen.

»Was hat sich denn nun Neues ergeben?« Cats Stimme riss ihn aus seinen Gedanken. Verdammt, er war so mit seinen Sorgen beschäftigt gewesen, dass er überhaupt nicht mehr an den Grund der Planänderung gedacht hatte.

Devil war das auch durchaus bewusst, wie sein leicht amüsierter Blick zeigte. »Mogadir wurde gefasst, wir brauchen ihn nicht mehr zu suchen.«

Schlagartig waren alle hellwach.

»Was?«

»Wo?«

»Wer hat ihn geschnappt?«

Devil hielt eine Hand hoch. »Team 8.«

»Diese Ostküstenjungs hatten schon immer mehr Glück als Verstand!« I-Mac verzog den Mund, als er sich an die Folgen des Hubschrauberabsturzes erinnerte. »Ich meine …«

»Schon gut.« Devil stand auf. »Wie ihr wisst, hatten sich die Überlebenden in eine Art Tunnel zurückgezogen, wo ihnen dann ein Rebell in die Arme gelaufen ist.«

Doc stöhnte auf. »Warum ist das bei uns nie so einfach?«

Devil ignorierte ihn. »Der Mann wurde von Jade eben als Mogadir identifiziert. Das heißt, wir werden uns auf die Suche nach Plänen und/oder einer möglichen Waffe für das geplante Attentat konzentrieren.«

Rock stopfte die leere Verpackung der MRE in seine Weste. »Vor allem sollten wir herausfinden, wie er in den Tunnel gekommen ist. Haben sie den Gang erkundet?«

»Nur einer war halbwegs unverletzt, er ist ein Stück hineingegangen, aber nach einigen Minuten umgekehrt. Er meinte, dass der Tunnel sicher noch wesentlich weiterging.«

»Also könnte er direkt hierher führen?«

»Möglich wäre es. Wir halten einfach die Augen offen. Wenn wir keinen Zugang finden, können wir Clint und Bull bitten, den

Gang von ihrer Seite aus zu erkunden, sie sind beide noch bei dem abgestürzten Hubschrauber.« Devil blickte einen Moment in die Ferne, dann nickte er dem Team zu. »Okay, beeilen wir uns, ich habe das Gefühl, dass diese Mission noch nicht zu Ende ist.«

Rock blickte ihm unbehaglich nach. Wenn Devil glaubte, dass noch etwas passieren würde, konnten sie davon ausgehen, dass es so war. Bisher hatte er immer recht behalten.

Den Beweis, dass nicht nur die Ostküsten-SEALs mehr Glück als Verstand hatten, lieferte Jackie etwa eine Stunde später. Sie hatten beinahe jeden Raum auseinandergenommen, von oben bis unten abgeklopft und jede Nische und Spalte untersucht, als er ungeplant fündig wurde. Unruhig fingerte er an den Gegenständen auf Mogadirs Schreibtisch herum, als plötzlich der Boden unter ihm wegsackte. Glücklicherweise waren seine Reflexe durch den Kampfsport ausgezeichnet, sodass er sich noch zur Seite werfen konnte.

»Verdammt.«

»Definiere ›verdammt‹.« Devils Stimme kam gelassen wie immer über den Kopfhörer.

»Ich glaube, ich habe hier was Interessantes gefunden.« Jackie beugte sich vor und spähte in die dunkle Öffnung hinab. »Könnte ein Geheimgang sein.«

Cat, der auf der anderen Seite des Raumes die Wand untersucht hatte, trat zu ihm. Er zog seine Taschenlampe heraus und leuchtete in die Tiefe. Einige Meter unter ihnen schien rauer Felsboden zu sein, eine Holzleiter führte hinunter. »Definitiv ein Gang.«

»Wo seid ihr?« Erneut Devil.

»Mogadirs Büro. Westflügel.«

»Okay, bleibt dort oben. An alle: im Büro sammeln.«

Jackie erhob sich und ging um den Schreibtisch herum. Welchen Gegenstand hatte er als Letztes angefasst? Seine Finger glitten über das polierte Holz, auf der Suche nach einer Eingebung. War es der große Aschenbecher gewesen oder der Stifthalter? Nacheinander hob er sie hoch, doch nichts passierte. Irgendwie musste sich die Klappe auch wieder schließen lassen. Also etwas anderes. Prüfend strich er über einen glatt geschliffenen Stein in Faustgröße. Genau, das war es! Rasch hob er ihn hoch und wog ihn in der Hand.

»Verdammt, Jackie! Was machst du da? Beinahe hätte ich mir den Kopf eingeklemmt!« Cat, der auf dem Boden gelegen und in das Loch gestarrt hatte, sprang wütend auf, als die Luke plötzlich wieder zuklappte.

»Solange es nichts Wichtiges war …« Jackie grinste ihn an. »Ist doch noch alles dran.«

»Dein Glück! Manchmal frage ich mich, wie du überhaupt das Training überlebt hast. Du hättest doch in jede Falle laufen müssen, die aufgebaut war.«

»Bin ich tatsächlich öfter mal, aber solange ich immer weiß, wie ich wieder rauskomme …« Er wurde ernst. »Ich wollte nur sehen, wie der Mechanismus funktioniert.« Jackie beugte sich vor und untersuchte die Tischplatte. Eine schmale Kerbe fand ihren Gegenpart am Stein. »Achtung, Test.« Er schob den Stein auf seinen Platz zurück, und die Falltür schwang lautlos auf. »Ich würde zu gern wissen, wo man so was bekommt, das hätte ich gern für meine Wohnung. Allerdings musste Mogadir höllisch aufpassen, jeder Depp hätte den Stein bewegen können …«

»So wie du, meinst du?«

Jackie grinste ihn an, nicht im Geringsten beleidigt. »Immerhin habe ich den Eingang zum Tunnel gefunden.«

»Ein blindes Huhn …«

»Es reicht.« Devil erschien in der Türöffnung. »Wo ist die Öffnung?«

»Hinter dem Schreibtisch.« Cat trat zur Seite, um Devil Platz zu machen.

Nach und nach traf der Rest des Teams ein und versammelte sich um den Schreibtisch.

»Sanchez, such uns zwei fähige Marines, die den Eingang bewachen, während wir uns unten umsehen. Ich möchte nicht von hinten überrascht werden.«

»Aye.«

»I-Mac, du bleibst hier und siehst nach, ob du etwas Interessantes im Computer findest.«

I-Mac ließ seine Finger knacken. »Kein Problem.«

»Gut.« Devil leuchtete mit der Taschenlampe in den Schacht hinab. »Okay, versuchen wir es. Rock, teste, ob die Leiter hält. Cat, du gibst ihm Deckung.«

Rock verzog den Mund. Er hatte sich daran gewöhnt, für alles der Gewichtstester zu sein, trotzdem wurde er nicht gern daran erinnert, dass er der Schwerste im Team war. Es wäre interessant gewesen herauszufinden, was seine Kameraden tun würden, wenn er irgendwo einbrach. Wie wollten sie ihn jemals herausholen?

Vorsichtig schwang Rock die Beine über den Rand der Luke und trat auf die erste Sprosse.

»Finger weg von dem Stein, Jackie!«

Cats Warnung ließ Rock in der Bewegung innehalten. »Danke, sehr hilfreich. Ich fühle mich gleich viel besser.«

Cat sah ihn unschuldig an. »Immer gerne.«

Rock verzichtete auf eine Antwort und begann stattdessen mit dem Abstieg. Modriger Geruch stieg in seine Nase, während er jede Sprosse testete, bevor er sie mit seinem ganzen Gewicht belastete. Er ignorierte das drängende Gefühl, sich beeilen zu müssen, und stieg methodisch weiter hinab, bis er schließlich den Boden erreichte. »Alles klar, die Leiter ist sicher.« Mit seiner

Taschenlampe leuchtete er den Gang entlang. »Nichts zu sehen. Ich gebe euch Deckung.«

Einer nach dem anderen kletterten die übrigen SEALs hinunter und verteilten sich im Tunnel.

»Sucht jeden Zentimeter ab, ich will wissen, ob Mogadir hier irgendetwas hinterlassen hat, falls er den Gang zur Flucht benutzt hat. Hawk sagte, er hätte nur Geld und anderen Kleinkram dabeigehabt.« Devils Stimme hallte dumpf von den Wänden wider. »Sehr unwahrscheinlich, dass er in seinem Büro kein belastendes Material hatte.«

»Bei der Durchsuchung haben wir nichts gefunden.« Cat war in der Dunkelheit mit seiner dunklen Hautfarbe kaum zu sehen. Er verschmolz förmlich mit den Wänden.

»Eben.«

»Vielleicht ist etwas auf dem PC, er fühlte sich sicher in seiner Festung.«

»Wenn dort etwas ist, wird I-Mac es finden. Aber ich rechne nicht damit. Niemand, der einen Anschlag von diesem Ausmaß plant, wird Informationen dazu irgendwo herumliegen lassen.« Devil klang völlig überzeugt.

Andererseits hatte schon öfter gerade diese Arroganz, das Gefühl, unantastbar zu sein, dazu geführt, dass die Verbrecher nachlässig geworden waren und Beweise hinterlassen hatten. Mit etwas Glück war Mogadir auch so ein Fall.

38

Während er nachdachte, ließ I-Mac seine Finger über die Tastatur gleiten. Mogadirs Computer war nicht mit einem Passwort gesichert, einige Dateien allerdings schon. Zuerst war er die ungesicherten durchgegangen, anscheinend Korrespondenz mit verschiedenen Lieferanten, Abnehmern und anderen Rebellenführern. Auch einige Politiker waren darunter. Da sein Persisch nicht besonders gut war, konnte er sich nur zusammenreimen, worum es ging. Viele Namen sagten ihm nichts, die Spezialisten würden deren Identität herausfinden müssen. Soweit er das beurteilen konnte, befand sich nichts über einen Anschlag auf die Wolesi Jirga darunter. Nun blieben nur noch die geschützten Dateien übrig. Normalerweise kein Problem für ihn, doch diesmal zögerte er. Irgendetwas störte ihn an der ganzen Situation. Und damit meinte er nicht die beiden Marines, die nervös hin und her gingen, an ihren Waffen herumspielten und ihm Löcher in den Kopf starrten, weil sie nicht verstanden, warum sie einen SEAL bewachen sollten. Mit einem Ruck, der den Ledersessel nach hinten katapultierte und an die Wand knallen ließ, stand er auf und starrte die Männer an. Zufrieden sah er sie zusammenzucken und unbewusst Haltung annehmen. Erwischt!

»Wenn es euch nicht möglich ist, still zu stehen, wartet draußen vor der Tür. Ich brauche hier absolute Ruhe.«

»Aber Lieutenant Commander Devlin sagte …«

I-Mac setzte sein gemeinstes Gesicht auf und zeigte zur Tür. »Raus!«

Amüsiert beobachtete er, wie die Marines in ihrer Hast, den

Ausgang zu erreichen, fast übereinanderstolperten. Wenn das die fähigsten Männer waren, die Snake auftreiben konnte, dann war es gut, dass sämtliche Rebellen bereits getötet oder gefangen genommen worden waren. Außerdem saß er noch hier und bewachte den Tunneleingang – an ihm würde niemand vorbeikommen. Nachdem er sich wieder hingesetzt hatte, wandte er sich erneut dem Bildschirm zu. Die Augenbrauen zusammengeschoben betrachtete er die gesicherten Dateien. Es kam ihm komisch vor, dass Mogadir sich nicht die Mühe gemacht haben sollte, seinen Computer mit einem Passwort zu versehen. Selbst wenn er seine Festung für sicher hielt, war es unwahrscheinlich, dass er seinen eigenen Männern so weit vertraute, seine Daten ungeschützt zu lassen. Alles, was er bisher von dem Warlord gehört hatte, legte nahe, dass er nur so erfolgreich sein konnte, weil er ein misstrauischer Hurensohn war.

I-Mac zog eine Minifestplatte hervor, die sich mit einem USB-Stecker an jeden neueren Computer anschließen ließ. *Wer nicht wagt, gewinnt nicht*. Er würde zuerst alle Dateien überspielen, bevor er eine der geschützten zu öffnen versuchte. Natürlich konnte er den Computer auch mitnehmen und ihn von Experten knacken lassen, aber da er schon mal hier saß und auf die anderen warten musste, würde er ausprobieren, wie weit er kam. Mit einigen wenigen Befehlen hatte er das Passwort für die erste Datei herausgefunden. Zu einfach. I-Mac gab es ein und lehnte sich erwartungsvoll vor. Buchstabensalat. Es sah eher so aus, als hätte jemand versucht, ein falsches Dateiformat zu importieren, und nicht wie ein Code, doch das würden die Spezialisten herausfinden müssen. Enttäuscht versuchte er es mit einer weiteren Datei. Wieder das gleiche Bild. Frustriert klickte er die nächste an. Ein Fenster sprang auf, das eine Zahlenreihe zeigte, die langsam nach unten zählte. Ohne sein Dazutun öffnete sich eine weitere Datei, erneut die herunterzählende Uhr. Was zur Hölle war das?

Egal was er versuchte, er konnte die Dateien nicht schließen und auch die Zeitangabe nicht stoppen. Die erste Uhr zeigte noch eine Minute, die zweite fünf Minuten. I-Mac hämmerte auf die Tastatur ein, versuchte jeden Trick, den er kannte, doch nichts half. Eine Anzeige oben auf der Leiste ließ ihn stutzen. Koordinaten. Rasch zog er sein GPS-Gerät hervor und las die Koordinaten seines Standorts ab. Verdammt! Er sprang auf, riss die Kabel aus dem Computer und lief mit ihm zur Tür. Die Marines fuhren erschrocken zusammen, als er so plötzlich auftauchte.

»Ruft eure Leute zusammen, es soll jeder sofort die Festung verlassen. Sofort, verstanden?«

»Ja, aber …«

»Das ist ein Befehl, Soldat! Oder wollt ihr in die Luft fliegen?«

Ohne weiteren Protest brüllten die Männer in ihre Funkgeräte, während sie gleichzeitig auf das Tor zuliefen. I-Mac klemmte sich den PC unter den Arm, drehte mit der anderen Hand das Mikrofon auf und folgte den Marines. »Devil, hier I-Mac.«

»Ich höre.« Es rauschte, doch die Verbindung war deutlich genug.

»Auf dem Computer waren Dateien, die anscheinend einen Countdown gestartet haben. Die einen Koordinaten liegen hier innerhalb der Festung, noch eine Minute. Die anderen ein Stück entfernt, vielleicht einen Kilometer in eure Richtung, fünf Minuten. Ich verschwinde hier, ihr solltet das Gleiche tun.«

»Verstanden.« Es gab eine kurze Pause. »Pass auf dich auf.«

»Werde ich. Verschwindet dort!« I-Mac rannte den Gang entlang, vorbei an leeren Zellen und davorliegenden schwarzen Leichensäcken. Die Toten konnten sie nicht mitnehmen, aber er hoffte, dass sich sämtliche Überlebenden bereits außerhalb der Festung befanden. Laute Rufe schallten durch das Gebäude, irgendwo schlug eine Tür gegen die Wand, Flüche ertönten. Ein

Blick auf die Uhr zeigte I-Mac, dass von dem Countdown nur noch dreißig Sekunden übrig waren, als er ein leises Wimmern hörte. Automatisch verlangsamte er den Schritt, während er lauschte. Da war es wieder, es schien aus der Vorratskammer zu kommen. Mit gezogener Waffe trat I-Mac hinein und fluchte. Eine von Mogadirs Gefangenen war den Marines wohl entgangen und hatte sich versteckt. Er konnte sie nicht einfach hierlassen, auch wenn jeden Moment alles um ihn herum in die Luft fliegen würde. Er setzte den PC auf dem Boden ab, steckte die Minifestplatte in die Innentasche seiner Weste und wandte sich der Frau zu, die hinter der Tür kauerte.

Bevor er sie ansprach, schaltete er sein Mikrofon aus. »Wir müssen hier raus. Verstehen Sie mich?«

Die Frau presste die Arme über ihren Kopf und wiegte sich hin und her. Hier war keine Hilfe zu erwarten. Und er hatte keine Zeit, sich um die Gefühle der ehemaligen Gefangenen zu kümmern. Ohne Vorwarnung griff I-Mac um ihre Taille und schwang sie sich über die Schulter. Ihr entsetzter Aufschrei ging ihm durch Mark und Bein, doch darauf konnte er keine Rücksicht nehmen. Er hielt ihre Beine vor seiner Brust fest, damit sie ihn nicht treten konnte, und rannte los. Gerade als er dachte, er hätte es geschafft, das Tor bereits in Sicht, hob ihn die ungeheure Kraft der Explosion von den Füßen. Er versuchte noch, sich abzurollen, doch die zusätzliche Last der Frau hinderte ihn daran. Mit voller Wucht schlug er gegen einen harten Gegenstand, die Luft wurde aus seiner Lunge gepresst. Sein letzter klarer Gedanke galt dem Team, das im Tunnel in der Falle sitzen würde, sollte dort ebenfalls eine Bombe explodieren.

Ein tiefes Grollen drang durch den Schacht zu ihnen, begleitet von einem schwachen Lufthauch. Unbehaglich sahen sie sich an. Die Minute schien abgelaufen zu sein.

»I-Mac, melde dich.« Devils Stimme klang noch ruhiger als sonst.

Keine Antwort. Vielleicht war der Kopfhörer defekt oder er hatte ihn verloren. Oder das Signal kam nicht durch die Steinschicht. Oder … Nein, eine andere Möglichkeit gab es nicht. Rock entfernte eine Spinnwebe von seinem Gesicht, während er angestrengt lauschte. Kein Ton von I-Mac.

Devil versuchte es noch einige Male, doch der Kontakt war abgeschnitten. »Okay, wir haben weniger als vier Minuten, es wird Zeit, dass wir den Ausgang suchen.« Er leuchtete in die tiefe Dunkelheit vor ihnen. »Lauft.«

Trotz des unebenen Bodens kamen sie gut voran. Endlich mal ein Einsatz, wo sich das ganze Lauftraining auszahlte. Rock verzog den Mund. Gut, eine Bombe in einem unterirdischen Tunnel war ein sehr überzeugender Grund, auch noch das Letzte aus sich herauszuholen. Er wandte sich um, als er merkte, dass Devil nicht mehr hinter ihm war. Normalerweise konnte Dev ihn locker überholen, doch diesmal schien ihn etwas aufzuhalten. Eine Verletzung vielleicht? Rock beschloss, umzudrehen und seinen CO zu suchen. Wenn hier alles in die Luft flog, wollten sie sicher nicht mehr im Gang sein. Hinter einer weiteren Biegung fand er ihn schließlich. Mit den Händen hatte er sich an der Wand abgestützt, den Kopf vorgebeugt.

Rock schaltete sein Mikrofon aus. »Was ist los?«

»Lauf weiter.« Devil schien nicht überrascht, ihn zu sehen.

»Das werde ich sicher nicht, solange du hier herumstehst. Also, was hast du?«

Devil trat zur Seite und leuchtete mit der Taschenlampe dorthin, wo seine Hände gelegen hatten. »Hier ist etwas, das ich untersuchen muss.«

Rock ging näher zu ihm. »Dir ist schon klar, dass hier jederzeit eine Bombe hochgehen könnte.« Es war keine Frage.

»Ja.«

Okay, andere Taktik. »Ich werde den anderen …«

»Nein. Wir brauchen sie nicht. Es ist besser, wenn sie sich in Sicherheit bringen.«

»Sie werden schon sehr bald merken, dass wir nicht mehr hinter ihnen sind, und zurückkommen.«

»Wenn wir uns beeilen, holen wir sie wieder ein. Hinterher.«

Was auch immer Devil vorhatte, musste so wichtig sein, dass er dafür sogar ihr Leben riskierte. »Also, warum stehen wir hier rum?«

»Hier ist eine Nische im Fels und dahinter so etwas wie ein kleiner Tresor.«

Rock beugte sich vor und lehnte die Wange gegen den glitschigen Fels, um hinter den Vorsprung schauen zu können. Tatsächlich, dort war ein Stahlschrank versteckt, von außen kaum zu entdecken. »Und wie hast du den gefunden?«

»Ich habe die Augen offen gehalten.«

»Hmhm.« Rock drehte den Griff, doch die Tür öffnete sich nicht. »Willst du das Teil öffnen?«

»Ja.«

»Und wenn dort die Bombe drin ist?«

Devil blickte auf seine Uhr. »Dann haben wir noch zwei Minuten Zeit, um zu verschwinden.«

»Wie beruhigend.« Rock holte seinen Sprengstoff heraus. Er konnte nur schätzen, wie dick der Stahl war. Etwas zu viel, und der Inhalt wäre zerstört oder die Bombe würde in die Luft fliegen, etwas zu wenig, und die Tür wäre weiterhin verschlossen. Er riss ein Stück Sprengstoff ab und drückte ihn gegen das Schloss. »Zurück!«

Rasch kauerten sie sich ein Stück entfernt an die Wand. Ein lautes Ploppen ertönte, Gestein rieselte von oben auf sie herab. Rock versicherte sich mit einem raschen Blick, dass sich keine größeren Steine lösen würden, dann lief er zur Nische zurück. Zufrieden erkannte er, dass sich die Tür des Tresors geöffnet hatte. Mit der Taschenlampe leuchtete er hinein und entdeckte eine alte Ledertasche. Nachdem er keine Drähte oder andere Hinweise auf eine Bombe entdecken konnte, nahm er die Tasche vorsichtig heraus. Devil hockte sich neben ihn, als er sie auf den Boden stellte und öffnete. Papiere, ein Organizer, CD-ROMs. Nichts, was auch nur im Entferntesten wie ein Sprengsatz aussah. Was bedeutete, dass er noch irgendwo lag und in – er blickte auf die Uhr – einer Minute hochgehen würde.

»Seid ihr jetzt langsam fertig? Die Zeit wird knapp.«

Rock war nicht erstaunt, Docs Stimme zu hören. Wie er vorausgesehen hatte, entging den anderen SEALs selten etwas. Er drehte sein Mikrofon wieder an. »Wir kommen.«

Er griff sich die Tasche, sprang auf und rannte los, dicht gefolgt von Devil. Schon bald konnte Rock vor sich die Gestalten seiner Teamkollegen sehen, natürlich waren sie nicht weitergelaufen, sondern hatten hinter der Biegung auf sie gewartet. Nobel, aber dumm, wenn die Bombe wirklich hochging. Sie holten das Letzte aus sich heraus, trotzdem reichte es nicht. Mit einem lauten Donnern explodierte die Bombe einige Hundert Meter hinter ihnen. Die Schockwellen setzten sich in dem engen Gang fort und holten sie von ihren Füßen. Steine lösten sich von Decke und Wänden und machten ihnen klar, dass der gesamte Tunnel über ihnen einstürzen konnte.

»Los, weiter!«

Eilig rappelten sie sich auf und versuchten, dem Steinhagel ebenso wie den auf dem Boden liegenden Gesteinsbrocken so gut es ging auszuweichen und den Weg nach draußen zu finden. Ein erstickter Laut hinter ihm ließ Rock herumfahren. Er sah gerade noch, wie Devil zu Boden ging. Er lief sofort zurück, hockte sich neben Devil und fühlte seinen Puls. Er lebte noch, schien aber bewusstlos zu sein. Die Zeit fehlte, nach einer Wunde zu suchen, deshalb hob er Devil nur auf und schwang ihn über seine Schulter. So schnell er konnte, suchte er sich einen Weg durch das Geröll, während die Steinwände um ihn herum bedrohlich knirschten. Lange würde die Statik nicht mehr halten, schon jetzt waren an manchen Stellen die Wände heruntergerutscht und versperrten ihm den Weg. Rock fluchte, als ihm die Tasche beinahe aus der Hand glitt. Gleichzeitig Devil, die Tasche und die Lampe zu balancieren, wurde immer schwieriger.

»Gib mir die Tasche und bleib dicht hinter mir.« Cat, wie immer im richtigen Moment zur Stelle.

»Alles klar.«

»Ich rieche schon frische Luft, wir müssten bald da sein.«

Endlich mal eine gute Nachricht. Rock wollte gerade aufatmen, als ein durchdringender Warnton in seinem Kopfhörer ertönte. »Verdammt, was ist das?«

»Hört sich nach einem Eindringlingsalarm an. Da es unsere Frequenz ist, nehme ich an, dass er von Team 8 stammt.« Cats Stimme wurde lauter, als der Ton endlich verstummte. »Scheint so, als wären wir tatsächlich fast am Ausgang.«

Rock lief weiter, angefeuert von dem Wissen, dass er bald wieder an der frischen Luft sein würde. Vor einer Wand aus Erde und Steinen blieb er abrupt stehen.

»Gib mir Devil.« Cats Stimme kam von oben, wo ein schwacher Lichtschein den Ausgang der Höhle zeigte.

Rock stemmte Devil hoch, bevor er selbst durch das Loch nach oben kletterte. Er schloss kurz die Augen und atmete tief durch, bevor er sich zwang, sie wieder zu öffnen. Das Team hockte um ihn herum, Doc kümmerte sich um Devil.

»Wie geht es ihm?«

»Er hat wohl einen Stein auf den Kopf bekommen. Blutet schlimm, aber ich hoffe, dass es nur eine Platzwunde ist.«

Cat versuchte in der Zwischenzeit, I-Mac zu erreichen – ohne Erfolg. Wahrscheinlich war die Entfernung zu groß, und die Headsets funktionierten nicht mehr.

»Devil sagte, dass Clint noch in der Gegend wäre, wir sollten versuchen, ihn zu kontaktieren, dann ist unser Rückflug gesichert.«

Cat nickte. »East, hier Cat, bitte kommen.« Automatisch wählte er Clints Spitznamen in den Teams.

Erst Stille, dann Lärm, der ihnen fast die Trommelfelle sprengte. Es hörte sich an, als stände Clint direkt neben einem startenden Hubschrauber. Rock hielt den Kopfhörer ein Stück vom Ohr entfernt.

»Cat?« Die Stimme war über dem Lärm nur undeutlich zu verstehen.

»Wir sind hier beim Tunnelausgang. Kannst du uns zum Hubschrauber lotsen?«

»Ich gebe euch die GPS-Koordinaten.«

Cat gab die Zahlen in sein Gerät ein, die Clint ihm diktierte. »Okay, ich hab's. Wir sind bald da.« Er gab den anderen ein Zeichen aufzustehen.

Rock nahm Devil auf die Arme, vorsichtiger diesmal, um seine Verletzung nicht zu verschlimmern. Doc blieb neben ihm und kontrollierte Devils Lebenszeichen. Von den anderen SEALs geschützt, suchten sie sich den Weg durch den Wald und hielten auf die Lichtung mit dem Hubschrauber zu.

Clint erteilte jemandem einen Befehl, dann wurden die Geräusche leiser. »Wir haben eine Explosion gehört, ist alles in Ordnung?«

»Mehr oder weniger, ja. Es waren zwei Bomben, eine oben in der Festung, eine andere im Tunnel.« Cats Stimme klang sachlich.

»Verdammt!«

»Genau. Habt ihr keine Nachricht von der Festung bekommen?«

»Nein.« Clints Besorgnis klang deutlich durch.

»I-Mac war dort oben in Mogadirs Büro. Er hatte auf dem Computer was gefunden, einen Countdown für die Bomben. Der Kontakt zu ihm ist nach der Explosion abgebrochen.«

Einen Moment Stille, dann kam Clints Stimme erneut, beherrscht wie immer. »Ich schicke einen Hubschrauber dorthin.«

»Warte noch, wir kommen mit. Außerdem ist Devil verletzt.«

»Schwer?«

»Kann Doc noch nicht sagen, eine Kopfwunde.«

»In Ordnung. Beeilt euch.«

»Hatten wir vor.«

39

Da sie durch die Koordinaten eine gerade Linie zum Hubschrauber schlagen konnten, dauerte es nur wenige Minuten, bis sie dort ankamen. Clint erwartete sie bereits am Rand der kleinen Lichtung. Soldaten bewachten das zerstörte Wrack des Chinook, in dem neun Männer gestorben waren. Es war schlimm genug zu wissen, dass sie tot waren, aber zu sehen, wo und wie sie gestorben waren, traf ihn härter als erwartet. Rock fuhr mit der Hand über sein Gesicht. Die Möglichkeit, dass es ebenso gut Team 11 hätte treffen können, war jedem von ihnen bewusst.

Er gesellte sich zu Clint. »Wo ist der Hubschrauber?«

»Der ist schon gestartet.« Clint hob die Hand, um die Proteste abzuwehren. »Team 8 war bereits an Bord, Bull begleitet sie zum Camp.« Es dauerte kurz, bis sie verstanden, dass er von den Toten redete. Betretenes Schweigen folgte seinen Worten. »Unser Hubschrauber müsste jeden Moment eintreffen.«

»Gut.« Cats Antwort war kurz.

Mehr brauchte er nicht zu sagen, auch Clint wusste ganz genau, wie viel davon abhing, die Festung so schnell wie möglich zu erreichen. Trotzdem durften sie auch ihre neue Aufgabe, das Attentat auf die Wolesi Jirga zu verhindern, nicht vergessen. Vermutlich war die Gefahr durch Mogadirs Gefangennahme gebannt, doch bevor sie dessen nicht sicher waren, würden sie so vorgehen, als würde die Bedrohung weiterhin bestehen. Dazu gehörte die Befragung der lebend gefangenen Rebellen und ihrer Familien genauso wie der Anführer und eine Durchsuchung ihrer Häuser. Mögliche Verbindungen zu anderen Rebellen-

oder Terroristengruppen würden ebenfalls überprüft werden. Zwar waren das nicht die Aufgaben des SEAL-Teams, aber sie standen weiterhin auf Abruf bereit, so lange, bis ihnen jemand sagte, dass die Gefahr vorüber war. Was Tage oder auch Wochen dauern konnte.

Normalerweise machte Rock das nicht viel aus, aber der Gedanke an Rose ließ ihn hoffen, dass es diesmal schneller gehen würde. Rasch verbannte er sie wieder aus seinem Kopf. Jetzt war nicht der richtige Moment, daran zu denken, wie sehr er sich wünschte … Er verzog sein Gesicht. So viel dazu. Es wurde eindeutig Zeit, sich abzulenken. Devils Stöhnen kam ihm da gerade recht. Er hockte sich neben ihn und sah zu, wie Doc den Kopfverband überprüfte, den er ihm vor der Höhle angelegt hatte. »Wacht er auf?«

Devils Lider öffneten sich. »Bin ich schon.« Eine Hand gegen seine Schläfe gepresst, versuchte er sich aufzusetzen, doch Doc drückte ihn zurück.

»Bleib liegen, wir wissen noch nicht, ob du dir deinen harten Schädel eingeschlagen hast.«

Wieder bemühte sich Devil hochzukommen. Schließlich schaffte er es, sich auf seine Ellbogen zu stützen. »Das Team?«

»Sind alle ohne größere Blessuren aus dem Tunnel raus.«

»I-Mac?«

»Wir haben noch nichts von ihm gehört. Ein Hubschrauber wird uns gleich zur Festung bringen.«

»Gut.« Mit verzerrtem Gesicht richtete er sich weiter auf. »Habt ihr Informationen zum Anschlag in der Tasche gefunden?«

Rock konnte es nicht mehr mit ansehen und half Devil dabei, sich aufzusetzen. »Wir sind noch nicht dazu gekommen nachzuschauen.« Auf Devils ungläubigen Blick hin zuckte er mit den Schultern. »Wir waren zu beschäftigt damit zu rennen.«

»Wo ist die Tasche?«

Cat beendete sein Gespräch mit Clint und brachte die Tasche herüber. »Hier, Chef.«

Devil blickte ihn neugierig an, sagte aber nichts zu der Anrede, sondern nickte nur dankend. Rasch öffnete er die Laschen der Ledertasche und griff hinein. Die CD-ROMs würden warten müssen, bis sie irgendwo einen PC auftreiben konnten, aber die Papiere und den Organizer reichte er an Rock und Cat weiter. Die Papiere bestanden aus mehreren Tabellen, Karten und Plänen auf Persisch, nichts, was sie auf die Schnelle lesen konnten. Wahrscheinlich musste dafür ein Übersetzer angefordert werden, damit ihnen keine Details entgingen. Der Organizer sandte einen leisen Ton aus, als Cat ihn anschaltete. Die übliche Begrüßungsmaske erschien, gefolgt von einem leeren Feld mit blinkendem Cursor. Passwortgeschützt, natürlich.

»Das hat uns nicht wirklich weitergebracht.« Jackie, ungeduldig wie immer.

»Vielleicht kann I-Mac ...« Snake brach ab.

Schweigen senkte sich über die Männer, das erst der Lärm des ankommenden Hubschraubers brach. Seine Kufen hatten kaum den Boden berührt, als das Team bereits hineinkletterte. Clint gesellte sich zu ihnen, und sie konnten endlich starten, während die Soldaten beim Wrack zurückblieben, um es zu bewachen.

Clint, der auf dem Kopilotensitz saß, gelang es, mit dem Captain der Marines Kontakt aufzunehmen, der den Einsatz in der Festung leitete. Doch dieser berichtete nur von einem großen Chaos, zahlreichen vermissten Soldaten und hatte keinerlei Hinweise auf I-Macs Verbleib. Frustriert hängte Clint das Funkgerät wieder in die Halterung. Natürlich kümmerte sich der Captain zuerst um seine Männer, aber er hatte wirklich gehofft, bessere Nachrichten zu erhalten. Selbst nach seiner Gefangennahme war es Mogadir noch gelungen, seine Feinde empfindlich zu treffen. Erst der Hubschrauberabsturz und nun wieder dieses Gefühl der Hilflosigkeit. Immer konnten sie nur reagieren, wenn es bereits zu spät war. Es machte ihn rasend. Clints Hand krampfte sich um den Gurt. Zu gern würde er den Warlord in seine Finger bekommen. Schade, dass Mogadir vermutlich längst ausgeflogen wurde.

Wenige Minuten später setzte der Hubschrauber sie in der Nähe der Festung ab. Über dem Innenhof konnten sie diesmal nicht abspringen, er war völlig zerstört. Clint presste seine Zähne aufeinander, als er die großflächigen Zerstörungen am Gebäude sah. Wenn I-Mac noch darin gewesen war, als die Bombe hochging, standen seine Chancen schlecht. Devil sah immer noch leicht benommen aus, deshalb übernahm Clint das Kommando. »Okay, wo war I-Mac, als die Bombe hochging?«

Cat antwortete wie aus der Pistole geschossen. »Zuletzt war er in Mogadirs Büro, das liegt von hier aus gesehen in der hinteren linken Ecke. Er war unterwegs zum Ausgang, also müsste er irgendwo im Gang sein … wenn er nicht herausgekommen ist.«

»Vielleicht ist sein Headset einfach nur kaputt.« Doc gab selten die Hoffnung auf.

»Das wäre eine Möglichkeit. Aber dann hätte er sich sicher bei dem Captain der Marines gemeldet, damit sie uns kontaktieren.«

Keine Frage. »Wir teilen uns auf. Devil, Snake und Jackie, ihr sucht mit mir zusammen das äußere Gebiet ab. Cat, Rock und Doc, ihr geht rein.« Clint rieb über sein Kinn. »Geht kein Risiko ein, wir haben schon genug Männer verloren.«

»Alles klar.«

Devil wartete, bis die anderen außer Hörweite waren, bevor er sich an Clint wandte. »Danke.«

»Kein Problem. Ich weiß, dass du dabei sein willst und auch musst. Wenn du wieder völlig auf dem Damm bist, gehört das Team dir.«

Eine Frauenstimme sprach drängend auf I-Mac ein, etwas zupfte an seinem Ärmel. Irritiert versuchte er, sich davon wegzubewegen, doch es gelang ihm nicht. Heißer Schmerz fuhr durch seinen Rücken, sein Schädel drohte zu platzen. Wieder die Stimme, dichter als zuvor, die ihn in einer unbekannten Sprache anredete. Nein, nicht direkt unbekannt, nur derzeit zu kompliziert für seinen schmerzenden Kopf. Selbst die Augen zu öffnen, schien zu viel Energie zu erfordern. Unendlich langsam hoben sich seine Lider – Dunkelheit und hoch über ihm ein blauer Fleck. Himmel. Wo zum Teufel war er?

Ein verquollenes Gesicht tauchte über ihm auf. Blut bedeckte eine Wange. Er kniff die Augen zusammen, um ein schärferes Bild zu erhalten. Eine Frau, passend zu der Stimme, die weiter auf ihn einsprach. Wovon redete sie bloß? Sie schien Angst vor etwas zu haben. Immer wieder blickte sie über die Schulter zurück, so als würde sie am liebsten flüchten. Trotzdem blieb sie neben ihm. Er hatte keine Ahnung warum, und es war ihm auch egal.

Zuerst musste er aufstehen, herausfinden, was hier los war, und dann sein Team kon… Verdammt! Die Explosion! Er musste sofort versuchen, den Standort seines Teams ausfindig zu machen. Wenn auch im Tunnel eine Bombe explodiert war …

I-Mac versuchte sich aufzurichten, doch seine Muskeln gehorchten ihm nicht. Ungeduldig probierte er es erneut – wieder keine Reaktion seines Körpers. Er drehte den Kopf zur Seite. Immerhin funktionierte das noch. Wieder zog die Frau an seinem Arm, ein Wortschwall ergoss sich über ihn.

»Ich kann dich nicht verstehen, sprich englisch oder zumindest langsamer.« Fragend blickte die Frau ihn an. Scheinbar verstand sie ihn auch nicht. Die Situation wurde mit jeder Sekunde merkwürdiger. Mühsam zwang er sich, den Kopfschmerz in die hinterste Ecke seines Bewusstseins zu verdrängen und dafür seine Persischkenntnisse wieder hervorzuholen. »Hol amerikanischen Soldat.« Nicht besonders intellektuell, aber alles, was ihm im Moment einfiel. Die Frau schüttelte abwehrend den Kopf und versuchte erneut, ihm aufzuhelfen. I-Mac stöhnte auf, als der Schmerz in seinem Rücken aufloderte. »Hol einen Arzt.«

Das schien ihre Zustimmung zu finden, denn sie nickte kurz und stand dann auf. Nach einem letzten Blick zurück lief sie los. Hoffentlich hatte sie ihn wirklich verstanden, denn er wusste nicht, wie er sonst jemanden alarmieren sollte. Wenn sie nicht wiederkam … I-Mac verzog den Mund. Er hasste es, so hilflos zu sein. Doch auch sein nächster Versuch, sich aufzurichten, schlug fehl. Seine Verletzung war definitiv mehr als nur ein Kratzer. Das Mikrofon! Natürlich, er konnte sein Team über das Headset kontaktieren.

»Devil, hier ist I-Mac!«

Keine Antwort.

»Hört mich jemand?«

Stille. Sein Magen zog sich zusammen. Waren sie alle tot? Unsinn, die Verbindung war bloß gestört, vermutlich durch den ganzen Schutt. I-Mac verzog den Mund. Vielleicht sollte er das Mikrofon erst mal anschalten, bevor er versuchte, jemanden damit zu erreichen. Wie immer wollte er das Mikrofon andrehen, doch seine Hand gehorchte ihm nicht. Er drehte den Kopf und blickte an sich hinab. Doch, sie war noch da, allerdings bewegte sie sich nicht. Genauso wenig wie der andere Arm oder seine Beine. I-Mac ließ den Kopf zurückfallen und schloss die Augen. Verdammt.

Ärger brodelte in Rocks Magen, als er die Zerstörung sah. Mogadir war es wohl egal gewesen, ob er mit der Bombe auch seine eigenen Männer tötete. Sicher würde es ihn freuen zu hören, dass er auch etliche Marines und eventuell einen SEAL erwischt hatte. Rock rieb über seine Schläfe. Die Müdigkeit begann ihn einzuholen. Es kam öfter vor, dass sie nach einem langen Flug sofort aufbrechen mussten, und normalerweise machte ihm das nicht viel aus. Diesmal jedoch spürte er es in seinen Knochen. Natürlich waren die Tage vorher arbeitsreich gewesen, und die Sorge um die Agentinnen, Team 8 und nun I-Mac trugen ebenfalls zur Erschöpfung bei. Trotzdem war ihm klar, dass sein Alter die meiste Schuld an seinem Zustand trug. Seine Hand schloss sich fester um das Maschinengewehr. Genug mit dem Gejammer, es war wichtiger, I-Mac zu finden, alles andere konnte warten, bis sie wieder im Camp waren.

Reflexartig hob er die Waffe, als eine Gestalt zwischen den Trümmern hervorkam und auf sie zulief. Es war eine Frau, übel zugerichtet und mit unsicherem Gang. Rock unterdrückte den Impuls, auf sie zuzugehen, um ihr zu helfen, es konnte genauso gut eine Falle sein. Doc hatte diese Vorbehalte nicht. Er kam gerade rechtzeitig bei ihr an, um sie aufzufangen, als sie stolperte und beinahe hinfiel. Vorsichtig führte er sie zu einem Steinblock und bedeutete ihr, sich hinzusetzen.

»Alles in Ordnung?« Docs Persisch war deutlich besser als das der meisten SEALs.

Die Frau sah ihn an, als käme er vom Mars. Vielleicht lag es an seinen blonden Haaren und der kräftigen Figur oder auch an der Waffe, die er weiterhin in der Hand behielt. Schließlich ging ein Ruck durch ihren Körper. Sie sprang auf, ergriff Docs Hand und versuchte, ihn mit sich zu ziehen. Dazu sprach sie in einem Tempo auf ihn ein, das es Rock unmöglich machte, sie zu verstehen.

»Was sagt sie?« Doc antwortete nicht, sondern konzentrierte sich auf das, was die Frau sagte. Rock sah, wie sich seine Gesichtszüge verhärteten und er eine Spur blasser wurde. »Verdammt, Doc, was ist los?«

Anstelle einer Antwort sagte Doc zwei Wörter zu ihr und gab ihr ein Zeichen, ihn zu führen. Dann erst blickte er über die

Schulter zu den anderen zurück. »Sie sucht einen Arzt, ein Mann ist verletzt worden, als er ihr helfen wollte. Rote Haare, hört sich nach I-Mac an.«

»Mist.« Rock rannte hinter der Frau her. Verletzt hörte sich nicht gut an, andererseits besser, als wenn er keinen Arzt mehr benötigt hätte. Im Laufen schaltete er sein Mikrofon ein. »Clint, Devil, hier Rock. Wir haben ihn vermutlich gefunden, eine Frau führt uns zu ihm, er scheint verletzt zu sein.«

Einen Moment herrschte Stille, dann erklang Clints ruhige Stimme. »Alles klar. Passt auf, dass ihr in keine Falle lauft. Gib uns Bescheid, ob er es ist.«

»Mach ich.« Rock bog um einen großen Schutthaufen und blieb abrupt stehen. Obwohl I-Mac in dem ehemaligen Gang im Halbdunkel lag, erkannte er ihn sofort. Mit geschlossenen Augen lag er inmitten der aus Wänden und Decke gerissenen Trümmer. Doc kniete sich neben I-Mac und legte eine Hand auf die Halsschlagader. Er nickte Rock erleichtert zu. »Clint? Wir haben ihn gefunden. Er lebt. Wie schwer er verletzt ist, kann ich noch nicht sagen, Doc untersucht ihn gerade.«

»Würdet ihr aufhören, von mir zu sprechen, als wäre ich nicht hier?« I-Macs Stimme klang gedämpft, aber durchaus lebendig. Er hatte seine Augen geöffnet und blickte die Frau an, die sich in eine Ecke gedrückt hatte und die Geschehnisse mit offensichtlichem Unbehagen verfolgte. Es sah aus, als würde sie jeden Moment flüchten wollen. »Danke.« Dies war nur für sie bestimmt. Scheu nickte sie ihm zu, bevor sie sich langsam an der Wand entlang entfernte. »Lasst sie nicht weg …« I-Mac stockte und schloss kurz die Augen. »Sie ist verwirrt und wird nie nach Hause finden. Helft ihr.«

»Kein Problem.« Rock trat der Frau in den Weg und bat sie, sich hinzusetzen. Als sie sich an ihm vorbeischlängeln wollte, griff er nach ihrem Arm und deutete auf den Boden. Ihr ängstlicher Blick schnitt ihm ins Herz, doch er konnte sich nicht lange um sie kümmern, erst musste er wissen, wie es I-Mac ging. Die Frau folgte seinem Befehl und vergrub den Kopf unter ihren Armen. Rock seufzte, als er erkannte, dass sie mit Schlägen rechnete. Nach dem, was sie vermutlich hier erlebt hatte, war das kein Wunder. Trotzdem ärgerte es ihn, mit diesen Verbrechern gleichgesetzt zu werden. Er hockte sich vor sie und legte seine Hand vorsichtig auf ihren Arm. Die Frau zuckte heftig zusammen und kauerte sich noch enger an die Wand. »Es ist alles in Ordnung, niemand tut Ihnen etwas.« Vermutlich verstand sie ihn nicht, aber vielleicht erkannte sie an seiner Tonlage, dass ihr nichts geschehen würde. Ihre Haltung entspannte sich etwas, auch wenn sie den Kopf nicht wieder hob. Rock richtete sich auf. Mehr konnte er jetzt nicht tun.

Cat, der sie nach hinten abgesichert hatte, trat neben Doc. »Wie geht es dir, I-Mac?«

»Ging schon mal … besser. Mein Rücken tut höllisch weh.«

»Und sonst nichts?«

I-Macs Blick zeigte, wie viel Mühe es ihn kostete, seine Stimme ruhig zu halten. »Sonst spüre ich nichts.« Es dauerte einen Moment, bis das, was er damit sagen wollte, durchsickerte.

»Nichts?«

»Glaubst du, ich liege hier herum, weil es mir Spaß macht?«

Rock ballte unbewusst die Hände zu Fäusten. Nicht das auch noch. Mit seinen neunundzwanzig Jahren hatte I-Mac noch einige Jahre in den Teams vor sich, ganz zu schweigen vom Rest seines Lebens.

Cat gelang es, seine Stimme ruhig zu halten. »Wir holen dich gleich hier raus.«

»Gut. Ich musste den PC in der Vorratskammer lassen, seht nach, ob er noch da ist. Vielleicht können die Spezialisten mehr mit den Dateien anfangen als ich.«

Cat nickte. »Ich sehe nach, ob er da ist. Rock, bleib hier bei der Frau.« Er schaltete sein Mikrofon ein. »Clint, wir brauchen eine Trage. Der Hubschrauber soll sich bereithalten, I-Mac muss sofort in ein Krankenhaus.« Cat wartete die Bestätigung ab, dann wandte er sich an Doc. »Er ist doch transportfähig?«

»Wir können ihn schlecht hier liegen lassen. Es wird zwar schwierig, aber es ist möglich. Wir müssen nur darauf achten, dass er keine weiteren Erschütterungen abbekommt.«

»Es beruhigt mich ungemein, dass ihr mich nicht hier lasst.« I-Mac versuchte, humorig zu klingen, doch es wurde deutlich, dass er furchtbare Angst hatte.

»Du weißt doch, wir lassen nie jemanden zurück.«

»Gut.« I-Mac schloss wieder die Augen. »Nehmt die Frau mit, okay?«

»Natürlich.«

Cat kehrte nach wenigen Minuten zurück. »Der PC ist nicht zu finden, der Vorratsraum ist völlig zerstört.«

»Mist.« I-Mac verzog das Gesicht, als er sich unwillkürlich zu bewegen versuchte. »Ich habe die meisten Dateien vorher auf meine Festplatte gezogen, vielleicht ist sie noch heil.«

»Wo hast du sie?«

»In der Weste. Linke Innentasche.« Direkt über dem Herzen, geschützt durch die schusssichere Weste.

Cat öffnete die Weste ein Stück und schob seine Hand hinein. Vorsichtig zog er die Festplatte heraus und betrachtete sie. »Scheint intakt zu sein.«

»Gut, hätte mich ziemlich geärgert, wenn ich ganz umsonst hier herumgesessen hätte.« Er stockte und wurde noch blasser. »Wo sind die anderen? Ist jemand …?«

»Nein, alles in Ordnung. Dank deiner Warnung waren wir schnell genug draußen. Devil hat etwas auf den Kopf bekommen, aber er steht schon wieder. Clint hat uns mit dem Hubschrauber mitgenommen. Er vertritt Devil zurzeit.«

»Und ich verpasse es.« Er versuchte seine Finger zu bewegen, doch es rührte sich nichts. »Verdammt noch mal!«

Doc legte ihm eine Hand auf die Schulter. »Bleib still liegen. Wenn du versuchst, dich zu bewegen, kannst du alles noch schlimmer machen.«

I-Mac schoss einen wütenden Blick auf ihn ab, ließ den Kopf aber wieder sinken.

Wenige Minuten später tauchten Snake und Jackie mit einer Trage auf. Ein Blick auf I-Mac zeigte ihnen, wie ernst die Situation war, und sie hielten endlich einmal den Mund. Bemüht, jede Erschütterung zu vermeiden, hoben sie I-Mac auf die Trage, während Doc den Nacken stabilisierte. Die Schmerzen mussten trotz des Morphiums erheblich sein, sodass alle erleichtert aufatmeten, als I-Mac das Bewusstsein verlor. Wenn sie Glück hatten, würde er erst wieder aufwachen, wenn sie die Krankenstation des KSK-Camps erreichten. Auch wenn er dort nicht ausreichend untersucht oder operiert werden konnte, hätten sie zumindest mehr Möglichkeiten, ihn zu stabilisieren und mit Schmerzmitteln zu versorgen. Mit vor Müdigkeit brennenden Augen blickte Rock der Trage nach, die vorsichtig durch die Trümmer zum Hubschrauber transportiert wurde.

Schließlich wandte er sich der Frau zu, die ihn angstvoll anblickte. Bemüht, seinen freundlichsten Gesichtsausdruck aufzusetzen, hielt er ihr seine Hand hin. »Komm mit, wir bringen dich nach Hause.« Sie schien ihn zu verstehen.

40

Es hatte keinen Sinn, hier noch weiterzusuchen. Rose krampfte ihre Hände in die Burka, um der Versuchung zu widerstehen, sich den Schleier vom Kopf zu reißen. Feucht vom Schweiß klebte der Stoff an ihrer Stirn und juckte höllisch. Die Frustration, Kyla nicht gefunden zu haben, trug auch nicht gerade dazu bei, dass sie sich besser fühlte. Sie hatten einen weiteren Blutfleck im Eingangsbereich des Hauses gefunden, in dem der Junge sie gesehen hatte. Danach verlor sich jede Spur von der Agentin und ihrem geheimnisvollen Begleiter. Natürlich war die Wahrscheinlichkeit, sie hier zu entdecken, sehr gering gewesen, aber sie hatte dennoch gehofft …

Rose straffte energisch die Schultern und löste bewusst ihre Finger. Sie schloss zu Joe auf, der schweigend ein paar Schritte vor ihr ging. »Irgendeine Idee?«

Joe blickte sich um und führte sie dann in den Schatten eines zerfallenen Gebäudes. »Die Spur ist kalt. Selbst wenn wir jemanden finden würden, der gesehen hat, in welche Richtung sie danach gegangen sind, inzwischen werden sie ganz woanders sein. Es ist besser, noch einmal die RAWA zu kontaktieren, vielleicht erfahren wir dort etwas Neues. Wenn die Agentin verletzt ist, besteht die Möglichkeit, dass sie einen Arzt oder ein Krankenhaus aufgesucht hat.«

Rose war sich ziemlich sicher, dass sie dann schon von ihr gehört hätten, aber sie nickte nur. Ihr fiel auch nichts mehr ein, was sie noch tun konnten. Außer zum Camp zurückzukehren. Rock war sicher auch schon wieder da … Stopp! Sie war mitgekommen, um zu helfen, nicht um näher bei Rock zu sein und zu kontrollieren, ob er auch unverletzt von seinen Missionen zurückkehrte. Das würde warten müssen, bis sie ihre Aufgabe erledigt hatte. »Gut, dann kontaktieren wir Cassandra, ob sie etwas über Kyla oder die Kinder der getöteten Informantin herausbekommen hat.« Allein der Gedanke, dass Mogadir die Kinder getötet oder einfach sich selbst überlassen haben könnte, verursachte ihr Übelkeit. Sie waren unschuldig an alldem und wurden trotzdem in etwas hineingezogen, das sie überhaupt noch nicht begreifen konnten.

So unauffällig wie möglich kehrten sie auf Umwegen zum Wagen des KSK-Mannes zurück. Er stand am verabredeten Treffpunkt, die Tür wegen der Sommerhitze geöffnet, das Gewehr griffbereit im Arm. Als er sie kommen sah, stieg er aus und sah zu ihnen hinüber. Rose atmete heimlich auf. Sie hatte fast befürchtet, er könnte überfallen werden, wenn er so ein klares Ziel abgab. Rasch ging sie auf ihn zu, Joe dicht neben ihr. Er schien ebenfalls zu spüren, dass die Situation nicht ungefährlich war. Wenn jemand sie ausschalten wollte, dann würde er es hier tun, bevor sie im gepanzerten Fahrzeug saßen. Unbehaglich blickte Rose sich um. Sie hatte das Gefühl, beobachtet zu werden.

»Wenn ich sage, du sollst loslaufen, dann renn so schnell du kannst.« Joes Stimme war so leise, dass sie ihn kaum verstehen konnte.

»Siehst du etwas?«

»Noch nicht.«

Angst breitete sich in ihr aus, während sie versuchte, durch den Schleier die Umgebung zu beobachten. Natürlich würde sie loslaufen, doch in der Burka würde jeder Verfolger sie innerhalb kürzester Zeit einholen – wenn sie sie nicht einfach erschossen. *Oh Gott!* Sie verstand jetzt, warum Rock sie nicht dabeihaben wollte, sie war einfach nicht für solche Situationen ausgebildet. Joe dagegen schien die Ruhe in Person zu sein, während er neben ihr herging, als hätte er alle Zeit der Welt. Seine Hand umfasste locker ihren Ellbogen, als er sie zum Wagen führte. Kurz bevor sie dort ankamen, löste sich eine Figur aus dem Schatten eines Gebäudes. Joe reagierte blitzschnell, er stieß Rose hinter das Fahrzeug, wirbelte herum und richtete seine Waffe auf den Angreifer.

»Halt!« Die Stimme des KSK-Soldaten hallte laut über den Platz.

Mit einem Fluch senkte Joe die Waffe, als er erkannte, dass es eine Frau war, die nun schnell auf sie zukam. Er behielt die Pistole weiter in der Hand. Es war klar, dass er auch auf eine Frau schießen würde, wenn er dachte, sie wäre eine Bedrohung.

Der deutsche Soldat trat neben sie. »Sie sagte, sie wollte Sie sprechen, Mrs Gomez. Sie ist Amerikanerin und …«

Weiter kam er nicht, denn die Frau war bereits bei ihnen. »Rose, schön dich zu sehen. Oder vielmehr deine Burka.«

»Cass?« Rose' wild galoppierender Herzschlag beruhigte sich nur langsam. »Was tust du hier? Du hast mich fast zu Tode erschreckt!«

»Na wenn das keine herzliche Begrüßung ist …« Cassandras ansteckendes Lachen drang gedämpft durch den Schleier. »Wir sollten besser aufbrechen, es ist nicht sicher hier.«

»Das hatten wir vor, bevor Sie aufgetaucht sind.«

Cass musterte Joe von Kopf bis Fuß. Rose konnte das Lächeln in ihrer Stimme hören, als sie ihm antwortete. »Und Sie sind Rock?«

»Nein. Können wir?« Unsanft schob Joe sie auf den Rücksitz des Wagens.

Rose kletterte rasch hinterher, sie wollte keinesfalls noch länger draußen stehen. Erleichtert atmete sie auf, als Joe auf den

Beifahrersitz rutschte und der KSKler den Fahrersitz einnahm. Er gab Gas und lenkte den Wagen aus der Stadt. Erst als sie die letzten Häuser hinter sich hatten, sprach Rose wieder. »Also, wie bist du hierhergekommen, allein etwa?«

Cassandra schob den Schleier zurück und fuhr mit den Händen durch ihre feuchten roten Haare. »Nein, ich hatte einen Mann als Begleitschutz dabei.«

»Ich habe ihn nicht gesehen.«

Cass zog eine ihrer fein geschwungenen Augenbrauen hoch. »Das solltest du auch nicht.« Mit einem Zipfel der Burka strich sie über ihr schweißnasses Gesicht. »Männer, die die RAWA unterstützen, gehen ein hohes Risiko ein. Sie bemühen sich, so wenig wie möglich aufzufallen.«

»Du hast mir immer noch nicht gesagt, warum du hier bist. Ich dachte, du wärst in Pakistan?«

»Die Arbeit muss fortgesetzt werden, wir können uns nicht alle auf unbestimmte Zeit irgendwo verstecken. Die meisten von uns sind schon wieder zurückgekehrt.«

»Wie haben Sie uns gefunden?«

Cass lächelte Joe an. »Ich wusste, dass ihr auf dem KSK-Stützpunkt euer Lager aufgeschlagen habt, also habe ich dort nachgefragt. Hawk war so nett, mir zu sagen, wo ihr seid.«

Joe rieb über sein Kinn. »So viel zu unserer geheimen Arbeit.«

»Ich kann sehr überzeugend sein. Würdest du mich jetzt deinem Freund vorstellen, Rose?«

Innerlich seufzte Rose auf. Ihre Freundin war unverbesserlich. »Cass, das ist Joe Spade – Joe, meine Freundin Cassandra Tilden. Sie war es, die mit ihren Kontakten zur RAWA die erste Spur von Jade gefunden hat.«

Joe nickte ihr zu, deutlich unsicher, was er von Cass halten sollte. Rose unterdrückte ein Lachen. Sie kannte keinen Mann, der anders auf ihre Freundin reagierte.

Joe räusperte sich. »Unser Fahrer ist von der KSK, sein Name ist …«

»Henning Mahler, ich weiß.« Sie warf ihm im Rückspiegel ein Lächeln zu. »Ich habe ihn bereits kennengelernt.«

Dem Leutnant gelang es, ein ausdrucksloses Gesicht zu bewahren, doch seine Ohren färbten sich rot. Ein neues Opfer des Charmes ihrer Freundin. Rose schüttelte den Kopf. »Hast du noch etwas über den Verbleib der zweiten Agentin gehört?«

»Nichts Genaues.« Auch Cassandra war nun ernst geworden. »Es könnte sein, dass sie in der Nacht bei einer Familie in den Bergen untergekommen sind. Die Tochter ist Mitglied bei der RAWA. Sie hat sie selbst nicht gesehen, da sie mit ihrem Mann nicht zu Hause war, aber ihre Mutter hat ihr erzählt, dass sie einem Mann und einer Frau Unterschlupf gewährt haben. Die Frau schien sich nicht gut zu fühlen, hat nur ganz wenig gegessen und ist dann eingeschlafen.«

»Und der Mann?«

»War angeblich ihr Ehemann. Er nannte sich Hamid und sie Shahla. Er schien sich sehr um sie zu kümmern.«

Aufregung breitete sich in Rose aus. »Sind sie noch dort? Oder wissen sie zumindest, wo sie hingegangen sind?«

»Nein, sie sind irgendwann am frühen Morgen verschwunden. Sie haben eine Decke mitgenommen und dafür ein Bündel Dollarnoten dagelassen.«

Rose sah, wie Joe sich gerade aufrichtete. »Was ist?«

»Es ist üblich, dass amerikanische Einheiten, sei es Militär oder Agenten, Geld dabeihaben, um sich zur Not Hilfe erkaufen zu können. Es könnte also tatsächlich unsere Agentin gewesen sein. Die Frage ist, warum sie das Geld dort gelassen hat, ohne dafür Hilfe zu erbitten.« Er wandte sich an Cassandra. »Hat sie mit jemandem gesprochen?«

»Nein, er soll wohl die ganze Zeit geantwortet haben.«

»Hatte er einen Akzent?«

»Nein, zumindest haben sie keinen bemerkt.«

Joe nickte. »Okay. Können Sie mir den genauen Standort des Hauses auf einer Karte zeigen?«

»Natürlich.«

Rose hörte ungläubig zu. Es war gut, dass Joe hier war, er schien wesentlich mehr über diese Dinge zu wissen als sie. »Hast du etwas über die Kinder erfahren?«

Cassandras Augen verdunkelten sich, jeglicher Rest von Humor wich aus ihrem Gesicht. »Die RAWA hat herausgefunden, wo die Hütte liegt. Etwa eine Stunde von hier in den Bergen. Es gibt keine direkten Nachbarn, daher wissen wir nicht, was aus den Kindern geworden ist. Da sich noch Rebellen in der Gegend herumtreiben können, geht niemand von der RAWA das Risiko ein, dort hinzufahren. Sie kämpfen im Untergrund und mit Worten, nicht offen und mit Waffen.«

»Das weiß ich.« Rose biss auf ihre Lippe. Die Vorstellung, was den Kindern zugestoßen sein könnte, machte sie rasend. Wenn sie doch nur …

»Wir fahren hin.« Joes Stimme riss sie aus ihren Gedanken.

»Wie bitte?«

Joe wandte sich an Leutnant Mahler. »Sind Sie dabei?«

Unschlüssigkeit zeichnete sich auf dessen Gesicht ab. »Meine Befehle …« Er stockte und schaute in den Rückspiegel. »Es geht um Kinder?«

»Ja. Ihre Eltern wurden von Mogadir gefoltert und ermordet, und es könnte sein, dass die Kinder noch im Haus sind.« Oder tot. Rose wagte nicht, es zu sagen, aber der Soldat schien sie auch so zu verstehen.

»Wo müssen wir hin?«

Cass lächelte ihn strahlend an. »Wenn Sie mir eine Karte geben, kann ich Ihnen den Weg zeigen.«

Rose sah gerade noch Joes Gesichtsausdruck, bevor er wieder die ausdruckslose Maske überstreifte. Er schien irritiert zu sein, dass Cassandra den deutschen KSK-Mann mit Aufmerksamkeit überschüttete, während sie ihn völlig ignorierte. Rose beugte sich vor und legte ihre Hand auf Joes Schulter. »Danke.«

Ein leichtes Lächeln huschte über sein Gesicht. »Wenn die Kinder noch dort sind, werden wir sie finden.«

Nach einer scheinbar endlosen Fahrt über staubige Pisten, die kaum mehr als ein Herdenpfad waren, kamen sie schließlich schaukelnd vor einer einfachen Lehmhütte zum Stehen. Die letzten Kilometer waren sie niemandem mehr begegnet, und in der kargen Landschaft konnte ihnen niemand auflauern. Mehrere Tage alte Fahrspuren bedeckten den Boden, jedoch keine frischen. Sie waren allein. Als Rose ausstieg, ergriff eine Windböe die Burka und ließ sie um ihren Körper flattern. Es war kühler hier oben, die Luft roch angenehm frisch. Einen kurzen Moment genoss Rose den Wind in ihren Haaren, bevor sie sich zu Joe umwandte.

»Und nun?«

»Bleibt hier beim Wagen, während ich mich ein wenig umsehe.«

»Aber wenn doch niemand hier ist …«

Joe blickte sie ernst an. »Dann heißt das nicht, dass nicht jemand eine kleine Überraschung hinterlassen hat.«

»Oh. Wir warten hier.«

Mahler fragte Joe nicht um Erlaubnis, sondern folgte ihm. Rose wandte sich zu ihrer Freundin um. »Was wird mit den Kindern geschehen, wenn wir sie lebend finden?«

Cassandra hob ihre Haare an und genoss den kühlen Wind in ihrem Nacken. »Wir werden versuchen, Verwandte zu finden, die sie bei sich aufnehmen. Wenn das nicht klappt, werden sie wohl in eines der RAWA-Häuser gebracht. Dort können sie leben und Schreiben und Lesen und alle anderen wichtigen Dinge lernen.«

»Bekommen sie dort auch die Liebe, die sie brauchen?«

»Rose, es geht hier darum, dass sie eine Möglichkeit bekommen zu überleben! Du wirst niemanden finden, der sie bei sich aufnimmt und sie dann auch noch liebt. Die Leute hier sind arm, sie können es sich nicht leisten, fremde Kinder durchzubringen, und erst recht nicht, sie auch noch zur Schule zu schicken. Bei der RAWA haben sie immerhin ein Dach über dem Kopf, genug zu essen und bekommen eine Schulbildung.«

»Das weiß ich alles. Sie tun mir nur so leid …«

Cassandra legte den Arm um ihre Schultern. »Mir auch, das weißt du. Warten wir erst mal ab, ob wir sie überhaupt finden.«

Angespannt beobachteten sie das Haus. Wie lange dauerte das denn? Solch eine winzige Hütte müsste man doch in wenigen Minuten durchsucht haben. »Ich halte das nicht mehr aus, ich gehe hin.«

»Rose, das ist nicht …«

»Du kannst ja hierbleiben.«

»Wohl kaum.« Kopfschüttelnd folgte Cassandra ihr.

Rose hatte mit nichts anderem gerechnet. Auch wenn sie es nicht zugeben wollte, war sie froh, dass ihre Freundin bei ihr war. Sie wusste nicht, wie sie reagieren würde, wenn die Kinder tatsächlich tot waren. Rasch lief sie auf das Haus zu. Vermutlich würde es nicht auf eine Minute mehr oder weniger ankommen, aber sie hatte das Gefühl, dass sie sich beeilen sollten. Rose zog die Tür auf und fuhr erschrocken zurück, als Joe direkt vor ihr auftauchte. Dicht gefolgt von Mahler trat er hinaus und blinzelte gegen die Sonne.

»War dort …?«

»Nein, niemand.« Er strich über seine Haare. »Ich kann später versuchen, anhand der Satellitenbilder herauszufinden, wo die Kinder geblieben sind.«

»Und wenn sie irgendwo draußen herumirren …«

»Ich möchte sie auch finden, Rose. Allerdings hätten wir sie gesehen, wenn sie irgendwo in der Nähe wären. Hatte die Agentin etwas gesagt, wann sie die Informantin das letzte Mal gesehen hat?«

»Nein, aber ich schätze, es war höchstens einen Tag vor ihrem eigenen Verschwinden.«

»Also ist es mindestens vier Tage her.«

Rose' Mundwinkel bogen sich nach unten. »Ja.« Die Wahrscheinlichkeit, die Kinder noch lebend zu finden, war verschwindend gering. Natürlich hatte sie das vorher gewusst, es aber vorgezogen, auf ein gutes Ende zu hoffen. Oder zumindest so gut, wie es überhaupt noch möglich war, nachdem Mogadir die Eltern getötet hatte. »Gab es irgendwelche Hinweise, dass sie …?«

»Nein.« Joe legte seine Hand auf ihren Arm. »Wir gehen noch mal um das Haus, vielleicht entdecken wir Spuren.«

Während Joe und Mahler die Hütte umrundeten, blieben Rose und Cass vor der Tür stehen. Eingehend betrachtete Rose den Boden. Viele Fußabdrücke vermischten sich vor dem Haus. Ihre eigenen, die der Bewohner der Hütte und vermutlich auch die von Mogadirs Männern. Einige Spuren waren deutlich zu sehen, andere verwischt. Tiefe Furchen zogen sich durch den sandigen Boden, wo scheinbar jemand weggezerrt worden war. Rose schluckte hart, als sie daran dachte, was Jade ihr erzählt hatte. Dicht an der Hauswand entdeckte sie schließlich etwas: einen kleineren Fußabdruck, wie von einem Kind. Er wurde von den anderen Spuren fast verdeckt, nur ein kleines Stück war davon zu sehen. Rose hockte sich daneben und fuhr den Abdruck mit dem Finger nach. Eindeutig kleiner als die anderen Füße. Sie folgte der Schrittrichtung und fand kurz darauf eine weitere Spur.

»Ist da etwas?« Cassandras Stimme erklang dicht hinter ihr.

»Schuhabdrücke von Kindern, denke ich. Hol Joe.« Rose rutschte wieder ein Stück vor, bis sie den nächsten Abdruck fand. Halb verwischt, als hätte jemand noch hastig versucht, ihn zu tilgen. Die Spur lief dicht am Haus entlang und bog schließlich um die Ecke. Nur eine Erwachsenenspur verlief neben der Kinderspur, alle anderen verloren sich. Rose stellte ihren Fuß neben die größeren Abdrücke. Fast die gleiche Größe, es konnte also entweder eine Frau oder ein größeres Kind gewesen sein. Hatten sich die Kinder hinter dem Haus versteckt, während Mogadirs Schergen ihre Eltern holten? Möglich wäre es. Aber wo waren sie jetzt? Sie schrak zusammen, als neben ihr Beine auftauchten.

Joe hockte sich neben sie und betrachtete den Fußabdruck. Ein Muskel zuckte in seiner Wange. »Waren die anderen Spuren darunter oder darüber?«

»Drüber. Zumindest bis zur Ecke, hier scheint kaum jemand langgegangen zu sein.« Sie blickte ihn an. »Das ist ein gutes Zeichen, oder?«

»Hoffen wir es. Hinter dem Haus haben wir nichts entdeckt, auch keine Fußspuren.«

41

Joe folgte den Spuren, ging weiter, sah stirnrunzelnd auf den Boden und kehrte dann um. Erneut hockte er sich hin.

»Hast du etwas gefunden?«

»Einen Abdruck, der mittendrin endet.«

Rose beugte sich zu ihm hinunter. »Vielleicht wurde er verwischt?«

»Möglich, aber dann würde die Spur weitergehen – sie hört genau hier auf.« Er fuhr mit dem Finger über die Kante, die den vorderen Teil des Fußes verschwinden ließ. Ein grauer Streifen entstand. Er wischte weiteren Sand beiseite und klopfte leicht auf die freigelegte Platte. Metall. Vermutlich ein Keller, ähnlich dem, in dem sich Kyla und ihr geheimnisvoller Freund versteckt hatten. Oder ein Brunnenschacht. »Tretet zur Seite.« Joe richtete sich auf, die Hände an der Metallplatte. »Leutnant …« Er sah, dass Mahler bereits seine Waffe auf die Klappe gerichtet hatte und nickte. »Okay. Eins, zwei, drei!« Die Klappe löste sich und landete scheppernd auf dem Boden. Sie gab ein schwarzes Loch frei, in das mehrere grob behauene Stufen führten. Also tatsächlich ein Keller. Ein strenger Geruch schlug ihm entgegen und ließ ihn rasch einen Schritt zurückweichen.

»Siehst du jemanden?« Rose' Stimme klang angespannt.

»Es ist zu dunkel.« Er zog die Taschenlampe hervor und leuchtete hinein. Hoffentlich hatte dort unten niemand eine Waffe, derzeit gab er ein richtig gutes Ziel ab. Der Lichtstrahl glitt durch die Dunkelheit, fuhr über raue Wände und festgestampften Boden, einige Kisten und Bretter und blieb schließlich an einem undefinierbaren Haufen in einer Ecke hängen. Aus dieser Entfernung konnte er nicht erkennen, um was es sich handelte. Gerade als der Lichtkegel weiterwanderte, sah er eine Bewegung. Zumindest glaubte er das, sicher war er sich nicht. Angestrengt blickte er hinunter, doch es war nichts mehr zu sehen. »Ich gehe runter.«

Mahler hielt die Taschenlampe, während Joe mit seiner Pistole in der Hand vorsichtig die Treppe hinunterstieg. Er glaubte nicht, dass dort jemand darauf wartete, ihn auszuschalten – die fehlenden Fußspuren deuteten darauf hin, ebenso wie die Tatsache, dass sich hier niemand freiwillig länger aufhalten würde. Trotzdem würde er es nicht darauf ankommen lassen, solange er nicht genau wusste, was ihn erwartete. Ein leises Geräusch ertönte aus der Ecke. Sofort ging Joe in die Hocke, um ein kleineres Ziel abzugeben. Er wartete auf einen Angriff, doch nichts geschah. Vorsichtig arbeitete er sich weiter vor. »Mahler, werfen Sie die Taschenlampe herunter.«

»Aber …«

»Sofort!«

Geschickt fing Joe die Lampe auf und bewegte sich weiter auf die Ecke zu. Durch den stärkeren Lichtstrahl sah er nun, dass es sich um Stoff handelte – Kleidung. Sein Herz begann schmerzhaft zu klopfen, sein Hals zog sich zusammen. Der Gestank wurde schlimmer, er konnte kaum noch atmen. Zögernd berührte er den Haufen, und er explodierte um ihn herum in einer Welle aus Bewegung und Geschrei. Aus dem Gleichgewicht gebracht, stürzte er zu Boden und schützte instinktiv seinen Kopf.

»Joe, alles in Ordnung?« Rose' Stimme war kaum zu verstehen. Das Blut rauschte in seinen Ohren, und die Schreie gellten in seinem Kopf wider.

»Ja … Au!« Ein Tritt – vielleicht war es auch ein Ellbogen oder Knie – traf schmerzhaft seine Rippen. Er bekam einen Arm zu fassen und hielt den kleinen Körper fest. Er wechselte ins Persische, als er versuchte, die Kinder zu beruhigen. »Wir tun euch nichts, es ist alles in Ordnung. Wir wollen euch helfen.« Es schien nicht zu wirken. Wenn überhaupt möglich, wurden die Schreie noch panischer. Er war im Umgang mit Kindern noch nie besonders gut gewesen, doch diesmal versagte er völlig. Taschenlampe und Waffe fest umklammert, richtete er sich langsam auf. Ein strategischer Rückzug war jetzt vermutlich das Beste. »Ich komme hoch.« Rasch kletterte er die Treppe hinauf und trat ins Freie. Tief durchatmend lehnte er sich gegen die Hauswand. Schweiß ließ die Kleidung auf seinem Körper kleben, schwarze Punkte flimmerten vor seinen Augen.

Die anderen betrachteten ihn besorgt. Schließlich ergriff Cassandra das Wort. »Sind das da unten die Kinder? Leben alle? Sind sie gesund?«

Joe holte tief Luft. »Zum Ersten ja, alles andere kann ich nicht beantworten, sie haben mir keine Gelegenheit gegeben, sie genauer zu untersuchen.« Er wischte den Schweiß von der Stirn. »Sie hatten Angst vor mir, vielleicht, weil ich ein Mann bin.«

»Wer weiß, was sie gesehen haben.«

Joe nickte Rose zu. »Vielleicht habt ihr mehr Glück. Seid aber vorsichtig, wir wissen nicht, was sie in ihrer Panik tun werden.« Er beobachtete, wie sie vorsichtig durch die Luke stieg und wandte sich an den Leutnant. »Rufen Sie Hawk. Er soll uns einen Hubschrauber schicken, damit wir die Kinder zur Untersuchung in ein Krankenhaus bringen können.«

Mahler nickte und ging zum Wagen zurück.

Rose spürte, wie ihre Beine zu zittern begannen, während sie in das Kellerloch hinabstieg. Zwar hatte sie Joes Taschenlampe, aber die Umgebung war ihr trotzdem viel zu finster. Der Gestank traf sie wie eine Wand und gab ihr das Gefühl zu ersticken. So flach wie möglich atmete sie ein und aus. Ein leises Wimmern drang aus der Ecke und rührte an ihr Herz. Die armen Kinder, sie konnte sich nicht vorstellen, wie es sein musste, tagelang hier unten auszuharren, allein, im Dunkeln, hungrig und durstig … Rose schüttelte den Kopf, um sich von diesen Gedanken zu befreien. Es war ein Wunder, dass überhaupt noch jemand lebte. Sie versuchte, so harmlos wie möglich zu wirken, während sie sich langsam durch den Keller zu den Kindern vorarbeitete. Leise und beruhigend redete sie auf Persisch auf sie ein, versuchte, sie allein durch ihre Stimme und die bekannte Sprache zu beruhigen. Es schien zu wirken, niemand schrie oder versuchte zu fliehen, als sie dicht vor ihnen stehen blieb.

Mit der Taschenlampe leuchtete sie in verschmutzte, ausgemergelte Gesichter, die Hände hatten die Kinder schützend vor die Augen gehalten. Natürlich, sie waren kein Licht mehr gewohnt, wenn sie sich seit Tagen hier unten versteckten. Rose ließ die Lampe sinken, sodass sie nur indirekt beleuchtet wurden. Vier Kinder, das älteste höchstens zehn. Nein, fünf, ein Säugling lag still im Arm seiner Schwester. Oh Gott! Tränen traten Rose in die Augen, die sie rasch wegzwinkerte. Sie musste alle so schnell wie möglich hier raus und zu einem Arzt bringen. Vorsichtig streckte sie eine Hand aus und berührte damit die Finger des ältesten Jungen. »Komm mit, es wird euch nichts geschehen. Wir helfen euch.«

Er wich zurück und schüttelte den Kopf. »Unsere Mutter hat gesagt, wir sollen hierbleiben, bis sie uns holt.« Seine Stimme schwankte. »Wir waren ganz still und haben uns nicht von der Stelle gerührt, genau so, wie sie es uns gesagt hat. Wann kommt sie?«

Rose' Augen brannten, ihre Kehle war wie zugeschnürt. Was sollte sie dem Jungen sagen? Seine Mutter würde nicht zurückkommen – nie wieder. »Sie kann nicht kommen. Sie möchte, dass ihr mit uns kommt. Wir haben Wasser und etwas zu essen.« Unschlüssig blickten die Kinder sie an, Hoffnung und Angst deutlich sichtbar in ihren Augen. »Ich werde nicht zulassen, dass euch etwas geschieht.« Sie wandte sich an den Jungen. »Mein Name ist Rose, wie heißt du?«

»Baschir.«

»Ein schöner Name. Denk an deine Geschwister, ihr könnt hier unten nicht bleiben. Ihr werdet krank.«

»Das Baby schreit nicht mehr.« Baschir verzog das Gesicht. »Mutter hat es uns gegeben, aber wir wissen nicht, was wir machen sollen.«

»Das ist in Ordnung. Gib es mir, dann bringe ich es nach oben und kümmere mich darum.« Das kleine Mädchen legte nach einigem Überlegen den Säugling in Rose' ausgestreckte Hände. »Danke. Ich gehe voraus, damit ihr seht, dass euch nichts passiert, wenn ihr herauskommt.« Rose drehte sich um und ging auf die Treppe zu, während sie hoffte, dass die Kinder ihr folgen würden. Vorsichtig stieg sie die Stufen hoch. »Joe, wir kommen jetzt raus. Hast du deine Waffe weggesteckt?«

»Ja.«

»Geh am besten ein Stück zurück, damit sie dich nicht gleich sehen. Cass, nimm die Kinder in Empfang.« Rose schloss für einen Moment die Augen, als das Sonnenlicht sie blendete. Sie war nur wenige Minuten unten gewesen, sie konnte sich nicht vorstellen, wie es sich für die Kinder anfühlen musste, nach vier Tagen wieder in die Welt hinauszutreten. Und zu erkennen, dass sie sich für immer verändert hatte. Rose trat zur Seite, um den Platz für Cass freizumachen, die die Kinder mit beruhigenden Worten begrüßte. Zögernd blickte Rose auf das Baby hinunter. Es war in eine Decke eingewickelt, die nur den Kopf freiließ. Viel zu warm für die hohen Temperaturen, die hier draußen herrschten. Rose prüfte mit einem Finger am Hals den Puls.

Nichts. Die Haut war heiß und feucht, aber ob es sich um Körperwärme handelte, konnte sie nicht feststellen. Rose schlug die Decke zurück und drehte instinktiv den Kopf weg, als der Gestank in ihre Nase drang. »Gott.«

Joe trat neben sie, warf einen Blick auf das Kind und verzog den Mund. »Scheiße.«

»Im wahrsten Sinne des Wortes.« Rose befeuchtete ihre Handfläche und hielt sie über Mund und Nase des Babys. Erleichtert spürte sie einen leichten Hauch – es atmete! »Es lebt. Allerdings weiß ich nicht, wie lange es noch durchhält. Wir brauchen dringend den Hubschrauber.«

»Ich werde Mahler fragen, wann er kommt.«

»Gut, dann werde ich das Kind so lange wickeln.« Sie hielt die Decke ein Stück von sich entfernt, während sie in das Haus ging. Dort legte sie das Kind auf dem Boden ab und begann, in dem selbst gezimmerten Schrank nach frischen Windeln oder irgendwelchen Tüchern, die sie als Ersatz verwenden konnte, zu suchen. Schließlich entdeckte sie in der Ecke einer Schublade Stoffwindeln. Nach einem weiteren Blick auf das Baby, das immer noch still und mit geschlossenen Augen auf dem Boden lag, suchte sie etwas, mit dem sie es zumindest notdürftig waschen konnte. Schließlich fand sie etwas Wasser in einem alten Eimer. Nicht sehr hygienisch, aber es würde reichen müssen, bis ihr etwas Besseres zur Verfügung stand.

Sie kniete sich neben den Säugling und wickelte ihn mit angehaltenem Atem aus der verschmutzten Decke. Die Kleidung folgte als Nächstes, bevor sie mit spitzen Fingern die verschmutzte Windel entfernte. Ein kleiner Junge, dünn, fast ausgemergelt. Die Haut am Po war durch das fehlende Wickeln völlig wund. Sein Brustkorb hob sich so schwach, dass es kaum zu erkennen war. Rose tauchte ein Tuch in das Wasser und begann, ihn vorsichtig zu säubern. Gesicht, Arme und Oberkörper, die

Beine. Gut, dass sie in Vorbereitung auf ihre Zeit als Helferin in Afghanistan die Grundlagen der Säuglingsbetreuung gelernt hatte, sonst hätte sie sich vermutlich nicht überwinden können, das völlig verdreckte Kind anzufassen. Rose schlang die Windel um den Körper des Jungen, der sogar zum Schreien zu schwach zu sein schien. Danach suchte sie etwas Essbares, fand aber nur Nahrungsmittel, die sie hätte zubereiten müssen. Den Jungen hielt sie ein Stück entfernt, um ihn nicht durch ihre Körperwärme weiter zu erhitzen, und machte sich schließlich auf die Suche nach Joe. Sie fand ihn einige Meter vom Wagen entfernt in ein Gespräch mit dem Leutnant vertieft. »Ich nehme nicht an, dass ihr Babynahrung dabeihabt, oder?«

»Leider nein. Nur Wasser und ein paar Essensrationen.«

»Irgendetwas Breiiges?«

Mahler verzog den Mund. »Es ist *alles* in Breiform.«

»Gut, dann suchen Sie irgendetwas heraus, das Babys vertragen, und den Rest verteilen sie an die anderen Kinder.«

»Kein Problem.«

»Wann kommt der Hubschrauber?«

Der Leutnant blickte vom Kofferraum auf, wo er die Essensrationen heraussuchte. »Sie können keinen schicken. Es gab eine Explosion in der Festung und Verletzte. Einige so schwer, dass sie direkt ausgeflogen werden mussten.«

»Oh Gott! War das SEAL-Team dabei?«

»Ja.«

Rose' Hand krallte sich in seinen Ärmel, als er sich wieder dem Kofferraum zuwenden wollte. »Wer?«

»Was?«

»Wer vom Team wurde verletzt?«

»Das wurde mir nicht gesagt. Ich habe nur gehört, dass einer von ihnen wohl eine schwere Rückenverletzung hat und sofort nach Deutschland ausgeflogen wird.«

Das Blut wich Rose aus dem Kopf und ließ sie schwanken. Joe umfing sie mit seinen Armen und bedachte Mahler mit einem bösen Blick. »Ich werde es herausfinden. Kümmere dich um das Baby, es braucht dich.«

»J…ja, natürlich. Ich werde Cass Bescheid sagen, dass wir gleich fahren.« Damit wandte Rose sich um und ging wie betäubt auf die Hütte zu. Jemand von Team 11 war schwer verletzt? Der eigentliche Einsatz war doch längst beendet gewesen. Rock hatte ihr gesagt, dass sie nur noch nach dem Rebellenführer und Informationen zu dem geplanten Anschlag suchen wollten, völlig ungefährlich. Rose spürte Ärger in sich aufsteigen. Er hatte sie angelogen, sicher hatte er gewusst, dass auch bei dieser Aufgabe noch einiges schiefgehen konnte.

Der Gedanke, dass er in diesem Moment schwer verletzt in einem Hubschrauber liegen könnte, geplagt von furchtbaren Schmerzen, ließ Übelkeit in ihr aufsteigen. Unzählige Male hatte sie sich vorgestellt, wie Ramons letzte Minuten gewesen waren, hatte mit ihm gelitten und das Schicksal verflucht. Sollte Rock nun das Gleiche bevorstehen, wusste sie nicht, ob sie es noch einmal ertragen konnte. Immerhin hatte sie sich von ihm verabschiedet, bevor sie losgefahren war. Die Erinnerung an den sanften Kuss setzte sie wieder in Bewegung. Sie würde so schnell wie möglich zum Camp fahren, und sollte es wirklich Rock getroffen haben, würde sie ihm hinterherfliegen, um bei ihm zu sein. Und bei ihm zu bleiben, solange er sie brauchte.

Rose atmete tief durch, bevor sie die Hütte betrat. Cassandra hielt sich dort mit den Kindern auf, die sich auf einer Matratze in der Ecke des Raumes zusammengekauert hatten. Rose winkte ihre Freundin zu sich. »Wie geht es ihnen?«

»Ausgetrocknet und hungrig, geschockt und verwirrt, aber sonst ganz gut.«

»Gut, wir nehmen sie im Wagen mit, es steht kein Hubschrauber zur Verfügung. Bring sie dazu, dass sie alles zusammenpacken, was sie brauchen oder unbedingt mitnehmen wollen.«

Cassandra strich vorsichtig über den Kopf des Babys. »Lebt es?«

»Ja, aber es ist sehr schwach und muss dringend in ein Krankenhaus. Im Wagen gibt es Wasser und ein bisschen was zu essen, vielleicht kannst du die Kinder damit locken.« Rose ging durch den Raum und sammelte Decken und Kleidung für das Baby ein, jetzt würde die Windel reichen, aber später würde es die Sachen brauchen – wenn es überlebte. Vorsichtig nahm sie das Baby wieder hoch. Noch immer hatte es sich weder gerührt noch einen Laut von sich gegeben. Die Körpertemperatur erschien ihr erschreckend hoch, aber sie konnte hier nichts dagegen tun. Rose blickte zu Cassandra hinüber, die ernst auf die Kinder einredete. Hoffentlich gelang es ihr, sie zu überzeugen, freiwillig mitzukommen. Jede Form von Zwang würde sie vermutlich noch weiter traumatisieren, aber sie konnten die Kleinen nicht hierlassen.

Der älteste Junge schaute sie unentwegt an. Rose ging zu ihm und hockte sich neben ihn. »Euer Bruder muss dringend in der Stadt versorgt werden.«

»Ist er krank?«

»Er braucht Essen und Trinken.«

»Es war etwas Wasser unten im Keller, aber es hat nicht lange gereicht. Mutter hatte uns Fladenbrot mitgegeben, wir haben es in dem Wasser aufgeweicht und dem Baby gegeben.«

»Das war genau richtig. Er ist sehr schwach, aber wir werden uns um ihn kümmern. Genauso wie um euch.«

Baschirs dunkle Augen blickten sie wissend an. »Unsere Eltern kommen nicht zurück, oder?«

Die Akzeptanz und Hoffnungslosigkeit in seiner Kinderstimme trieb Rose Tränen in die Augen. Kein Zehnjähriger sollte so etwas durchmachen, die Armut, die Gewalt und den Schrecken miterleben müssen. Rose strich über seine Wange, ihr Herz zog sich zusammen, als sie sah, wie er unwillkürlich zurückzuckte. »Nein.«

Seine Mundwinkel zuckten, seine Stimme zitterte. »Das dachte ich mir. Die Schreie … und dann hat Mutter uns nicht geholt, wie sie es versprochen hatte.«

»Sie hätte euch geholt, wenn es ihr möglich gewesen wäre.«

Baschir nickte, seine Augen auf die im Schoß gefalteten Hände gesenkt.

Rose hob sein Kinn an, damit er ihr in die Augen sehen musste. »Deine Mutter war sehr tapfer. Sie wollte für euch ein besseres Leben, und sie hat dazu beigetragen, dass ein großes Verbrechen abgewendet wurde.«

»Aber sie ist nicht hier.«

Dagegen konnte Rose nichts sagen. Sie erhob sich schwerfällig und half dem Jungen auf. »Sag deinen Geschwistern, sie sollen alles mitnehmen, was ihnen wichtig ist. Wir müssen aufbrechen, damit es deinem Bruder bald besser geht.«

»Wir kommen nicht zurück, oder?«

»Nein, erst mal nicht. Es werden sich nette Leute um euch kümmern, aber nicht hier.«

Baschir nickte und trottete davon. Rose blickte ihm einen Moment nach. Am liebsten hätte sie ihm versprochen, dass er hierbleiben konnte und alles gut werden würde, aber das wäre gelogen gewesen. Der Junge hatte ein Recht darauf, die Wahrheit zu erfahren.

42

Leutnant Mahler fuhr den Bergpass hinunter, so schnell es der schlechte Zustand des Weges zuließ. Gut, dass sie den Kindern vorher etwas zu trinken und zu essen gegeben hatten, bei dem Geschaukel war es unmöglich, überhaupt seinen Mund zu treffen. Das kleinere Mädchen presste die Hände auf den Bauch und wurde mit jeder Sekunde blasser. Keine Frage, wenn sie nicht sofort anhielten, hatten sie ein Problem im Wagen.

»Stopp!«

Automatisch trat der Soldat auf die Bremse, bevor er sie im Rückspiegel anblickte. »Was ist los?«

»Die Kleine muss raus.« Rose und Cass saßen zusammen mit den drei größeren Kindern und dem Baby auf dem Rücksitz, Joe hatte einen kleinen Jungen auf dem Schoß.

Cassandra öffnete die Tür und half dem Mädchen nach draußen. Rose verzog den Mund, als sie wenig später würgende Geräusche hinter dem Wagen hörte. Sie konnte es dem Kind bei dieser holperigen Fahrt nicht verdenken, besonders wenn es vermutlich die erste seines Lebens war, aber es wäre wichtig gewesen, dass es die Flüssigkeit bei sich behielt. Es war nicht zu ändern, sie würden warten müssen, bis sie bei einem Krankenhaus ankamen. Nachdem Cass mit dem Mädchen wieder eingestiegen war, setzten sie die Fahrt fort. »Kennst du ein gutes Krankenhaus, das am Rand der Stadt liegt? Wir sollten nichts riskieren.«

Cass wischte dem Mädchen mit einem Tuch über den Mund, bevor sie sich Rose zuwandte. »Ja, wir sind auf dem Hinweg fast daran vorbeigekommen. Eine RAWA-Aktivistin ist dort Ärztin, sie kann sich um die Kinder kümmern.«

Erleichtert atmete Rose auf. »Gut. Ich hätte sie ungern in einem fremden Krankenhaus allein gelassen.«

»Das wird nicht geschehen, ich bleibe bei ihnen, bis wir sie irgendwo untergebracht haben.«

Rose lächelte ihre Freundin an. »Danke.«

Unterdrückte Wut lag in Cassandras Augen. »Sag deinen Freunden, sie sollen Mogadir und seine Leute für mich beseitigen.«

»Werde ich machen.«

Joe wandte sich nach hinten um. »Mogadir wird bereits von der CIA befragt, ich schätze mal, er wird dort nichts zu lachen haben. Viele seiner Leute sind tot oder in Gefangenschaft.«

»Gut.«

Es lag so viel Befriedigung in dem Wort, dass Rose eine Gänsehaut bekam. Sie war nur froh, dass Befragungen von Gefangenen nicht zu den Aufgaben der SEALs gehörten. Andererseits war das sicher ungefährlicher, als sich in explodierende Festungen zu begeben. Rose zog das Baby enger an sich, um der Kälte zu entgehen, die sie beim Gedanken an den verletzten I-Mac überkam. Im ersten Moment war sie erleichtert gewesen, als sie von Joe erfahren hatte, dass es nicht Rock gewesen war, der verletzt wurde. Doch John oder I-Mac, wie er im Team genannt wurde, hatte es genauso wenig verdient. Sie wusste, was es für die anderen SEALs bedeutete, wenn einer von ihnen ausfiel. Nicht nur für die Einheit, sondern auch persönlich. Wenn sie die Augen schloss, konnte sie John vor sich sehen, breit grinsend, die roten Haare zerzaust, weil er lieber vor dem Computer saß, als sich um so unwichtige Dinge wie Kämmen zu kümmern.

Rose unterdrückte die Tränen, die in ihren Augen aufstiegen. Sie hoffte, dass die Verletzung weniger schlimm war, als sie aussah. Hawk hatte Joe berichtet, dass I-Mac im KSK-Camp versorgt und dann in das Militärkrankenhaus nach Ramstein geflogen worden war. Sie würden abwarten müssen, was bei der Untersuchung herauskam.

Mit einem tiefen Seufzen lehnte sie sich zurück in den Sitz. Seit ein paar Tagen hatte sie wieder begonnen, Gefühle in Menschen außerhalb ihrer Familie zu investieren, und sich damit auch wieder für die Möglichkeit geöffnet, verletzt zu werden. Die Vorstellung war beängstigend, gleichzeitig aber auch aufregend. Wenn sie Rock wiedersah, würde sie sich nicht mehr von ihren Ängsten davon abhalten lassen, ihm genau zu sagen – und zu zeigen –, was sie wollte.

Rose blickte auf das Baby hinunter. Was musste es für eine Verantwortung sein, für solch ein kleines Wesen zu sorgen. Die afghanischen Frauen brachten trotz der schwierigen Lage Kinder zur Welt, zogen sie auf und liebten sie, auch wenn sie jederzeit sterben konnten, sei es durch Hunger, Krankheiten oder den Krieg. Nurja hatte versucht, etwas zu verändern, und war dabei gestorben. Hoffentlich würden ihre Kinder später eine bessere Welt vorfinden.

Nachdem die Kinder sicher im Krankenhaus angekommen waren und versorgt wurden, verabschiedete Rose sich von Cassandra. Sie umarmte ihre Freundin und drückte sie fest an sich. »Pass auf dich auf.«

»Du auch.« Cass lächelte. »Melde dich bei mir, wenn du Zeit hast, wir können Hilfe immer gut gebrauchen.«

»Ich weiß. Sagst du mir dann, wie es dem Baby und den Kindern geht? Und wo du sie unterbringst.«

»Natürlich. Ich werde mailen oder dich anrufen. Grüß deinen Freund von mir.«

»Welchen?«

Cassandra lachte. »Hast du mehrere?«

»Noch habe ich gar keinen.« Rose' Wangen röteten sich. »Aber wenn ich einen habe, wirst du es als Erste erfahren.«

»Das will ich auch hoffen.« Cassandra umarmte sie noch einmal und wandte sich dann Joe zu, der ein paar Meter entfernt auf Rose wartete. Sie reichte ihm die Hand. »Es war nett, Sie kennenzulernen. Wenn Sie mal wieder in der Nähe sind, melden Sie sich.«

Joe nickte ihr zu. »Vielleicht werde ich das tun.« Damit drehte er sich um und verließ das Krankenhaus.

»Also ich muss sagen, du umgibst dich mit sehr interessanten Leuten. Gib dem süßen Deutschen einen Kuss von mir.«

»Sicher nicht.« Rose blickte zum Ausgang. »Ich muss los. Bis bald.«

Während Cassandra zum Untersuchungszimmer ging, stieg Rose in den Wagen und schnallte sich an. Es wurde Zeit, dass sie ins Camp zurückkehrten.

Kyla lutschte auf den kleinen Kieseln, die Hamid ihr gegeben hatte, um ihren Speichelfluss anzuregen, als hinge ihr Leben davon ab. Sie war so furchtbar durstig! Da Hamid selbst auch seit dem Morgen nichts mehr getrunken hatte, nahm sie an, dass er tatsächlich kein Wasser mehr hatte. Mit zusammengekniffenen Augen blickte sie in die Ferne. Nichts außer Felsen und Sand. Wusste er überhaupt, wohin er ging, oder führte er sie in den Tod? Von Zeit zu Zeit sah er auf seine Uhr und korrigierte die Richtung. Vermutlich war ein Kompass oder GPS-Gerät eingebaut. Sofern er damit umgehen konnte, würden sie sich vermutlich nicht verirren. Zumindest hoffte sie das. Ihr lange schwelender Ärger brodelte wieder hoch. Sie hasste es, von einem anderen abhängig zu sein, noch dazu von jemandem, den sie nicht einschätzen konnte. Bei jedem Schritt pochte ein dumpfer Schmerz in ihrer Schulter, ließ sie niemals vergessen, dass sie sich nicht auf der Höhe ihrer körperlichen Leistungsfähigkeit befand.

Schließlich blieb sie einfach stehen, nahm den Schleier vom Kopf, den sie als Sonnenschutz darübergefaltet hatte, und hob das Gesicht der Sonne entgegen. Eine Windböe ließ ihre Haare flattern und kühlte ihren heißen Nacken. Mit geschlossenen Augen genoss sie für einen kurzen Moment die Ruhe. Fast konnte sie sich vorstellen, sie wäre an einem tropischen Strand, Sand unter ihren Füßen, eine frische Meeresbrise, das Rauschen des Meeres …

»Wir müssen weiter.«

Als sie Hamids Stimme hörte, flogen ihre Augen auf. Sie war so tief in ihre Fantasie eingetaucht, dass sie sie beinahe als Realität angesehen hatte. Ein weiteres Zeichen ihrer Erschöpfung. »Wie weit ist es noch?«

Hamid ging näher zu ihr und blickte über ihre Schulter. »Zu weit.«

Verwirrt trat sie einen Schritt zurück. »Zu weit wofür?«

Er deutete hinter sie. »Um vor dem Sandsturm am Ziel anzukommen oder wenigstens einen brauchbaren Schutz zu finden.«

Sandsturm? Kyla wirbelte herum. Eine dunkle Wolke kam rasend schnell näher. Das, was sie in ihrer Fantasie als Meeresrauschen interpretiert hatte, wurde zu einem ohrenbetäubenden Heulen. *Oh Gott!* »Was können wir tun?«

Hamid nahm ihre Hand. »Siehst du den größeren Felsblock da vorn? Lauf so schnell du kannst.« Er wartete ihre Antwort gar nicht erst ab, sondern rannte los und zog sie hinter sich her.

Kyla presste die Zähne gegen den Schmerz zusammen, als die Bewegung an ihrer Wunde zerrte. Das Heulen wurde lauter, der Wind immer stärker. Erste Böen brachten Sand mit sich, der gegen die Burka prasselte. Sie konnte sich nicht davon abhalten, über die Schulter zurückzuschauen. Der gesamte Himmel war fast schwarz, das Sonnenlicht drang nicht mehr bis zum Boden vor. Sandkörner stachen in ihre Haut und knirschten zwischen ihren Zähnen. Kyla stolperte und ging in die Knie. Für einen kurzen Moment wurde sie von Hamid weitergeschleift, bevor er merkte, dass sie nicht mehr mitlief, und anhielt. Sein Mund öffnete sich, aber sie konnte den Fluch nicht hören, den er sicher ausstieß. Er packte sie an den Armen, zog sie hoch und warf sich mit ihr hinter den Felsblock. Kyla sah Sterne, als sie hart auf den Boden schlug. Dann war er über ihr und drückte sie tiefer in den Sand. Schockiert blickte Kyla ihn an. Er wollte doch nicht …

»Bleib still liegen, atme ruhig und gleichmäßig weiter.« Er warf die Decke über sie und schob sie dichter an den Felsblock heran. »Wickel die Decke um deinen Körper, damit sie nicht wegfliegt.«

Hitze überflutete ihren Körper, als sie die Decke unter ihre Beine steckte. Sie hatte das Gefühl, keine Luft mehr zu bekommen. Es roch nach heißem Sand und Fels, nach Schweiß und Blut. Ihr Herz hämmerte in ihren Ohren, überdeckte fast das Heulen des Windes. Hamid schob seine Tasche unter ihren Kopf und rückte dichter an sie heran, sodass sie zwischen ihm und dem Felsen eingeklemmt war. Sein heißer Atem strich über ihren Nacken.

»Halt dir den Schleier vor das Gesicht, damit der Sand nicht in Mund und Augen gerät.«

Wie betäubt tat Kyla, was er ihr riet. Eigentlich hatte sie geglaubt, schon zu wissen, was Angst war, doch dies hier war viel größer und elementarer. Ihre nicht von dem Felsen geschützten Beine und Füße wurden trotz der Decke von den Sandkörnern schmerzhaft attackiert, ihre Lunge fühlte sich an, als würde sie bersten. Überall rieb und knirschte Sand, in ihren Augen, zwischen den Zähnen, unter der Burka.

Auch Hamid hatte das Tuch vor sein Gesicht gezogen. Sein

Arm schlang sich fester um sie, als sie sich unruhig bewegte. Er musste in ihr Ohr schreien, damit sie ihn verstand. »Entspann dich, es ist gleich vorbei.« Entspannen? Der Kerl war eindeutig nicht ganz richtig im Kopf. Sein Lachen zeigte ihr, dass sie laut gedacht hatte. »Schließ die Augen, atme tief durch. Es wird dir nichts geschehen.«

Kyla presste den Stoff dichter vor ihr Gesicht, schmiegte sich tiefer in Hamids Umarmung und schloss die Augen. Langsam atmete sie ein und aus, bis sie spürte, wie die Furcht abebbte. Allmählich blendete sie die Geräusche des Sturms aus. Sie konnte sich sogar fast vorstellen, sie wäre zu Hause in ihrem Bett. Warm und weich lag die Decke über ihr, ein harter Männerkörper hinter ihr.

Mit einem Seufzen glitt sie allmählich in einen Dämmerschlaf hinüber, aus dem sie abrupt erwachte, als sie eine Hand auf ihrer Hüfte spürte. Desorientiert öffnete sie die Augen, doch sie sah nur düsteres Halbdunkel. Der Sturm! Kyla lauschte, doch sie konnte nichts hören. Es war totenstill bis auf die ruhigen Atemzüge hinter ihr.

»Der Sandsturm ist weitergezogen. Möchtest du dich noch etwas ausruhen?« *Hamid.* Es war seine Hand, die warm und schwer auf ihrer Hüfte lag.

Zu gerne hätte sie Ja gesagt, doch sie wusste nicht, ob sie dann jemals wieder hochkommen würde. So schüttelte sie den Kopf und richtete sich langsam auf. Auf einen Ellbogen gestützt, schob sie die Decke beiseite. Sofort rieselte Sand herunter, bildete einen kleinen Haufen über ihrer Hand.

»Roll die Decke lieber von der Felsseite her auf, sonst begräbst du uns.« Ein Lächeln schwang in seiner Stimme mit.

Dieser Mann hatte eindeutig einen sehr merkwürdigen Humor, trotzdem tat sie, was er vorschlug. Vorsichtig schälte sie die Decke unter sich heraus und schob sie dann mitsamt der

Sandlast in seine Richtung. Ihre Hände berührten sich, als er ihr die Decke abnahm und sie weiter aufrollte. Von dem Gewicht des Sandes befreit, gelang es ihr, sich aufzusetzen. Sie wollte tief durchatmen, begann aber sofort zu husten, als der Sand aus Nase und Mund in ihre Luftröhre gelangte.

»Langsam, du musst erst den ganzen Sand loswerden.«

»Warum …« Sie hustete erneut. »… sagst du mir so was immer erst hinterher?«

»Weil du zu schnell für mich bist?«

»Sehr witzig.« Sie wischte mit dem Schleier über ihr Gesicht. Ein Griff in ihre Haare bestätigte ihr, dass sie voller Sand waren. Es gab nichts, was sie im Augenblick dagegen tun konnte. »Hast du wirklich nichts mehr zu trinken?«

Ein seltsamer Ausdruck zog über Hamids Gesicht, dann blickte er auf seine Uhr. Schließlich sah er auf und musterte sie eine Weile. Wortlos öffnete er seine Tasche und zog eine Wasserflasche heraus. Der Speichel lief ihr bei dem Anblick im Mund zusammen. Nur ein oder zwei Schlucke, dann würde sie etwas anderes als Sand schmecken und konnte weitergehen. Gierig sah sie zu, wie Hamid die Flasche öffnete und ihr reichte.

»Trink nicht zu viel.«

Kyla nickte stumm, umklammerte die Flasche mit beiden Händen und setzte sie an die Lippen. Mit dem ersten Schluck spülte sie ihren Mund aus, den zweiten schluckte sie herunter. Obwohl das Wasser heiß war, schien es ihr, als hätte sie nie etwas Köstlicheres getrunken. Ein weiterer tiefer Schluck, und sie reichte Hamid die Flasche bedauernd zurück. Er schraubte den Deckel wieder darauf und steckte sie in die Tasche zurück. »Willst du gar nichts …?« Kyla schlug die Hand vor den Mund, als ihr klar wurde, warum er nichts trank: Es war das Betäubungsmittel. Anklagend starrte sie ihn an. »Warum …?« Ihr wurde schwindelig, und sie fiel in den Sand zurück.

Hamid beugte sich über sie, sein Blick besorgt und ... entschuldigend. Eine Hand schob sich unter ihren Kopf, die andere strich über ihre Wange. Kyla zwinkerte, um wieder klar sehen zu können, doch ihre Sicht wurde immer verschwommener. Bildete sie es sich nur ein, oder war Hamids Gesicht plötzlich dichter an ihrem? Sie keuchte auf, der Laut hallte in ihrem Gehör wieder. Die Schwärze kam immer näher.

Hamids Lippen berührten sanft ihre. »Es tut mir leid.«

Panik überkam sie. Sie versuchte, sich gegen die Bewusstlosigkeit zu wehren, doch es gelang ihr nicht. Das Letzte, was sie sah, waren Hamids Augen.

43

Schweigend fuhren sie zum KSK-Camp zurück, ließen bald die Ausläufer der Stadt hinter sich und tauchten erneut in die karge Landschaft im Osten des Landes ein. Der Stützpunkt der Deutschen befand sich auf einem Wüstenplateau, das von dreitausend Meter hohen Bergen umgeben war. Die dünne Höhenluft war genauso menschenfeindlich wie die im Sommer über fünfzig Grad heißen Tage. Rose beneidete die Soldaten nicht um ihre Arbeit. Während sie den amerikanischen Stützpunkt in der Nähe Kabuls schon ungemütlich gefunden hatte, war dieses Lager schlichtweg trostlos. Wer war auf die Idee gekommen, die KSK-Einheit hier anzusiedeln? Sicher niemand, der jemals in Afghanistan gewesen war. Umgeben von konkurrierenden Warlords und florierendem Drogenhandel über die unsichere Grenze zu Pakistan war es nur eine Frage der Zeit, wann jemand versuchte, sie von hier zu vertreiben.

Der Wagen schwankte über tiefe Bodenrillen in der schlecht ausgebauten Passstraße. Dem Mädchen wäre sicher wieder übel geworden, säße es noch im Wagen. Rose versuchte, ihr schlechtes Gewissen zu verdrängen, dass sie die Kinder im Krankenhaus zurückgelassen hatte, doch es gelang ihr nicht ganz. Natürlich wusste sie, dass sie bei der Suche nach der Agentin noch gebraucht wurde und sich deshalb nicht länger mit den Kindern aufhalten konnte. Trotzdem glaubte sie, immer noch den Druck des kleinen Babykörpers zu spüren, der so still in ihren Armen gelegen hatte. Rose schloss die Augen. Hoffentlich waren sie nicht zu spät gekommen, um den Jungen zu retten.

»Mehr konnten wir nicht tun.«

Rose riss die Augen auf, als sie Joes Stimme hörte. Er hatte sich zu ihr umgedreht und blickte sie mitfühlend an. Woher wusste er so genau, woran sie gedacht hatte? »Ich weiß, aber es fällt mir trotzdem schwer, die Kinder einfach so ihrem Schicksal zu überlassen.«

»Cassandra ist bei ihnen, sie wird dafür sorgen, dass es ihnen gut geht.«

Rose entspannte sich etwas. »Ja, das wird sie. Aber ihre Eltern können wir ihnen nicht zurückgeben.«

»Nein.«

Dankbar erkannte sie, dass er sie nicht mit tröstenden Lügen abspeisen würde. Sie lächelte ihn an. »Danke für deine Hilfe.«

»Ich habe doch gar nichts getan.« Er verzog den Mund. »Wenn ich mich recht erinnere, bin ich sogar aus dem Keller geflüchtet.«

Rose lachte. »Du hast dich heldenhaft geschlagen.« Sie begegnete dem Blick des Leutnants im Rückspiegel. »Es war nett, dass Sie uns hingefahren haben.«

»Vermutlich wird mein Vorgesetzter das anders sehen, aber da muss ich durch.« Er zuckte gleichmütig mit den Schultern. »Es war die Sache wert.«

»Das denke ich auch. Woher wussten Sie eigentlich, was der Säugling essen durfte?«

Seine Ohrspitzen färbten sich rot. »Meine Schwester hat mit ihrer kleinen Tochter bei mir gewohnt, als sie sich mit ihrem Mann gestritten hatte. Wenn sie bei der Arbeit war und ich frei hatte, habe ich auf die Kleine aufgepasst.«

Rose lächelte ihn warm an. »Das finde ich sehr schön. Ich hoffe, die beiden haben sich inzwischen versöhnt?«

»Ja, glücklicherweise. Es hat mich einige Nerven gekostet …« Er verstummte.

Und Freundinnen, vermutete sie. Auf eine harte, kantige Weise sah er sehr gut aus. Die dunkle Sonnenbrille und der leichte Bartschatten gaben ihm ein verwegenes Aussehen, das durch seine kurzen, dunklen Haare noch verstärkt wurde. Kein Wunder also, dass Cass mit ihm geflirtet hatte, sowie sie ihn gesehen hatte. Rose sah Joe an. Wenn man es genau nahm, war sie von attraktiven Männern umgeben, seit sie mit Rock in der Pfütze geplanscht hatte. Erstaunlich, wie sehr sich die Welt in so wenigen Tagen für sie verändert hatte. Jetzt achtete sie sogar schon auf das Aussehen der Männer um sich herum. Rose unterdrückte ein aufsprudelndes Lachen. Cassandras schlechter Einfluss machte sich eindeutig bemerkbar.

»Wie lange werden Sie noch in Afghanistan sein?«

»Wenn alles nach Plan läuft, bis September. Das reicht aber auch, ich habe keine Lust, dass meine Shit-Map genutzt wird.«

»Die … was?«

»Anweisungen für den Fall des Todes. Muss jeder ausfüllen, sowie er hierherkommt. Darauf wird festgelegt, wer die Wohnung und die Konten auflöst, ob man Organspender ist, wie die Bestattung ablaufen soll und so weiter.« Er verzog den Mund. »Deutsche Gründlichkeit halt.«

Hatte Ramon etwas Ähnliches ausgefüllt, bevor er auf seine letzte Mission gegangen war? Rose hatte nichts dergleichen erhalten und alles so gemacht, wie sie es für richtig hielt. Allerdings hatte er ihr einen Brief hinterlassen, den sie einige Wochen später in einem Buch auf seinem Nachttisch gefunden hatte. Rose schluckte um den Kloß in ihrem Hals herum. Ramon hatte sich dafür entschuldigt, nicht zurückgekommen zu sein, und ihr erklärt, dass er irgendwie das Gefühl gehabt hatte, nicht wiederzukommen und ihr deshalb noch einmal sagen wollte, wie sehr er sie liebte und wie gern er noch viele weitere Jahre mit ihr verbracht hätte. Und dass sie ihr Leben auch ohne ihn genießen sollte, er wollte sie glücklich sehen. Tränen brannten in ihren Augen.

»Es tut mir leid, das hätte ich nicht sagen sollen.«

Die Bemerkung des Deutschen riss sie aus ihren Erinnerungen. Sie räusperte sich, trotzdem klang ihre Stimme belegt. »Nein, das war schon in Ordnung, ich hatte ja gefragt.«

Mahler sah sie besorgt an, nickte dann aber schweigend. Joes Blick zeigte ihr deutlich, dass auch er wusste, wie es war, einen geliebten Menschen zu verlieren. Die Anteilnahme in seinen Augen war noch schwerer zu ertragen. Rose lehnte den Kopf an die Rückenlehne und schloss die Augen. Das Auf und Ab ihrer Gefühle erschöpfte sie. Seit einigen Tagen war ihre mühsam erlernte Ruhe und Zufriedenheit durcheinandergewirbelt worden. Und nur ein Mensch trug die Schuld daran: Rock. Wenn er sie nicht nass gespritzt und daraufhin angesprochen hätte, wäre sie jetzt immer noch in ihrer kleinen, ruhigen Welt aus Forschung, Büchern und Papieren.

Natürlich hätte sie dann nie die Momente der Leidenschaft und Freude erlebt, die sie in seiner Gegenwart empfunden hatte, oder die wiederkehrende Vertrautheit mit den anderen SEALs, aber war der Preis dafür nicht etwas zu hoch? Konnte sie jemals wieder in ihr ruhiges Leben zurückkehren oder würde sie in der Welt aus Gefahr und Tod bleiben müssen? Sie wusste es nicht, und das machte ihr höllische Angst.

»Rose?« Eine Hand rüttelte leicht an ihrer Schulter. »Wir sind da.«

Benommen richtete Rose sich auf und rieb über ihr Gesicht. Sie musste unterwegs eingenickt sein. Anstatt sich nun ausgeruhter zu fühlen, zog die Müdigkeit wie Blei an ihren Gliedern. Langsam stieg sie mit Joes Hilfe aus dem Wagen und wurde sofort von einem Schwall heißer Luft empfangen. Nach dem klimaanlagengekühlten Wageninneren brauchte sie ein bisschen, um sich wieder an die Hitze zu gewöhnen.

»Alles in Ordnung?« Joe blieb weiterhin an ihrer Seite, wie sie dankbar feststellte.

»Ja, es geht schon.«

»Gut. Warum ruhst du dich nicht aus, während ich unseren Bericht abliefere.«

»Aber das …«

»Ist eine ganz vernünftige Idee. Du kannst deine Sicht dann später noch ergänzen, das Ergebnis bleibt das Gleiche.« Er drückte ihre Schulter. »Zieh dich erst einmal um, mach dich ein wenig frisch, dann fühlst du dich bestimmt besser.«

»Eine gute Idee – und das von einem Mann.«

Joe lachte, küsste sie auf die Wange und ging mit langen Schritten auf das Kommandozelt zu.

Sie wandte sich an Leutnant Mahler, der noch beim Wagen stand, und reichte ihm die Hand. »Vielen Dank noch einmal für Ihre Hilfe.«

Er nahm die Sonnenbrille ab und enthüllte faszinierende grüne Augen, die sie anlächelten. »Es war mir ein Vergnügen. Gerne wieder.«

Rose, der es momentan die Sprache verschlagen hatte, nickte ihm zu, bevor sie auf ihr Zelt zustrebte. Bereits morgens war ihr ein kleines Zweimannzelt zugewiesen worden, das sie in Ermangelung weiblicher Soldaten ganz für sich hatte. Es war sogar hoch genug, dass sie darin stehen konnte, was sich als sehr praktisch erwies, als sie die Burka über den Kopf zog. Elektrizität knisterte und ließ ihre Haare in die Höhe stehen. Polyester-Kleidung und Zeltmaterial vertrugen sich eindeutig nicht. Rasch wechselte Rose in knielange Shorts und ein leichtes T-Shirt, bevor sie sich Seife, Shampoo und ein Handtuch schnappte und das Zelt wieder verließ. So gern sie Rock auch sehen wollte, zuerst musste sie sich waschen, um sich wieder halbwegs wie ein Mensch zu fühlen. Und um sich zu beruhigen. Ihre Gefühle lagen zurzeit zu dicht an der Oberfläche und mussten zuerst wieder tief in ihrem Innern vergraben werden. Sonst konnte sie für nichts garantieren, wenn sie Rock sah. Ihr Mundwinkel hob sich. Natürlich, sie würde sich sofort auf ihn stürzen, ihn in ihr Zelt ziehen und dort vernaschen. Sie schnaubte. Ja, sicher.

So schnell wie möglich wusch sie sich den Staub und Schweiß vom Körper. Eine ausgiebige Dusche würde warten müssen, bis sie sich überzeugt hatte, dass Rock bei der Explosion nichts passiert war. Und sie wollte auch hören, wie es I-Mac mittlerweile ging, vielleicht gab es schon Nachrichten darüber aus Deutschland. Rose rubbelte sich trocken und sprang beinahe in ihre Kleidung. Sie hielt die Eile auch deswegen für angebracht, weil es für die Tür des Waschhauses keinen Riegel gab und jederzeit einer der Soldaten hereinplatzen konnte – obwohl sie draußen ein Schild mit der Bitte um Privatsphäre aufgehängt hatte. Ihre nassen Haare würden in diesem Klima schnell trocknen, deshalb fuhr sie nur einmal mit dem Handtuch darüber und kämmte die wirren Locken aus. Ein Blick in den kleinen Spiegel zeigte ihr, dass auch größte Anstrengungen nicht mehr bewirken würden. Sie sammelte ihre Sachen ein, drückte die Tür auf und stieß unvermittelt gegen einen harten Männerkörper.

»Vorsicht, sonst verletzt du dich noch.«

Diese raue und zugleich samtige Stimme würde sie überall erkennen. »Rock!«

»Ja.« Ein Lachen schwang in der Bestätigung mit.

Rose' Augen verengten sich, während sie sich aus seinen Armen löste. »Wolltest du gerade den Waschraum betreten? Hast du mein Schild etwa nicht gesehen?«

Lachfältchen bildeten sich in Rocks Augenwinkeln. »Doch, habe ich.«

»Und?«

»Und ich wollte trotzdem hereinkommen.«

»Du …« Ihr fehlten die Worte.

»Es gefällt mir, dich sprachlos zu sehen.« Er trat einen Schritt näher und beugte seinen Kopf zu ihr hinab. »Ich habe dich vermisst.«

Oh nein, sie würde sicher nicht hier mitten am Tag in der Öffentlichkeit etwas mit ihm anfangen. Aber wenn er noch länger so dicht vor ihr stand, würde sie sich nicht an ihre Vorsätze halten können. Sie legte ihre Hand auf seine Brust, genoss einen Augenblick das Gefühl, seinen kräftigen Herzschlag zu spüren, bevor sie ihn von sich schob. Oder es zumindest andeutete, bei seiner Masse hätte sie einen Bulldozer dafür gebraucht. Zu ihrer Erleichterung verstand er sie auch ohne Worte und trat zur Seite. Ihre Kosmetikartikel zur Abwehr vor die Brust gepresst, ging sie in Richtung ihres Zeltes, während er langsam neben ihr herschlenderte.

Rose warf ihm einen besorgten Blick zu. »Geht es dir gut?«

Das Lachen war aus seinen Augen verschwunden. »Ja.«

»Und John?«

Seine Mundwinkel färbten sich weiß, so fest presste er die Zähne zusammen. Schließlich atmete er tief durch. »Er wird noch untersucht. Die Ergebnisse erfahren wir erst später.«

»Joe sagte, er hätte eine Rückenverletzung …«

»Als wir ihn gefunden haben, konnte er nur den Kopf bewegen.«

»Oh nein! Ich hatte so gehofft …« Sie brach ab. Egal was sie sagte, es würde sowieso nichts bewirken.

»Der hiesige Arzt kannte sich nicht gut genug damit aus, um eine Diagnose zu wagen, aber er meinte, es hätte durchaus schon Fälle gegeben, wo ein Patient durch eine Prellung der Wirbelsäule Arme und Beine nicht mehr bewegen konnte, sich aber nach einigen Tagen wieder erholt hätte.« Er schluckte heftig. »Ich kann mir nicht vorstellen, I-Mac vollständig gelähmt und im Rollstuhl zu sehen.«

Rose legte ihre Hand auf seinen Arm. »Ich auch nicht. Aber wenn es so ist, braucht er sicher eure Freundschaft.«

Rock blickte sie irritiert an. »Natürlich, das ist überhaupt keine Frage. Dachtest du, wir würden ihn einfach so fallen lassen, nur weil er vielleicht nicht mehr so schnell laufen kann wie wir?«

Sie waren vor dem Zelt angekommen. Rose drehte sich zu ihm um und lächelte ihn entschuldigend an. »Nein, das dachte ich nicht. Aber es könnte sein, dass er versucht, sich von euch zu lösen, weil er es nicht mitansehen kann, dass ihr immer noch …« Sie brach ab.

Rock schien sie auch so zu verstehen. »So wie du damals.« Rose nickte stumm. »Wir hatten das Gefühl, du hast den Abstand gebraucht, die Möglichkeit, dir ein anderes Leben aufzubauen. Hätten wir hartnäckiger sein sollen?«

»Ich weiß es nicht. Clint und Matt haben sich nicht leicht davon überzeugen lassen, aber es musste sein. Wäre ich dageblieben, hätte ich wohl nicht mehr studiert und wäre damit auch heute nicht hier.«

»Was sehr schade wäre, auch wenn ich es immer noch für zu gefährlich halte.«

Rose hob eine Augenbraue. »*Ich* war nicht in Reichweite explodierender Bomben. Wir haben unseren Auftrag ganz ohne Blutvergießen erledigt.« Sie verzog den Mund. »Nun, nicht direkt, da wir Kyla nicht gefunden haben. Dafür haben wir die Kinder der ermordeten Informantin gerade noch rechtzeitig entdeckt.«

Rock lächelte. »Ich habe es gehört. Gute Arbeit.«

»Ich fürchte nur, dass der arme KSK-Soldat Ärger bekommen wird, weil er uns ohne Befehl dorthin gefahren hat.«

»Ich werde mich darum kümmern.«
Rose strahlte ihn an. »Danke.«

Sie blickte über seine Schulter und erstarrte. Ihre Augen weiteten sich, ihr Mund öffnete sich, ohne dass ein Laut daraus hervordrang. Er hätte sie ohnehin nicht verstanden, über dem Rauschen, das immer lauter wurde. Was zum Teufel …?

»Ins Zelt, schnell!«

Rock wollte herumwirbeln, doch Rose packte ihn im selben Moment am T-Shirt und ließ sich rückwärts in das Zelt fallen. Ohne zu zögern, folgte er ihr und drehte sich im Sturz so, dass Rose auf ihm zum Liegen kam. Sowie sie gelandet waren, rappelte sie sich wieder auf und kroch zum Zelteingang. Das Getöse draußen war noch lauter geworden. Wenn das ein Angriff war, würden die dünnen Zeltwände sie auf keinen Fall schützen. Er musste sie hier rausbringen. Rock hockte sich hin und legte Rose eine Hand auf die Schulter.

»Wir müssen …« Er stockte, als er durch den Spalt eine gewaltige dunkle Wolke auf sie zukommen sah. Ein Sandsturm. Zu nah, um noch eine stabilere Unterkunft zu suchen. Rasch half er Rose dabei, den Ausgang zu verschließen. Sie konnten nur hoffen, dass die Zelte der Deutschen dafür ausgelegt waren, solche Stürme zu überstehen. Schließlich sank er auf die Hacken zurück und strich sich über die Haare. Im Halbdunkel des Zeltes konnte er Furcht in Rose' Augen sehen, aber auch Entschlossenheit. Sie würde sich nicht zitternd in eine Ecke kauern, und dafür liebte er sie fast noch mehr. Ein Lächeln zupfte an seinen Mundwinkeln. »Du hättest doch nur etwas zu sagen brauchen, ich wusste ja nicht, dass du es so eilig hast.«

Verwirrt sah sie ihn an. »Womit?«

»Mich in dein Zelt zu bekommen.«

Mit offenem Mund starrte sie ihn an, dann begann sie zu

lachen. »Okay, du hast mich erwischt. Ich wollte das tatsächlich, aber ich hätte dafür nicht unbedingt einen Sandsturm bestellt. Ein einfaches ›Wollen wir?‹ wäre wohl eher mein Stil gewesen.«

Rock beugte sich auf Händen und Knien vor und brachte sein Gesicht dichter an ihres heran. »Und, wollen wir?«

Diesmal war keine Spur von Humor in seiner Stimme.

44

Die Frage hallte in ihr wider, ließ ihr Herz stocken. Wollte sie? Ja! Sie konnte sich nichts Schöneres vorstellen, als in Rocks Armen zu liegen und für eine Weile alles um sich herum zu vergessen. Aber sollte sie das tun? Würde sie ihn damit ausnutzen? Nein, nicht wenn sie so viel für ihn empfand. Trotzdem wäre es vermutlich keine gute Idee, hier und jetzt ein Verhältnis mit ihm anzufangen. Andererseits hatte sie gerade beschlossen, dass sie das Leben wieder voll genießen wollte. Unentschlossen biss sie auf ihre Lippe.

Rocks große Hand schloss sich um ihren Hinterkopf, seine Lippen berührten beinahe ihre, als er sie noch dichter zu sich heranzog. »Da du nicht Nein gesagt hast, gehe ich davon aus, dass du nichts dagegen einzuwenden hast. Lassen wir es langsam angehen und sehen, wohin es uns führt.« Sein Mund legte sich auf ihren, rieb sanft über ihre Lippen, verlockte sie, sich ihm zu öffnen.

Nein, das war es nicht, was sie wollte. Sie wollte – nein, brauchte – mehr. Viel mehr! Angefacht vom Tosen des Sturms, der die Wände des Zeltes erzittern ließ, entlud sich ihre seit Jahren aufgestaute Leidenschaft. Sie warf sich auf Rock, der sich willig zu Boden fallen ließ, und bedeckte sein Gesicht mit Küssen. Er zögerte nur den Bruchteil einer Sekunde, dann schlang er seine Arme fest um sie und küsste sie, bis sie nicht mehr wusste, ob das Rauschen in ihren Ohren vom Sturm kam oder ihr Blut war, das in ihren Adern kochte. Ihr Herzschlag hämmerte gegen seine Brust, ihre Fingerspitzen kribbelten in dem Verlangen, seine Haut zu berühren. Gänsehaut überzog ihren Körper, als seine rauen Fingerspitzen unter dem T-Shirt über ihren Rücken glitten. Sie konnte ein Zittern nicht unterdrücken.

Rock löste sich lange genug von ihr, um sie anzusehen. »Alles in Ordnung?«

Rose nickte stumm. Es gab keine Worte, die das ausdrücken würden, was sie gerade fühlte. Verlangen, Furcht, Liebe, Panik – alles wirbelte in ihr durcheinander und zog sie hilflos mit in den Strudel. Es blieb ihr nur übrig, ihren Instinkten zu vertrauen. Und die sagten eindeutig: Nimm ihn. Jetzt sofort. Rose schlang ihre Arme um seinen Nacken und strich über seine Lippen. Ihre Zunge schlüpfte in die warme Höhle seines Mundes und berührte seine. Mit einem tiefen Knurren drehte er sich herum und begrub sie unter sich. Rose genoss sein Gewicht auf sich, den Druck seiner Hüfte an ihrer. Probeweise rieb sie sich an ihm und freute sich über seine eindeutige Reaktion. Sein Schaft drückte hart und fordernd gegen die Innenseite ihres Oberschenkels. Ein paar Zentimeter höher und … oh ja. Rose schloss die Augen und genoss das Gefühl, ihm so nahe zu sein. Ihre dünnen Shorts waren kein Hindernis für die Hitze, die von ihm ausging.

Das Wüten des Sturms nahm sie über dem Tumult in ihrem Innern schon lange nicht mehr wahr. Das Blut rauschte in ihren Ohren, ihr Herz schien aus dem engen Käfig ihrer Brust entkommen zu wollen. Ihre aufgerichteten Brustwarzen schrien nach Aufmerksamkeit. Sie wollte mehr, viel mehr. Ungeduldig griff sie nach dem Saum seines T-Shirts und zog es hoch. Rock schien zu wissen, was sie wollte, denn er löste sich von ihr, zerrte sich das T-Shirt über den Kopf, warf es achtlos zur Seite und war im nächsten Moment schon wieder in den Kuss vertieft. Wow, der Mann war schnell! Gierig ließ sie ihre Hände über seine nackte Haut wandern, erkundete jeden Zentimeter, den sie erreichen konnte. Wie schon auf seiner Veranda fühlte sich seine heiße

Haut unbeschreiblich an. Sie konnte es nicht erwarten, sie an ihrer zu spüren. Wieder schien Rock ihre Gedanken zu lesen, seine Hände lösten sich aus ihren Haaren und wanderten nach unten. Rose' Bauchmuskeln zuckten, als seine rauen Finger den Spalt zwischen Shorts und T-Shirt fanden und hineinglitten. Millimeter für Millimeter schob er das T-Shirt hoch, ohne den Kuss zu unterbrechen.

Ein Lachen vibrierte in seiner Brust, als er ihren ungeduldigen und zugleich erregten Laut hörte. Sie wollte also mehr? Mit dem größten Vergnügen. Sand prasselte gegen das Zelt, die Wände schwankten bedrohlich, doch all das nahm er nur am Rande wahr. Er war hier mit Rose ganz allein, und niemand konnte sie in der nächsten Zeit stören. Auf diese Gelegenheit wartete er schon, seit sie mit ihrer Leidenschaft fast den Boden seiner Veranda in Brand gesetzt hatten. Im Dämmerlicht des Zeltes konnte er die Erregung auf ihrem Gesicht erkennen. Die Augen geschlossen, den Mund leicht geöffnet, bot sie ein dermaßen leidenschaftliches Bild, dass er sich am liebsten sofort in ihr vergraben hätte. Seine Hüfte zuckte unwillkürlich vor und bettete seinen Penis tiefer in den Spalt zwischen ihren Beinen. Verdammt! Hitze schoss durch seinen Körper. Um Beherrschung ringend legte er den Kopf in den Nacken und blickte zur Zeltdecke hinauf.

»Ist es nicht zu spät, jetzt mit dem Beten anzufangen?«

Rock ließ den Kopf sinken und grinste Rose an. »Vermutlich. Ich schätze, ich werde sowieso innerhalb der nächsten Minuten im Himmel landen.«

Rose zog eine Augenbraue hoch. »So? Wenn du weiter in die Luft starrst, halte ich das für sehr unwahrscheinlich.«

Rock begann zu lachen. Rose hatte recht. Anstatt zu versuchen, seine Erregung in den Griff zu bekommen, sollte er sich lieber um Rose kümmern. Rasch zog er ihr das T-Shirt aus, ließ den dünnen BH folgen und betrachtete sie ausgiebig. Bei ihrem ersten Zusammensein hatte er eindeutig nicht genug Zeit gehabt, sie so anzusehen, wie er es gern getan hätte. Das holte er jetzt nach. Heftig atmend beobachtete Rose ihn dabei. Sein Blick glitt über ihren Bauchnabel, die weiche, braune Haut, die sich über ihre Rippen spannte, ihre Brüste mit den dunklen, aufgerichteten Spitzen und schließlich zu den zarten Kurven ihrer Schultern. Er konnte Rose' Ungeduld spüren, als sie sich unruhig unter ihm bewegte. Ja, sie war eindeutig bei der Sache. Rock glitt wieder über sie und fuhr mit der Zunge eine Linie über die samtige Haut. Ihre Bauchmuskeln zitterten, während er langsam erst die eine, dann die andere Brust umrundete. Sie hob den Oberkörper an, um ihn dorthin zu bringen, wo sie ihn haben wollte, doch Rock folgte ihrer Bewegung. Noch ein wenig mehr Spannung, ein kurzes Hinauszögern.

Rose schrie auf, als sein Mund sich endlich über ihrer schmerzenden Brustwarze schloss. Seine heiße Zunge berührte sacht die hoch aufgerichtete Spitze, dann begann er zu saugen. Unwillkürlich bäumte sie sich auf, als unglaubliche Gefühle durch ihren Körper schossen. Ihr Herz hämmerte, als wäre sie einen Marathon gelaufen, ihre Hände krampften sich in Rocks Rücken, zogen ihn noch dichter an sich heran. Sie stöhnte enttäuscht auf, als er ihre Brustwarze verließ, nur um kurz darauf aus tiefster Lust zu keuchen, als sein Mund sich um die andere schloss und seine Finger über die feuchte Spitze strichen. Rose presste die Beine zusammen, um der Erregung Herr zu werden. Rocks Zunge und Zähne trugen sie immer höher hinauf, bis sie glaubte, jede Sekunde sterben zu müssen. Sein Schaft pulsierte zwischen ihren Beinen, drückte sich Einlass fordernd an ihre Weichheit.

Bartstoppeln rieben an ihrer empfindlichen Haut, als er erneut die Brustwarze wechselte. Seine Hand glitt langsam zwischen ihren Brüsten hinunter, über ihre Rippen, bis er zum Hosenbund kam. Geschickt öffnete er den Knopf und zog unerträglich langsam den Reißverschluss herunter. Strafend grub Rose ihre Fingernägel in seinen Rücken und erntete dafür ein weiteres rumpelndes Lachen, das seinen Schaft an ihr reiben ließ. Sie würde es nicht aushalten, wurde ihr plötzlich klar. Wenn Rock sie noch einmal anfasste, würde sie in tausend Stücke explodieren, und es würde nicht genug von ihr übrig sein, um sie wieder zusammenzusetzen. Trotzdem gelang es ihr nicht, ihn zu stoppen. Im Gegenteil, ihre Finger kneteten seine Muskeln, forderten ihn wortlos auf, sich zu beeilen. Sein Mund verließ ihre Brustwarze, als er sich von ihr herunterschob, und sie stieß einen protestierenden Laut aus.

Rock schob seine Hände in ihre Shorts und zog sie zusammen mit dem Slip rasch hinunter. Ohne auf ihre Aufforderung zu warten, entledigte er sich in Sekundenschnelle seiner eigenen Kleidung und rollte sich wieder auf sie. Der Schock, seine heiße Haut an ihrer zu spüren, war beinahe zu viel. Rose biss auf ihre Lippe, um ein Stöhnen zu unterdrücken. Seine Brusthaare rieben über ihre Brustwarzen, entfachten ein neues Feuerwerk von Gefühlen. Sein heißer Schaft drängte sich an sie, glitt an ihrer Feuchtigkeit entlang. Ja, mehr! Doch er drang nicht in sie ein, wie sie es erwartete, sondern rückte ein Stück zur Seite. Sie wollte seiner Bewegung folgen, doch er hielt sie fest. Sein Mund fand ihren, wild und verlangend küsste er sie, imitierte mit seiner Zunge den Geschlechtsakt. Mit Daumen und Zeigefinger zupfte er an ihrer Brustwarze, trieb sie beinahe in den Wahnsinn. Seine andere Hand schloss sich unvermittelt um ihre Scham. Ihre inneren Muskeln zuckten in Erwartung seiner Berührung.

Stöhnend öffnete sie ihre Beine weiter und hob die Hüften an. Rock schien ihre Aufforderung zu verstehen, denn seine

Finger strichen sacht über sie. Rose' Körper versteifte sich, und sie stöhnte heiser. Es war unmöglich, still zu liegen, unruhig bewegte sie sich unter Rock. Er beendete den Kuss und glitt langsam an ihr hinab. Seine Zunge fuhr an ihrem Hals entlang, über ihr Schlüsselbein, zurück zu ihren Brüsten, wo er erst an der einen, dann an der anderen Spitze hart saugte. Währenddessen spielte er mit den Fingern an ihrer empfindlichsten Stelle, rieb, zupfte, ließ sie ein winziges Stück in sie hineingleiten, bevor er sie wieder zurückzog. Sein Schaft presste sich hart an ihren Oberschenkel. Worauf wartete er noch? Merkte er nicht, dass sie mehr als bereit für ihn war? Doch er bewegte sich weiter an ihr hinab, tauchte mit der Zunge in ihren Bauchnabel, bevor er noch tiefer glitt.

Rose schrie auf, als seine heiße Zunge seine Finger ablöste. Er lag zwischen ihren Beinen, seine breiten Schultern verhinderten, dass sie ihre Beine zusammenpressen konnte. *Oh Gott, oh Gott!* Seine Hände schlossen sich um ihre Oberschenkel und drückten sie noch weiter auseinander. Er sah auf, und sein Blick tauchte tief in ihren. Sie sah Erregung darin und etwas anderes, das ihren Atem stocken ließ: Liebe. Rock mochte noch so viel Verlangen verspüren, er war nicht deshalb mit ihr zusammen, sondern weil er sie liebte. Er wollte ihr Vergnügen und Lust bereiten, während er sich selbst seiner Leidenschaft hingab.

Eine seltsame Ruhe überkam Rose. Sie lächelte ihn zaghaft an, entspannte ihre Muskeln und öffnete die Beine. Rocks antwortendes Lächeln war erfreut und glücklich. Er küsste ihren Oberschenkel, bevor er sich wieder seinem eigentlichen Ziel zuwandte. Seine Hände glitten wieder nach oben, strichen über ihre Brustwarzen, umkreisten sie, bevor er die harten Punkte mit Daumen und Zeigefinger reizte. Erneut überschwemmte die Hitze sie, ihr stockte der Atem. Ihre Finger wühlten sich in seine Haare, weil sie nicht wusste, was sie sonst mit ihnen hätte tun sollen. Sein Atem strich heiß über ihr feuchtes Fleisch, fachte ihre Erregung weiter an. Als seine Zunge sich in sie bohrte, explodierte die Welt um sie herum.

Zufrieden hörte er Rose' lauten Schrei, der sogar das Rauschen des Sturms übertönte. Ein Zittern lief durch ihren Körper und setzte sich in seinem fort. Es kostete ihn den letzten Rest von Beherrschung, den er noch hatte. Ein letztes Mal küsste er den weichen Hügel, dann schob er sich langsam auf ihr hoch. Die Brüste mit den hoch aufgerichteten Spitzen lockten ihn einmal mehr zu einer ausgiebigen Erkundung, sanft schloss er seine Zähne darum und spürte Rose' scharfes Einatmen. Ihre Erregung schien noch nicht abgeklungen zu sein. Als hätte er es tausendmal geprobt, fand sein Penis auf Anhieb sein Ziel. Er drang ein Stück ein, zog sich wieder zurück, drang erneut ein. Tiefer diesmal. Sie war so heiß und eng. Rock biss die Zähne zusammen, um sich daran zu hindern, zu schnell zu weit zu gehen. Er war zu groß, um zu erwarten, dass sie ihn sofort in sich aufnehmen konnte. Besonders, wenn sie tatsächlich seit dem Tod ihres Mannes … Rock unterbrach den Gedanken abrupt. Daran würde er nicht denken, nicht in diesem Moment, wenn er so dicht vor der Erfüllung seiner Träume stand.

Schweiß stand auf seiner Stirn und lief an seinen Schläfen hinab, seine Schultermuskeln verspannten sich. Rose machte es ihm nicht gerade leichter damit, dass sie ihre Fersen in sein Hinterteil grub und mit ihren Fingern seine Brustwarzen reizte. Ganz zu schweigen von den kehligen Lauten, die seine Beherrschung ins Wanken brachten. Er hatte gewusst, dass es so werden würde, warum hatte er geglaubt, trotzdem noch die Situation kontrollieren zu können? Es war sowieso schon zu gefährlich, ohne Kondom in sie einzudringen, aber er hatte sie einfach einmal fühlen müssen, sie ganz direkt, ohne Barriere spüren. Ein dummer Fehler, er sollte es in seinem Alter eigentlich besser wissen. Wenn schon nicht für sich selbst, dann wenigstens, um Rose zu schützen. Langsam zog er sich aus ihr zurück und richtete sich auf. Irgendwo in seiner Hose …

»Was ist?« Rose' heisere Stimme strich über ihn hinweg.

»Ich bin sofort wieder da, ich habe ein Kondom in meiner Hosentasche.« Ihre Beinmuskeln zogen sich zusammen und schoben ihn wieder dichter an sie heran. »Wenn du einen kleinen Moment wartest …«

»Nein.«

»Rose …«

Sie stützte sich auf die Ellbogen und sah ihn direkt an. »Ich denke nicht, dass du so mit mir zusammen wärst, wenn du eine Krankheit hättest.«

»Natürlich nicht!«

Rose nickte zufrieden. »Dann komm endlich wieder her, bevor ich die Lust verliere …«

»Du könntest …«

»Spirale. Und jetzt beeil dich.« Erneut zog sie ihn mit den Beinen an sich, und diesmal folgte er ihr.

»Aye, Ma'am.«

Ihr Lachen ging in ein Stöhnen über, als er tief in sie eindrang. Sie ließ sich zurückfallen und beobachtete, wie Rocks gewaltiger Körper über ihr aufragte. Nie hätte sie gedacht, dass sie gerade diesen Unterschied zwischen ihnen so erregend finden könnte. Seine Augen glitzerten, als sein Blick über sie glitt und an ihren Brüsten hängen blieb. Die Leidenschaft darin war unübersehbar. Er beugte sich vor und fuhr mit der Zunge über ihre Brustwarze. Rose bäumte sich auf, als ein Pfeil reiner Lust sie durchfuhr. Sie zog Rocks Kopf dichter zu sich, während er gleichzeitig in sie stieß. Sein Mund schloss sich um ihre Brust. Endlich! Ihre Finger rieben über seinen Nippel, während sich ihre andere Hand in seine Pomuskeln grub, um ihn anzutreiben. Erneut zog er sich zurück, um kurz darauf tief in sie zu stoßen. Sein Rhythmus wurde schneller, härter, nur noch von den Gefühlen bestimmt, jeder Gedanke beiseitegeschoben.

Sein Atem kam in kurzen, abgehackten Zügen, sein Herzschlag hämmerte gegen ihre Hand. Tiefer, ja! Die Hitze drohte sie zu verbrennen, als sie sich unaufhaltsam dem Höhepunkt näherte. Ihre Fersen gruben sich in seine Oberschenkel, spornten ihn zu noch schnelleren Stößen an. Seine Zähne schlossen sich nicht allzu sanft um ihre Brustwarze. Die Welt explodierte um sie herum und zog sie mit sich in den Abgrund. Ihr Herz raste, Lichtpunkte flimmerten hinter ihren geschlossenen Augenlidern. Sie spürte, wie Rock sich aufbäumte und sich mit einem rauen Stöhnen in sie ergoss. Tiefe Zufriedenheit erfasste sie, als er über ihr zusammensackte.

45

Für einige Minuten lagen sie einfach nur da und genossen das Abebben des gemeinsamen Höhepunkts. Rock wusste, dass er sich eigentlich bewegen sollte, um Rose nicht zu erdrücken, aber er konnte sich nicht dazu aufraffen. Zu schön war es, ihren Körper unter sich zu spüren und weiterhin tief in ihr vergraben zu sein. Sein Herzschlag beruhigte sich nur langsam wieder, und er konnte spüren, dass es Rose ebenso ging. Er hob den Kopf und lauschte. Draußen war alles still, der Sandsturm schien weitergezogen zu sein. Das bedeutete, dass in wenigen Minuten garantiert jemand hier auftauchen würde, um nach dem Rechten zu sehen. So gerne er noch viel mehr Zeit mit Rose verbracht hätte, es ging einfach nicht. Rock stützte sich auf seine Ellbogen und sah auf sie hinunter. Ihre Augen waren geschlossen, sie schien zu schlafen. Ein Lächeln hob seine Mundwinkel. Offenbar hatte er sie restlos erschöpft. Mit einem Finger schob er eine Haarsträhne aus ihrem Gesicht und ließ ihn dann an ihrer Schläfe und weiter über die Wange hinuntergleiten. Scine Augenbrauen schoben sich zusammen, als er die Feuchtigkeit spürte.

»Rose?«

Ihre Lider hoben sich, und sie blickte ihn stumm an.

Sein Herz zog sich zusammen, als er Tränen in ihren Augen glitzern sah. Vielleicht hätte er es erwarten sollen, aber es tat ihm weh, zu sehen, dass sie ihr Zusammensein schon bedauerte. Was hatte er sich eigentlich gedacht? In sieben Jahren war ihr kein Mann begegnet, der Ghost hätte ersetzen können, und nun glaubte er, dass ihm das gelingen würde? Es war keine Frage, dass sie körperlich auf ihn reagiert und auch den Sex genossen hatte, aber das bedeutete noch lange nicht, dass sie ihn liebte. Er hätte sich besser schützen müssen, seine Gefühle für sie machten ihn schwach – und blind. Langsam richtete er sich auf und zog sich aus ihr zurück. Bemüht, seinen Gesichtsausdruck neutral zu halten, hockte er sich neben sie und zog seine Kleidung zu sich heran.

»Was … was tust du da?«

»Ich ziehe mich an. Der Sturm hat aufgehört, ich muss wieder zurück zu den anderen.«

»Oh.« Die Verletztheit in ihrer Stimme war nicht zu überhören.

Verdammt, er schaffte es nicht, sie hier so zurückzulassen. Er ließ das T-Shirt sinken und wandte sich ihr zu. »Ich weiß, dass du bereits bedauerst, dich mit mir eingelassen zu haben. Es tut mir leid. Ich wusste vorher, dass du noch nicht über Ghost hinweg bist, aber …« Er brach ab und fuhr mit der Hand durch seine Haare. »Ich hatte gehofft …« Rock wandte sich ab, damit sie den Schmerz in seinem Gesicht nicht sah.

Rose richtete sich auf und legte ihre Hand auf seinen Arm. Die Tränenspuren waren immer noch deutlich sichtbar. »Natürlich habe ich ihn geliebt. Ich liebe ihn immer noch. Aber es sind jetzt sieben Jahre, ich kann mich nicht ewig verstecken.« Sie brach ab und lächelte ihn wässrig an. »Und ich will es auch nicht mehr.« Sie hob seine Hand an ihre Lippen. »Es war wunderschön mit dir, und ich würde es gern möglichst bald wiederholen.«

»Aber … warum hast du dann geweint?«

Mit zittrigen Fingern wischte sie die letzten Tränen fort. »Weil ich nicht erwartet hatte, mit einem anderen Mann jemals wieder so etwas empfinden zu können.«

Wortlos zog er sie an sich und schlang seine Arme um sie. Sie hatte zwar nicht gesagt, dass sie ihn liebte, aber das war in

Ordnung. Es war ein Anfang, auf den er aufbauen konnte. Einen Moment lang genoss er das Gefühl, sie in den Armen zu halten, dann küsste er ihre Stirn und löste sich bedauernd von ihr. »Ich muss mich wirklich beeilen, so gern ich noch bei dir bleiben würde.«

»Das ist schon in Ordnung, ich muss mich auch bei Hawk melden. Joe hat ihm zwar schon das Wichtigste berichtet, aber ich finde es nicht richtig, alles auf ihn abzuwälzen, schließlich ist es meine Aufgabe, eine Spur von Kyla zu finden.«

»Niemand erwartet, dass du zaubern kannst.«

»Nein, das nicht, aber ich möchte meinen Platz hier auch verdient haben. Ihr habt alle schon euren Teil dazu beigetragen, die Agentin zu finden und Mogadir zu fassen, während ich …«

»Während du eine Spur von Kyla entdeckt und noch dazu den Kindern das Leben gerettet hast. Das war ein sehr guter Anfang, Rose.«

Sie lächelte ihn an. »Ich ziehe es vor, dir zu glauben.«

»Das kannst du, ich würde dich nie anlügen.«

»Danke.«

Von draußen drangen erste Geräusche zu ihnen. Stimmen, Flüche, laute Rufe. Rock sprang auf, griff seine Hose und schlüpfte hinein. Sein T-Shirt folgte innerhalb von Sekunden. Rose sah ihm mit offenem Mund dabei zu. Er nahm sich die Zeit, sich hinunterzubeugen und sie zu küssen, bevor er mit schnellen Schritten das Zelt verließ, nachdem er sich davon überzeugt hatte, dass niemand ihn dabei sah.

Verwundert sah Rose ihm nach. Sie legte ihre Finger auf die Lippen, die noch von seinem Kuss prickelten. Obwohl er so massig war, konnte Rock sich erstaunlich schnell bewegen, wenn er es wollte. Immerhin wusste sie nun, dass er nicht vor ihr floh, sondern einfach nur verhindern wollte, dass jemand ihn in ihrem Zelt antraf. Rose blickte sich suchend um. Wenn sie nicht nackt überrascht werden wollte, sollte sie sich lieber anziehen. Sie schlüpfte in ihre Kleidung, band ihre Haare zusammen und trat zum Ausgang, wo die von Rock geöffnete Zeltplane langsam hin und herschaukelte. Der Sturm schien tatsächlich vorbei zu sein, nur ein leichter Wind blies noch. Sand war vor das Zelt geweht worden und zeigte nun das deutliche Muster eines Männerschuhs. Ein Lachen sprudelte in Rose auf. Wenn Rock ihren guten Ruf schützen wollte, hätte er besser darauf achten sollen, welche Spuren er hinterließ. Nachdem sie sich erneut ihr Waschzeug gegriffen hatte, trat sie aus dem Zelt und zwinkerte gegen das strahlende Sonnenlicht.

Tatsächlich war von der düsteren Sandwolke nichts mehr zu sehen. Fast wünschte sie sich, der Sturm hätte länger gewütet und ihr mehr Zeit mit Rock gegeben. Als ihre Augen sich an das Licht gewöhnt hatten, sah sie sich erstaunt um. Das Lager wirkte, als hätten die Soldaten eine Party veranstaltet. Zelte standen schief, Müllsäcke waren fortgeweht worden und hatten den Inhalt über das ganze Lager verstreut. Überall lagen Sandhaufen vor den Unterkünften, die Fahrzeuge waren mit einer feinen Staubschicht bedeckt, während ihre Reifen tief im Sand steckten. Die hohe Antenne auf der Kommandozentrale war umgekippt und wurde gerade von mehreren Männern wieder aufgestellt. Joe kam mit langen Schritten auf sie zu.

»Geht es dir gut?«

Sie lächelte ihn beruhigend an, als sie die Sorge in seiner Stimme hörte. »Natürlich. Ich war in meinem Zelt. Ist bei euch alles in Ordnung?«

Er fuhr mit dem Handrücken über seine Stirn. »So weit schon. Einige Soldaten haben leichte Abschürfungen von einer umstürzenden Barackenwand, und die Funkverbindung ist noch unterbrochen, aber sie arbeiten daran. Gut, dass die Hubschrauber gerade in Kabul sind und nicht unterwegs waren.«

Rose deutete auf den Waschraum. »Ich mache mich noch etwas frisch und komme dann gleich rüber, um mit Hawk zu reden. Ist er in der Zentrale?«

»Ja, lass dir ruhig Zeit, er ist derzeit noch dabei, den Deutschen zu helfen, das Chaos zu sortieren.«

»In Ordnung, es dauert nicht lange, und dann kann ich euch zur Hand gehen.«

Joe nickte ihr zu, bevor er umkehrte und zurück in die Richtung lief, aus der er gekommen war. Rock war nirgends zu sehen, wahrscheinlich hatte er sich den allgemeinen Aufräumarbeiten angeschlossen. Beim Waschhaus angekommen versuchte sie die Tür zu öffnen, stellte jedoch fest, dass sie klemmte. Sie hockte sich hin und schob den Sand zur Seite, der sich davor aufgetürmt hatte. Die Sandkörner klebten an ihrer feuchten Haut, wirbelten hoch und knirschten zwischen ihren Zähnen. Glücklicherweise war sie nicht während des Sturms draußen gewesen, das wäre weitaus unangenehmer gewesen. Rose drehte rasch den Kopf zur Seite, als ein Windstoß weiteren Sand aufwirbelte. Aus den Augenwinkeln sah sie jemanden hinter der Hütte verschwinden, eigentlich war es mehr ein Schatten. Sicher hatte sie es sich nur eingebildet. Und wenn nicht? Wenn jemand Hilfe benötigte?

Kurz entschlossen erhob sie sich und trat näher an die Wand heran. Vorsichtig lugte sie um die Ecke. Nichts. Zögernd ging sie weiter. Sie hatte deutlich sichtbar vor dem Waschhaus gehockt, wäre jemand da gewesen, hätte er sie doch angesprochen. Trotzdem konnte sie das Gefühl nicht abschütteln, dass sie nicht allein war. Andererseits war sie in einem gesicherten Lager, mit jeder Menge Soldaten in Rufweite, was konnte ihr hier schon passieren? Sie blickte um die nächste Ecke und erstarrte. Ein ganz in schwarz gekleideter Mann hockte auf dem Boden, es sah nicht so aus, als hätte er sie gehört. Rose wollte sich zurückziehen und Rock oder einen der anderen SEALs holen, doch in dem

Moment beugte er sich vor. War es einer der Soldaten, der sich verletzt hatte?

Ohne nachzudenken trat sie einen Schritt vor und sprach den Mann an. »Kann ich Ihnen helfen?«

Er wirbelte in einer so schnellen Bewegung zu ihr herum, dass sie keine Zeit hatte, zu reagieren. Eine Pistole war auf sie gerichtet, bevor sie zwinkern konnte. Mit weit aufgerissenen Augen starrte sie ihn an, unfähig, sich auch nur einen Zentimeter zu bewegen.

Einen Moment lang betrachteten sie sich gegenseitig, dann entspannte sich der Mann sichtlich. »Sie sind Amerikanerin?«

Sein Englisch war sehr gut und völlig akzentfrei, aber er sah aus wie ein Afghane und dürfte daher eigentlich nicht hier sein. Sie wusste nicht, wer er war oder was er hier tat, aber da er eine Waffe hatte und sie nicht, hielt sie es für besser, ihm zu antworten. »Ja. Was tun Sie hier?« Durch seinen Bart war sie sich nicht sicher, aber sie meinte, seinen Mundwinkel zucken zu sehen. Ein gutes oder ein schlechtes Zeichen?

»Amerikanische Frauen faszinieren mich.«

Was sollte *das* nun heißen? Rose ging unwillkürlich einen Schritt zurück. Auch wenn es nicht so schien, als würde er sie töten wollen, wusste sie, wie sehr das täuschen konnte. Eine Bewegung hinter ihm ließ sie genauer hinschauen. Auf dem Boden lag etwas Blaues, es sah aus wie ihre Burka, aber sie wusste genau, dass diese sich in ihrem Zelt befand. Der Mann sah ihren Blick und wandte den Kopf zur Seite. Rose kniff die Augen zusammen, um im grellen Sonnenlicht besser sehen zu können. Der Stoff bewegte sich im leichten Wind, nichts Unerwartetes. Doch dann sah sie die Hand, die im Sand kaum zu erkennen gewesen war. Überrascht keuchte sie auf.

»Wenn Sie schon mal hier sind, können Sie mir helfen.« Der Mann hatte sie anscheinend gehört.

»W…wobei?«

Er gab ihr ein Zeichen, zu ihm zu kommen. Mit zitternden Knien gehorchte sie. Einen Meter hinter ihm blieb sie stehen. Im Schatten der Hauswand lag eine Frau. Ihre Augen waren geschlossen, das Gesicht bleich. Oh Gott! »Ist sie …?«

Ungeduldig blickte der Mann sie an. »Natürlich nicht. Sie schläft nur.«

Rose kniete sich neben sie und legte ihre Hand an die Halsschlagader. Erleichtert atmete sie auf, als sie einen kräftigen Puls fühlte. Sie schob den Schleier zur Seite, der den Kopf der Frau bedeckte und nur das Gesicht frei ließ und erstarrte. Blonde Haare! Schmutzig zwar, aber eindeutig blond. Rose betrachtete das Gesicht genauer. Es konnte Kyla sein, aber unter all dem Dreck war sie kaum zu erkennen. Vorsichtig schob sie ein Augenlid hoch. Grün, wie erwartet. Die Pupille war erweitert. Wie kam sie hierher? Und vor allem, wer war ihr Begleiter? Er passte eindeutig auf die Beschreibung, die der Junge in der Stadt ihr gegeben hatte.

»Passen Sie gut auf sie auf.«

Rose fuhr herum, als sie die Stimme hörte. »Was haben Sie mit ihr gemacht?«

»Es ist nur ein leichtes Betäubungsmittel, sie wird bald wieder aufwachen. Ich habe ihre Schulterwunde versorgt, aber sie sollte trotzdem noch einmal untersucht werden.« Zu ihrer Verblüffung reichte er ihr einen in ein Tuch eingewickelten Gegenstand. »Geben Sie ihr das, wenn sie aufwacht.«

»Wer sind Sie?«

Der Mann lächelte nur und bewegte sich von ihr fort.

»Warten Sie! Es steht eine Belohnung …«

»Daran habe ich kein Interesse. Sagen Sie ihr … es war mir ein Vergnügen.« Damit drehte er sich um und verschwand so schnell, wie er aufgetaucht war. Rose wusste nicht, was sie tun sollte. Ihn aufhalten? Bei Kyla bleiben? Hilfe holen? Sie entschied sich schließlich für Letzteres und rannte los.

Schon auf halbem Weg zum Sanitätszelt traf Rose auf einen deutschen Soldaten, der sie beunruhigt ansah, als sie schwer atmend vor ihm zum Stehen kam. »Holen … Sie den Arzt. Hinter dem Waschhaus liegt eine verwundete Frau. Und Hawk, er soll sofort herkommen.« Sofort setzte er sich in Bewegung, und sie atmete erleichtert durch, bevor sie zu Kyla zurücklief.

Dort angekommen, hockte sie sich neben die Agentin und schob die Burka hoch, um ihr mehr Luft zu verschaffen. Als sie sah, dass Kyla darunter nur einen Slip trug, zog sie das Kleidungsstück rasch wieder herunter und blickte sich um. Noch war keiner der Männer in Sicht. Schließlich beschränkte sie sich darauf, den Ausschnitt der Burka zur Seite zu ziehen, um sich die Schusswunde genauer ansehen zu können. Ihr Magen hob sich, als sie getrocknetes Blut, bläuliches Fleisch und grobe Stiche sah. Auch wenn sie nicht besonders schön aussah, schien die Naht wenigstens zu halten. Wer hatte sie gemacht? Der Afghane? Möglich. Allerdings glaubte sie nicht, dass er wirklich Afghane war. Vom Aussehen vielleicht, aber seine Sprache und seine Art passten nicht ganz in das Bild. Auch nicht, dass er Kyla hierhergebracht hatte. Nun, ihr war es egal, sie war nur froh, dass sie die Agentin lebend und bis auf die Schussverletzung offensichtlich unversehrt zurückhatten. Wenn sie wirklich nur betäubt war.

Als hätte sie ihre Gedanken gehört, gab Kyla ein leises Stöhnen von sich. Ihre Finger schlangen sich um Rose'. »H…am… id.«

Rose beugte sich zu ihr hinunter. »Sie sind in Sicherheit, Kyla. Es ist alles in Ordnung. Der Doktor kommt sofort.«

46

Kylas Augen öffneten sich langsam. »Hamid?« Nein, es war eine Frau, die sich über sie beugte. Aber woher kam sie so plötzlich? Und wo war Hamid? Die Welt um sie herum begann zu schwanken, und sie kniff die Augen schnell wieder zu. Übelkeit stieg in ihr hoch. Das Betäubungsmittel! Hamid hatte sie schon wieder betäubt und sie anscheinend irgendwo hingebracht. Kyla öffnete ein Auge und blickte vorsichtig um sich. Blauer Himmel, Sand, eine Wand. Und eine Frau, die zwar dunkle Haare und Augen hatte, aber eindeutig keine Afghanin war. Ihr Englisch hatte einen deutlichen amerikanischen Akzent. Erleichterung überkam Kyla, doch gleichzeitig vermisste sie Hamid. Er hatte sich zu ihr heruntergebeugt und sie geküsst. Mit den Fingern strich sie über ihre Lippen, Tränen brannten in ihren Augen. Verdammt!

Eine beruhigende Hand berührte ihre Schulter. »Sprechen Sie von dem Mann, der bei Ihnen war? Keine Angst, er wird Ihnen nichts mehr tun.«

»Ist er …?« Sie konnte es nicht aussprechen. Der Gedanke, dass Hamid tot sein könnte, traf sie mehr, als er sollte.

»Er ist geflohen, ich konnte ihn nicht aufhalten. Wer war er?«

Kyla sprach mühsam durch ihre raue Kehle. »Ich habe keine Ahnung. Er fand mich, als ich mich verletzt in einem Keller versteckt hatte. Er hat mich gepflegt, die Wunde genäht und mich dann aus der Stadt herausgebracht.«

»Ich soll Ihnen ausrichten, dass es ihm ein Vergnügen war. Allerdings verstehe ich nicht ganz, was er damit meinte.«

Kyla lachte auf, während gleichzeitig Tränen über ihre Schläfen rollten. »Ich schon. Danke.«

Besorgt blickte die Frau sie an. »Kann ich irgendetwas für Sie tun?«

Mühsam riss Kyla sich zusammen. »Ich muss dringend eine Verbindung zu … Wo bin ich hier überhaupt?«

»Auf einem KSK-Stützpunkt.«

»Und was machen Sie hier? Sie sind doch Amerikanerin, oder?«

»Ich bin Teil des Teams, das Sie gesucht hat. Vielmehr war ich das, nachdem Sie ja glücklicherweise wieder aufgetaucht sind.«

»Ein Team?«

»Ja, Hawk, SEAL Team 11, andere Experten, und ich.« Die Frau lächelte. »Entschuldigung, ich habe mich gar nicht vorgestellt. Rose Gomez.«

Kyla sah Rose zögernd an. Sie schien echt zu sein, doch vielleicht war es auch eine perfekt getarnte Falle, um ihr Informationen zu entlocken. Sie hatte sowieso schon viel zu viel gesagt. So presste sie nur die Lippen zusammen und schwieg.

Zuerst wirkte Rose verwirrt, doch dann nickte sie verständnisvoll. »Ich habe jemanden geschickt, der Hawk holen soll, er wird gleich da sein.«

»Danke.«

Zuerst traf allerdings ein Arzt ein, dicht gefolgt von zwei Soldaten mit einer Trage. Nachdem er sich die Wunde angesehen hatte, entschied er, dass sie transportfähig war, und gab den Soldaten das Zeichen, sie vorsichtig auf die Trage zu legen. Gerade als sie um die Ecke getragen wurde, kam Hawk mit großen Schritten auf sie zu. Als er sie erkannte, blieb er ruckartig stehen. Wäre sie in besserer Verfassung gewesen, hätte Kyla bei diesem Anblick laut aufgelacht. Normalerweise war Hawk immer kontrolliert, locker und hatte häufig einen Scherz auf den Lippen, doch diesmal schien es ihm total die Sprache verschlagen zu haben. Schließlich gab er sich sichtbar einen Ruck und ging schnell auf sie zu. Das Lachen verging ihr, als sie sein Gesicht aus der Nähe sah. Er wirkte blass und krank, mit dunklen Ringen unter den Augen. Falten hatten sich tief zwischen den Augenbrauen und um die Mundwinkel eingegraben. Jade! Es war etwas mit Jade, das musste es sein. Angst durchzuckte sie und nahm ihr den Atem. Oh Gott, nein! Sie hatte so gehofft, dass es ihrer Partnerin gelungen war, zu fliehen.

Als Hawk neben ihr war, griff sie nach seiner Hand und blickte ihn beschwörend an. »Jade?«

Seine Miene erhellte sich nur unmerklich. »Es geht ihr gut, sie ist schon in Ramstein.«

Er konnte die Sorge um Jade nicht verstecken, er log eindeutig. »Hat sie berichtet, was geschehen ist?«

»Wenn du Mogadir meinst, wir wissen Bescheid, er befindet sich bereits in Gefangenschaft.«

»Gut.« Die Befriedigung, die sie bei dieser Nachricht empfand, war heftig, aber kurz. »Dann wurden seine Pläne vereitelt?«

»Wir werten noch einige Dateien aus, die auf seinem Computer gefunden wurden, aber wir gehen davon aus, dass der Anschlag nach seiner Verhaftung nicht mehr stattfinden wird.«

Kyla nickte, auch wenn sie nicht dieser Meinung war. Sie sah, dass Rose immer noch in der Nähe stand. Sie lächelte ihr zu, auch wenn es sich komisch anfühlte, nach den Geschehnissen der letzten Tage. »Vielen Dank für Ihre Hilfe.«

Rose lächelte zurück. »Gern geschehen.«

Rose wandte sich um, doch Hawk stoppte sie. »Komm bitte mit, Rose, ich muss noch mit dir sprechen.«

»Natürlich.«

Während Kyla hineingetragen wurde, um dort vom Arzt untersucht zu werden, blieb Hawk mit Rose in einiger Entfernung zum Sanitätszelt stehen. Er rieb mit beiden Händen über sein Gesicht, seine hängenden Schultern zeigten deutlich die völlige Erschöpfung.

»Wo hast du sie gefunden?«

»Direkt hinter dem Waschhaus. Ein Mann hat sie hergebracht, wahrscheinlich der gleiche, von dem mir auch der Junge erzählt hatte.«

Hawks Kopf ruckte hoch. »Es war ein Mann hier im Lager? Das kann nicht sein!«

Rose zog eine Augenbraue hoch. »Da ich ihn gesehen habe, war es wohl so.«

»Wie sah er aus? Ich werde sofort ein paar Männer losschicken, die ihn suchen.«

»Schwarze Kleidung, schwarze Kufiya. Dunkle Haare und Augen, Bart. Er sah aus wie ein Afghane, aber ich glaube nicht, dass es einer war.«

Hawk blickte sie scharf an. »Wie kommst du darauf?«

Unsicher zuckte sie mit den Schultern. »Ich weiß es nicht, einfach nur ein Gefühl. Sein Englisch war zu glatt, ohne jeden Akzent. Aber Kyla kann dir sicher mehr darüber erzählen.« Sie zögerte und fuhr dann fort. »Ich glaube, es wäre vergebliche Liebesmüh, wenn du ihn suchen lassen würdest. Es kam mir so vor, als wenn er sich hier auskennen würde – sonst wäre er bestimmt nicht ungesehen ins Lager gekommen. Außerdem scheint er Kyla gut behandelt zu haben.«

»Darum geht es nicht …«

»Ich habe ihm gesagt, dass er eine Belohnung bekommt. Er wollte sie nicht.«

»Warum nicht?«

»Er sagte nur, er hätte kein Interesse daran.«

»Wenn das so ist, warum hat er Kyla dann geholfen?«

»Frag sie, vielleicht kann sie es dir sagen.«

Einen Moment lang blickte Hawk in Richtung der Berge, dann wandte er sich wieder Rose zu. »In Ordnung, ich befrage erst Kyla. Danke.«

Rose blickte ihm nach, als er auf das Zelt zuging. Sie war froh, nicht in seiner Haut zu stecken.

»Geht es dir gut?«

Rose fuhr herum, als sie Rocks Stimme hinter sich hörte. Wann würden diese Idioten endlich damit aufhören, sich immer an sie heranzuschleichen? »Es ging mir gut, bis du mir fast einen Herzinfarkt beschert hast.«

»Entschuldige.« Rocks Lächeln war heiß und intim, aber kein bisschen entschuldigend.

»Kyla ist gerade aufgetaucht.«

»Ich habe davon gehört.« Jetzt lächelte er nicht mehr. »War da wirklich ein Mann?«

»Keine Angst, ich habe nichts mit ihm angefangen.«

»Sehr witzig. Ich meine das ernst, wenn er dir etwas angetan hätte …«

»Das hat er aber nicht, er war sogar recht freundlich.« Von der Waffe musste sie ihm ja nichts erzählen.

»Freundlich.« Es war keine Frage.

Rose zuckte die Schultern. »Er hat Kylas Wunde genäht, sie die ganzen Tage über versorgt und hierhergebracht. Das hätte er nicht getan, wenn er ihr etwas hätte antun wollen, oder?« Sie konnte deutlich sehen, wie Rock sich zusammenreißen musste, um nicht ihre Naivität zu verfluchen. Natürlich wusste sie, dass die Sache keineswegs so klar war, wie sie es geschildert hatte, aber sie hatte auch keine Lust, darüber zu spekulieren, welche Motive der Mann hatte. Wichtig war für sie nur, dass er die Agentin sicher zurückgebracht hatte. »Wie geht es mit den Aufräumarbeiten weiter?«

Rocks Blick zeigte deutlich, dass er ihr Ablenkungsmanöver durchschaut hatte. »Schleppend. Immerhin dürfte die Funkverbindung in einigen Minuten wiederhergestellt sein – zumindest, wenn die Satellitenschüssel nicht beschädigt wurde.«

»Gut. Kann ich noch irgendwo helfen? Eigentlich wollte ich mich frisch machen, aber das hat auch Zeit bis nachher.«

»Geh ruhig, die Deutschen sollten die Lage im Griff haben, das war nicht ihr erster Sandsturm.« Er beugte sich vor, bis er in ihr Ohr sprechen konnte. »Meiner auch nicht, aber ganz sicher der beste.«

Rose starrte ihm hinterher, als er zur Kommandozentrale zurückging. Ein kleiner Satz nur, aber ihr Herz klopfte so laut, dass sie fürchtete, es könnte jemand hören. Vermutlich wusste er, welche Wirkung er auf sie hatte, und machte das absichtlich, um sie aus dem Gleichgewicht zu bringen. Rose seufzte. Nein, er hatte ihr sagen wollen, dass er ihr Zusammensein genossen hatte. Und sie hatte stumm wie ein Fisch dagestanden und ihn nur verwirrt angesehen. Sie schüttelte den Kopf. Ihr war wirklich nicht mehr zu helfen. Und wenn sie noch länger hier stand und grübelte, anstatt etwas zu tun, war die Sonne untergegangen. Langsam setzte Rose sich in Bewegung.

47

Die Dunkelheit hatte sich bereits über das Lager herabgesenkt, als Rose die Krankenstation betrat. Im Arm hatte sie Kleidung, weit genug, dass sie Kyla passen müsste, Pflegeartikel und eine Bürste. Vermutlich stand der Agentin nach ihren Erlebnissen nicht unbedingt der Sinn nach solchen profanen Dingen, aber es war das Einzige, das Rose einfiel, was sie für sie tun konnte. In Ermangelung einer Tür, an die sie klopfen konnte, räusperte Rose sich, bevor sie um den Vorhang herumlugte.

»Hallo, störe ich?«

Kyla hatte mit abgewandtem Gesicht im Bett gelegen, doch jetzt richtete sie sich mühsam auf.

»Bleiben Sie ruhig liegen, ich wollte Ihnen nur ein paar Sachen bringen.«

Kyla verzog den Mund. »Ich bin froh, wenn ich hier nicht herumliegen muss, mir ist das Bett zu weich, nachdem ich die letzten Tage auf dem Boden geschlafen habe.« Rose nahm ein flaches Kissen vom Nachbarbett und schob es der Agentin in den Nacken. »Ah, schon besser, danke.«

»Ich habe Kleidung für Sie, ich hoffe, sie passt. Außerdem noch etwas zum Waschen, Pflegecreme, Deo und natürlich eine Bürste.«

»Sie wissen wirklich, wie man eine Frau glücklich macht.«

Lächelnd zuckte Rose mit den Schultern. »Ich weiß, was ich heute Nachmittag als Erstes getan habe, als ich zurückkam, und ich könnte mir vorstellen, dass es Ihnen ähnlich geht. Burkas sind bei der Hitze die Hölle«

»Kleine Untertreibung. Ich würde für saubere Kleidung töten.«

»Das ist nicht nötig.«

Kyla lachte. »Ich glaube, ich habe mich noch nicht richtig vorgestellt. Ich bin Kyla Mosley. Es tut mir leid, dass ich vorhin nicht geantwortet habe, aber ich konnte es nicht riskieren.«

»Das verstehe ich.« Rose zog sich einen Hocker heran und setzte sich. »Wie geht es Ihnen jetzt?«

»Besser. Der Arzt hat mir eine lokale Betäubung gegeben. Eigentlich sollte ich gleich ausgeflogen werden, aber da das Funkgerät defekt war, konnte bisher kein Hubschrauber gerufen werden. Und da es schon dunkel wird, bleiben die Hubschrauber wohl in Kabul. Morgen früh werde ich dann abgeholt.« Kyla rückte sich im Bett zurecht. »Wissen Sie etwas von Jade? Hawk ist mir immer ausgewichen, wenn ich nach ihr gefragt habe.« Das konnte Rose gut verstehen. Scheinbar war das ihrem Gesichtsausdruck anzusehen, denn Kyla beugte sich plötzlich vor. »Jade ist meine Partnerin, ich habe ein Recht darauf, zu erfahren, wie es ihr geht! Ist sie schwer verletzt?«

Rose wünschte sich, in diesem Augenblick woanders zu sein. Sie wollte nicht darüber nachdenken, was mit Jade passiert war, und es wäre Hawks Aufgabe gewesen, Kyla aufzuklären. Andererseits verstand sie auch, warum Hawk nicht darüber reden wollte – oder konnte. Sie suchte vergeblich nach behutsamen Worten. »Jade wurde in Mogadirs Bergfestung verschleppt und dort mehrere Tage gefangen gehalten. SEAL Team 11 hat sie letzte Nacht befreit.«

Kyla hatte ihre Hand vor den Mund gepresst. »Oh Gott. Ich hatte schon so etwas befürchtet, weil Hawk …« Sie brach ab und schluckte heftig. »Ich hätte bei ihr bleiben sollen, zusammen hätten wir vielleicht eine Chance gehabt.«

»Das kann ich nicht beurteilen, aber wenn sie Jade, die unverletzt war, gefangen nehmen konnten, wie hätten Sie sie verletzt davon abhalten sollen?«

»Ich weiß es nicht, aber ich hätte es zumindest versuchen müssen.« Kyla machte eine Handbewegung, als Rose etwas erwidern wollte. »Jetzt kann ich es sowieso nicht mehr ändern. Wie geht es Jade?«

Rose versuchte, es möglichst vorsichtig auszudrücken. »Sie war sehr schwach und hatte oberflächliche Verletzungen. Die letzte Meldung aus Ramstein war, dass es ihr so weit gut geht.«

»So weit?«

»Wie man es erwarten kann, nach dem was sie durchgemacht hat. Sie wird außer kleineren Narben keine bleibenden körperlichen Schäden davontragen.«

»Aber?«

»Wie das mit den psychischen Schäden aussieht, ist jetzt noch nicht abzusehen.«

Tränen standen in Kylas Augen. »Ich wünschte, ich wäre bei ihr gewesen.«

»Nein, das wünschen Sie sich nicht, glauben Sie mir.« Rose räusperte sich. »Dank Jades Bericht wurde Mogadir verhaftet und sein Plan aufgedeckt.«

»Gut.« Sie atmete tief durch. »Hawk sagte, dass Experten einige Dateien von Mogadirs Computer untersuchen. Wurden sie schon geknackt? Ich hatte das Gefühl, als wenn noch etwas anderes dahintersteckt. Ich kann es nicht erklären, aber es erschien mir ein sehr großer Plan für einen relativ kleinen Warlord wie Mogadir.«

»Bisher noch nicht, aber unsere Leute werden es herausfinden.«

»Das hoffe ich. Vielleicht wollte Mogadir auch auf einen Schlag sämtliche Konkurrenten loswerden, schließlich saßen die Warlords bisher immer in den vordersten Reihen der Wolesi Jirga.«

»Das wird hoffentlich nach den Wahlen anders sein.«

»Glauben Sie wirklich?« Zweifel schwangen in Kylas Stimme mit.

»Wir können nur beobachten und abwarten, wie es ausgeht. Freie Wahlen bedeuten auch, dass wir nicht bestimmen können, wer gewählt wird. Wir können nur dafür sorgen, dass alles mit rechten Dingen zugeht.«

»Das Schwierigste an einem Undercoverjob ist nicht, dass man seine wahre Identität nicht verraten darf oder seine Familie und Freunde nicht kontaktieren kann – sondern zusehen zu müssen, ohne wirklich etwas ausrichten zu können. Ja, ich weiß, die Informationen, die ich sammle, helfen indirekt vielen Menschen, aber ich will sofort sehen, dass sich etwas ändert, direkt und ohne Verzögerung.« Kyla lächelte grimmig. »Natürlich habe ich das vorher gewusst, trotzdem wollte ich den Job unbedingt machen. Verrückt, oder?«

»Nein, ich kann das gut nachvollziehen. Ich habe hier ein halbes Jahr lang für eine Hilfsorganisation gearbeitet, und obwohl ich den Menschen direkt helfen konnte, war es schwer für mich zu sehen, wie wenig wir wirklich auf längere Sicht bewirkten. Ich habe mich damit getröstet, dass ich allein nicht viel ausrichten kann, aber wenn es viele gibt, die alle ein kleines Stück beitragen, können wir etwas bewegen.« Rose lachte. »Ziemlich naiv und idealistisch.«

Kyla lächelte sie an. »Mir gefällt die Idee. Nachdem Mogadir jetzt aus dem Spiel ist, wird sich vielleicht für die Leute in der Region etwas verändern. Ob zum Guten oder zum Schlechten bleibt abzuwarten.« Sie setzte sich abrupt auf. »Hat Jade eine Nachricht an Nurja geschickt? Sie will sicher wissen, dass ihre Information uns geholfen hat.«

Rose wusste nicht, wie sie es der Agentin schonend beibringen sollte. »Nurja und ihr Mann wurden von Mogadir ermordet. Vermutlich kurz nachdem sie euch die Informationen gegeben hatte.«

»Oh, nein!« Tränen traten in Kylas Augen. »Ich hatte gehofft …« Sie blickte einen Moment zur Seite, bevor sie sich wieder an Rose wandte. Diesmal glitzerte heiße Wut in ihren Augen. »Ich werde ihn umbringen!«

»Er wird garantiert niemandem mehr schaden können, das muss reichen.«

»Was ist mit den Kindern?«

»Wir haben sie heute im Keller des Hauses gefunden. Das Baby war sehr schwach, aber den anderen geht es gut. Eine Freundin von mir wird sich darum kümmern, dass sie einen guten Platz bekommen.«

Kyla stützte das Gesicht in die Hände. »Es ist unsere Schuld. Hätte Nurja uns nicht geholfen …«

Rose legte einen Arm um ihre Schultern. »Es war ihre Entscheidung. Ich bin mir sicher, dass sie wusste, welches Risiko sie einging.«

»Das stimmt. Ich werde wohl noch lernen müssen, mit solchen Ergebnissen meiner Arbeit umzugehen.«

Rose stimmte ihr insgeheim zu. Wahrscheinlich sollte sie die Agentin lieber schlafen lassen, der nächste Tag würde sicher anstrengend werden. Sie stand auf und schob den Hocker wieder dorthin zurück, wo sie ihn hergeholt hatte. »Brauchen Sie noch etwas?«

»Nein, ich bin gut versorgt. Vielen Dank für die Sachen, Sie bekommen sie morgen früh zurück.«

Rose nickte und wandte sich zur Tür um, während sie die Hand in die Hosentasche schob. Ihre Finger trafen auf einen Gegenstand. Verwirrt zog sie ihn heraus und betrachtete ihn. Er war in ein altes Samttuch eingewickelt und passte in ihre Faust. Natürlich, der Fremde hatte ihn ihr für Kyla gegeben, das hatte sie in der Aufregung völlig vergessen. Sie hielt ihn ihr hin. »Ein Geschenk von Ihrem … Freund, es tut mir leid, ich hatte überhaupt nicht mehr daran gedacht.«

Zögernd nahm Kyla das Tuch entgegen. Hamid hatte ihr etwas dagelassen? Sie hatte keine Ahnung, was das sein könnte. Sie schloss ihre Finger darum und lächelte Rose an. »Vielen Dank.«

Rose verstand offensichtlich, dass sie allein sein wollte, wenn sie es auspackte, denn sie lächelte ihr noch einmal kurz zu und verließ dann das Zelt. Für einen Moment schloss Kyla die Augen. Sie konnte beinahe noch seine warmen Finger spüren, die das Tuch berührt hatten. Hastig riss sie die Augen auf. Sie wurde eindeutig verrückt! Langsam ließen sich ihre Gefühle für Hamid nicht mehr als Stockholm-Syndrom deuten, und das machte ihr höllische Angst. Vorsichtig strich sie über das Tuch, bevor sie es aufklappte. Es enthielt einen ovalen grünen Stein und einen zusammengefalteten Zettel. Verwundert hob sie den Stein hoch und sah ihn genauer an. Die Farbe wirkte geheimnisvoll, strahlte aber gleichzeitig Wärme aus. Sie schloss ihre Finger darum und faltete den Zettel auseinander.

Shahla –

diesen Stein habe ich als Kind in einem Laden gesehen, aus unerfindlichen Gründen musste ich ihn unbedingt haben. Seitdem trage ich ihn als Talisman bei mir.

Nach einem Blick in deine Augen wusste ich warum.
H.

Kyla ließ den Brief sinken und presste die Hand auf den Mund. Vergebens wehrte sie sich gegen die Gefühle, die sie überfluteten. Es war zu spät. Die Hand mit dem Stein an ihr Herz gedrückt vergrub sie ihr Gesicht im Kopfkissen.

48

Nervös lief Hawk im Raum auf und ab, während ein deutscher Soldat testete, ob das Funkgerät wieder funktionierte. Die Reparaturarbeiten hatten länger gedauert als erwartet, was die Stimmung zwischen Hawk, den SEALs und den KSKlern nicht gerade verbessert hatte. Rock hatte sich gegen den Türrahmen gelehnt, die Arme über der Brust verschränkt und wartete darauf, dass etwas passierte. Die Deutschen hatten sowieso nicht verstanden, warum sie für eine Truppe Amerikaner Platz machen sollten, über die sie nichts wussten und die nur im Weg herumstanden oder ihre Hubschrauber und Wagen beanspruchten. Der Frust bei der deutschen Eliteeinheit saß tief. Sie waren ständig in Gefahr, konnten aber kaum etwas bewirken, weil ihr Auftrag so unklar war. Mit der Zeit musste das selbst den enthusiastischsten Soldat frustrieren und dazu führen, dass er nachlässig wurde.

Ein Kratzen ertönte, gefolgt von Knattern und schließlich lautem Rauschen. Rock unterdrückte den Impuls, sich die Ohren zuzuhalten. Immerhin war das schon ein Fortschritt gegenüber der Stille vorher. Mobiltelefone funktionierten hier oben nicht, sodass sie ganz auf den Funk über Satellit angewiesen waren. Sie warteten dringend auf eine Nachricht von den Spezialisten, die Mogadirs Dateien bearbeiteten, aber auch der Kontakt zum Krankenhaus in Ramstein, mit Nachrichten zu I-Macs Status und natürlich auch dem der anderen Verletzten war für sie wichtig. Vor dem Sandsturm waren Red, Tex und der Night Stalker gerade im Operationssaal gewesen, während Jade behandelt wurde. I-Mac war noch in der Luft gewesen, doch inzwischen hatte man ihn sicher bereits untersucht. Rock rieb über seinen Nacken. Er konnte sich immer noch nicht vorstellen, dass I-Mac vielleicht nie wieder laufen konnte. Als Mischung aus Computergenie und Nervensäge war er im Team unverzichtbar und vor allem unersetzbar. Es würde schwer sein, jemanden von seiner Beweglichkeit und Körperbeherrschung so eingeschränkt zu sehen.

Rock war froh, als in diesem Augenblick Bewegung in den Raum kam und er von seinen beunruhigenden Gedanken abgelenkt wurde. Hawk hatte sich über den jungen Funker gebeugt und redete eindringlich auf ihn ein. SEALs und KSKler standen sich gegenüber und starrten sich grimmig an. Rock seufzte lautlos. Langsam wurde er wirklich zu alt für den Kram. Er spürte die Feindseligkeit im Raum, aber er konnte sie sich nicht mehr erklären und hatte auch keine Lust, sich an diesem Wettpinkeln zu beteiligen. Gerade als er sich aufraffen wollte, dazwischenzugehen, hörte er Clints Stimme.

»Hawk, lassen Sie den Soldaten seine Arbeit tun. Es geht sicher nicht schneller, wenn Sie auf seinem Schoß sitzen.«

Einige der deutschen Soldaten begannen zu lachen. Clint fuhr herum und bedachte sie mit seinem besten Drohblick. »Ruhe! Ich weiß, dass wir hier Ihre Ressourcen nutzen und damit Ihre Arbeit erschweren. Wir warten auf Informationen, die für das Überleben von Hunderten von Menschen und die Stabilität in diesem Land wichtig sind. Also übernehmen wir hier in der Funkzentrale das Kommando, bis diese Sache geklärt ist.« Er wandte sich an den Oberkommandierenden der Deutschen, der bis jetzt geschwiegen hatte. »Ihr Einverständnis vorausgesetzt, Sir.«

Oberst Koller war etwa Mitte vierzig. Graue Haare, die an der Stirn bereits stark zurückwichen, standen in einem Stoppelschnitt von seinem Kopf ab. Das Gesicht war hart und kantig, die Augen ein helles Blau, die schmalen Lippen wirkten nicht so, als könnten sie lächeln. Niemand, der sich von irgendjemandem etwas sagen lassen würde. So war Rock umso überraschter, als er schließlich nickte. »Erteilt, Captain.« Er blickte seine Männer schweigend an, bis sie sich sichtlich unwohl fühlten. »Räumt die Funkstation, bis unsere Gäste ihre Informationen haben. Mahler, Sie bleiben hier und halten sich zur Verfügung.«

»Verstanden.«

Rock beobachtete, wie der Mann vortrat, der Rose und Joe in die Stadt gefahren hatte. Nach dem, was Joe berichtet hatte, schien er fähig zu sein und vor allem auch mitzudenken. Wenn er wegen der eigenmächtigen Vorgehensweise bei der Rettung der Kinder Ärger von seinem Vorgesetzten bekommen hatte, ließ er es sich nicht anmerken. Rose würde sicher erleichtert sein. Rocks Augen verengten sich. War sie nicht ein wenig zu besorgt um den Leutnant gewesen? Er sah gut aus und war wesentlich jünger als … Rock erstarrte. Das fehlte ihm gerade noch, sich in seinem Alter in einen eifersüchtigen Narren zu verwandeln. Rose war mit ihm zusammen gewesen, das war alles, was zählte. Er durchbohrte den Deutschen mit einem Blick. Aber er würde den Jüngling im Auge behalten.

Während die deutschen Soldaten bis auf den Funker und Mahler widerwillig den Raum verließen, machten es sich die SEALs etwas gemütlicher. Der Testosteronwert sank langsam wieder auf ein erträgliches Maß, nachdem die Konkurrenz aus dem Spiel war. Rock ging zu Clint und Hawk hinüber, die mit dem Funker redeten. Der junge Soldat fühlte sich sichtlich unwohl zwischen den beiden hochgewachsenen Amerikanern. Als er Rock kommen sah, sank er noch weiter in sich zusammen.

»Keine Angst, wir beißen nicht.« Rocks Versicherung bewirkte eher das Gegenteil. Scheinbar war ihr Ruf ihnen vorausgeeilt und hatte die Deutschen verwirrt. Um nicht noch mehr Unheil anzurichten, wandte er sich an Clint. »Wie sieht es aus?«

»Nachdem der Sturm jetzt hoffentlich endgültig aus der Region abgezogen ist und sich der aufgewirbelte Sand gelegt hat, werden wir vermutlich bald eine Verbindung haben.«

Rock sah zu Hawk hinüber, der wieder damit begonnen hatte, nervös durch den Raum zu wandern. »Es wird Zeit, lange hält Hawk das nicht mehr durch.«

»Er braucht Schlaf, das ist alles. Seine Agentinnen leben noch, das ist mehr, als wir je zu hoffen gewagt haben. Am besten schicken wir ihn morgen früh mit Kyla nach Ramstein, seine Aufgabe hier ist erledigt.«

»Das ist sicher auch in seinem Sinne.« Schließlich würde er so mit eigenen Augen sehen können, dass es Jade gut ging.

Alle wandten sich abrupt dem Funker zu, als er sich zu ihnen umdrehte. »Die Verbindung steht. Ich kann aber nicht versprechen, dass der Sturm die Qualität nicht mehr beeinträchtigt.«

Clint nahm ihm den Kopfhörer aus der Hand. »Das ist auch nicht nötig, vielen Dank.« Er nickte zur Tür hin. »Wir rufen Sie, wenn wir Sie brauchen.«

»Yes, Sir.« Mit mehr Eile als nötig sprang er aus seinem Stuhl und verließ den Raum.

Clint blickte ihm kopfschüttelnd hinterher. »Dabei habe ich versucht, nett zu sein.«

Doc begann zu lachen. »Ich dachte schon, du wolltest ihm einen Abschiedskuss geben.«

»Etwas mehr Respekt vor deinem ehemaligen Captain, bitte. Wo ist eigentlich Devil?«

»Er ruht sich aus. Der Arzt hat seine Wunde genäht und eine leichte Gehirnerschütterung diagnostiziert. Wir haben ihn nur ins Bett bekommen, weil kein Einsatz bevorsteht.«

Clint nickte. »Gut, vielleicht wird er bald wieder gebraucht, es ist besser, wenn er fit ist.« Er setzte sich auf den Stuhl, den der Funker frei gemacht hatte, und startete die Verbindung zu den Experten, die Mogadirs Dateien auswerteten. »Captain Clint Hunter, US Navy SEALs. Was haben Sie gefunden?«

Ein leises Knistern drang durch die Leitung, dann die laute Stimme des Entschlüsselungsexperten. »Gut, dass Sie sich endlich melden, wir versuchen schon seit Stunden, Sie zu erreichen!«

»Ein Sandsturm hat die Verbindung gestört. Was haben Sie?«

»Es wurde eindeutig ein Anschlag auf die Wolesi Jirga geplant. Es gibt Informationen zu der Waffe – übrigens eine hochexplosive Bombe, die nicht nur das Gebäude der Ratsversammlung zerstört hätte, sondern auch einige Blocks in der Umgebung. Den genauen Standort, wo sie versteckt worden wäre. Infos zu den Opfern, zu den Tätern, zu dem besten Zeitpunkt. Sowohl in den Dateien als auch auf CD-ROM und sogar mit Kartenmaterial versehen. Ich habe fast das Gefühl, der Warlord hatte einen Listentick. Jede Kleinigkeit wurde genau aufgeführt. Erleichtert uns – oder vielmehr euch – natürlich enorm die Arbeit.«

»Die normalen Truppen werden sich um das Aufräumen kümmern. Gab es noch Hinweise auf andere geplante Anschläge?«

»Nein, bisher haben wir nichts gefunden. Nur irgendwelche halbgaren Fantasien, wie man die Ungläubigen aus dem Land vertreiben könnte. Und dabei noch Profit macht.«

»Wie niedlich. Etwas Konkretes?«

»Nein. Aber wir suchen weiter. Der Kerl ist in Haft?«

»Ja.«

»Das beruhigt mich. Er hatte einige Kontakte, die über die eines normalen Warlords hinausgehen. Wirklich große Namen, Terroristen, die wir schon lange suchen.«

»Kennt er sie, oder hat er nur etwas *über* sie geschrieben?«

»Sowohl als auch. Bei einer Datei hatten wir ziemlich viel Mühe, überhaupt das Passwort zu knacken. Sieht aus wie die

Kopie einer Mail, allerdings ist sie in einem afghanischen Dialekt geschrieben und noch dazu verschlüsselt. Es wird noch dauern, bis wir sie entwirrt haben.«

»Melden Sie das Ergebnis dann direkt dem Krisenstab und uns.«

»Wird gemacht.«

»Danke.« Clint drehte sich zu den anderen um, die der Unterhaltung über Lautsprecher gefolgt waren. »Was denkt ihr?«

»Sehr nett von dem Kerl, die ganzen Daten auf seinem Computer zu sammeln.« Jackie gab wie immer als Erster seine Meinung ab.

»Ja, Namen, Fakten, Orte, alles schön säuberlich zusammen.« Sanchez teilte offensichtlich Jackies Ansicht, dass die Sache ein wenig zu einfach schien.

Clint sah die anderen an. »Andere Eindrücke?«

Cat lehnte an der Wand und richtete sich jetzt auf. »Er dachte, die Daten sind durch die Bomben geschützt. Wenn I-Mac sie nicht auf seine Festplatte gezogen hätte, wären sie jetzt vernichtet.«

»Genauso wie die Tasche mit den Unterlagen.« Rocks Einwurf ließ alle für einen Moment innehalten.

»Aber warum schreibt sich jemand alles so genau auf, es dürfte ja wohl nicht so schwierig sein, sich zu merken, wann man wo eine Bombe explodieren lässt.«

»Jemand anders wollte, dass wir denken, mit Mogadirs Verhaftung wäre die Bedrohung beendet.« Mahlers Stimme drang ruhig durch den Raum.

Totenstille folgte seinen Worten. Er hatte so unauffällig im Hintergrund gestanden, dass sie fast vergessen hatten, dass er noch dort war.

Clint reagierte als Erster. »Möglich wäre es. Wie kommen Sie darauf?«

»Die hiesigen Terroristen sind bisher sämtlichen Suchaktionen von Amerikanern, Briten und auch uns entgangen, weil sie eben keine Spuren hinterlassen. Oder wenn, dann nur so undeutliche, dass sie ihren Verfolgern immer einen Schritt voraus bleiben. Warlords sind da anders, sie haben ihre angestammten Gebiete, ihre Leute, ihr Reich, und verteidigen sie durch Einschüchterung und Mord – und indem sie Politiker und damit Schutz erkaufen. Diese Mittel helfen natürlich nur bei ihren Landsleuten. Von uns halten sie sich möglichst fern, verstecken sich in ihren Festungen und hoffen darauf, dass wir zu dumm sind, sie zu finden. Was mit Leuten passiert, die an uns Informationen weitergeben, haben Sie ja gerade gesehen. Große Teile der Bevölkerung haben so viel Angst und sind so eingeschüchtert, dass sie mit uns nicht zusammenarbeiten wollen. Unter anderem. Mogadir war hier in der Gegend allmächtig, aber im Landesvergleich nur ein kleines Licht. Niemand, der ganz allein planen würde, einen Anschlag auf die Wolesi Jirga zu verüben. Natürlich würde er davon profitieren, wenn das Land im Chaos versinkt, aber dennoch glaube ich nicht, dass er von selbst auf diese Idee gekommen wäre. Und er hätte sich keine Notizen dazu gemacht. Die Warlords leben davon, dass ihnen niemand nachweisen kann oder will, was sie tun.«

Schweigen folgte Mahlers Ausführungen. Nach einigen Sekunden begann er, sich unruhig umzusehen. Wahrscheinlich ging ihm auf, dass er sich in etwas eingemischt hatte, das ihn prinzipiell nichts anging. Rock sah Clint an, dass er ernsthaft über die Worte des Leutnants nachdachte.

Schließlich nickte er. »Eine interessante Theorie. Können Sie sie auch durch Beweise untermauern?«

»Nein, natürlich nicht.«

»Wie kommen Sie dann darauf?«

Mahlers Rücken versteifte sich. »Ich bin lange genug hier,

um zu wissen, was im Land passiert. Mich interessieren die Hintergründe und die Grundsätze der verschiedenen Rebellengruppen. Ein Freund von mir hält mich auf dem Laufenden, und ich bin mir hundertprozentig sicher, dass seine Informationen stimmen.«

»Hat der Freund auch einen Namen?«

»Nein.«

»Aha, Geheimdienst also. Können Sie ihn irgendwie erreichen?«

»Nein.«

»Warum nicht?«

»Weil ich nicht weiß, wo er derzeit ist.«

Clint atmete enttäuscht aus. »Eine Sackgasse. Nun, dann helfen uns Ihre Theorien leider auch nicht weiter.« Mahler wollte etwas sagen, doch Clint hob die Hand. »Wir werden sie im Hinterkopf behalten und sehen, ob die Auswertung der Dateien Ihre Annahme bestätigt. Sollte das der Fall sein, möchte ich, dass Sie uns zur Verfügung stehen. Habe ich mich klar genug ausgedrückt?«

»Ja, Captain.«

»Ihr Kommandant hat davon gewusst, oder?«

Der Leutnant grinste ihn an. »Ja.«

Doc begann zu lachen. »Es scheint so, als hätten wir die Deutschen unterschätzt.«

Clints Augenbraue hob sich. »Nein, das habe ich nicht. Ich hätte nur erwartet, dass sie wichtige Informationen offen austauschen und nicht hintenherum.«

»Du meinst, so wie wir das immer machen?«

»Botschaft angekommen, Cat.«

Hawk mischte sich ein. »Möchte noch jemand gern wissen, wie es unseren Leuten in Ramstein geht?«

Betretenes Schweigen folgte. Für kurze Zeit hatten sie alle

den Grund ihres Aufenthalts in der Funkstation vergessen. Verdrängt traf es wohl eher. Mogadirs Dateien hatten sie für einen Augenblick von ihrer Furcht um I-Mac, die anderen SEALs und Jade abgelenkt.

Clint schaffte es, seinen ruhigen Gesichtsausdruck beizubehalten, während er zum Funkgerät zurückging. »Allerdings.«

49

Die Wartezeit, bis einer der Ärzte Zeit hatte, mit ihnen zu sprechen, war kaum zu ertragen. Im Funkraum war es totenstill, als er Clint schließlich I-Macs Zustand schilderte.

»Wir haben unter anderem eine Computertomografie erstellt, die uns deutlich zeigt, wo seine Wirbelsäule verletzt ist. Der C6-Wirbel ist durch den Sturz angebrochen. Es kam zu einer Einengung des Rückenmarkkanals und damit einer Quetschung der Nervenfasern.«

»C6?«

»C6 liegt im Halswirbelbereich. Eine Verletzung des dortigen Rückenmarks führt zu Lähmungen in allen Extremitäten. Allerdings hat er noch Glück gehabt, denn eine Verletzung oberhalb von C4 führt zu einem Ausfall des Nervus phrenicus, der für die Zwerchfellatmung zuständig ist. Damit sind auch alle anderen Nerven gelähmt, also auch die Intercostalnerven, die die Zwischenrippenmuskulatur versorgen. Er hätte nicht mehr selbstständig atmen können.«

Rock schloss die Augen. Verdammt!

»Was können Sie für ihn tun?« Wie Clint es schaffte, seine Stimme ruhig klingen zu lassen, war ihm ein Rätsel.

»Wir haben ihn operiert, den Wirbelkörper stabilisiert und damit den Druck auf die Nerven genommen. Um es einfach auszudrücken.«

»Wie stehen die Chancen, dass er sich wieder bewegen kann?«

»Das ist schwer zu sagen. Die Operation ist erfolgreich verlaufen, aber ob die Nerven irreparabel geschädigt wurden, werden wir erst in einigen Tagen herausfinden. Wir haben keine Knochensplitter im Rückenmark entdeckt, die später die Nerven weiter schädigen könnten. Wenn die Schwellung abgeklungen ist und nicht mehr auf die Nerven drückt, sollte er sich eigentlich bald wieder bewegen können, doch bis es so weit ist, können wir die Entwicklung nur über CT verfolgen.«

»Danke für Ihre Einschätzung. Könnten Sie mir bitte noch den Zustand einiger weiterer Patienten nennen?«

»Ich möchte zu gern mal wissen, was ihr da immer macht, dass eure Leute in solch einem Zustand bei uns eingeliefert werden.«

»Das möchten Sie sicher nicht.« Clints Stimme war hart und beißend.

Einen Moment herrschte Stille, dann hatte sich der Arzt scheinbar erholt. »Wenn Sie mir die Namen sagen, dann lasse ich die Krankenblätter heraussuchen.«

»Lieutenant Commander Redfield, US Navy.«

»Ah, das Bein, ich erinnere mich. Ich weiß nicht, was er dachte, wer er ist, aber er wollte tatsächlich selbst ins Krankenhaus gehen. Sehr ungewöhnlich. Das konnten wir nicht zulassen, mit solch einer Wunde kann niemand mehr herumlaufen.«

»Er hat es vierundzwanzig Stunden lang getan, bevor er gerettet wurde.«

»Tatsächlich? Das hat seinem Knochen sicher nicht gutgetan. Wir haben ihn operativ wieder gerichtet, sämtliche Splitter entfernt, eine Metallplatte eingesetzt und genagelt. Inwieweit das Bein später wieder seine volle Beweglichkeit erhalten wird, kann ich noch nicht sagen. Es wird jedenfalls einige Zeit dauern, bis er mehr tun kann, als ein paar Meter zu humpeln – wenn überhaupt.«

Ein Muskel zuckte in Clints Wange, ein Zeichen, dass ihm überhaupt nicht gefiel, was er hörte. »Petty Officer Mayfield, US Navy.«

»Einen kleinen Moment.« Sie hörten, wie er mit jemand anderem sprach, dann das Rascheln von Papier, etwas klapperte, dann wurde die Stimme des Arztes wieder deutlicher. »Schulterverletzung durch ein Metallteil. Wir haben es entfernt, die beschädigten Muskeln und Sehnen wiederhergestellt und die Wunde vernäht. Es sieht nicht so aus, als würde er etwas von der Verletzung zurückbehalten. Aber auch hier kann es noch zu Komplikationen kommen, daher nehmen Sie meine Prognose nicht als Garantie.«

Endlich eine bessere Nachricht. »Es wurde noch ein Mann mit ihnen ausgeflogen, James Finnegan, er ist vom Army Special Operations Air Wing.«

»Finneg… Aber natürlich, der Arm. Selbst wenn sie den fehlenden Teil mitgeschickt hätten, wäre da nichts mehr zu machen gewesen.«

»Ist er tot?«

»Nein, nein, er lebt noch. Ich meinte, den Arm wieder anzunähen. Die Wunde war zu sehr gequetscht, und durch die späte Behandlung hatte sie sich zudem noch entzündet. Also haben wir uns darauf beschränkt, sämtliche Gefäße zu schließen und den Rest des Arms möglichst zu erhalten. Sollte die Entzündung weiter fortschreiten, könnte es sein, dass wir höher amputieren müssen.« Wieder raschelte etwas, dann sprach er weiter. »Er hatte viel Blut verloren und war die meiste Zeit bewusstlos. Wir müssen sehen, ob er aus der Narkose aufwacht.« Ein Schnauben folgte. »Gehört zu Ihnen auch ein riesiger Kerl, der sich Bull nennt? Er sah aus, als wäre er hinter einem Bus hergeschleift worden.«

»Ja, das ist einer von uns.«

»Wir wollten ihn ordentlich behandeln und die tieferen Schnitte nähen, doch er wollte davon nichts wissen. Eine Schwester durfte ihn gerade mal waschen und infektionshemmende Salbe auftragen, bevor er zurück zum Flugzeug rannte. Er dürfte inzwischen schon auf halber Strecke in die USA sein.«

Er hatte sein Versprechen gehalten, seine Kameraden nach Hause zu bringen. Obwohl ihm dadurch keine Zeit geblieben war, sich selbst behandeln zu lassen. Clint sah aus, als wollte er irgendetwas oder besser jemanden schlagen, doch er hielt seine Stimme unter Kontrolle. »Eine letzte Patientin noch: Jade Phillips.«

Hawk hatte aufgehört, unruhig durch den Raum zu laufen, und stand jetzt stocksteif neben Clint.

»Sie schläft. Ihre Verletzungen waren weitgehend oberflächlich, bis auf einen Rippenbruch. Natürlich konnten wir aufgrund des Alters der Verletzungen nur noch bedingt korrigierend nähen, sie wird also Narben behalten. Eine Psychologin ist bei ihr und wird sie betreuen, bis sie in die USA ausgeflogen wird. Weitere Informationen kann ich Ihnen dazu nicht geben, meine ärztliche Schweigepflicht lässt das nicht zu, da sie nicht zum Militär gehört.«

»Vielen Dank für die Auskunft, Doktor. Morgen wird jemand kommen und sie nach Hause begleiten.«

Der Arzt verabschiedete sich und beendete die Verbindung.

»Wer wird Jade nach Hause begleiten?« Hawks Stimme klang gepresst, als würde er sich größte Mühe geben, seine Gefühle im Innern zu halten.

»Sie.«

»Das geht nicht, ich muss hier …«

»Ihre Aufgabe ist erledigt, Hawk. Beide Agentinnen sind frei, die Informationen wurden weitergegeben, und der Rest ist unsere Aufgabe.« Clints Stimme wurde sanfter. »Fliegen Sie mit Kyla nach Ramstein.«

Der Zwiespalt war Hawk deutlich anzusehen. Einerseits konnte er es kaum erwarten, Jade wiederzusehen, andererseits hatte er aber auch das Gefühl, seine Arbeit noch nicht beendet zu haben. Rock konnte es ihm nachfühlen, es musste höllisch frustrierend gewesen sein, nur danebenzusitzen und zu warten, während andere die Arbeit taten. Wie vorauszusehen, brauchte Hawk nicht lange, um zu dem einzig sinnvollen Entschluss zu kommen.

»Ich fliege. Wenn ich noch etwas tun kann …«

»Wenn Red und Tex schon transportfähig sind, nehmen Sie sie mit in die Staaten. Ich könnte mir vorstellen, dass sie im Krankenhaus bereits wahnsinnig werden.«

Ein kurzes Grinsen flog über Hawks Gesicht. »Das kann ich nachfühlen, ginge mir nicht anders. Kein Problem, ich werde sie sicher zu Hause abliefern.«

Clint nickte ihm dankend zu und wollte sich einem anderen Thema zuwenden, als Rock sich einmischte.

»Rose sollte mitfliegen, ihre Aufgabe hier ist auch erledigt.«

»Wenn sich herausstellt, dass Mogadir allein den Anschlag geplant hat, wäre ich auch dafür. Sollte es nicht so sein, könnten wir ihre Kontakte und Sprachkenntnisse hier noch brauchen.«

»Aber sie …« Rock verstummte, als Clint ihn mit hochgezogener Augenbraue ansah. Er spürte, wie seine Ohrspitzen heiß wurden, weigerte sich aber, sich zu entschuldigen, sondern nickte nur knapp. Clints verständnisvoller Blick half ihm auch nicht wirklich. Natürlich wusste er, dass er durch Rose' Anwesenheit seine Objektivität verloren hatte, aber das war ihm egal. Er wollte sie in Sicherheit wissen!

»Was meinst du, wann die Nachricht von den Codeknackern kommt?« Docs Frage lenkte glücklicherweise von ihm ab.

»Keine Ahnung, warum?«

»Weil ich vorschlagen würde, dass wir uns aufs Ohr legen und so viel Schlaf mitnehmen, wie wir kriegen können, falls wir in nächster Zeit noch mal ausrücken müssen. Ich weiß nicht, wie es euch geht, aber ich bin verdammt müde.«

Clint nickte. »In Ordnung. Alle, die derzeit nicht gebraucht werden, gehen in ihre Unterkunft. Ich bleibe hier.«

»Das ist keine gute Idee.« Cat hob die Hand, als Clint etwas erwidern wollte. »Es ist ja wohl sinnvoll, wenn das SEAL-Team in voller Stärke bereit ist. I-Mac ist in Ramstein, Devil hat eine Kopfverletzung, von der wir noch nicht wissen, ob sie ihn beeinträchtigen wird. Wir brauchen jeden Mann, den wir kriegen können, sollte es zu einem Angriff kommen. Also auch dich. Du musst dich ausruhen.«

»Ich bleibe hier. Sollte eine Nachricht kommen, lasse ich euch wecken.« Alle drehten sich zu Hawk um, der sich plötzlich wieder einmischte.

»Sicher, dass Sie nicht vor Müdigkeit vom Stuhl kippen?« Doc neigte dazu, nicht drumherum zu reden.

Hawk lächelte schief. »Nein, aber ich werde für alle Fälle einen Funker hierbehalten.«

»In Ordnung. Abmarsch!« Clint hatte wieder das Kommando übernommen und trieb die anderen SEALs aus der Hütte. An der Tür drehte er sich noch einmal um. »Danke.«

»Kein Problem, ich freue mich, wenn ich nicht völlig unnütz bin.«

Clint nickte und wandte sich an Mahler, der immer noch an der Wand lehnte. »Wollen Sie nicht ins Bett?«

»Nein, ich habe heute Nacht ja keinen Einsatz gehabt. Ich bleibe anstelle des Funkers hier.«

»Gut. Sollte sich Ihr Freund melden, sagen Sie uns Bescheid.«

»Sofern er relevante Informationen hat, natürlich.«

Clint blickte ihn scharf an, dann nickte er. »Abgemacht.«

Rock folgte, wie so oft in den letzten Tagen, weniger seinem Verstand als vielmehr seinem Gefühl. Kurz vor der Unterkunft hielt er an und wandte sich zu Clint um, der in ein Gespräch mit

Cat vertieft einige Meter hinter ihm ging. »Ich habe noch etwas zu erledigen, ich sehe euch später.«

»Ich nehme an, es hat mit Rose zu tun.« Clints Stimme war keine Wertung zu entnehmen.

»Sie will sicher wissen, wie es I-Mac und den anderen geht.«

»Für mich brauchst du dir keine Ausrede ausdenken, sieh nur zu, dass du Schlaf bekommst und fit bist, falls wir doch noch einmal los müssen.«

Hitze kroch Rocks Nacken hinauf, er war nur froh, dass Clint die Röte in der inzwischen hereingebrochenen Dunkelheit verborgen blieb. »Das hatte ich vor. Und auch wenn du es mir nicht glaubst, es war nicht nur eine Ausrede. Rose nimmt es sehr mit, wenn einer der SEALs verletzt wird, nachdem Ghost …«

»Ich weiß. Geh zu ihr und sorg dafür, dass sie sich auch ein wenig ausruht, sie hatte heute einen anstrengenden Tag.«

Rock schluckte heftig, als er sich an das Liebesspiel mit Rose erinnerte. Der Tag war tatsächlich ziemlich anstrengend gewesen, sogar in den Ruhepausen. »Ich werde mich darum kümmern.«

Clint murmelte etwas, das sich wie »Das befürchte ich« anhörte, nickte und verschwand im Mannschaftszelt. Als Captain war ihm eine andere Unterkunft angeboten worden, doch er hatte sich dafür entschieden, bei seinen Männern zu schlafen. Rock blickte ihm hinterher und schüttelte dann den Kopf. Anstatt sich mit Clint auseinanderzusetzen, sollte er lieber zu Rose gehen, sie wartete sicher schon auf eine Nachricht. Mit langen Schritten durchquerte er das Camp. Vor ihrem Zelt blieb er stehen und atmete tief durch. Der Anblick ließ die Erinnerungen an ihr Zusammensein wieder aufleben, Erregung fuhr durch seinen Körper. Hoffentlich reichte seine Beherrschung aus, ihr die Neuigkeiten zu überbringen und sie dann wieder zu verlassen.

»Rose?«

Im Innern des Zeltes war ein Rascheln zu hören, dann öffnete sich der Reißverschluss einen Spaltbreit, und Rose schob ihren Kopf hinaus. Sie lächelte ihn an. »Hallo. Seid ihr fertig mit eurer Besprechung?«

»Erst einmal schon, es kommt darauf an, wie sich die Sache weiterentwickelt.«

»Die Sache?«

»Mehr kann ich dir darüber nicht sagen. Es ist …«

Rose' Kopf verschwand, sie zog den Reißverschluss ganz auf und hielt die Plane zur Seite. »Komm rein.«

»Ich sollte nicht …«

»Willst du dich wirklich hier draußen mit mir darüber unterhalten?«

»Du glaubst, eine Zeltwand ist schalldicht?«

Rose hob die Augenbrauen. »Nein, aber wir können dichter zusammenrücken, als wenn wir auf verschiedenen Seiten der Zeltwand sind.«

Rock achtete darauf, dass er nicht so viel Sand mit ins Zelt schleppte, als er eintrat und den Reißverschluss hinter sich herunterzog. Mit über der Brust verschränkten Armen blieb er vor ihr stehen.

»Glaub nicht, dass ich mich von deinem finsteren ›Ich-bin-ein-SEAL-und-werde-keinen-Ton-sagen‹-Blick beeindrucken lasse. Ihr habt mich als Expertin engagiert, und ich kann meine Arbeit nur tun, wenn ich auch weiß, was vorgeht.«

»Du kannst morgen mit Kyla und Hawk nach Ramstein fliegen.«

»Wer hat das entschieden, du oder Clint?«

Rock schwieg und blickte sie finster an.

»Das dachte ich mir. Ich werde so lange bleiben, wie ich gebraucht werde, ist das klar?«

»Ja.« Es war mehr ein Grollen als ein Wort.

»Gut. Zuerst erzählst du mir jetzt, ob ihr etwas Neues über I-Macs Zustand erfahren habt, und dann will ich den Rest hören.« Als er weiter schwieg, wurde ihre Miene weicher. »Du kannst mich nicht beschützen, indem du mir nichts sagst.«

Mit einem tiefen Seufzer gab Rock nach. Wenn sie es nicht von ihm erfuhr, würde sie Clint oder Hawk fragen. Er folgte ihr zur Liege und ließ sich vorsichtig darauf nieder, bevor er berichtete, was er über die Verletzten wusste, und schließlich, was die Spezialisten in den Dateien gefunden hatten und welche Vermutungen Mahler dazu hatte. Während sie bei den Nachrichten über I-Mac bleich geworden war, rutschte sie nun mit blitzenden Augen auf der Liege vor.

»Mahler könnte recht haben. Nach dem, was ich über Mogadir und die Verhältnisse in dieser Gegend weiß, wäre es tatsächlich möglich, dass jemand anders dahinter steckt. Ein stiller Partner, der den Warlord dafür bezahlt hat, dass er alles organisiert, um nicht selbst in Erscheinung treten zu müssen.«

»Wir werden hoffentlich Näheres wissen, wenn die letzten Dateien ausgewertet sind. Es ist wohl etwas schwieriger, die afghanischen Dialekte zu übersetzen.«

»Lasst die entschlüsselte Datei hierherschicken, dann kann ich es versuchen. Einige der Dialekte verstehe ich recht gut.«

»Wenn die Experten nicht weiterkommen, wird Clint sicher darauf zurückkommen.«

»Okay.« Sie lächelte ihn an. »Danke, dass du es mir erzählt hast.«

»Hatte ich denn eine Wahl?«

»Nein, aber es war nett, dass ich nicht zu härteren Mitteln greifen musste.«

Rock zog eine Augenbraue hoch. »Und die wären?«

Ihr Lächeln verbreiterte sich. »Das verrate ich nicht, schließlich muss ich mir noch etwas für später aufheben, wenn wir noch mal in solch eine Situation kommen sollten.«

Rock rückte näher an sie heran. »Später?«

»Viel später. Wenn …« Der Rest ihres Satzes verlor sich in Rocks Mund.

Der Kuss schien endlos zu dauern, es zählte nur das Gefühl ihrer Lippen aufeinander, die Berührung ihrer Zungen, ihre wild klopfenden Herzen aneinander. Schließlich zog Rock sich widerwillig zurück.

»Ich muss zu den anderen.«

»Wirklich?« Bedauern schwang in ihrer Stimme mit. »Gibt es eine weitere Besprechung?«

»Nein, aber ein wenig Schlaf kann nicht schaden.«

»Oh. Natürlich.« Rose errötete. »Tut mir leid, ich wollte dich nicht davon abhalten.«

Rock strich mit den Fingern über ihre Wange. »Ich hätte nirgendwo anders sein wollen.«

»Weiß Clint, wo du bist?«

»Ja.«

»Dann bleib hier. Solange sie wissen, wo sie dich erreichen können, kannst du genauso gut hier schlafen.« Sie sah ihn flehentlich an. »Bitte. Die Vorstellung, hier ganz allein …« Sie brach ab.

Rock versuchte, vernünftig zu sein und das Zelt zu verlassen, aber es gelang ihm nicht. Er hatte keine Chance gegen die Angst in Rose' Augen, genauso wenig wie gegen seine eigenen Gefühle. »In Ordnung.«

50

Rock erwachte, als er vor dem Zelt ein leises Geräusch hörte. Einen Moment lang blieb er lauschend liegen, dann erklang es wieder. Vorsichtig löste er sich aus Rose' Armen und bewegte sich mit einem Gefühl des Bedauerns von ihrem warmen Körper fort. Sie hatten tatsächlich geschlafen, und es war eines der schönsten Erlebnisse seines Lebens gewesen, einfach nur gemeinsam mit ihr einzuschlafen. Die Feldliege war zu schmal gewesen, deshalb hatten sie sich auf dem Boden ein Lager bereitet, von dem er sich nun erhob. Unruhig bewegte Rose sich, sie murmelte etwas.

»Schlaf weiter, ich bin gleich wieder da.«

Seine Versicherung schien sie zu beruhigen, sie zog die Decke zu sich heran und kuschelte sich tiefer hinein. Es war zu dunkel, um viel zu erkennen, nur das Licht des Vollmonds erhellte das Innere des Zeltes. Rock zog seine Hose und Schuhe an, nahm seine Waffen an sich und öffnete so leise wie möglich den Reißverschluss. Er trat hinaus und schloss ihn hinter sich wieder, bevor er sich zu Clint umdrehte, der neben dem Zelt auf ihn wartete. Die Luft hatte sich stark abgekühlt, sodass er sich wünschte, seine Jacke oder zumindest ein Sweatshirt mitgenommen zu haben. »Haben sich die Experten gemeldet?« Gemeinsam gingen sie in Richtung der Baracke.

»Ja. Sie schicken eine E-Mail mit der entschlüsselten und übersetzten Datei. Es scheint, als wäre tatsächlich noch jemand im Hintergrund an der Anschlagsplanung beteiligt. Das Oberkommando hat gerade eine Krisensitzung in Washington. Wir werden informiert, sobald eine Entscheidung getroffen ist.«

»So dringend?«

Clint öffnete die Tür zum Funkraum und ließ Rock zuerst durchgehen. »Sollte dieser Hintermann erfahren, dass Mogadir gefangen genommen wurde, wird er untertauchen oder zumindest auf unseren Angriff vorbereitet sein.«

»Wissen wir denn, wo er ist?«

»Daran arbeiten sie gerade. Sie überprüfen sämtliche Daten von Geheimdiensten, Informanten, und so weiter. Joe versucht, über Satelliten den Unterschlupf zu orten oder verdächtige Bewegungen an den Orten festzustellen, die bisher als aktive Terroristengebiete bekannt sind.« Clint blickte Joe über die Schulter, der an einem Computer saß und Satellitenbilder betrachtete. »Schon etwas gefunden?«

»Noch nicht, aber ich arbeite dran.« Joe wirkte nicht so, als hätte er überhaupt wahrgenommen, dass Clint mit ihm sprach, so vertieft war er in seine Arbeit. Im rasend schnellen Wechsel vergrößerte er Ausschnitte, veränderte die Auflösung, löschte sie wieder, bevor er andere Koordinaten eingab.

»Glücklicherweise hat er auch hier Zugriff auf alle nötigen Daten, Karten und Informationen. Sobald wir einen Standort genannt bekommen, kann er uns mit dem Wichtigsten versorgen.«

»Was machen wir?«

Clint betrachtete grimmig die versammelten Männer. »Wir bereiten unsere Ausrüstung auf einen möglichen Einsatz vor.«

»Du machst auch mit?«

»Als Ersatzmann für I-Mac. Devil leitet die Show.«

Rock nickte und wandte sich zu dem Lieutenant Commander um, dessen weißer Kopfverband im Neonlicht leuchtete. Er sah blass aus, wirkte aber fest entschlossen, diesen Einsatz zu führen. Da Doc anscheinend nichts dagegen einzuwenden hatte, musste es ihm besser gehen, als er aussah.

»Ich freue mich, noch mal mit dir auf Mission zu gehen.«

Lachfältchen bildeten sich um Clints Augen. »So was kann auch nur ein SEAL sagen.«

Rock zuckte mit den Schultern. »Das ist vielleicht mein letzter Auftrag, ich wüsste nicht, wen ich lieber dabeihätte. Gut, wenn Matt auch noch hier wäre …«

Clint wurde ernst. »Hörst du auf?«

Rock strich über seinen Nacken. »Ich werde nicht jünger, und bevor ich alle anderen in Gefahr bringe, weil ich nicht mehr mithalten kann, gehe ich.«

»Weißt du schon, was du danach machst?«

»Nein, ich werde mich in aller Ruhe umsehen und mich dann entscheiden.«

Clint legte eine Hand auf seine Schulter. »Den Teams wird etwas fehlen, wenn du nicht mehr dabei bist.«

Rock unterdrückte die aufsteigenden Gefühle. »Danke.«

»Vielleicht hättest du Lust, an die Ostküste zu kommen, wir suchen immer gute Ausbilder.«

»Danke für das Angebot, aber ich denke, ich werde im Westen bleiben. Bei Rose.«

»Das dachte ich mir fast. Viel Glück euch beiden.«

Rock nickte und wechselte rasch das Thema. »Was geschieht mit Team 8?« Als er Clints Gesichtsausdruck sah, wünschte er fast, er hätte ihn nicht darauf angesprochen.

»Wir werden es ganz neu aufbauen müssen. Im Moment ist nur Bull einsatzfähig, Tex könnte in ein paar Wochen dazustoßen, und ob Red weiterhin CO bleiben kann, muss sich erst noch herausstellen. Ich hoffe es, für ihn und für die Teams, er wäre ein herber Verlust.« Trauer legte sich über sein Gesicht. »So wie der Rest des Alpha Squads von Team 8.«

»Ich kann mir nicht vorstellen, wie es wäre, wenn fünf meiner engsten Kameraden plötzlich nicht mehr dabei wären. Ich hoffe, sie schaffen es.«

Clint nickte schweigend.

Sie traten zu Devil, der sich mit Hawk und Mahler über die entschlüsselten und übersetzten Daten beugte. »Gut, dich wieder dabeizuhaben, CO.«

Devil drehte sich zu Rock um. »Danke. Da es nur meinen harten Kopf erwischt hat, bin ich voll einsatzbereit, sollte sich das Oberkommando entscheiden, uns einen weiteren Auftrag zu erteilen.«

»Was steht nun genau in der Datei?« Rock wollte so schnell wie möglich auf den neuesten Stand gebracht werden.

»Im Grunde kein eindeutiger Hinweis auf den geplanten Bombenanschlag. Aber wenn man das, was wir wissen, mit dem zusammenbringt, was hier steht, dann wird es doch recht deutlich, dass es einen Hintermann gibt.«

»Aber es steht kein Name dort?«

»Nein, leider nicht. Die Spezialisten versuchen, anhand der E-Mail-Adresse einen Namen zu ermitteln, aber sie sind nicht sehr optimistisch. Es wäre schon selten dämlich von einem Terroristen, solch eine Spur zu hinterlassen.«

»Alles schon vorgekommen.«

Hawk mischte sich ein. »Jade und Kyla haben auch nicht mehr herausgefunden. Ihre Informantin war wohl selbst der Ansicht, dass Mogadir allein den Anschlag plante. Leider können wir sie nicht mehr danach fragen. Mogadirs Männer und er selbst werden noch verhört, aber entweder sie wissen nichts, oder sie verraten es nicht. Uns läuft die Zeit davon. Wenn der Hintermann von Mogadirs Verschwinden erfährt, wird er sicher nicht warten, bis wir kommen, um ihn auszuschalten.«

»Das wissen wir, Hawk.« Clints Stimme war sanft. »Deshalb sitzen in den USA und hier Experten zusammen, um herauszufinden, wo wir zuschlagen müssen.«

Hawk verzog den Mund und schwieg.

Rock wandte sich um, als er hinter sich einen Luftzug verspürte. »Rose, was machst du denn hier?«

»Ich konnte nicht mehr schlafen, nachdem …« Sie brach ab und errötete. »Kann ich irgendwie helfen?«

Rock wollte gerade ablehnen, als Clint ihm zuvorkam. »Wir haben bei Mogadir eine Datei gefunden, die mehr Informationen zu enthalten scheint. Wir haben sie entschlüsseln und übersetzen lassen, aber so ganz werden wir nicht schlau daraus. Vielleicht findest du etwas darin, das uns weiterhilft.« Er zog einen Stuhl heran und bot ihn ihr an. »Wir versuchen, den Absender anhand der E-Mail-Adresse zu ermitteln, aber vielleicht steht auch etwas im Text, das uns sagt, um wen es sich handelt.«

»Okay.« Sie betrachtete den Wortlaut eine Weile, dann drehte sie sich noch einmal um. »Habt ihr auch den Originaltext hier? Ich möchte kontrollieren, ob die Übersetzung korrekt ist.«

»Natürlich.« Clint rief das Originaldokument auf. »Hast du schon etwas entdeckt?«

»Nein, aber die afghanischen Dialekte sind tückisch, manche Wörter haben mehrere Bedeutungen und können den Sinn eines Textes völlig verändern.« Rose schob die Dokumente so nebeneinander, dass sie sie leicht vergleichen konnte, und vertiefte sich in ihre Arbeit.

Rock blieb hinter ihr stehen und betrachtete die weichen Haare, die sich in ihrem Nacken kringelten. Unruhe an der Tür riss ihn aus seiner Verzückung, er drehte sich um und beobachtete die Neuankömmlinge. Der Oberst stand mit einem seiner Männer in der Tür und sprach mit Devil. Rock folgte Clint und gesellte sich zu ihnen.

»Das hier ist einer der Wachmänner. Eine Frau ist vor dem Tor aufgetaucht und wollte hereingelassen werden. Sie spricht nur Persisch und scheint verwirrt zu sein.«

Der Wachmann meldete sich zu Wort. »Irgendetwas mit einem Rothaarigen, einem Beschützer. Sie wiederholt es immer wieder.«

»Wen kann sie mit rothaarig meinen?« Der Oberst strich über seine Stirnglatze. »Wir haben hier zwar einige Männer mit rötlichen Haaren, aber niemanden, bei dem es wirklich auffallen würde.«

Irgendetwas nagte an Rocks Unterbewusstsein. Ein Déjà-vu-Gefühl. »Verdammt!« Der Fluch brach aus ihm heraus, als ihm klar wurde, wo er das schon erlebt hatte. Alle blickten ihn erstaunt an. »I-Mac. Die Frau, die bei ihm war, als er verletzt wurde. Als sie uns zu ihm führte, sagte sie auch ›Rote Haare‹ und dass er sie beschützt hätte.«

»Wie sollte sie hierherkommen? Wir haben sie gleich nach der Zwischenlandung hier in die Stadt geflogen und dort einer Hilfsorganisation übergeben, die sie nach Hause bringen sollte.«

»Das werden wir wohl nur erfahren, wenn wir sie fragen. Wo ist sie?«

»Noch am Tor.«

»Bringen Sie sie hierher. Wenn sie es ist, werden wir sie erkennen.«

Rose trat hinter ihnen hervor. »Ich werde mit ihr reden und herausfinden, warum sie hier ist.«

Der Oberst nickte. »Gut. Sie kam mir sehr ängstlich vor. Und mit dem Erkennen ist das so eine Sache, sie ist verschleiert, und ich denke nicht, dass sie den Schleier freiwillig ablegen wird. Kommen Sie am besten mit zum Tor, denn ich möchte sie nicht ins Camp lassen, bevor ich nicht weiß, ob sie unter der Burka vielleicht eine Bombe trägt.«

»In Ordnung.«

Rock trat sofort neben sie. »Ich komme mit, dann werden wir sehen, ob es dieselbe Frau ist.«

Doc und Clint schlossen sich ihnen an. Einerseits, um die

Frau zu identifizieren, andererseits auch, um Rose im Notfall beschützen zu können.

Am Tor angekommen stemmte sich eine verschleierte Person mühsam hoch, die dort gekauert hatte. Im Schein der Lampe war sie ein dunkler Fleck, der langsam näher kam. Der Wachtposten wollte sie zurückhalten, doch Doc trat an ihm vorbei und sprach leise mit ihr. Zögernd hob sie schließlich ihren Schleier ein Stück an, gerade genug, dass sie ihr geschundenes Gesicht sehen konnten. Es war eindeutig die Frau, die I-Mac hatte retten wollen. Ihre Augen irrten zwischen den Männern hin und her, bis sie schließlich Rose entdeckte. Sie lief auf sie zu, packte ihre Hand und redete auf sie ein. Mit einer Handbewegung hielt Rock die Wachen zurück, als sie eingreifen wollten. Die Stimme der Frau klang drängend, aber nicht bedrohlich. Rose sagte ein paar Worte, um sie zu beruhigen, aber sie drang nicht zu ihr durch. Rock trat einen Schritt vor, als Rose sichtlich erbleichte.

»Was sagt sie?«

»Sie ist vor ein paar Tagen von Mogadir gefangen genommen worden. In seiner Festung wurde sie gefoltert und …« Rose brach ab. »Die Wärter konnten mit ihr tun, was sie wollten, Mogadir hatte sowieso vor, sie zu töten.« Rose hakte nach, als die Frau etwas sagte, und schlug die Hand vor den Mund. »Sie musste zusehen, wie ihr Mann zu Tode gefoltert wurde.«

Die Frau hatte die Hände um den Kopf geschlungen und wiegte sich vor und zurück. Rock spürte Übelkeit in sich aufsteigen. Die Ehefrau dabei zusehen zu lassen, wie ihr Mann langsam und unter höllischen Schmerzen starb, war selbst für jemanden wie Mogadir barbarisch. Ein Wunder, dass sie überhaupt noch in der Lage war, mit ihnen zu reden. Rose hatte beruhigend ihre Hand auf den Arm der Frau gelegt, während sie ihn hilflos ansah. So etwas hatte sie vermutlich auch noch nicht hören müssen. Ihre Stimme war ein sanftes Murmeln, von dem Rock nicht viel verstand. Rot … Beschützer. Nach einer Weile ließ die Frau ihre Arme sinken und blickte Rose mit tränenfeuchten Augen an, während sie heftig nickte. Ein weiterer Wortschwall drang aus ihren trockenen, eingerissenen Lippen, ihre Finger krallten sich in Rose' Jackenärmel. Ihre Aufregung war deutlich zu spüren, als sie drängend auf Rose einredete.

Clint mischte sich schließlich ein. »Worum geht es?«

»Sie hat ein Gespräch zwischen Mogadir und einem Anrufer belauscht, als er dachte, sie wäre bewusstlos. Es ging um den Anschlag und eine verschwundene amerikanische Agentin, die unbedingt gefunden werden müsste, um zu verhindern, dass sie die Pläne verrät. Mogadir wollte den Gesprächspartner damit beruhigen, dass er schwor, aus der anderen Agentin herauszuholen, wie viel sie weiß.« Rose holte zitternd Luft. »Mit allen Mitteln.«

»Hat sie einen Namen gehört oder irgendetwas anderes, das uns verraten würde, wer der Anrufer war?«

Rose sprach leise auf die Frau ein. Schließlich nickte sie. »Sie hatte Probleme, etwas zu hören, aber sie meint, etwas wie Shirna verstanden zu haben und Khalawi. Natürlich weiß sie nicht, ob das mit dem Anrufer zusammenhängt oder nicht.«

»Warum ist sie hierhergekommen?«

Rose übersetzte Clints Frage und die Antwort der ehemaligen Gefangenen. »Der Rothaarige hätte sich retten können, aber er ist dageblieben, um ihr zu helfen. Außerdem will sie, dass die Mörder ihres Mannes und die Männer, die ihr das alles angetan haben, nicht davonkommen.« Rose stutzte und ließ sich von der Frau etwas wiederholen. Dann sah sie verwirrt auf. »Sie wollte es auch für die amerikanische Frau tun, die ihretwegen ebenfalls leiden musste.«

»Wovon spricht sie?« Clint klang ungeduldig.

»Wahrscheinlich von Jade, sie muss sie dort getroffen haben.

Aber was meint sie mit ihretwegen?« Doc rieb über seine Bartstoppeln.

»Vielleicht habe ich es auch falsch übersetzt, sie redet sehr schnell und durcheinander.«

»Frag sie noch einmal.«

Rose tat, worum Clint sie bat. »Die Amerikanerin mit den kurzen dunklen Haaren. Eindeutig Jade.« Sie verzog den Mund. »Sie hat sie gesehen, als sie an einen Pfahl im Hof gebunden war und später bei einer Steinigung.« Rose' Augen weiteten sich, als die Frau weiterredete. Aufgeregt griff sie nach ihren Armen und hielt sie fest. »Das kann doch nicht sein!«

Alarmiert sahen die Männer sie an. »Was?«

Doc, der nur einen Bruchteil der Sätze verstand, schaute auf. »Irgendwas mit Informationen.«

Rose' Augen glitzerten verdächtig. »Tom hat recht, sie sagt, sie wäre schuld an allem, weil sie die Informationen weitergegeben hat.« Sie blickte die Männer an. »An die Amerikanerinnen. *Bevor* sie von Mogadir gefangen genommen wurde.«

Nur allmählich löste eine Vorahnung die Verwirrung auf den Gesichtern der SEALs ab. Clint war es schließlich, der die Frage stellte. »Wie heißt sie?«

Rose gelang ein zittriges Lächeln. »Nurja.«

51

Oberst Koller schickte den Mitarbeiter der Hilfsorganisation zurück in die Stadt und gestattete Nurja, das Camp zu betreten. Oder vielmehr, hineingetragen zu werden, denn sie war am Ende ihrer Kräfte. Rock trug sie zur Krankenstation, wo sie versorgt wurde und mit Kyla sprechen konnte. Rose lief ein paar Schritte voraus, um den Eingang zu öffnen. Geblendet kniff sie die Augen zusammen, als das Licht im Sanitätszelt aufflammte. Sowie sie wieder halbwegs sehen konnte, ging sie zu Kylas Nachbarbett und schlug die Decke zurück. Rock legte Nurja sanft darauf, dann trat er rasch zurück, er fühlte sich sichtlich unbehaglich zwischen den Frauen. Lächelnd beobachtete Rose seinen Rückzug, bevor sie sich darum kümmerte, dass Nurja es gemütlich hatte. Die arme Frau sah eindeutig so aus, als wollte sie am liebsten wieder in die Wüste flüchten, anstatt hier in einem westlichen Krankenbett, umgeben von großen, grimmig dreinschauenden Männern zu sein.

Selbst der Oberst schien das zu merken. »In Ordnung, ich lasse zwei Wachen vor der Tür. Ich würde vorschlagen, dass wir uns wieder an die Arbeit machen. Vielleicht führen die Hinweise der Zeugin zu neuen Erkenntnissen.«

Clint nickte. »Ich kümmere mich darum. Doc, du bleibst hier und versuchst, ihr zu helfen. Rock?«

Rocks Blick glitt über Rose und erfüllte sie vom Kopf bis zu den Zehen mit Wärme, bevor er Clint zum Ausgang folgte.

Der Oberst drehte sich noch einmal um. »Soll ich unseren Arzt holen lassen?«

»Nicht nötig, danke. Ich bezweifle, dass sie sich von einem fremden Mann untersuchen lassen wird.« Rose strich eine Haarsträhne hinter ihr Ohr. »Sollte es dennoch nötig sein, werde ich ihn rufen.«

Koller nickte und verschwand in der Dunkelheit.

»Was ist los?« Kyla richtete sich langsam in ihrem Bett auf und zuckte zusammen. »Au, verdammt. Die Schmerzmittel sind auch nicht mehr das, was sie mal waren.« Verwirrt blickte sie von Rose zu Doc und schließlich zu der verschleierten Frau im Nebenbett. »Ist noch jemand verletzt?«

Rose wusste nicht, wie sie es ihr schonend beibringen sollte, also platzte sie einfach mit den Neuigkeiten heraus. »Das ist die Frau, die I-Mac in der Festung retten wollte. Es ist Nurja.«

Kylas Augen weiteten sich. »Aber wie ist das möglich? Jade sagte euch doch, dass Mogadirs Männer sie ermordet …« Sie brach ab, ihr Gesicht blass. Ihre Wut war deutlich sichtbar. »Dieses Schwein! Er hat sie angelogen, nicht nur, dass er sie im Glauben gelassen hat, dass ich tot wäre, sondern auch Nurja.«

Rose nickte, ihre Lippen fest zusammengepresst. »Er hat sie misshandelt, und er hat in ihrem Beisein ihren Ehemann foltern und ermorden lassen.«

»Oh nein!« Kyla beugte sich vor und streckte ihre Hand aus. »Nurja?«

Nurjas Hände zitterten sichtbar, als sie den Schleier zurückschob und langsam die Augen hob, bis sie Kylas trafen. Erkennen flackerte in ihnen auf. Ihre Finger berührten sich für einen Sekundenbruchteil, bevor Nurja ihre Hand schnell zurückzog. Ihre Stimme war leise und heiser, als sie schließlich sprach. »Ich bin froh, dass ihr dem Tod entkommen seid. Es war meine Schuld, ich hätte nichts sagen dürfen.« Sie sprach so langsam und deutlich, dass Rose nicht zu übersetzen brauchte.

Kyla antwortete in der gleichen Sprache. »Es war richtig,

das weißt du. Mogadir musste gestoppt werden. Du hast vielen Menschen das Leben gerettet.«

Nurja schüttelte vehement den Kopf. »Nein, so viele sind tot, unsere Männer, eure Männer in der Festung … meine Kinder.« Tränen strömten über ihr Gesicht, während ihre Hände sich um den Stoff ihres Schleiers krampften.

Rose richtete sich abrupt auf. Die Kinder! Sie war davon ausgegangen, dass Nurja wusste, wo sie waren, und dass es ihnen gut ging. Ein dummer Fehler! Sie wusste doch, dass die Organisation hierzulande mehr als schlecht war und es Wochen dauern konnte, bis eine Information von einer Hilfsorganisation zur nächsten weitergegeben wurde. Wenn überhaupt. Nurja konnte gar nicht erfahren haben, dass ihre Kinder lebten. Behutsam nahm sie die Hände der Frau in ihre.

»Es ist alles in Ordnung, Nurja. Deine Kinder leben. Wir haben sie heute Morgen in die Stadt gebracht. Sie werden im Krankenhaus untersucht.«

Benommen starrte Nurja sie an, zu schockiert, um eine Gefühlsregung zu zeigen. Ihre verschorften Lippen zitterten. »Sie … sie leben?«

»Ja. Mogadir hat sie nicht gefunden.«

Erleichterung ließ Nurja in sich zusammensacken, ihr Körper begann zu beben, ein unterdrückter Laut drang aus ihrer Kehle. Besorgt blickte Rose zu Doc hinüber, der rasch ans Bett trat. Nurja zuckte zusammen, als er seinen Finger an ihren Puls legte, stieß ihn aber nicht von sich. Wahrscheinlich fehlte ihr einfach die Energie dazu.

»Ich werde ihr ein leichtes Beruhigungsmittel geben. Vor allem braucht sie aber Flüssigkeit und viel Ruhe.«

Er suchte aus seiner Westentasche eine Tablette hervor und reichte sie Rose zusammen mit einer Flasche Wasser. »Gib ihr das, es wird ihr helfen, ein wenig zu schlafen.«

Nurja bewegte sich unruhig. »Ich muss zu meinen Kindern, sie sind ganz allein.«

»Schsch. Es geht ihnen gut, eine Freundin von mir kümmert sich um sie. Wenn es dir hilft, werde ich mich gleich mit ihr in Verbindung setzen und nach dem aktuellen Zustand der Kinder fragen.«

»Ja, bitte. Sie haben so viel durchgemacht und sind noch so jung …«

Rose legte ihren Arm um Nurja und zog sie behutsam an sich. »Ich weiß. Es wird alles gut.« Sie wiegte sie sacht hin und her. »Es ist alles gut.«

Einige Minuten später trat Rose in die kühle Nacht hinaus und sog tief die reine Luft ein. Es brach ihr fast das Herz, die arme Frau so leiden zu sehen. Schlimm genug, dass sie gefoltert worden war und zusehen musste, wie ihr Mann starb, aber zu glauben, ihre Kinder wären auch tot, musste das Allerschlimmste gewesen sein. Rose schloss die Augen und versuchte, ihre aufgewühlten Gefühle in den Griff zu bekommen, bevor sie in den Funkraum ging. Sicher würden die Männer sie verstehen, aber sie wollte nicht in solch einem Zustand von anderen Leuten gesehen werden.

Nach einigen tiefen Atemzügen öffnete sie schließlich die Augen. Mit den Händen fuhr sie über ihre Haare und steckte ein paar widerspenstige Strähnen zurück in den Zopf. Energisch zog sie ihre Kleidung zurecht und marschierte auf das Gebäude zu. Okay, sie würde es schaffen. Sie war kühl und koordiniert, so wie eine Expertin sein sollte.

Als sie die Tür öffnete, verstummten die Gespräche im Raum abrupt, und alle drehten sich zu ihr um. Oh verdammt, warum taten sie das? Rose konnte spüren, wie sich Tränen in ihren Augen bildeten.

»Alles wieder an die Arbeit, die Zeit läuft uns davon!« Devils Stimme hallte durch den Raum.

Dankbar, dass die Männer wieder abgelenkt waren, versuchte Rose, sich zu fassen. Sie spürte Rock hinter sich, noch ehe er seine Hände auf ihre Schultern legte. Seine Bartstoppeln strichen über ihre Wange, als er sich zu ihr hinunterbeugte.

»Alles in Ordnung?«

Mühsam kämpfte sie ihre Tränen zurück und lächelte. »Ja. Ich muss unbedingt mit Cass reden. Nachdem Nurja lebt, braucht sie für die Kinder keine neue Bleibe zu suchen. Außerdem möchte ich wissen, wie es ihnen geht, damit ich es an Nurja weitergeben kann. Der Gedanke, ihre Kinder wären tot, hat sie sehr mitgenommen.«

»Ich kann mir gar nicht vorstellen, wie schwer das für sie gewesen sein muss. Gehen wir zum Funkgerät, dann kannst du das gleich erledigen, solange sich der Geheimdienst noch nicht gemeldet hat.«

»Seid ihr sonst weitergekommen?« Sie vermisste seine Berührung, als er zurücktrat.

»Nicht wirklich. Joe hat mehrere Regionen eingegrenzt, die am wahrscheinlichsten sind, aber das alles bringt nichts, solange wir nicht wissen, wer genau dahinter steckt. Das Oberkommando würde uns nie dorthin schicken, solange nicht zumindest ein begründeter Verdacht besteht, dass sich der gesuchte Hintermann dort aufhält.«

Allein der Gedanke daran, dass Rock vielleicht bald wieder in Lebensgefahr war, ließ Rose innerlich erstarren. Sie versuchte, sich ihre Gefühle nicht anmerken zu lassen. »Das beruhigt mich.«

Rocks Stirnrunzeln wies darauf hin, dass sie gescheitert war. Bevor er antworten konnte, erhob sich aufgeregtes Stimmengewirr. Rasch traten sie zu den SEALs, die vor dem Computer standen. Auf dem Bildschirm war ein Zeichen zu sehen, dass in Kürze eine Videoverbindung aufgebaut werden würde.

»Scheint so, als hätten sie etwas gefunden.« Jackies Aufregung war deutlich zu hören.

Endlose Sekunden vergingen, bis schließlich das Bild flackerte und Admiral Tanner, flankiert von Mitarbeitern des Verteidigungsministeriums und der Geheimdienste sowie einigen Navy-Offizieren erschien.

Clint richtete sich auf. »Admiral.«

»Captain, ich will mich nicht mit langen Reden aufhalten …« Clints gemurmeltes »Gut«, war nur für diejenigen zu verstehen, die dicht neben ihm standen. Trotzdem blickte der Admiral ihn scharf an, bevor er fortfuhr. »Die Situation ist ernster, als wir gedacht hatten. Es scheint so, als gäbe es tatsächlich diesen Hintermann und als wäre er nicht nur ein Rebellenführer, sondern ein höchst gefährlicher Terrorist. Seine Zelle hat in letzter Zeit unzählige Anschläge verübt, bei denen Hunderte Menschen gestorben sind. Die genaue Zahl seiner Anhänger ist nicht bekannt, aber sie scheint hoch zu sein. Die einzige Möglichkeit, ihn zu erwischen, ist ein Überraschungsangriff. Wir können nur hoffen, dass er noch nichts von Mogadirs Verschwinden mitbekommen hat, denn dann ist er gewarnt und bereits auf der Flucht.«

»Wissen wir denn, wo sein Unterschlupf ist?«

»Zumindest ungefähr.«

»Na toll.« Docs Bemerkung war nicht gerade leise, aber der Admiral ignorierte sie.

»Die Hinweise der Frau waren Gold wert. Shirna ist nach Meinung unserer Experten Shirnia Ghar, eine kleine Bergkette an der Grenze zu Pakistan. Genauer gesagt, im Niemandsland zwischen Afghanistan und Pakistan.«

Jemand stöhnte auf, und auch die anderen SEALs schauten nicht besonders glücklich.

Clint fasste ihre Bedenken zusammen. »Also mitten im Hotspot der Gesetzlosen und ohne jede vernünftige Infrastruktur.«

»Korrekt. Ein perfektes Versteck für jemanden, der nicht gefunden werden will.« Tanner blickte sie ernst an. »Der Einsatz wird nicht einfach.«

»Wen genau suchen wir?«

»Wir vermuten, dass es sich um Haklit Khalawihiri handelt, er ist uns schon mehr als einmal durch die Lappen gegangen. Es wurde schon länger vermutet, dass er sich im Grenzgebiet herumtreibt, aber wir hatten nie eine konkrete Spur. Sofern wir den Angaben dieser Frau glauben können, wäre dies unsere beste Chance seit Jahren.«

Hawk mischte sich ein. »Nurja hat uns schon die Informationen zu Mogadir gegeben.«

»Ja, und daraufhin sind zwei unserer Agentinnen verschleppt worden.« Er hob die Hand, um Hawks Einspruch aufzuhalten. »Ich sage nicht, dass sie uns verraten hat, ich weise nur auf die Möglichkeit hin.«

»Sie wurde schwer gefoltert, und ihr Mann ist getötet worden, ich glaube nicht, dass sie von Mogadir angeheuert war.« Rose konnte nicht schweigen, nachdem sie die Qual in Nurjas Augen gesehen hatte.

»Wie gesagt, wir müssen davon ausgehen, dass alles möglich ist.« Tanner hob einen Zettel hoch und las ihn kurz durch. »Allein aufgrund der Angaben dieser Frau würden wir keinen Einsatz befehlen, aber da auch die Informationen aus der Datei sehr gut in das Bild passen, sind wir zu dem Entschluss gekommen, dass sich ein Aufklärungseinsatz empfiehlt.«

»Aufklärung?« Clints Stimme klang hart und spröde.

Admiral Tanner hob eine Augenbraue. »Ich denke, Sie haben mich verstanden, Captain Hunter. Unser Expertenteam wird Ihnen in Kürze alle wichtigen Daten überspielen, aber ich denke, es wäre gut, wenn Mr Spade die Gegebenheiten überprüfen würde.«

Clint warf einen Blick auf Joe, der völlig in sein Programm vertieft war. »Er ist bereits dabei.«

»Gut.« Tanner holte tief Luft. »Der Hubschrauber ist in Kabul gestartet und wird in Kürze bei Ihnen eintreffen. Ich wünsche Ihnen viel Glück.«

»Danke, Sir.«

Der Bildschirm wurde schwarz, und für einen Moment herrschte Stille im Raum. Dann fingen alle auf einmal an zu reden.

»Ruhe!« Devlins Befehl peitschte durch das Stimmengewirr und ließ sofortige Stille eintreten. »Okay, Leute, ihr wisst, was zu tun ist. Die Ausrüstung ist bereit, und wir sind es auch. Was uns noch fehlt, sind Informationen. Tragen wir alles zusammen, was über die Zielperson und die Gegend zu finden ist.«

Rose beobachtete fasziniert, wie sich innerhalb weniger Minuten ein ganzer Berg an ausgedruckten Blättern, Karten und Daten ansammelte, den die SEALs gemeinsam durchgingen. Der Expertenbericht wurde aufmerksam gelesen, aber sie verließen sich nicht nur darauf, sondern überprüften jede Kleinigkeit. Sie war froh darüber, denn bereits ein kleiner Fehler konnte katastrophale Folgen haben. Joe Spade lieferte Satellitenbilder dazu, die nur wenige Stunden alt waren und das mögliche Versteck des Hintermanns gestochen scharf und in beeindruckenden Details zeigte. Rose hatte das Gefühl, es müsste jeden Moment jemand über den Hof zwischen den einzelnen Gebäuden laufen. Das tat natürlich niemand, weil es ein Standbild war, aber trotzdem war es faszinierend, was die Technik alles ermöglichte. So konnten die SEALs den Einsatz bereits im Vorfeld genauestens planen und mussten vor Ort nicht so viel Zeit in eine intensive Auskundschaftung investieren.

Rose blickte verwirrt auf, als sich eine Hand auf ihre Schulter legte. Rock hockte neben ihr und lächelte sie leicht an.

»Warum siehst du nicht noch mal nach Kyla und Nurja?«

»Aber ich möchte …«

Er unterbrach sie. »Wir gehen gleich in die Detailplanung, das ist nicht für deine Ohren bestimmt.«

Rose verzog den Mund. »Aber Mahler ist auch noch hier!«

»Er ist ebenfalls Mitglied einer Spezialeinheit.«

Seufzend stand Rose auf. »Ich verstehe schon. Sagst du mir Bescheid, wenn ihr aufbrecht?«

»Natürlich.«

So natürlich war es nicht, aber Rose beschloss, Rock nicht weiter zu nerven. Es war deutlich zu sehen, dass er mit seinen Gedanken meilenweit entfernt war. Sie legte ihre Hand auf seine. »Pass auf dich auf.«

Diesmal war sein Lächeln breiter. »Mach ich.«

Er wollte sie eindeutig nur beruhigen, aber sie ließ es ihm durchgehen. Sie wollte unbedingt daran glauben, dass er zu ihr zurückkehren würde, sie *musste* es, oder sie würde völlig die Nerven verlieren.

52

»Irgendwas stimmt hier nicht.« Devils Stimme drang fast tonlos durch den Kopfhörer.

»Es ist doch alles ruhig.« Snake lag am weitesten von den Gebäuden entfernt und betrachtete das Geschehen durch sein Zielfernrohr.

»Genau das stört mich.« Devil rückte sein Nachtsichtgerät zurecht und schob sich ein Stück näher heran. »Bleibt wo ihr seid, ich sehe mich mal um.«

Rock spürte, wie jeder seine Bedenken wegen der Kopfverletzung aussprechen wollte, doch niemand tat es. Mit einem Klicken bestätigte er den Befehl, dann setzte er sich in Bewegung, um näher an Devil heranzukommen, sollte er Hilfe benötigen. Wo auch immer Devils Vorahnungen herkamen, sie hatten sich zu oft als richtig erwiesen, um sie jetzt einfach zu ignorieren. Im Hubschrauber hatten sie noch einmal den Einsatz besprochen, bevor sie einige Meilen vom vermutlichen Aufenthaltsort des gesuchten Terroristen entfernt abgesprungen waren. Die Fallschirme hatten sie vergraben, sodass sie frühestens gefunden werden würden, wenn sie schon lange wieder aus der Region verschwunden waren. Zumindest hoffte er, dass sie sich hier nicht länger aufhalten mussten, die Gegend war denkbar unwirtlich. Er kroch einen weiteren Meter vorwärts und fluchte stumm, als sein Knie schmerzhaft auf einen Stein traf. Es gab kaum Deckung, deshalb mussten sie auf dem Bauch die letzten Meter zu den Lehmgebäuden vorrücken.

Auf beiden Seiten von den Shirnia-Bergen eingerahmt, lag

Khalawihiris Unterschlupf etliche Meilen vom Khyber-Pass entfernt, der Kabul in Afghanistan mit Peshawar in Pakistan verband und sich über dreiunddreißig Meilen durch das Safed-Koh-Gebirge schlängelte. Das Anwesen war nur über eine schlecht ausgebaute Sandpiste erreichbar, die von Wachtposten gesichert wurde. Der Luftweg war schneller und sicherer. Zur Landung hatten sie sich eine kleine Lichtung ausgesucht, die fast alle in der Windstille nach dem Sandsturm perfekt getroffen hatten. Nur Cat war fast auf einer Ziege gelandet. Im letzten Moment hatte er sich noch zur Seite geworfen und das Tier nur gestreift, doch er hatte nicht verhindern können, dass es sich im Fallschirm verwickelte und ihn mitschleifte, als es in Panik losrannte. Nach einigen Metern war es ihm gelungen, die Leinen abzutrennen. Glücklicherweise hatte er nur Prellungen davongetragen und stand für den Einsatz zur Verfügung. Rock hatte das Gefühl, dass sie heute jeden Mann brauchen würden. Später, wenn sie in Sicherheit waren, würde Cat sicher noch einige Frotzeleien über sein Abenteuer hören.

Ohne Vorwarnung tauchte Devil neben ihm auf. Vorsichtig löste Rock seinen Finger vom Abzug seiner Waffe, den er beinahe instinktiv betätigt hätte. Der CO gab ihm ein Zeichen, sein Mikrofon abzuschalten, während er bei seinem das Gleiche tat.

»Was hast du an ›zurückbleiben‹ nicht verstanden?«

»Nichts. Ich gebe dir Deckung, wie es meine Aufgabe ist.«

Devil funkelte ihn an, nickte aber schließlich widerstrebend. »Botschaft angekommen.« Aufmerksam sah er sich um. »Fühlst du das?«

»Was?«

»Energie. Viele Menschen, Aufregung, Erwartung.«

»Es ist alles ruhig, sicher schlafen sie.«

Devil neigte den Kopf. »Das sollten sie, aber ich glaube nicht, dass sie es tun. Irgendetwas geht hier vor, das sich nicht mit unseren Plänen deckt.«

»Du meinst, sie sind auf uns vorbereitet?«

»Vielleicht.«

Rock hatte genug von Devils kryptischen Aussagen. »Sollen wir abbrechen?«

»Ich fürchte, das wird uns auch nicht helfen.« Er wirbelte herum, als sich dicht unter ihnen ein Stein löste und den Abhang hinunterrollte.

Hawk stoppte sein unruhiges Auf-und-ab-Gehen, als das Funkgerät ein eingehendes Gespräch meldete. Mahler richtete sich im Stuhl auf und schaltete den Empfang frei. Eine leise, schwer zu verstehende Stimme begann auf Deutsch zu reden. Hawk verstand nur einzelne Worte. Falle – Berge – warnen …

»Wer ist das? Was sagt er?«

Mahler warf ihm einen Blick über die Schulter zu und gab ihm ein Zeichen, still zu sein, bevor er ebenfalls auf Deutsch antwortete. Seinem Gesichtsausdruck nach zu urteilen, war es keine gute Nachricht. Nach einem weiteren kurzen Austausch beendete er das Gespräch, stand auf, packte Hawk am Arm und zog ihn mit sich nach draußen.

»Was soll das?« Hawk wusste, dass er unfreundlich klang, aber er hatte keine Lust mehr auf dieses Spiel.

Mahlers Miene war düster. »Das war mein Freund. Khalawihiri wird eure Männer in eine Falle locken.«

Wütend griff Hawk den Deutschen an. »Woher weiß er davon? Haben Sie es ihm gesagt?«

Dieser hielt seinem Blick stand, ohne zurückzuweichen. »Natürlich nicht. Er sagte, er wäre dort und hätte von Khalawihiri selbst gehört, dass er plant, den Angriff zurückzuschlagen und die SEALs gefangen zu nehmen oder zu töten.«

»Und er konnte einfach so an ein Funkgerät kommen und Sie kontaktieren?«

Ein Muskel arbeitete in Mahlers Kiefer. »Er hat dafür seine Tarnung aufgegeben und versucht jetzt, lebend herauszukommen.«

»Woher sollte Khalawihiri wissen, dass wir ihn angreifen wollen?«

»Er ist weder dumm noch blind. Er weiß, dass Mogadir gefangen genommen wurde.« Mahler verzog das Gesicht. »Und er hört scheinbar unsere Funksprüche ab.«

»Gibt es hier etwa keine Vorrichtung, die so was verhindert?«

»Natürlich, aber die Terroristen haben die beste und neueste Technik, und wenn sie etwas abhören wollen, dann finden sie auch einen Weg.«

»Verdammt! Und jetzt weiß er, dass wir gewarnt wurden. Wir müssen sofort das Team herausholen.«

»Es wird vermutlich einige Minuten dauern, bis er den Funkspruch übersetzt hat, aber danach wird er sofort angreifen, schätze ich.« Mahler rieb über seine Schläfe. »Wir können keine Verbindung zu den SEALs aufnehmen, solange sie in dem Gebiet sind.«

»Dann müssen wir einen Rettungstrupp hinschicken!«

»Wir können über Funk niemanden benachrichtigen, sonst ist Khalawihiri vorgewarnt. Ich werde mit dem Oberst reden.«

Hawk blickte dem Deutschen nach, als er auf die Unterkunft seines Kommandeurs zustrebte. Aufgewühlt fuhr er mit der Hand durch seine Haare, während er versuchte, eine Lösung zu finden. Aber er war hier völlig abgeschnitten, solange er den Funkraum nicht benutzen konnte, um Kontakt zu den amerikanischen Streitkräften aufzunehmen. Wenn er die SEALs irgendwie retten wollte, war er auf die Kooperation der KSK angewiesen. Vielleicht hatte Joe noch eine Idee. Rasch ging er zum Waschraum, in den Joe sich vor wenigen Minuten zurückgezogen hatte.

Ein schwarzer Schatten tauchte neben ihnen auf, weitere Steine schlugen gegeneinander. »Verdammt.« Devil hob einen Brocken auf und warf ihn auf die Ziege, die interessiert an seinen Beinen schnupperte. »Verschwinde!« Sein gezischter Befehl schien auch nicht zu wirken, die Ziege begann, an seiner Hose zu knabbern. »Rock, schaff mir dieses Vieh vom Hals.«

Rock hatte Mühe, sein Lachen zu unterdrücken. »Aye.«

»Erschieß sie, bevor uns noch jemand entdeckt.«

Rock richtete sich auf und schob die Ziege mit einem kraftvollen Stoß zurück über den Rand. Mit einem empörten Meckern sprang sie davon. Rock legte sich wieder neben Devil. »Vielleicht spürst du die Tiere.«

Devil warf ihm einen Blick zu, den er in der Dunkelheit nicht deuten konnte. »Sonderlich aufgeregt kam mir die Ziege nicht vor. Nein, es ist etwas anderes.«

»Rückzug?«

Devil hob den Kopf, schien zu lauschen, und schüttelte ihn dann schließlich. »Dafür ist es zu spät.«

Gänsehaut bildete sich auf Rocks Armen. Die Gewissheit, mit der Devil es sagte, gefiel ihm überhaupt nicht. »Was machen wir dann?«

»Wir werden so vorgehen, wie im Hubschrauber besprochen.«

»Also Plan B?«

»Genau.«

Rock nickte und gab die Anweisung über Mikrofon an die anderen Teammitglieder weiter. Plan B ging davon aus, dass eine unbekannte Menge an Gegnern von ihrer Ankunft wusste und nach einer Möglichkeit suchte, sie auszuschalten oder gefangen zu nehmen. Obwohl es üblich war, Ersatz-Angriffspläne zu haben, waren sie doch erstaunt gewesen, als Devil ihnen im Hubschrauber einen ganz anderen Vorgehensplan präsentierte, als sie ihn im Funkraum besprochen hatten. Er hatte nicht gesagt, warum er ihn erst so spät zur Sprache brachte, und sie hatten nicht gefragt. Die Tatsache, dass Devil trotz seiner Verletzung unbedingt hatte dabei sein wollen, war nur ein weiterer Hinweis für Rock gewesen, dass sein CO irgendeine Vorahnung hatte, was diesen Einsatz betraf.

Während sie hier lagen und weiter durch ihre Ferngläser die Gebäude beobachteten, verteilten sich die anderen SEALs über das gesamte Gelände. Die Mikrofone waren offen, sodass jeder sofort die anderen warnen konnte, wenn er etwas sah. Normalerweise waren rund um ein Versteck Wachen unterwegs, bei einem hochrangigen Terroristen wie Khalawihiri war es noch wahrscheinlicher. Bisher hatten sie jedoch noch niemanden entdeckt, und das machte ihn verdammt nervös. Natürlich konnte es immer noch sein, dass die Anlage aufgegeben worden war und nur noch Bergziegen hier Unterschlupf fanden. Aber die Satellitenbilder hatten eindeutig gezeigt, dass noch heute – vielmehr gestern – Morgen Jeeps und Lastwagen zu den Gebäuden gefahren waren. Irgendjemand musste sich also hier aufhalten oder zumindest bis vor Kurzem noch aufgehalten haben. Rocks Hand schloss sich fester um den Gewehrlauf. Sie mussten den Verbrecher erwischen, um jeden Preis.

Devils Angriff kam völlig überraschend. Ohne Vorwarnung packte er Rock an der Schutzweste und rollte ihn über sich. Reflexartig griff Rock das Gewehr fester, während er ins Nichts fiel. Er versuchte, den Fall zu bremsen, doch das Gelände war zu steil. Die einzige Möglichkeit, die ihm blieb, war, seine Muskeln zu entspannen und geschmeidig abzurollen, um sich vor schwereren Verletzungen zu bewahren. Scharfkantige Steine schlugen Schrammen in seine Arme und Beine, glücklicherweise schützte die Weste wenigstens seinen Oberkörper. Eine sandige Mulde stoppte ihn schließlich. Mühsam richtete er sich auf und blickte sich um. Wie durch ein Wunder hatte er sein Nachtsichtgerät nicht verloren, die Brille hing um seinen Hals. Er griff danach, während er mit der anderen Hand sein Mikrofon neu ausrichtete.

»Devil, was zum Teufel …?« Die Nacht explodierte um ihn herum.

»Rock? Rock, antworte, verdammt.«

Die drängende Stimme drang zuerst in Rocks Bewusstsein. Dann spürte er den Schmerz in seiner Schläfe. Dumpf pochte er in seinem Schädel und zog seinen Körper hinunter.

»Rock, kommen!«

Verwirrt richtete Rock sich auf. Wo war er hier? Er schob die um seinen Hals hängenden NVGs über seine Augen und betrachtete das grünlich leuchtende Bild. Ein Abhang. Steine, mageres Gras. Sein Blick glitt nach oben. Dort, wo er mit Devil gelegen hatte, klaffte nun ein Loch, große Brocken waren herausgeschleudert worden und lagen um ihn herum verteilt. Glücklicherweise hatten sie ihn nicht getroffen, sonst wäre er jetzt tot. Er schüttelte den Kopf, um seine Gedanken zu klären, und stöhnte unterdrückt auf. Verdammt, das tat weh. Seine Finger glitten über seine Schläfe und fanden eine dicke Beule. Kein Wunder, dass sein Kopf sich anfühlte, als wäre er in einen Nussknacker geraten. Noch einmal wanderte sein Blick nach oben. Irgendetwas entging ihm, er konnte es deutlich spüren. Er erinnerte sich noch daran, dass Devil ihn den Abhang hinuntergestoßen hatte und er hier gelandet war. Dann … dann … Rocks Herzschlag setzte aus, bevor es wild zu hämmern begann.

Eine Explosion! Wenn Devil ihm nicht gefolgt war … »Devil?«

Erst nichts, dann Cats Stimme. »Na endlich! Wurde auch Zeit, dass du dich meldest. Bist du verletzt?«

»Wenn man davon absieht, dass mir gerade ein zweiter Kopf an der Schläfe wächst, nein. Wo ist Devil? Ist er …?« Rocks Stimme verklang.

»Nein, er lebt. Die vom Haus aus abgeschossene Granate hat ihn nicht voll getroffen, wohl weil er kurz vorher zur Seite gesprungen ist. Was genau passiert ist, kann ich nicht sagen, ich war von der Explosion geblendet. Aber Khalawihiris Männer sind kurz darauf rausgestürmt und haben Devil und einen anderen Mann ins Haus geschleppt. Keine Ahnung, wo der plötzlich herkam. Devil sagte, wir sollen uns zurückziehen.«

»Hat er sein Mikro noch?«

Clint antwortete für Cat. »Nein, wir haben es seit der Explosion nicht mehr gesehen, entweder hat er es verloren oder verschwinden lassen, damit die Tangos es nicht in die Hände bekommen. Er hat es signalisiert.«

»Tun wir es?«

»Was?«

»Uns zurückziehen.«

»Wir haben derzeit keine andere Wahl, die Terroristen schwärmen aus und schneiden uns den Weg zum Haus ab. Wir sammeln uns und gehen dann unsere Optionen durch.«

»Verstanden.« Rock richtete sich mühsam auf und unterdrückte ein Stöhnen, als seine Muskeln protestierten. Sein Körper fühlte sich an, als wäre er einen steinigen Abhang hinuntergerollt. Oh, tatsächlich, das hatte er gerade getan. Der kurze Anflug von Humor verging schnell, als er an Devil dachte. Warum war der CO nicht ebenfalls hier? Was hatte er sich dabei gedacht, ihn, Rock, hinunterzustoßen und selbst dort zu bleiben, wo ihn eine Granate treffen würde? Hatte er keine Zeit mehr gehabt, sich in Sicherheit zu bringen? Das konnte eigentlich nicht sein, denn die Explosion war erst erfolgt, als Rock bereits in der Mulde angekommen war. Das wäre Devil ebenso gelungen. Und wenn die Terroristen gewusst hatten, wo Devil sich versteckte, warum waren sie dann nicht auch hinter ihm selbst her? Auf jeden Fall war er dankbar, dass es offenbar nicht so war, denn momentan gab es keinerlei Deckung. »Wo treffen wir uns?«

»Geh einfach geradeaus von den Häusern weg. Wir finden dich dann schon.«

Okay, geradeaus war nicht weiter schwer, selbst sein schmerzender Kopf konnte das aufnehmen. Allerdings bedeutete es, eine gute Position aufzugeben, die er vielleicht nie wieder erreichen würde, wenn Khalawihiris Männer ihnen den Weg auf dem Plateau abschnitten. An der Seite des Abhangs gab es sicher weniger Wachen. »Negativ.«

»Was meinst du damit?« Erneut Clints Stimme.

»Wenn ich in die andere Richtung gehe und dann den Hügel wieder hoch, bin ich direkt unterhalb des Gebäudes. Ich könnte auskundschaften, wo sie Devil hingebracht haben.«

Einen Moment lang herrschte Schweigen, bevor Clint antwortete. »Traust du dir das in deinem Zustand zu?«

»Sonst hätte ich es nicht vorgeschlagen.« Rock versuchte, die heftigen Kopfschmerzen zu ignorieren und zuversichtlicher zu klingen, als er sich fühlte. Er griff in seine Westentasche und tastete nach seinen Spielzeugen. Erleichtert stellte er fest, dass alles an seinem Platz war. Sollte er den Terroristen begegnen, würden sie einige Überraschungen erleben.

53

Schmerz explodierte in Devils Schädel, als sein Kopf direkt unter der alten Wunde an die Wand schlug. Schwarze Punkte flimmerten vor seinen Augen, sein Magen hob sich. Er sackte zusammen und bekämpfte auf Händen und Knien den Würgreiz. Halb besinnungslos war er nicht in der Lage zu reagieren, als ein Stiefel seine Rippen traf. Diesmal schoss der Schmerz durch seine Seite und riss ihn aus der wartenden Dunkelheit. Mühsam richtete er sich auf und konnte gerade noch einem Schlag ausweichen, der auf seinen Kopf zielte. Der Terrorist spie wütende Verwünschungen aus – zumindest nahm er an, dass es sich nicht um eine Liebeserklärung handelte – und griff erneut an. Devil duckte sich und ließ den Angreifer durch den eigenen Schwung an die Mauer prallen. In Erwartung eines erneuten Angriffs nahm er eine Abwehrhaltung ein, doch es geschah nichts. Der Mann an der Tür, wahrscheinlich der Anführer Khalawihiri, hatte seinen Schergen zurückgerufen und konzentrierte sich jetzt auf den zweiten Gefangenen, der trotz seiner Kratzer und Blutergüsse beinahe gelassen wirkte. Der Mann lehnte mit dem Rücken an der Wand, die Hände lagen locker an seinen Seiten.

Khalawihiri trat dicht vor ihn, geschützt durch die Pistole, die er auf den Mann gerichtet hielt. Trotz seiner leisen Stimme war die Wut darin unverkennbar. Devils Persisch war nicht gut genug, um zu verstehen, was er sagte, selbst wenn er über dem Rauschen in seinen Ohren mehr als nur ein paar Worte verstanden hätte. Der Gefangene zeigte sich wenig beeindruckt, Verachtung schimmerte in seinen Augen, während er schwieg.

Vermutlich hatte der Terrorist damit gerechnet, denn er nickte, als sähe er seine Aussagen bestätigt, und wandte sich zur Tür um. Devil überlegte, ob sich dieser Moment zum Angriff anbot, doch er verwarf den Gedanken wieder, als er die Pistole sah, die der Schläger auf ihn gerichtet hielt. Bevor er mehr als einen Schritt gehen konnte, würde er bereits eine Kugel im Kopf haben. Es sah so aus, als müsste er auf eine andere Gelegenheit warten. Ein Blick auf seinen Mitgefangenen zeigte ihm, dass er zum gleichen Schluss gekommen war. Die Tür fiel hinter den Terroristen ins Schloss, bevor das Geräusch eines Schlüssels erklang.

Stille breitete sich aus, während sie sich musterten. Der Fremde rutschte schließlich an der Wand herab, bis er auf dem Boden saß. Seine Hand wanderte zum Brustkorb, der Mund verzog sich schmerzhaft. Für einen Moment schloss er die Augen, dann sah er Devil direkt an. »Danke, dass Sie mich vorhin da rausgeholt haben.«

»Es hat nicht wirklich etwas gebracht, Sie sind trotzdem ein Gefangener.«

Diesmal blitzte für einen Sekundenbruchteil Humor in seinen Augen auf. »Besser als von einer Granate zerfetzt zu werden.«

»Stimmt.«

»Warum haben Sie sich nicht in Sicherheit gebracht? Niemand wusste, dass Sie dort waren.«

Devil blickte ihn schweigend an. Er konnte selbst nicht genau sagen, warum er den Mann aus der Schusslinie geholt hatte. Durch seine NVGs hatte er einige Meter weiter eine Bewegung wahrgenommen, es hätte ebenso gut ein Angreifer sein können, doch er hatte das Gefühl, ihm helfen zu müssen, nicht abschütteln können. Also hatte er erst Rock aus der Gefahrenzone geschafft und sich dann auf den Mann gestürzt und war mit ihm zusammen zur Seite gerollt. Die Granate war nur Sekunden danach dort eingeschlagen, wo der Fremde gelegen hatte. Wie es schien, war seine Vermutung, es könnte ein Gegner von Khalawihiri sein, korrekt gewesen.

Devil tastete nach seiner Kopfwunde, die wieder blutete. »Ich hatte meine Gründe.«

»Aha.«

»Was machen Sie überhaupt hier?«

»Ich habe meine Gründe.«

Devil nickte. »Touché.«

»Was machen wir jetzt?«

Devil betrachtete die fensterlosen Wände und die massive Tür. Die Terroristen hatten ihm sämtliche offensichtlichen Waffen abgenommen, genauso wie seine Ausrüstung mit Ausnahme des Kopfhörers, den er weggeworfen hatte. Natürlich hatte er noch sein Kampfmesser versteckt, aber das würde sie nicht aus diesem Raum herausbringen, bevor nicht jemand die Tür öffnete. »Warten.«

»Dürfte nicht so lange dauern.«

»Wie kommen Sie darauf?«

»Ich hoffe einfach, dass ich nicht umsonst meinen Hals riskiert habe.« Der Mann sah ihn abschätzend an. »Hätte nicht gedacht, dass sich ein SEAL so einfach erwischen lässt.«

»Normalerweise wäre das auch nicht geschehen. Ich hätte Sie natürlich auch dort lassen können …« Devil hob fragend eine Augenbraue. »Woher wollen Sie wissen, welcher Einheit ich angehöre?«

Wieder schwang Humor in der Stimme des Fremden mit. »Das weiß jeder hier. Es war lange angekündigt, dass ihr kommen würdet.« Er wurde ernst. »Khalawihiri hört die Gespräche von ausländischen Camps, des afghanischen Militärs, der Polizei und sämtlicher anderer staatlicher Einrichtungen ab. Er wusste, dass Mogadir die Agentinnen entführen würde, er hat vom Hubschrauberabschuss gehört, und er hat erfahren, dass ihr bei den

Deutschen untergebracht seid. Als Mogadir gefangen genommen wurde, wusste er, dass es euch vielleicht gelingen würde, eine Spur zu finden, die zu ihm führte. Er ist darauf vorbereitet und nicht gewillt, das Spiel einem anderen zu überlassen.«

»Was hat er vor?«

»Genau weiß ich das auch nicht, ich bin erst vor ein paar Stunden zurückgekommen. Hier war alles in Aufruhr, ich habe gehört, dass Besuch erwartet und ein Hinterhalt geplant wurde. Eine Falle, der ein kleiner Trupp SEALs kaum entkommen kann.«

»Wenn Sie ein Vertrauter Khalawihiris sind, was machen Sie dann hier?«

Der Mann hob eine Schulter und zuckte dann zusammen. »Verdammt, ich glaube, eine Rippe ist gebrochen.«

Devil blickte ihn weiter schweigend an.

»Ihr Mitgefühl wärmt mich. Ich hatte mich in den inneren Zirkel vorgearbeitet, doch dann habe ich einen Auftrag bekommen und war die letzten Tage unterwegs. Als ich vorhin wiederkam, war schon alles in Aufruhr. Mir war klar, dass Khalawihiri mir nicht mehr traute und dass er mich bald töten würde.«

»Sie gehen damit erstaunlich locker um.«

»Ich hatte nichts zu verlieren, also habe ich versucht, wegzukommen, bevor die große Schlacht anfängt.«

»Das hat wohl nicht geklappt.« Devil wusste nicht, was er von dem Typen halten sollte. Sein Englisch war völlig fehlerfrei, sein ganzes Benehmen zu selbstsicher, um ein einfacher Laufbursche zu sein. Wenn Khalawihiri ihm vertraut hatte, musste er geglaubt haben, sich auf ihn verlassen zu können. Das würde nicht bei jedem dahergelaufenen Hirtenjungen so sein. Wer war er also? Einfach nur ein Glücksjäger, der Geld machen wollte, oder ein Agent? Er tippte auf Letzteres, seit er die Bewegungen gesehen hatte, mit denen der Bursche sich vor der Explosion gegen ihn verteidigen wollte. Vielleicht war er von der CIA, allerdings war sein Englisch dafür zu wenig amerikanisch. Andererseits konnte das auch genau so beabsichtigt sein. »Welches Land?«

Der Mitgefangene öffnete den Mund, schloss ihn dann wieder und grinste ihn an. »Netter Versuch. Ich muss müder sein, als ich dachte. Vermutlich ruhe ich mich lieber ein wenig aus, solange ich noch die Möglichkeit dazu habe.« Er schloss die Augen und lehnte sich bequemer gegen die Wand.

»Was meinen Sie damit?«

Schweigen.

»Haben Sie einen Namen?«

»Sicher.« Als würde ihn Devils spürbare Ungeduld amüsieren, blickte er ihn kurz an, bevor er die Augen wieder schloss. »Sie können mich Hamid nennen.«

Mehr als einmal wäre er beinahe auf losen Steinen weggerutscht, doch schließlich kam Rock unterhalb des Gebäudes an. Über ihm, am Rand der Auffahrt, patrouillierten Wachen, andere durchstreiften die Umgebung. Keiner von ihnen nahm den beschwerlichen Weg über den Abhang, sodass er sich unbemerkt anschleichen konnte. Glücklicherweise war er auch auf keine Ziegen mehr gestoßen, wahrscheinlich hatte die Explosion sie vertrieben. Hatte der Zwischenfall mit dem Tier ihren Standort verraten? Möglich war es, anders konnte er sich jedenfalls nicht erklären, wie sie entdeckt wurden. Außer Khalawihiri hatte Wärmebildkameras … Unwillkürlich versuchte Rock noch dichter mit dem Fels zu verschmelzen. Hoffentlich war das nicht der Fall, sonst konnten die Terroristen in Ruhe abwarten, bis die SEALs sich ihnen näherten, und sie dann einen nach dem anderen ausschalten.

Er klickte zum Zeichen, dass er am Gebäude angekommen war, ins Mikrofon, bevor er vorsichtig höher stieg. Geröll erschwerte seine Aufgabe beträchtlich, er befürchtete, durch einen versehentlich ausgelösten Steinschlag unerwünschte Aufmerksamkeit auf sich zu lenken. Schweiß sammelte sich auf seinem Rücken und ließ die Kleidung unangenehm an ihm kleben. Die Beule an seiner Schläfe pochte im Rhythmus seines Pulses und sandte den Schmerz in gleichmäßigen Schüben durch seinen Körper. Immerhin konnte er sich damit trösten, dass er sich bei dem Sturz noch viel übler hätte verletzen können. Ein wenig Kopfschmerz fiel da überhaupt nicht ins Gewicht, auch wenn er sich wünschte, eine Schmerztablette dabeizuhaben. Wo war Doc eigentlich, wenn man ihn brauchte?

Mit dem Ärmel wischte er über seine feuchte Stirn, bevor er auf die Uhr blickte. Unter der schwarzen Kappe leuchteten die Digitalziffern leicht grünlich. Zwanzig Minuten seit dem Granatenangriff. Sie konnten nur hoffen, dass Devil noch am Leben war. Vermutlich war es ein gutes Zeichen, dass er ins Gebäude geschleppt worden war. Hätte Khalawihiri ihn töten wollen, wäre das bereits draußen geschehen.

Rock erinnerte sich an Devils entschlossenen Blick, als er ihn über den Rand geschoben hatte. Der CO hatte genau gewusst, was er tat, und da er nicht selbstmörderisch veranlagt war, musste er gute Chancen gesehen haben, zu überleben. Hätte er doch gesagt, was er vorhatte, anstatt einfach sein Ding zu drehen, ohne jemandem Bescheid zu sagen! Wie sollten sie so ihre Arbeit machen? Wenn Devil das überlebte – wenn sie alle überlebten –, würden sie sich ernsthaft unterhalten müssen.

Die Abbruchkante bestand aus Sand, Geröll und Felsen und schien sich schon beinahe durch einfaches Anschauen aufzulösen. Sein Gewicht half der Sache nicht wirklich, als er hochzuklettern versuchte. Er unterdrückte einen Fluch, als der scheinbar feste Stein unter seiner Hand zerbröselte. Zumindest wusste er jetzt, warum niemand hier Wachtposten aufgestellt hatte: Es war so gut wie unmöglich, die letzten Meter bis zum Gebäude zu erklimmen. Die Zähne zusammengebissen versuchte er es trotzdem, er hatte noch nie aufgegeben und würde jetzt sicher nicht damit anfangen. Er hängte sich das Gewehr über die Schulter und zog das Kampfmesser heraus. So tief wie möglich stieß er es in den Boden und prüfte, ob es hielt. Gut, zumindest gab es ihm etwas mehr Halt als seine bloßen Hände. Er begann zu klettern, rutschte hin und wieder ab, doch es gelang ihm, sich einige Minuten später schwer atmend auf festen Boden zu ziehen. Ein Presslufthammer bohrte in seinem Schädel, und er war sich fast sicher, dass Dampf aus seinen Ohren entwich. Wieder klickte er als Zeichen, dass er weiterhin dran war.

»Wir arbeiten uns zu dir vor. Finde Devils Standort heraus, halt dich aber so weit es geht aus Kämpfen raus.«

Rock klickte zur Bestätigung. Kein Problem, er hatte sowieso nicht vor, in das Gebäude zu stürmen und sich den Weg freizuschießen. Er wischte das Messer an der Hose ab, steckte es aber nicht in die Hülle zurück, sondern behielt es in der Hand. Das Gewehr war zu laut, deshalb würde er es nur im Notfall benutzen, wenn keine Hoffnung bestand, unentdeckt zu bleiben. Rasch überwand er die wenigen Meter bis zum Haus und presste sich mit dem Rücken an die Wand. Mit angehaltenem Atem wartete er auf irgendein Zeichen, dass er gesehen worden war. Nichts.

»Okay, ich habe dich, Rock. Links von dir steht einer vor dem Haus, was rechts ist, musst du selbst überprüfen.« Cats Stimme war kaum zu hören.

Ein Klicken, eine letzte Kontrolle seiner Ausrüstung, dann folgte er der Wand nach rechts bis zur Ecke. Rauer Lehmputz verursachte ein leise kratzendes Geräusch an seiner Schutzweste, das ihn zusammenzucken ließ. Vorsichtig trat er einen Schritt vor und setzte seinen Weg fort. Es stank bestialisch hinter dem Haus. Den Ursprung fand Rock in einem halb eingegrabenen

Rohr, das zum Abhang führte. So viel zu den sanitären Anlagen im Terroristencamp. Es juckte in seinen Fingern, eine Handgranate durch die Röhre ins Haus zu schießen, doch solange er nicht wusste, wo genau Devil sich aufhielt, war es zu gefährlich. An der Rückwand des Gebäudes waren keine Fenster eingelassen, durch die er hätte schauen können, deshalb setzte er den Weg mit angehaltenem Atem fort. Glücklicherweise war der Gestank wenige Meter weiter bereits halbwegs erträglich. An der Ecke angekommen, schob er sich langsam vor, um zu überprüfen, ob ein Wächter auf der anderen Seite patrouillierte.

Unvermittelt traf ihn ein Lichtschein. Rock zuckte zurück und riss sich das Nachtsichtgerät von den Augen. Verdammt! Bei Dunkelheit waren die NVGs unverzichtbar, doch sowie ein noch so schwaches Licht auftauchte, wirkte es so, als wäre ein riesiger Scheinwerfer direkt auf ihn gerichtet. Helle Punkte tanzten vor seinen Augen, machten ihn beinahe blind. Auch mehrmaliges Blinzeln half nicht, er würde warten müssen, bis sein Sehvermögen zurückkehrte. Normalerweise gewöhnten sich die Augen recht schnell wieder an die Dunkelheit, doch bis dahin war er nur noch begrenzt in der Lage, sich zu verteidigen. Wer immer mit dem Licht auf ihn zukam, hatte einen eindeutigen Vorteil. Rock wusste, dass er keine Zeit hatte, zurückzulaufen oder über den Rand der Klippe zu springen – ganz abgesehen davon, dass das der Gesundheit sicher nicht zuträglich gewesen wäre. Er würde sich also dem Terroristen stellen müssen.

Leise sprach er in sein Mikrofon. »Gleich Feindkontakt, bin geblendet.«

»Verschwinde da, Rock!« Clints Stimme klang klar und deutlich durch den Kopfhörer.

»Negativ, keine Zeit.« Durch die hellen Punkte vor seinen Augen konnte er sehen, dass der Lichtschein die Hausecke fast erreicht hatte.

»Wir sind zu weit weg, um schnell genug zu dir durchzukommen.«

Rock klickte und hob die Hand mit dem Messer. Er musste nur schnell genug sein, damit sein Gegner keine Zeit hatte, die anderen zu warnen. Normalerweise kein Problem, doch ohne uneingeschränkte Sicht ein gewisses Risiko. Einen winzigen Moment sah er Rose' besorgte Augen vor sich, dann gewann das Training die Oberhand.

54

»Wir müssen irgendwie näher ran.« Frustration und Sorge um Rock schwangen in Clints Stimme mit.

»Geht nicht, solange die Schießbudenfiguren uns den Weg versperren.« Snakes Einwurf war respektlos wie immer.

»Dann müssen wir eben außen herum gehen. Cat, siehst du eine Möglichkeit?«

»Natürlich, allerdings werden wir nicht schnell genug sein, um Rock helfen zu können.«

Clint hatte Mühe, seine Ungeduld zu unterdrücken. Es gab vieles, was er an seiner Zeit als aktiver SEAL vermisste, das Warten gehörte nicht dazu. Obwohl ihn auch sein jetziger eher administrativer Job bereits mehr als einmal fast in den Wahnsinn getrieben hätte. Er schüttelte den Gedanken ab und konzentrierte sich voll auf die Mission. Seine Priorität bestand darin, Devil und Rock herauszuholen – wenn er dabei noch Khalawihiri erwischte, umso besser. Die Planung der Mission hatte zu schnell gehen müssen, deshalb hatten sich Fehler eingeschlichen. Vor allem hätte überprüft werden müssen, wie viele Terroristen sich hier aufhielten. Es schien fast, als fände gerade ein Jahrestreffen statt. Normalerweise hätten sich, nach der Größe des Komplexes zu urteilen, maximal dreißig Männer hier aufhalten dürfen. Heute jedoch waren es nach seiner Zählung weit über fünfzig. Für ihn stand außer Frage, dass Khalawihiri von ihrem Einsatz gewusst und sich entsprechend vorbereitet hatte.

Clint verzog das Gesicht. So viel zu ihrem Überraschungsangriff. Aber eigentlich war das zu erwarten gewesen. Wenn in diesem Land eines funktionierte, dann waren es die Buschtrommeln im Untergrund. Natürlich hatte jeder Warlord oder Geschäftspartner von Mogadir sofort von dessen Gefangennahme erfahren und Schutzmaßnahmen ergriffen, für den Fall, dass die Amerikaner noch weitere Ziele angriffen. In einigen Tagen würde sich die Lage vermutlich wieder beruhigt haben, sodass die Rebellen und Terroristen dort mit ihrer »Arbeit« fortfuhren. So gesehen war der Schlag gegen Mogadir nur ein unbedeutender Erfolg – von Jades Befreiung einmal abgesehen – und brachte für die Situation im Land keine Veränderung. Wahrscheinlich war es dumm, so etwas zu erwarten, aber der Job war wesentlich besser zu ertragen, wenn man ein Ergebnis sah.

Routiniert überprüfte er die Funktionstüchtigkeit seiner Pistole, bevor er das Mikrofon dichter vor seinen Mund schob. »Wir rücken vor wie besprochen. Versucht möglichst nicht aufzufallen, wir können uns keinen weiteren Verlust leisten.«

Klicken antwortete ihm. Eigentlich hätte er sich den letzten Satz sparen können, die anderen wussten, was auf dem Spiel stand und wie sie vorgehen mussten. Langsam kroch er vorwärts und versuchte, jede natürliche Deckung auszunutzen. Keine leichte Aufgabe auf einem Hochplateau, auf dem kaum ein Strauch wuchs, das jedoch vor Feinden nur so wimmelte. Hinter einem kleinen Erdwall verschaffte er sich erneut einen Überblick. Seine Männer waren in der Dunkelheit kaum auszumachen, er sah sie nur, weil er wusste, wo sie ungefähr sein mussten. Trotzdem konnten sie nur hoffen, dass die Terroristen nicht ebenfalls mit Nachtsichtgeräten ausgestattet waren, denn dann wäre ihr einziger Vorteil – neben ihrer Ausbildung – verloren. Hoffentlich hatte Khalawihiri keine Zeit, sich näher mit seinem Gefangenen zu beschäftigen, solange er fürchten musste, angegriffen zu werden. Nach einem letzten Rundblick schob er sich weiter in Richtung der Gebäude.

Einen winzigen Augenblick, bevor die Klinge ihr Ziel traf, riss Rock seinen Arm zur Seite. Der Junge vor ihm starrte ihn mit weit aufgerissenen Augen an, sein Gesicht vor Angst verzerrt. Er öffnete den Mund, doch kein Ton kam heraus, denn im gleichen Moment versetzte Rock ihm einen Schlag gegen die Schläfe, der ihn betäuben, aber nicht töten würde. Ohne einen Laut von sich zu geben, sackte der Junge in sich zusammen, der Eimer entglitt seiner nun kraftlosen Hand und fiel scheppernd zu Boden. Rock blieb mit angehaltenem Atem an die Hauswand gepresst stehen und erwartete, jeden Moment einen der Wächter um die Ecke kommen zu sehen. Als alles still blieb, hockte Rock sich neben den Jungen und prüfte seinen Puls. Erleichtert atmete er auf, als er ihn spürte. Zwar war jeder im Camp ein Feind, aber er konnte es trotzdem nicht über sich bringen, ein Kind zu töten. Er schätzte den Jungen auf etwa zwölf Jahre, alt genug, um eine Waffe zu bedienen oder zumindest Alarm zu schlagen und damit seinen Standort zu verraten.

Die in seine Augen eingebrannten Lichtflecken wurden langsam schwächer und er stand nun in tiefe Dunkelheit getaucht da. Die Lampe, die der Junge getragen hatte, war zu Boden gefallen und verloschen, so blieb nur ein schwacher Lichtschein übrig, der durch die Schlitze hölzerner Fensterläden schimmerte. Rock band Hände und Füße des Jungen mit Kabelbindern zusammen und steckte ihm ein Stück Stoff als Knebel in den Mund. Dann zog er ihn hinter das Haus, wo er in der dunkelsten Ecke hoffentlich niemandem auffallen würde. So oder so lief jedoch die Zeit ab, denn er würde sicher irgendwann vermisst werden. Besser Rock beeilte sich, bevor jemand kam und den Jungen suchte. Erneut schob er sich dicht an der Wand entlang und warf einen Blick durch ein Loch im Fensterladen. Ein hell erleuchteter Raum, in dem sich auf dem Steinboden unzählige Kisten aus Holz und Metall stapelten. Einige waren mit auffälligen Stempeln versehen, die sie eindeutig als Waffenlieferungen identifizierten.

Rocks Magen zog sich zusammen. Khalawihiri hatte anscheinend ein ganzes Arsenal an Waffen aller Ausführungen und Größen zur Verfügung. Wenn seine Leute damit umgehen konnten, würde das Team echte Probleme bekommen, die Mission erfolgreich zu beenden. Rock schnaubte leise. Eigentlich war es jetzt schon offensichtlich, dass sie dringend Verstärkung brauchten, die sie aber nicht bekommen würden, weil sie keine Funkverbindung zum Hubschrauber hatten.

»Hier Rock.«

»Bericht.« Die Erleichterung war deutlich in Clints Stimme zu hören.

»Ein Junge, etwa zwölf. Ich habe ihn betäubt und verschnürt. Durch das Fenster kann ich einen ganzen Raum voller Kisten sehen, wahrscheinlich randvoll mit Waffen. Soll ich mir das näher ansehen?«

»Negativ. Geh nicht ins Gebäude, bevor wir in der Nähe sind.«

»Ich sehe mich weiter um. Vielleicht finde ich Devil.«

»Sei vorsichtig, ich habe ein ganz schlechtes Gefühl bei der Sache.«

Wie Devil, wie sie alle. Rock klickte als Bestätigung und duckte sich dann unter dem Fenster hindurch. Zwar hatte er niemanden im Raum gesehen, aber er wollte sichergehen. Gerade wollte er vorsichtig um die nächste Ecke schauen, als vom Dach ein erstickter Schrei erklang, der abrupt abbrach. Etwas polterte auf das Flachdach, dann war Stille. In verspäteter Reaktion hämmerte Rocks Herz gegen seine Rippen. Verdammt, er hatte nicht daran gedacht, dass auch auf dem Dach jemand lauern könnte. Ein Anfängerfehler!

»Du kannst weitergehen Rock, er ist tot.« Cats Stimme klang ruhig durch den Kopfhörer.

»Danke.«

»Jederzeit wieder. Das Dach ist jetzt frei, soweit ich das von hier sehen kann. Pass aber auf die Nachbarhäuser auf.«

»Verstanden.«

Erneut schob Rock den Kopf vor und zuckte gleich darauf zurück. Zwei Wachen standen vor der Tür, der eine nur wenige Zentimeter von ihm entfernt. Eigentlich hätte er es vorher schon riechen müssen, solch ein Gestank ging von ihm aus. Vermutlich war seine Nase noch von dem Abflussrohr betäubt gewesen, doch jetzt drangen die Ausdünstungen des Wächters voll zu ihm durch. Rock zog das um den Hals geschlungene Tuch über Mund und Nase, doch es half kaum. Er nahm einen kleinen Stein und warf ihn dem Mann an den Kopf, bevor er sich rasch wieder hinter die Wand zurückzog. Ein wütender Schrei war die Antwort. Rock glaubte, einen Namen zu verstehen und irgendetwas mit Strafe. Wie geplant glaubte der Wachmann offensichtlich, dass der Junge ihm einen Streich spielte. Er bereitete sich darauf vor, dass der Wächter um die Ecke stürmte, doch nichts geschah. Anscheinend nahm er seinen Job doch ernster als erwartet. Rock suchte sich einen weiteren Stein und versuchte es noch einmal. Erneut schimpfte der Mann auf den vermeintlichen Übeltäter, doch noch immer verließ er seinen Posten nicht.

»Was machst du da eigentlich?« Clints Stimme in seinem Ohr ließ ihn zusammenzucken.

»Ich versuche, die Wache wegzulocken. Ich kann da schlecht einfach vorbeigehen, um ins Innere zu gelangen.«

»Wir können sie ausschalten.«

»Zu auffällig.«

»Du meinst, es ist weniger auffällig, wenn sie plötzlich weg sind?«

»Ja.«

Clint schwieg, daher fuhr Rock mit seinem Plan fort. Diesmal nahm er einen größeren Stein, warf ihn, sah den Wächter zusammenzucken und kicherte in einer hohen Tonlage, bevor er rennende Füße imitierte. Wenn das den Mann nicht in Wut versetzte, dann würde er ihn tatsächlich einfach erschießen. Mit wütenden Beschimpfungen rannte der Terrorist um die Ecke und stoppte abrupt, als er anstatt des erwarteten Jungen einen großen Mann in Kampfausrüstung vor sich auftauchen sah. Bevor er einen Alarmschrei ausstoßen konnte, hatte Rock ihm einen Genickschlag versetzt. Rasch schleppte er ihn zur Kante und warf ihn den Abhang hinunter.

»Einer erledigt.«

»Wir melden dich sofort bei einer Theatergruppe an, wenn wir wieder zurück sind.« Doc konnte sich die Spitze nicht verkneifen.

»Sehr witzig. Wie wäre es, wenn ihr mir mal helfen würdet, anstatt da faul rumzuliegen?«

Snake mischte sich ein. »Ich kann den anderen so erwischen, dass es nicht auffällt. So wie er an der Wand lehnt, sollte das kein Problem sein.«

»Du hättest trotzdem nur Zeit, dich kurz umzusehen und wieder rauszukommen, bevor das entdeckt wird.« Es war deutlich, dass Clint die Idee nicht gefiel.

»Okay. Tu dein Bestes.« Rock wartete, bis Snake das Signal gab, dann spähte er vorsichtig um die Ecke. Der Wachmann sah tatsächlich aus, als würde er noch leben. Er lehnte schräg an der Wand, gestützt durch eine Kiste, die aufrecht neben ihm stand. Nur als er genauer hinsah, erkannte er das saubere runde Loch in der Stirn, aus dem ein dünner Faden Blut rann. »Gut getroffen, Snake.«

Geduckt rannte Rock zum Eingang und lehnte sich gegen die Lehmwand, bevor er vorsichtig hineinspähte. Der Hauptraum war hell erleuchtet, Männer standen um einen Tisch herum.

Weitere Zimmer gingen davon ab, wovon nur zwei mit Türen versehen waren, eine führte zu dem Raum mit den Kisten, vor der zweiten standen zwei bewaffnete Wachen. Unauffällig zog Rock sich zurück. Hinter dem Haus gab er Bericht. »Ich denke, ich weiß, wo Devil sich aufhält.«

»Hast du ihn gesehen?« Hoffnung schwang in Clints Stimme mit.

»Nein, aber eine Tür mit Wachen davor.« Er umrundete das Haus, bis er zu der Wand kam, hinter der er den Raum vermutete. »Das Problem ist nur, es gibt hier kein Fenster.«

»Kannst du die Wand sprengen?«

»Natürlich, aber da ich nicht weiß, wie dick die Mauern sind und ob jemand direkt an der Wand lehnt, ist das riskant.«

Cat mischte sich ein. »Einer geht auf das Haus zu, ich schätze mal, er wird bald bemerken, dass die Wachen tot sind. Wenn du was machen willst, tu es jetzt, oder verschwinde da so schnell wie möglich.«

Rock klickte, bevor er sein Mikrofon abschaltete. »Okay, Devil, es wäre gut, wenn du jetzt eine Vorahnung hättest.«

Devil richtete sich auf, als er ein leises Schaben hörte. Aufmerksam blickte er zu Hamid hinüber, der mit geschlossenen Augen an der Wand lehnte. Er schlief nicht, auch wenn es so aussah. »Sie sollten da weggehen.«

Hamids Augen öffneten sich, wachsam sah er Devil an. »Warum?«

»Weil das besser für Ihre Gesundheit ist.«

Hamid schien die Warnung in seinen Worten zu hören, denn er stand mühsam auf. »Okay, und jetzt?« Er kam auf Devil zu.

Bevor Devil antworten konnte, ertönte ein dumpfer Knall, und die Mauer, an der Hamid gerade noch gelehnt hatte, explodierte in einem Schauer aus Steinen und Lehm. Hamid wurde von den Füßen gerissen und landete zwischen Geröll auf dem Boden. Die Wachen vor der Tür stießen laute Rufe aus, der Schlüssel drehte sich im Schloss. Ein Schatten erschien in dem etwa einen Meter hohen und einem halben Meter breiten Loch der Wand. Devil gab Rock ein Zeichen, bevor er sich neben Hamid hockte, der benommen versuchte, sich aufzurichten. »Unten bleiben!«

Rock feuerte zwei Schüsse auf die Wachen ab, die in den Raum stürmten. »Raus, schnell!«

Devil packte Hamid unter den Armen und zog ihn zur Maueröffnung. Er konnte sich nicht um mögliche Verletzungen kümmern, in wenigen Sekunden würden Khalawihiris Männer nicht nur durch die Tür kommen, sondern auch ihren Fluchtweg hinter dem Haus abschneiden. Rock nahm Hamid entgegen und drückte Devil eine Pistole in die Hand. Beruhigt, endlich wieder besser bewaffnet zu sein, richtete dieser die Waffe auf die Tür, während er rückwärts durch den Wanddurchbruch kletterte. Weitere Terroristen stürmten in das Zimmer und begannen zu schießen, als sie ihn entdeckten. Es wurde eindeutig Zeit, hier zu verschwinden. Devil gab einige Schüsse ab, traf einen Mann und registrierte zufrieden, dass die anderen in Deckung gingen. Gut, das würde ihm genug Zeit verschaffen, sich aus diesem Loch zu verabschieden. Er drehte seinen Oberkörper, zwängte sich hindurch und stand schließlich draußen. Rock sah nicht zu ihm, sondern hatte etwas hinter ihm im Blick. Devil drehte sich langsam um. Khalawihiri stand mit etlichen seiner Männer vor ihnen, die Waffen auf sie gerichtet.

Mit Handzeichen fragte er Rock, ob die anderen in der Nähe waren und erhielt ein knappes Kopfschütteln als Antwort. Wie erwartet. Hamid kämpfte sich auf die Füße, bis er schwankend dastand. Blut lief über sein Gesicht, seine Hände waren zu Fäusten geballt. Khalawihiri sprach ihn an, und als er nicht antwortete, hob der Anführer seine Pistole und richtete sie direkt auf sein Herz.

»Was sagt er?«

Hamid wandte sich Devil zu, mühsam unterdrückte Wut in seinen Augen. »Er sagt, ich soll übersetzen.«

Wieder redete Khalawihiri, Triumph und Rachsucht deutlich zu erkennen, auch ohne seine Worte zu verstehen.

»Er ist ein wenig enttäuscht, dass ihr euch so einfach schnappen lasst, als angebliche Eliteeinheit der USA. Er hätte mehr erwartet.«

»Das kommt noch.«

»Er lässt nicht zu, dass seine Arbeit hier zunichte gemacht wird, bla bla bla. Das Übliche halt.« Hamid hörte wieder zu, dann verzog sich sein Mundwinkel beinahe amüsiert. »Wir werden jetzt sterben, so wie wir es verdient haben. Die Gläubigen werden über die Ungläubigen siegen und so weiter. Der Verräter wird zuerst sterben. Das bin dann wohl ich.« Er blickte Devil an. »War nett, euch kennenzulernen.«

Devil wusste nicht, ob er so locker gewesen wäre, wenn er glauben würde, dass sein Tod bald bevorstand. Vermutlich nicht. Vielleicht tat Hamid auch nur so, um seine Furcht zu überdecken. Oder er wusste etwas, das sie nicht wussten. Devil beschloss zu testen, ob sein Verdacht in Bezug auf Hamid, dass er derjenige war, der Kyla gerettet hatte, richtig war. »Ebenso. Soll ich ihr etwas ausrichten?«

Für einen Augenblick wich die gleichgültige Maske von Hamids Gesicht, und ein Feuer brannte in seinen Augen, bevor er sich wieder im Griff hatte. »Gut geraten. Sagen Sie ihr: Ich werde sie nie vergessen.«

Khalawihiri hatte scheinbar genug davon, ignoriert zu werden. Er trat näher und richtete seine Pistole auf Hamids Kopf. »Du bist tot.«

Devil war nicht erstaunt, dass der Terrorist Englisch sprach, höchstens, dass er es mit amerikanischem Akzent tat. Devils Körper spannte sich an, als sich Khalawihiris Finger um den Abzug der Waffe krümmte.

55

Ein Schuss drang durch die Nacht. Wie in Zeitlupe sackte Khalawihiri auf die Knie, die Pistole weiterhin auf Devils Mitgefangenen gerichtet. Hass und Schmerz standen deutlich in den Augen des Terroristen, als er die Hand zitternd anhob. Noch einmal wurde er getroffen, doch gleichzeitig löste sich auch ein Schuss aus seiner Waffe, bevor er nach vorn fiel. Devil reagierte blitzschnell, er warf sich vor den Fremden und ließ sich mit ihm zu Boden fallen. Rock behielt die Terroristen, die sich um ihren Anführer scharten, weiter im Auge, während er für einen Sekundenbruchteil nach unten schaute, wo Devil über dem Fremden lag. »Alles in Ordnung, Devil?«

Clints Stimme drang durch den Kopfhörer. »Was ist da los? Seid ihr verletzt?«

»Gut gezielt, Snake.«

Snakes Stimme klang irritiert. »Das war ich nicht, ich kann von hier aus nicht um die Hütte schauen.«

»Wer war es dann?« Unbehaglich sah Rock sich um.

»Keiner von uns.« Obwohl Clint ruhig wie immer klang, war klar, dass ihm die Situation überhaupt nicht gefiel. »Gerade als du die Wand gesprengt hast, kamen Männer an, die verdammt nach einer Spezialeinheit aussehen. Von unseren ist es niemand, aber einem geschenkten Gaul …«

»Wenn ihr einen Arzt dabeihabt, solltet ihr ihn rufen.«

Rock wirbelte zu dem Fremden herum, der sich unter Devil herausrollte. Der CO lag immer noch am Boden und rührte sich nicht. »Clint, ich glaube, es hat Devil erwischt. Schick Doc her.«

»Ist unterwegs. Wo ist er verletzt?«

Rock gab seine Waffe Devils Mitgefangenem. »Schießen Sie, wenn sich jemand bewegt.« Rasch kniete er sich neben Devil und drehte ihn auf den Rücken.

Der Mann nahm die Pistole entgegen und richtete sie, ohne zu zögern, auf die Terroristen. Auf Persisch sprach er auf sie ein und nickte schließlich befriedigt. Rock hatte nur wenige Wörter verstanden, doch er ging davon aus, dass er die Terroristen aufgefordert hatte, sich zu ergeben.

Schließlich blickte der Mann auf Devil hinunter. »Er hat sich vor mich geworfen, als Khalawihiri schoss. Verrückter Kerl.«

Rock stimmte dieser Einschätzung zu, sagte aber nichts, während er seine Finger an Devils Hals legte. Erleichtert atmete er auf, als er einen kräftigen Puls spürte.

»Wie geht es ihm?«

»Er lebt.« Rock warf dem Mann einen scharfen Blick zu. »Kümmern Sie sich um die Tangos!«

»Für die ist gesorgt, ich habe ihnen gesagt, dass sie umzingelt sind und besser aufgeben, wenn sie nicht sterben wollen.« Er deutete auf das Dach, wo eine schwarz gekleidete Gestalt die Terroristen mit einem Gewehr in Schach hielt.

»Wer ist das?«

»Backup.«

Rock kam nicht dazu weiterzufragen, denn in diesem Moment rührte Devil sich stöhnend. Rock stützte ihn, als er sich aufrichtete. »Wo bist du verletzt?«

Devil verzog schmerzhaft das Gesicht. »Nur eine Prellung, die Kugel ist in die Schutzweste gegangen, hat mir für einen Augenblick den Atem geraubt.« Er blickte den Fremden an. »Nächstes Mal überlege ich mir, ob es das wirklich wert ist.«

Dieser grinste ihn an. »Hoffentlich bin ich dann nicht in der Nähe.« Er wurde ernst. »Danke, das war knapp.«

Devil stand mit Rocks Hilfe auf und blickte zum Dach. »Ich nehme an, das meinten Sie vorhin mit ›es wird nicht lange dauern‹.«

»Ich dachte, ihr könntet ein wenig Hilfe gebrauchen.«

»Und warum haben Sie mir nichts davon gesagt?«

»Was hätte das gebracht? Sie hatten keinen Kontakt zu Ihren Männern … und ich war mir nicht sicher, ob sie wirklich jemanden schicken würden.«

»Wer sind ›sie‹?«

Der Mann lächelte Rock leicht an. »Sie werden sie erkennen.« Er wandte sich um und ging auf einen der neu angekommenen Soldaten zu.

»Wer zum Teufel ist das?« Clint klang inzwischen deutlich ungeduldig.

»Ich gebe dich an Devil weiter, dann kannst du ihn fragen, ich habe keine Ahnung.« Rock reichte Devil sein Headset, trat zur Seite und beobachtete, wie die Terroristen entwaffnet und weggeführt wurden, während er weiter dem Gespräch lauschte.

Devils Gesichtsausdruck war völlig neutral, als er Clint zuhörte. Seine Stimme klang ruhig, als er antwortete. »Nein, ich weiß nicht, wer er ist. Ich tippe auf Geheimdienst, aber aus welchem Land kann ich nicht sagen. Khalawihiri war nicht wirklich glücklich über ihn, daher bin ich davon ausgegangen, dass es sich lohnt, ihm zu helfen.«

Rock blickte ihn scharf an. Sein CO wusste eindeutig mehr, als er sagte. Kurz vor dem Schusswechsel hatte es einen kurzen Dialog zwischen ihm und dem Fremden geben, der dafür sprach. Aber es war klar, dass Devil auch ihm nichts erzählen würde, daher sprach er ihn nicht darauf an. Stattdessen näherte er sich den fremden Soldaten. Er fragte einen der Männer nach ihrem Anführer, der schweigend auf jemanden deutete, der ein Stück entfernt mit dem Rücken zu ihm stand. Immer noch waren vereinzelt Schüsse zu hören, Schreie und Flüche hallten über das Plateau, während die Terroristen zusammengetrieben wurden. Wachsam, um nicht noch von einer Kugel getroffen zu werden, ging er auf den Soldaten zu, der gerade einem seiner Kameraden einen Befehl gab. Zumindest hörte es sich vom Ton her so an.

»Haben Sie hier das Kommando?«

Der Mann drehte sich langsam zu ihm um. »Ja. Freut mich, dass wir rechtzeitig eingreifen konnten.«

Auch wenn er das Gefühl gehabt hatte, die Stimme zu kennen, war Rock doch überrascht, Leutnant Mahler von der KSK gegenüberzustehen. Um sich nichts anmerken zu lassen, setzte er rasch eine ausdruckslose Miene auf. »Uns freut es auch. Wie kommen Sie hierher?«

»So wie Sie auch. Nachdem wir die Nachricht bekommen hatten, dass es sich um eine Falle handelte, erhielten wir den Befehl zu helfen.«

Rock hob eine Augenbraue. »Von Ihrer Regierung?«

Mahler zuckte mit keiner Wimper. »Dafür blieb keine Zeit. Oberst Koller hat die Entscheidung getroffen.«

Rock nickte. »Unsere Dankbarkeit ist ihm sicher.«

Ein dünnes Lächeln zeigte sich auf Mahlers schwarz geschminktem Gesicht. »Es ist eine schöne Übung für uns. Die Männer brauchten mal wieder etwas zu tun.«

Amüsiert reichte Rock ihm die Hand. »Wir sind froh, ihnen ein wenig Abwechslung geboten zu haben.«

»Ach, seit Sie da sind, ist es schon wesentlich interessanter als vorher.« Er beugte sich vor. »Besonders die Frauen sind eine echte Bereicherung.«

Wütend öffnete Rock den Mund, erkannte dann aber, dass der Leutnant ihn nur aufziehen wollte, und schloss ihn wieder. Mahlers Lachen folgte ihm, als er davonstapfte, um sich dem Team anzuschließen.

Die angeforderten US-Streitkräfte landeten eine Stunde später und kümmerten sich um den Abtransport der Gefangenen und Toten. Müdigkeit lag schwer auf Rocks Schultern, er spürte jede einzelne Prellung, die er sich bei seinem Sturz den Abhang hinunter zugezogen hatte. Dementsprechend war seine Laune nicht die beste, als er schließlich Devil allein erwischte. »Warum hast du mich runtergestoßen?«

»Die Granate war zu dicht dran.« Devil ließ sich nicht aus der Ruhe bringen.

»Wenn du es geschafft hast, ihr zu entkommen, wäre mir das auch gelungen.«

»Das mag sein, aber dann hättest du uns nicht befreien können.«

Rock blickte ihn ungläubig an. »Du wärst gar nicht erst gefangen genommen worden, wenn ich noch da gewesen wäre. Zusammen hätten wir …«

»Du wärst gestorben.«

Es lag solche Sicherheit in Devils Stimme, dass Rock ein Schauder über den Rücken lief. »Woher willst du das wissen?«

»Wenn sie zwei von uns erwischt hätten, hätten sie einen getötet. Schon aus Prinzip. Khalawihiri reichte einer für seinen Zweck.«

»Aber …«

»Glaub es mir einfach. Ich hoffe, du bist nicht ernsthaft verletzt?«

»Ich lebe noch.«

»Was hat Doc zu deiner Beule gesagt?«

Rock betastete vorsichtig seine Schläfe. »Dass er selten so einen schönen Golfball gesehen hat.«

Devil grinste. »Mit der schwarzen Farbe sieht er wirklich interessant aus.«

Rock bezwang die Versuchung, seinem CO einen Kinnhaken

zu verpassen, und konzentrierte sich auf Wichtigeres. »Was hast du dir eigentlich dabei gedacht, dich vor den Typen zu werfen?«

Devil verzog den Mund. »Ich hatte eine schusssichere Weste an und er nicht. Für mich war der Schuss schmerzhaft, für ihn wäre er tödlich gewesen.«

»Sehr nobel. Aber was glaubst du, wie das Team sich fühlt, wenn du ständig Alleingänge machst und dich dabei in Gefahr bringst?«

»Manchmal muss man schnell reagieren …«

»Ja, aber ein kurzer Satz, was los ist, wäre hin und wieder doch angebracht.«

Devil blickte ihn schweigend an, dann nickte er. »Clint hat mir auch schon eine Predigt gehalten, und ihr habt recht. Ich werde versuchen, mein Vorgehen besser mit dem Team abzustimmen.«

Erleichtert, den unangenehmen Teil hinter sich zu haben, wandte Rock sich einem anderen Thema zu. »Wer war nun dein geheimnisvoller Freund?«

»Ich habe doch schon gesagt …«

»Ja, und ich nehme es dir nicht ab.«

Devil schüttelte den Kopf. »Ich schätze, ich muss mich daran gewöhnen, dass ich nichts machen kann, was nicht einer von euch mitbekommt.«

»Sieht so aus.« Rock verschränkte die Arme über der Brust. »Nun?«

»Er nennt sich Hamid.« Erwartungsvoll sah Devil Rock an.

»Und weiter …« Rock brach ab, als er erkannte, worauf Devil hinauswollte. »Meinst du wirklich, es ist Kylas Hamid?«

»Ich denke schon. Genauso wie ich finde, dass wir das für uns behalten sollten. Ich glaube, er gehört einem Geheimdienst an, ich weiß nur nicht, aus welchem Land.«

Rock nickte schließlich. »Okay, war reine Neugierde. Wo ist er jetzt?«

»Mit den Deutschen zurückgeflogen. Ich denke nicht, dass wir ihn wiedersehen werden.«

Nervös lief Rose im Funkraum auf und ab. Seit sie durch die Unruhe im Camp mitbekommen hatte, dass es Probleme bei der Mission gab, war es ihr nicht gelungen, sich zu beruhigen. Obwohl sie sich immer wieder sagte, dass es allen gut ging und sie inzwischen auf dem Rückweg zum Camp waren, würde sie es erst glauben, wenn sie es mit eigenen Augen sah.

Hawk leistete ihr Gesellschaft, war aber in sich gekehrt und schwieg die meiste Zeit. Der Funker war wieder an seinem Platz und nahm die eintreffenden Nachrichten der Teams entgegen, während er gleichzeitig Hawk wachsam im Auge behielt. Rose hatte beschlossen, Cass erst am Morgen zu kontaktieren, mitten in der Nacht konnte sie sowieso nichts tun. Einer der KSKler würde Nurja am nächsten Morgen in die Stadt fahren, um sie zu ihren Kindern zu bringen.

Rose sagte sich immer wieder, dass das Rettungsunternehmen gut ausgegangen war: Jade und Kyla lebten, Mogadir und viele Kämpfer seiner Rebellengruppe waren in Haft, Khalawihiri war schwer verletzt ausgeflogen worden, es war noch nicht klar, ob er überleben würde. Seine Männer waren größtenteils in Gefangenschaft, der Anschlag auf die Wolesi Jirga vereitelt.

Trotzdem musste sie immer wieder an die Verluste denken, die dieses Unternehmen gekostet hatte. Jades Leiden, der Tod der SEALs und Night Stalker, die Verletzungen Kylas und der wenigen überlebenden Insassen des Hubschraubers, I-Macs Lähmung. Und auch die Familien, deren Ehemänner, Väter, Söhne oder Brüder nun nicht zurückkehren würden, konnte sie nicht vergessen. Es hatte niemand gewonnen. Es war nur eine weitere Schlacht, weiteres Leiden in einem Krieg, der keinen Sieger haben würde. Rose strich mit beiden Händen ihre Haare zurück, die ausnahmsweise frei ihr Gesicht umrahmten. Sie wollte nur, dass endlich alles vorbei war! Der Aufenthalt hier hatte ihre Perspektive wieder gerade gerückt, ihr gezeigt, wie gut sie es zu Hause hatte, wie glücklich sie sich über ihr einfaches, komfortables Leben schätzen konnte.

»Der Hubschrauber wird bald eintreffen.«

Rose schreckte auf, als Hawks Stimme ihre Gedanken durchbrach. »Ja, ich weiß. Es wird Zeit, dass es vorbei ist.«

Hawk fuhr über seine inzwischen fast eine Woche alten Bartstoppeln. Müdigkeit und Sorge hatten sich tief in sein Gesicht gegraben und würden sicher nicht so schnell verschwinden. »Ganz meine Meinung. Morgen fliegen wir nach Ramstein und holen Jade und die SEALs aus dem Krankenhaus. Wenn wir Glück haben, sind wir morgen um diese Zeit bereits zu Hause.«

»Das wäre schön …« Rose richtete sich auf, als sie ein Geräusch hörte. »Ist das ein Hubschrauber?«

Hawk trat zur Tür und öffnete sie. »Ja.«

Rose sprang auf und lief hinter ihm her, als er mit großen Schritten aus der Baracke eilte. Sie kamen gerade rechtzeitig, um zu sehen, wie der Helikopter kurz aufsetzte, einige Männer heraussprangen und er dann wieder in einer Wolke aus Sand abhob. Enttäuscht blieb Rose in einiger Entfernung stehen, als sie erkannte, dass es das KSK-Team war und nicht die SEALs. Natürlich war sie froh zu sehen, dass alle unverletzt zu sein schienen, doch sie wollte endlich wissen, ob es Rock wirklich gut ging. Hawk ging zu den Männern und gab dem Anführer die Hand. Gemeinsam kamen sie auf Rose zu, bereits ins Gespräch vertieft. Mahler lächelte, als er Rose sah, was durch die Reste der schwarzen Farbe, die noch in seinem Gesicht klebten, etwas merkwürdig aussah.

»Geht es Ihnen gut?«

»Ja, es ist alles in Ordnung. Es gab keine schwerwiegenderen Verletzungen, weder bei uns, noch bei den SEALs.«

Erleichtert atmete Rose auf. Obwohl sie es schon vorher gewusst hatte, tat es ihr gut, es von jemandem zu hören, der dabei gewesen war. »Danke, dass Sie ihnen geholfen haben.«

Wieder lächelte er. »Es war uns ein Vergnügen. Und dank Spades Hilfe war es überhaupt kein Problem, den Ort des Geschehens zu finden.« Er blickte um Rose herum. »Ah, da ist er ja. Entschuldigen Sie mich.« Mahler beugte sich hinunter und küsste Rose auf die Wange, bevor er zu Joe trat, der inzwischen bei ihnen angekommen war. »Ihre Informationen waren perfekt. Ist es eigentlich möglich, dass wir auch auf die Daten der NGA zugreifen können?«

Rose konnte Joes Antwort nicht verstehen, denn sie hatten sich bereits umgedreht und gingen gemeinsam zur Kommandozentrale. Mit den Fingern strich sie über ihre Wange und verzog den Mund, als sie die schwarzen Flecken sah. Missmutig funkelte sie Hawk an, der das Zwischenspiel grinsend verfolgt hatte. »Und was machen wir jetzt?«

Er schob die Hände in die Hosentaschen und hob die Schultern. »Weiter warten. So lange kann es nicht mehr dauern.« Er blickte hinter sie und zuckte sichtlich zusammen. Eilig ging er an ihr vorbei auf die Person zu, die langsam auf sie zukam. »Kyla, was tust du denn hier?«

Die Agentin verzog den Mund. »Ich konnte nicht mehr liegen, das Bett ist zu weich. Außerdem wollte ich sehen, was es mit dem Hubschrauber auf sich hat. Sind alle zurückgekommen?«

»Bisher nur die Deutschen, unsere müssten bald hier sein.«

»Haben sie die Terroristen erledigt?«

Hawk nahm ihre Hand und hielt sie fest. »Ja, der Anführer ist schwer verletzt, wir wissen noch nicht, ob er überleben wird. Die anderen wurden, sofern sie noch lebten, gefangen genommen.

Außerdem wurde eine große Menge Waffen und Sprengstoff gefunden. Damit dürfte der Anschlag auf die Wolesi Jirga nicht mehr stattfinden.«

»Gut.« Zufrieden schlang Kyla die Arme um sich. Ein Zittern durchlief sie. »Hier oben wird es nachts ganz schön kalt.«

Hawk wollte seine Jacke ausziehen, doch Rose legte ihre Hand auf seinen Arm. »Ich habe noch eine Jacke im Zelt, ich hole sie.«

56

Rose hatte gerade die Jacke aus ihrem Rucksack gezogen, als sie ein tiefes Brummen hörte, das rasch in das typische Dröhnen eines Hubschraubers überging. Freude ließ ihr Herz schneller schlagen. Endlich waren sie da! Sie griff sich die Jacke und lief zum Landeplatz, wo Hawk und Kyla dem ankommenden Helikopter entgegenblickten. Rose hängte die Jacke um Kylas Schultern, bevor sie sich auf die Landung konzentrierte. Die Hände zu Fäusten geballt versuchte sie, ihre Aufregung und Ungeduld zu bändigen. Scheinbar unendlich langsam sank der Hubschrauber tiefer, bis seine Kufen endlich den Boden berührten. Sie duckte sich gegen den aufgewirbelten Sand, der erst nachließ, als die Rotoren sich langsamer bewegten und schließlich stillstanden.

»Der Hubschrauber bleibt den Rest der Nacht hier und bringt uns dann morgen früh nach Kabul.« Hawks Bemerkung riss sie aus ihren Gedanken.

Rose nickte, sie fand keine Worte, während sie beobachtete, wie die Tür des Hubschraubers geöffnet wurde. Obwohl es nur Sekunden waren, schien es ihr unendlich lange zu dauern, bis der Erste aus dem Laderaum sprang. Ihr Herz wurde leichter, als sie die Männer nacheinander herauskommen sah, müde, aber unverletzt. Doch im Grunde wartete sie nur auf einen: Rock. Sie lächelte Clint zu, der im Vorbeigehen kurz ihre Hand drückte, nahm ihre Augen aber nicht von der Luke. Die Welt um sie herum verschwand, bis sie nur noch wahrnahm, wie Rock – endlich! – aus dem Hubschrauber stieg. Wie von selbst setzten sich ihre Füße in Bewegung, erst langsam, dann immer schneller, bis sie die restlichen Meter rannte. Kaum abgebremst fiel sie in Rocks Arme, was ihm einen leisen Schmerzenslaut entlockte. Bevor sie sich von ihm lösen konnte, schlossen sich seine Arme um sie, und er presste sie eng an sich. Sie verlor den Boden unter den Füßen, und diverse Ausrüstungsgegenstände drückten sich an ihren Körper, doch das war ihr egal. Ihre Augen schlossen sich, als Rock sie küsste. Hart, leidenschaftlich und ohne jede Zurückhaltung.

Schließlich wurde sie sich wieder ihrer Umgebung bewusst und lachte unsicher auf. »Tut mir leid, ich hätte dich nicht so überfallen sollen, besonders mit deinen Teammitgliedern in der Nähe.«

Rocks Augen glitzerten erregt, während er leise lachte. »Das ist mir so was von egal.« Er ließ sie vorsichtig wieder zu Boden gleiten. »Den ganzen Flug über habe ich mir ausgemalt, wie es sein würde, dich wiederzusehen. Meine Fantasie wurde eindeutig von der Wirklichkeit übertroffen.«

Tränen schossen Rose in die Augen, ihre Finger strichen sanft über seine Wange. »Meine auch.«

Mühsam versuchte sie, ihre aufgewühlten Gefühle zu unterdrücken. Mit den Handballen wischte sie über ihre Augen, bevor sie ihre Hände in den Hosentaschen vergrub, um der Versuchung nicht nachzugeben, Rock wieder zu berühren. »Ich nehme an, du hast jetzt keine Zeit?«

Tief seufzend schüttelte Rock bedauernd den Kopf. »In fünf Minuten ist die Teambesprechung. Ich habe gerade genug Zeit, die Ausrüstung abzulegen und mich ein wenig zu waschen, bevor ich mich in der Kommandozentrale einfinden muss.«

Rose nahm seine Hand und zog ihn mit sich. »Ich werde dir dabei helfen.«

Rock sträubte sich nicht, sondern folgte ihr zu ihrem Zelt. Dort angekommen schloss Rose den Reißverschluss und machte die Lampe an, bevor sie eine Wasserflasche und einen Waschlappen nahm und ihn erwartungsvoll anblickte. »Worauf wartest du noch? Zieh dich aus.«

Als Rock sie nur anstarrte, begann sie, seine Weste aufzuknöpfen. Seine Hände legten sich auf ihre.

»Ich glaube nicht, dass …«

»Wie willst du dich waschen, wenn du bepackt bist wie ein Panzer? Nun los, du hast nicht mehr viel Zeit.«

Schneller als sie gucken konnte, öffnete Rock die Weste und ließ sie zu Boden fallen. »Besser?«

Sie lächelte ihn an. »Ja.« Vorsichtig begann sie, mit dem Tuch den Rest Tarnfarbe aus seinem Gesicht zu wischen. »Was ist das eigentlich? Schuhcreme? Klebt höllisch.«

»Sonst hält es nicht, wenn es regnet oder wir schwitzen.«

»Natürlich, da hätte ich auch selbst draufkommen können. Warte einen Moment.« Rose holte ein Stück Seife heraus und versuchte es erneut. Als sie zu seiner Schläfe kam, zuckte er zurück. Eine dicke Beule prangte dort, die, nach Rocks Gesichtsausdruck zu urteilen, ziemlich wehtat. »Wo hast du die denn her?«

»Devil.«

»Wie bitte?« Sie musste sich verhört haben, Rocks CO würde ihn doch nicht verletzen.

»Er meinte es zu gut mit mir.«

»Wieso …?«

Rock legte seine Finger auf ihre Lippen, um sie zum Schweigen zu bringen. »Mehr musst du nicht wissen. Es ist nicht weiter schlimm.«

Rose blickte ihn ernst an. »Ich finde es schlimm zu sehen, dass du Schmerzen hast.«

»Das musst du bald nicht mehr.«

Rose erstarrte innerlich, Kälte breitete sich in ihr aus. Hatte sie sich geirrt, und Rock sah sie doch nur als einen Zeitvertreib an, während sie hier waren? Sie konnte es sich nicht vorstellen, aber ... Nein, sie würde nicht zulassen, dass er sich jetzt einfach so davonstahl. »Ich werde dich nicht gehen lassen! Ich wollte nie jemanden lieben, der Soldat ist. Das ist mir bei Ramon nicht gelungen – und bei dir genauso wenig.« Rock wollte etwas erwidern, doch sie hob die Hand. »Ich finde, Kriege sind Wahnsinn. Sowohl in Afghanistan als auch im Irak zerstören wir die Leben unserer Soldaten. Weißt du, bei wie vielen inzwischen eine posttraumatische Belastungsstörung diagnostiziert wurde? Wie viele wegen PTSD kein normales Leben mehr führen können, obwohl sie keine schweren Verletzungen erlitten haben? Wie viele sich umgebracht haben?«

Rock blickte sie ernst an. »Ich weiß es.«

»Natürlich. Entschuldige, es ist nur ...«

Rock legte seine Hand an ihre Wange. »Ich verstehe dich. Auch mir gefällt vieles nicht, das in den letzten Jahren geschehen ist. Aber ich kann es nicht ändern. Ich bin ein SEAL, und ich denke, dass meine Arbeit wichtig ist.«

Tränen traten in Rose' Augen. »Ich weiß.«

Rock holte tief Luft. »Was ich eigentlich sagen wollte, war, dass du bald keine Angst mehr um mich zu haben brauchst. Ich werde das Team verlassen. Ich möchte mit dir zusammen sein und den Rest meines Lebens mit dir verbringen.«

Diesmal liefen die Tränen über. »Ich liebe dich genau so, wie du bist, also auch wenn du ein SEAL bist oder vielleicht gerade deswegen. Genauso ging es mir mit Ramon. Ihr seid ganz besondere Männer, und ich würde nie verlangen, dass du meinetwegen deinen Job aufgibst. Führe deine Karriere so weiter, wie du es möchtest, ich werde trotzdem bei dir sein.«

Rock lächelte sie an. »Das ist gut zu wissen, aber ich meine es tatsächlich ernst. Ich werde zu alt für den aktiven Dienst, und für Schreibtische bin ich nicht geeignet. Ich wusste schon vor der Mission, dass es meine letzte sein würde.«

»Warum hast du es mir nicht gesagt?«

»Vielleicht wollte ich es selbst noch nicht wahrhaben.« Rock hob unbehaglich die Schultern. »Seit ich denken kann, wollte ich immer nur ein SEAL sein. In den Teams fühle ich mich zu Hause, ich habe hier meine Heimat gefunden. Wenn ich sie verlasse …« Er brach ab und holte tief Luft. »Wenn ich sie verlasse, bin ich niemand mehr.«

Rose schlang ihre Arme um seinen Hals und presste ihr Gesicht an seine Brust. »Du wirst immer du selbst sein, egal ob du ein aktiver SEAL bist oder nicht. Ich bin sicher, du findest einen Job, der zu dir passt.«

Seine Hände wühlten sich in ihre Haare. »Clint hat mir angeboten, in seinem Team mitzumachen.«

»An der Ostküste?«

»Ja. Ich habe abgelehnt. Ich möchte bei dir sein, nicht durch ein ganzes Land getrennt.« Er küsste ihre Stirn. »Ich nehme an, dass du gern an der Westküste in der Nähe deiner Familie bleiben möchtest, oder?«

»Im Prinzip schon, aber wenn du tatsächlich einen interessanten Job an der Ostküste oder wo auch immer, annehmen möchtest, dann würde ich mit dir kommen. Ich bin gern mit meiner Familie zusammen, aber ich brauche sie nicht jeden Tag zu sehen – dich schon.«

Rocks Mund senkte sich zu einem sanften Kuss auf ihre Lippen. Als er den Kopf hob, strahlten seine Augen eine Wärme und Liebe aus, dass ihr der Atem stockte. »Habe ich schon gesagt, wie sehr ich dich liebe?«

Rose lächelte ihn durch ihre Tränen an. »Nein, aber es ist gut zu wissen.« Sie löste sich bedauernd von ihm. »Musst du nicht zu einer Besprechung?«

Rock sah auf die Uhr. »Oh, verdammt! Jetzt muss ich tatsächlich so schnell wie möglich aus dem Team raus, sie werden mich unbarmherzig aufziehen.«

»Wenn sie dich ärgern, schick sie zu mir, ich bin sicher, ich kann sie zur Vernunft bringen.«

Rock lachte und küsste sie, bevor er zum Ausgang ging. »Das kann ich mir vorstellen.« Er trat nach draußen und steckte den Kopf noch einmal ins Zelt. »Ich komme so schnell wie möglich zurück.«

Rose lächelte, als sie ihm hinterherblickte, wie er auf die Kommandozentrale zulief. Sie war sicher, dass er bald wiederkommen würde. Und er würde bleiben – für immer.

Epilog

Landstuhl Regional Medical Center, Deutschland

Kyla erwachte nur zögernd aus dem von Betäubungsmitteln herbeigeführten tiefen Schlaf. Sofort nach der Landung am Vormittag auf der Airbase Ramstein war sie im nahe gelegenen Militärkrankenhaus operiert worden. Vorsichtig bewegte sie ihre Schulter und verzog den Mund. Sie spürte nicht viel, wahrscheinlich war das Schmerzmittel stark genug. Sie erinnerte sich nur vage daran, wie sie nach der Operation kurz aufgewacht war, desorientiert und mit akuter Übelkeit. Glücklicherweise war sie wieder eingeschlafen, nachdem man sie in ein Zimmer gebracht hatte. Erst jetzt nahm sie die Stimmen auf dem Flur bewusst wahr. Wahrscheinlich war sie dadurch aufgewacht. Sie fühlte sich zu schlapp und durstig, um die Energie aufzubringen, sich über die störenden Männerstimmen zu ärgern. Welcher Idiot hatte die Tür des Krankenzimmers einen Spalt offen stehen lassen? Mühsam stemmte Kyla sich hoch und griff nach dem Wasserglas auf dem metallenen Nachttisch. Dabei fiel ein Gegenstand aus ihrer Hand und rollte über die Bettdecke.

Für einen Moment blickte sie ihn nur an, dann strich sie mit den Fingern darüber. Hamids Stein. Wie kam er hierher? Sie war sich sicher, ihn in der geborgten Tasche gelassen zu haben. Oder hatte sie ihn sich nach der Operation geben lassen? Verwirrt schüttelte sie den Kopf. Sie konnte sich nicht daran erinnern, aber es musste wohl so gewesen sein, sonst wäre er jetzt nicht hier. Ihr Kopf ruckte hoch, als sie vor der Tür ihren Namen hörte. Die Männer redeten zu leise, um viel zu verstehen, nur einzelne Worte drangen durch.

»Operation … keine Komplikationen … bald wieder gesund.«

Gut, das zu hören, aber wer dachte, er hätte das Recht, über sie zu reden? Ein Arzt wahrscheinlich, aber mit wem unterhielt er sich? Die Stimme kam ihr seltsam vertraut vor, dann aber auch wieder nicht. Hawk sprach anders, breiter, mit deutlich südwestlichem Akzent. Einer von den SEALs? Nein, das war nicht richtig. Durch die Schmerzmittel reagierte ihr Gehirn langsamer als sonst, jedes Mal wenn sie den Gedanken fast gepackt hatte, verschwand er wieder. Ungeduldig konzentrierte sie sich stärker auf die Stimme, lauschte den Wörtern, dem Klang, der Ausdrucksweise. Ein seltsam sauberes Englisch, ohne Akzent oder Dialekt, trotzdem fehlerlos …

Kyla setzte sich ruckartig auf, als sich vor ihren Augen ein Bild formte. Schmerz zuckte durch ihre Schulter, doch sie ignorierte ihn. Nein, das konnte nicht sein, er war irgendwo in Afghanistan und tat wer weiß was. Er konnte gar nicht hier in Deutschland sein. Oder? Angestrengt lauschte sie, doch die Stimmen waren verstummt. Nein! Sie musste wissen, wer vor ihrer Tür gestanden hatte, sonst würde sie keine Ruhe finden. Für einen kurzen Augenblick dachte sie daran, auf den Knopf zu drücken, der über ihrem Bett hing, und eine Schwester zu rufen, doch das würde viel zu lange dauern. Entschlossen stieß sie die Decke zur Seite und schob ihre Beine aus dem Bett. Schwindel erfasste sie, Übelkeit wühlte in ihrem Magen. Mit zusammengebissenen Zähnen zog Kyla sich an dem Ständer hoch, an dem ein Infusionsbeutel hing, bis sie auf wackeligen Beinen aufrecht stand.

Schritt für Schritt bewegte sie sich auf die Tür zu, viel zu langsam. Tränen der Wut über ihre eigene Unfähigkeit brannten in ihren Augen und ließen ihren Blick verschwimmen. Ungehalten wischte sie sie weg und griff schließlich mit zitternden Fingern nach der Türklinke. Es schien, als wiege die Tür Tonnen, als sie sich langsam öffnete. Kyla machte einen Schritt auf den Flur und blickte den Gang entlang. Nichts. Ein Quietschen ließ sie herumfahren. Auf der anderen Seite des Korridors zog ein Mann gerade eine Glastür auf, die zum Treppenhaus führte. Obwohl er Jeans und T-Shirt trug, erinnerte er sie mit seiner schlanken Figur und den dunklen Haaren an Hamid. Konnte er wirklich hier sein? Sie musste den Mann unbedingt von vorn sehen! Ihr Ruf war nur ein heiseres Krächzen, das nicht weiter als bis zur gegenüberliegenden Wand reichte. Sie versuchte es noch einmal, diesmal lauter.

»Hamid?«

Der Mann drehte sich nicht um, sondern trat durch die Glastür und verschwand aus ihrer Sicht.

Kyla wollte ihm folgen, aber ihre Beine zitterten immer stärker. Selbst wenn sie es bis zur Tür schaffte, der Mann wäre bis dahin längst weg. Schwer stützte sie sich auf die Türklinke und starrte den Gang hinunter, als könnte sie ihn zwingen, zurückzukommen. Sicher war es jemand anders gewesen, Hamid hätte reagiert, wenn er ihren Ruf gehört hätte. Oder? Die Ungewissheit war am schwersten zu ertragen. Sie schleppte sich zum Bett zurück und drückte auf den Rufknopf für die Schwester. Ihre nackten Füße waren eiskalt, doch sie merkte es kaum, während sie auf die Krankenschwester wartete.

Schließlich steckte eine rundliche Frau in Schwesterntracht den Kopf durch den Türspalt. Als sie sah, dass Kyla nicht nur wach war, sondern auch noch im Bett saß, kam sie rasch herein. »Sie waren doch wohl noch nicht auf? Der Doktor sagte, sie müssten im Bett bleiben, bis …«

»Ich habe eine Frage an Sie.« Kyla wusste, dass sie unhöflich war, aber es war ihr egal.

Verwirrt sah die Schwester sie an. »Ja?«

»Haben Sie hier einen Besucher gesehen, groß, schlank, schwarze Haare?«

»Während Sie schliefen, saß hier jemand, auf den die Beschreibung passt.« Ihr Lächeln wurde weicher. »Was für ein Mann.«

»Hat er seinen Namen gesagt?«

Die Krankenschwester runzelte die Stirn. »Nein, mir nicht. Er sagte, er gehört zu Ihrem Team. Ich glaube, er hat auch mit dem Doktor gesprochen, vielleicht weiß der mehr.«

»Vielleicht könnten Sie ihn noch genauer beschreiben. Hatte er einen Bart und dunkle Augen?«

»Nein, da müssen Sie einen anderen meinen. Er hatte garantiert keinen Bart, nicht mal einen Schnauzer, und seine Augen waren hell, welche Farbe genau, weiß ich gar nicht.«

Sosehr Kyla sich auch bemühte, eine Übereinstimmung zu finden, der Fremde schien weder Hamid noch einer vom SEAL-Team gewesen zu sein. Aber wer dann? Unruhe machte sich in ihr breit.

Die Schwester schien es zu bemerken und versuchte, sie zu beruhigen. »Ich werde den Doktor zu Ihnen schicken, wenn er Zeit hat. Er kann Ihnen sicher mehr sagen.« Sie ging zur Tür und wollte gerade den Raum verlassen, als sie sich noch einmal umdrehte. »Oh, beinahe hätte ich es vergessen, er hat etwas auf den Zettel geschrieben, der auf Ihrem Nachttisch liegt.«

Kyla griff nach dem Blatt Papier, das gefaltet neben dem Wasserglas lag. Mit zitternden Fingern faltete sie es auf und hätte es beinahe fallen gelassen. Das Blut sackte aus ihrem Kopf und ließ sie schwindelig zurück. Besorgt trat die Schwester zu ihr und half ihr, sich zurück ins Bett zu legen.

»Geht es Ihnen nicht gut?«

Kyla brauchte einen Moment, um die passenden Worte zu finden. Es war der gleiche Zettel, der bei Hamids Stein gewesen war, doch jetzt stand auch auf der Rückseite etwas – in einer anderen Sprache, aber in der gleichen Handschrift. Ihre Hand bebte, als sie der Krankenschwester das Blatt reichte. »Können Sie das lesen?«

Verwundert nahm die Schwester das Papier entgegen und blickte darauf. Ihre Miene hellte sich auf. »Oh ja, das ist Deutsch. Wissen Sie, mein Verlobter ist Deutscher, und deshalb habe ich jetzt endlich angefangen, die Sprache zu lernen, obwohl ich hier schon seit zwei Jahren lebe.«

Kyla gelang es, ihre Ungeduld nicht zu deutlich zu zeigen. »Was steht da?«

»›Ich werde dich nicht vergessen‹.« Sie reichte Kyla den Zettel zurück, sah die Tränen in ihren Augen und drückte mitfühlend ihre gesunde Schulter. »Ich bin sicher, er kommt zurück. Es sah wirklich so aus, als würden Sie ihm viel bedeuten.«

Kyla nickte nur und ließ die Frau in dem Glauben. Sie wusste, dass er nicht hierher zurückkommen würde, der Zettel war sein Abschied gewesen. Wahrscheinlich sollte sie erleichtert sein, die verwirrenden Empfindungen, die sie in seiner Nähe verspürte, nun vergessen zu können, aber alles was sie spürte, war ein tiefes Gefühl des Verlusts. Als sie endlich allein war, presste sie das Gesicht ins Kissen und ließ den Tränen freien Lauf.

Müde strich Hawk über seine Augen. Er hatte in letzter Zeit eindeutig zu wenig geschlafen. Direkt nach ihrer Landung in Ramstein hatte er sich Jades Zimmer zeigen lassen und saß seitdem an ihrem Bett. Sie schlief, als er eintraf, aber er hatte es genau gemerkt, als sie aufgewacht war. Er wartete darauf, dass sie sich umdrehte und mit ihm redete, aber sie tat es nicht. Noch nie hatte er sich dermaßen hilflos gefühlt und so wenig gewusst, was er tun sollte. In einer Stunde würde sein Flug zurück nach San Diego gehen, und er musste jetzt aufbrechen, wenn er ihn noch erreichen wollte. Jade, Kyla und die verletzten SEALs würden in einem Krankentransportflugzeug folgen.

Immerhin hatte es eine gute Nachricht gegeben: I-Mac hatte bereits ein leichtes Kribbeln in seinen Händen und Füßen gespürt, und die Ärzte waren recht zuversichtlich, dass er sich von seiner Verletzung wieder erholen würde. Trotz seiner Erleichterung über diese Entwicklung kreisten Hawks Gedanken jedoch fast ausschließlich um Jade. Vermutlich war es gut, dass der Kapitän sich weigerte, ihn mitzunehmen, denn er schien ihr nicht helfen zu können. Es tat ihm weh, sie so zart und verletzt im Bett liegen zu sehen, aber es schmerzte mindestens genauso, dass sie ihn nicht an sich heranließ. Sicher, ihre Beziehung war nur kurz gewesen, bevor ihr Einsatz startete, aber er hatte gedacht … Hawk vergrub seine Gefühle tief in sich und stand langsam auf. Mit schweren Schritten trat er zu ihrem Bett und beugte sich zu ihr hinunter.

»Ich weiß, dass du erst einmal mit dem zurechtkommen musst, was du erlebt hast. Ich würde dir gern dabei helfen, aber ich weiß nicht wie, wenn du nicht mit mir sprichst. Also sag mir Bescheid, wenn du mich brauchst oder einfach nur mit mir reden willst. Ich werde da sein.« Seine Finger berührten leicht ihre Wange, dann richtete er sich auf und verließ leise den Raum.

Jade presste die Augen zusammen, Tränen liefen aus ihren Augenwinkeln und tropften auf das Kopfkissen. Mehr als alles andere wollte sie Hawk zurückrufen, damit er sie umarmen und einfach nur halten würde, doch das konnte sie nicht. Immer wenn sie daran dachte, wie er sie ansehen würde, wenn er erfuhr, was ihr angetan worden war, krampfte sich alles in ihr zusammen. Sie wollte nicht Mitleid und Abscheu in seinen Augen sehen. Nein, das war falsch – so war er nicht. Sicher würde es ihm wehtun zu hören, was sie erlebt hatte, aber er würde sie nie dafür verabscheuen. Das tat nur sie selbst. Jades Faust ballte sich auf dem Kissen. Sie hasste es, heulend im Bett zu liegen, anstatt aufzustehen und zu kämpfen. Bisher hatte sie im Leben alles gemeistert, einfach nur mit ihrem Willen. Dies hier war genau das Gleiche, sie musste es nur schaffen, sich davon zu lösen, sie musste so tun, als wäre es nicht ihr geschehen, sondern jemand anderem.

Ihre Finger zitterten, als sie über ihre geschorenen Haare strich. Die Frisur, die Schnitte, Kratzer und Prellungen würden sie noch lange Zeit daran erinnern, was in der Festung passiert war. Aber sie würde sich nicht davon überwältigen lassen, denn wenn sie das tat, hatte Mogadir gewonnen. Und sie würde eher sterben, als das zuzulassen! Sie blickte erschrocken zur Tür, als diese plötzlich aufgerissen wurde. Hawk stürmte herein, ein Muskel zuckte in seinem Kiefer, seine grünen Augen glühten. Im hellen Neonlicht des Zimmers merkte sie erst, wie schlimm er aussah. Seine Haare schienen seit Tagen keinen Kamm mehr gesehen zu haben, die Gesichtshaut war blass und schien sich über den Knochen zu spannen. Die Augen lagen in tiefen Höhlen, unter denen beinahe schwarze Streifen von seiner Erschöpfung zeugten.

Sie hatte ihn noch nie so aufgewühlt gesehen, heftig atmend stand er vor ihrem Bett. Der Druck seiner Finger schmerzte beinahe, als er ihre Hand nahm. Seltsamerweise war sie froh, dass er sie nicht berührte, als wäre sie zerbrechlich.

»Ich nehme zurück, was ich eben gesagt habe. Ich werde nicht auf dich warten und dir Zeit geben, wieder zurückzufinden.« Erneut traten Tränen in ihre Augen, und sie versuchte, sie zurückzudrängen. »Ich werde bei dir sein und jeden einzelnen verdammten Schritt gemeinsam mit dir gehen. Glaub nicht, dass du mich so einfach loswirst, ich habe nicht so lange darauf gewartet, dich zu finden, um dich gleich wieder zu verlieren.

Natürlich wird es nicht einfach, aber gemeinsam schaffen wir es. Das wollte ich nur gesagt haben.« Damit küsste er sie hart auf den Mund und rannte beinahe aus dem Zimmer.

Verwundert blickte Jade ihm nach – und dann begann sie zu lachen.

Nina Bruhns

Zero Unit

Thriller

Drei Treffer ins Herz – so heiß waren Agenten noch nie

Sie sind mutig, verwegen und hüten ein dunkles Geheimnis. Die attraktiven Agenten der Zero Unit, einer Geheimorganisation der CIA, setzen ihr Leben in gefährlichen Missionen aufs Spiel. Doch selbst wer jeden Tag die Welt rettet, kann sein Herz verlieren … Im Kampf gegen das Böse riskieren sie für die Liebe den Tod!

»Eine Achterbahnfahrt voller rasanter Action und knisternder Leidenschaft!« *C. J. Lyons*

Band 1: Tiefer Fall ISBN 978-3-8025-8515-9
Band 2: Böses Erwachen ISBN 978-3-8025-8514-2
Band 3: Bittere Wahrheit ISBN 978-3-8025-8516-6

www.egmont-lyx.de

EGMONT Verlagsgesellschaften LYX

Roxanne St. Claire

Guardian Angelions

Die zweite Chance

Thriller

Nur er kann sie vor dem sicheren Tod retten

Nachdem Samantha Fairchild einen Mord beobachtet hat, ist sie auf der Flucht. Als sie den attraktiven Zach Angelino wiedertrifft, mit dem sie einst eine heiße Affäre hatte, bittet sie ihn um seine Hilfe. Doch Zach ist nicht mehr der Mann, der er früher war. Vom Kriegseinsatz in Kuwait entstellt, wird er von seiner dunklen Vergangenheit verfolgt. Dennoch zögert er nicht, die Frau, die er noch immer liebt, zu beschützen. Und Sam gerät schon bald in große Gefahr, als der Mörder ihre Spur aufnimmt.

»Roxanne St. Claire ist eine der besten Autorinnen des Romantic Thrill. Ein großes Lesevergnügen voller atemberaubender Spannung und prickelnder Erotik.« *Romantic Times*

Band 1 der Serie
432 Seiten, kartoniert mit Klappe
€ 9,99 [D]
ISBN 978-3-8025-8668-2

www.egmont-lyx.de

EGMONT Verlagsgesellschaften LYX

Stefanie Ross

Luc – Fesseln der Vergangenheit

Roman

Eine neue deutsche Romantic-Thrill-Autorin betritt die Bühne!

In einer abgelegenen Bergregion Afghanistans begegnen sich US-Navy-SEAL Luc DeGrasse und die Ärztin Jasmin Harper, die seit Jahren auf der Flucht vor der amerikanischen Regierung ist. Trotz Jasmins dubioser Vergangenheit und ihrem Bestreben, sich von Luc fernzuhalten, kämpft dieser um ihr Vertrauen und für ihre Liebe. Doch ehe sie sich versehen, befinden sich die beiden in Lebensgefahr …

NUR ALS E-BOOK ERHÄLTLICH!

Ein düsterer Held, atemberaubende Spannung und jede Menge Gefühle – ein Muss für alle Romantic-Thrill-Fans!

Stefanie Ross
Luc – Fesseln der Vergangenheit
ca. 496 Seiten
€ 8,99 [D]
ISBN 978-3-8025-8864-8